高等學校文科教材

中國歷代文論選

第四册

主　編　郭紹虞
副主編　王文生

上海古籍出版社

圖書在版編目（CIP）數據

中國歷代文論選．第4册 / 郭紹虞主編．—上海：上海古籍出版社，2001.10（2021.8重印）
高等學校文科教材
ISBN 978-7-5325-3046-5

Ⅰ．中… Ⅱ．郭… Ⅲ．文學理論-中國-古代-高等學校-教材 Ⅳ．I206.2

中國版本圖書館 CIP 數據核字（2001）第 067679 號

高等學校文科教材
中國歷代文論選
第四册
主　編　郭紹虞
副主編　王文生
上海世紀出版股份有限公司
上　海　古　籍　出　版　社　出版、發行
（上海瑞金二路272號　郵政編碼200020）
（1）網址：www.guji.com.cn
（2）E-mail：gujil@guji.com.cn
（3）易文網網址：www.ewen.co
新華書店上海發行所發行經銷　商務印書館上海印刷有限公司印刷
開本 850×1168　1/32　印張 18.25　字數 540,000
2001 年 10 月新 1 版　2021 年 8 月第 11 次印刷
印數：27,601-28,650
ISBN 978-7-5325-3046-5
K·364　定價：58.00元

目　録

書湯海秋詩集後 ……………………………………龔自珍（ 1 ）

附錄

戒詩五章(選錄) ……………………………………龔自珍（ 4 ）

午夢初覺，悵然詩成 ………………………………龔自珍（ 4 ）

題紅禪室詩尾……………………………………龔自珍（ 4 ）

自春徂秋，偶有所觸，拉雜書之，漫不詮次，
得十五首(選錄) ……………………………………龔自珍（ 4 ）

歌筵有乞書扇者……………………………………龔自珍（ 5 ）

病梅館記……………………………………………龔自珍（ 5 ）

己亥雜詩(選錄) ……………………………………龔自珍（ 6 ）

己亥雜詩書後………………………………………程金鳳（ 6 ）

定盦先生年譜外紀(節錄) …………………………張祖廉（ 6 ）

蘅花館詩錄自序……………………………………王　韜（ 7 ）

越縵堂日記(選錄) …………………………………李慈銘（ 8 ）

送徐鐵孫序〔節錄〕………………………………龔自珍（ 9 ）

附錄

最錄李白集…………………………………………龔自珍（11）

夜讀番禺集書其尾…………………………………龔自珍（12）

自春徂秋，偶有所觸，拉雜書之，漫不詮次，
得十五首(選錄) ……………………………………龔自珍（12）

己亥雜詩(選錄) ……………………………………龔自珍（13）

定盦文錄敍 …………………………………………魏　源（14）

附錄
述思古子議……………………………………………龔自珍（17）
與人箋(節錄)……………………………………………龔自珍（18）
文體箴……………………………………………龔自珍（18）
古微堂詩集序……………………………………………郭嵩燾（18）
論中國學術思想變遷之大勢(節錄)……………………梁啓超（19）
與楊季子論文書〔節錄〕……………………………………包世臣（22）
附錄
再與楊季子書(節錄)……………………………………包世臣（26）
文說記事篇第二……………………………………………劉師培（27）
使黔草自序……………………………………………何紹基（30）
附錄
題馮魯川小像册論詩(節錄)……………………………何紹基（33）
與汪菊士論詩……………………………………………何紹基（35）
論詩示諸生時代者將至……………………………………鄭 珍（40）
藝槩詩槩(選錄)……………………………………………劉熙載（41）
雪亭邀余論詩,即爲韻語答之……………………………江 湜（43）
戒浮文巧言諭……………………洪仁玕　蒙時雍　李春發（44）
附錄
欽定士階條例(節錄)……………………………………洪仁玕（49）
欽定軍次實錄(節錄)……………………………………洪仁玕（49）
改定詩韻詔……………………………………………洪秀全（50）
復莊衞生書……………………………………………馮桂芬（51）
附錄
藝槩文槩(選錄)……………………………………………劉熙載（55）
與田叔子論古文書……………………………………………蔣湘南（56）
與田叔子論古文第三書……………………………………蔣湘南（57）

與篠岑論文派書(附王先謙按語) ……………………吳敏樹（59）
論桐城派……………………………………………………李　詳（61）
藝槩詞曲槩〔選錄〕 ………………………………………劉熙載（63）
附錄
藝槩詞曲槩(選錄) ………………………………………劉熙載（67）
賭棋山莊詞話(選錄) ……………………………………謝章鋌（67）
詞說(選錄) ………………………………………………蔣兆蘭（69）
古謠諺序 ……………………………………………………劉毓崧（70）
附錄
山歌題記……………………………………………………黄遵憲（75）
晚清民歌一首………………………………………………無名氏（76）
復堂詞錄序〔節錄〕 ………………………………………譚　獻（77）
復堂詞話〔選錄〕 …………………………………………譚　獻（78）
附錄
復堂詞話(選錄) …………………………………………譚　獻（82）
彊村詞序……………………………………………………王鵬運（83）
彊村校詞圖序(節錄) ……………………………………沈曾植（85）
夢窗詞集跋(節錄) ………………………………………朱孝臧（85）
紅鶴詞自敍…………………………………………………金天翮（86）
白雨齋詞話自序 ……………………………………………陳廷焯（88）
白雨齋詞話〔選錄〕 ………………………………………陳廷焯（89）
附錄
白雨齋詞話(選錄) ………………………………………陳廷焯（93）
余蓮村勸善雜劇序 …………………………………………俞　樾（95）
附錄
七俠五義序…………………………………………………俞　樾（100）
庶幾堂今樂自序……………………………………………余　治（101）

庶幾堂今樂題辭(選錄)……………………………余　治（102）
論詩法(答唐鳳廷問)〔節錄〕……………………王闓運（104）
附錄
詩法一首示黃生……………………………………王闓運（107）
八代文粹序…………………………………………王闓運（109）
國故論衡辨詩………………………………………章炳麟（110）
日本國志學術志二文學〔節錄〕………………黃遵憲（117）
附錄
梅水詩傳序…………………………………………黃遵憲（121）
與嚴又陵書(節錄)…………………………………黃遵憲（122）
譯天演論例言………………………………………嚴　復（123）
古今文鈔序…………………………………………嚴　復（124）
小說叢話(選錄)……………………………………梁啓超（125）
人境廬詩草自序……………………………………黃遵憲（127）
附錄
與丘菽園書(節錄)…………………………………黃遵憲（131）
雜感(選錄)…………………………………………黃遵憲（131）
論詩次鐵廬韻(選錄)………………………………丘逢甲（132）
人境廬詩草跋………………………………………黃遵楷（133）
先兄公度先生事實述略(節錄)……………………黃遵楷（134）
飲冰室詩話(選錄)…………………………………梁啓超（134）
嘉應黃先生墓誌銘(節錄)…………………………梁啓超（138）
人境廬詩草跋………………………………………梁啓超（138）
普天忠憤集自序……………………………………孔廣德（140）
附錄
題滄海遺民臺陽詩話………………………………丘逢甲（143）
天演論序……………………………………………吳汝綸（144）

附錄
答嚴幾道……………………………………………呉汝綸（150）
說詩用琥韻 ………………………………………嚴　復（152）
附錄
以漁洋精華錄寄琥唐山春楡侍郎有詩見述
率賦奉答………………………………………嚴　復（155）
廣詩中八賢歌…………………………………梁啓超（156）
孝女耐兒傳序 ……………………………………林　紓（157）
附錄
洪罕女郎傳跋(節錄) ……………………………林　紓（161）
撒克遜劫後英雄略序……………………………林　紓（162）
冰雪因緣序……………………………………林　紓（163）
塊肉餘生述序…………………………………林　紓（164）
賊史序…………………………………………林　紓（165）
十字軍英雄記序………………………………陳希彭（166）
論白話爲維新之本 ………………………………裘廷梁（168）
附錄
論報章宜改用淺說……………………………陳榮袞（177）
官話合聲字母原序……………………………王　照（177）
人境廬詩草序 ……………………………………康有爲（180）
附錄
日本雜事詩序…………………………………康有爲（186）
與菽園論詩兼寄任公孺博曼宣………………康有爲（187）
詩集自序………………………………………康有爲（188）
聞菽園居士欲爲政變說部詩以速之 ……………康有爲（190）
附錄
國聞報館附印說部緣起……………嚴　復　夏曾佑（196）

譯印政治小說序……………………………………梁啓超（205）
論小說與羣治之關係 ……………………………梁啓超（207）
附錄
告小說家……………………………………………梁啓超（217）
官場現形記序………………………………………佚　名（218）
說小說(雜說)………………………………………吳沃堯（220）
論小說之勢力及其影響……………………………陶曾佑（221）
麗韓十家文鈔序 …………………………………梁啓超（224）
附錄
謝皐羽晞髮集後序…………………………………鄧　實（228）
心　聲………………………………………………金天翮（229）
中東大戰演義自序 ………………………………洪興全（231）
附錄
觚菴漫筆(選錄) ……………………………………觚　菴（233）
後南柯題詞…………………………………………王嶽崧（233）
後南柯又序…………………………………………洪棣園（234）
論文學上小說之位置 ……………………………狄葆賢（235）
附錄
小說原理……………………………………………夏曾佑（241）
小說林發刊詞………………………………………黃　人（246）
小說林緣起…………………………………………徐念慈（248）
月月小說序〔節錄〕 ………………………………吳沃堯（250）
附錄
歷史小說總序………………………………………吳沃堯（255）
兩晉演義自序………………………………………吳沃堯（256）
小說小話(選錄) ……………………………………梁啓超（257）
中國歷代小說史論 ………………………………王鍾麒（259）

附錄

中國三大小說家論贊(節錄)……………………………王鍾麒(266)

中國小說大家施耐庵傳……………………………………佚　名(268)

國朝文匯序……………………………………………………黄　人(273)

附錄

秋蟪吟館詩鈔序……………………………………………梁啓超(284)

㮚盦詩序………………………………………………………陳　衍(286)

附錄

近代詩鈔序……………………………………………………陳　衍(290)

與金潛廬太守論詩書………………………………………沈曾植(291)

序革命軍………………………………………………………章炳麟(293)

附錄

軒亭寃敘事(節錄)…………………………………………湘靈子(299)

老殘遊記自序…………………………………………………劉　鶚(300)

繁華雜誌題辭…………………………………………………海上漱石生(301)

國故論衡・文學總略…………………………………………章炳麟(302)

附錄

國故論衡・論式……………………………………………章炳麟(327)

文章源始………………………………………………………劉師培(331)

二十世紀大舞台發刊辭……………………………………柳亞子(337)

附錄

論戲劇之有益…………………………………………………陳去病(346)

論戲曲…………………………………………………………三　愛(349)

觀戲記…………………………………………………………佚　名(352)

原　戲…………………………………………………………劉師培(356)

胡寄塵詩序……………………………………………………柳亞子(359)

附錄

妄人謬論詩派，書此折之 ……………………柳亞子（364）
燕子龕遺詩序……………………………………柳亞子（364）
畫徵篇識語……………………………………林　紓（365）
南社集序……………………………………甯調元（367）
五言樓詩草序（節錄）……………………………金天翮（368）
答樊山老人論詩書……………………………金天翮（368）
人間詞話〔選錄〕 …………………………………王國維（371）
附錄
文學小言……………………………………王國維（378）
屈子文學之精神………………………………王國維（382）
論詞隨筆（選錄）…………………………………沈祥龍（385）
蕙風詞話（選錄）…………………………………況周頤（385）
詞　話（選錄）……………………………………錢振鍠（386）
人間詞乙稿序…………………………………樊志厚（387）
元劇之文章 ………………………………………王國維（389）
附錄
顧曲麈談（選錄）…………………………………吳　梅（402）
曲海一勺……………………………………姚　華（406）
論近世文學之變遷 ………………………………劉師培（425）
附錄
論文雜記（選錄）…………………………………劉師培（436）
中國文學史序…………………………………胡蘊玉（438）
摩羅詩力說 ………………………………………魯　迅（445）
附錄
儗播布美術意見書………………………………魯　迅（495）
石頭記索隱〔節錄〕 ………………………………蔡元培（499）
附錄

夢雨樓石頭記總評……………………………………陳　蜕（509）
紅樓夢發微緒言…………………………………弁山樵子（510）
紅樓夢評論餘論……………………………………王國維（513）
致公言報並答林琴南君函〔節錄〕…………………蔡元培（516）
附錄
致蔡鶴卿書(節錄)………………………………林　紓（522）
晨鐘之使命(青春中華之創造)〔節錄〕……………李大釗（523）
附錄
文學改良芻議………………………………………胡　適（528）
文學革命論…………………………………………陳獨秀（536）

總目索引…………………………………………………（541）

書湯海秋[1]詩集後

〔清〕龔自珍[2]

人以詩名，詩尤以人名。唐大家若李、杜、韓及昌谷、玉谿[3]；及宋、元，眉山、涪陵、遺山[4]，當代吳婁東[5]，皆詩與人爲一，人外無詩，詩外無人，其面目也完。益陽湯鵬，海秋其字，有詩三千餘篇，芟[6]而存之二千餘篇，評者無慮[7]數十家，最後屬[8]龔鞏祚一言，鞏祚亦一言而已，曰：完。何以謂之完也？海秋心迹盡在是，所欲言者在是，所不欲言而卒不能不言在是，所不欲言而竟不言，於所不言求其言亦在是。要不肯挦撦[9]他人之言以爲己言，任舉一篇，無論識與不識，曰：此湯益陽之詩。

中華書局《龔自珍全集》第三輯

【註釋】

［1］湯海秋（公元一八〇一年——一八四四年）——湯鵬，字海秋，湖南益陽人。道光進士，官戶部主事。三十歲補御史，因勇於言事，旋即罷回戶部原官。有經世思想，不爲章句之學，對鴉片戰爭時期的民族矛盾甚爲關心。與龔自珍、魏源、張際亮、姚瑩等過從甚密，友誼深厚，詩文多慷慨激厲之作。

［2］龔自珍（公元一七九二年——一八四一年）——清代傑出的思想家和文學家。一名鞏祚，字璱人，號定盦，浙江仁和（今杭州）人。道光進士，官禮部主事。曾經受過乾嘉學派的教育，但却能够衝破乾嘉學派的牢籠。他學識淵博，思想先進，敏銳地看到了清王朝的腐朽和危機，竭力把學術研究與現實政治聯繫起來，進行社會批判，宣傳社會改革。詩文富於創造性，既具有愛國主義精神，又帶有突出的對封建思想的叛逆色彩，深刻反映了中國封建社會的解體和時代巨變的來臨。他是中國古代社會向近代社會轉變時期的代表作家。

［3］昌谷——指李賀（公元七八九年——八一六年）。賀字長吉，河南福昌昌谷人。

玉谿——指李商隱（公元八一三年——八五八年）。商隱字義山，號玉谿生，懷州河內人。

[4] 眉山——指蘇軾（公元一〇三七年——一一〇一年）。軾字子瞻，號東坡，四川眉山人。涪陵——指黃庭堅（公元一〇四五年——一一〇五年）。庭堅字魯直，自號山谷老人，江西分寧人。曾貶官於四川涪陵，又號涪翁。遺山——元好問（公元一一九〇年——一二五七年），字裕之，號遺山，太原秀容人。

[5] 吳婁東——即吳偉業（公元一六〇九年——一六七一年）。偉業字駿公，號梅村，太倉婁東人。

[6] 芟——刪除。

[7] 無慮——大略。

[8] 屬——通囑。托付，請托。

[9] 撏撦——摘取，見本書第三冊《鬲津草堂詩集序》註[11]。

【說明】

當龔自珍衝破乾嘉學派局限從事寫作活動的時候，正是桐城派風靡一時，統治文壇的時候。桐城派主張把義理、考據、詞章合而爲一，流風所被，連龔自珍的好友魏源也多少受到影響。龔自珍曾寫信給他，竭力勸阻："客言足下始工於文詞，近習考訂。僕豈願通人受此名哉！又云足下既習考訂，亦兼文詞，又豈願通人受此名哉！"（《與人箋一》）可見龔自珍根本看不起桐城派。後來魏源在《定盦文錄序》中說："昔越女之論劍，曰：'臣非有所受於人也，而忽然得之。'夫忽然得之者，地不能囿，天不能嬗，父兄師友不能佑。其道常主於逆：小者逆謠俗，逆風土；大者逆運會。所逆愈甚，則所復愈大，大則復於古，古則復於本。若君之學，謂能復於本乎？所不敢知。要其復於古也決矣。"在這裏，魏源明確地指出了龔自珍最主要的特徵是一個"逆"字。

作爲詩人和文學家，龔自珍對封建思想的叛逆的最主要的表現就是要求個性解放。他在詩歌中急切地追求"童心"，在雜文裏要解除對"病梅"的束縛，用意就在於此。這篇《書湯海秋詩集後》則是他的要求個性解放在文學理論方面的體現。本文倡“詩與人爲一”說，提出了一個嶄新的論詩標準——“完”。作者認爲，像李白、杜甫、韓愈、李賀、李商隱、吳梅村等著名詩人，“皆詩與人爲一，人外無詩，詩外無人，其面目也完。”什麼叫做“完”？龔自珍在《病梅館記》中作了形象的說明。他說江、浙之人種梅，往往喜歡斫直、刪密、鋤正，以欹、疏、曲爲美，實際上，這些經過人力加工的梅花，“皆病者，無一完者”。他“誓療之”，“必復之全之”，而治療的方法則是“縱之，順之，毀其盆，悉埋於地，解其棕縛”。由此可見，龔自珍所謂“完”，實際上就是保全梅花的天然生機，讓它順着自己的本性自由生長。而他要求詩的“完”，則是要求擺脫束縛，充分表現詩人的個性。所以他在《書湯海秋詩集序》中說：“何以謂之完也？海秋心迹盡在是，所欲言者在是，所不欲言而卒不能不言在是，所不欲言而竟不言，於所不言求其言亦在是。要不肯撏撦他人之言以爲己言，任舉一篇，無論識與不識，曰：此湯益陽之詩。”在這裏，龔自珍已經非常明確地指出，詩歌應該鮮明地烙下作者自己性格的標記，做到詩如其人。作者在《識某大令集尾》中說：“文章雖小道，達可矣，立其誠可矣。”“完”也就是“達”，是要求作家把自己在封建壓抑下“所欲言”的東西和“所不欲言而卒不能不言”的東西統統表現出來，並且讓讀者能够“於所不言求其言”，只有這樣才能說得上是“完”。而要做到“達”與“完”，就必須“立其誠”，專心抒發眞情實感，“要不肯撏撦他人之言以爲己言”。

龔自珍強調詩歌應當完整地表現個性，在當時是一種相當進步的理論。由於程朱理學的長期統治，封建社會的泯滅個性已經造成了“萬馬齊瘖”的局面，桐城派又竭力提倡正統觀念，維護程朱理學的統治地位，龔自珍如此強調個性，這正是萌芽的民主主義思想在文藝理論上的表現。

附　　錄

戒詩五章(選錄)

〔清〕龔自珍

早年攖心疾，詩境無人知。幽想雜奇悟，靈香何鬱伊？忽然適康莊，吟此天日光。五嶽走驕鬼，萬馬朝龍王。不遇善知識，安知因地孳？戒詩當有詩，如偈亦如喝。

中華書局《龔自珍全集》第九輯

午夢初覺，悵然詩成

〔清〕龔自珍

不似懷人不似禪，夢回清淚一潸然。瓶花帖妥爐香定，覓我童心廿六年。

中華書局《龔自珍全集》第九輯

題紅禪室詩尾

〔清〕龔自珍

不是無端悲怨深，直將閱歷寫成吟；可能十萬珍珠字，買盡千秋兒女心。

中華書局《龔自珍全集》第九輯

自春徂秋，偶有所觸，拉雜書之，漫不詮次，得十五首(選錄)

〔清〕龔自珍

戒詩昔有詩，庚辰詩語繁。第一欲言者，古來難明言。姑將譎言之，未言聱又吞。不求鬼神諒，矧向生人道？東雲露一鱗，西雲露一爪；與其見鱗爪，何如鱗爪無？況凡所云云，又鱗爪之餘。懺悔首文字，潛心戰空虛。今年眞戒詩，才盡何傷乎！

中華書局《龔自珍全集》第九輯

歌筵有乞書扇者

〔清〕龔自珍

天教僞體領風化，一代人材有歲差。我論文章恕中晚，略工感慨是名家。

中華書局《龔自珍全集》第九輯

病梅館記

〔清〕龔自珍

江寧之龍蟠，蘇州之鄧尉，杭州之西谿，皆產梅。或曰：梅以曲爲美，直則無姿；以欹爲美，正則無景；梅以疏爲美，密則無態。固也。此文人畫士，心知其意，未可明詔大號，以繩天下之梅也；又不可以使天下之民，斫直，删密，鋤正，以殀梅、病梅爲業以求錢也。梅之欹、之疏、之曲，又非蠢蠢求錢之民，能以其智力爲也。有以文人畫士孤癖之隱，明告鬻梅者，斫其正，養其旁條，删其密，夭其稚枝，鋤其直，遏其生氣，以求重價，而江、浙之梅皆病。文人畫士之禍之烈至此哉！

予購三百盆，皆病者，無一完者。既泣之三日，乃誓療之、縱之、順之，毁其盆，悉埋於地，解其椶縛；以五年爲期，必復之全之。予本非文人畫士，甘受詬厲，闢病梅之館以貯之。嗚呼！安得使予多暇日，以廣貯江寧、杭州、蘇州之病梅，窮予生之光陰以療梅也哉？

中華書局《龔自珍全集》第三輯

己亥雜詩(選錄)

〔清〕龔自珍

少年哀樂過於人，歌泣無端字字眞。既壯周旋雜癡黠，童心來復夢中身。

中華書局《龔自珍全集》第十輯

己亥雜詩書後

〔清〕程金鳳

天下震矜定盦之詩，徒以其行間璀璨，吐屬瑰麗；夫人讀萬卷書供驅使，璀璨瑰麗何待言？要之有形者也。若其聲情沈烈，惻悱遒上，如萬玉哀鳴，世鮮知之。抑人抱不世之奇材與不世之奇情，及其爲詩，情赴乎詞，而聲自異，要亦可言者也。至於變化從心，倏忽萬匠，光景在目，欲捉已逝，無所不有，所過如掃，物之至也無方，此其妙明在心，世烏從知之？鳳知之而卒不能言之。嘗聞神全者，哀不能感，樂不能眩，風雨不能蝕，晦朔不能移，乃至火不能燒，水不能溺，此道家言，似不足以測學佛者之涘，抑古今語言所可到之境止於此，定公其殆全於神者哉！全於神者哉！寫己亥雜詩竟，聊書簡末。庚子穀雨日，新安女士程金鳳。

中華書局《龔自珍全集》第十輯

定盦先生年譜外紀(節錄)

〔清〕張祖廉

…………

王孝廉芑孫，爲吳中耆宿。嘉慶丁丑，先生隨侍闇齋先生備兵上海，投以詩文各一册，其文集命爲《竚泣亭文》。尋得孝廉覆書云：昨承枉示詩文各一册，讀之，見地卓絕，掃空凡猥，筆復超邁，信未易才也。然自古異才，皆不求異而自異，非有心立異者也。即如尊文名爲《竚泣亭文》，愚始不曉“竚泣”所出，及觀自記，不過取義於《詩》之“竚立以泣”。此“泣”字礙目，寧不知之。足下年甚少，才甚高，方當在侍具慶之年，行且排金門，上玉堂，和其聲以鳴國家之盛，天下之字多矣，又奚取於至不祥者而以名之哉！至於詩中傷詩之語，駡坐之言，涉目皆是，此大不可也。足下文中，以今人誤指中行爲狂狷，又欲自治其性情，以達於文，其說允矣。循是說也，不宜立異自高。凡立異未有能異，自高未有能高於人者，甚至上關朝廷，下及冠蓋，口不擇言，動與世迕，足下將持是安歸乎？足下病一世人樂爲鄉愿，夫鄉愿不可爲，怪魁亦不可爲也。鄉愿猶足以自存，怪魁將何所自處？宋賢有論，儒者一身之外，皆非所重。太史公有戒於言不雅馴。試問雅者何說，馴又何說也？竊謂士亦修身慎言，遠罪寡過而已，文之佳惡，何關得失，無足深論，此即足下自治性情之說也。唯願足下循循爲庸言之謹，抑其志於東方尙同之學，則養德養身養福之源，皆在乎此。雖馬或踶齧而千里，士或跅弛而濟用，然今足下有父兄在職，家門鼎盛，任重道遠，豈宜以跅弛自命者乎？況讀書力行，原不在乎高談。海内高談之士，如仲瞿、子居，皆顛沛以死。僕素卑近，未至如仲瞿、子居之驚世駭俗，已不爲一世所取，坐老荒江老屋中。足下不可不鑒戒，而又縱其心以駕於仲瞿、子居之上乎？僕衰遲弇陋，無可以進足下者，既遠蒙下問，不敢不以直道相處，謹此手復，而還其本小雲處。書不盡言，諸希亮督不具。芑孫頓首璱人大兄侍下，丁丑十一月三日。

中華書局《龔自珍全集》第十一輯

蘅花館詩錄自序

〔清〕王　韜

余不能詩，而詩亦不盡與古合；正惟不與古合，而我之性情乃足以自見。余足不出里巷，目不覩“邱”、“墳”，所與交接者又絕少當世通人名士，方弇鄙自愧，何敢言詩？不惟不敢，更何足以知詩？然竊見今之所爲詩人矣，撦撏以爲富，刻畫以爲工，宗唐祧宋以爲高，摹杜範韓以爲能，而於己之性情無有也，是則雖多奚爲？

慨自“雅”、“頌”降爲古風，古風淪爲律體，時代既殊，人才亦變。自漢、魏、六朝迄乎唐、宋、元、明，以詩名者，殆不下數千家。後之學者，難乎繼矣。詩至今日，殆可不作。然自有所爲我之詩者，足以寫懷抱，言閱歷，平生鬚眉，顯顯如在，同此風雲月露、草木山川，而有一己之神明入乎其中，則自異矣。原不必別創一格，號稱初祖，然後翹然殊於衆也。

余自少讀詩，自古作者以逮本朝諸大家，皆欲討流泝源，窮其旨趣，久之，益知作詩之難。及長，雖有所作，未敢持以問世，惟顧滌盦明經師、楊醒逋茂才稍稍見之，以爲可存。

竊嘗謂所貴乎詩者，與苟同，寧立異，必自淺之深，由麤而精。歷觀古人作，亦有不盡佳，要其研精殫力，積數年十年而後成，自有一家面目在，夫豈徒以絺章飾句爲事哉？性情之用眞，而學問亦寓乎其中，然後始可與言詩矣。余今年二十有二歲，積詩凡數百首，要不盡可存，但願質諸天下後世之能詩者，以共相印證可也。

道光二十九年己酉夏四月下旬，蘅華館主識於甫里行素園之南窻。

中華書局《弢園文錄》外編卷七

越縵堂日記(選錄)

〔清〕李慈銘

……定盦文筆橫霸，然學足副其才，其獨至者往往警絕似子，詩亦以霸才行之，而不能成家。(光緒戊寅九月十二日)

商務印書館《越縵堂讀書記》八

送徐鐵孫序[1]〔節錄〕

〔清〕龔自珍

龔自珍曰：平原曠野，無詩也；沮洳[2]，無詩也；磽确[3]陿隘，無詩也；適市者，其聲囂；適鼠壤者，其聲嘶；適女閭[4]者，其聲不誠。天下之山川，莫尊于遼東。遼俯中原，逶迤萬餘里，蛇行象奔，而稍稍瀉之，乃卒恣意橫溢，以達乎嶺外。大海際南斗[5]，豎亥[6]不可復步，氣脈所届，怒若未畢；要之山川首尾可言者則盡此矣。詩有肖是者乎哉？詩人之所產，有稟是者乎哉？自珍又曰：有之。

夫詩必有原焉，《易》《書》《詩》《春秋》之肅若汸若[7]，周、秦間數子之縝若嶂若[8]，而莽蕩，而噌吰[9]，若斂之惟恐其坻[10]，揫[11]之惟恐其隘，孕之惟恐其昌洋而敷腴[12]，則夫遼之長白、興安大嶺也有然。審是，則詩人將毋拱手欲谻[13]，肅拜植立，撟乎其不敢議，愿乎其不敢㕦[14]言乎哉！於是乃放之乎三千年青史氏[15]之言，放之乎八儒、三墨[16]、兵、刑、星氣、五行，以及古人不欲明言，不忍卒言，而姑猖狂恢詭以言之之言，乃亦摭證之以並世見聞，當代故實，官牘地志，計簿客籍之言，合而以昌其詩，而詩之境乃極。則如嶺之表、海之滸，磅礴浩洶，以受天下之瑰麗而泄天下之拗怒也亦自然。……

中華書局《龔自珍全集》第二輯

【註釋】

[1] 徐鐵孫——名榮，原名鑑。道光十六年進士，官護杭嘉湖道，升福建汀漳龍

道。有«懷古田舍詩鈔»«大戴禮補註»«日新要錄»。本文下文云:“徐鐵孫者,家遼東,先世扈王師入關,爲正黃旗漢軍人。康熙中,徙廣東,隸廣東將軍,爲廣州駐防人。金戈鐵馬,其世胄也。而徐君用經術起家,登甲科,爲劇邑令,以詩睥睨東南。”«清史稿»卷四百九十«忠義四»有傳。

[2] 沮洳——低濕之地。«詩·魏風»有«汾沮洳»。

[3] 磽确——土地堅瘠。

[4] 女閭——«國策·東周策»:“齊桓公宮中七市,女閭七百。”鮑彪注:“閭,里中門也。爲門爲市于宮中,使女子居之。”本謂宮中設市,使女子居之,以便行商。舊時即以稱娼妓居住的地方。

[5] 南斗——卽斗宿,二十八宿之一,玄武七宿第一宿。

[6] 豎亥——«淮南子·墜形訓»:“(禹)使豎亥步自北極至于南極。”高誘註:“太章、豎亥,善行人,皆禹臣也。”

[7] 泬若——泬,音血。«楚辭·九辯»:“泬寥兮天高而氣清。”王逸註:“泬寥,曠蕩空虛也。或曰:泬寥,猶蕭條,蕭條,無雲貌。”若,助語,猶“然”。

[8] 縝——細致。崒——危石、山崖。

[9] 噌吰——象聲,多以形容鐘聲。司馬相如«長門賦»:“擠玉戶以撼金鋪兮,聲噌吰而似鐘音。”

[10] 坻——音紙。坻伏,潛藏不出。

[11] 揫——“揪”的異體字,抓住。

[12] 斆腴——斆愉,和悅的樣子。古樂府«隴西行»:“好婦出迎客,顏色正斆愉。”杜甫«遣懷»:“憶與高李輩,論交入酒壚。兩公壯藻思,得我色斆腴。”仇兆鰲注:“斆腴,喜悅之色。”

[13] 谻——本作谻。«說文»丮部:“谻,相踦谻也。從丮谷聲。”«玉篇»作“卻”。

[14] 吴——音華。大聲、大口。

[15] 青史氏——«漢書·藝文志»:“«青史子»五十七篇。古史官記事也。”古代以竹簡記事,因稱史書爲青史。

[16] 八儒、三墨——«韓非子·顯學»:“自孔子之死也,有子張之儒,有子思之儒,有顏氏之儒,有孟子之儒,有漆雕氏之儒,有仲良氏之儒,有孫氏之儒,有樂正氏之儒。自墨子之死也,有相里氏之墨,有相夫氏之墨,有鄧陵氏之墨。故孔、墨之後,儒分爲八,墨離爲三,取捨相反不同,而皆自謂眞孔、墨。孔、墨不可復生,將誰使定後世之學乎?”

【説明】

龔自珍這篇詩論，鮮明地顯示了現實主義與浪漫主義結合的精神。它指出，優秀詩歌的産生，必須有深厚的社會基礎，有作者深厚的思想文化修養。文中借山川形勝爲比喻，形象地展現了在深厚基礎上産生的雄偉豪放，浩瀚磅礴的詩歌風貌。這樣是有生氣的詩歌，而這篇文章也是有生氣的詩論。

作者要求廣泛學習古代文化遺産，但決不故步自封，上下三千年的歷史，經史諸子百家之説，都要有所吸收，而且更強調結合當前社會現實，發前人所未發，有所創造與發展，這樣，"詩之境乃極"，也才能達到詩歌的最高境界。所謂"受天下之瑰麗，而洩天下之拗怒"，實際上就是反映廣闊的社會的特徵，表達社會鬱積的強烈心聲。

顯然，龔自珍是有着更爲崇尚浪漫主義的傾向的。他喜愛莊周、屈原的作品，尤其推重李白之作。"《莊》《騷》兩靈鬼，盤踞肝腸深。""莊、屈實二，不可以并，并之以爲心，自白始。儒、仙、俠實三，不可以合，合之以爲氣，又自白始也。"也表示這樣一種傾向。

附　録

最録李白集

〔清〕龔自珍

龔自珍曰：《李白集》，十之五六僞也：有唐人僞者，有五代十國人僞者，有宋人僞者。李陽冰曰："當時著述，十喪其九，今所存者，得之他人焉。"陽冰已爲此言矣。韓愈曰："惜哉傳於今，泰山一毫芒。"愈已爲此言矣。劉全白云："李君文集家有之，而無定卷。"全白貞元時人，又爲此言矣。蘇軾、黄庭堅、蕭士贇皆非無目之士，蘇、黄皆嘗指某篇爲僞作，蕭所指有七篇，善乎三君子之發之端也。宋人各出其家藏，愈出愈多，補綴成今本。宋人皆自言之。委巷童子，不窺見白之眞，以白詩爲易效。是故效杜甫、韓愈者少，效白者多。予以道光戊子夏，費再旬日之力，用朱墨別眞僞，定李白眞詩百二十二篇。於是最錄其指意曰：莊、屈實二，不可以幷，幷之以爲心，自白始。儒、仙、俠實三，不可以合，合之以爲氣，又自白始也。其斯以爲白之眞原也已。次第依明許自昌本。

中華書局《龔自珍全集》第三輯

夜讀番禺集書其尾

〔清〕龔自珍

靈均出高陽，萬古兩苗裔。鬱鬱文詞宗，芳馨聞上帝。
奇士不可殺，殺之成天神；奇文不可讀，讀之傷天民。

中華書局《龔自珍全集》第九輯

自春徂秋，偶有所觸，拉雜書之，漫不詮次，得十五首(選錄)

〔清〕龔自珍

名理孕異夢，秀句鐫春心。《莊》《騷》兩靈鬼，盤踞肝腸深。古來不可兼，方寸我何任？所以志爲道，淡宕生微吟。一簫與一笛，化作太古琴。

曉枕心氣清，奇淚忽盈把。少年愛惻悱，芳意嫭幽雅。黄塵澒洞中，古抱不可寫。萬言摧燒之，奇氣又瘖啞。心死竟何云？結習幸漸寡。憂患稍稍平，此心即佛者。獨有愛根在，拔之暑難下。夢中慈母來，絮絮如何舍？

危哉昔幾敗，萬仞墮無垠。不知有憂患，文字樊其身。豈但戀文字，嗜好雜甘辛。出入仙俠間，奇悍無等倫。漸漸疑百家，中無要道津。縱使精氣留，碌碌爲星辰。聞道幸不遲，多難乃緣因。空王開覺路，網盡傷心民。

中華書局《龔自珍全集》第九輯

己亥雜詩(選錄)

〔清〕龔自珍

不能古雅不幽靈，氣體難躋作者庭。悔殺流傳遺下女，自障紈扇過旗亭。(年十九，始倚聲填詞，壬午歲勒爲六卷，今頗悔存之。)

陶潛詩喜說荊軻，想見停雲發浩歌；吟到恩仇心事湧，江湖俠骨恐無多。(舟中讀陶詩三首)

陶潛酷似臥龍豪(語意本辛棄疾)，萬古潯陽松菊高；莫信詩人竟平淡，二分梁甫一分騷。

陶潛磊落性情溫，冥報因他一飯恩；頗覺少陵詩吻薄，但言朝扣富兒門。

中華書局《龔自珍全集》第十輯

定盦文録叙[1]

〔清〕魏　源[2]

道光二十有一載，禮部儀制（“儀制”龔孝拱校本改作“主客”）司主事仁和龔君卒于丹陽。越明年夏，其孤橙（“橙”原作“𥫗尹”，爲孝拱塗改。下文同。）抱其遺書來揚州，就正于其執友邵陽魏源。源既論定其中程者，校正其章句違合者，凡得文若干篇，爲十有二卷，題曰《定盦文録》。又輯其考證、雜著、詩詞十有二卷，皆可殺青[3]付繕寫。

昔越女之論劍曰：“臣非有所受於人也，而忽然得之。”[4]夫忽然得之者，地不能囿，天不能嫿[5]，父兄師友不能佑。其道常主於逆，小者逆謠俗，逆風土，大者逆運會，所逆愈甚，則所復愈大，大則復於古，古則復於本。若君之學，謂能復於本乎，所不敢知，要其復於古也决矣！陰陽之道，偏勝者强。自孔門七十子之徒，德行、言語、政事、文學[6]，已不能兼誼。其後分散諸國，言語家流爲宋玉、唐勒、景差，益與道分裂。荀況氏、揚雄氏，亦皆從詞賦入經術，因文見道，或毗於陽[7]，則駁於質，或毗於陰，則憒於事。徒以去聖未遠，爲聖舌人[8]，故至今其言猶立。矧生百世之下，能爲百世以上之語言，能騁宕[9]百世以下之魂魄，春如古春，秋如古秋，與聖詔告王獻酬[10]，躪勒、差而出入況、雄，其所復詎不大哉！火日外景則内闇，金水内景則外闇[11]，外闇斯内照愈專。君憒憒於外事，而文字窔[12]奥洞闢，自成宇宙，其金水内景者歟？雖錮之深淵，緘以鐵石，土花繡蝕，千百載後，發硎出之，相對猶如坐三代上。

君名自珍，更名鞏祚，字璱人，浙之仁和人。於經通《公羊春秋》，於史長西北輿地。其書以六書小學[13]爲入門，以周秦諸子、吉金樂石爲厓郭[14]，以朝掌（"掌"龔孝拱校本作"章"）國故、世情民隱爲質幹。晚尤好西方之書[15]，自謂造深微云。自其先世祖父至君，三世皆以進士官禮曹，君二子，長子橙，方以文學世其家。

邵陽魏源敍。

中華書局《龔自珍全集》附錄

【註釋】

[1] 定盦——龔自珍的號，參看本册《書湯海秋詩集後》註[2]。

[2] 魏源（公元一七九四——一八五七年）——字默深，湖南邵陽人。曾從劉逢祿學《公羊春秋》，和龔自珍同屬通經致用的今文學派。一八三〇年，曾與龔自珍、林則徐等參加宣南詩社。鴉片戰爭時，在兩江總督裕謙幕府，參與浙東抗英戰役。痛憤時事，著《聖武記》。後又將林則徐翻譯的西方史地資料增補爲《海國圖志》，著有《古微堂集》、《元史新編》、《老子本義》、《詩古微》等。《清史稿》卷四百八十六《文苑三》有傳。

[3] 殺青——《後漢書·吳祐傳》："恢（祐父）欲殺青簡以寫經書。"李賢注："以火炙簡令汗，取其青易書，復不蠹，謂之殺青，亦謂汗簡。"後泛指書籍寫定。

[4] 昔越女之論劍三句——春秋越王勾踐時越國處女善劍術，"越王問曰'夫劍之道則如何？'女曰：'妾生深林之中，長于無人之野，無道不習，不達諸侯，竊好擊之道，誦之不休，妾非受于人也，而忽自有之。'"（《吳越春秋》卷五）

[5] 嬗——通禪。這裏是傳授的意思。

[6] 德行言語政事文學——《論語·先進》："德行：顏淵、閔子騫、冉伯牛、仲弓。言語：宰我、子貢。政事：冉有、季路。文學：子游、子夏。"說明孔子這些學生，各有專長。

[7] 毗——偏附。毗於陽、毗於陰，語本《莊子·在宥》："人大喜邪毗於陽，大怒邪毗於陰。陰陽並毗，四時不至，寒暑之和不成，其反傷人之和乎？"

[8] 舌人——周代的翻譯官名，見《國語·周語中》。

［9］駘宕——放蕩。

［10］告王——《詩·大雅·江漢》:"經營四方,告成于王。"孔疏:"告其成功于宣王也。"獻酬——主人敬酒于賓客。《詩·小雅·楚茨》:"爲賓爲客,獻酬交錯。"

［11］火日外景二句——闇,同暗。《大戴禮記·曾子天圓篇》:"參嘗聞之夫子曰:'天道曰圓,地道曰方,方曰幽而圓曰明。明者,吐氣者也,是故外景;幽者,含氣者也,是故內景。故火日外景而金水內景。'"

［12］窔——深底,幽冥。

［13］六書——古人分析漢字的造字方法而歸納出來的六種條例,即象形、指事、會意、形聲、轉注、假借。又指王莽時六種字體,即古文、奇字、篆書、左書、繆篆、鳥蟲書,見《説文敍》。小學——漢代稱文字學爲小學,因兒童入小學先學文字,故名。

［14］匡——邊。郭——外框、外殼。

［15］西方之書——指佛經。

【説明】

魏源與龔自珍都崇尚通經致用,利用今文經學派來反對傳統封建教義,倡言社會改革。他提出"師夷之長技以制夷"(《海國圖志原敍》),"變古愈盡,便民愈甚"(《默觚》),反對"閉關自守",主張積極向西方學習進步的科學技術與文化,強調變法對於救亡圖存的重要意義。這些思想在當時社會大變革時代起着承先啓後的作用,對後來資產階級改良運動有明顯的影響。

這篇《定盦文錄敍》,不僅對龔自珍的思想與創作特點作了有力的概括,同時也是魏源的進步文學主張的表述。它首先揭示了"夫忽然得之者,地不能囿,天不能嬗,父兄師友不能佑。其道常主於逆,小者逆謠俗,逆風土,大者逆運會,所逆愈甚,則所復愈大,大則復於古,古則復於本",就是強調學術和文章的獨創性與叛逆精神。這種大膽言論,在封建社會的漫漫長夜中頗有石破天驚之勢,是龔、魏在政治上不滿現實和要求變革的思想在文學理論上的表現,富有積極浪漫主義的特色。當然,這裏沒有放棄復古的旗幟，實際上是一種"托古改制"的手段，但也反映了他們作爲地主階級變革派的局限，而後來不少中國資產階級改良派也存在着這樣的局限。

文章最後突出了龔自珍著作的"以朝掌國故、世情民隱爲質幹"，表現了他們的重視社會現實與作品的社會作用。

附　錄

述思古子議

〔清〕龔自珍

聞之觀古子，觀古子聞之聽古子，聽古子聞之思古子，言也者，不得已而有者也。如其胸臆本無所欲言，其才武又未能達於言，彊之使言，茫茫然不知將爲何等言；不得已，則又使之姑效他人之言；效他人之種種言，實不知其所以言。於是剽掠脫誤，摹擬顚倒，如醉如寱以言，言異矣，不知我爲何等言。今天下父兄，必使髫丱之子弟執筆學言，曰：功令也。功令實觀天下之言。曰：功令觀天下說經之言。童子但宜諷經，安知說經？是爲侮經。曰：功令兼觀天下懷人、賦物、陶寫性靈之華言。夫童子未有感慨，何必彊之爲若言？然則天下之子弟，心術壞而義理錮者，天下之父兄爲之。父兄咎功令，宜變功令。變之如何？漢世諷書射策，皆善矣。諷書射策，是亦敷奏以言也。如漢世九千言足矣，則進而與之射策。射策兼策本朝事，十事中十者甲科，中七者乙科，中三四者丙科，不及三擯之。其言不得咿嚘不定，唱歎蔓衍，以避正的。宜酌定每條毋逾若干言以爲式，其不能對則莊書未聞二字以爲式。如此則功令不縟，有司不眩，心術不欺，言語不僞。至於說經，則老年教學之先生爲之，成人有德者爲之，髫丱姑毋庸；私家箸述，藏名山者爲之，大廷姑毋庸。詩賦則私家之又不急之言也。及夫唱歎蔓衍之文章，大廷試士毋庸。

中華書局《龔自珍全集》第一輯

與人箋(節録)

〔清〕龔自珍

……今世科場之文，萬喙相因，詞可獵而取，貌可擬而肖，坊間刻本，如山如海。四書文祿士，五百年矣；士祿於四書文，數萬輩矣；既窮既極，閣下何不及今天子大有爲之初，上書乞改功令，以收眞才。……

中華書局《龔自珍全集》第五輯

文體箴

〔清〕龔自珍

嗚呼！予欲慕古人之能創兮，予命弗丁其時！予欲因今人之所因兮，予夜然而恥之。恥之奈何？窮其大原。抱不甘以爲質，再已成之紜紜。雖天地之久定位，亦心審而後許其然。苟心察而弗許，我安能頷彼久定之云？嗚呼顚矣，旣有年矣。一顚一蹶，衆不憐矣。大變忽開，請俟天矣。壽云幾何，樂少苦多。圜樂有規，方樂有矩。文心古，無文體，寄于古。

中華書局《龔自珍全集》第七輯

古微堂詩集序

〔清〕郭嵩燾

默深先生喜經世之略，其爲學淹博貫通，無所不窺，而務出己意，恥蹈襲前人。人知其以經濟名世，不知其能詩。而先生之詩顧最夥。游山詩，山水草木之奇麗，雲煙之變幻，滃然噴起於紙上，奇情詭趣，奔赴交會。蓋先生之心，平視唐、宋以來作者，負才以與之角，將以極古今文字之變，自發其嶔嵜歷落之氣。每有所作，奇古峭厲，倏忽變化，不可端倪。又深入佛理，清轉華妙，超悟塵表。而其脈絡之輸委，文辭之映合，一出於溫純質實，無有幽深扞格，使人疑眩者。其於古詩人沖夷秀曠，宏逸入神，誠有不足，然豈先生之所屑意哉!

先生所著書流傳海內，人知寶貴之，而其詩之奇偉，無能言者。鄒君季深藏其全稿，嘗慕以爲宜梓而行之，以公諸世。季深欣然，以付梓人，而屬序於予。

天地之生才無窮，而文章之變，日新月盛，有非古人所能限者，此亦以見斯文之廣大。而豪傑偉人，出於其間，隨所得之大小淺深，樹立槩槩，以自殊異，詩可以觀，其謂是矣!

光緒壬辰刻本《養知書屋文集》卷四

論中國學術思想變遷之大勢(節錄)

梁啓超

其最近數十年來崛起之學術，與惠戴爭席而駸駸相勝者，曰西漢今文之學。首倡之者爲武進莊方耕(存與)著《春秋正辭》。方耕與東原同時，相友善，然其學不相師也。戴學治經訓而博徧羣經，莊學治經義而約取《春秋公羊傳》。東原弟子孔巽軒(廣森)，雖嘗爲《公羊通義》，然不達今文家法，膚淺無條理，不足道也。方耕弟子劉申受(逢祿)始顓主董仲舒、李育，爲《公羊釋例》，實爲治今文學者不祧之祖。逮道光間，其學寖盛，最著者曰仁和龔定庵(自珍)、曰邵陽魏默深(源)。定庵有文集三卷、續集四卷。定庵，段茂堂外孫也。其小學多得自段氏，而經義則挹自莊劉，又好治史，憙章實齋之學，言六經皆史，又學佛，欲排禪宗，衍教下三家。其思想蓋甚複雜，然其於《春秋》蓋有心得，能以恢詭淵眇之理想，證衍古誼。其於專制政體，疾之滋甚，集中屢歎恨焉。(集中如《古史鈎沈論》、《乙丙之際箸議》、《京師樂籍說》、《尊任》、《尊隱》、《撰四等十儀》、《壬癸之際胎觀》等篇，皆頗明民權之義。其餘東鱗西爪，全集往往見。)又頗明社會主義，能知治本。(龔集《平均篇》云:"至極不祥之氣，鬱於天地之間，鬱之久乃必發爲兵燹，爲疫癘〔中略〕。其始不過貧富不相齊之爲之爾。小不相齊，漸至大不相齊；大不相齊，則至喪天下。"此近世泰西社會學家言根本之觀念也。)當嘉道間，舉國醉夢於承平，而定庵憂之儳然若不可終日，其察微之識，舉世莫能及也。生網密之世，風議隱約，不能盡言，其文又瑰瑋連犿，淺學或往往不得其指之所在。雖然，語近世思想自由之嚮導，必數定庵。吾見並世諸賢，其能爲現今思想界放光明者，彼最初率崇拜定庵，當其始讀定庵集，其腦識未有不受其激刺者也。夫以十年以來，歐美學澎湃輸入，雖乳臭之子，其眇思譚說，皆能軼定庵。顧定庵生百年前而乃有此，未可以少年喜謗前輩也。然定庵憔悴牢落不得志，其道力不足以自勝，故細行多不檢，其惡習影響於新學界者亦有焉。

前此治今文者，則《春秋》而已。至魏默深乃推及它經，著《詩古微》《書古微》，詩主齊、魯、韓，書主歐陽、大小夏侯，而排斥毛鄭不遺餘力。由今日視之，其無謂亦甚矣。然一家之言，不可誣也。（餘杭章氏謂齊、魯、韓、歐陽、大小夏侯各有師法，故不一致，而齊、魯、大小夏侯，尤相攻如仇。魏氏不知師法略例，一切混合，殊無條理云云。是誠中魏氏之失。但今文經說中，雖互有歧異，然其歧異與今古文之歧異相比較，則異中仍從同也。譬之則如景教之新舊教，新教中派別數十，亦各相非，然以之與羅馬舊教相比較，則新舊之異點甚大，而新派中之支派其異點甚小也。不得以此遽抹煞魏氏學。）魏氏又好言經世之術，爲《海國圖志》，獎勵國民對外之觀念，其書在今日，不過東閣覆瓿之價值。然日本之平象山吉田松陰西鄉隆盛輩，皆爲此書所激刺，間接以演尊攘維新之活劇。不龜手之藥一也，或以霸，或不免於洴澼絖，豈不然哉！

數新思想之萌蘖，其因緣固不得不遠溯龔魏，而二子皆治今文學，然則今文學與新思想之關係，果如是密切乎？曰：是又不然。二子固非能純治今文者，即今文學亦安得有爾許魔力。欲明其理，請徵泰西。夫泰西古學復興，遂開近世之治，謂希臘古學，果與近世科學哲學有不可離之關係乎？殆未必然。然銅山崩而洛鐘應者，其機固若是也。凡社會思想，束縛於一途者既久，驟有人焉衝其藩籬而陷之，其所發明者不必其遂有當於眞理也，但使持之有故、言之成理，則自能震聳一般之耳目，而導以一線光明。此懷疑派所以與學界革命常相緣也。今文家言，一種之懷疑派也。二百年間支配全學界最有力之一舊說，舉凡學子所孳孳焉以不得列宗門爲恥者，而忽別樹一幟以與之抗。此幾一動，前之人所莫敢疑者，後之人乃競起而疑之，疑之不已，而假說之論起焉。假說之論多，優勝劣敗，眞理斯出。故懷疑派之後，恆繼以詭辯派；詭辯派之後，而學界革命遂成立。此徵諸古今中外而皆然者也。今文之學，對於有清一代學術之中堅而懷疑者也。龔魏及祖述龔魏之徒，則近於詭辯者也，而我思想界亦自茲一變矣。……

中華書局《飲冰室合集·文集》第三册

與楊季子論文書〔節錄〕

〔清〕包世臣[1]

季子足下：辱書，詢爲古文之要，詞意勤懇，世臣何可以當此耶？足下性嗜古書，尤躭齊、梁諸子，而下筆顧清迴柔厚，駸駸有西漢之意。世臣僿陋偃蹇[2]，何足以稱盛指[3]。謹言其所知而足下擇之。

竊謂自唐氏有爲古文之學，上者好言道，其次則言法。說者曰：言道者，言之有物者也；言法者，言之有序者也[4]。然道附於事，而統於禮。子思嘆聖道之大，曰："禮儀三百，威儀三千。"[5]孟子明王道，而所言要於不緩民事[6]，以養以教；至養民之制[7]，教民之法[8]，則亦無不本於禮[9]。其離事與禮而虛言道以張其軍者，自退之[10]始，而子厚[11]和之。至明允、永叔[12]迺用力於推究世事，而子瞻[13]尤爲達者。然門面言道之語，滌除未盡，以致近世治古文者，一若非言道則無以自尊其文。是非世臣所敢知也。天下之事，莫不有法；法之於文也，尤精而嚴。夫具五官，備四體，而後成爲人。其形質配合乖互，則貴賤妍醜分焉。然未有能一一指其成式者也。夫孟、荀，文之祖也；子政、子雲[14]，文之盛也。典型具在[15]，轍迹各殊。然則，所謂法者，精而至博，嚴而至通者也。又有言爲文不可落人窠臼[16]，託於退之尚異之旨者[17]。夫窠臼之說，卽《記》所譏之"勦說""雷同"[18]也。比如有人焉，五官端正，四體調均，偏視數千萬人，而莫有能同之者，得不謂之眞異人乎哉？而戾者乃欲顚倒條理，删節助字，務取詰屈，以眩讀者。是何異自憾狀貌之無以過人，而抉目截耳，折筋刲脇，蹒行於市，而矜詡其有異於人人也耶？至於退之諸文，序爲至劣，本供酬酢，情文無自，是以别尋端緒，仿於策士諷諭之遺，偶著新奇，旋成惡札[19]。而論者不察，推爲功宗。其有搏繹前人名作，摘其微疵，抑揚生議，以尊己見，所謂蠹生於木而反食其木。又或尋常小文，强推大義。二者之蔽，王、曾[20]尤多。夫事無大小，苟能明其始卒，究其義類，皆足以成至文，固不必悉本忠孝，攸關家國也。凡是陋習，染人爲易，而熙甫、順甫[21]乃欲指以爲法，豈不謬哉！

文類既殊，體裁各别，然惟言事與記事爲最難。言事之文，必先洞悉所事之條理原委，抉明正義，然後沚得失之所以然，而條畫其補救之方。記事之文，必先表明緣起，而深究得失之故，然後沚其本末，則是非明白，不惑將來。凡此二類，固非率爾所能。而古今能者必宗此法，機勢萬變，樞括無改。至紀事而敍入其人之文，則爲尤難。《史記》點竄《內、外傳》[22]《戰國策》諸書，遂如己出。班氏襲用前文，微有增損，而截然爲兩家。斯如製藥冶金，隨其鎔範，形依手變，性與物從，非具神奇，徒嫌依傍。馬、班紀載舊文，多非原本。故《史記》善賈生推言之論，而班氏《典引》直指以爲司馬，《始皇紀》後亦兼載賈、馬之名[23]。賈生之文入《漢書》者，已屬摘略[24]，而其局度意氣，與《過秦》殊科，則知其出於司馬删潤無疑也。比及陳、范[25]，全載原文，閒形蕪穢，或加以删薙，輒又見爲碎缺。故子瞻約趙抃之牘以行己意[26]，而介甫嘆爲子長復出者，蓋深知其難也。……

光緒十年羊城翠琅玕館校刊本《藝舟雙楫》卷一

【註釋】

［1］包世臣（公元一七七五年——一八五五年）——字慎伯，號倦翁，安徽涇縣人。嘉慶十三年舉人，官新喻知縣。世臣關心時政，有經濟大略，工詞章，論書

法尤精。著有«安吳四種»三十六卷。«清史稿»卷四百九十一«文苑»三有傳。

[2] 僿——音賽，細碎。偃蹇——偃爲偃臥，蹇爲跛足；此處借以自謙其學問之疏陋。

[3] 盛指——指，通旨。盛旨猶言美意。

[4] 言道者二句——方苞«又書貨殖傳後»：“義卽«易»之所謂‘言有物’也，法卽«易»之所謂‘言有序’也。”本文所稱“說者曰”，卽指苞。

[5] 禮儀三百二句——見«禮記·中庸»。«中庸»，子思(孔伋)所作。

[6] 不緩民事——«孟子·滕文公上»：“滕文公問爲國。孟子曰：民事不可緩也。”

[7] 養民之制——«孟子·梁惠王上»：“不違農時，穀不可勝食也；數罟不入洿池，魚鼈不可勝食也；斧斤以時入山林，材木不可勝用也。穀與魚鼈不可勝食，材木不可勝用，是使民養生喪死無憾也。”

[8] 敎民之法——«孟子·滕文公上»：“設爲庠序學校以敎之。庠者，養也；校者，敎也；序者，射也。夏曰校，殷曰序，周曰庠。”

[9] 則亦無不本於禮——«孟子·滕文公上»：“后稷敎民稼穡，樹藝五穀；五穀熟而民人育。人之有道也，飽食、煖衣、逸居而無敎，則近于禽獸。聖人有憂之，使契爲司徒，敎以人倫，——父子有親，君臣有義，夫婦有別，長幼有序，朋友有信。”

[10] 退之——韓愈。

[11] 子厚——柳宗元。

[12] 明允——蘇洵。永叔——歐陽修。

[13] 子瞻——蘇軾。

[14] 子政——劉向。子雲——揚雄。

[15] 典型具在——«詩·大雅·蕩»：“雖無老成人，尙有典刑(同型)。”典型，後人以指遺留下來的規範。

[16] 窠臼——陳舊的格調；老一套。

[17] 退之尙異之旨——韓愈«答劉正夫書»：“夫百物朝夕所見者，人皆不注視也。及覩其異者，則共觀而言之。夫文豈異於是乎？”

[18] 記所譏之剿說雷同——«禮記·曲禮»：“毋勦說，毋雷同。”

[19] 惡札——周必大«益公題跋»：“以上惡札，皆予筆也。”

[20] 王——王安石。曾——曾鞏。

[21] 熙甫——歸有光。順甫——茅坤。

[22] 內外傳——«左傳»爲內傳，«國語»爲外傳。

［23］史記善賈生推言之論三句——班固《典引》:“小黃門趙宣持《秦始皇帝本紀》問臣等曰:太史遷下贊語中，寧有非邪?臣對:此贊賈誼《過秦篇》云:‘向使子嬰有庸主之才,僅得中佐,秦之社稷,未宜絕也。’此言非是。”呂向註:“司馬遷《秦始皇贊》中,全述賈誼此篇,以明秦事。”

［24］賈生之文入漢書者已屬摘略——《漢書·賈誼傳》載《鵩鳥賦》《上疏陳政事》《上疏請封建子弟》,《食貨志》載《說積貯》《諫除盜鑄錢令使民放鑄》。《賈誼傳》說:“誼數上疏陳政事,多所欲匡建,其大略曰……”可知不是全文。

［25］陳范——指陳壽《三國志》、范曄《後漢書》。

［26］子瞻約趙抃之牘以行己意——指蘇軾《趙清獻公神道碑》。抃,謚清獻。

【說明】

包世臣留心經世之學,其論文主於宏博通達,和同時的古文家與經學家旨趣頗異。這篇《與楊季子論文書》，所着重討論的是文章中的道與法的問題。

他以爲文章種類不同，體製各別，其中以言事和記事爲最難。“道附於事”,“言事之文,必先洞悉所事之條理原委,抉明正義,然後述得失之所以然,而條畫其補救之方”。那末,言事卽所以明道了。至於記事之文,“必先表明緣起,而深究得失之故,然後述其本末”,才能“是非明白，不惑將來”。然則不明道也不可以記事。離開了具體的事而言道,則道就成爲空洞的門面語。他說:“近世治古文者,一若非言道則無以自尊其文。”指出“虛言道以張其軍”,是韓、柳以來古文家的陋習,這種見解，和袁枚有些相同，是極爲中肯的。在他看來，道是無往而不在的。“尋常小文”,不必“強推大義”。因爲“事無大小，苟能明其始卒，究其義類,皆足以成至文,固不必悉本忠孝,攸關家國也”。

對於法的問題,他說:“天下之事,莫不有法;法之於文也,尤精而嚴”，但他所強調的是神明變化之法。他以爲就文章而言,“典型具在”;就作者來說，則“轍迹各殊”。由于人的才性不同,描寫的對象也不一樣，因而法的運用，“如製藥冶金，隨其鎔範，形依手變，性與物從”，是不可能“一一指其成式者也”。因此，他認爲“所謂法者，精而至博，嚴而至通”，在行文時，固不必與古人同，亦不必求與古人異，一以事義爲指歸。韓愈務去陳言，戛戛獨造，是爲了避免剿說雷同，落人窠臼；可是像《史記》那樣，“點竄《內、外傳》《戰國策》諸書，遂如己出”，則更能見出神明變化之妙。倘若拘泥于“退之尙異之旨”，就很可能形成一種“顚倒條理，删節助字，務取詰屈，以眩讀者”的流弊。這些議論，頗能糾正前明七子和歸、唐之失，同時也是針對桐城義法之說而發的。《再與楊季子書》中自述與董晉卿論文異同以及晉卿淵源之所自，正說明了他所反對的法，卽熙甫、望溪相承之法。

附　錄

再與楊季子書（節錄）

〔清〕包世臣

季子足下：辱賜還答，知不以前書爲差謬，幸甚幸甚。然奬借逾分，又有未甚喩意之處，故復進以相開，惟足下照察。

足下謂聖道卽王道，硏究世務，擘畫精詳，則道已寓於文，故更無道可言。固非世臣所任，而亦非世臣意也。……又詢及選學與八家優劣，及國朝名人孰爲近古。夫《文選》所載，自周、秦以及齊、梁，本非一體。八家工力至厚，莫不沈酣於周、秦、兩漢子史百家，而得體勢於韓非子《呂覽》者爲尤深，徒以薄其爲人，不欲形諸論說。然後世有識，飮水辨源，其可掩耶？自前明諸君泥子瞻“文起八代”之言，遂斥選學爲別裁僞體。良以應德、順甫、熙甫諸君，心力悴於八股，一切誦讀，皆爲制舉之資，遂取八家下乘，横空起議、照應鈎勒之篇，以爲凖的。小儒目眯，前邪後許，而精深閎茂，反在屛棄。於是有反其道以求之者，至謂八家淺薄，務爲藻飾之詞，稱爲選學，格塞之語，詡爲先秦。夫六朝雖尙文采，然其健者則緩急疾徐，縱送激射，同符《史》《漢》，貌離神合，精彩奪人。至於秦、漢之文，莫不洞達駘宕，劌目怵心；間有語不能通，則由傳寫譌誤及當時方言。以此爲師，方爲善擇。退之酷嗜子雲，碑版或至不可讀，而書說健舉渾厚，宜爲宗匠。子厚勁厲無前，然時有摹擬之迹，氣傷縝密。永叔奏議忼怛明暢，得大臣之體，翰札紆徐易直，眞有德之言，而序記則爲庸調。明允長於推勘辨駁，一任峻急。介甫詞完氣健，饒有遠勢。子固茂密安和，而雄強不足。子瞻機神敏妙，比及暮年，心手相忘，獨立千載。子由差弱，然其委婉敦縟，一節獨到，亦非父兄所能掩。足下試各取其全集讀之，凡爲三百年來選家所遺者，大抵皆出入秦、漢，而爲古人眞脈所寄也。其與選學，殊途同歸。貴鄉汪容甫頗有眞解，惜其騖逐時譽，耗心飽飣，然有至者，固足爲後來先路矣。國初名集，所見甚尠，就中可指數者，侯朝宗隨人俯仰，致近俳優；汪鈍翁簡默瞻顧，僅足自守；魏叔子頗有才力，而學無原本，尤傷拉雜；方望溪視三子爲勝，而氣力寒怯；儲畫山典實可尙，而度涉市井；劉才甫極力修飾，略無精華；姚姬傳風度秀整，邊幅急促；張皋文視（安吳四種本作規）形橅勢，惟說經之文爲善；惲子居力能自振，而破碎已甚，碑志小文，乃有完璧。凡此九賢，莫不具標能擅美、獨映當時之志，而蓋棺論定，曾不足以塞後人之望。白駒過隙，來者難誣。足下齒方弱冠，秀出時流。然生材非難，成材爲難。惟望以世臣之荒落爲鑑，及時自劾，則斯文之幸也。……

光緒十年羊城翠琅玕館校刊本《藝舟雙楫》卷一

文說記事篇第二

〔清〕劉師培

皇古學術，溯源史官，記動記言，實惟史職；是記事之文，起原至古。觀虞、夏之書，據事直錄，事必徵實，言匪蹈虛，故《堯典》測天，《禹貢》治水，垂一王之法，布不刊之言。推之《神農本草》、《黃帝內經》，簡要詳博，不雜蕪詞。降及周代，文史日繁。然姬公《官禮》，孔氏《春秋》，一則法典之書，一則史編之體。蓋文以記事，故事外無文；若詞涉不經，冒等子虛，書而不法，後世何觀？無徵不信，此之謂歟！

後世之文，多昧此旨，雖碑傳之作，博徵文獻，游記之文，模範山水，然記事失實，厥有數端。

一曰寓言。自《國風》之詩，託物興懷，義標比興，詞等無稽；然"漢有游女"，遂傳贈珮之文，《詩》言"漢有遊女"，本比興之詞耳，《韓詩》遂傳鄭交甫贈佩之事，後世詞人，襲用其說，一若漢水之實有此神。鄭詠狡童，妄託辭昏之說。《詩狡童篇》，《毛序》最確，近人以辭昏之事附會之，非也。又如靈均作《湘君》之歌，宋玉奏《神女》之賦，構造虛詞，婉而多諷；乃湘水傳鼓瑟之蹤，高唐爲夢游之地，咸有神祠，詳於方志，習俗相沿，有若信史。況東周以降，策士踵興，設爲荒誕之詞，以助縱橫之筆。乃"嫠不恤緯"，韓嬰用以釋詩，《左傳》記子太叔之語，本係寓言，《韓詩外傳》遂誤爲漆室女之事，又誤以憂周爲憂魯。"妾覆藥酒"，見《戰國策》。子政垂之彤史，可謂昧於擇言者矣。至若列子貴虛，莊周諔詭，借物寓意，夫豈有徵？若昧厥旨義，證以實詞，是猶待兔而守株，豈僅刻舟而求劍。故夔僅一足《呂氏春秋》，堯有八眉，襲謬沿訛，疑非爲是，用之於文，穢莫大焉。漢代以還，譌言日興：海客乘槎，見《博物志》。則誤爲博望；姮娥竊藥，則指爲羿妻；王母本西方之國，目爲列仙；羲和乃司歷之臣，稱爲日馭；於洛神則信爲宓妃，於武陵則尊爲仙跡：朱紫莫別，不可殫論，其弊一也。

二曰虛設。自"民靡孑遺"，譏《雲漢》之害詩；"血流漂杵"，證《武成》之多譌：言過其失，自古有之。及遞相稱述，曲意形容，屬詞比事，其失也誣。後世文人，飾詞矯說，或尊己而卑人，或援古以證今，事每憑虛，詞多烏有：若王沈《魏錄》，濫述貶甄之詔；陸機《晉史》，虛張拒葛之風：曲筆阿時，非一日矣。又如劉玄以俠烈著聞，而范史力言其懦弱《漢更始傳》；既言其身在微賤，結客報仇，及敘其即位後，則又言其羞愧流汗，刮席不敢視，非誣而何。宋祖輟誦讀之業，而沈書侈述其文詞：見《史通》。虛美相酬，言多爽實。至若魏收修史，延壽成書，比索虜於禹、湯，夷南朝於蠻、貊，道武名官，則曰遠師少皞，柔然通使，則曰追慕漢高，擬非其倫，殊乖實錄。甚至加虛鍊飾，博採謏言，喻過其體，詞浚其義：論逆臣則稱爲問鼎，稱巨寇則目以長鯨；記貢納必飾百牢，敘朝會必稱萬國；孔門弟子，則曰三千；漠北胡兵，則曰十萬；漢兵敗績，睢水爲之不流；赤眉納降，積甲高於熊耳；董生乘馬，不知牡牝；翟公之門，可張雀羅：事資虚飾，是曰支詞。若烏白馬角，顯燕丹之精誠；犬吠鷄鳴，神劉安之仙術：以虚爲實，來者難誣，所謂鳧脛雖短，續之則憂，畫虎不成，反類畫狗者矣。推之班固《兩京》，左思《三都》，言雖成理，事或渺冥。唐代以降，文體日淆，言無準的，語非有中：以李實之苛殘，而昌黎頌爲仁吏；以孫復之穿鑿，而永叔奉爲經師：移的就箭，掩耳盗鈴，迷惑後世，夫豈一端？其弊二也。

三曰訛誤。夫佛肸畔晉，孔子卒已數年，而《論語》記“磨磷涅淄”之喻；吳王濬邗，夏代實無此水，而《孟子》有“排淮注江”之文：書籍舛誤，經典猶然。若夫顔闔對君，載爲顔淵；闞我作亂，移之宰我；《列子》書論尼父，而曰與鄭穆同時；扁鵲醫療虢公，而曰爲趙簡治疾。又如莒僅彈丸，而孟堅稱爲大國《五行志》；秦非小弱，而榮緒稱爲小邦：臧榮緒《晉書》曰：“苻秦地劣於趙。”苟非别加研覈，何以判别是非？推之杜陵詩史，誤伏勝爲服虔；杜詩：“諸生老服虔。”此指濟南伏生言。劍南文雄，誤許渾爲許遠。桓溫與仲文並世，乃庾信之虚詞；九齡賞蘇挺之文，爲容齋所駁正。虎頭則釋以人名，蘇詩：“卻下虎頭城。”此卽虔州言也，注家誤爲顧虎頭，斯言誠大謬矣。赤壁則移其地望。傳聞失實，考證多疏，賢者不免，況其下乎？況訛言亂眞，别有一因：怯書今語，勇效昔言，碑銘所勒，傳記所書，或虚引他邦，冒爲己邑，如稱袁則飾之陳郡，言劉則繫之彭城是也；或侈用古官，施之今職，如京尹必稱京兆，不計都邑之遷移，相臣必號平章，不計官階之同異是也；或虚引古事，飾爲雅言，如苻堅撫盤，易爲“推案”，洛干脱帽，易爲“免冠”是也。綜斯三失，言與事違，今古以之不純，眞僞由其相亂，故詮事失眞，與訛言同，其弊三也。

嗟乎，古人以事爲主，凡記事必以文，後人以文爲主，或因文以害義，故古事因文而傳，近事因文而晦，以文勝質，此之謂乎。是以文苑之英，詞林之秀，必參觀古籍，博覽羣書，參互考驗，窮流溯源，斯能出語有章，立言不朽；若徵材聚事，徒供獺祭之需，恐摘句尋章，不越蟲雕之技，以此言文，不亦誤乎！

寧武南氏校印本《劉申叔先生遺書》

使黔草自序[1]

〔清〕何紹基[2]

同人見余《使黔詩草》皆欣然爲之敍[3]，各道所欲道，文詞暢美。閲者讀諸君之敍，即吾詩可不必觀，亦不足觀矣。顧余平生詩文，隨手散漫，不自收拾，雖自覺精力可惜，亦無如何。今既刻此三卷，示門人子姪平日用心之故，倘有不能不爲若輩告者，復自爲之敍曰：

詩文不成家，不如其已也；然家之所以成，非可於詩文求之也，先學爲人而已矣。規行矩步，儒言儒服，人其成乎？曰：非也。孝弟謹信，出入有節，不慤[4]於中，亦酬應而已矣！立誠不欺，雖世故周旋，何非篤行！至於剛柔陰陽，稟賦各殊，或狂或狷[5]，就吾性情，充以古籍，閲歷事物，眞我自立，絕去摹倣，大小偏正，不枉厥材，人可成矣。於是移其所以爲人者發見於語言文字；不能移之斯至也，曰去其與人共者，漸擴其己所獨得者，又刊其詞義之美而與吾之爲人不相肖者，始則少移焉，繼則半至焉，終則全赴焉，是則人與文一。人與文一，是爲人成，是爲詩文之家成。伊古以來，忠臣孝子，高人俠客，雅儒魁士，其人所詣，其文如見。人之無成，浮務文藻，鏤脂剪楮[6]，何益之有！

顧其用力之要何在乎？曰：不俗二字盡之矣。所謂俗者，非必庸惡陋劣之甚也。同流合汚，胸無是非，或逐時好，或傍古人，是之謂俗。直起直落，獨來獨往，有感則通，見義則赴，是謂不俗。高松小草，并生一山，各與造物之氣通。松不顧草，草不附松，自爲生氣，不相假借。泥塗草莽，糾紛拖沓，泚㴳[7]不別，腐期斯至。前哲戒俗之言多矣，莫善於涪翁[8]之言曰："臨大節而不可奪，謂之不俗。"[9]欲學爲人，學爲詩文，舉不外斯恉。吾與小子可不勉哉，可不勉哉！

同治六年長沙刻本《東洲草堂文鈔》卷三

【註釋】

[1] 使黔草——何紹基於道光二十四年甲辰五月奉命充貴州鄉試副考官，這年所寫的詩爲《使黔草》，收在《東洲草堂詩鈔》卷九、卷十、卷十一。

[2] 何紹基（公元一七九九年——一八七三年）——字子貞，晚自號蝯叟，道州人。道光十六年進士，選庶吉士，授編修，官至四川學政。紹基通經史，精律算，擅書法，尤深于詩，爲清後期名家。有《東洲草堂詩鈔》三十卷、《東洲草堂文鈔》二十卷。《清史稿》卷四百九十一《文苑》三有傳。

[3] 同人見余使黔詩草皆欣然爲之敍——案：爲《使黔草》作序的，有朱琦、梅曾亮、戴絅孫、苗夔、張穆、郘鴻逵、楊季鸞七人。

[4] 愍——誠。

[5] 或狂或狷——《論語·子路》："狂者進取，狷者有所不爲也。"朱熹《集注》："狂者，志極高而行不掩。狷者，不屑不潔之士。"

[6] 鏤脂——桓寬《鹽鐵論》："內無其質而外學其文，若畫脂鏤冰，費日損功。"剪楮——《列子·說符》："宋人有爲其君以玉爲楮葉者，三年而成。"後人用爲模仿之喻。

[7] 惉懘——《史記·樂書》："五者不亂，則無惉懘之音矣。"惉懘，敝敗不和貌。

[8] 涪翁——黃庭堅別號。

[9] 臨大節而不可奪二句——黃庭堅《書嵇叔夜詩》："或問不俗之狀。余曰：難言也。視其平居無以異於俗人，臨大節而不可奪，此不俗人也。"

【說明】

言爲心聲，詩文是人的情志的表現，必須去僞存眞，才能吐納英華，自抒襟抱。歷來詩論家有不少人都注意到這一問題，何紹基這篇《使黔草自序》說得較爲透闢。

文中首先把詩文和爲人聯繫起來，認爲詩文的成家，"非可於詩文求之也，先學爲人而已矣”。所謂成家，指的是絕去依傍，自成面目；而要達到這樣的境地，則在于爲人的“立誠不欺”。這就是《易》說的“修辭立其誠”的意思。

爲人如何才能做到“立誠不欺”，他提出了不俗二字作爲衡量的標準。文中引黄庭堅語，謂“臨大節而不可奪，謂之不俗”，這也就是説，人能免俗，必須是具有眞襟抱，眞性情，不同流合汚，隨人俯仰。把不俗提到這樣的高度，人和文自然就卓立千古了。他以爲人的稟賦各殊，或狂或狷，而要成爲一個不同流俗的人，則在于讀書明理，在于日常生活實踐中養之有素。《與汪菊士論詩》中論眞性情一節，即闡明此意。

不俗是爲人之本，亦即詩文之本，和何紹基同時的詩人鄭珍在《論詩示諸生》裏也説："從來立言人，絕非隨俗士。”用意正復相同。然而不俗的人並不等于詩文就能成家。在這個問題上，何紹基十分強調“作詩文自有多少法度，多少工夫，方能將眞性情般運到筆墨上”（見《與汪菊士論詩》）。此文指出："移其所以爲人者，發見於語言文字”，必須是文如其人。如何才能文如其人，他以爲“去其與人共者，漸擴其己所獨得者，又刊其詞義之美而與吾之爲人不相肖者，始則少移焉，繼則半至焉，終則全赴焉，是則人與文一”。《與汪菊士論詩》説："詩是自家做的，便要説自家的話，凡可以彼此公共通融的話頭，都與自己無涉。”所謂工夫，是指刊落一切的浮詞。如此，則不但“鏤脂剪楮”，在所禁忌，就連愛好修飾，馳騁才氣，刻意尋求佳句，也成爲眞性情的蔽障了。故曰："不黏皮帶肉則潔，不強加粉飾則健，不設心好名則樸，不橫使才氣則定。”（見同前）可見他所強調的詩中要有眞我，和性靈派的牙齒伶俐，出之以滑易，是各異其趣的。

道光、咸豐之際，是清代詩風轉變的時期，和何紹基同時的詩人如鄭珍、莫友芝等，都十分重視學養與功力，主張取逕杜、韓、蘇、黄，深刻地表現各人的性情襟抱。陳衍《近代詩鈔序》說，自從他們出來之後，“學人之言與詩人之言合，而恣其所詣。于是貌爲漢、魏、六朝、盛唐者，夫人而覺其面目性情之過于相類，無以别其爲若人之言也”。何紹基的詩論，正可看作這個時期的代表。但因他過分强調“爲人”，于是這種詩論也就只對當時詩壇酬應模擬的風氣起些鍼砭作用。

附　錄

題馮魯川小像册論詩(節錄)

〔清〕何紹基

魯川持示此册來曰：不煩題像，且與論詩。噫！此詩人之像乎！魯川而欲爲詩人，未必能詩人也；魯川不僅爲詩人，其庶幾詩人乎！

晨起日出，庭中諸花不如影好，何以故？花不如花影之渾成無垠堮也。然究之由小花無大氣質耳，奇松古柏，干霄蔽日，眞氣眞骨眞形，豈待渾成於影哉。

“將以理羣類，解謬誤，曉學者，達神恉，分别部居，不相雜廁，萬物咸覩，靡不兼載”，此汝長之言也。詩文之能事具此矣，豈徒六書哉。將有兩年之别，因復論詩於後。

…………

昔人論畫云：宋人千巖萬壑，無一筆不簡；元人枯竹瘦石，無一筆不繁。此繁簡二字，尚在形貌上說耳。《老子》云：“爲學日益，爲道日損。”乃將繁簡說到是一件事。學道人不可不知，作文作詩人不可不知。

詩爲心聲，偶遇佳句，不是余心所欲出，或從它人處聽來看來的，便與我無涉。或其意致議論可喜，而我平日持議不是如此，即不可闌入。若到得融會時，頭頭都是我的，更不消問人借貸了。

詩文字畫不成家數，便是枉費精神，然成家尚不從詩文字畫起，要從做人起。自身心言動，本末終始，自家打定主意做箇甚麽人，眞積力久自然成就，或大成，或小成，爲儒，爲俠，爲和，爲峭，爲淡，爲絢爛，爲潔，爲拉遝，爲娟靜，爲縱恣，人做成路數，然後用功於文字，漸漸般移，其藝必成，適肖其人。魯公書似其忠烈，間出蕭澹，又似其好神仙；東坡書畫詩文皆汪洋出奇，想見其人豪宕閎遠可喜也。心聲心畫，無可矯爲，然非刻苦用一番精力，雖人已成就，不見得全能般移到紙上，所以古來名人，不是都會詩文字畫。

"溫柔敦厚，詩教也"。此語將《三百篇》根氐說明，將千古做詩人用心之法道盡，凡刻薄吝嗇兩種人，必不會做詩。詩要有字外味，有聲外韻，有題外意；又要扶持綱常，涵抱名理。非胸中有餘地，腕下有餘情，看得眼前景物都是古茂和藹，體量胸中意思全是愷悌慈祥，如何能有好詩做出來。

作詩文必須胸有積軸，氣味始能深厚，然亦須讀書。看書時從性情上體會，從古今事理上打量。於書理有貫通處，則氣味在胸，握筆時方能流露。蓋看書能貫通，則散者聚，板者活，實者虛，自然能到腕下；如餖飣零星，以強記爲工，而不思貫串，則性靈滯塞，事理迂隔，雖塡砌滿紙，更何從有氣與味來。故詩文中不可無考據，卻要從源頭上悟會。有謂作詩文不當考據者，由不知讀書之訣，因不知詩文之訣也。

做詩喜索佳句，乃小兒初學借以用功之法，正經做詩，便不宜如此。若才子句，若風流句，俱在所忌，惟有學陶之澹遠，謝之精鑿，佳句不妨，以其鞭闢向裏，詩心入內也。

少年時甫學爲詩，頗從諸詩老馳逐，皆蒙其誇詡，時以爲似韓，時以爲似蘇，動輒數十韻，匿藁不敢令父師見也。先公一日自外歸，因聞詩老誇詡語，乃責之曰：兒要學詩，不必到門外去，且將韓、杜集《文選》全部讀去，以後不准與諸詩人唱酬。後來手眼遂日進，此與求佛人道逢長老謂之曰：佛自在汝家，何事遠求。正是此理。追惟庭語，尙如眼前也。

昔人論書曰：折釵股何如屋漏痕？屋漏痕者，以喩其無起止處也。作詩亦如此，隨處即起，隨處可止，東坡所謂"行乎其不得不行，止乎其不得不止"者，正是如此，非量度定要如此起如此止也。余嘗歎山谷云："臨大節而不可奪，謂之不俗。"此說不俗意最確，俗非壞字眼，同流合汚，黏泥帶水之謂也。聖賢做事，道理所在，隨步換形，毫無沾滯，禹、顏之易地皆然，聖之清之任之和，大聖之時中，皆是同此理。臨大節臨字最妙，臨到大節時，則不可奪，此乃不俗之大本原大體用。下至文藝事，直起直落，脫盡泥水，其不俗之所以然亦同此理，不可易視之小視之。

余平生愛看人詩而不喜評隲，以各有本面目，不可以己意繩人也。至其論詩亦不數數然，惟亨甫、石舟聞之最莫逆，今兩君俱已矣！

…………

同治六年長沙刻本《東洲草堂文鈔》卷五

與汪菊士論詩

〔清〕何紹基

凡學詩者，無不知要有眞性情，卻不知眞性情者，非到做詩時方去打算也。平日明理養氣，於孝弟忠信大節，從日用起居及外間應務，平平實實，自家體貼得眞性情；時時培護，字字持守，不爲外物搖奪，久之，則眞性情方才固結到身心上，即一言語一文字，這箇眞性情時刻流露出來。然雖時刻流露，以之作詩作文，尙不能就算成家者，以此眞性情雖偶然流露，而不能處處發現，因作詩文自有多少法度，多少工夫，方能將眞性情般運到筆墨上。又性情是渾然之物，若到文與詩上頭，便要有聲情氣韻，波瀾推蕩，方得眞性情發見充滿，使天下後世見其所作，如見其人，如見其性情。若平日不知持養，臨提筆時要它有眞性情，何嘗沒得幾句驚心動魄的，可知道這性情不是暫時撐支門面的，就是從人借來的，算不得自己眞性情也。

詩是自家做的，便要說自家的話，凡可以彼此公共通融的話頭，都與自己無涉。如說山水，便有高深底閒話，說古迹，便有感慨陳迹底閒話，說朋友，便有投分相思惜別底閒話，爾也用得，我也用得，其實大家用不著。疑者曰：焉知彼此不同要說這句話？豈知偶然同一句兩句，是不能無的，然合上下看來，總要各出各意，句同意必不同，才是各人自家的話，斷無公共用得的。我常教子弟以不誠無物，若不是自家實心做出來，即入孝出弟，止算應酬；若是實心出來，即作揖問候，亦是自家的實事。試看誠心恭敬的君子，其作揖問候，氣象亦與人不同，況語言文字乎！

落筆要面面圓，字字圓。所謂圓者，非專講格調也，一在理，一在氣。理何以圓？文以載道，或大悖於理，或微礙於理，便於理不圓。讀書人落筆，謂其悖理礙理，似未必有其事，豈知動筆用心，稍偏卽理不圓，稍隔卽理不圓，此病作家中尙時時有之，況初學乎？試言其略：如方仕進，向上動輒云歸隱；本事未必能應變，動輒見危難而作旁觀之太息；居親喪而吟詠，賦悼亡而過傷；此悖與礙也。悼亡旣如此痛，則以不續絃爲是。泛泛友朋，卽作摯交語，則除此友朋外，更不相與它人爲是。以此類推，要理圓是極難了，非平日平心積理，凡事到前銖兩斟酌，下筆時又銖兩斟酌，安得理無滯礙乎？氣何以圓？用筆如鑄元精，耿耿貫當中，直起直落可也，旁起旁落可也，千回萬折可也，一戛卽止亦可也，氣貫其中則圓。如寫字用中鋒然，一筆到底，四面都有，安得不厚，安得不韻，安得不雄渾，安得不淡遠？這事切要握筆時提起丹田，高著眼光，盤曲縱送，自運神明，方得此氣。當眞圓，大難大難。

余嘗謂山谷云：臨大節而不可奪，謂之不俗。此說不俗兩字最精確，俗不是壞字眼，流俗汚世，到處相習成風，謂之俗。人如此我亦如此，不能離開一步，謂之俗。做人如此，焉能臨大節而不奪乎？現在做何事，便盡現在之理，故預先籌畫到大節的，往往臨時不濟，惟素位而行者，利害私見，本不存於中，臨大節時也止是素位而行，如何可奪。行文之理，與做人一樣，不黏皮帶肉則潔，不強加粉飾則健，不設心好名則樸，不橫使才氣則定。要起就起，要住就住，不依傍前人，不將就俗目，有時遇題卽有詩則做，有時遇題而無詩則且不做。然道理熟，功夫熟，未有遇題而無詩者，道一本而萬殊，遇題無詩，到底是理之萬殊者，未看得博想得穿耳。古詩家書家能不俗者，都是此法，惟山谷此語說得確，惟余體會山谷此語到文字上見得通透，是否是否？

昔人云：詩必有爲而作，方爲不苟。此語不易解，如遇忠孝節烈有關繫風教者，樂得做一篇，然此等題，作者或百人，佳篇不得三四，除此三四篇外，雖有爲而作，仍無關繫了。有時小題乘興，而所見者遠大，則不必有爲而作，而理足詞文，字句之外，大有關繫。故大家之集，題目大小雜出，而未有無正經性情道理寄託者，此之謂有爲而作，非必盡要莊重正大題也。惟冶游之題，必無有關繫語，古人亦有存者，偶不經意，非後人所當效也。且詩文先要使子弟看得去，爲要做詩方讀書，如何來得及，然細心打量，亦無來不及者。人可一日不讀書乎！當讀者何書？經史而已。六經之義，高大如天，方廣如地，潛心玩索，極意考究，性道處固啓發性靈，即器數文物，那一件不從大本原出來。考據之學，往往於文筆有妨，因不從道理識見上用心，而徒務鉤稽瑣碎，索前人瘢垢，用心旣隘且刻，則聖賢眞意不出，自家靈光亦閉矣。故讀經不可不考據，而門徑宜自審處。恃孔、賈之符，倚程、朱之勢，互相誹薄者，皆無與於聖經者也。子史百家皆以博其識而長其氣，但論古人宜寬厚，不宜刻責，非故爲仁慈也，養此胸中春氣，方能含孕太和。若論史務刻，則讀經書難得力，蓋聖人用心，未有不從其厚者。知此意則經史之學可做成一貫矣。積理養氣，皆從此爲依據。至於作詩，則吾嘗謂天下吝嗇人刻薄人狹隘人黏滯人俱不會作詩，由先不會讀書也。孔子曰："溫柔敦厚，詩教也。"

詩無佳句，則馨逸之致不出；然務求佳句，倘非詩之正路。詩以意爲主，韻爲輔。句之佳者，乃時至氣化，自然流出；若勉強求之，則往往有椎鑿痕迹。如草木氣茂，開出好花，誠爲可觀；亦有枝幹節葉勃勃有氣而不開花者，其勁氣秀色，自不可掩也。

今人通籍或成人後，即不肯高聲讀書，此最是大病。古人之書固以義理爲主，然非文章無以發之，非音節無以醒之。即六經之文，童年誦習時，知道甚麽文字，壯後見道有得，再一吟諷，神理音節之妙，可以涵養性情，振盪血氣，心頭領會，舌底回甘，有許多消受。至於三史諸子百家集，本是做出底文章，若不高聲讀之，如何能得其推敲激昂之勢。至古人作詩，原爲被之管弦，播之樂府，後來樂府與詩家分路，然試取兩京、六朝、唐、宋大家詩篇讀之，無不音節圓足，聲情茂美；間有近於木拙者，然細繹低諷之，亦自有朱弦三歎之妙。近代詩家，每一大集中，可以擊節高歌者，不得幾篇，漁洋、竹垞詩無可讀，以有藻色無精意，一讀則淺；愚山、荔裳有邊幅無雄氣，一讀則窘；梅村歌行兼學少陵、香山，然杜、白之作，愈唱愈高，而梅村愈唱愈低，徒覺詞煩而不殺，以無眞理眞識眞氣也。顧亭林詩多可讀，經史味深也；高江村詩多可誦，儒雅道在也；然顧、高之詩，罕有人傳者，由今人不肯高聲讀前人之詩，故黑白不分耳。至于自家作詩，必須高聲讀之。理不足讀不下去，氣不盛讀不下去，情不眞讀不下去，詞不雅讀不下去，起處無用意讀不起來，篇終不混茫讀不了結。眞箇可讀，卽可管弦樂府矣。可管弦樂府方是詩。（〔原注〕略舉一二。要之本朝詩可擊節讀者極少，仲則心餘可矣而少餘味，簡齋淺，夢樓陋，覃溪拙，稚存、船山客氣。）

正經用功，止有閉戶之一法。逢人開口談學問，其學問可知；逢人開口談詩文，其詩文可知。今人但求人知，不務自家心得，有人誇它是名士，是才子，便寵耀十分，眞是可鄙，對客揮毫，動輒累紙，間出奇語，喧然傳誦，此如飛蚊一響，豈百年安身立命之地乎。苦吟一宵，難得佳篇，卽前人大家集中，罕有百篇傑出者，咄嗟而辦，果誰欺耶！況功夫內斂，則愈做愈深；道理靜求，則愈揮愈密。世間居積致富者，終年營營籌算，暗布潛謀，惟恐妻子知覺，一旦成就，則買田開市，氣象勃然，而此本人仍然樸陋如寠人子，如此方是眞致富人。此法甚佳，學者當效之。

地盤最要打得大，如有一塊大地，則室屋樓亭，聽其所爲，若先止方丈地，則一亭已無可布置矣。茍且之見，動云學陶、韋，不知陶、韋胸中多少道理，人品多少高冷，而果能陶、韋乎？好高者動云兩京，不知兩京時所見所聞皆周、秦，家世傳衍皆周、秦，其人並不必爲詩也，一篇一句，偶然傳後，而吾乃以多篇多句者效之，與《法言》文中僭擬聖經何異？卽使眞肖，亦優孟衣冠耳。做人要做今日當做之人，卽做詩要做今日當做之詩，必須書卷議論，山水色相，聚之務多，貫之務通，恢之務廣，鍊之務重，卓之務特，寬作丈量，堅作築畚，使此中無所不有，而以大氣力包而舉之。然未嘗無短篇也，尺幅千里矣；未嘗無淡旨也，淸潭百丈矣。譬如一所大院，正房客屋、幽亭曲榭、林鳥池魚、茂艸荒林，要無所不有，才好才好。

是道理精神都從天地到人身上，此身一日不與天地之氣相通，其身必病，此心一日不與天地之氣相通，其心獨無病乎？病其身則知之，病其心則不知，由私意物欲蒙蔽所致耳。今想不受其蒙蔽，除却明理，更無別說。雖然，亦有二說焉：讀書閱事，看到事物之所以然與天地相通，是一境；淸明之氣，生於寂處，心光一片，自然照澈通明，亦是一境。此二境者，相爲表裏，離此二境，非靜非動時，但提起此心，要它刻刻與天地通尤要。請問談詩何爲談到這裏？曰：此正是談詩。

聖人說"詩可以興、可以觀、可以羣、可以怨"，說《三百篇》也。學詩不學《三百篇》可乎？作詩不可以興觀羣怨可乎？興觀羣怨四字，蘊藉深厚之至矣，猶曰可以可以可以可以者，聖人之深於詩也。“不學詩，無以言”。

自《易》《書》《禮》，聖人所以教世型後者，無不至矣，所以彌縫缺漏，長善救失，在於無形，而《詩》作焉。故《詩》者，聖人教人盡頭方法也。《詩》所不能救，而《春秋》作焉，聖人所大不得已也。聖人務在教人爲良民，爲賢士臣，《春秋》誅賞，非所願筆之於書也。千萬世來，所以防民情僞者，法無不具，其實惟詩教爲多，但人不覺耳。《春秋》經之支流，遂爲編年紀事。歷代之史，徒冗且雜，有關懲勸者亦僅矣，而詩教亦因之衰敝，此則聖人所不及料也。學詩者不可不知此意。

詩貴有奇趣；卻不是說怪話，正須得至理，理到至處，發以仄徑，乃成奇趣。詩貴有閒情，不是孄散，心會不可言傳；又意境到那裏，不肯使人不知，又不肯使人遽知，故有此閒情。

聖人且說“好古敏以求之”，後人敢說不師古。然試看聖人學古是怎樣學的，學一箇人罷了，乃合堯、舜、禹、文、周公、老彭、左邱明、郯子、師襄而無不學之，可見聖人學古，直以自已本事貫通三古，看是因，全是創也。後儒去聖人遠矣，其學古也，奈何曰與聖人一樣，何也？學周公像周公，學老子像老子，無論必無此事，即有之，亦優孟而已。學詩要學古大家，止是借爲入手，到得獨出手眼時，須當與古人並驅。若生在老杜前，老杜還當學我。此狂論乎？曰：非也，松柏之下，其艸不植，小艸爲大樹所掩也，不能與天地氣相通也，否則小艸與松柏各自有立命處，豈假生氣於松柏乎。記得隨園有云：與其做總督衙門的門上，自然不如典史衙門的官主。此語卻有理，止是小小官主，也不是容易做的。古人詩文集，往往從其子弟門人輯錄傳世，然如杜、韓、權、陸等鉅集，豈能徒靠它人存錄乎？蓋雖手自存稿而不肯明言，即自命必傳，到此時便亦自有蘊藉含蓄之法，所以養文章之福，存羞恥之界也。《三百篇》何嘗自著姓名乎？兩京、六朝始有最錄之集，然零星墜散，亦賴後人收拾；唐人存集，亦不矜矜自鳴，必須傳後；白香山自藏詩本於廬山，乃偶然別致事，如羊叔子沈碑之意，止是風雅佳話耳；宋人多自定集，去古遠矣。元、明以來，乃有年年訂集，每數十百篇即題一集名，勢不能不綴緝湊衍充其篇幅，又動輒要人作序，要人題詞誇詡。烏乎！廉恥道喪，尙云詩乎！願與學者共戒之也。

凡事看立志何如，若所志不過眼前名士，當世詩翁，藉圖聲譽，則但取古詩唐詩選本，揣摩幾篇，近人詩集，涉獵幾部，止要肯做，不怕不翁。若要自走一路，自名一家，或冷淡，或兀傲，或博雅，或風韻秀婉，或山水模寫清妙，須自已要學這一路，看這一路，不雜不間，是不容易的。若想做箇一代有數的詩人之詩，則砥行績學，兼該衆理，任重致遠，充擴性情之量，與天地古今相際，而用筆之法，行氣之準，如何得厚得重得空得實得精得大。此志最高，能到不能到，自有氣數管著；而眞立此志者，蓋亦不多也。

天天起來題圖和韻，誠屬無味。然作家又有一種習氣，說生平不喜題圖，不愛次韻，如此便算高乎？詩人不詩人，全不在此。止是題圖，看是甚麽圖，有故實有道理，可藉以發攄自已才情見識，才好與它題；若人人想的行樂圖，其人不自亮，我又從而文采之，豈不增醜。和韻至坡、谷爲極盛，然如和陶詩，許多理趣，山谷和韻，奇致層出，何曾不自見胸次，無庸高論也。

立身應世爲學大要，不外一藏字，於詩道尤要尤要。說不盡，寫不盡，時時領略此理而已。

凡做一事，必兼做別事，此一事方得好。專做詩，詩不能工也。隨時隨事都不是詩，都是詩之所以然。

同治六年長沙刻本《東洲草堂文鈔》卷五

論詩示諸生時代者將至

〔清〕鄭　珍

我誠不能詩，而頗知詩意。言必是我言，字是古人字。固宜多讀書，尤貴養其氣。氣正斯有我，學贍乃相濟。李、杜與王、孟，才分各有似，羊質而虎皮，雖巧肖仍僞。從來立言人，絕非隨俗士。君看入品花，枝幹必先異；又看蜂釀蜜，萬蕊同一味。文質誠彬彬，作詩固餘事。人才古難得，自惜勿中棄。我衰復多病，骯髒不宜世，歸去異山川，何時見君輩？念至思我言，有得且常寄。

成豐刻本《巢經巢詩鈔》卷七

藝槩詩槩(選錄)

〔清〕劉熙載

“詩言志”，孟子文辭志之說所本也。“思無邪”，子夏《詩序》“發乎情，止乎禮義”之說所本也。

“心之憂矣，其誰知之”，此詩人之憂過人也；“獨寐寤言，永矢弗告”，此詩人之樂過人也。憂世樂天，固當如是。

詩，一種是歌，“君子作歌”是也；一種是誦，“吉甫作誦”是也。《楚辭》有《九歌》與《惜誦》，其音節可辨而知。

《九歌》，歌也。《九章》，誦也。詩如少陵近《九章》，太白近《九歌》。

誦顯而歌微；故長篇誦，短篇歌；敍事誦，抒情歌。

詩以意法勝者宜誦，以聲情勝者宜歌。古人之詩疑若千支萬派，然曾有出於歌誦外者乎？

論詩者，或謂鍊格不如鍊意，或謂鍊意不如鍊格；惟姜白石《詩說》爲得之。曰：“意出於格，先得格也；格出於意，先得意也。”

文所不能言之意，詩或能言之。大抵文善醒，詩善醉；醉中語亦有醒時道不到者，蓋其天機之發，不可思議也。故余論文旨曰：“惟此聖人，瞻言百里”；論詩旨曰：“百爾所思，不如我所之。”

詩之所貴於言志者，須是以直溫寬栗爲本。不然，則其爲志也荒矣；如《樂記》所謂喬志、溺志是也。

詩之言持，莫先於內持其志，而外持風化從之。

古人因志而有詩，後人先去作詩，却推究到詩不可以徒作，因將志入裏來，已是倒做了，況無與於志者乎？

《文心雕龍》云：“嵇志清峻，阮旨遙深”；鍾嶸《詩品》云：“郭景純用儁上之才，劉越石仗清剛之氣。”余謂志、旨、才、氣，人占一字，此特就其所尤重者言之，其實此四字詩家不可缺一也。

雅人有深致，風人、騷人亦各有深致，後人能有其致，則風雅騷不必在古矣。

“昔我往矣，楊柳依依；今我來思，雨雪霏霏。”雅人深致，正在借景言情，若舍景不言，不過曰春往冬來耳，有何意味？然“黍稷方華”，“雨雪載塗”，與此又似同而異，須索解人。

不發乎情，即非禮義，故詩要有樂有哀；發乎情，未必即禮義，故詩要哀樂中節。

興與比，有闊狹之分，蓋比有正而無反，興兼反正故也。

昔人謂激昂之言出於興，此興字與他處言興不同。激昂大抵只是情過於事，如太白詩“欲上青天攬明月”是也。

山之精神寫不出，以煙霞寫之；春之精神寫不出，以草樹寫之。故詩無氣象，則精神亦無所寓矣。

詩格，一爲品格之格，如人之有智愚賢不肖也；一爲格式之格，如人之有貧富貴賤也。

詩品出於人品，人品悃款樸忠者最上；超然高舉，誅茅力耕者次之；送往勞來，從俗富貴者無譏焉。

言詩格者必及氣，或疑太鍊傷氣，非也，傷氣者，蓋鍊辭不鍊氣耳。

氣有清濁厚薄，格有高低雅俗，詩家泛言氣格未是。

或問詩偏於敍，則掩意，偏於議，則病格，此說亦辨意格者所不遺否？曰，遺則不是，執則淺矣。

“其詩孔碩，其風肆好”。後世爲詩者，於“碩”“好”二字須善認。使非眞碩，必且迂；非眞好，必且靡也。

詩不淸則蕪，不穆則露；“穆如淸風”，宜吉甫合而言之。

凡詩迷離者，要不閒；切實者，要不盡；廣大者，要不廓；精微者，要不僻。

詩要避俗，更要避熟。剝去數層方下筆，庶不墮熟字界裏。

詩要超乎空、欲二界，空則入禪，欲則入俗。超之之道無他，曰，發乎情，止乎禮義而已。

詩質要如銅牆鐵壁，氣要如天風海濤。

鍾嶸謂：“阮步兵詩可以陶寫性靈。”此爲以性靈論詩者所本；杜詩亦云：“陶冶性靈存底物，新詩改罷自長吟。”

元微之作杜工部墓誌，深薄宋、齊間吟寫性靈流連光景之文；其實性靈光景，自風雅肇興，便不能離，在辨其歸趣之正不正耳。

詩，一戒滯累塵腐，一戒輕浮放浪。凡出辭氣當遠鄙倍，詩可知矣。

詩中固須得微妙語，然語語微妙，便不微妙；須是一路坦易中忽然觸著，乃足令人神遠。

花鳥纏綿，雲雷奮發，絃泉幽咽，雪月空明，詩不出此四境。

詩"喓喓草蟲"，聞而知也；"趯趯阜螽"，見而知也；"有車鄰鄰"，知而聞也；"有馬白顛"，知而見也。詩有外於知與聞見者耶？

上海古籍出版社《藝槩》卷二

雪亭邀余論詩，即爲韻語答之

〔清〕江　湜

近人浪爲詩，以古障眼目。徒看山外山，更住屋下屋。五六百年來，作者少先覺。工拙雖自殊，要是一丘貉。吾生有半解，得之十年讀。感君抱虚懷，未敢矢弗告。請以書喻詩，其理最明確。君看顏與柳，結字務從俗。二王有舊體，竟若高閣束。再變爲朱顛，又訶顏柳惡。大言蔑羲獻，其氣何卓犖。懲弊稍規前，亦有趙榮祿。最後董思翁，更詆趙書熟。由來技藝精，必自立於獨。變古乃代雄，誓不爲臣僕。又觀於釋氏，達摩來天竺。教外開别傳，三藏成糟粕。後分爲兩宗，南北如相角。又後蓮池師，復不講語錄。但念阿彌陀，證佛乃更速。詩亦宜有之，論詩只此足。

同治福州刻本《伏敔堂詩錄》

戒浮文巧言諭

〔太平天国〕洪仁玕　蒙時雍　李春發[1]

照得[2]文以紀實，浮文所在必刪；言貴從心，巧言由來[3]當禁。恭維天父天兄[4]大開天恩，親命我眞聖主天王降凡作主[5]，施行正道[6]，存眞去僞，一洗頹風[7]。是以前蒙我眞聖主降詔，凡前代一切文契[8]書籍不合天情者，概從刪除，卽六經等書亦皆蒙御筆改正[9]。非我眞聖主不恤操勞[10]，誠恐其誘惑人心，紊亂眞道，故不得不亟[11]於棄僞從眞，去浮存實，使人人共知虛文之不足尙[12]，而眞理自在人心也。況現當開國之際，一應[13]奏章文諭，尤屬政治所關，更當樸實明曉，不得稍有激刺，挑唆反間，故令人驚奇危懼之筆。且具本章[14]，不得用"龍德"、"龍顏"及"百靈"、"承運"、"社稷"、"宗廟"等妖魔[15]字樣。至祝壽浮詞，如"鶴算"、"龜年"、"嶽降"、"嵩生"及"三生有幸"[16]字樣，尤屬不倫[17]，且涉妄誕。推原其故，蓋由文墨之士，或少年氣盛，喜騁雄談；或新進[18]恃才，欲誇學富。甚至舞文弄筆[19]，一語也而抑揚其詞，則低昂遂判[20]；一事也而參差其說，則曲直難分[21]。倘或聽之不聰[22]，卽將貽誤非淺。可見用浮文者不惟無益於事，而且有害於事也。

本軍師等近日登朝，荷蒙眞聖主面降聖詔："首要認識天恩主恩東、西王恩[23]。次要實敍其事，從某年月日而來，從何地何人證據，一一敍明，語語確鑿。不得一詞嬌艷，毋庸[24]半字虛浮。但有虔恭之意，不須古典之言。故朕改《字典》爲《字義》也。"[25]本軍師等朝奏，欽遵[26]之下，不勝敬凜[27]。爲此特頒諭諭[28]，仰合朝內外官員書士[29]人等一體週知：嗣後本章稟奏[30]，以及文移書啓[31]，總須切實明透，使人一目了然，才合天情，才符眞道。切不可仍蹈積習[32]，從事虛浮，有負本軍師等諄諄諭誡之至意焉。特此誼諭，各宜凛遵！

羅爾綱《太平天国詩文選》

【註釋】

[1] 洪仁玕(公元一八二二年——一八六四年)——太平天国後期領導人之一。廣東花縣人。洪秀全族弟。曾參與洪秀全組織拜上帝會，後又在上海、香港長期學習西方資本主義文化。一八五九年到達天京，不久即被封爲“文衡總裁”和“精忠軍師頂天扶朝綱干王”。曾發布《資政新篇》等許多革命著作。一八六四年在江西被俘，十一月英勇就義於南昌。蒙時雍——廣西平南人，太平天国贊王蒙得恩的長子。金田起義時期參加革命。一八六一年蒙得恩病死，蒙時雍襲爵爲幼贊王，與洪仁玕、李春發等同理國事。天京陷落後，有人說他脫走廣東。李春發——太平天国“殿前忠誠貳天將”，後封順王。天京陷落後，不知所終。

[2] 照得——舊時下行公文或告示的開頭套語，意謂經過查察而知道。

[3] 由來——向來。

[4] 恭維——即恭惟，舊時對上表示恭敬的套語，意謂恭敬地思念着。天父——基督教上帝耶和華。天兄——基督教救世主耶穌。

[5] 親命句——這句是說上帝和耶穌親自命令洪秀全降生人間，做天下的君主。天王即洪秀全尊號。一八四三年，洪秀全爲了組織農民革命，在花縣家鄉創立拜上帝會，自稱天父次子，奉命下凡救世。

[6] 正道——指太平天国借上帝名義所推行的思想路綫和方針政策。

[7] 頹風——腐朽沒落的風俗習慣。

[8] 文契——文書契約。此處指刻印的文獻。契，刻。

[9] 即六經等書句——六經指儒家的六部經典著作，即《詩經》、《尚書》、《易經》、《禮記》、《樂經》(已佚)、《春秋》。洪秀全建都南京後，“始以四書、五經爲妖書，後經删改准閱”(張汝南《金陵省難記略》)。本句大概就是指這件事。

［10］非我句——這句是說，洪秀全親自删改六經，並不是因爲他不顧惜自己的精力。

［11］亟——急。

［12］不足尙——不値得推崇。

［13］一應——一切。

［14］具——陳述，開列，寫作。本章——封建時代臣下向皇帝奏事的文書。

［15］龍德——封建時代對皇帝"功德"的諛頌之詞。«易·乾初九»："龍德而正中者也。"龍顏——封建時代對皇帝容貌的諛頌之詞，意謂容顏如龍。百靈——百神。承運——承受上帝給予的國運，意謂奉天命而來統治天下。舊時皇帝詔書，開頭一句便是"奉天承運皇帝詔曰"。社稷——古代帝王、諸侯所祭的土神和穀神，舊時亦用作國家的代稱。宗廟——古代帝王諸侯祭祀祖宗的廟宇，舊時亦用作王室的代稱。妖魔——太平天国對封建階級的稱呼。

［16］鶴算——舊時常用的祝壽之詞，謂以鶴的年壽來計算。«淮南子·說林訓»："鶴壽千歲。"龜年——亦爲舊時常用的祝壽之詞。郭璞«游仙詩»有"寧知龜鶴年"之句，相傳龜也有千年之壽。嶽降、嵩生——意皆謂嶽神降生，語本«詩·大雅·嵩高»："嵩高惟嶽，峻極於天。惟嶽降神，生甫及申。"詩句的意思是說，四嶽高峻入天，降其神靈和氣，生下了甫侯和申伯。後代遂以嶽降、嵩生諛頌顯貴者，常作祝壽之詞。三生有幸——極其幸運的意思。佛家以前生、今生、來生爲三生。這句話有明顯的佛敎色彩，又常被用作朋友初相識時的俗套之詞。

［17］不倫——不像樣，不合適。

［18］新進——舊時稱新中科舉或新入仕途爲新進。

［19］舞文弄筆——謂在文字上玩弄手段，亂法作奸。«史記·貨殖列傳»："吏士舞文弄法。"

［20］一語也二句——謂一句話在用詞上有所褒貶，被議論的對象的高低就有區別了。

［21］一事也二句——謂陳述一件事而閃爍其詞，是非曲直就難以分明。

［22］不聰——耳朵不敏感，意謂不善於辨析。

［23］東西王——指東王楊秀淸，西王蕭朝貴。他們掌握軍政和宗教實權，都被洪秀全承認有代天父、天兄的發言權，所以洪秀全命令官員寫文章時也要認識"東、西王恩"。

［24］毋庸——不要用。庸與用通。

［25］故朕句——«字典»即«康熙字典»。洪秀全爲了反對"古典之言"，曾經删削«康

熙字典》中的音注，在每一字條下只剩“音×”和“《說文》作×解”，並把書名改爲《字義》。

[26] 欽遵——恭敬遵命。

[27] 敬凛——敬畏。凛與懍通。

[28] 誼諭——即宣諭，布告。

[29] 仰——舊時公文中上級對下級的命令詞，有切望的意思。書士——辦理文書的吏職人員。

[30] 稟奏——對上級的稟帖。

[31] 文移——平行的公文，包括檄文之類。書啓——平行的書信。

[32] 仍蹈積習——仍舊陷在長久積成的習慣裏，意謂走老路。

【說明】

本文是太平天国的一篇布告，由洪仁玕、蒙時雍、李春發三人在一八六一年聯銜發布。它是中國農民階級所提出的第一篇完整的文論，是中國農民起義發展到一定階段的產物。原件存倫敦不列顛博物院，無標題，標題是羅爾綱先生在《太平天国詩文選》中所加。

太平天国於一八五三年建都天京後，在頒布《天朝田畝制度》的同時，就已着手文學革命。洪秀全曾發布《改定詩韻詔》說：“咨爾史臣，萬樣更新，《詩韻》一部，足啓文明。今特詔左史右史，將朕發出《詩韻》一部，遵朕所改，將其中一切鬼話、怪話、妖話、邪話一概删除淨盡，只留眞話、正話，抄得好好繳進，候朕披閲，刊刻頒行。”（見《太平天国資料叢刊》第三册《賊情彙纂》）據羅爾綱先生考證，此處的《詩韻》就是《詩經》（見《太平天国詩文選》序），可見洪秀全在那“萬象更新”之際也很重視文學的更新。他對文學遺產採取一分爲二的態度，既反對其中的“鬼話、怪話、妖話、邪話”，又充分肯定“足啓文明”的“眞話、正話”。

洪秀全的觀點一直指導着太平天国的文學革命。一八五九年洪仁玕到達天京並擔任文衡總裁以後，文學革命更加深入。他在這一年所著的《資政新篇》，不僅注意到“文士之短簡長篇，無非空言假話；下僚之稟帖面陳，俱是讒諂讚譽”，而且還把文風之敝和滿清王朝的反動統治直接聯繫起來，指出當時知識分子往往在滿清貴族統治下，“專事浮文，良可慨矣”。對於滿清王朝和封建統治階級在文風上的夜郎自大，洪仁玕更是竭力反對：“凡於往來言語文書，可稱‘照會’、‘交好’、‘通和’、‘親愛’等意，其餘‘萬方來朝’、‘四夷賓服’及‘夷’、‘狄’、‘戎’、‘蠻’、‘鬼子’一切輕污之字，皆不必說也。蓋輕污字樣是口角取勝之事，不是經綸實際，且招禍也。”

在這篇《戒浮文巧言諭》中，作者從“開國之際”的實際情況出發，認爲文學必須“合天情”，“符眞道”，爲太平天国政治服務，“一應奏章文諭，尤屬政治所關”。以此爲基點，本文對文學的內容和形式都提出了明確的指示和要求。首先，在內容方面，提倡“文以紀實”，“言貴從心”，寫文章要“樸實明曉”，“實敍其事”，“語語確實”，反對“抑揚其詞”、“參差其說”那樣的“舞文弄筆”，反對“龍德、龍顏”、“鶴算、龜年”之類的“妖魔字樣”，反對一切“浮文巧言”。在形式方面，則提倡“使人一目了然”的語體文，“不得一詞嬌艷，毋庸半字虛浮，但有虔恭之意，不須古典之言”。另外，本文還提到改正六經，對古籍“棄僞從眞，去浮存實”一事，重申了洪秀全對於古籍所採取的一分爲二的態度。

太平天国這篇布告是對當時統治清代文壇的桐城派和一切封建文學的有力衝擊，這種理論在中國文學批評史上的地位是非常突出的。當時，龔自珍所開創的進步文論在反封建方面雖然和它有着大致相同的方向，但由于階級立場不同，距離人民的要求還是很遠的。而本文却直接反映了廣大羣衆的要求。當然，由于時代和階級的局限，這篇文論的缺點也是很明顯的，例如完全否定“古典之言”，就不利於文學語言的豐富和發展；主張删改文學遺產，顯然也不是批判繼承的最好的方法。另外，本文的語言也還沒有完全擺脱舊的影響，實踐自己的主張，這對於其所闡述的理論也是有矛盾的。

附　　錄

欽定士階條例(節錄)

〔太平天国〕洪仁玕

……士之所以異乎庸衆者惟在德，德也者行眞道而有德於心之謂。幼而學之則因德以裕才，壯而行之則因才以見德；德本也，才末也。古語云：“士先器識而後文藝。”……

……文藝雖微，實關品學，一字一句之末，要必絕乎邪說淫詞而確切於天教眞理，以闡發乎新天新地之大觀。……

……孔孟之書不必廢，其中有合於天情道理亦多，旣蒙眞聖主御筆欽定，皆屬開卷有益者，士果備而習焉，則煥乎有文，斐然成章。……

上海人民出版社《中國近代史資料叢刊·太平天国》二

欽定軍次實錄(節錄)

〔太平天国〕洪仁玕

…………

本軍師於軍次案篋內，每見詩卷，多是吟花咏柳，偶披覽之，即與懷腸相悖，乃急吟此以洗之：“詩家多大話，讀者喜荒唐；花柳輕浮句，偏私淺嫩腸。薰陶成僻行，習慣變庸常。學業精於擇，勉哉性理章。”

…………

軍行浙江之淳安縣，路見村居多有讀書之家，故作諭，諭以開國文教方法云:讀書不在多採佳句,惟在尋求書之氣骨暗合於天情者,自有大學問出乎其中,豈必拘拘於八股六韻乃爲讀書乎?惟今之人不獨此也,且多多教人怕鬼以愚其心志,後遂不能脱鬼成人、成爲大用者,概可嘆也。切切,此諭。

…………

本軍師所到之處,禁止焚屋焚書,意欲尋求經濟之方策。無如所見多是吟花吟柳之句,六代故習,空言無補,與其讀之而令人拘牽文義,不如不讀尤有善法焉。

…………

上海人民出版社《中國近代史資料叢刊·太平天国》二

改定詩韻詔

〔太平天国〕洪秀全

咨爾史臣,萬樣更新,詩韻一部,足啓文明,今特詔左右史,將朕發出詩韻一部,遵朕所改,將其中一切鬼話、妖話、邪話一概删除淨盡。只留眞話、正話,抄得好好繳進,候朕批閲,刊刻頒行。

上海人民出版社《中國近代史資料叢刊·太平天国》二

復莊衛生書[1]

〔清〕馮桂芬[2]

䝉[3]讀書爲文三四十年，所作實不少，而才力苶靡[4]不能振，天實限之，亦何敢侈口論文？顧獨不信義法[5]之説。竊謂文者，所以載道也。道非必“天命”、“率性”[6]之謂，舉凡典章、制度，名物、象數[7]，無一非道之所寄，卽無不可著之於文。有能理而董[8]之，闡而明之，探其奥賾[9]，發其精英，斯謂之佳文。

故長於經濟[10]者，論事之文必佳，宣公[11]奏議，未必不勝韓、柳；長於考據者，論古之文必佳，貴與《考》序[12]，未必不勝歐、蘇。文之佳者，隨其平奇濃淡，短長高下，而無不佳。自然有節奏，有步驟，反正相得，左右咸宜，不煩繩削而自合，稱心而言，不必有義法也；文成法立，不必無義法也。

反是言之，魏叔子[13]爲昭代名家，而序梅氏《曆算全書》[14]，不知所云；梅伯言[15]亦近時能手，而序郝氏《爾雅義疏》[16]，開口便錯。無他，強以所不知，困於所不能也。以彼其文，豈不周規折矩，尺步繩趨[17]？佳乎否乎？惟碑版之作[18]，前賢成式俱在，身處後代，不宜偭規矩而改錯[19]，故金石不妨言例[20]，而他文不可言義法。於乎！詁經者以例説《春秋》，而《春秋》晦，必非游、夏一堂之論也；爲政者以例治天下，而天下亂，必非唐、虞、三代之法也；操觚[21]者以義法爲古文，而古文卑，必非先秦兩漢之作也。

瞽論如是，藉求是正，如有以發我矇固，所願聞耳。

執事躬儀黼黻[22]，王路馳驅，際兹國步艱難[23]，方當撥亂反正，别有經天緯地之大文，爲同譜[24]光榮，又豈僅區區翰墨爲勳績邪！

光緒二年校邠廬刊《顯志堂集》卷五

【註釋】

[1] 莊衞生——莊受祺，字衞生，清常州府陽湖縣人。道光二十年進士，授編修，後官浙江布政使。工文善書，尤喜談兵，曾參與鎮壓太平天国革命。

[2] 馮桂芬(公元一八〇九年——一八七四年)——林則徐的學生，字林一，號景亭，清蘇州府吳縣人。道光二十年進士，授編修，曾充考官。太平天国定都南京後，馮桂芬在蘇州辦團練，多次攻打上海地區太平軍，並代表江浙官紳給大劊子手曾國藩寫信求援，出謀劃策。他在上海受到較多的資本主義影響，提出了"以中國之倫常名教爲原本，輔以諸國富強之術"的主張，要求學習西方資本主義國家的自然科學和生產技術。這對洋務派和資產階級改良派都有啓發和影響。馮桂芬又以善作古文著名，達官貴人請他作的碑銘傳誌很多。著有《顯志堂集》、《說文段註考證》。

[3] 蒙——自稱的謙辭，猶言愚。

[4] 苶靡——疲敝。苶音涅，疲倦貌。靡，倒下。

[5] 顧——但。義法——這個術語在《墨子·非命中》和《史記·十二諸侯年表》裏就已出現，均相當於"儀法"。明代古文家王愼中在《曾南豐文粹序》中雖曾提到義法並賦以新意，但大力標舉義法的却是桐城派創始人方苞，《望溪文集》中談到義法的很多，義法遂成爲桐城派文論的基礎和核心。方苞在《又書貨殖列傳後》中說："義卽《易》之所謂'言有物也'，法卽《易》之所謂'言有序也'。義以爲經而法緯之，然後爲成體之文。"但這個解釋太抽象，沒有揭示他的義法論的時代內容和階級本質。實際上，桐城派的義法論乃是封建社會後期以程朱理學爲指導思想的一種文學理論，他們所標舉的"義"，主要是指程朱理學爲中心的禮法綱常；他們所標舉的"法"，主要是指接受了八股文影響的正統古文的程式。

[6] 天命率性——《禮記·中庸》："天命之謂性，率性之謂道。"按：天命是儒家對自然界和人類命運的必然性的觀點和稱謂。儒家認爲這種必然性由"天"決定，故稱天命。率性指遵循天命，實際上是指遵循統治階級的本性。率，循，順。

[7] 名物——指名號和物色，亦指名稱和物產。象數——指萬物的形象和物的一

切變化。

[8] 亶——正。

[9] 奥賾——幽深隱微。賾音責，幽深難見。《易·繫辭上》:"探賾索隱，鈎深致遠。"

[10] 經濟——經世濟民，治理國家，約相當於今之政治。

[11] 宣公——陸贄（公元七五四年——八〇五年），字敬輿，諡"宣"，唐蘇州嘉興人。大曆進士，德宗時爲翰林學士，勇於指陳弊政，所作奏議，多用排偶，條理精密，文筆流暢。遺著有《翰苑集》，亦稱《陸宣公奏議》。

[12] 貴與——馬端臨（約公元一二二八年——一三二二年），宋元之際史學家，字貴與，樂平人。宋亡後隱居不仕，仕慈湖、柯山兩書院山長，並撰著《文獻通考》三百四十八卷，記載上古到宋寧宗時的典章制度的沿革。共分二十四門。除因襲杜佑《通典》外，兼採經史、會要、傳記、奏疏、論議及其他文獻，資料較《通典》爲詳，於宋代制度尤稱詳備。歷時二十餘年始成。他以家世關係，熟知宋時學士名流的議論，書中收採很多。又以身遭宋亡慘禍，對宋末統治集團的腐敗極爲憤慨，書中也常加揭發。《考》序——《文獻通考》的序。《考》爲《文獻通考》的簡稱。

[13] 魏叔子——魏禧（公元一六二四年——一六八一年），清初散文家，字叔子，一字冰叔，號裕齋，也號勺庭，江西寧都人。明末諸生。明亡後絕意仕進，隱居翠微峰。有《魏叔子》集。

[14] 梅氏曆算全書——梅氏指梅文鼎（公元一六三三年——一七二一年），清代著名的天文學家、數學家。字定九，號勿庵，安徽宣城人。所著《曆算全書》共六十卷，在天文學方面主要是闡明了《大統曆》和介紹西洋曆法，當時認爲是國內最高的成就。

[15] 梅伯言——梅曾亮（公元一七八六年——一八五六年），清散文家，字伯言，江蘇上元人。道光進士，官戶部郎中。少喜駢文，後專力爲古文，師事姚鼐，與管同齊名。居京師二十餘年，治古文者多從之游，爲繼姚鼐之後的桐城派重要作家，亦能詩，有《柏梘山房文集、詩集》。

[16] 郝氏爾雅義疏——郝氏指郝懿行（公元一七五五年——一八二三年），清經學家。字恂九，號蘭皋，山東棲霞人。官戶部主事。長於名物訓詁考據之學。《爾雅義疏》是郝氏注釋《爾雅》的著作，援引各書，考釋名物，訂正訛謬，工力很深。

[17] 周規折矩尺步繩趨——規、矩是定圓、求方的工具，尺、繩是量長短、校曲折的

工具，皆喻指法度、法則。這兩句都是用來說明作文遵循法度。

［18］碑版之作——指碑誌之類的文章。

［19］偭規矩而改錯——語出《楚辭·離騷》。偭，違背。改錯，改變措施。錯同措。

［20］例——規程。

［21］操觚——見本書第一册《文賦》註［44］。

［22］黼黻——見本書第一册《荀子》註［11］。

［23］國步艱難——指清王朝遭到太平天国革命的衝擊。國步，謂國家命運，語出《詩·大雅·桑柔》。

［24］同譜——同宗。

【說明】

清代文壇原以桐城派爲正宗，他們標榜孔、孟、程、朱的“道統”，韓、柳、歐、蘇的“文統”，以及二者結合的所謂“義法”，是爲了適應封建社會後期的政治需要。隨着封建社會的逐步解體和資本主義因素的發展，打破桐城派義法枷鎖的要求也就成了歷史發展的必然趨勢。首先在文學理論上體現這個趨勢的是龔、魏。龔自珍提倡“完”，魏源推崇“逆”，都帶有明顯的民主主義色彩，鋒芒所向，不僅是桐城派問題，但却包括了桐城派。太平天国的革命家們主張“文以紀實”，“言貴從心”，“凡前代一切文契書籍不合天情者，概從删除”，在他們面前也不僅是桐城派問題，但却從根本上打翻了桐城義法。

馮桂芬是林則徐的學生，是鴉片戰爭後的早期改良主義者，他在政治上和太平天国處於對立地位，但對龔、魏的文論却有所繼承。這篇《復莊衞生書》一開頭就說：“蒙讀書爲文三四十年，所作實不少……顧獨不信義法之說。”生動體現了鴉片戰爭前後要求打破桐城枷鎖的歷史潮流。本文對桐城派的義法論進行了一次集中的批判，提出了針鋒相對而又相當解放的主張。作者認爲“舉凡典章制度，名物象數，無一非道之所寄，即無不可著之於文”。又說:“稱心而言，不必有義法也;文成法立，不必無義法也。”既要求擴大散文的思想內容,又要求解放散文的語言形式,以打破桐城派的義法枷鎖。龔自珍在《明良論四》中曾經指責“天下無巨細，一束之於不可破之例”。馮桂芬認爲桐城義法便是束縛散文發展的“例”,他堅決反對“周規折矩，尺步繩趨”,這種理論的進步意義是很明顯的。龔自珍在《送徐鐵孫序》中主張詩歌要“放之乎三千年青史氏之言,放之乎八儒、三墨、兵、刑、星氣、五行,以及古人不欲明言,不忍卒言,而姑猖狂誂詭以言之之言,乃亦摭證之以並世見聞,當代故實，官牘地志，計簿客籍之言，合而以昌其詩，而詩之境乃極”。馮桂芬的這篇文論至少在客觀上是和龔自珍的理論相呼應的。

但本文還認爲“碑版之作,前賢成式俱在,身處後代,不宜偭規矩而改錯”，又贊揚莊衛生鎮壓太平天国革命，說其中“別有經天緯地之大文”，這就突出暴露了馮桂芬文論的地主階級局限性。

附　　錄

藝槩文槩(選錄)

〔清〕劉熙載

周秦間諸子之文,雖純駁不同,皆有箇自家在內。後世爲文者,於彼於此,左顧右盼,以求當衆人之意,宜亦諸子所深恥與!

文無論奇正,皆取明理。試觀文孰奇於莊子,而陳君舉謂其“憑虛而有理致”,況正於莊子者乎!

論事敘事,皆以窮盡事理爲先。事理盡後,斯可再講筆法。不然,離有物以求有章，曾足以用而不朽乎？

義法居文之大要。《史記·十二諸侯年表序》稱孔子次《春秋》，"約其辭文，去其煩重，以制義法"。此言"義法"之始也。

長於理則言有物，長於法則言有序。始文者矜言物序，何不實於理法求之。

文之尙理法者，不大勝亦不大敗；尙才氣者，非大勝則大敗。觀漢程不識李廣、唐李勣薛萬徹之爲將可見。

法以去弊，亦易生弊。立論之當愼，與立法同。

敍事要有法，然無實則法亦虚；論事要有識，然無法則識亦晦。

上海古籍出版社《藝槩》卷一

與田叔子論古文書

〔清〕蔣湘南

叔子足下：兩奉手書，未還一字，遂啓吝答之疑，僕何敢？僕何敢？僕之所以不答者，以足下所問者古文也。古文之失傳，業五百年矣。凡能言古文之道者，必能爲古文之人。僕之文尙不敢埒於今，何能蘄至於古？足下過愛僕文，而以古許之，遂不遠千里而以古文下問之，是足下之虚懷好學爲得，而問道於盲爲失也。懼足下不察，或疑僕之有所靳，則且以古文之弊言之。

夫古文之弊，自八家始也。非八家之弊古文，乃學八家者之弊八家也。八家之名，起自元靜海朱氏；其錄本不傳，傳者明茅氏本。其所標伸縮剪裁諸法，大概皆爲功令文之法。歸震川、唐荆川、李大泌諸君子，孰非工於功令文者？諸君子以八家之法爲功令文，故其功令文最古；諸君子遂以功令文之法爲古文，故其古文最不古。若今代之古文家，則又揚不古之餘波而扇之者也。故曰古文之失傳，業五百年也。

夫名之爲古文，則不得不别於今文；欲别於今文，則不得不讀古書。書之古者，句法字法，與功令文鑿枘不入，於是舍其難者，就其易者，專以八家爲主，且以明人所錄之八家爲主。夫明人所錄之八家，未嘗非古文也；而數百年來所爲八家之文，則非古文也：韓皂歐臺，沾沾自喜，語助星羅，吞吐否唯，其弊也奴。未識麟經，先罵盲左，嚇彼走卒，立僵而跛，其弊也蠻。黄茅白葦，彳亍河干，饑腸雷隱，忍俊無餐，其弊也丐。瓠規植矩，比葫畫瓢，皐蘇律令，不如蕭、曹，其弊也吏。凡胎御風，自標仙度，殺馬毁車，騰空覓路，其弊也魔。井底看天，豈無珠斗，轉笑岱頂，空立搔首，其弊也醉。道聽程、朱，塗冒許、鄭，龍門未登，蘭臺已病，其弊也夢。庾語歇後，或續或斷，有聲無音，呻吟莫辨，其弊也喘。然而門徑旣成，壇坫相高，天下羣然追逐，合其轍者爲正宗，異其途者爲左道，空疎無具之徒，皆得張空拳以樹八家之幟，是古文之愈失，由於爲古文之太易也。僕之所以不敢言者此也。

僕雖能知古文之弊，而實非能爲古文之人。足下有志於古文，亦熟讀古書而已。僕之告足下者如是而已。惟鑑不宣。

同治九年重刻本《七經樓文鈔》卷四

與田叔子論古文第三書

〔清〕蔣湘南

叔子足下：奉來書，知三月中疊復二函，均達左右，侍奉萬福，幸甚慰甚。

書中以僕旣告以古文之弊，宜復示以古文之法。夫古文之法非他，卽在矯古文之弊而已。昌黎矯唐文之弊，而唐之古文興；永叔矯宋文之弊，而宋之古文興：韓、歐不自名其法，而其法自足以範後人，文成則法自立也。且夫論古文而專以法，此仍僞八家所恃以劫持天下者，不破除此等俗見，必不能以讀古書；不讀古書，何能爲古文？

足下因僕言古文之失傳，而遂謂今代無古文，則又非也。僕之言，蓋爲僞八家之弊言之；若本朝之眞古文，則固歷代所未有矣。

夫文章者，國運精華之所萃也。文章盛則人才盛，人才盛則儒術盛，儒術盛則治道盛。自古偏覇之世之文章，斷不能盛于一統之世之文章，日星河嶽之氣鍾之厚而毓之奇也。

我朝造邦東土，拓界西疆，中外一家，昭回旁薄，精華全萃于乾隆時。則有如戴編修東原先生，文入賈、董之室，經升游、夏之堂，北斗之南，一人而已。翼之以錢詹事竹汀、汪明經容甫，兩先生挾日月以光洙、泗，俾天下知孔子之經綸，即周公之經綸，心源既濬，胎息斯淵。而張編修皐文、武進士虛谷、陳編修恭甫、李縣令申耆，亦能範文筆而一之，文苑儒林，合同而化，彬彬乎君子儒焉。

或疑戴先生之書如揚子雲，有故爲艱深者，此非知文之言也。子雲之書，桓君山好之，張平子好之，韓昌黎好之，司馬溫公好之，至蘇東坡始有“艱深文淺陋”之說。此自東坡之淺陋，而非子雲之艱深；豈桓君山諸人之讀書，皆不如東坡之讀書耶？戴先生覃思于三代之上，析藝于《六經》之內，精誠所積，幽微畢豁。故其文簡而奧，醇而腴，雅而奇，遒而穆；非好爲艱深，乃不能爲淺陋耳。

戴先生往矣，吾因讀其書而私淑其人。其當吾世而獲從捧手者，有劉禮部申甫、龔禮部定庵、魏刺史默深，三君精西漢今文之家法，而又通本朝之掌故。蓋通古而不通今者，古人謂之俗儒。鄭康成引《漢律》，顏師古撰《唐禮》，大儒有用之學，未有不明當代掌故者。劉君之文，子政、子雲之流亞也。龔君之文，子長、孟堅之流亞也。魏君之文，管仲、孫武之流亞也。其于戴、錢諸先生，不必相襲；而周情孔思，自能以眞古文示天下。特天下之人染僞八家之霧已久，故未有能尊信諸君子者。僕所以謂古文之失傳，業五百年也。

豈惟不尊信之而已；且譏之排之，論其文則曰非八家，論其學則曰非理學。蓋理學之儒之自稱得聖人之道也又久矣；吾不敢謂聖人之道之必在于非理學，吾又何敢謂聖人之道之必在于理學乎？諸君子韞櫝《六經》，時時與聖人相見，閎意眇指，皆足爲後之讀經者示之門徑。世之人欲起衰矯弊，必自通經始；通經必自訓詁始；欲通古人之訓詁，自不能不熟周、秦、兩漢之文章；所謂由文入筆者，眞古文之根柢，即在于此；僞八家之所以不能自立者，正坐不能如此；此之不能，故以剪裁籠空諸法自雄矣。

嗟乎，道之不明，何有于文？文之未是，何有于法？天下有是吾說而不以爲猖狂者哉？昌黎、永叔之功，亟望更興于足下。

同治九年重刻本《七經樓文鈔》卷四

與篠岑論文派書(附王先謙按語)

〔清〕吳敏樹

承復寄示才郎功甫遺稿，令更審存。老弟前年所圈別處，今覆之，誠不免過隘。蓋使功甫而在，弟以是繩之，以持文章家論，猶可也。今遺稿無幾，而多汲之，則使人不盡見其所用心，宜兄之有闕然也。研生老兄所點存，實皆足以問之當世，就以此本付刊良可。至卷首曾侍郎一序，其文甚奇縱，有偉觀，而敍述源流，皆以發功甫平生之志意。然弟於桐城宗派之論，則正往時所欲與功甫極辯而不果者，今安得不爲我兄道之。

文章藝術之有流派，此風氣大略之云爾，其間實不必皆相師效，或甚有不同；而往往自無能之人，假是名以私立門戶，震動流俗，反爲世所詬厲，而以病其所宗主之人。如江西詩派，始稱山谷、后山，而爲之圖列，號傳嗣者，則呂居仁。居仁非山谷、后山之流也。今之所稱桐城文派者，始自乾隆間姚郎中姬傳稱私淑於其鄉先輩望溪方先生之門人劉海峯，又以望溪接續明人歸震川，而爲《古文辭類篹》一書，直以歸、方續八家，劉氏嗣之，其意蓋以古今文章之傳，繫之己也。如老弟所見，乃大不然。姚氏特呂居仁之比爾，劉氏更無所置之；其文之深淺美惡，人自知之，不可以口舌爭也。

自來古文之家，必皆得力於古書。蓋文體壞而後古文興，唐之韓、柳，承八代之衰，而力挽之於古，始有此名。柳不師韓，而與之並起。宋以後則皆以韓爲大宗，而其爲文所以自成就者，亦非直取之韓也。韓尙不可爲派，況後人乎？烏有建一先生之言，以爲門戶塗轍，而可自達於古人者哉！

弟生居窮鄉，少師友見聞之益，亦幸不遭聲習濡染之害。自年二十時，輒喜學爲古文。經子《史》《漢》外，惟見有八家之書，以爲文章盡於此爾；八股文獨高歸氏。已乃於村塾古文選本中見歸氏一二作，心獨異之。求訪其集於長沙書肆中，則無有，因託書賈購之吳中。既得其書，別鈔兩卷，甲辰入都，攜之行篋。不意都中稱文者，方相與尊尙歸文，以此弟亦妄有名字與在時流之末。此兄之所宿知也。又見《望溪文集》，亦欲鈔之，而竟未暇。蓋歸氏之文，高者在神境，而稍病虛，聲幾欲下；望溪之文，厚於理，深於法，而或未工於言。然此二家者，皆斷然爲一代之文，而莫能倚焉者也。其所以能爾者，皆自其心，得之於古，可以發人，而非發於人者。往時見功甫喜尋時人之論，稱姚、劉之學，以爲習於名而未稽其實，私欲進之；其於論詩，述梅伯言之說，云當自荆公入，尤爲害道。此等言議，殆皆得之陳廣專。廣專才雖高，不能爲文士，而論說多未當於人心。今侍郎序文所稱諸人學問本末，皆大略不謬；獨弟素非喜姚氏者，未敢冒稱；而果以姚氏爲宗，桐城爲派，則侍郎之心，殊未必然。然弟豈區區以侍郎之言爲枉，而急自明哉？惜乎不及與功甫究論之耳。

【附録】王先謙案：宗派之說，良爲誤人，此文足以開拓學者心胸。至論姚氏，未爲允當。曾文正有致南屏書一通，附錄於此云："去歲辱惠書，久未奉報。尊書以弟所作《歐陽生集序》中稱引並世文家，妄將大名臚於諸君子之次，見謂不倫。李耳與韓非同傳，誠爲失當；然贊末一語曰，'而老子深遠矣。'子長胸中，固非全無涇、渭。今之屬辭連類，或亦同科。至姚惜抱氏，雖不可遽語於古之作者，尊兄至比之呂居仁，則亦未爲明允。惜抱於劉才甫，不無阿私，而辨文章之源流，識古書之正僞，亦實有突過歸、方之處。尊兄鄙其宗派之說，而並沒其篤古之功，揆之事理，寧可謂平？至尊緘有云：'果以姚氏爲宗，桐城爲派，則侍郎之心，殊未必然。'斯實搔著癢處。往在京師，雅不欲溷入梅郎中之後塵，私怪閣下幽人貞介，何必追逐名譽，不自愛惜！昔睹醜蔑之面，今知君子之心。吾鄉富人畏爲命案所汙累，至靡錢五百千，摘除其名。尊兄畏拙文將來援爲案據，何不捐輸巨貲，摘除大名，亦一法也。見示詩文諸作，質雅勁健，不盜襲前人字句，良可誦愛。中如《書西銘講義後》，鄙見約略相同。然此等處，頗難於著文。雖以退之著論，日光玉潔，後賢猶不免有微辭。故僕嘗稱古文之道，無施不可，但不宜說理耳。送人序，退之爲之最多且善，然僕意宇宙間乃不應有此一種文體。後世生日有壽序，遷官有賀序，上梁有序，字號有序，皆此體濫觴，至於不可究詰。昔年作《書歸熙甫文集後》，曾持此論，譏世人不能糾正退之之謬，而逐其波，而拾其瀋，異時當就尊兄暢發斯旨。往歲見寄之書，似尚不逮今秋惠書暨復筱岑書之雅深。國藩自癸丑以來，久荒文字，去歲及今茲，作得十餘首，都不稱意，茲鈔錄五六首，奉呈教正。平生好雄奇瑰瑋之文，近乃平淺無可驚喜，一則精神耗竭，不克窮探幽險，一則軍中卒卒，少閑適之味。惟希嚴繩而詳究之。詩則八年不作，今歲僅作次韻七律十六首，不中尺度。尊兄詩骨勁拔，迴越時賢，姚惜抱氏謂詩文宜從聲音證入，嘗有取於大曆及明七子之風。尊兄睥睨姚氏，亦頗欲參用其說否？弟約束文武，略似塾師之待弟子，不至縱弛。去夏惠書，箴規二事：研生父子之在敝營，相待之意，始終本末，尚不至失之過薄；至卑官失禮一節，甲辰秋有此事，外間以爲口實，至今亦尚親愛，視世之口不言而心卹之者有間。邇來儀文彌加檢點，而眞意反遜於前，將來求一中行之道而從事，又不可遽幾，蓋嗛然也。"

光緒壬午長沙王氏刻本《續古文辭類纂》卷十一

論桐城派

〔清〕李　詳

《說文》有"𠂢"無"派"，"𠂢"從反"永"，謂水之衺流別也，即今"派"之正字。夫衺流別赴，異於正源，本非雅詞。古云師法，無所謂宗派者，有之自宋呂居仁《江西宗派圖》始；然"一祖三宗"之說，山谷、後山、簡齋，尚在人口，其下則蔑如也。可見一時好尚，未爲定論。乃乾隆中程魚門曾文正謂周書昌，非是。與姚姬傳先生相習，謂"天下之文章，其在桐城乎"，此乃一時興到之言，姬傳先生猶不敢承，其《與王惕甫書》但自居於宋穆伯長、柳仲塗一流，爲揚徽之首涂。先生之謙，固不可及。誠知文章一道，大則籠罩百家，自鑄偉詞，小亦鑽仰先達，樹義卓然，所宗何師，即爲一派，譬之同源異流，歸海而會，乃與古人"衺流別"之訓相合。若舉天下統定一尊，猶之四瀆并而爲一，云此爲正派，餘則非是，固無此理。然其說新奇，倡其說者，又爲當時之望，因之有不考情實，雷同附和，既挾恐見破，披猖愈甚者，姬傳、魚門之時，豈料及此？然魚門之言，乾、嘉時尙無敢奉此爲說，以當時諸老，存者猶夥，略一舉口，則詰難蠭起，故匿而不見。至道光中葉以後，姬傳弟子，僅梅伯言郎中一人，同時好爲古文者，羣尊郎中爲師，姚氏之薪火，於是烈焉。復有朱伯韓、龍翰臣、王定甫、曾文正、馮魯川、邵位西、余小坡之徒，相與附麗，儼然各有一桐城派在其胸中。伯言亦遂抗顏居之不疑。逮曾文正爲《歐陽生文集序》，復暢明此旨，昭昭然若揭日月。文正功勛莫二，又爲文章領袖，其說一出，有違之者，懼爲非聖無法。不知文正此序，乃借爲文章波瀾，不意舉世尊之若此。惟巴陵吳氏具有先見，作書與文正，力自剖別。文正即答書，許其擿免，雖爲相戲之言，其情固輸服矣。文正之文，雖從姬傳入手，後益探源揚、馬，專宗退之，奇偶錯綜，而偶多於奇，複字單義，雜廁相間，厚集其氣，使聲采炳煥，而戛焉有聲，此又文正自爲一派，可名爲湘鄉派，而桐城久在祧列。其門下則有張廉卿裕釗、吳摯甫汝綸、黎蓴齋庶昌、薛叔耘福成，亦如姬傳先生之四大弟子，要皆湘鄉派中人也。自四君歿後，世之爲古文者，茫無所主，僅知姬傳爲昔之大師，又皆人人所指名，遂依以自固，句摹字剽，於其承接轉換，“也”“耶”“與”“矣”“哉”“焉”諸助詞，若填匡格，不敢稍溢一語，謂之謹守桐城家法，而於姬傳所云“義理、考據、詞章，三者不可闕一”，則又舛焉背馳，若適燕之南其轅，博士書驢券，累紙不見“驢”字，又若爲人作奏，而葛龔之名未去者。此則種種駭怪，尾閭之泄，漸且涸焉，無涓滴之潤，源既竭矣，派於何有？思之足爲寒心。余於今之能治桐城古文者，皆在相知之列，其學又皆有餘於古文之外，未嘗不愛之重之，余之此言，蓋專爲救弊而發。且正告之曰：古文無義法，多讀古書，則文自寓法，古文無派，於古有承者，皆謂之派，期無負於古人斯已矣，於桐城何尊焉，於桐城又何病焉。

《國粹學報》第四十九期

藝槩詞曲槩〔選錄〕

〔清〕劉熙載[1]

《説文》解“詞”字曰:“意內而言外也。”[2]徐鍇《通論》曰:“音內而言外,在音之內,在言之外也。”[3]故知詞也者,言有盡而音意無窮也。

太白《憶秦娥》聲情悲壯[4],晚唐五代惟趨婉麗,至東坡始能復古。後世論詞者,或轉以東坡爲變調,不知晚唐五代乃變調也[5]。

蘇、辛皆至情至性人,故其詞瀟灑卓犖,悉出於溫柔敦厚。世或以粗獷託蘇、辛,固宜有視蘇、辛爲別調者哉。

詞之好處,有在句中者,有在句之前後際者。陳去非《虞美人》:“吟詩日日待春風,及至桃花開後却匆匆。”[6]此好在句中者也。《臨江仙》:“杏花疏影裏,吹笛到天明。”[7]此因仰承“憶昔”,俯注“一夢”,故此二句不覺豪酣,轉成悵悒,所謂好在句外者也。儻謂現在如此,則騃甚矣。

詞之妙全在襯跌。如文文山《滿江紅》和王夫人云:“世態便如翻覆雨,妾身元是分明月。”[8]《酹江月》和友人驛中言別云:“鏡裏朱顏都變盡,只有丹心難滅。”[9]每二句若非上句,則下句之聲情不出矣。

詞眼二字，見陸輔之《詞旨》[10]。其實輔之所謂眼者，仍不過某字工、某句警耳。余謂眼乃神光所聚，故有通體之眼，有數句之眼，前前後後，無不待眼光照映。若舍章法而專求字句，縱爭奇競巧，豈能開闔變化，一動萬隨耶[11]？

詞固必期合律，然雅頌合律，桑間濮上[12]亦未嘗不合律也。"律和聲"，本於"詩言志"[13]，可爲專講律者進一格焉。

詞有點，有染。柳耆卿《雨淋鈴》云："多情自古傷離別，更那堪冷落清秋節。今宵酒醒何處？楊柳岸曉風殘月。"上二句點出離別、冷落，"今宵"二句乃就上二句意染之。點染之間，不得有他語相隔，隔則警句亦成死灰矣。

詞以不犯本位爲高[14]。東坡《滿庭芳》"老去君恩未報，空回首，彈鋏悲歌"，語誠慷慨，然不若《水調歌頭》"我欲乘風歸去，又恐瓊樓玉宇，高處不勝寒"，[15]尤覺空靈蘊藉。

古樂府中至語，本只是常語，一經道出，便成獨得。詞得此意，則極鍊如不鍊，出色而本色，人籟悉歸天籟[16]矣。

上海古籍出版社《藝槩》卷四

【註釋】

［1］劉熙載（公元一八一三年——一八八一年）——字融齋，江蘇興化人。道光二十四年進士，官至廣東提學使。他研究經學不囿于漢學宋學的門戶，兼通天文算法。晚年主講上海龍門書院。所著書有：《四音定切》四卷、《說文雙聲》二卷、《說文疊韻》二卷、《藝槩》六卷、《昨非集》四卷。《清史稿》卷四百八十六《儒林》一有傳。

［2］說文解詞字曰二句——見本書第三册張惠言《詞選序》註[2]。

[3] 徐鍇通論曰四句——見徐鍇《說文解字通論》卷下(《說文繫傳》卷三十五):“詞者音內而言外,在音之內,在言之外也。”案徐鍇所解之“詞”字猶今之“語助詞”“虛詞”若惟(《詩》“惟此文王”)、思(《詩》“神之格思”)、曰(《書》“曰雨曰霽”)、兮(《詩》“在城闕兮”)、斯(《詩》“今我來斯”)之類,皆有音無義,在句外爲助詞。與詩詞之詞無涉。劉熙載此文誤解內外之義,加以附會。

[4] 太白憶秦娥——見本書第三册張惠言《詞選序》註[10]。

[5] 或轉以東坡爲變調二句——陳師道《後山詩話》說“子瞻以詩爲詞,如教坊雷大使之舞,雖極天下之工,要非本色”。《四庫全書總目提要》論東坡詞:“詞自晚唐以來,以清切婉麗爲宗,至柳永而一變,如詩家之有白居易,至軾而又一變,如詩家之有韓愈,遂開南宋辛棄疾一派,尋源溯流,不能不謂之别格。”這都是說蘇軾詞是變調。劉熙載說“不知唐、五代乃變調也”,這對民間原始詞來說,自是確論;若以李白《菩薩蠻》作比,却未必對,因《菩薩蠻》是否白作,尙無定論也。

[6] 陳去非虞美人三句——陳與義詞《虞美人》“大光祖席醉中賦長短句”:“張帆欲去仍搔首,更醉君家酒。吟詩日日待春風,及至桃花開後却匆匆。歌聲頻爲行人咽,記著尊前雪。明朝酒醒大江流,滿載一船離恨向衡州。”見《無住詞》。

[7] 臨江仙三句——《臨江仙》:“憶昔午橋橋上飲,坐中都是豪英,長溝流月去無聲,杏花疏影裏,吹笛到天明。 二十餘年成一夢,此身雖在堪驚,閒登小閣看新晴,古今多少事,漁唱起三更。”見《無住詞》。

[8] 文文山滿江紅三句——文天祥《滿江紅》(和王昭儀):“燕子樓中,又捱過幾番秋色?相思處,靑年如夢,乘鸞仙闕。肌玉暗消衣帶緩,淚珠斜透花鈿側。最無端蕉影上窗紗,靑燈歇。 曲池合,高臺滅。人間事,何堪說!向南陽阡上,滿襟淸血。世態便如翻覆雨,妾身元是分明月。笑樂昌一段好風流,菱花缺。”

[9] 酹江月和友人三句——《念奴嬌》:“乾坤能大,算蛟龍豈是池中之物?風雨牢愁無著處,那更寒蛩四壁。橫槊題詩,登樓作賦,萬物空中雪。江流如此,方來還有英傑。 堪笑一葉漂零,重來淮水,正涼風新發,鏡裏朱顏都變盡,只有丹心難滅。去去龍沙,江山回首,一綫靑如髮。故人應笑,杜鵑枝上殘月。”

[10] 詞眼二字二句——陸輔之《詞旨》卷一所舉詞眼凡二十六則,如燕嬌鶯姹(潘元質《倦尋芳》)、綠肥紅瘦(李易安《如夢令》)、寵柳嬌花(前人《壺中天》)、籠燈燃月(周美成《意難忘》)等。

[11] 一動萬隨——惠洪《冷齋夜話》載船子和尙偈:“一波纔動萬波隨。”

[12] 桑間濮上——見本書第一册《文選序》註[15]。

[13] 律和聲二句——《書·堯典》(僞古文《舜典》)舜命夔典樂:"詩言志,歌永言,聲依永,律和聲,八音克諧,無相奪倫,神人以和。"這裏是說詞以內容爲主,音律爲次;專講音律而忽視內容,那是不分主次的錯誤說法。

[14] 不犯本位——這是佛家禪宗曹洞宗的話頭,在這裏是說作詞不可着死句、質實句、直說本意。

[15] 東坡滿庭芳七句——蘇軾丙辰(神宗熙寧九年)在密州作《水調歌頭》,那時他在朝與王安石政見不合,因求出京作地方官,"我欲乘風歸去"幾句就是說到朝廷恐不能容身,不如作外官好。《滿庭芳》"老去君恩未報……"數句,直說本意,便不及這詞含蓄空靈。

[16] 人籟天籟——見本書第三册《聊齋志異自序》註[5]。

【說明】

《藝槩》是劉熙載歷年論藝彙編,共六卷,分文、詩、賦、詞曲、書、經義。《自敍》作於同治十二年癸酉(公元一八七三年),可見全書撰定於他的晚年。書中頗多引申常州詞家的議論;如張惠言以《說文解字》"意內而言外也"解說詞曲的"詞",《藝槩》卽予照搬,並引徐鍇《說文解字通論》的"音內而言外"來作說明,就是一例。但他不像張惠言、周濟那樣過分推重溫庭筠,而說溫詞"類不出於綺怨",說韋莊、馮延巳的作品也只是"流連光景,惆悵自憐"。這又不盡依附張、周之說。他論詞的流變,時有確論;如說蘇軾詞"始能復古"而非"變調",說蘇、辛非"別調",說"雅頌合律,桑間、濮上亦未嘗不合律"等等。論詞的藝術手法,有不少深刻獨到處;如說"詞眼"不可專求之於字句,說詞有"點"有"染",有極鍊如不鍊,出色而本色等等。宋、明以來詞話說藝術的,低者只是尋章摘句,高者又嫌抽象不可捉摸;劉熙載所說却都切心饜理。他的《文槩》《詩槩》等也有同樣的優點。

附　錄

藝槩詞曲槩(選錄)

〔清〕劉熙載

昔人詞詠古、詠物，隱然只是詠懷，蓋其中有我在也。然人亦孰不有我，惟“耿吾得此中正”者尚耳。

詞深於興，則覺事異而情同，事淺而情深。故沒要緊語正是極要緊語，亂道語正是極不亂道語。固知“吹皺一池春水，干卿甚事”，原是戲言。

上海古籍出版社《藝槩》卷四

賭棋山莊詞話(選錄)

〔清〕謝章鋌

炯甫爲予序詞話後，余報以書曰“捧讀巨作，流連往復，不獨文字之妙，非心知其境者不能道隻字，其中‘鐵板’數語，尤見持論精湛。詩詞離合處，知者蓋尠，能詞者或弱於詩，能詩者或粗於詞。至今日浙派盛行，專以詠物爲能事，臚列故實，鋪張鄙諺，詞之眞種子殆將湮沒。不知詩詞異其體調，不異其性情。詩無性情，不可謂詩，豈詞獨可以配黃儷白，摹風捉月了之乎？然則崇奉姜史，卑視蘇辛者非矣。第今之學蘇辛者，亦不講其肝膽之輪囷，寄託之遙深，徒以浪煙漲墨爲豪，是不獨學姜史不之許，即學蘇辛亦宜揮之門外也。鄙見如是，與賜作大旨頗合。閩中宋元詞學最盛，近日殆欲絕響，而議者輒曰閩人蠻音鴃舌，不能協律呂。試問曉風殘月，何以有井水處皆擅名乎？而張元幹(長樂)、趙以夫(長樂)、陳德武(閩縣)、葛長根(閩淸)諸家，皆府治以內之人，其詞莫不價重雞林。即林豈塵以‘鎖’韻‘掃’，此乃用古韻通轉，不得以《聞見錄》之言而譏誚之也。且今之作詞者，將協古樂乎？將協俗樂乎？若協古樂，則吾誠不敢知；若協俗樂，則今日樂部所演習者，大抵老伶伎師隨口胡謅之言，何以抑揚頓挫皆可入聽乎？古人詞不盡皆可歌，然當其興至，敲案擊缶，未嘗不成天籟。東坡鐵板銅琶，即是此境。作者不與古人共性情，徒與伶工競工尺，遂令長短句一道，畏難若登天，不知皆自畫之爲病也。且夫既能詞又能知工尺，豈不更善。然與其精工尺而少性情，不若得性情而未精工尺，故不獨姜史輕蘇辛，而蘇辛亦不願爲姜史也。……”（卷五）

晏、秦之妙麗源於李太白、溫飛卿，姜、史之清眞源於張志和、白香山。惟蘇、辛在詞中則藩籬獨闢矣。讀蘇、辛詞知詞中有人，詞中有品，不敢自爲菲薄。然辛以畢生精力注之，比蘇尤爲橫出。吳子律曰："辛之於蘇，猶詩中山谷之視東坡也。東坡之大，殆不可以學而至。"此論或不盡然。蘇風格自高，而性情頗歉；辛卻纏綿惻悱。且辛之造語俊於蘇，若僅以大論也，則室之大不如堂，而以堂爲室可乎？（卷九）

余於滬濱書肆，得興化劉融齋（熙載）所著《藝概》，後晤同年吳桐雲（大廷）觀察，爲言融齋掌教書院，善於談藝，蓋窮年績學之士，惜忽忽歸來，未及見也。《藝概》自詩文及經義皆言及，中有《詞曲槩》，雖或爲古人所已言者，抑言之而或有可商者，（如謂晚唐五代爲變調，元遺山集兩宋之大成，予皆不能無疑。）而精審處不少，不可廢也。（續三）

有通套語、門面語流傳習用，且若奉爲指南，而不知其與本義不相酬者，如近人論詞，輒曰"詞者意內言外"。按此語本於《說文》，然此特大徐本耳。若小徐本則作"意內音外"。音外者，古之所謂語助，今之所謂虛字也。故經傳於助句之字，輒訓曰詞。若"幾"，詞也；"於"，歎詞也；"云"，語已詞也；"其"，問詞之助也。此類多矣。夫意內言外，何文不然，不能專屬之長短句。苟爲意內音外，則倚聲者將專求虛義，專講餘腔，若古樂府之"諭滹""妃呼豨"之類，令人不可解乎？且今之稱爲能手者，不以作意見奇，而以知音自詡，是直音內意外矣。更與古義不合。是蓋乾嘉以來考據盛行，無事不敷以古訓，塡詞者遂竊取《說文》以高其聲價，殊不知許叔重之時，安得有減偸之學，而預立此一字爲晏秦姜史作導師乎？郢書燕說，衆口

一辭，何爲也？（續五）

案金武祥《粟香五筆》論此節謂“能意內有意，言外有言，斯盡善矣”。

光緒甲申彊會陳氏刊本

詞　　說（選錄）

蔣兆蘭

《說文》云：“詞者意內而言外也”，當叔重著書之時，詞學未興，原不專指令慢而言；然令慢之詞，要以意內言外爲正軌，安知詞名之肇始，不取義於叔重之文乎？至如樂府之名本諸管弦，長短句之名，因其句法，並無關得失。獨至詩餘一名，以草堂詩餘爲最著，而誤人爲最深。所以然者，詩家既已成名，而於是殘鱗賸爪餘之於詞，浮煙漲墨餘之於詞，咳嘲褻諢餘之於詞，忿戾慢罵餘之於詞，即無聊酬應、排悶解酲，莫不餘之於詞。亦旣以詞爲穢墟，寄其餘興，宜其去風雅日遠，愈久而彌左也。此有明一代詞學之蔽，成此者升庵、鳳洲諸公，而致此者實詩餘二字有以誤之也。今宜亟正其名曰詞，萬不可以詩餘二字，自文淺陋，希圖卸責。

一九二六年（丙寅）鉛印本

古謡諺序[1]

〔清〕劉毓崧[2]

《虞書》曰:“詩言志。”[3]《禮記》申其說曰:“志之所至,詩亦至焉。”[4]《詩大序》復釋其義曰:“詩也者,志之所之也,在心爲志,發言爲詩。”[5]觀於此,則千古詩教之源,未有先於言志者矣。

乃近世論詩之士,語及言志,多視爲迂闊而遠於事情[6],由是風雅漸漓,詩教不振。抑知言志之道,無待遠求,風雅固其大宗,謡諺尤其顯證。欲探風雅之奥者,不妨先問謡諺之塗。誠以言爲心聲[7],而謡諺皆天籟[8]自鳴,直抒己志,如風行水上,自然成文[9],言有盡而意無窮,可以達下情而宣上德,其關係寄託,與風雅表裏相符。蓋風雅之述志,著於文字;而謡諺之述志,發於語言[10]。語言在文字之先,故點畫不先於聲音,簡札不先於應對。自來講點畫者,兼溯聲音之始;工簡札者,兼求應對之宜;然則談風雅者,兼誦謡諺之詞,豈非言語文學之科實有相因而相濟者乎?

顧前人裒錄謡諺者,如郭氏茂倩之《古樂府解題》[11]、左氏克明之《古樂府》[12]、劉氏履之《風雅翼》[13]、唐氏汝諤之《古詩解》[14],則有謡無諺;臧氏懋循之《詩所》[15]、郭氏子章之《六語》[16],則謡諺並收,然皆以謡諺各列一門,而非以謡諺特編一集。至若周氏守忠之《古今諺》[17],則有諺無謡,楊氏慎之《古今諺》《古今風謡》[18],則謡諺分載,然其去取界限不甚謹嚴,故古籍每有闕遺,而今語尤多蕪雜,閱者未能滿其志焉。

頃讀觀察杜公手輯《古謡諺》一書,採摭期於至詳,裁鑒期於至審，體例期於至密，訂正期於至精，集諸家之長，而無諸家之失，其包羅宏富，共識爲藝苑之鉅觀矣。而余所以推重此書者，則更在公之聽輿誦[19]而酌民言，深有得乎詩敎之本。蓋謠諺之興，由於輿誦，爲政者酌民言而同其好惡，則芻蕘葑菲[20]，均可備詢訪於輶軒[21]，故昔之觀民風者，旣陳詩亦陳謠諺。考之《左氏正義》，以逍遙訓謠[22]，許氏《說文》，以傳言訓諺[23]。夫謠與遙同部[24]，凡發於近地者，卽可行於遠方；諺從彥得聲，凡播於時賢者，卽可傳之來哲[25]。然則謠諺之語，在今日以爲古，在昔時則以爲今，所謂後之視今，猶今之視昔也[26]。

此書有鑑於周、楊兩書之氾濫，故但紀古而不紀今[27]。然公於里諺民謠，最能體察，雖久司鹽筴[28]，未握臺綱，而遇閭閻有控訴於前者，必善爲綏撫，故事不越職，而道濟於生人。加以前此兩攝東亭，輿情愛戴，士民之獻頌者，咸擬諸古循吏焉。此以知古人謠諺，本不啻言志之詩，而編次成書，卽不啻公之言志，信足以闡揚詩敎而主持風雅之盟矣。惟祝自今以往，此志愈堅，將見班秩彌高，而政績愈顯；撰著益富，而聲望益隆；其卽以此書爲左券也夫。

咸豐曼陀羅華閣刻本《古謠諺》卷首

【註釋】

[1] 古謠諺——清人秀水杜文瀾輯，凡一百卷，爲現存搜集古代謠諺最爲完備的書。其凡例第一則云："謠諺二字之本義，各有專屬主名。蓋謠訓徒歌，歌者詠言之謂，詠言卽永言，永言卽長言也。諺訓傳言，言者直言之謂，直言卽徑言，徑言卽捷言也。長言主于詠歎，故曲折而紆徐；捷言欲其顯明，故平易而疾速。此謠諺所由判也。然二者皆係韻語，體格不甚懸殊。故對文則異，散文則通，可以彼此互訓。……但紀古而不紀今，卽以古謠諺爲名焉。"這書有咸豐刻本及中華書局排印本。

[2] 劉毓崧（公元一八一八年——一八六七年）——字伯山，一字松崖，江蘇儀徵

人。道光二十年舉優貢生，曾主金陵書局，以經學名家，能傳其父文淇之業。所著除經學著作外，有文集十六卷、詩集一卷。«清史稿»卷四百八十八«儒林三»有傳，附文淇傳後。

[3] 虞書曰二句——«尚書»中紀虞舜之事的書稱虞書，自«堯典»至«益稷»共五篇。"詩言志"見本書第一册«尚書·堯典»註[9]。

[4] 志之所至詩亦至焉——見«禮記·孔子閒居»。

[5] 詩也者四句——見本書第一册«毛詩序»註[10]。

[6] 多視爲迂闊而遠於事情——«史記·孟子荀卿列傳»："則見以爲迂遠而闊於事情。"

[7] 言爲心聲——見本書第二册元好問«論詩三十首»註[20]。

[8] 天籟——見本書第三册«聊齋志異自序»註[5]。

[9] 風行水上二句——見本書第二册蘇洵«仲兄字文甫說»註[10]、[17]。

[10] 謠諺之述志二句——«古謠諺凡例»："謠諺之興，其始止發乎語言，未著於文字。"

[11] 郭氏茂倩之古樂府解題——郭茂倩，南宋初渾州須城人，官侍讀學士，編«樂府詩集»一百卷。上起陶唐，下迄五代，分郊廟歌詞十二卷、燕射歌詞三卷、鼓吹曲詞五卷、橫吹曲詞五卷、相和歌詞十八卷、清商曲詞八卷、舞曲歌詞五卷、琴曲歌詞四卷、雜曲歌詞十八卷、近代曲詞四卷、雜謠歌詞七卷、新樂府詞十一卷。每類有解題，徵引浩博，援據精審。

[12] 左氏克明之古樂府——左克明«古樂府»。見本書第三册王驥德«曲律»註[11]。

[13] 劉氏履之風雅翼——劉履，字坦之，元末上虞人。編«風雅翼»十四卷。其中第二部分爲«選詩補遺»二卷，取古歌謠詞之散見于傳記諸子和«樂府詩集»的，選錄四十二首，以補«文選»之闕。

[14] 唐氏汝諤之古詩解——唐汝諤，字士雅，華亭人。明天啓中官常熟縣敎諭。編«古詩解»二十四卷，分古歌謠辭、古逸雜篇、漢歌謠辭、樂府、詩等五類。

[15] 臧氏懋循之詩所——臧懋循（？——公元一六二一年）字晉叔，號顧渚，浙江長興人。萬曆八年進士，官至南京國子監博士。他精研戲曲，兼長詩文，曾於山東王氏、湖北劉氏、福建楊氏及家藏元人雜劇中選出一百種，加以校訂，編爲«元曲選»，對元曲的流傳，影響甚大。並修改湯顯祖的«玉茗堂四夢»；此外還輯有«古詩所»、«唐詩所»；其自著的詩文集名«負苞堂稿»。«詩所»五十六卷，分二十三門，其中有雜歌謠辭、古語古諺二門。

[16] 郭氏子章之六語——郭子章，字相奎，泰和人。明隆慶五年進士，官至兵部尚書。編《六語》三十一卷，分《諺語》七卷、《謠語》七卷、《諧語》七卷、《□語》二卷、《讖語》二卷、《讖語》六卷。

[17] 周氏守忠之古今諺——周守忠，號槃庵，宋時人。編《古今諺》一卷。

[18] 楊氏慎之古今諺古今風謠——楊慎（公元一四八八年——一五五九年）字用修，號升庵，四川新都人。官至翰林學士，後被謫戍雲南。著作多至百餘種，重要的有《升庵集》。他於詩文主清新，對民間文學也頗重視，曾編纂《古今諺》二卷、《古今風謠》二卷。《四庫全書總目提要》説它所採錄"《賈子》及《太公兵法》引黃帝語，自屬巾機銘之遺文，或《列子》所謂《黃帝書》者，不得謂之爲諺。且是書成于嘉靖癸卯，即載正德、嘉靖時諺，然則慎自造數語，亦可入之矣。"

[19] 輿誦——《國語·晉語》："惠公入而背外內之賂，輿人誦之。"韋昭註："輿，衆也。不歌曰誦。"

[20] 芻蕘——《詩·大雅·板》："先民有言，詢于芻蕘。"《毛傳》："芻蕘，薪采者也。"葑菲——《詩·邶風·谷風》："采葑采菲，無以下體。"葑與菲，都是菜名。其根有美有惡，采之者不可因根惡時并棄其葉。下體，根。

[21] 輶軒——輕車，古代天子使臣所乘。周、秦時常以每年八月，遣輶軒之使，求各地方言。見應劭《風俗通義序》。

[22] 左氏正義以逍遙訓謠——《左傳》僖公五年："童謠云。"孔穎達《正義》："《釋樂》云：徒歌謂之謠，言無樂而空歌，其聲逍遙然也。"案《爾雅·釋樂》邢昺疏引孫炎注解釋謠爲"聲消搖也"，是乃《左傳正義》所本。

[23] 許氏説文以傳言訓諺——《説文》："諺，傳言也。"

[24] 謠與遙同部——古韻同屬蕭宵肴豪部。

[25] 諺從彥得聲三句——《古謠諺凡例》："諺字從言，彥聲。古人文字本于聲音，凡字之由某字得聲者，必兼取其義。彥訓美士有文，爲人所言。諺既從言，又取義于彥，蓋本係彥士之文言，故又能爲傳世之常言。"

[26] 所謂後之視今二句——《漢書·京房傳》："臣恐後之視今，猶今之視前也。"王羲之《三月三日蘭亭集序》："後之視今，亦猶今之視昔。"

[27] 但紀古而不紀今——《古謠諺凡例》："楊升菴採錄古今謠諺，各爲一編。茲則加以變通，合謠諺爲一集。升庵之失，在于不審限斷。此書深鑑前轍，故但紀古而不紀今。"

[28] 久司鹽筴——《管子》："海王之國，謹正鹽筴。"鹽筴謂食鹽者之戶口册籍。杜文瀾曾官江蘇道員，署兩淮鹽運使。

【説明】

《古謠諺》是我國古代民間歌謠諺語較完備的結集。劉毓崧這篇序言，闡明編者之用心，表現了他對民間謠諺的看法。

我國古代的民間文學，特别是民間詩歌很早就十分發達，從《詩三百篇》到漢、魏、六朝的民歌在文學史上成爲一個光榮的傳統。然而這僅僅是就一部分加工寫定的合樂的詩歌而言，至於那些流傳在人民口頭的謠諺則很少有人重視。先秦諸子和《左傳》裏還保存了一些寶貴的材料，可是到後來，在不少封建士大夫的心目中，謠諺總是被排除於文學範疇之外。例如班固《漢書·五行志》載有不少的謠諺，就是作爲災異而加以徵引，並誣衊之爲“詩妖”。此文則以爲謠諺“與風雅表裏相符”。他之所以有這樣的看法，是從兩個方面着眼的。

首先，他注意到的是謠諺反映現實的精神及其社會作用。文中強調“詩言志”的意義，認爲詩歌和謠諺同樣地是人們現實生活中思想情感的表現。所不同者，僅僅是“風雅之述志，著於文字；而謠諺之述志，發於語言”。“語言在文字之先”；那末，謠諺比起詩歌來，是更爲原始、更爲直接的材料了。他推原“謠諺之興，由於輿誦”，和政治的關係最爲密切，所以説：“欲探風雅之奥者，不妨先問謠諺之塗。”文中明確指出：編者採集謠諺的目的，在於“酌民言而同其好惡”，和陳詩觀風有着同等重要的意義。這些意見，都是正確的。但對于謠諺的實質和它的戰鬥性，則認識不够，説他一方面“達下情”，另一方面可以“宣上德”，則是本之儒家“上以風化下，下以風刺上”的傳統詩論。

其次，在語言藝術方面，謠諺是民間流傳的口頭文學，它的特點，往往在粗糙簡樸之中具有一種深刻的表現力；它的音調和語氣，一本自然，能够體現出強烈的情感，堅定的意志。不像文人詩歌，以遣詞造語爲工。此文謂“言爲心聲，而謠諺皆天籟自鳴，直抒己志，如風行水上，自然成文”。他從文字和聲音的關係去說明民間口頭文學的藝術，認爲“言語文學之科，實有相因而相濟者”，這論點也很精闢。

附　錄

山歌題記

〔清〕黃遵憲

十五國風妙絕古今，正以婦人女子矢口而成，使學士大夫操筆爲之，反不能爾，以人籟易爲，天籟難學也。余離家日久，鄉音漸忘，輯錄此歌謠，往往搜索枯腸，半日不成一字。因念彼岡頭溪尾，肩挑一擔，竟日往復，歌聲不歇者，何其才之大也！錢塘梁應來孝廉作《秋雨庵隨筆》錄粵歌十數篇，如“月子彎彎照九州”等篇，皆哀感頑豔，絕妙好詞，中有“四更鷄啼郎過廣”一語，可知即爲吾鄉山歌。然山歌每以方言設喻，或以作韻，苟不諳土俗，即不知其妙，筆之於書，殊不易耳。往在京師，鍾遇賓師見語，有土娼名滿絨遮，與千總謝某昵好，中秋節至其家，則既有密約，意不在客，因戲謂汝能爲歌，吾輩即去，不復嬲。遂應聲曰：“八月十五看月華，月華照見儂兩家，（〔原注〕以土音讀作紗字第二音。）滿絨遮，謝副爺。”乃大笑而去。此歌雖陽春二三月不及也。又有乞兒歌，沿門拍板，爲興寧人所獨擅場。僕記一歌曰：“一天只有十二時，一時只走兩三間，一間只討一文錢，蒼天蒼天眞可憐！”悲壯蒼涼，僕破費靑蚨百文，並欷慰之，故能記也。僕今創爲此體，他日當約陳雁皋、鍾子華、陳再薌、溫慕柳、梁詩五分司輯錄，我曉岑最工此體，當奉爲總裁。彙選成篇，當遠在《粵謳》上也。

古典文學出版社《人境廬詩草箋注》卷一

晚清民歌一首

無名氏

天上大星管小星，地上撫臺管軍門；只有知府管知縣，哪個管得唱歌人！

中華書局«廣西旅行記»九二

復堂詞錄序〔節錄〕

〔清〕譚　獻[1]

右錄三百四十餘人，詞一千四十七首。敍曰：詞爲詩餘；非徒詩之餘，而樂府之餘也。律呂廢墜，則聲音衰息；聲音衰息，則風俗遷改。《樂經》亡而六藝不完[2]，樂府之官廢而四始六義之遺[3]，蕩焉泯焉！夫音有抗墜[4]，故句有長短；聲有抑揚，故韻有緩促。生今日而求樂之似，不得不有取於詞矣。

唐人樂府多采五七言絕句[5]，自李太白創詞調[6]。比至宋初，慢詞尚少[7]。至大晟之署[8]，《應天長》《瑞鶴仙》之屬，上薦郊廟，拓大厥宇，正變日備。愚謂詞不必無《頌》，而大旨近《雅》；於《雅》不能大，然亦非小，殆《雅》之變者歟？其感人也尤捷，無有遠近幽深，風之使來。是故比興之義，升降之故，視詩較著，夫亦在於爲之者矣。上之言志永言[9]，次之志潔行芳[10]，而後洋洋乎會於風雅[11]。琱琢曼辭[12]，蕩而不反，文焉而不物者[13]，過矣靡矣，又豈詞之本然也哉！

獻十有五而學詩，二十二旅病會稽，乃始爲詞，未嘗深觀之也。然喜尋其恉於人事，論作者之世，思作者之人。三十而後，審其流別，乃復得先正緒言，以相啓發。年踰四十，益明於古樂之似在樂府；樂府之餘在詞。昔云："禮失而求之野"[14]，其諸樂失而求之詞乎？然而靡曼熒眩[15]，變本加厲[16]，日出而不窮，因是以鄙夷焉，揮斥焉。又其爲體，固不必與莊語[17]也，而後側出其言，旁通其情[18]，觸類以感，充類以盡，甚且作者之用心未必然，而讀者之用心何必不然[19]。言思擬議[20]之窮，而喜怒哀樂之相發，譬[21]之未有得於詩者，今遂有得於詞。……

光緒刻本《半厂叢書》本《復堂類稿》文一

復堂詞話〔選錄〕

〔清〕譚　獻

閱黄燮清韻珊[22]選《詞綜續編》。塡詞至嘉慶，俳諧之病已淨，即蔓衍闡緩[23]，貌似南宋之習，明者亦漸知其非。常州派[24]興，雖不無皮傅[25]，而比興漸盛。故以浙派[26]洗明代淫曼之陋，而流爲江湖[27]；以常派挽朱、厲、吳、郭[28]（〔原註〕頻伽流寓。）佻染餖飣[29]之失，而流爲學究[30]。近時頗有人講南唐、北宋，淸眞、夢窗、中仙[31]之緒既昌，玉田、石帚漸爲已陳之芻狗[32]。周介存有"從有寄託入，以無寄託出"之論[33]，然後體益尊，學益大。近世經師惠定宇、江艮庭、段懋堂、焦里堂、宋于庭、張皋文、龔定庵[34]多工小詞，其理可悟。（《復堂日記》丙子）

錫鬯、其年[35]行而本朝詞派始成。顧朱傷於碎，陳厭其率，流弊亦百年而漸變。錫鬯情深，其年筆重，固後人所難到。嘉慶以前，爲二家牢籠者，十居七八。（《篋中詞》）

太鴻[36]思力，可到淸眞，苦爲玉田所累。塡詞至太鴻，眞可分中仙、夢窗之席。世人爭賞其餖飣窳弱之作，所謂"微之識碔砆"[37]也！《樂府補題》[38]別有懷抱，後來巧構形似之言，漸忘古意，竹垞[39]、樊榭不得辭其過。浙派爲人詬病，由其以姜、張爲止境；而又不能如白石之澀，玉田之潤。錄乾隆[40]以來，愼取

之。(«篋中詞»)

«詞話叢編»本«復堂詞話»

【註釋】

[1] 譚獻(公元一八三〇年——一九〇一年)——初名廷獻,字仲修,號復堂,浙江仁和人。同治六年舉人,官歙縣、全椒、合肥知縣。同治、光緒間,以詞名世,與丹徒莊棫齊名,號"莊、譚"。著«復堂類稿»。選清人詞爲«篋中詞»六卷,續四卷,光緒四年自敘說"二十餘年而後寫定"。他論詞之語散見於文集、日記、«篋中詞»及所評周濟 «詞辨»中,他的學生徐珂爲輯錄成書名«復堂詞話»。«清史稿»四百九十一«文苑»三有傳,附李慈銘傳後。

[2] 樂經亡而六藝不完——«宋書·樂志»:"秦焚典籍,«樂經»用亡。"«史記·伯夷列傳»:"夫學者載籍極博,猶考信於六藝。"六藝,即六經。

[3] 樂府之官廢而四始六義之遺——«漢書·禮樂志»:"至武帝定郊祀之禮,……乃立樂府。……哀帝……性不好音,及即位,下詔……罷樂府官。"四始六義見«毛詩序»。

[4] 音有抗隊——抗是高揚,隊(墜)是低下。

[5] 唐人樂府多采五七言絕句——見本書第二册張炎«詞源»註[4]。

[6] 自李太白創詞調——見本書第三册張惠言«詞選序»註[10]。

[7] 比至宋初慢詞尙少——慢詞,依曲調舒緩的慢調塡寫的詞。敦煌發現的唐代琵琶譜,即有"慢曲子"之名。至宋柳永爲樂工依慢曲大量塡詞,引起當時注意,詞人塡製者益多。慢詞字句雖亦較多,但與長調意義有别。

[8] 大晟之署——見本書第二册張炎«詞源»註[7]。

[9] 言志永言——見本書第一册«尙書·堯典»註[9][10]。

[10] 志潔行芳——«史記·屈原賈生列傳»:"其志潔,故其稱物芳;其行廉,故死而不容自疎。"

[11] 洋洋乎會於風雅——«論語·泰伯»:"師摯之始,«關雎»之亂,洋洋乎,盈耳哉!"朱熹«集注»:"洋洋,美盛意。"

[12] 琱琢曼辭——曼辭,粉飾之辭。司馬遷«報任少卿書»:"今雖欲自琱琢曼辭以自飾。"

[13] 文爲而不物者——只有文采而沒有內容。

[14] 禮失而求之野——見本書第三册李夢陽«詩集自序»註[2]。

[15] 熒眩——熒,眩也。這裏是指那些靡曼雕琢的詞,使人看不清楚它的意義。

[16] 變本加厲——蕭統«文選序»:"變其本而加厲。"

[17] 莊語——«莊子·天下»:"以天下爲沈濁,不可與莊語。"

[18] 旁通其情——«易·乾文言»:"六爻發揮,旁通情也。"

[19] 作者之用心未必然而讀者之用心何必不然——即"詩無達詁"之意。這跟周濟«介存齋論詞雜著»所云"無寄託則指事類情,仁者見仁,知者見知",可相參證。

[20] 擬議——見本書第三册王夫之«夕堂永日緒論內編»註[5]。

[21] 曏——同"向",從前。

[22] 黃燮清(公元一八〇五年——一八六四年)——字韻珊,浙江海鹽人,道光舉人,著«倚晴樓集»«拙宜園詞»«國朝詞綜續編»。«清史列傳»卷七十三有傳。

[23] 闡緩——一作"嘽緩",舒緩之義。

[24] 常州派——清代詞派名。常州詞人張惠言所開創,周濟又進一步加以發展。其特點是強調比興寄託。

[25] 皮傅——附會。

[26] 浙派——見本書第三册汪森«詞綜序»、張惠言«詞選序»說明。

[27] 江湖——見本書第二册嚴羽«滄浪詩話·詩辨»註[43]。後來稱詩詞中多應酬游歷之作的爲"江湖"。

[28] 朱厲吳郭——朱彝尊、厲鶚、吳翌鳳、郭麐(字頻伽)。

[29] 侊染——侊巧、塗染。飽飣——餅餌累積,比喻文辭因襲堆垛。

[30] 學究——見本書第三册«文史通義·文德»註。

[31] 清眞——周邦彥。夢窗——吳文英。中仙——王沂孫。

[32] 玉田——張炎。石帚——姜夔(姜字白石,作石帚誤)。已陳之芻狗——出«莊子»。過時無用之物。

[33] 周介存二句——見周濟«介存齋論詞雜著»«宋四家詞選目錄序論»。

[34] 惠定宇——惠棟。江艮庭——江聲。段懋堂——段玉裁。焦里堂——焦循。宋于庭——宋翔鳳。張皋文——張惠言。龔定庵——龔自珍。

[35] 錫鬯——朱彝尊。其年——陳維崧。

[36] 太鴻——厲鶚。

[37] 微之識碔砆——元好問«論詩三十首»:"少陵自有連城璧,爭奈微之識碔砆。"見本書第二册元好問«論詩三十首»註[30]。

[38] 樂府補題——南宋亡後，居留山陰的遺民，王沂孫、周密諸人，感于元人掘發宋六陵，作詠物詞寄慨，編成一集名《樂府補題》。

[39] 竹垞——朱彝尊。

[40] 乾隆——清高宗年號，自公元一七三六年至一七九五年。

【説明】

譚獻繼承常州詞派的議論，説"倚聲之學，由二張（惠言、琦）而始尊"，"周氏（濟）撰定《詞辨》《宋四家詞筏》（即《宋四家詞選》）推明張氏之旨而廣大之，此道遂與於著作之林，與詩賦文筆同其正變"（見譚著《篋中詞》）。他所選的《篋中詞》，自説是"以衍張茗柯（惠言）周介存（濟）之學"的。又作《復堂詞錄敍》，説早年讀詞即"喜尋其恉於人事，論作者之世，思作者之人"，提出"作者之用心未必然，而讀者之用心何必不然"。這比周濟"有寄託入，無寄託出"更進一步了。他不滿浙派，説"杭州塡詞，爲姜、張所縛"（《復堂日記》乙丑），説"南宋詞敝，瑣屑餖飣，朱、厲二家，學之者流爲寒乞"，尤不滿郭麐（頻伽）薄和滑的詞風（《篋中詞》）；但是他和周濟持論也不盡同，他作《詞辨跋》説："予固深知周氏之意，而持論少異；大抵周氏所謂'變'，亦予所謂'正'也，而折衷柔厚則同。"又説常州派的説比興，"不無皮傅"，"流爲學究"（《復堂日記》丙子），這些都是持平之論。

他對常州詞人，推重周濟過於張惠言；同意潘德輿《與葉生書》貶斥張氏《詞選》的話，而説周濟的《四家詞選》勝於惠言《詞選》，認爲周氏"從有寄託入，以無寄託出"兩句話，"千古辭章之能事盡，豈獨塡詞爲然！"（《復堂日記》）這可説是讚不容口了。

譚獻是一位有多方面成就的學者，治學不以辭章自限，對詞的創作與議論都有他自已的見解。對浙、常兩派的成就和流弊，有比較正確的認識，這是他高過張、周處。但由於主張"折衷柔厚”之說，對辛棄疾詞時有微辭，因之對歷代豪放派的作品也多所不滿，這是他篤學張、周遺說的流弊。

附會費解的話，他的書裏也不少；如《評詞辨》說《樂府補題》唐珏《水龍吟》詠白蓮等，“當以江淹《雜詩》法讀之”。《復堂詞自敍》舉周邦彥《大酺》詠春雨的“最先念流潦妨車轂”、《滿庭芳》的“衣潤費鑪烟”諸句，是填詞的“消息”。這是常州學人好以“微言大義”故示玄虛的習氣。至於稱說晏幾道“落花人獨立，微雨燕雙飛”爲“千古不能有二”的“名句”，“所謂柔厚者在此”，而不知這是晏幾道用五代人翁宏的詩句，此則檢閱偶疏，不必苛求了。

附　錄

復堂詞話（選錄）

〔清〕譚　獻

周美成云：“流潦妨車轂”，又曰：“衣潤費鑪烟。”辛幼安云：“不知筋力衰多少，祇覺新來懶上樓。”填詞者，試於此消息之。不佞悅學卅年，稍習文筆，大慚小慚，細及倚聲。鄉人項生，以爲“不爲無益之事，何以遣有涯之生”。其言危苦；然而知二五而未知十也。（《復堂詞自敍》）

南宋詞敝，瑣屑餖飣，朱、厲二家，學之者流爲寒乞。枚庵高朗，頻伽清疏，浙派爲之一變。而郭詞則疏俊少年尤喜之。予初事倚聲，頗以頻伽名雋，樂於風詠；繼而微窺柔厚之旨，乃覺頻伽之薄。又以詞尙深澀，而頻伽滑矣。後來辨之。（《篋中詞》）

翰豐（〔原注〕珂謹按：卽張琦。）與哲兄（〔原注〕珂謹按：卽張惠言。）同撰《宛鄰詞選》，雖町畦未闢，而奧窔始開。其所自爲，大雅遒逸，振北宋名家之緒。其子仲遠序《同聲集》，有云：“嘉慶以來，名家均從此出。”信非虛

語。周止齋益窮正變;潘四農又持異論。要之,倚聲之學,由二張而始尊耳。(《篋中詞》)

《茗柯詞選》(〔原注〕珂謹按:即《宛鄰詞選》。)出,倚聲之學,日趨正鵠。張氏甥董晉卿造微踵美。止庵切磋於晉卿,而持論益精。其言曰:"愼重而後出之,馳騁而變化之,胸襟醞釀,乃有所寄。"又曰:"詞非寄託不入,專寄託不出。一物一事,引伸觸類,意感偶生,假類必達,斯入矣;萬感橫集,五中無主,赤子隨母笑啼,野人緣劇喜怒,能出矣。"以予所見,周氏撰定《詞辨》《宋四家詞筏》,(〔原注〕珂謹按:即《宋四家詞選》。)推明張氏之旨而廣大之,此道遂與於著作之林,與詩賦文筆同其正變。止庵自爲詞,精密純正,與茗柯把臂入林。(《篋中詞》)

四農大令(〔原注〕珂謹按:即潘德輿。)《與葉生書》略曰:"張氏《詞選》,抗志希古,標高揭己,宏音雅調,多被排擯;五代北宋有自昔傳誦,非徒隻句之警者,張氏亦多恝然置之。竊謂詞濫觴於唐,暢於五代,而意格之閎深曲摯,則莫盛於北宋;詞之有北宋,猶詩之有盛唐,至南宋則稍衰矣。"云云。張氏之後,首發難端,亦可謂言之有故。然不求立言宗旨,而以迹論,則亦何異明中葉詩人之侈口盛唐耶?宜《養一齋詞》平鈍淺狹,不足登大雅之堂也。然其鍼砭張氏,亦是諍友。(《篋中詞》)

《詞話叢編》本《復堂詞話》

彊村詞序

〔清〕王鵬運

漚尹大兄閣下:

前上書之次日,郵局即將《東塾讀書記》、《無邪堂荅問》各書交來。

大集琳琅,讀之尤歆快無量。日來料量課事訖,即焚香展卷,細意披吟,宛與故人酬對。昨況夔笙渡江見訪,出大集共讀之,以目空一世之況舍人,讀至《梅州送春》、《人境廬話舊》諸作,亦復降心低首,曰:"吾不能不畏之矣!”夔笙素不滿某某,嘗與吾兩人異趣,至公作則直以“獨步江東”相推,非過譽也。若編集之例,則弟日來一再推求,有與公意見不同之處,請一陳之:公詞庚、辛之際,是一大界限;自辛丑夏與公別後,詞境日趨於渾,氣息亦益靜,而格調之高簡,風度之矜莊,不惟他人不能及,即視彊村己亥以前詞,亦頗有天機人事之别。鄙意欲以已見《庚子秋詞》、《春蟄吟》者編爲别集,己亥以前詞爲前集,而以庚子《三姝媚》以次以汔來者爲正集,各製嘉名,各不相雜,則後之讀者,亦易分别。叔問詞刻,集勝一集,亦此意也。至於去取,則公自爲沙汰之嚴,已毫無塵雜。俟放暑假後,再爲吹求,續行奉告。自世之人知學夢窗,知尊夢窗,皆所謂但學《蘭亭》面者;六百年來,眞得髓者,非公更有誰耶?夔笙喜自詫,讀大集竟浩然曰:“此道作者固難,知之者並世能有幾人!”可想見其傾倒矣。

拙集旣用《味梨集》體例,則《春明花事》諸詞,其題目擬《金明池》下書《扇子湖荷花》,題序則另行低一格,而去其“第一”、“第二”等字,似較大方。公集去之良是,體例決請如此改繕。

暑假不遠,擬之若耶上冢,便遊西湖。江干暑溼,不可久留。南方名勝當亟遊,以便北首。此頌起居。弟王鵬運再拜上言。五月廿六日。

予素不解倚聲。歲丙申,重至京師,半塘翁時舉詞社,強邀同作。翁喜獎借後進,於予則繩檢不少貸。微叩之,則曰:“君於兩宋途徑,固未深涉,亦幸不睹明以後詞耳。”貽予《四印齋所刻詞》十許家,復約校《夢窗四稿》,時時語以源流正變之故。旁皇求索,爲之且三寒暑。則又曰:“可以視今人詞矣。”示以梁汾、珂雪、樊榭、稚圭、憶雲、鹿潭諸作。會庚子之變,依翁以居者彌歲,相對咄咄,倚兹事度日,意似稍稍有所領受。而翁則翩然投劾去。明年秋,遇翁於滬上,出示所爲詞九集,將都爲《半塘定稿》,且堅以互相訂正爲約。予強作解事,於翁之閎指高韻,無能舉似萬一;翁則敦促錄副去,許任删削。復書至未浹月,而翁已歸道山矣。自維劣下,靡所成就,即此趦趄小言,度不能復有進益。而人琴俱逝,賞音闃然,感歎疇昔,惟有腹痛。旣刊翁《半塘定稿》,復用翁旨,薙存拙詞若干首,姑付剞氏,即以翁書弁之首,以永予哀云。乙巳夏五月,上彊村人記。

原刻本《彊村詞賸》卷首

彊村校詞圖序(節錄)

〔清〕沈曾植

……詞莫盛于宋，而宋人詞爲小道，名之曰詩餘。及我朝而其道大昌。秀水朱氏，泉唐厲氏，先後以博奥澹雅之才，舒窈之思，倚于聲以恢其疆宇，浙派流風，泱泱大矣。其後迺有毘陵派起。張皋文、董晉卿《易》學大師，周止庵治《晉書》爲《春秋》學者，各以所學益推其誼，張皇而潤色之，由樂府以上溯《詩》《騷》，約旨而弘思，微言而達恉。蓋至于是而詞家之業，乃與詩家方軌並馳；而詩之所不能達者，或轉藉詞以達之。周氏退姜、張而進辛、王，尊夢窗以當義山、昌谷，其所據異于浙派者，豈亦置重于意外，以權衡其言外，諸諸焉有國史吟咏之志者哉！昔者吾友鶩翁王給諫(鵬運)，以直言名天下，顧其閒暇好爲詞，詞多且工，復校刻其所得善本詞于京師，以詔後進。方是時，彊村(朱祖謀)與相唱和，若鍾呂之相宣，前後喁于，而曲直歸分也。鶩翁取誼于周氏，而取譜于萬氏(樹)。彊村彊識分銖，宗萬氏而益加博究，上去陰陽，矢口平亭，不叚撿本，同人憚焉，謂之律博士。蓋校詞之舉，鶩翁絓其耑，而彊村竟其事，志益博而知專，心益勤而業廣，……校成之詞，已刻者一百餘家，未刻者方日出而未有已也。……

木刊本《海日樓文集》卷

夢窗詞集跋(節錄)

朱孝臧

……君特以雋上之才，舉博麗之典，審音拈韻，習諳古諧。故其爲詞也，沈邃縝密，脈絡井井，縋幽抉潛，開徑自行，學者匪造次所能陳其義趣。余治之二十年，一校於己亥，再勘於戊申，深鑒戈氏、杜氏肆爲專輒之敝，一守半塘翁五例，不敢妄有竄亂，迷誤方來。今遘是編，覆審曩刻，都凡訂補毛刊二百餘事，并調名亦有舉正者。舊校疏記，彙爲理董，依詞散坿，取便繙帘，質之聲家，或無訾焉。……

《彊村叢書》本《夢窗詞集》卷末

紅鶴詞自敍

金天翮

《書》稱"詩言志，歌永言，聲依永，律和聲"，詩樂之道，盡於是矣。詩成而後有律，律者，音之制也。歌以舒其情，聲以動其文，情文至而詩德立。律乃宛轉相依以成其事。鐘鼓管籥，應節而生焉。樂者詩之大成也，非謂有聲有句而以文實之也。有聲有句而以文實之，塡詞是也。詞成而律不可再施於其所作，必更造聲律以譜之，而詞乃可施以樂器。不然，則徒歌而已。徒歌謂之謠，今之詞，風謠而已。

萬氏之生焉晚，不得觀乎唐、宋人之樂府，樂不備而求之聲。唐詩人守四聲之格至篤也，故近體謂之律。崔、李出而句之古律參，少陵起而聲之平去易，是破律也。律存乎韻，守四聲之約終始不舛。蘇、黃作而上去通押，律又不足以繩人。宋詞之韻，沿蘇、黃之例也。四聲嚴於句，寬於韻，意固安在乎？入之分隸三聲焉，吾見之《中原音韻》矣，是金、元之遺音也。然而以入代平，以上代平，宋詞則固流行矣，吾固疑其漸染契丹、沙陀之風也。

以聲訂之則律破，以樂聽之則律調，詞固以入樂爲能也。宋之詞，其譜亡矣，僅有存者，亦不可歌矣。吾欲以明人南曲之管色歌之，是《碎金詞譜》例也。論者以爲不可。余詰之曰：古《關雎》《鹿鳴》《伐檀》《猗蘭》《雉朝飛》諸操，姬周諸賢聖所操縵者，今豈得而譜之乎？而琴調至今載於書。故吾以明人之曲譜宋詞，並以明人之管色譜及吾之詞，人或謂吾僨，吾不惴焉。

夫萬氏之於詞，所謂以科學之法治之也。樂亡而求之聲，依聲定律，其詣至精也。糾弇州、升庵之孟浪，摘《嘯餘》《塡詞》等譜之違失，有中興之功焉。句斠字比，而知四聲有不可輕易之處存乎一闋中，非神悟者不能道也。道其不可輕易之字，則他字之不妨出入者可知矣。謂方千里之和淸眞，四聲無變，不知淸眞於同調之作，四聲先後已無墨守之例，求之其書而即得也。調同而字句相違，萬氏歸之另一體，不敢以爲破律也，是其愼也。彼以其句譜之管色，今之傳者其迹耳。夫迹，履之所寄，而迹豈履哉？並吾世而工爲詞者，彊村大鶴，才高而律謹，然於四聲，猶不能無參差，亦求其書而即得也。就令四聲無忒，而平有陰陽，去亦有陰陽，弇侈一異，牽動竟體之律，宮譜亦隨之而移。此之不謹，必有落腔之病矣。

吾於是得一定義焉，曰：苟以音理論，所謹者不獨四聲而已；若僅塡詞也，吾豈不可遊行而自在耶？萬氏有言："今之所謂拗句者，當日歌之而諧音協律。"其說吾韙之。"今之所改順口者，當日歌之而扭喉捩嗓"，則嚮壁虛造之談。《詩》三百篇，流美者風，溫醇者雅，凝重而崛奇者大雅，而變風變雅則不免乎艱棘淒厲之音矣，而孔子皆絃歌之。唐張、王之樂府，使謳者譜其聲，賢於韓、孟必遠矣。是故立法者主乎嚴，用法者期乎通。苟不大背先民之矩矱，斯已矣。奚必循聲逐影，搆成破碎不文之作，使伶工不能歌，學士無由論，然後謂之才乎？余懼夫今之爲詞者見吾所作而訢病焉，先冠是文於其首。有知言者，其將與吾把臂而入林乎？

丁亥排印《天放樓遺集》本《紅鶴詞》卷首

白雨齋詞話自序

〔清〕陳廷焯[1]

倚聲[2]之學，千有餘年，作者代出；顧能上溯風騷，與爲表裏，自唐迄今，合者無幾。竊以聲音之道，關乎性情，通乎造化，小其文者不能達其義，竟其委者未獲泝其原。揆厥所由，其失有六：飄風驟雨，不可終朝，促管繁絃，絕無餘蘊[3]，失之一也。美人香草，貌託靈脩，蝶雨梨雲，指陳瑣屑[4]，失之二也。雕鎪物類，探討蟲魚，穿鑿愈工，風雅愈遠[5]，失之三也。慘慽憯悽，寂寥蕭索，感寓不當，慮歎徒勞[6]，失之四也。交際未深，謬稱契合，頌揚失實，遑恤譏評[7]，失之五也。情非蘇、竇，亦感迴文，慧拾孟、韓，轉相鬬韻[8]，失之六也。作者愈漓，議者益左。竹垞《詞綜》[9]，可備覽觀，未嘗爲探本之論；紅友《詞律》[10]，僅求諧適，不足語正始之原。下此則務取穠麗，矜言該博。大雅日非，繁聲競作，性情散失，莫可究極。夫人心不能無所感，有感不能無所寄；寄託不厚，感人不深；厚而不鬱，感其所感，不能感其所不感[11]。伊古詞章，不外比興，《谷風》陰雨，猶自期以同心[12]，攘詬忍尤，卒不改乎此度[13]，爲一室之悲歌，下千年之血淚，所感者深且遠也。後人之感，感于文不若感于詩，感于詩不若感于詞，詩有韻，文無韻，詞可按節尋聲，詩不能盡被絃管。飛卿、端己[14]，首發其端；周、秦、姜、史、張、王[15]，曲竟其緒。而要皆發源于風雅，推本于《騷》《辯》[16]，故其情長，其味永，其爲言也哀以思，其感人也深以婉。嗣是六百餘年，沿其波流，喪厥宗旨。張氏《詞選》，不得已爲矯枉過正之舉，規模雖隘，門牆自高[17]，循是以尋，墜緒未遠。而當世知之者鮮，好之者尤鮮矣。蕭齋[18]岑寂，撰《詞話》十卷，本諸風騷，正其情性，溫厚以爲體，沈鬱以爲用[19]，引以千端，衷諸壹是。非好與古人爲難，獨成一家言，亦有所大不得已于中，爲斯詣綿延一線。暇日寄意之作，附錄一二，非敢抗美昔賢，存以自鏡而已。

光緒十七年除夕，丹徒陳廷焯。

光緒刻本《白雨齋詞話》

白雨齋詞話〔選錄〕

〔清〕陳廷焯

作詞之法，首貴沈鬱，沈則不浮，鬱則不薄。顧沈鬱未易強求，不根柢於風騷，烏能沈鬱？十三國變風[20]，二十五篇《楚詞》[21]，忠厚之至，亦沈鬱之至，詞之源也。不究心於此，率爾操觚[22]，烏有是處？

所謂沈鬱者，意在筆先，神餘言外。寫怨夫思婦之懷，寓孽子孤臣之感。凡交情之冷淡，身世之飄零，皆可於一草一木發之。而發之又必若隱若見，欲露不露，反復纏綿，終不許一語道破。匪獨體格之高，亦見性情之厚。飛卿詞，如“懶起畫蛾眉，弄妝梳洗遲”，無限傷心，溢於言表。又“春夢正關情，鏡中蟬鬢輕”，淒涼哀怨，眞有欲言難言之苦。又“花落子規啼，綠窗殘夢迷”，又“鸞鏡與花枝，此情誰得知”[23]，皆含深意。此種詞，第自寫性情，不必求勝人，已成絕響。後人刻意爭奇，愈趨愈下。安得一二豪傑之士，與之挽回風氣哉！（以上見卷一）

張孝祥《六州歌頭》一闋[24]，淋漓痛快，筆飽墨酣，讀之令人起舞。惟"忠憤氣塡膺"一句，提明忠憤，轉淺轉顯，轉無餘味；或亦聳當途之聽，出於不得已耶？（〔原注〕《朝野遺記》云："安國在建康留守席中賦此，魏公爲罷席而入。"）（以上見卷六）

光緒刻本《白雨齋詞話》

【註釋】

［1］陳廷焯（公元一八五三年——一八九二年）——字亦峰，鎭江丹徒人。清光緒十四年舉人。有《白雨齋詞話》八卷及《白雨齋詞》等。

［2］倚聲——就是塡詞。唱歌要依樂曲的聲調；塡詞要依聲調的曲譜塡入字句，所以叫做倚聲。

［3］飄風驟雨四句——是說作品的風格一味粗豪，而沒有餘意，指蘇軾、辛棄疾一派的末流而言。《老子》："故飄風不終朝，驟雨不終日。"

［4］美人香草四句——是說作品的風格婉轉曲折，不能表達明白的意思，指《花間》一派而言。屈原《離騷》用"美人香草"比君子，又用"靈修"一辭指君王。蝶雨梨雲——是說香艷的詞句。

［5］雕鎪物類四句——是指"詠物"的詞，南宋末年和清代初年這類作品很多，作家宋代有姜夔、王沂孫，淸代有朱彝尊、厲鶚等。

［6］慘慽憯悽四句——指頹廢悲哀一類作品。憯（音慘）悽，感傷。

［7］交際未深四句——指應酬諛頌一類作品。

［8］情非蘇竇四句——指專求形式精巧而缺乏內容的作品。東晉時前秦女詩人蘇蕙（字若蘭）是竇滔的妻子，作《璇璣圖》迴文詩寄丈夫，其詩縱橫顚倒讀去，皆成章句。唐代孟郊和韓愈作聯句詩，以押險韻鬥巧。

［9］竹垞詞綜——見本書第三册汪森《詞綜序》註[1]。

［10］紅友詞律——淸初萬樹，字紅友，著《詞律》二十卷。

［11］厚而不鬱三句——是說作品寄託感情原要深厚，但表達這深厚的感情，不應太顯露，太顯露則讀者只限於所感得到的而不能有言外餘意。參看本册《白雨齋詞話》選文。

［12］谷風陰雨二句——《詩經·邶風·谷風》："習習谷風，以陰以雨。黽勉同心，不宜有怒。"

[13] 擴詢忍尤二句——《楚辭·離騷》:“忍尤而擴詬。”忍受他人的責罵。“擴”是“含”的意思,“詢”同“詬”。又《離騷》:“不撫壯而棄穢兮,何不改乎此度也。”

[14] 飛卿——溫庭筠見本書第三册張惠言《詞選序》註[12]。端己——韋莊見本書第三册周濟《介存齋論詞雜著》註[17]。

[15] 周秦姜史張王——秦觀見本書第二册《與王觀復書三首之二》註[11]。周邦彦、姜夔、史達祖、張炎見本書第二册《詞源》註[2][8][15]。王沂孫見本書第三册《詞綜序》註[21]。

[16] 騷辯——《離騷》、《九辯》。

[17] 張氏詞選四句——清張惠言編《詞選》,陳廷焯《白雨齋詞話》卷一稱它“識見之超,有過於竹垞十倍者,古今選本,以此爲最。但唐、五代、兩宋詞,僅取百十六首,未免太限”。

[18] 蕭齋——梁蕭子雲嘗以飛白書蕭字於建業寺壁,寺毁壁存,後人取入南徐海榴堂中。唐李約載壁字歸洛陽,構大廈以覆之,稱爲蕭齋。後人誤以蕭齋爲蕭條之意。

[19] 溫厚以爲體二句——說詞的創作,本意要溫厚,而表達要沉鬱,不可淺露。

[20] 十三國變風——《詩三百篇》的十五國風中,《周南》《召南》無變風,自《邶風》以下《鄘》《衞》《王》《鄭》《齊》《魏》《唐》《秦》《陳》《檜》《曹》《豳》等十三國風皆屬變風。

[21] 二十五篇楚詞——《漢書·藝文志》著錄屈原賦二十五篇。但《楚詞》則不限於屈原之作。本文係以《楚詞》指屈原作品而言。

[22] 率爾操觚——見本書第一册《文賦》註[44]。這裏指輕率寫作。

[23] 飛卿詞以下十二句——此節引溫庭筠《菩薩蠻》詞句,均見《花間集》。

[24] 張孝祥六州歌頭一闋——張孝祥(公元一一三二年——一一六九年),字安國,號于湖居士,烏江人。紹興二十四年進士,官至顯謨閣直學士。有《于湖先生長短句》五卷,拾遺一卷。《六州歌頭》作于建康留守席上,張魏公浚爲之感動罷席。

【説明】

陳廷焯論詞,上繼張惠言的緒論,說張氏《詞選》能“接風騷之眞脈”,“有過於竹垞(朱彝尊)十倍”。他反對清詞輕佻浮滑的作風,提出“作詞首貴沉鬱”;說清人詞“只是不能深厚,蓋知學南宋而不得其本原。本原何在，沉鬱之謂也；不本之風騷，焉得沉鬱？”（《詞話》卷四評江橙里《練溪漁唱》語）在張惠言、周濟之後，立意挽救浙派“清空”的流弊，這是他著這本詞話的宗旨。他論詞的內容強調寄託，論詞的風格強調沉鬱，兩者結合，也是他立論的特色。

張惠言《詞選》很推重溫庭筠；陳廷焯也說“飛卿《菩薩蠻》十四章，全是變化楚《騷》，古今之極軌也”，他還進一步以溫庭筠爲標準來評量古今人的詞，說李白《菩薩蠻》《憶秦娥》比之溫詞“未臻無上妙諦”，說“周、秦、蘇、辛、姜、史輩雖姿態百變，亦不能越其範圍”。甚至說“宋詞可以越五代，而不能越飛卿、端己”，把溫詞說成爲不可超越的高峯。這些都是過分的話。

陳氏論沉鬱說：“所謂沉鬱者，意在筆先，神餘言外，……終不許一語道破。”他舉張孝祥《六州歌頭》“忠憤氣填膺”一句，“提明忠憤，轉淺轉顯，轉無餘味”，這原不錯；但因此斥趙以夫《龍山會》“西北最關情，漫遙指東徐南楚”爲鄙詞（語見《白雨齋詞話》卷八），就不免太過。他並且不許詞中作直截痛快語；說陳亮《水調歌頭》“堯之都，舜之壤，禹之封”一首“可作中興露布讀”，但是“就詞論，則非高調”。並說“《龍川詞》一卷，合者寥寥”。（語俱見《白雨齋詞話》卷一）他以寄託論詞，本是重視內容的，而此等議論却又排斥思想情感熱烈的作品，這是他一味過重“深微婉約”的偏向。

陳氏這書共八卷，六、七百條，是詞話裏篇幅最多的一種，卷中不免瑕瑜互見。清初朱彝尊諸人稱誦姜、張“清空”之作，其流弊是內容空泛，常州詞人尊奉溫、韋，提倡比興，由重形式而走向重內容，本是他們論詞的特點；但張惠言、陳廷焯諸人勇於立論而疏於考核，貴沉鬱而又過於強調含蓄，因之多附會失實的話，這是他們的共同缺點。

附　錄

白雨齋詞話(選錄)

〔清〕陳廷焯

稼軒詞着力太重處，如《破陣子》(《爲陳同甫賦壯詩以寄之》)《水龍吟》(《過南澗雙溪樓》)等作，不免劍拔弩張。余所愛者，如"紅蓮相倚深如怨，白鳥無言定是愁"。又"不知筋力衰多少，但覺新來懶上樓"。又"城中桃李愁風雨，春在溪頭薺菜花"之類，信筆寫去，格調自蒼勁，意味自深厚。不必劍拔弩張，洞穿已過七札，斯爲絕技。(以上見卷一)

或問比與興之别，余曰：宋德祐太學生《百字令》《祝英台近》兩篇，字字譬喻，然不得謂之比也。以詞太淺露，未合風人之旨。如王碧山詠螢、詠蟬諸篇，低回深婉，託諷於有意無意之間，可謂精於比義。(〔原注〕婉諷之謂比，明喻則非。《隨園詩話》中所載詩，如《詠六月菊》云："秋士偶然輕出處，高人原不解炎涼。"《詠落花》云："看他已逐東流去，却又因風倒轉來。"《詠茶竈》云："兩三杯水作波濤"等類，皆舌尖聰明語，惡薄淺露，何異劉四駡人。即"經綸猶有待，吐屬已非凡"之句，無不傾倒，然亦不過考試中興會佳句耳。於風詩比義，了不相關。宋人"而今未問和羹事，且向百花頭上開"，自是富貴福澤人聲口，以云風格，視經綸句又低一籌矣。)若興則難言之矣。託喻不深，樹義不厚，不足以言興。深矣厚矣，而喻可專指，義可強附，亦不足以言興。所謂興者，意在筆先，神餘言外，極虛極活，極沈極鬱，若遠若近，可喻不可喻，反復纏綿，都歸忠厚。求之兩宋，如東坡《水調歌頭》《卜算子》(《雁》)、白石《暗香》《疏影》、碧山《眉嫵》(《新月》)《慶清朝》(《榴花》)《高陽臺》(殘雪庭除一篇)等篇，亦庶乎近之矣。

"江上柳如烟，雁飛殘月天"，飛卿佳句也。好在是夢中情況，便覺綿邈無際；若空寫兩句景物，意味便減。悟此方許爲詞，不則即金氏所謂"雅而不豔，有句無章”者矣。

晏元獻、歐陽文忠皆工詞，而皆出小山下；專精之詣，固應讓渠獨步。然小山雖工詞，而卒不能比肩溫、韋，方駕正中者，以情溢詞外，未能意蘊言中也。故悅人甚易，而復古則不足。（以上見卷七）

詩之高境在沈鬱，其次即直截痛快，亦不失爲次乘。詞則舍沈鬱之外，即金氏所謂俚詞鄙詞游詞，更無次乘也。（〔原注〕非沈鬱無以見深厚，唐、宋諸名家不可及者，正在此。）

放翁《蝶戀花》云：“早信此生終不遇，當年悔草長楊賦。”情見乎詞，更無一毫含蓄處。稼軒《鷓鴣天》云：“卻將萬字平戎策，換得東家種樹書。”亦即放翁之意，而氣格迥乎不同，彼淺而直，此鬱而厚也。（以上見卷八）

光緒刻本《白雨齋詞話》

余蓮村[1]勸善雜劇序

〔清〕俞　樾[2]

天下之物最易動人耳目者，最易入人之心。是故老師鉅儒[3]，坐皋比[4]而講學，不如里巷歌謠[5]之感人深也；官府敎令[6]，張布於通衢[7]，不如院本平話[8]之移人速也。君子觀於此，可以得化民成俗之道矣。《管子》曰："論卑易行。"[9]此蓮村余君所以有勸善雜劇之作也[10]。

今之雜劇，古之優也[11]。《左傳》有觀優魚里[12]之事，《樂記》有優侏儒[13]之語，其從來遠矣。弄參軍之戲，始於漢和帝[14]；梨園子弟，始於唐明皇[15]；他如《踏謠娘》[16]、《蘇中郎》[17]之類，無非今戲劇之權輿[18]。而唐咸通以來，有范傳康、上官唐卿、呂敬遷等弄假婦人爲戲，見於段安節《樂府雜錄》[19]，則俳優不已，至於淫媟，亦勢使然乎？夫牀笫之言不踰閾[20]，而今人每喜於賓朋高會，衣冠盛集，演諸淫褻之戲，是猶伯有之賦"鶉之賁賁"[21]也。

余子既深惡此習，毅然以放淫辭[22]自任，而又思因勢利導，卽戲劇之中，寓勸善之意。爰搜輯近事，被之新聲，所著凡二十種，梓而行之，問序於余。余受而讀之，曰：是可以代遒人之鐸[23]矣。《樂記》曰："人不能無樂，樂不能無形，形而不爲道，不能無亂。先王恥其亂，故制雅頌之聲以道之，使足以感動人之善心，不使放心邪氣得接焉，是先王立樂之方也。"夫制雅頌之聲以道之誠善矣，而魏文侯曰："吾聽古樂則唯恐臥，聽鄭、衞之音，則不知倦。"是人情皆厭古樂而喜鄭、衞也。今以鄭、衞之音節，而寓古樂之意,《記》所謂"其感人深,其移風易俗易"者,必於此乎在矣。余願世之君子,有世道之責者,廣爲傳播,使之通行於天下,誰謂周郎顧曲[24]之場,非卽生公說法[25]之地乎!

光緒二十五年重刊《春在堂全書》本《春在堂雜文》續編三

【註釋】

[1] 余蓮村——余治(?——一八七四年),字翼廷,自號蓮村。無錫人,後遷居蘇州。五應鄉試不中,後由官吏保薦爲訓導,加光祿寺署正銜。著有《庶幾堂今樂》(新作皮簧調曲本)四十種,傳至今者有《岳侯訓子》、《英雄譜》、《義犬記》、《硃砂痣》等二十八種。俞樾所作《余蓮村墓誌銘》(見《春在堂全書》中《雜文》續四)載其生平甚詳。

[2] 俞樾(公元一八二一年——一九〇六年)——字蔭甫,號曲園先生。浙江德清人。道光三十年進士。曾官河南學政,被劾歸,主持杭州詁經精舍三十餘年,是當時頗有影響的經學家。著有《春在堂全書》等。《清史稿》卷四百八十二《儒林三》有傳。

[3] 鉅儒——大儒。這裏泛指有學問的先生。

[4] 皋比——虎皮。《宋史·張載傳》:"嘗坐虎皮講《易》,京師聽從者甚衆。"後來因稱任教講學爲"坐擁皋比"。

[5] 里巷歌謠——泛指廣爲流傳的民歌民謠。

[6] 敎令——指官府的命令。

[7] 通衢——四通八達的交通要道。

[8] 院本平話——院本,原指金元時代流行的劇本。王國維《宋元戲曲史》:"兩宋戲劇,均謂之雜劇,至金而始有院本之名。"這裏泛指一般的戲劇。平話,一作評話,亦卽民間的說書,以口語敷演故事,專重說白。宋代相當盛行。這裏泛指一般的小說。

[9] 管子曰論卑易行——《史記·管晏列傳》:"故其稱曰:'倉廩實而知禮節,衣食足而知榮辱,上服度則六親固。四維不張,國乃滅亡。下令如流水之原,令順民心。'故論卑而易行。"劉向《上管子敍》亦有相同之文。案:今《管子》無"論卑易行"一句。

[10] 此蓮村余君所以有勸善雜劇之作也——俞樾《余蓮村墓誌銘》:"當是時江南方

承平，風俗浮靡，市井之子，酒食徵逐，士大夫亦徒以文藝相尙。君獨慨然以人心世道爲憂，思有以維持補救，挽回劫運。以爲聖賢經傳，非愚蒙所能通曉，宜以淺近之言發明之。……蓋君之爲敎，皆在因勢而利導之，其後遂有勸善雜劇之作。大意以俳優侏儒最害風俗，然由來久遠，旣不能廢，則莫如因而用之。乃仿元人雜劇，採取近事，被之管絃，使善者可以爲法，惡者可以爲戒。”

[11] 優——古代以樂舞詼諧滑稽侍候帝王貴族的藝人，也稱俳優。

[12] 觀優魚里——《左傳》襄公二十八年：“慶氏以其甲環公宮。陳氏、鮑氏之圉人爲優。慶氏之馬善驚，士皆釋甲束馬而飲酒，且觀優，至於魚里。”魚里，春秋時齊國地名。

[13] 優侏儒——《禮記·樂記》：“子夏曰：‘……今夫新樂，進俯退俯，姦聲以濫，溺而不止，及優侏儒，獶雜子女，不知父子，樂終不可以語，不可以道古，此新樂之發也。’”侏儒，指身材特別矮小的人。優侏儒，即以侏儒矮人爲俳優以取樂。

[14] 弄參軍二句——古代百戲樂舞中稱扮演脚色或表演節目爲“弄”。參軍戲，又稱“弄參軍”，是唐宋時代流行的一種表演形式。淵源於秦漢的俳優。但具體形成的時期則有始自東漢、後趙、唐代等說。見段安節《樂府雜錄》、宋《太平御覽》卷五百六十九轉引《趙書》。最初爲節目名，後發展爲表演形式。主要由參軍、蒼鶻兩個角色作滑稽的對話或動作，引人發笑，以諷刺朝政或社會現象。宋時也稱爲雜劇。另據唐代范攄《雲溪友議》，當時的參軍戲也有女演員參加表演歌唱的。關於參軍戲起於漢和帝之說，這是俞氏失察，承襲舊誤。參見本文註[19]。

[15] 梨園子弟二句——唐玄宗時稱歌舞伎爲“梨園弟子”。梨園，原是當時敎練歌舞藝人的地方，一在長安光化門北禁苑中，見《舊唐書·中宗本紀》；一在蓬萊宮側宜春院，其中分設男女二部，見《舊唐書·音樂志》。唐玄宗曾選坐部伎子弟三百人和宮女數百人於梨園學歌舞，有時親加校正，稱爲“皇帝梨園弟子”。後世稱戲班爲梨園，戲曲演員爲梨園子弟，源出於此。

[16] 踏謠娘——南北朝樂舞節目。唐代崔令欽《敎坊記》：“《踏謠娘》，北齊有人姓蘇，鮑鼻，實不仕，而自號爲郎中，嗜飲酗酒，每醉輒毆其妻。妻含悲，訴於鄰里。時人弄之：丈夫著婦人衣，徐行入場。行歌，每一疊，傍人齊聲和之云：‘踏謠，和來！踏謠娘苦，和來！’以其且步且歌，故謂之‘踏謠’；以其稱寃，故言苦。及其夫至，則作毆鬬之狀，以爲笑樂。”宋《太平御覽》卷五百七十三有《踏搖娘》，謂係隋末時河內故事，河朔一帶曾有表演，而“妻悲訴，每搖頓其身，故號《踏搖娘》”。兩者似即同一節目。又有《談容娘》之稱，《敎坊記》指出係《踏

謠娘»之誤傳。

[17] 蘇中郎——據«教坊記»和«太平御覽»引«樂府雜錄»,«蘇中郎»即«踏謠娘»。但今本«樂府雜錄»所載不同:"«蘇中郎»,後周士人蘇葩,嗜酒落魄,自號中郎,每有歌舞,輒入獨舞。今爲戲者,著緋,戴帽,面正赤,蓋狀其醉也。"據此,則又似乎是另一節目。

[18] 權輿——本指草木萌芽的狀態,後來引伸爲起始、初時。«詩·秦風·權輿»:"于嗟乎,不承權輿。"«毛傳»曰:"權輿,始也。"

[19] 而唐成通以來三句——咸通(公元八六〇年——八七三年),唐懿宗李漼的年號。段安節«樂府雜錄»俳優條:"開元中,黃旛綽、張野狐等弄參軍,始自後漢館陶令石耽。耽有贓犯,和帝惜其才,免罪。每宴樂,即令衣白夾衫,命優伶戲弄辱之,經年乃放,後爲參軍。誤也。開元中,有李仙鶴善此戲,明皇特授同正參軍,以食其祿。是以陸鴻漸撰詞云'韶州參軍',蓋由此也。武宗朝,有曹叔度、劉泉水,鹹淡最妙;咸通以來,即有范傳康、上官唐卿、呂敬遷等三人。弄假婦人:大中以來,有孫乾、劉璃瓶;近有郭外春、孫有熊。僖宗幸蜀,戲中有劉眞者,尤能。後乃隨駕入京,籍於敎坊。"

[20] 閾——門檻,門限。這裏泛指家門。

[21] 伯有之賦鶉之賁賁——«左傳»襄公二十七年:"鄭伯享趙孟子於垂隴,子展、伯有、子西、子楚、子產、子大叔、二子石從。趙孟曰:'七子從君,以寵武也,請皆賦,以卒君貺。武亦以觀七子之志。'……伯有賦«鶉之賁賁»。趙孟曰:'牀笫之言不踰閾,況在野乎?非使人之所得聞也。'"伯有,春秋末鄭國卿士。«鶉之賁賁»,«詩·鄘風»中篇名,«毛詩小序»謂"刺衞宣姜也",«毛傳»謂"刺其與公子頑爲淫亂,行不如禽鳥"。故趙孟子有"牀笫之言不踰閾"之語。

[22] 放淫辭——«孟子·滕文公»下:"閑先聖之道,距楊墨,放淫辭,邪說不得作。"放,放逐。這裏的"淫辭",泛指一切不合儒道之言。

[23] 遒人之鐸——«左傳»襄公十四年引«尙書·夏書·胤征»:"遒人以木鐸徇於路,官師相規,工執藝事以諫。"«漢書·食貨志»:"孟春之月,羣居者將散,行人振木鐸徇於路以採詩,獻之太師,比其音律,以聞於天子。"遒人,古代的宣令官。木鐸,木舌之鈴。«尙書»孔穎達疏謂"武事振金鐸,文事振木鐸,……所以振文敎也"。

[24] 周郎顧曲——周郎,指三國時東吳大將周瑜。見本書第三册臧懋循«元曲選序二»註[17]。

[25] 生公說法——晉代高僧竺道生,世稱生公。俗姓魏,鉅鹿人。住廬山七年,鑽

研羣經。著有《二諦論》《佛性常有論》《法身無色論》《佛無淨土論》等。據傳當時《涅槃經》前數卷剛傳至中國，生公剖釋經理，立闡提成佛之義，時人斥爲邪說。於是生公入平江虎丘山，豎石爲徒，講《涅槃經》，說到妙處，石皆點頭。這裏的"顧曲""說法"云云，喩指戲曲感人之深。

【說明】

清代，戲曲小說(特別是如皮簧這樣的地方戲)雖然一貫受到封建正統文人的鄙視，認爲它不登大雅之堂，但因深受市井百姓的歡迎而獲得新生命，得到新發展。淸政府曾有許多禁毁的命令，但强制推行的行政措施收效甚微，結果是禁而不絕。特別是在鴉片戰爭、太平天国起義之後，資產階級舊民主主義革命的新思潮衝擊了傳統思想的基礎，因而戲曲小說愈加發展。面對這一新的現實，封建士大夫中某些有別於頑固派、較有頭腦的人，也就想"因勢利導"，企圖利用戲曲小說這一受到民衆歡迎的新樣式，以便達到宣揚舊思想的目的。余治就是這樣。俞樾則在本文中作了理論性的闡述。他們"毅然以放淫辭自任"，要在"戲劇之中，寓勸善之意"。所謂"放淫辭"，就是要把富有鬥爭精神的進步戲曲藝術趕出舞臺；所謂"勸善"，也就是宣揚封建道德，要求百姓做馴民。這是本文應該受到批判的一面。

但本文也有其不可否定的另一面。俞樾是當時著名的經學家，他也公然承認了戲曲小說的地位，說它"最易動人耳目，最易入人之心"，並認爲它"感人之深""移人之速"，不是儒家傳統經學所能比擬的。《禮記·樂記》中有魏文侯"聽古樂唯恐臥，聽鄭、衞之音則不知倦"的一段話，但緊接着的是子夏(孔子弟子)的長篇批判言論，可見《樂記》作者是把它當"反面教材"載錄的。但俞氏同樣引用這段話，却得出相反的結論："是人情皆厭古樂而喜鄭、衞也。"俞氏是經學大師，難道不知《樂記》的本義？這確是“明知故犯”。在新思潮新形勢下，他順應潮流，得出了違乎經典的結論。由此可見，他對如皮簧戲一類從民間興起的戲曲小說的巨大社會教育作用有很高的評價。當時連經學家也能認識到這一點，對於死不承認戲曲小說地位的頑固的正統文人，也是一種無形的批判。由此可見時代思潮衝擊之猛烈，時代風尙已經發生了很大的變化。這點也是我們應該注意的。

附錄

七俠五義序

〔清〕俞樾

往年潘鄭盦尙書奉諱家居，與余吳下寓廬相距甚近，時相過從。偶與言及今人學問遠不如昔，無論所作詩文，即院本傳奇平話小說，凡出於近時者，皆不如乾、嘉以前所出者遠甚。尙書云：“有《三俠五義》一書，雖近時所出，而頗可觀。”余携歸閱之，笑曰：“此《龍圖公案》耳，何足辱鄭盦之一盼乎？”及閱至終篇，見其事蹟新奇，筆意酣恣，描寫旣細入毫芒，點染又曲中筋節，正如柳麻子說武松打店，初到店內無人，驀地一吼，店中空缸空甏皆瓮瓮有聲：閒中着色，精神百倍。如此筆墨，方許作平話小說；如此平話小說，方算得天地間另是一種筆墨。乃歎鄭盦尙書欣賞之不虛也。

惟其第一回敍述狸猫換太子事，殊涉不經。白家老嫗之談，未足入黃車使者之錄。余因爲別撰第一回，援據史傳，訂正俗說，改頭換面，耳目一新。又其書每回題《俠義傳》卷幾，而首頁大書“三俠五義”四字，遂共呼此書爲《三俠五義》。余不知所謂“三俠”者何人？書中所載南俠、北俠、丁氏雙俠、小俠艾虎，則已得五俠矣。而黑妖狐智化者，小俠之師也；小諸葛沈仲元者，第一百回中盛稱其“從遊戲中生出俠義來”：然則此兩人非俠而何？即將柳青、路彬、魯英等槪置不數，而已得七俠矣。因改題《七俠五義全傳》，以副其實。至顏查散爲後半部書中之主，而以“查散”二字爲名，殊不可解。此人後半部竟是包孝肅替人，非如牛驢子、苦頭兒、麴先生、米先生諸人，呼牛呼馬，無關輕重也。余疑“查散”二字，乃“眘敏”之訛，“眘”爲古文“慎”字，以眘敏爲名，取“慎言敏行”之義。籲管中郎，衣冠優孟，本無依據，何憚更張？奮筆便改，不必如聖嘆之改《水滸傳》，處處託之古本也。惟其中方言俚字，連篇累牘，頗多疑誤，無可考正，則姑聽之，讀者自能意會耳。

光緒己丑七月既望，曲園居士俞樾書。

民國十四年文明書局排印本《七俠五義全傳》

庶幾堂今樂自序

〔清〕余　治

古樂衰而梨園之典興，原以傳忠孝節義之奇，使人觀感激發於不自覺，善以勸，惡以懲，殆與《詩》之美刺、《春秋》之筆削無以異，故君子有取焉。賢士大夫主持風教者固宜默握其權，時與釐定，以爲警瞶覺聾之助，初非徒娛心適志已也。

無如沿習既久，本旨漸失。賢士大夫既不暇留心及此，一任優伶子弟顛倒錯雜於其間，所演者遂多不甚切於懲勸。近世輕狂佻達之徒，又作爲誨淫誨盜諸劇以悦時流之耳目：演《水滸傳》則以盜賊爲英雄，而奸民共生豔羨；演《西廂記》則以狹邪爲韻事，而少年羣效風流。其他一切導欲增悲不可爲訓者，且紛然雜出，使觀之者蕩心失魄，以假爲眞，而古人立教之意遂蕩焉無存，風教亦因以大壞。

甚矣，樂章之興廢，實人心風化轉移向背之機，亦國家治亂安危之所係也。周子《通書》有云："移風易俗，莫善於樂。"又云："不復古禮，不變今樂，而欲至於治者遠矣！"竊以爲周子名世大儒，所見必非世故。古禮之復，誠非易易；若變今樂，則秖在賢士大夫一反手之間耳。當有宋之初，樂章之敗壞，未有甚於今日也，誨淫誨盜之風，亦未有如今日之極也，周子已重慮及此，則今日今樂之當變更何可緩耶？

余不揣淺陋，擬善惡果報新戲數十種，一以王法天理爲主，而通之以俗情。意取勸懲，無當聲律，事期徵信，不涉荒唐。以之化導鄉愚，頗覺親切有味。自知下里巴人，不足當周郎一顧，而彰善癉惡，歷歷分明，觸目驚心，此爲最捷。於以佐聖天子維新之化，賢有司教育之窮，當亦不無小補也。孟子云："王之好樂甚，則齊其庶幾乎！"天下之禍亟矣，師儒之化導既不見爲功，鄉約之奉行又歷久生厭。惟茲新戲，最洽人情，易移風俗，於是乎在，即以是爲蕩平之左券焉，亦何不可也。名曰《庶幾堂今樂》。庶幾哉，一唱百和，大聲疾呼，其於治也，殆庶幾乎！

咸豐十年春正月梁溪晦齋氏余治自序。

蘇州玄妙觀得見齋書坊藏版《庶幾堂今樂》

庶幾堂今樂題辭(選錄)

〔清〕余　治

嘆世人積習深非一朝，問狂瀾孰迴既倒？古文詞汗牛充棟半多覆瓿蠹魚銷。學時髦自詡風流，見幾多豔曲淫辭，災梨禍棗，美少年習輕佻，傷風敗俗人心蠱毒此中包。所以俺近年來編幾本勸世文，帶病醫人，也不過是管中窺豹，只求他愚蒙易曉，初何敢效文人結習感憤更牢騷？兎園册訓童蒙信手揮毫，猢猻王頭腦冬烘自吟自嘯，化愚民作歌唱聊自比候蟲時鳥，無暇細推敲。……再回想沒路跑，百折千迴，而今只得翻新調。老着臉粗着話，竊自願從梨園子弟一例混漁樵。遂演出新戲文，矢口成吟，把許多白雪陽春都變做常言道。……演一回唱一回，任他顧曲周郎批評我南腔北調。……悔當初瞎奔跑，經幾度秋風酕醄，科名何物催人老，把有限光陰、把有用精神消磨多少！

古樂淪亡，鞠部新腔多半是誨淫誨盜，致愚民觀而感教升猱防閑潰裂作奸悖亂此根苗。(自註：咸豐七年，山東東平州知府吳公獲盜，供稱結義兄弟已有一百零五人，照梁山水滸天罡地煞之數，各有混名，尚少三名，待一百零八人數滿，即將起事云云。始此夥謀反，都是爲《水滸》所誤。幸早破案，得免大患。又有揚州某好點淫戲。一日看戲回，其女已隨廚夫逃逸，中途被獲解官，某立時氣死。）干天怒，壞人心，流毒貽殃釀成大劫何人曉？如洪水、如猛獸亂紛紛，誰司樂正尼山，不料有今朝。……（我）一腔心事託歌謠，安得遇有心人，題倡登高，主張風教領袖，我潤色隆平長言舞蹈。……並願得播絃管叶笙匏，轉瞬間默化潛移同風一道，即是我區區志與人同善，書生報國此勤勞。每日裏禱祀求願亂民聾瞶齊開，卜得他悔過投誠、改頭換面貌。庶幾乎化暴爲良，風移俗易，依舊是清平世界，普天率土頌簫韶。

蘇州玄妙觀得見齋書坊藏版《庶幾堂今樂》

論詩法（答唐鳳廷[1]問）〔節錄〕

〔清〕王闓運[2]

古之詩以正得失[3]，今之詩以養性情[4]，雖仍詩名，其用異矣。故余嘗以漢後至今詩即樂也，亦足感人動天，而其本不同。古以教諫爲本，專爲人作[5]；今以託興爲本，乃爲己作[6]。史遷論詩，以爲賢人君子不得志之所爲[7]，即漢後詩矣。

詩主性情，必有格律[8]，不容馳騁放肆，雕飾更無論矣。情動於中而形於言，無所感則無詩，有所感而不能微妙則不成詩[9]。生今之世，習今之俗，自非學道有得，超然塵壒[10]，焉能發而中、感而神哉！就其近似求之，觀古人所以入微，吾心之所契合，優游涵詠，積久有會，則詩乃可言也。其功似苦，其效至樂，究而論之，如屠龍刻棘[11]，無所用之。人生百年，幸有可樂，殊不必勞心於至苦，運神於無用[12]。故余之論，未嘗勸人學詩，誠見其難也。

然余生平志趣學問，皆由詩入，則天性所近，工夫自然，初亦不料其通於大道有如是效驗也。……學詩當徧觀古人之詩，唯今人詩可不觀。今人詩莫工於余，余詩尤不可觀。以不觀古人詩，但觀余詩，徒得其雜湊模倣，中愈無主也。總之，非積三四十年，不能盡知古人之工拙。以三四十年之工力治經學，道必有成，因道通詩，詩自工矣。若性好文采，樂於吟詠，則由詩悟入，亦自捷徑，而非可強求也。

成都昌福公司印行王闓運《王志》卷二

【註釋】

［1］唐鳳廷——王闓運的學生。

［2］王闓運(公元一八三二年——一九一六年)——字壬秋,湖南湘潭人。咸豐三年(公元一八五三年)舉人。熟習經史百家。工詩文。曾參曾國藩幕。後受四川總督丁寶楨聘,入蜀主尊經書院。歸湖南後,主長沙思賢講舍、衡州船山書院。江西巡撫夏旹延爲高等學堂總教。辭歸湘綺樓講學。湖南巡撫奏其學行,特授翰林院檢討、加侍講銜。民國二年,任國史館長,兼任參議院參政。最後老死家鄉。所著書以經學爲多,有《周易說》等十多種;另有《湘軍志》、《鶡冠子義解》、《湘綺樓詩文集》及《日記》等。《清史稿》卷四百八十二《儒林三》有傳。

［3］古之詩以正得失——《毛詩序》:"……正得失,動天地,感鬼神,莫近於詩,先王以是經夫婦,成孝敬,厚人倫,美教化,移風俗。"

［4］今之詩以養性情——《詩緯含神霧》:"詩者,持也。"《文心雕龍·明詩》引伸之:"詩者,持也,持人情性。"王闓運在《詩法一首示黃生》中發揮說:"詩者持也,持其志無暴其氣,掩其情無露其詞。"

［5］古以教諫爲本,專爲人作——《毛詩序》:"上以風化下,下以風刺上,主文而譎諫,言之者無罪,聞之者足以戒。"

［6］今以託興爲本,乃爲己作——王氏《詩法一首示黃生》於此有所闡說發揮:"詩有六義,其四爲興。興者,因事發耑,託物寓意。……異於風雅,亦以自發情性,與人無干。雖足以風上化下,而非爲人作,或亦寫情賦景,要取自適,與風雅絕異,與騷賦同名。"

［7］史遷論詩二句——史遷,指司馬遷。《史記·太史公自序》:"《詩三百篇》,大抵賢聖發憤之所爲作也。此人皆意有所鬱結,不得通其道也,故述往事,思來者。"

［8］格律——這裏的"格律",不是指今體詩(律、絕)的聲韻調及對偶等寫作規律,而是泛謂詩歌有自己的規矩法度,不可超越一定的框框限制而去自由抒發情性。

［9］情動於中等三句——參閱本書第一册《毛詩序》。這三句一方面強調詩歌必須有詩人的眞情實感;一方面又強調了巧妙的藝術手段。有內容而不能"微妙",同樣是"不成詩"的。

［10］塵壒——卽塵埃。班固《西都賦》:"軼埃壒之混濁。"壒,李善《文選注》引王逸

《楚辭注》曰："埃塵也。"又引許愼《淮南子注》曰："堨，埃也。堨與壒同，於害切。"

[11] 屠龍刻棘——屠龍，《莊子·列禦寇》："朱泙漫學屠龍於支離益，單(殫)千金之家，三年技成，而無所用其巧。"刻棘，《韓非子·外儲說上》："宋人有請爲燕王以棘刺之端爲母猴者，必三月齋然後能觀之，燕王因以三乘養之。右御、冶工言王曰：'臣聞人主無十日不燕之齋。今知王不能久齋以觀無用之器也，故以三月爲期。凡刻削者，以其所以削必小。今臣冶人也，無以爲之削。此不然物也，王必察之。'王因囚而問之，果妄，乃殺之。"後世因譏技高無用之術爲"屠龍刻棘"。

[12] 人生百年四句——從字面上看，這四句似乎是勸人不學無用之詩。實際不然。在下面他就談到詩與道通，並非無用，所以必須刻苦學習："學詩當徧觀古人之詩。"所謂"徧觀"云云，如他在《詩法一首示黃生》一文中所說："欲己有作，必先有蓄，名篇佳製，手披口吟，非沉浸於中，必不能炳著於外。……古人之詩，盡美盡善，典刑不遠，又何加焉！"這就是學詩必復古之意。

【説明】

清代末年，舊民主主義革命運動此起彼伏，動搖了封建統治的腐朽基礎；但同時也招致了頑固派的猛烈攻擊。在思想文化領域，正統文人爲保存舊傳統而提出了種種的"理由"。其中，當時詩壇"領袖"王闓運的理論是較爲突出的。

當日詩壇，王氏自視極高，有"今人詩莫工於余"的自負。他的文論，略承阮元、蔣湘南"文筆論"的餘緒，對當時的文壇正宗桐城——湘鄉派頗有微詞。但這僅是封建正統文人之間爭奪文統的分歧，它們在本質上並無多大的差別。在本文中，他認爲詩人首先應着眼於詩歌"格律"，不能自由馳騁。又說："學詩當徧觀古人之詩，唯今人詩可不觀。""非積三四十年，不能盡知古人之工拙。"這說明他仍然沒有擺脫復古主義的老路。

其次，王氏提出"詩主性情"的主張。這似乎是老話，但在新形勢下，却有它的新含義。何謂"性情"？王氏認爲是"通於大道”的性情，而不是資產階級的個性解放。在他眼裏，詩與“道”是相通的。“由詩悟入”，也是達“道”的終南“捷徑”。他要求詩歌繼續爲腐朽沒落的封建政治服務，無疑的是在當時通往舊民主主義革命道路上設置了障礙。

當然，由於王氏首先是個詩人，在創作的甘苦方面頗有體會，所以當他具體分析詩歌的藝術時，時有體察細微的獨到之處。這些方面也不可一概加以否定。

附　錄

詩法一首示黃生

〔清〕王闓運

詩有六義，其四爲興。興者，因事發耑，託物寓意，隨時成咏，始於虞廷喜起及《琴操》諸篇，四、五、七言無定，而不分篇章，異於風雅，亦以自發情性，與人無干，雖足以風上化下，而非爲人作，或亦寫情賦景，要取自適，與風雅絕異，與騷賦同名。

明以來論詩者，動稱三百篇，非其類也。太白能詩者，而其說曰："五言不如四言，七言又其靡也。"太白四言如《獨漉篇》，其靡殆甚，豈古法乎？無亦以大言欺人，託於三百篇，而不知五言出於唐虞，時在三百篇千年前乎？漢人四言，乃是箴銘一類，有韻之文耳，非詩也。嵇康四言，則誠妙矣，然是從五言出，蓋五言之靡者也。七言出於《離騷》，開合從衡，可謂靡矣，而其氣足以振靡，故與五言亦分兩塗，非出於五言也。

今欲作詩，但有兩派：一五言，一七言。五律則五言之別派，七律亦五律之加增。五絕七絕，乃眞興體，五言法門，皆從此權輿。旣成五言一體，法門乃出，要之祇蘇李兩派。蘇詩寬和，枚乘曹植陸機宗之；李詩淸勁，劉楨左思阮籍宗之；曹操蔡琰，則李之別派；潘岳顏延之，蘇之支流；陶謝俱出自阮，陶詩眞率，謝詩超豔；自是以外，皆小名家矣。山水彫繢，未若宮體，故自宋以後，散爲有句無章之作，雖似極麗，而實與體，是古之式也。李唐既興，陳張復起，融合蘇李，以爲五言，李杜繼之，與王孟競爽，有唐名家，迺有儲、高、岑、韋、孟郊諸作，皆不失古法。自寫性情，才氣所溢，多在七言。歌行突過六朝，直接二曹，則宋之問劉希夷道其法門；王維王昌齡高岑開其堂奥；李頎兼乎衆妙；李杜極其變態；閭朝隱顧況盧仝劉叉，推宕排闔，韓愈之所羨也；二李（賀、商隱）溫歧段成式，雕章琢句，樊宗師之所羨也；元微之賦望雲騅，從横往來，神似子美，故非樂天之所及；張王樂府效法白傅，亦雅於《新豐》《上陽》諸篇乎？退之婷好詰詘，則近乎戲矣，宋人披昌，其流弊也。詩法既窮，無可生新，物極必反，始興明派，專事橅擬，但能近體，若作五言，不能自運。不失古格而出新意，其魏（源）鄧（輔綸）乎？兩君並出邵陽，殆地靈也。零陵作者，三百年來，前有船山，後有魏鄧，鄙人資之，殆兼其長，比之何李李王，譬如楚人學齊語，能爲莊王土譚耳。此詩之派別，自漢至今之雅音也。今則從容《爾雅》，自然同聲，天下作者，無復鄙音庸調，雖工拙不同，而趣向已一。斯則風會使然，不由人力矣。

詩既分和勁兩派，作者隨其所近，自臻極詣，當其下筆，先在選詞，斐然成章，然後可裁。詩者持也，持其志無暴其氣，掩其情無露其詞。直書己意，始於唐人，宋賢繼之，遂成傾瀉。歌行猶可粗率，五言豈容屠沽？無如往而復之情，豈動天地鬼神之聽？故曰"先王作樂，后詰爲詩"。觀《樂記》之言，即知詩之體用，功成作樂，學成作詩，詩之終也。十三舞勺，能言作詩，詩之始也。樂成依聲，詩必法古，自然之理也。欲己有作，必先有蓄，名篇佳製，手披口吟，非沉浸於中，必不能炳著於外。故余遇學詩人，從不勸進，以其功苦也。古人之詩，盡美盡善矣，典刑不遠，又何加焉！但有一戒，必不可學元遺山及湘綺樓。遺山初無功力，而欲成大家，取古人之詞意而雜糅之，不古不唐，不宋不元，學之必亂。余則盡法古人之美，一一而放之，鎔鑄而出之，功成未至，而謬儗之，必弱必褷，則不成章矣。故詩有家數，猶書有家樣，不可不知也。

甲寅五月，書以眎黃生鐵臣。

民國十一年中華書局石印本《新古文辭類纂稿本》卷二十三

八代文粹序

〔清〕王闓運

昔良史總略羣書，本于六藝，豈獨折衷于聖典，蓋亦探究其淵源。書契之興，肇于羲畫；文聲之比，成于詩樂。同天則《尚書》、《春秋》，治人則威儀經曲，文之盛也，斯人之所以參天地乎！

夫方有殊音，故文不同體；音有楚、夏，則方有古今。孔子贊《易》曰"修辭"，《聘記》論詞曰"足達"，又曰："辭足以達，義之至也。"然則不修者不足以達，達而不已者，又修之不誠也。玄聖既沒，文不在人；散之羣賢，乃成一代。是以古之文則聖聖同揆，後之人則世世殊風。自漢迄今，體惟三變；三體始末，改玉必殊。建武非文景之風，鸞末異衍初之格。何以漢久而後變，梁禪而已殊？將非朝野之統同，有類鄉都之嚮應乎？越巂至夔巫百舍，而同於蜀語；宜章隔樂昌一領，而動資譯象。文之判代，亦猶是矣。

夫詞不追古，則意必循今；率意以言，違經益遠。是以陳、周既合，政術彌乖。文飾者胥尚虛浮，馳騁者奮其私智。故知文隨德異，寧獨聲與政通？欲驗流風，尤資總集。但蕭樓略選，僅存梗概；梅紀旁搜，未區門目。自餘掎摭，莫識津涯；蔽所稀聞，咻於衆楚。中興先後，經術方昌；不煩木鐸，克傳天口。余以寸莛之質，騖靳九州，博訪通人，周咨同志，嘗願勒成一部，庶以羽翼《六經》。近入華陽，甫加鈔撮。既求珠於溟渤，實嘆材於鄧林。富順簡君及吾陳子，廣甄往籍，精論流別。類分仍夫蕭《選》，正副略仿李《鈔》。要以截斷衆流，歸之湻雅。使詞無鄙倍，學有本根。高陳皇古之訏謨，下亦稗（原作"牌"，誤。）官之談中。俾夫橫議，不犯清塵。庶作者有達義之能，學者識立誠之效。猶恐論乖丹素，自炫玄黃；或習傖荒，不分雅鄭；將謂文已末矣，何古之爲？輒爲述其本由，使必應於經義。方今九流已判，四海來同。揭日月以昭今，入宮牆而見美。共學適道，既洗於昏矇；博文約禮，詎窮於鑽仰也。

光緒庚子年烝陽刊本《王湘綺先生文集》卷三

國故論衡辨詩

章炳麟

《春宫》瞽矇，掌九德六詩之歌，然則詩非獨六義也，猶有九歌。其隆也，官箴占繇皆詩。故《序庭燎》稱箴，《沔水》稱規，《鶴鳴》稱誨，《祈父》稱刺，明詩外無官箴，《辛甲》諸篇，悉在古詩三千之數矣。《詩賦略》錄《隱書》十八篇，則東方、管輅射覆之辭所出。又《成相雜辭》者，徒役送杵，其句度長短不齊，亦悉入錄。揚搉道之，有韻者皆爲詩，其容至博。其殺也，孔子删詩，求合《韶》、《武》，賦比興不可歌，因以被簡。其詳在《六詩説》。屈原、孫卿諸家，爲賦多名；孫卿以《賦》、《成相》分二篇，題號已别，然《賦篇》復有《佹詩》一章，詩與賦未離也。漢惠帝命夏侯寬爲樂府令，及武帝采詩夜誦，其辭大備。《七略》序賦爲四家，其歌詩與之别。漢世所謂歌詩者，有聲音曲折，可以弦歌。如《河南周歌聲曲折》七篇，《周謡歌詩聲曲折》七十五篇是也。故《三侯》、《天馬》諸篇，太史公悉稱詩，蓋樂府外無稱歌詩者。自韋孟《在鄒》至《古詩十九首》以下，不知其爲歌詩邪？將與賦合流同號也？要之，《七略》分詩賦者，本孔子删詩意，不歌而誦，故謂之賦，叶於簫管，故謂之詩。其他有韻諸文，漢世未具，亦容附於賦錄。古者，大司樂以樂語教國子，蓋有韻之文多矣，有古爲小名而今爲大，有古爲大名而今爲小者。《周語》曰："公卿至列士獻詩，瞽獻曲，史獻書，師箴，矇誦。"瞽師瞍矇，皆掌聲詩，即詩與箴一實也。故自《虞箴》既顯，揚雄、崔駰、胡廣爲《官箴》，氣體文旨，皆弗能與《虞箴》異。蓋箴規誨刺者其義，詩爲之名。後世特以箴爲一種，與詩抗衡，此以小爲大也。賦者，六義之一家。《毛詩傳》曰："登高能賦，可以爲大夫。"登高孰謂？謂壇堂之上，揖讓之時。賦者孰謂？謂微言相感，歌詩必類。是故"九能"有賦無詩，明其互見。漢世賦爲四種，而詩不過一家，此又以小爲大也。誄文有韻者，古亦似附詩類。《漢北海相景君銘》乃作"誄曰"，後有"亂曰"，則誄亦是詩。銘者自名，器有題署，若士卒揚徽，死者題旌，下及楬木以記化居，落馬以示毛物，悉銘之屬。揚雄自言作《繡補》、《靈節》、《龍骨》之銘詩三章，又比詩類。今世專以金石韻文爲銘，此以大爲小也。九歌者與六詩同列，水、火、金、木、土、穀謂之六府，正德、利用、厚生謂之三事，此則山川之頌，江海之賦，皆宜在九歌。後世既以題名爲異，九歌獨在《屈賦》，爲之陪屬，此又以大爲小也。且文章流別，今世或緐於古，亦有古所恆覩，今隱沒其名者。夫宮室新成則有發，見《檀弓》。喪紀祖載則有遣，《既夕禮》有讀遣之文。告祀鬼神則有造，見《春官太祝》。原本山川則有說，見《毛詩傳》。斯皆古之德音，後生莫有繼作，其題號亦因不著。《文章緣起》所列八十五種，至於今日，亦有廢弛不舉者。夫隨事爲名，則巧歷或不能數，會其有極，則百名而一致者多矣。謂後世爲序錄者，當從《詩賦略》改題樂語，凡有韻者悉著其中，庶幾人識原流，名無棼亂者也。

論辯之辭，綜持名理，久而愈出，不專以情文貴，後生或有陵轢古人者矣。韻語代益陵遲，今遂塗地，由其發揚意氣，故感槩之士擅焉，聰明思慧，去之則彌遠。《記》稱"詩之失愚"，以爲不愚固不能詩。夫致命遂志，與金鼓之節相依。是故史傳所記，文辭陵厲，精爽不沫者，若荆軻、項羽、李陵、魏武、劉琨之倫，非奇材劍客，則命世之將帥也。由商、周以訖六代，其民自貴，感物以形於聲，餘怒未渫，雖文儒弱婦，皆能自致；至於哀窈窕，思賢材，言辭溫厚，而蹈厲之氣存焉。及武節既衰，馳騁者至於絕臏，猶弗能企。故中國廢興之際，樞於中唐，詩賦亦由是不競。五季以降，雖四言之銘，且拱手謝不敏，豈獨采詩可以觀政云爾。太史公曰："兵者，聖人所以討彊暴，平亂世，夷險阻，救危殆，自含血戴角之獸，見犯則校，而況於人，懷好惡喜怒之氣，喜則愛心生，怒則毒螫加，情性之理也。故六律爲萬事根本，其於兵械尤重。"自中唐以降者，死聲多矣，"長子帥師，弟子輿尸"，相繼也。今或欲爲國歌，竟弗能就，抗而不隊，則暴慢之氣從之矣，尨而無守，則鄙倍之辭就之矣。余以爲古者禮樂未興，則因襲前代，漢《郊祀歌》有《日出入》一章，其聲熙熙，悲而不傷，詞若游仙，乃足以作將帥之氣，雖《雲門》、《大卷》弗過也，以是爲國歌者，賢於自作遠矣。

語曰："在心爲志，發言爲詩。"此則吟詠情性，古今所同，而聲律調度異焉。魏文侯聽今樂則不知倦，古樂則臥，故知數極而遷，雖才士弗能以爲美。《三百篇》者，四言之至也。在漢獨有韋孟，已稍淡泊。下逮魏氏，樂府獨有《短歌》、《善哉》諸行爲激卬也。自王粲而降，作者抗志，欲返古初，其辭安雅，而惰弛無節者衆，若束皙之《補亡詩》，視韋孟猶登天。嵇、應、潘、陸，亦以楛窳。“悠悠大上，民之厥初”，“於皇時晉，受命旣固”，蓋庸下無足觀，非其材劣，固四言之埶盡矣。漢世《郊祀》、《房中》之樂，有三言七言者，其辭閎麗詄蕩，不本《雅》、《頌》，而聲氣若與之呼召，其風獨五言爲善。古者學詩有大司樂瞽宗之化，在漢則主情性。往者《大風》之歌，《拔山》之曲，高祖、項王，未嘗習藝文也，然其言爲文儒所不能舉。蘇、李之徒，結髮爲諸吏騎士，未更諷誦，詩亦爲天下宗。及陸機、鮑照、江淹之倫，擬以爲式，終莫能至。由是言之，情性之用長，而問學之助薄也。風與雅、頌、賦所以異者，三義皆因緣經術，旁涉典記，故相如、子雲小學之宗，以其緒餘爲賦。《郊祀歌》者，頌之流也，通一經之士，不能獨知其辭，皆集會五經家，相與共講習之。《安世房中歌》，作於唐山夫人，而辭亦爾雅。獨風有異，憤懣而不得舒，其辭從之，無取一通之書，數言之訓，及其流風所扇，極乎王粲、曹植、阮籍、左思、劉琨、郭璞諸家，其氣可以抗浮雲，其誠可以比金石，終之上念國政，下悲小己，與《十五國風》同流，其時未有雅也。謝瞻承其末流，《張子房詩》本之，“王風哀思，周道無章”，浸淫及於《大小雅》矣。世言江左遺彥，好語玄虛，孫、許諸篇，傳者已寡，陶潛皇皇，欲變其奏，其風力終不逮。玄言之殺，語及田舍，田舍之隆，旁及山川雲物，則謝靈運爲之主。然則《風》、《雅》道變，而詩又幾爲賦。顏延之與謝靈運，深淺有異，其歸一也。自是至於沈約、丘遲，景物復窮。自梁簡文帝初爲新體，牀笫之言，揚於大庭，訖陳、隋爲俗。陳子昂、張九齡、李白之倫，又稍稍以建安爲本，白亦下取謝氏，然終弗能遠至，是時五言之勢又盡。杜甫以下，辟旋以入七言。七言在周世，《大招》爲其萌芽，漢則《柏梁》，劉向亦時爲之，顧短促未能成體，而魏文帝爲最工，唐世張之以爲新曲，自是五言遂無可觀者。然七言在陳、隋，氣亦宣朗，不雜傳記名物之言，唐世浸變舊貫，其勢則不可久，哀思主文者，獨杜甫爲可與！韓愈、孟郊蓋《急就章》之別辭，元稹、白居易則日者瞽師之誦也。自爾千年，七言之數以萬，其可諷誦者幾何？重以近體昌狂，篇句塡委，淩雜史傳，不本情性。蓋詩賦者所以頌善醜之德，泄哀樂之情也，故溫雅以廣文，興論以盡意。晚世賦頌，苟爲饒辯屈蹇之辭，競陳誣罔不然之事，《潛夫》引以爲譏。見《潛夫論務本篇》。詩又與議奏異狀，無取數典，鍾嶸所以起例，雖杜甫媿之矣。訖於宋世，小說雜傳禪家方技之言，莫不徵引。夫以孫、許高言莊氏，雜以三世之辭，猶云《風》、《騷》體盡，況乎辭無友紀，彌以加厲者哉？宋世詩勢已盡，故其吟詠情性，多在燕樂。今詞又失其聲律，而詩尨奇愈甚，考徵之士，覩一器，説一事，則紀之五言，陳數首尾，比於馬醫歌括。及曾國藩自以爲功，誦法江西諸家，矜其奇詭，天下騖逐，古詩多詰詘不可誦，近體乃與杯珓讖辭相等，江湖之士，豔而稱之，以爲至美，蓋自《商頌》以來，歌詩失紀，未有如今日者也。《詩品》云："經國文符，應資博古，撰德駁奏，宜窮往烈，至乎吟詠情性，亦何貴於用事。顔延之喜用古事，彌見拘束，於時化之，故大明、泰始中，文章殆同書鈔，爾來作者，浸以成俗，遂句無虚語，語無虚字，拘攣補衲，蠹文已甚。"又云："任昉博物，動輒用事，所以詩不得奇。"尋此諸論，實詩人之藥石。但顔、任諸公，足詒書鈔之誚，方今作者，豈直書鈔而已？比之歌括杯珓，夫豈失倫？物極則變，今宜取近體一切斷之，唐以後詩，但以參考史事存之可也，其語則不足誦。古詩斷自簡文以上，唐有陳、張、李、杜之徒，稍稍刪取其要，足以繼《風》、《雅》，盡正變。夫觀王粲之《從軍》，而後知杜甫卑鬮也；觀潘岳之《悼亡》，而後知元稹凡俗也；觀郭璞之《游仙》，而後知李賀詭誕也；觀《廬江府吏》、《鴈門大守》敍事諸篇，而後知白居易鄙倍也。淡而不厭者陶潛，則王維可廢也；矜而不蹇者謝靈運，則韓愈可絕也。要之，本情性，限辭語，則詩盛；遠情性，憙雜書，則詩衰。

《七略》次賦爲四家，一曰屈原賦，二曰陸賈賦，三曰孫卿賦，四曰雜賦。屈原言情，孫卿效物，陸賈賦不可見，其屬有朱建、嚴助、朱買臣諸家，蓋縱横之變也。揚雄賦本擬相如，《七略》相如賦與屈原同次，班生以揚雄賦隸陸賈下，蓋誤也。然言賦者，多本屈原。漢世自賈生《惜誓》，上接《楚辭》，《鵩鳥》（原作"鵬鳥"，據《漢書》本傳改）亦方物《卜居》；而相如《大人賦》自《遠游》流變；枚乘又以《大招》、《招魂》散爲《七發》；其後漢武帝《悼李夫人》，班婕妤《自悼》，外及淮南、東方朔、劉向之倫，未有出屈、宋、唐、景外者也。孫卿五賦，寫物效情，《蠶》、《箴》諸篇，與屈原《橘頌》異狀，其後《鸚鵡》、《焦鷯》，時有方物；及宋世《雪》、《月》、《舞鶴》、《赭白馬》諸賦放焉。《洞簫》、《長笛》、《琴》、《笙》之屬，宜法孫卿，其辭義咸不類。徐幹有《玄蝯》、《漏卮》、《圓扇》、《橘賦》諸篇，雜書徵引，時見一端，然勿能得全賦，大氐孫卿之體微矣。陸賈不可得從迹。雖然，縱横者，賦之本。古者，誦詩三百，足以專對，七國之際，行人胥附，折衝於尊俎閒，其説恢張譎宇，紬繹無窮，解散賦體，易人心志，魚豢稱："魯連、鄒陽之徒，援譬引類，以解締結，誠文辯之雋也。"

武帝以後，宗室削弱，藩臣無邦交之禮，縱橫既黜，然後退爲賦家，時有解散：故用之符命，即有《封禪》、《典引》；用之自述，而《答客》、《解嘲》興。文辭之繇，賦之末流爾也。雜賦有《隱書》者，傳曰："談言微中，亦可以解紛。"與縱橫稍出入。淳于髡諫《長夜飲》一篇，純爲賦體，優孟諸家顧少耳。東方朔與郭舍人爲隱，依以譎諫，世傳《靈棋經》，誠僞書，然其後漸流爲占繇矣。管輅、郭璞爲人占皆有韻，斯亦賦之流也。自屈、宋以至鮑、謝，賦道既極，至於江淹、沈約，稍近凡俗，庾信之作，去古踰遠，世多慕《小園》、《哀江南》輩，若以上擬《登樓》、《閒居》、《秋興》、《蕪城》之儕，其靡已甚。賦亡蓋先於詩。繼隋而後，李白賦《明堂》，杜甫賦《三大禮》，誠欲爲揚雄臺隸，猶幾弗及，世無作者，二家亦足以殿。自是賦遂泯絶。近世徒有張惠言，區區修補《黄山》諸賦，雖未至，庶幾李、杜之倫；承千年之絶業，欲以一朝復之，固難能也。然自詩賦道分，漢世爲賦者多無詩，自枚乘外，賈誼、相如、揚雄諸公，不見樂府五言，其道與故訓相儷，故小學亡而賦不作。

漢世樂府，《七略》錄爲歌詩，上自郊祀，下訖里巷歈趣，皆見罔羅，其外有《短簫鐃歌》，李延年復依西域《摩訶兜勒》之曲，以造新聲二十八解。魏、晉之間，但歌《白紵》諸曲，猶有繼者，聲有曲折，故"妃呼豨"、"幾令吾"之屬，間雜聲氣，鐸舞歌《聖人制禮樂》篇，其有散聲益明。其辭載《宋書樂志》，云："昔皇文武邪，彌彌舍善，誰吾時吾，行許帝道，銜來治路萬邪，治路萬邪，赫赫，意黄運道吾，治路萬邪，善道明邪金邪，善道明邪金邪，帝邪，近帝武武邪邪，聖皇八音，偶邪尊來，聖皇八音，及來義邪同邪，烏及來義邪，善草供國吾，咄等邪烏，近帝邪武邪，近帝武邪武邪，應節合用，武邪尊邪，應節合用，酒期義邪同邪，酒期義邪，善草供國吾，咄等邪烏，近帝邪武邪，近帝武武邪邪，下音足木，上爲鼓義邪，應衆義邪，樂邪邪延否，已邪烏已禮祥，咄等邪烏，素女有絶其聖烏烏武邪。"此"邪"、"烏"、"吾"等字，皆是散聲。巾舞歌《公莫》篇，則以"吾"字"嬰"字"何"字作散聲。蓋古歌曲被管弦者，皆一字一聲，未有如今之疊字者也，故不得不假散聲以宣其氣。宋人燕樂，亦無疊字而有散聲，張炎《詞源》所載"哩囉"等字是也。今南方里巷小弄皆然，不失古法。至大曲則皆疊字，古所謂鄭聲矣。尋《晉語》載惠公改葬共世子，臭達於外，國人誦之曰："威兮懷兮，各聚爾有以待所歸兮，猗兮違兮，心之哀兮。""威懷"、"猗違"，皆曲折詠歎之詞，舊讀以爲有實義者非也。樂府可歌，故其辭若自口出，後人雖欲摹擬，既失其音，皮之不存，毛將焉傅矣。然古人即辭題署，而後人虛擬其名，何世蔑有？《破斧》、《候人》、《燕燕于飛》諸篇，皆虞、夏舊曲也。見《呂氏春秋·音初篇》。周之詩人，因其言以成己意。且周世里巷歌謠，本有《折楊》、《皇華》，文見《莊子》。《皇華》即《小雅》之篇，而里巷襲其語，《折楊》以後，李延年二十八解復有云《折楊柳》者，此皆轉相因襲者也。世言樂府聲律既亡，後嗣不宜復作。此則今日俗詞，寧合宋人宫律，然猶緜延勿替，何哉？樂府或時無韻，是猶《周頌》諸篇，不應常節，蓋其逗留曲折，非韻所持，固詩之特異也。若乃古今異音，部類離合，代有遷變，文士不達其意，喜改今韻以就方言，詞之末流，有甚於反舌者。而世或言樂府興於巷陌，方國殊致，何必正音。不悟樂府雖變，其爲夏音則同，未有泯亂大略者也。沙陀、契丹、金、元以降，多雜塞外方音，唐世所未殽亂，而皆獵其部次。夫載祀相隔，不踰皕稔，聲韻乃遠離其本，明自他族挾之以變，非自變也。按《切韻》本考合南北正音，不失倫紀，《唐韻》因之。而《韻英考》聲，見於慧琳所引者，多與之異，如"富"、"婦"等字，讀入"魚"部，此乃秦音通轉，非爲譌誤。宋世官韻，猶未大變舊制，蓋猶會合南北之音也，其詞已漸有離合。至《樂府指迷》、《詞林韻釋》，書皆出於宋世，而部署譎觚，全無友紀，殆不似人類之言，則宋世汴京方音，已大變於古昔矣。孫卿云："使夷俗邪音，不敢亂雅，大師之事。"夫詞與南北曲者，通俗之用，樂府則已古矣，蒙古異音，夏侯寬、杜夔諸公，豈能知其節邪？或曰：李延年已採西域之音，以爲武樂，隋世亦有西涼、龜茲、天竺、康國、疏勒、安國諸部，今之詞自龜茲樂來，何以見夷音不可用也？應之曰：四夷之樂，用於朝會祭祀燕饗，自《周官》韎師、鞮鞻氏見其耑。《小雅》曰："以雅以南。"《傳曰》："東夷之樂曰昧，南夷之樂曰南，西夷之樂曰朱離，北夷之樂曰禁，以爲籥舞。""朱離"，《後漢書·班固傳》作"兜離"，《白虎通義》省言"兜"。周時"朱"音如"兜"，"兜離"則所謂"摩訶兜勒"者，西域即用梵語，"摩訶"譯言"大"，"兜勒"、"兜離"譯言"聲音高朗"，其音本作"覩羅因"，"羅"字彈舌，"覩羅"爲形容語，若作名詞，即是"覩靸因"，但周、漢無"麻"部音，故書作"兜勒"、"兜離"耳，"離"字古本音"羅"，《詩傳》作"朱離"，音亦如"兜羅"。明自張騫以上，鞮鞻氏已用其聲歌，然獨王者施之，陳於門外，不及侯國。漢世變爲新聲，是乃因其節奏，而文字調均從中國，猶以假給邊將，不及郡縣。隋世龜茲樂盛行閭閈，文帝尚云"無復正聲，不祥之大"。今之燕樂，即此胡戎歌也，其辭變夷從漢，亦與李延年同法，故自唐世已有短詞，與官韻未相出入，此則名從主人，物從中國，古之制也。今縱不能復雅樂，猶宜存其節制。詞已失其律度，南北曲復曼衍不可究論，然叶音宜以官韻爲準。樂府者最近古初，楚、漢之聲，存於江左，而隋、唐謂之清商，隋文以爲華、夏正聲。今江南、荆、蜀諸蓮弄其緒也，比於燕樂，尙淸緩有士君子風，宜就古二十二部，稍稍爲之分合，以存漢、魏、兩晉、江左遺聲，於是有知律者，爲之調其弦匏笙簧而已矣。

諸四言韻語者，皆詩之流，而今多患解弛。箴之爲體，備於揚雄諸家，其語長短不齊，陸機所謂"頓挫淸壯"者，有常則矣。自餘四言，世多宗法李斯，閒三句以爲韻，其勢易工，如其辭旨，宜本之情性，參之故訓，稽之典禮，去其縟采，泯其華飾，無或糅雜故事，以亂章句，先民有言："旣雕旣琢，復歸於樸。"此之謂也。近世曾國藩獨慕《漢書》《敍傳》。四言之用，自漢世已衰，《敍傳》雖非其至，自《雅》、《頌》以下，獨有李斯、韋孟、揚雄、班固四家，復欲陵轢其上，固以難矣。韓愈稍欲理其廢絕，辭已壯麗，博而不約，鮮溫潤之音，學之雖至，猶病傀怪不至，乃獷獷如豺狼聲，詎非正以《雅》、《頌》，其可爲典刑耶？若夫碑版之辭，蟬嫣不絕，體以四言，末則不韻，此自漢碑已導其原，韓愈尙優爲之。然唐人多憙造辭，近人或以爲戒。余以爲造辭非始唐人，自屈原以逮南朝，誰則不造辭者？古者多見子夏、李斯之篇，故其文章都雅，造之自我，皆合典言；後世字書旣已乖離，而好破碎妄作，其名不經，雅俗之士，所由以造辭爲戒也。若其明達雅故，善赴曲期，雖造辭則何害？不然，因緣緒言，巧作刻削，呼仲尼以"龍蹲"，斥高祖以"隆準"，指兄弟以"孔懷"，稱在位以"曾是"，此雖原本經緯，非言而有物者矣。

浙江圖書館校刊章氏叢書本《國故論衡》卷中

日本國志學術志二文學[1]〔節錄〕

〔清〕黄遵憲[2]

外史氏曰：文字者，語言之所從出也。雖然，語言有隨地而異者焉，有隨時而異者焉；而文字不能因時而增益，畫地而施行。言有萬變而文止一種，則語言與文字離矣。居今之日，讀古人書，徒以父兄師長，遞相授受，童而習焉，不知其艱。苟迹其異同之故，其與異國之人進象胥舌人而後通其言辭者[3]，相去能幾何哉？……余聞羅馬古時，僅用臘丁語[4]，各國以語言殊異，病其難用。自法國易以法音，英國易以英音，而英、法諸國文學始盛。耶穌教之盛，亦在舉《舊約》《新約》[5]就各國文辭普譯其書，故行之彌廣。蓋語言與文字離，則通文者少，語言與文字合，則通文者多，其勢然也。……泰西論者，謂五部洲中以中國文字爲最古，學中國文字爲最難，亦謂語言文字之不相合也。然中國自蟲魚雲鳥屢變其體，而後爲隸書爲草書[6]，余烏知夫他日者不又變一字體爲愈趨於簡、愈趨於便者乎？自《凡將》《訓纂》逮夫《廣韻》《集韻》[7]，增益之字[8]，積世愈多，則文字出於後人創造者多矣。余又烏知夫他日者不有孳生之字，爲古所未見、今所未聞者乎？周、秦以下，文體屢變，逮夫近世，章疏移檄，告諭批判，明白曉暢，務期達意，其文體絕爲古人所無。若小説家言，更有直用方言以筆之於書者[9]，則語言文字幾幾乎復合矣。余又烏知夫他日者不更變一文體爲適用於今、通行於俗者乎？嗟夫！欲令天下之農工商賈婦女幼稚皆能通文字之用，其不得不於此求一簡易之法哉!

光緒富文齋初刊本«日本國志»卷三十三

【註釋】

[1] 日本國志學術志——«日本國志»，黄遵憲著。此書草創于遵憲爲駐日本使館參贊時。光緒十二年自美返國，家居有暇，重事編纂。至十三年五月書成。採書至二百餘種，費日力至八九年。爲類十二，爲卷四十，五十餘萬字，爲我國人以志書體裁系統地敍述日本史事的第一部書。第九«學術志»凡二卷，屬全書的卷三十二、三十三。«文學»屬下卷。

[2] 黄遵憲(公元一八四八年——一九〇五年)——字公度，廣東嘉應人。光緒二年順天鄉試舉人，由道員歷官使日參贊、美國舊金山總領事、駐英參贊、新嘉坡總領事。光緒二十年，中、日戰事起，由新嘉坡被調回國。二十三年，補湖南長寶鹽法道，署按察使，與巡撫陳寶箴協力舉辦新政。二十四年秋變法失敗，罷歸。著有«人境廬詩草»十一卷、«日本雜事詩»一卷、«日本國志»四十卷。近人又輯其未刊詩爲«人境廬集外詩輯»別行。«清史稿»卷四百七十有傳。

[3] 象胥——古代翻譯官之名，見«周禮·秋官»。舌人——古代翻譯官名，見«國語»，韋昭注:“舌人能達異方之志，象胥之官也。”

[4] 臘丁語——臘丁 (Latin)，一譯作拉丁，種族名，屬雅利安族，本指古代意大利羅馬城附近的拉丁姆 (Latium) 人。羅馬人的語言稱拉丁語。意大利、法蘭西、西班牙、葡萄牙人的語言都屬拉丁語系，所以他們都被稱爲拉丁族。

[5] 舊約新約——案今英文譯本聖經，«舊約全書»共三十九篇，其中有先知、歷史、法律、詩歌等類，都是寫成于公元前一千年至一百年之間。«新約全書»共二十七篇，大概寫成于公元一百五十年中，記耶穌生平言行，又載基督教會初期的歷史和文章。«新約»«舊約»合共六十六篇。

[6] 蟲魚雲鳥屢變其體二句——許慎«説文解字序»:“自爾秦書有八體:……四曰蟲書，……八曰隸書。漢興有艸書。”“及亡新居攝，……時有六書:……四曰佐書，即秦隸書;……六曰鳥蟲書，所以書幡信也。”韋續«墨藪»:“因卿雲作雲書，亦黄帝時也。……周法魚書者，因素鱗躍舟所作。……蟲書者，魯秋胡妻浣蠶所作。……古隸書者，秦程邈獄中變大篆所作。”案:韋解雲書、魚書、蟲書多附會，姑存其説。«法書要錄»引張懷瓘«書斷»:“章草者，漢黄門令史游所作也。王愔云:(案:此蓋引王愔«文字志»語。)‘漢元帝時，史游作«急就章»，解散

隸體，漢俗簡惰，漸以行之'是也。"

[7] 凡將訓纂——《漢書·藝文志》："《凡將》一篇，司馬相如作。""《訓纂》一篇，揚雄作。"廣韻——五卷，宋陳彭年、邱雍等撰。名《大宋重修廣韻》。然在唐代，即有以《廣韻》名書者。《通志·藝文略》有張參《唐廣韻》五卷，《玉海》四十五引《崇文目》亦有《唐廣韻》五卷。集韻——十卷，舊本題宋丁度等奉敕撰。

[8] 案：《廣韻》所收凡二萬六千一百九十四字，較唐陸法言《切韻》，增一萬四千三十六字。（唐封演《聞見記》載陸法言《切韻》凡一萬二千一百五十八字。）《集韻》所收凡五萬三千五百二十五字，較《廣韻》增二萬七千三百三十一字。

[9] 若小說家言二句——案：黃遵憲晚年有與梁啓超書論小說云："小說所以難作者，非舉今日社會中所有情態一一飽嘗爛熟，出于紙上，而又將方言諺語，一一驅遣，無不如意，未足以稱絕妙之文。前者須富閱歷，後者須積材料。閱歷不能襲而取。若材料則分屬一人，將《水滸》《石頭記》《醒世姻緣》以及泰西小說，至于通行俗諺，所有譬喻語、形容語、解頤語，分別鈔出，以供驅使，亦一法也。"

【說明】

文言文，在封建社會裏沿用了三千年。語言與文字要求合一，是一個長遠以來就被提出的問題。在漢代堆砌古文奇字"指意難睹"的辭賦文風泛濫之下，王充在《論衡·自紀篇》裏首先提出了這個問題。辭賦文風，助長了駢偶文體的發展，到南北朝而歷史、哲學等著作也採用駢體，北朝史書，甚至用古語代今，"華夷混淆，事實乖違"，於是劉知幾《史通·言語》再一次提出了書面語言的崇今原則。反駢體的古文運動的成功，書面語言與口語的距離比較接近了一步，宋代平話、元代戲曲、明代小說的興起，語言與文字更逐步趨向于一致，而在散文領域內，却掀起了前後七子摹古的橫流，於是袁宗道又針對佶屈聱牙的僞體而提出言文合一的主張。但是這一次又一次的問題的提出，始終沒有能使文言文體得到基本上的改革。宋以來白話文體出現後，也沒有能代替文言文取得正統的地位。顯然，長期的封建社會，統治階級壟斷了文言文這一工具，正好遂其擯斥廣大勞動人民于文化領域之外的用心。當晚清時期，中國社會已逐步向半封建半殖民地社會轉化，資產階級要利用文字作爲取得政權的宣傳工具，廣大人民要利用文字作爲抨擊舊社會的鬥爭工具，那種僅能適應于封建統治階級需要的文言文體，就越來越暴露了它的局限性。爲了滿足社會廣泛的需要，言文合一的課題，很自然地又被提出。而它所負的時代使命，也就不同于王充、劉知幾、袁宗道諸人。

黄遵憲是晚淸資產階級改良派的人物，也是近代提倡言文合一極早的一人。這篇《日本國志·學術志》，還是光緒十三年所寫，早于五四時期白話文的運動有三十年左右。

在本篇中，作者對文言文體問題，作了如下的分析：

第一、中國文字最大的病根，是"語言與文字之不相合"。語言"隨地而異""隨時而異"，"而文止一種"，因之造成了學習它的困難，"與異國之人進象胥舌人而後通其言辭者"，相去無幾。第二、文字與文體，日趨簡便曉暢以利于應用，乃是事物發展的必然趨勢。第三、小說家言，"直用方言以筆之于書"，于是"語言文字幾幾乎復合"。而且，"欲令天下之農工商賈、婦女幼稚皆能通文字之用"，將來只有"變一字體爲愈趨於簡，愈趨於便"，"適用於今，通行於俗"。總的，作者提出了這樣的中心論題："語言與文字離，則通文者少；語言與文字合，則通文者多。"作者在這裏所說"通文"的文，是提到文學這一高度來說的。作者在《梅水詩傳序》裏所闡述的，客家由于文字與語言合，得到的效果是"嘉、道之間，文物最盛，幾于人人能詩，置之吳、越、齊、魯之間，實無愧色"，已初步認識到言文合一與文學發展的關係。當然，本篇還沒有進一步把改革文學的思想內容與改革文字的形式統一起來，雖然他在詩界維新的命題上，已接觸到了這一問題。

在本文寫作後的十二年卽光緒二十四年八月，《白話叢書》的編者裘廷梁發表了《論白話爲維新之本》一文，明確主張白話文代替文言文，痛切地指出了文言文的弊害，并把這一問題提到與政治改革血肉相關的高度，這正是作者言文合一主張的進一步發展。

附　錄

梅水詩傳序

〔清〕黃遵憲

語言者，文字之所從出也。語言與文字合，則通文者多；語言與文字離，則通文者少。余于《日本學術志》中，曾述其意，識者頗韙其言。五部洲文字，以中國爲最古。上下數千年，縱橫數萬里，語言或積世而變，或隨地而變，而文字則亘古至今，一成而不易。父兄之教子弟，等于進象胥而設重譯。蓋語言文字扞格不相入，無怪乎通文字之難也。

嘉應一州，占籍者十之九爲客人。此客人者，來自河、洛，由閩入粤，傳世三十，歷年七百，而守其語言不少變。有《方言》《爾雅》之字，訓詁家失其意義，而客人猶識古義者；有沈約、劉淵之韻，詞章家誤其音，而客人猶存古音者。乃至市井詬誶之聲，兒女嗅咻之語，考其由來，無不可筆之于書。余聞之陳蘭甫先生，謂客人語言，證之周德淸《中原音韻》，無不合。余嘗以爲客人者，中原之舊族，三代之遺民，蓋考之于語言文字，益自信其不誣也。

里人張榕軒觀察，少讀書，喜爲詩，鈔存先輩詩甚富。近出其稿，託仙根明經廣爲搜集，重加編訂。余受而讀之，中如芷灣、繡子兩太史，固卓然名家，其他亦雅馴可誦。嘉、道之間，文物最盛，幾于人人能爲詩。置之吳、越、齊、魯之間實無愧色。豈非語言與文字合，易于通文之明效大驗乎？

自物競天擇、優勝劣敗之說行，種族之存亡，關係益大。凡亞細亞洲古所稱聲明文物之邦，均爲他族所逼處。微特蒙古族、鮮卑族、突厥族苶然不振，即轟轟然以文化著于五洲，如吾輩華夏之族，亦歎式微矣！文章小技，于道未尊，是不足以爭勝。凡我客人，誠念我祖若宗，悉出于神明之胄，當益騖其遠者大者，以恢我先緒，以保我邦族，此則願與吾黨共勉之者也。

人境廬未刊稿

與嚴又陵書(節錄)

〔清〕黃遵憲

……《天演論》供養案頭，今三年矣。本年五月，獲讀《原富》，近日又得讀《名學》，雋永淵雅，疑出北魏人手。今日已爲二十世紀之世界矣，東西文明，兩相接合，而譯書一事，以通彼我之懷，闡新舊之學，實爲要務。公於學界中又爲第一流人物，一言而爲天下法則，實衆人之所歸望者也。僕不自揣，竊亦有求於公。第一爲造新字，(自注：中國學士視此爲古聖古賢專斷獨行之事，於武曌之撰，孫休之命子，坐之非聖無法之罪。殊不知《倉頡》一篇，只三千餘文。至《集韻》《廣韻》多至四五萬，其積世而增益，因事而製造者多矣。即如僧字塔字，詞章家用之，如十三經內之字矣；而豈知其由沙門桑門而作僧，由浮圖窣堵而作塔，晉、魏以前無此事也。)次則假借，(自注：金人入夢，丈六化身，華文之所無也，則假佛時仔肩之佛而爲佛。三位一體，上升天堂，華文之所無也，則假視天如父、七日復蘇之義而爲耶穌。此假借之法也。)次則附會，(自注：塞之變爲釋，苾芻之變爲比丘，字本還音，無意義也，擇其音之相近者而附會之。此附會之法也。)次則謰語，(自注：單足以喻則單，單不足以喻則兼，故不得不用謰語。佛經中論德如慈悲，論學如因明，述事如唐捐，本係不相比附之字，今則沿習而用之，忘爲強湊矣。)次則還音，(自注：凡譯意則遺詞，譯表則失裏，又往往徑用譯音，如波羅蜜、般若之類。)又次則兩合。(自注：無一恰合之音，如冒頓、墨特、閼氏、焉支，皆不合，則文與注兼舉其音，俾就冒與墨、閼與焉之間兩面夾出，而其音乃合。此爲僕新獲之義，無以名之，姑名之曰兩合。)荀子有言："命不喻而後期，期不喻而後說，說不喻然後辨。"吾以爲欲命之而喻，誠莫如造新字。其假借諸法，皆荀子所謂曲期者也。一切新撰之字，初定之名，於初見時，能包綜其義，作爲界說，繫於小註，則人人共喻矣。第二爲變文體，一曰跳行，一曰括弧，一曰最數（一、二、三、四是也），一曰夾註，一曰倒裝語，一曰自問自答，一曰附表附圖，此皆公之所已知已能也。公以爲文界無革命，弟以爲無革命而有維新。如《四十二章經》，舊體也。自鳩摩羅什輩出，而內典别成文體，佛教益盛行矣。本朝之文書，元、明以後之演義，皆舊體所無也，而人人遵用之而樂觀之。文字一道，至于人人遵用之樂觀之，足矣。

人境廬未刊稿

譯天演論例言

〔清〕嚴　復

一、譯事三難：信、達、雅。求其信已大難矣，顧信矣不達，雖譯猶不譯也，則達尚焉。海通以來，象寄之才，隨地多有，而任取一書，責其能與於斯二者則已寡矣。其故在淺嘗，一也；偏至，二也；辨之者少，三也。今是書所言，本五十年來西人新得之學，又爲作者晚出之書，譯文取明深義，故詞句之間，時有所傎到附益，不斤斤於字比句次，而意義則不倍本文，題曰"達恉"，不云"筆譯"，取便發揮，實非正法。什法師有云："學我者病。"來者方多，幸勿以是書爲口實也。

一、西文句中名物字，多隨舉隨釋，如中文之旁支，後乃遙接前文，足意成句，故西文句法，少者二三字，多者數十百言。假令仿此爲譯，則恐必不可通，而刪削取徑，又恐意義有漏。此在譯者將全文神理，融會於心，則下筆抒詞，自善互備。至原文詞理本深，難於共喻，則當前後引襯，以顯其意。凡此經營，皆以爲達，爲達即所以爲信也。

一、《易》曰："脩辭立誠。"子曰："辭達而已。"又曰："言之無文，行之不遠。"三者乃文章正軌，亦即爲譯事楷模。故信達而外，求其爾雅。此不僅期以行遠已耳；實則精理微言，用漢以前字法句法，則爲達易，用近世利俗文字，則求達難，往往抑義就詞，毫釐千里。審擇於斯二者之間，夫固有所不得已也，豈釣奇哉？不佞此譯，頗貽艱深文陋之譏。實則刻意求顯，不過如是。又原書論說，多本名數格致，及一切疇人之學。倘於之數者向未問津，雖作者同國之人，言語相通，仍多未喻，矧夫出以重譯也耶？

一、新理踵出，名目紛繁，索之中文，渺不可得，即有牽合，終嫌參差。譯者遇此，獨有自具衡量，即義定名。顧其事有甚難者，即如此書上卷“導言”十餘篇，乃因正論理深，先敷淺說。僕始繙“卮言”，而錢塘夏穗卿曾佑病其濫惡，謂內典原有此種，可名“懸談”。及桐城吳文摯父汝綸見之，又謂“卮言”既成濫詞，“懸談”亦沿釋氏，均非能自樹立者所爲，不如用諸子舊例，隨篇標目爲佳。穗卿又謂如此則篇自爲文，於原書建立一本之義稍晦；而“懸談”“懸疏”諸名，懸者乎也，乃會攝精旨之言，與此不合，必不可用。於是乃依其原目，質譯導言，而分注吳之篇目於下，取便閱者，此以見定名之難，雖欲避生吞活剝之誚，有不可得者矣。他如“物競”“天擇”、“儲能”“效實”諸名，皆由我始，一名之立，旬月踟躕，我罪我知，是存明哲。

一、原書多論希臘以來學派，凡所標舉，皆當時名碩，流風緒論，泰西二千年之人心民智係焉，講西學者所不可不知也。茲於篇末，略載諸公生世事業，粗備學者知人論世之資。

一、窮理與從政相同，皆貴集思廣益。今遇原文所論，與他書有異同者，輒就譾陋所知，列入“後案”，以資參考，間亦附以己見，取《詩》稱“嚶求”、《易》言“麗澤”之義。是非然否，以俟公論，不敢固也。如曰標高揚己，則失不佞懷鉛握槧，辛苦迻譯之本心矣。

人民文學出版社《嚴復詩文選》

古今文鈔序

〔清〕嚴　復

有訊於復者曰：“方今世變大異，舊學寖微。家肄右行之書，人詡專門之選。新詞怪義，柴口耳而濫簡編。向所謂聖經聖傳，純粹精深，與夫通人碩儒，窮精敝神，所僅得而幸有者，蓋東閣而爲鼠蠹之居久矣。今夫文章爲物，有爲時所寶貴攜蘄，而不克至者矣。安有爲天下所背馳偝趨，倘克有存者乎？先生識之，三十年以往，吾國之古文辭，殆無嗣音者矣。”

復蹴然應之曰：奚爲其然也？客之爲是憂也，其亦昧於存亡之理已。物之存亡，係其精氣，咸所自已，莫或致之。方其亡也，雖務存而猶亡；及其存也，若幾亡而仍存。非人之能爲存也，乃人之不能爲不存也。且客以今之時爲亡古文辭者，無亦以向之時爲存古文辭者乎？果如是云，則又大謬。夫帖括講章，向之家唔咿而戶揣摩者，其於亡古文辭，乃尤亟耳。然而自宋歷明，以至於今，彼古文辭，未嘗亡也。以向之未嘗亡，則後之必有存，固可決也。

蓋學之事萬途，而大異存乎術鵠。鵠者何？以得之爲至娛，而無暇外慕，是爲己者也，相欣無窮者也。術者何？假其塗以有求，求得則輒棄，是爲人者也，本非所貴者也。爲帖括，爲院體書，浸假而爲漢人學，爲詩歌，爲韓、歐、蘇氏之文，樊然不同，而其弋聲稱罔利祿也一。凡皆吾所謂術，而非謂鵠者。苟術而非鵠，適皆亡吾學。功令之變，幾十年矣。而海內學子之所鶩趨，亦曰以是新術，於吾之舊鵠最便。其於客之前所稱，舍以弋聲稱罔利祿，又無愛也。夫如是，而客以其向背，爲吾古文辭之所係以存亡也，不亦甚遠矣乎！

若夫古之治文辭，而遂至於其極者，可以見已。豈非意有所憤懣，以爲必待是而後有以自通者歟？非與古爲人，冥然獨往，而不關世之所向背者歟？非神來會辭，卓若有立，雖無所得乃以爲至得者歟？夫萬生極殊，而士各有所汲汲。客亦謂繼斯以往，而遂絕是者徒也？則奚爲其如客之前言也哉！

邇者邑子吳先生，方上下數千年，所網羅舊文僅萬首，爲之釐體別目，成藝苑鉅觀，以餉天下之治古文辭，而不必專以爲術者。夫先生深於文者也。客欲徵吾言乎，則請以是編之風行而卜之。

宣統二年正月，嚴復序。

人民文學出版社《嚴復詩文選》

小說叢話（選錄）

梁啓超

文學之進化有一大關鍵，即由古語之文學變爲俗語之文學是也。各國文學史之開展，靡不循此軌道。中國先秦之文，殆皆用俗語，觀«公羊傳»«楚辭»«墨子»«莊子»，其間各國方言錯出者不少，可爲左證。故先秦文界之光明，數千年稱最焉。尋常論者，多謂宋元以降，爲中國文學退化時代。余曰：不然。夫六朝之文，靡靡不足道矣。即如唐代韓柳諸賢，自謂起八代之衰，要其文能在文學史上有價值者幾何？昌黎謂非三代、兩漢之書不敢觀，余以爲此即其受病之源也。自宋以後，實爲祖國文學之大進化。何以故？俗語文學大發達故。宋後俗語文學有兩大派，其一則儒家、禪家之語錄，其二則小說也。小說者，決非以古語之文體而能工者也。本朝以來，考據學盛，俗語文體，生一頓挫，第一派又中絕矣。苟欲思想之普及，則此體非徒小說家當採用而已，凡百文章，莫不有然。雖然，自語言文字相去愈遠，今欲爲此，誠非易易。吾曾試驗，吾最知之。

中華書局«晚清文學叢鈔·小說戲曲研究卷»卷四

人境廬詩草自序[1]

〔清〕黄遵憲

余年十五六，卽學爲詩[2]。後以奔走四方，東西南北，馳驅少暇，幾幾束之高閣[3]。然以篤好深嗜之故，亦每以餘事及之，雖一行作吏，未遽廢也[4]。士生古人之後，古人之詩，號專門名家者，無慮[5]百數十家，欲棄去古人之糟粕[6]，而不爲古人所束縛，誠戛戛乎其難[7]。雖然，僕嘗以爲詩之外有事，詩之中有人，今之世異於古，今之人亦何必與古人同。嘗於胸中設一詩境：一曰復古人比興之體；一曰以單行之神，運排偶之體；一曰取《離騷》樂府之神理而不襲其貌；一曰用古文家伸縮離合之法以入詩。其取材也：自羣經三史，逮於周、秦諸子之書，許、鄭諸家之注[8]，凡事名物名切於今者，皆采取而假借之。其述事也：舉今日之官書會典[9]方言俗諺，以及古人未有之物，未闢之境，耳目所歷，皆筆而書之。其鍊格也：自曹、鮑、陶、謝、李、杜、韓、蘇訖於晚近小家，不名一格，不專一體，要不失乎爲我之詩。誠如是，未必遽躋古人，其亦足以自立矣。然余固有志焉而未能逮也。詩有之曰："雖不能至，心嚮往之。"[10]聊書於此，以俟他日。

光緒十七年六月在倫敦使署[11]，公度自序。

古典文學出版社《人境廬詩草箋注》卷首

【註釋】

［1］人境廬詩草自序——《人境廬詩草》十一卷，清黄遵憲撰。宣統三年刊於日本，不載此自序。《人境廬詩草箋注》本載此序，係錄自《學衡雜誌》。

[2] 余年十五六卽學爲詩——據黃遵憲《己亥雜詩》自注:"十齡學爲詩。塾師以梅州神童蔡蒙吉'一路春鳩啼落花'句命題,余有'春從何處去,鳩亦盡情啼'語。師大驚,次日令賦'一覽衆山小',余破題:'天下猶爲小,何論眼底山。'因是鄉里甚推異之。"至於《人境廬詩草》存詩,則自十七歲始。

[3] 束之高閣——《晉書·庾翼傳》:"此輩宜束之高閣。"韓愈《寄盧仝》:"《春秋》三傳束高閣。"謂棄置不讀。

[4] 一行作吏二句——嵇康《與山巨源絕交書》:"一行作吏,此事便廢。"

[5] 無慮——大率。言不待計慮而可以知之。

[6] 古人之糟粕——指古人作品中粗劣無用的部分,與精華相對。詳見《莊子·天道》。

[7] 戛戛乎其難——見本書第二册韓愈《答李翊書》註[10]。

[8] 許鄭諸家之注——許愼有《說文解字》,現存,又有《淮南子解詁》,已佚。鄭玄有《周易註》,已佚;《尙書註》,已佚;《詩箋》,現存;《周禮註》,現存;《儀禮註》,現存;《禮記註》,現存;《孝經註》,現存;《論語註》,已佚;《孟子註》,已佚。

[9] 會典——記載一代典章制度的書。明修會典有正德《會典》一百八十卷、萬曆重修二百二十四卷。清代會典,經過康熙、雍正、乾隆、嘉慶、光緒五次纂輯,光緒《會典》凡一百卷,《事例》一千二百二十卷。

[10] 詩有之曰三句——《史記·孔子世家》:"太史公曰:《詩》有之:'高山仰止,景行行止。'雖不能至,然心嚮往之。"案:高山二句,是《詩·小雅·車舝》句。雖不能至二句則是司馬遷語,遵憲誤以爲是《詩》語。

[11] 光緒十七年句——光緒,淸德宗年號,自公元一八七五年至一九〇八年。光緒十七年當公元一八九一年。這年遵憲四十四歲,爲駐英使館參贊。駐英使臣爲薛福成。

【說明】

黃遵憲是晚淸資產階級改良派在文藝戰線上的一面旗幟。當時改良派的文學理論,與他們的政治改革主張相適應,在詩歌領域內,掀起了一個"詩界革命"——實質上是改良——運動。這一運動的中堅人物是譚嗣同、夏曾佑、梁啓超諸人,運動的發動,也正在戊戌變法的前二年。他們提出"以舊風格含新意境"的主張，但在創作實踐上，大都以“堆積滿紙新名詞爲革命”。正如他們所進行的變法維新運動一樣，資產階級改良主義的不徹底性決定了“詩界革命”不可能取得多大的成功。

在“詩界革命”的隊伍中，有卓越的成就的，首推黃遵憲。他不僅在創作方面，高出於同時新派詩的作者，就是詩歌改革主張的提出，也遠遠地早於譚、夏諸人。他在少年時期，就已有“別創詩界之論”，自“譬之西半球新國”，爲“獨立風雪中淸敎徒之一人”（語俱見晚年與丘煒萲書）。在二十一歲所寫《雜感》詩中，主張“我手寫我口”，提倡以通俗語言入詩，反對崇古卑今和盲目模仿。而在一八九一年四十四歲任駐英使館參贊時所寫的《人境廬詩草自序》，則是他詩歌改革理論的具體闡述。

在這篇《自序》裏，作者總結了我國古典詩歌遺產方面可以繼承的寫作經驗，系統地提出了“後賢兼舊制”，而又“歷代各淸規”的理論綱領。開宗明義，他明確地指出：“詩之外有事，詩之中有人。今之世異於古，今之人亦何必與古人同。”詩歌要反映時代現實，要表現作者的精神面貌。作者的時代，西方資本主義早已打開了中國封建主義的大門，社會在向半封建半殖民地轉化，跟鴉片戰爭以前有了顯著的不同。詩歌也應該反映那樣新的現實而不同於漢、魏、六朝、唐、宋、明、淸作家的作品。正如作者晚年與梁啓超信中所說：“意欲掃去詞章家一切陳陳相因之語，用今人所見之理，所用之器，所遭之時勢，一寓之於詩。務使詩中有人，詩外有事，不能施之於他日，移之於他人。”這是作者詩論的核心。全新的內容，通過怎樣的新形式來表達？作者在這裏揭示了如下四項寫作的原則：第一是復古人比興之體和取《離騷》樂府之神理而不襲其貌。比興是《三百篇》、《楚辭》、漢樂府、古詩以來常用的方法，也是爲劉勰、鍾嶸、陳子昂、白居易所不斷發展的詩歌理論的重點。作者所強調的是取其神理而不襲其貌。這在他晚年與梁啓超信中又曾具體地闡說："報中有韻之文，自不可少，然吾以爲不必仿白香山之《新樂府》、尤西堂(侗)之《明史樂府》，當斟酌於彈詞粤謳之間，句或三或九或七或五或長或短，或壯如'隴上陳安'，或麗如'河中莫愁'，或濃如《焦仲卿妻》，或古如《成相篇》，或俳如俳伎詞，易樂府之名而曰雜歌謠，棄史籍而採近事。"這就體現了創新的精神。第二是以單行之神運排偶之體和用古文家伸縮離合之法以入詩。這是以文爲詩的辦法，從唐代韓愈開始，到宋代歐陽修、王安石、蘇軾，都在朝着這方向走。作者所處的時代，現實生活的內容比過去要豐富複雜得多，以文爲詩的方法，可以擴大詩歌表達的功能，有利於充分反映新的內容。第三是取材於經史古籍的詞彙，借以表現新事物，用官書會典方言俗諺以述事。這樣做，化臭腐爲神奇，豐富了詩歌語言。特別是用方言俗諺以入詩，是作者同時的舊派詩人所不願嘗試的。第四是鍊格的問題，自曹、鮑以下到晚近小家，都要借鑑，吸取其精華；但主要還在於藝術上力求擺脫舊傳統的桎梏，創造自己獨特的面貌。這又是作者和同時代那些學宋的同光體、學八代的湖湘派等復古主義者分歧之點。通過這些，總的是要做到寫自己"耳目所歷"的"古人未有之物，未闢之境"。基於作者在理論上這樣正確的認識，他的創作，也就注入了新的血液，形成了新的風格。

作者對詩歌的作用問題，也有正確的理解。他曾經肯定詩歌在人類社會中的現實價值與教育意義。在他晚年與梁啓超的信中說："吾論詩以言志爲體，以感人爲用。孔子所謂'興于詩'，伯牙所謂移情，即吸力之說也。"與丘煒萲信中說："詩雖小道，然歐洲詩人出其鼓吹文明之筆，竟有左右世界之力。"這些說法，補充了《自序》所未及。作者雖然是繼承了孔子以來的詩論傳統，但在新的時代激盪下，把這一理論提到了更高的階段。

當然，作者的詩論，還只是一種“舊瓶裝新酒”的改良。他在與嚴復的信中曾經說過文界“無革命而有維新”，因而他的詩歌理論和創作，只能在舊體詩的範疇內求變，結三千年舊詩之局。至于如丘逢甲在《人境廬詩草跋》中所贊揚：“茫茫詩海，手闢新洲”，“變舊詩國爲新詩國”，則作者還是力有所不逮的。

附　錄

與丘菽園書(節錄)

〔清〕黃遵憲

……弟之以著述自娛，亦無聊之極。思少日喜爲詩，謬有別創詩界之論，然才力薄弱，終不克自踐其言，譬之西半球新國，弟不過獨立風雪中清教徒之一人耳，若華盛頓、哲非遜、富蘭克林，不能不屬望於諸君子也。詩雖小道，然歐洲詩人出其鼓吹文明之筆，竟有左右世界之力。僕老且病，無能爲役矣。執事其有意乎？……

古典文學出版社《人境廬詩草箋注》卷首

雜　感(選錄)

〔清〕黃遵憲

大塊鑿混沌，渾渾旋大圜，隸首不能算，知有幾萬年。羲、軒造書契，今始歲五千。以我視後人，若居三代先。俗儒好尊古，日日故紙研，六經字所無，不敢入詩篇。古人棄糟粕，見之口流涎。沿習甘剽盜，妄造叢罪愆。黃土同摶人，今古何愚賢？即今忽已古，斷自何代前？明窗敞流離，高爐爇香烟；左陳端溪硯，右列薛濤箋，我手寫吾口，古豈能拘牽？即今流俗語，我若登簡編，五千年後人，驚爲古爛斑。

造字鬼夜哭，所以示悲憫。衆生殉文字，蚩蚩一何蠢！可憐古文人，日夕雕肝腎，儷語配華葉，單詞畫蚯蚓，古近辨詩體，長短成曲引。洎乎制義興，卷軸車連軫，常恐後人體，變態猶未盡。吁嗟東京後，世荼文益振。文勝失則弱，體竭勢已窘。後有王者興，張網羅賢俊，決不以文章，此語吾敢信。但念廢棄後，巧拙同泯泯，欲求覆醬瓿，已難拾灰燼。我今展卷吟，徒使後人哂。

古典文學出版社《人境廬詩草箋注》卷一

論詩次鐵廬韻(選錄)

〔清〕丘逢甲

元音從古本天生，何事時流務競爭。詩世界中幾雄國？惜無人起與連衡！

邇來詩界唱革命，誰果獨尊吾未逢。流盡元黃筆頭血，茫茫詞海戰羣龍。

新築詩中大舞臺，侏儒幾輩劇堪哀！即今開幕推神手，要選人天絕代才。

臺上風雲發浩歌，不須猛士再搜羅。拔山安費重瞳力，夜半虞兮唱奈何。

北派南宗各自誇，可能流響脫淫哇。詩中果有眞王在，四海何妨共一家。

彼此紛紛說界疆，誰知世有大文章。中天北斗都無定，浮海觀星上大郎。

芭蕉雪裏供摹寫，絕妙能詩王右丞。米雨歐風作吟料，豈同隆古事無徵。

廣州培英印務局《嶺雲海日樓詩鈔》卷八

人境廬詩草跋

黄遵楷

右詩十一卷，先兄手自裒集，而未付梓。自先兄下世，海內文人學士折柬相追，欲讀其詩而知其人者，迄無虛歲。

雖然，先兄著述，初行於世者，曰《日本雜事詩》，所以覘國情，紀風俗，譯署之官版也。《日本國志》，所以述職，知所駐國之形勢變遷，由於世界各國之形勢變遷，相逼而成，則本國之從違，當求合於世界各國之形勢以爲斷；故其分門別類，勒成全書，亟自刊行者，意在於借觀鄰國，作匡時之策也。先兄之書，至今談時局，未嘗不推崇之。而先兄之遇，每奪於將行其志，卒至放棄，且以憂死；終其身皆仰給於長吏，未嘗有獨當方面，以行其所懷抱者。

其於詩也，雖以餘事及之，然亦欲求於古人之外，自樹一幟。嘗曰："人各有面目，正不必與古人相同。吾欲以古文家抑揚變化之法作古詩，取《騷》、《選》、樂府、歌行之神理入近體詩。其取材以羣經、三史、諸子、百家及許、鄭諸註，爲詞賦家所不常用者。其述事以官書、會典、方言、俗諺及古人未有之物，未闢之境，舉吾耳目所親歷者，皆筆而書之。要不失爲以我之手，寫我之口云。"故其詩散見於宇內者，輒爲人所稱頌。以非詩人之先兄，而使天下後世僅稱爲詩界革命之一人，是豈獨先兄之大戚而已哉？

遵楷不肖，不能繼承兄志，有所建樹。讀先兄病篤之書，謂"平生懷抱，一事無成，惟古近體詩能自立耳；然亦無用之物；到此已無可望矣"。嗚呼！先兄之不忍爲詩人，而又不得不有求於自立之道，其愴懷身世爲何如耶！今海內鼎沸，干戈雲擾，距先兄之下世者，僅六歲耳。先兄之不見容於當時，終自立於無用之地位，先兄之不幸，抑後於先兄者之不幸耶？然則，先兄之裒集已竟，所不欲以付梓者，吾亦從而校讎以刊行之而已，夫復何言！

辛亥九月，五弟遵楷牖達謹跋。

古典文學出版社《人境廬詩草箋注》

先兄公度先生事實述略（節錄）

黄遵楷

…………

（先兄）平生嗜好，以詩爲最。嘗曰："詩可言志，其體宜於文，（以五經論：《易》以言理，《春秋》以經世，《書》以道政事，《禮》以述典章。皆辭達而止，是皆文字。唯《詩》可謂之文章。）其音通於樂，其感人也深。惟晉、宋以後，詞人淺薄狹隘，失比興之義，無興觀羣怨之旨，均不足學。意欲掃去詞章家一切陳陳相因之語，用今人所見之理、所用之器、所遭之時勢，一寓之於詩。務使詩中有人，詩外有事，不能施之於他日，移之於他人；而其用以感人爲主。"適夆匪鼙鬨，凡百乖張，遂畢其胸中抑鬱不平之氣，仰天椎心，不敢告人之語，一洩之於詩。酒酣耳熱，往往自歌自哭，自狂自聖，謂"他日之讀我詩者，其亦忽喜忽怒、忽歌忽泣乎？非所知也"。所著《人境廬詩草》，久之又久，至辛亥十月，始刊行世。

…………

中華書局《人境廬集外詩輯》附錄三

飲冰室詩話（選錄）

梁啓超

希臘詩人荷馬（舊譯作和美耳），古代第一文豪也。其詩篇爲今日考據希臘史者獨一無二之秘本，每篇率萬數千言。近世詩家，如莎士比亞、彌兒敦、田尼遜等，其詩動亦數萬言。偉哉！勿論文藻，即其氣魄固已奪人矣。中國事事落他人後，惟文學似差可頡頏西域。然長篇之詩，最傳誦者，惟杜之《北征》，韓之《南山》，宋人至稱爲日月爭光；然其精深盤鬱雄偉博麗之氣，尚未足也。古詩《孔雀東南飛》一篇，千七百餘字，號稱古今第一長篇詩。詩雖奇絕，亦只兒女子語，於世運無影響也。中國結習，薄今愛古，無論學問文章事業，皆以古人爲不可幾及。余生平最惡聞此言。竊謂自今以往，其進步之遠軼前代，固不待蓍龜，即並世人物亦何遽讓於古所云哉？生平論詩，最傾倒黃公度，恨未能寫其全集。頃南洋某報錄其舊作一章，乃煌煌二千餘言，眞可謂空前之奇構矣。荷、莎、彌、田諸家之作，余未能讀，不敢妄下比騭。若在震旦，吾敢謂有詩以來所未有也。以文名名之，吾欲題爲《印度近史》，欲題爲《佛教小史》，欲題爲《地球宗教論》，欲題爲《宗教政治關係說》；然是固詩也，非文也。有詩如此，中國文學界足以豪矣。

吾嘗推公度、穗卿、觀雲爲近世詩家三傑，此言其理想之深邃閎遠也。若以詩人之詩論，則丘倉海（逢甲）其亦天下健者矣。嘗記其《己亥秋感》八首之一云："遺偈爭談黃蘖禪，荒唐說餅更青田。戴鼇豈應遷都兆？逐鹿休訛厄運年。心痛上陽眞畫地，眼驚太白果經天。只愁讖緯非虛語，落日西風意惘然。"蓋以民間流行最俗最不經之語入詩，而能雅馴溫厚乃爾，得不謂詩界革命一鉅子耶？……

自唐人喜以佛語入詩。至於蘇（東坡）、王（半山），其高雅之作，大半爲禪悅語。然如"溪聲便是廣長舌，山色豈非清淨身"之類，不過弄口頭禪，無當於理也。《人境廬集》中有一詩，題爲《以蓮菊桃雜供一瓶作歌》，半取佛理，又參以西人植物學、化學、生理學諸說，實足爲詩界開一新壁壘。"女媧鍊石補天處，石破天驚逗秋雨。"吾讀此詩，眞有此感。

中國人無尙武精神，其原因甚多，而音樂靡曼亦其一端，此近世識者所同道也。昔斯巴達人被圍，乞援於雅典，雅典人以一眇目跛足之學校教師應之，斯巴達人惑焉。及臨陣，此教師爲作軍歌，斯巴達人誦之，勇氣百倍，遂以獲勝。甚矣聲音之道感人深矣。吾中國向無軍歌，其有一二，若杜工部之前後《出塞》，蓋不多見，然於發揚蹈厲之氣尤缺。此非徒祖國文學之缺點，抑亦國運升沉所關也。往見黃公度《出軍歌》四章，讀之狂喜，大有"含笑看吳鉤"之樂，嘗以錄入《小說報》第一號。頃復見其全文，乃知共二十四首，凡《出軍》《軍中》《還軍》各八章。其章末一字，義取相屬，以"鼓勇同行，敢戰必勝，死戰向前，縱橫莫抗，旋師定約，張我國權"二十四字殿焉。其精神之雄壯活潑沉渾深遠不必論，即文藻亦二千年所未有也，詩界革命之能事至斯而極矣。吾爲一言以蔽之曰：讀此詩而不起舞者必非男子。

復生自憙其新學之詩。然吾謂復生三十以後之學，固遠勝於三十以前之學；其三十以後之詩，未必能勝三十以前之詩也。蓋當時所謂新詩者，頗喜挦撦新名詞以自表異。丙申、丁酉間，吾黨數子皆好作此體。提倡之者爲夏穗卿，而復生亦綦嗜之。此八篇中尚少見，然"寰海惟傾畢士馬"，已其類矣。其《金陵聽説法》云："綱倫慘以喀私德，法會盛於巴力門。"喀私德即 Caste 之譯音，蓋指印度分人爲等級之制也。巴力門即 Parliament 之譯音，英國議院之名也。又贈余詩四章中，有"三言不識乃雞鳴，莫共龍蛙爭寸土"等語，苟非當時同學者，斷無從索解；蓋所用者乃《新約全書》中故實也。其時夏穗卿尤好爲此。穗卿贈余詩云："滔滔孟夏逝如斯，亹亹文王鑒在兹。帝殺黑龍才士隱，書飛赤鳥太平遲。"又云："有人雄起琉璃海，獸魄蛙魂龍所徒。"此皆無從臆解之語。當時吾輩方沉醉於宗教，視數教主非與我輩同類者，崇拜迷信之極，乃至相約以作詩非經典語不用。所謂經典者，普指佛、孔、耶三教之經。故《新約》字面，絡繹筆端焉。譚、夏皆用"龍蛙"語，蓋時共讀約翰《默示錄》，錄中語荒誕曼衍，吾輩附會之，謂其言龍者指孔子，言蛙者指孔子教徒云，故以此徽號互相期許。至今思之，誠可發笑。然亦彼時一段因緣也。

過渡時代，必有革命。然革命者，當革其精神，非革其形式。吾黨近好言詩界革命。雖然，若以堆積滿紙新名詞爲革命，是又滿洲政府變法維新之類也。能以舊風格含新意境，斯可以舉革命之實矣。苟能爾爾，則雖間雜一二新名詞，亦不爲病。不爾，則徒示人以儉而已。儕輩中利用新名詞者，麥孺博爲最巧，其近作有句云："聖軍未決薔薇戰，黨禍驚聞瓜蔓抄。"又云："微聞黄禍鋤非種，欲爲蒼生賦《大招》。"皆工絶語也。吾自題所著《新中國未來記》二詩，有云："青年心死秋梧悴，老國魂歸蜀道難。"亦頗爲平生得意之句。

去年聞學生某君入東京音樂學校，專研究樂學，余喜無量。蓋欲改造國民之品質，則詩歌音樂爲精神教育之一要件，此稍有識者所能知也。中國樂學，發達尙蚤。自明以前，雖進步稍緩，而其統猶綿綿不絕。前此凡有韻之文，半皆可以入樂者也。《詩三百篇》，皆爲樂章，尙矣。(〔原注〕孔子稱“誦詩三百，歌詩三百，弦詩三百，舞詩三百”。)如《楚辭》之《招魂》《九歌》，漢之《大風》《柏梁》，皆應弦赴節，不徒樂府之名如其實而已。下至唐代絕句，如“雲想衣裳”、“黃河遠上”，莫不被諸弦管。宋之詞，元之曲，又其顯而易見者也。蓋自明以前，文學家多通音律，而無論雅樂、劇曲，大率皆由士大夫主持之，雖或衰靡，而俚俗猶不至太甚。本朝以來，則音律之學，士夫無復過問，而先王樂教，乃全委諸教坊優伎之手矣。讀泰西文明史，無論何代，無論何國，無不食文學家之賜；其國民於諸文豪，亦頂禮而尸祝之。若中國之詞章家，則於國民豈有絲毫之影響耶？推原其故，不得不謂詩與樂分之所致也。鄭夾漈有言：“古之詩曰歌行，後之詩曰古、近二體。歌行主聲，二體主文。詩爲聲也，不爲文也。浩歌長嘯，古人之深趣。今人既不尙嘯，而又失其歌詩之旨，所以無樂事也。凡律其辭則謂之詩，聲其詩則謂之歌，詩未有不歌者也。(中略)嗚呼！詩在於聲不在於義。孔子曰：‘《關雎》樂而不淫，哀而不傷。’亦爲《關雎》之聲和平，能令聞者感發而不失其度耳。若誦其文，習其理，能有哀樂之事乎？二體之作，失其詩矣。”(《通志・樂略》)其言可謂特識。夾漈時已然，輓近迺益甚。至於今日，而詩、詞、曲三者皆成爲陳設之古玩，而詞章家眞社會之蝨矣。頃讀雜誌《江蘇》，屢陳中國音樂改良之義，其第七號已譜《出軍歌》《學校歌》數闋，讀之拍案叫絕，此中國文學復興之先河也。惜余亦一門外漢，僅如夾漈所謂誦其文習其理而已。寄語某君，自今以往，更委身於祖國文學，據今所學，而調和之以淵懿之風格，微妙之辭藻；苟能爲索士比亞、彌兒頓，其報國民之恩者，不已多乎？

歐、美學校，常有於休業時學生會演雜劇者。蓋戲曲爲優美文學之一種，上流社會喜爲之，不以爲賤也。今歲橫濱大同學校年假時，各生徒開一音樂演藝會，除合歌新樂府外，更會串一戲，曰《易水餞荆卿》。其第一幕《餞别》內有歌四章，以《史記》所記原歌作尾聲，近於唐突西施，點竄《堯典》；然文情斐茂，音節激昂，亦致可誦也。今錄之："等閑譚笑見心肝，壯別寧爲兒女顔？地老天荒孤劍在，風蕭蕭兮易水寒。嗚！嗚！風蕭蕭兮易水寒，壯士一去兮不復還。啼鴂聲聲行路難，夕陽雖好近黃昏；不啼清淚長啼血，風蕭蕭兮易水寒。嗚！嗚！風蕭蕭兮易水寒，壯士一去兮不復還。天地無情歲又闌，恩仇稠叠淚闌干。男兒死耳安足道，風蕭蕭兮易水寒。嗚！嗚！風蕭蕭兮易水寒，壯士一去兮不復還。別時容易見時難，我欲從之路阻艱。既悲逝者行自念，風蕭蕭兮易水寒。嗚！嗚！風蕭蕭兮易水寒，壯士一去兮不復還。"右歌於席間酒酣唱之，前後皆唱俗樂，獨此四章拍以新譜，用風琴節之。每章前四句以扮高漸離者獨唱，其"嗚！嗚！"以下，則舉座合唱，聲情激越，聞者皆有躬與壯會之感。

人民文學出版社《飲冰室詩話》

嘉應黃先生墓誌銘（節錄）

梁啓超

……先生爲文章，務取暢達，不苟爲誇飾。至其爲詩，則精思渺慮，盤礴而莫測其際。平生所作逾千首，自裒集得六百餘（《飲冰室全集》無餘字）首，曰《人境廬詩草》（《飲冰室全集》作集）。自其少年稽古學道，以及中年閱歷世事，暨國內外名山水，與其風俗政治形勢土物，至於放廢而後，憂時感事，悲憤伊鬱之情，悉託之於詩。故先生之詩，陽開陰闔，千變萬化，不可端倪，於古人詩中，獨具境界。……

古典文學出版社《人境廬詩草箋注》卷首

人境廬詩草跋

梁啓超

古今之詩有兩大種：一曰詩人之詩，一曰非詩人之詩。之二種者，其境界有反比例，其人或相非或不相非，而要之未有能相兼者也。人境廬主人者，其詩人耶？彼其劬心營目憔形，以斟酌損益於古今中外之治法，以憂天下，其言用不用，而國之存亡，種之主奴，教之絕續，視此焉。吾未見古之詩人能如是也。其非詩人耶？彼其胎冥冥而息淵淵，而神味沈醲，而音節入微，友視騷、漢而奴畜唐、宋。吾未見古之非詩人能如是也。主人語余，庚辛之交，憤天下之不可救，誓將自逃於詩忘天下。然而天卒不許主人之爲詩人也。余語主人，即自逃於詩忘天下，然而子固不得爲詩人。並世憂天下之士，必將有用子之詩，以存吾國，主吾種，續吾教者，矧乃無可逃哉？雖然，主人固朝夕爲詩不少衰，故吾卒無以名其爲詩人之詩與非詩人之詩歟？丁酉臘不盡八日，啓超跋。

楊徽五藏《人境廬詩草》稿本卷末

普天忠憤集[1]自序

〔清〕孔廣德[2]

自來世有大變，則有大才應運以拯救於其間。然此大才者，必有忠亮不欺[3]之誠，而又有發憤爲雄之氣，然後能戮力致身[4]，得以登四海於袵席[5]。乃自倭人作難[6]，大才不出，忠憤銷沉，馴至[7]潰敗而不可收拾。於是或則憂憤而上封章[8]，或則感憤而抒議論，又或則蓄其孤憤而形之於詠歌，無非憤也，卽無非忠也。

今夏和議既成[9]，余因採集普天忠憤一書，貴自士大夫而賤至布衣，以及泰西[10]洋士，繡閣名媛，凡其緒論有關時局者，輒錄之。書既成，求吾師慶蘭圃[11]先生序其緣起。先生曰：子以忠憤集成忠憤之編，凡練兵、籌餉、防海、策邊、興利、除弊諸政要無不畢具，當此主憂臣辱之餘，正我輩發憤爲雄之日，此編一出，使讀之者因恥生憤，因憤生勵，秉其公忠，羣思補救，挽既倒之狂瀾[12]，撐天下之全局，傷爨吹薤[13]，亡羊補牢，胥[14]在是矣！但子之所集，限於目前，曷不廣爲搜羅，以成一代龜鑑[15]？越月而先生物故。余乃追惟師說，博采成編，計共得十有四卷，標分三門：首章奏，凡呈懇代奏者附之；次議論，凡上書及書札附之；三詩賦，凡贈答之作附之。客有讀竟而咋舌[16]者，謂此編杜牧《罪言》[17]，多觸時忌。不知不憤不啓，聖人所譏[18]。此編果觸時忌乎？則忌之者誠憤甚矣，正可啓之以作忠之路也。而此編之收效，不尤捷哉！憤筆憤書，此亦忠悃[19]之所不能自已云。

光緒二十一年歲乙未[20]秋九月曲阜莊客魯陽生自序。

光緒二十一年孟冬校印本《普天忠憤集》

【註釋】

[1] 普天忠憤集——甲午戰爭時期的愛國主義文集，孔廣德編輯，光緒二十一年(一八九五年)孟冬校印。

[2] 孔廣德——別號魯陽生,山東曲阜人，光緒前後在世，曾於甲午戰爭失敗後不久編印《普天忠憤集》。

[3] 忠亮不欺——忠貞亮直而不欺罔。

[4] 戮力——盡力;致身——獻身,即《論語·學而》所謂“事君能致其身”。

[5] 登四海於衽席——本句謂使天下太平。衽席即寢臥之席。

[6] 倭人作難——指日本人在一八九四年發動侵華戰爭。倭人指日本人，作難即發難。

[7] 馴至——《易·坤》:“履霜堅冰，陰始凝也；馴致其道,至堅冰也。”馴至，由漸而至,漸進之意。

[8] 憂憤而上封章——封章,即封事,指用袋封緘的奏章。簽訂馬關條約消息傳到北京,廣東和湖南兩省在京應試的舉人于三月二十八日聯名上書給德宗,請求不要批准條約。接着各省舉人紛紛響應，連日上書。康有爲又聯合了十六省應試舉人六百零三人,聯名上書，書中提出拒和、遷都、變法三事，這就是有名的“公車上書”。

[9] 今夏和議既成——指一八九五年中日馬關條約的簽訂。

[10] 泰西——猶言極西,近代知識分子常用以稱西方國家,一般指歐、美各國。

[11] 慶蘭圃——慶裕,字蘭圃,喜塔臘氏，滿洲正白旗人。光緒九年以後,任盛京將軍。十九年,任熱河都統。二十年，調福州將軍。其秋，卒于官。《清史稿》卷四百五十三有傳。

[12] 挽既倒之狂瀾——謂挽回頹勢。韓愈《進學解》:“障百川而東之，迴狂瀾於既倒。”

[13] 傷羹吹韲——語本“懲於羹而吹韲”(《九章·惜誦》),意謂被滾湯燙過,存了戒心,吃韲時也要吹一口氣。韲，指韲白，一名藠頭,狀如小蒜,一般食法是加工製成醬菜。

[14] 胥——皆。

[15] 龜鑑——亦作龜鏡。龜指龜卜,鑑即鏡子,二字連用,比喻借鑑。

[16] 咋舌——咬住舌頭,形容驚異或畏懼而不敢出聲。

[17] 杜牧罪言——《新唐書·杜牧傳》:"是時,劉從諫守澤潞,何進滔據魏博,頗驕蹇不循法度。牧追咎長慶以來朝廷措置亡術,復失山東,鉅封劇鎮,所以繫天下輕重,不得承襲輕授,皆國家大事,嫌不當位而言,實有罪,故作《罪言》。"

[18] 不知二句——《論語·述而》:"子曰:不憤不啓,不悱不發。舉一隅不以三隅反,則不復也。"

[19] 忠悃——忠心誠意。

[20] 光緒二十一年歲乙未——即公元一八九五年。

【說明】

一八九四年甲午戰爭的失敗和一八九五年馬關條約的簽訂,是中國近代史上一個非常重要的轉折,清政府喪權辱國,使中國進一步淪爲半封建半殖民地。消息傳來,輿論大譁,愛國文人紛紛寫作詩文,其情緒之激昂,言辭之激烈,在中國近代史上是空前的。一八九五年孟冬,山東人孔廣德就把這些作品選編成《普天忠憤集》。

孔廣德的這篇自序,準確地指出了這個時期文學作品的一個重要的共同特徵——憤:"或則憂憤而上封章,或則感憤而抒議論,又或則蓄其孤憤而形之於詠歌,無非憤也。"而編者"憤筆憤書",也正是以"憤"作爲主要標準來編選這部詩文集的。

在中國文學史上,"憤"本來就是一個非常重要的優良傳統。屈原早就自述:"惜誦以致愍兮,發憤以抒情。"(《惜誦》)司馬遷非常重視這個傳統,更對古人的"發憤著書"加以總結:"昔西伯拘羑里,演《周易》;孔子戹陳、蔡,作《春秋》;屈原放逐,著《離騷》;左丘失明,厥有《國語》;孫子臏脚,而論兵法;不韋遷蜀,世傳《呂覽》;韓非囚秦,《說難》《孤憤》;《詩三百篇》,大抵賢聖發憤之所爲作也。"(《史記·太史公自序》)在這裏,司馬遷不僅說明了自己作《史記》的原因，而且也是把“憤”作爲一個重要的論文標準而加以提倡的。這實際上就是說，作者對社會現實的義憤愈是強烈，則作品的思想性也就愈爲深刻。後來李卓吾論《水滸》，特別強調一個“憤”字，就是這個理論的發揮和運用。到了近代，由於中華民族與帝國主義的矛盾不斷加深，不斷激化，作爲論文標準的“憤”，也在原有的基礎上被賦予愛國主義的新內容。孔廣德編選這部《普天忠憤集》，目的是爲了“使讀之者因恥生憤，因憤生勵，秉其公忠，羣思補救，挽既倒之狂瀾，撑天下之全局”。可見編者突出一個“憤”字，也就是突出愛國主義。他認爲憤之愈甚，收效尤捷，作者應該敢言其憤，不應該害怕言之有罪，多觸時忌。這樣“憤筆憤書”，大膽地把愛國主義貫注到文論中去，是可貴的。

附　　錄

題滄海遺民臺陽詩話

〔清〕丘逢甲

如此江山竟付人，干戈留得苦吟身。亂雲殘島開詩境，落日荒原沍鬼燐。埋碧可憐黃帝裔，殺青誰作素王臣？請將風雅傳忠義，斑管重回故國春。

廣州培英印務局《嶺雲海日樓詩鈔》

天演論序[1]

〔清〕吳汝綸[2]

嚴子幾道[3]旣譯英人赫胥黎[4]所著《天演論》，以示汝綸，曰："爲我序之！"

天演[5]者，西國格物家[6]言也。其學以天擇、物競[7]二義，綜萬彙之本原[8]，考動植之蕃耗[9]，言治者[10]取焉；因物變遞嬗[11]，深揅[12]乎質力聚散之幾，推極乎古今萬國盛衰興壞之由，而大歸以任天[13]爲治。赫胥氏起，而盡變故說：以爲天不可獨任，要貴以人持天[14]。以人持天，必究極乎天賦[15]之能，使人治日卽乎新，而後其國永存，而種族賴以不墜，是之謂與天爭勝。而人之爭天而勝天者，又皆天事之所苞[16]，是故天行人治，同歸天演。其爲書，奧賾[17]縱橫，博涉乎希臘、竺乾、斯多噶、婆羅門、釋迦諸學[18]，審同析異，而取其衷[19]，吾國之所創聞[20]也。凡赫胥氏之道具如此，斯以信美矣。抑汝綸之深有取於是書，則又以嚴子之雄於文，以爲赫胥氏之指趣，得嚴子乃益明，自吾國之譯西書，未有能及嚴子者也。

凡吾聖賢之敎，上者道勝而文至；其次道稍卑矣，而文猶足以久；獨文之不足，斯其道不能以徒存。六藝尙已。晚周以來，諸子各自名家，其文多可喜，其大要有集錄之書，有自著之言：集錄者，篇各爲義，不相統貫，原於《詩》、《書》者也；自著者，建立一榦，枝葉扶疏，原於《易》、《春秋》者也。漢之士爭以撰著相高，其尤者，《太史公書》，繼《春秋》而作，人治以著，揚子《太玄》[21]擬《易》爲之，天行[22]以闡，是皆所爲一榦而枝葉扶疏也。及唐中葉，而韓退之氏出，源本《詩》、《書》，一變而爲集錄之體，宋以來宗之。是故漢氏多撰著之編，唐、宋多集錄之文，其大略也。集錄既多，而向之所爲撰著之體，不復多見；間一有之，其文采不足以自發，知言者擯焉弗列也。獨近世所傳西人書，率皆一榦而衆枝，有合於漢氏之撰著；又惜吾國之譯言者，大抵弇[23]陋不文，不足傳載其義。

夫撰著之與集錄，其體雖變，其要於文之能工，一而已。今議者謂西人之學，多吾所未聞，欲瀹[24]民智，莫善於譯書。吾則以爲今西書之流入吾國，適當吾文學靡敝之時：士大夫相矜尚以爲學者，時文耳，公牘耳，說部耳，舍此三者，幾無所爲書；而是三者，固不足與於文學之事。今西書雖多新學，顧吾之士以其時文、公牘、說部之詞譯而傳之，有識者方鄙夷而不之顧，民智之瀹何由？此無他，文不足焉故也。文如幾道，可與言譯書矣。往者釋氏之入中國，中學未衰也，能者筆受，前後相望；顧其文自爲一類，不與中國同。今赫胥氏之道，未知於釋氏何如；然欲儕[25]其書於太史氏、揚氏之列，吾知其難也；即欲儕之唐、宋作者，吾亦知其難也；嚴子一文之，而其書乃駸駸[26]與晚周諸子相上下，然則文顧不重耶？

抑嚴子之譯是書，不惟自傳其文而已。蓋謂赫胥氏以人持天，以人治之日新衞其種族之說，其義富，其辭危，使讀焉者怵焉知變，於國論殆有助乎。是旨[27]也，予又惑焉。凡爲書，必與其時之學者相入，而後其效明。今學者方以時文、公牘、說部爲學，而嚴子乃欲進之以可久之詞，與晚周諸子相上下之書，吾懼其舛馳[28]而不相入也。雖然，嚴子之意，蓋將有待也；待而得其人，則吾民之智瀹矣。是又赫胥氏以人治歸天演之一義也歟！

《桐城吳先生全書》

【註釋】

[1] 天演論——書名，十九世紀英國自然科學家赫胥黎著，原名《進化論與倫理學》，嚴復取原書名的前半部分作爲中譯本的書名。嚴復的譯本只翻譯了原著的前兩章，其餘部分未譯。這本譯作對當時國內鼓吹變法圖強和提倡維新運動起過積極作用。

[2] 吳汝綸(公元一八四〇年——一九〇三年)——清散文家。字摯甫，安徽桐城人。同治四年進士，官冀州知州。後充京師大學堂總教習，赴日本考察學制。曾師事曾國藩，又與李鴻章關係密切。爲桐城派後期作家。有《桐城吳先生全書》。《清史稿》卷四百八十六《文苑三》有傳。

[3] 嚴幾道(公元一八五三年——一九二一年)——名復，又字又陵。福建侯官人。近代資產階級改良主義者，翻譯家。光緒二年，派赴英國海軍學校。宣統時，賜文科進士，官至海軍一等參謀官。譯著有《侯官嚴氏叢刊》《嚴譯名著叢刊》。《清史稿》卷四百八十六《文苑三》有傳。

[4] 赫胥黎(公元一八二五年——一八九五年)——英國博物學家。著有《人在自然界中的地位》、《動物分類學導論》、《進化論與倫理學》等書。

[5] 天演——即天演論，通稱進化論。有關自然界歷史發展的理論。通常指生物界的進化理論，就是説現代生存的各種生物，是由過去地質時代生存的生物，隨着生活條件的改變，從低級到高級，從簡單到複雜演化而來的，也就是説現代生物有共同的祖先。

[6] 西國格物家——清代末年稱聲光化電等自然科學部門爲"格致"之學。格致是格物致知的省稱。這裏西國格物家指英國博物學家、進化論的奠基人達爾文(公元一八〇九年——一八八二年)，著有《物種起源》、《動物和植物在家養下的變異》、《人類起源及性的選擇》等。

[7] 天擇——亦稱"自然選擇"。自然界適者生存、不適者淘汰的現象。達爾文認爲生物體在外界條件影響下發生變異，對生存有利的變異，就能逐代地累積加強，不利的變異逐漸被淘汰。自然選擇的要素是變異、遺傳和通過生存競爭的選擇作用。生物進化主要通過自然選擇，達爾文並用自然選擇來説明物種形成、生物界適應性的起源和生物界的多樣性。物競——亦稱"生存競爭"或"生存鬭爭"。達爾文學説中關於生物與周圍環境錯綜複雜關係的一個概念。他認爲生物在維持個體生存和繁衍種族的過程中與環境中的非生物條件(如冷，

熱、旱、澇等)和生物條件(如天敵、病害和同種的生物)發生經常的鬬爭，因而產生了自然選擇。達爾文受馬爾薩斯人口論的影響，認爲食物增加的速度落後於生物繁殖的速度，因此生物之間爲了爭奪食物和空間發生激烈的鬬爭。

[8] 綜——綜合、掌握。彙——品類。

[9] 蕃耗——繁盛、零落。

[10] 言治者——指社會達爾文主義者。社會達爾文主義是資產階級社會學中的"理論"之一。它利用達爾文"天擇"、"物競"的學說來解釋社會發展的規律性和人們的相互關係。認爲在人類社會中也是"強者"生存，"弱者"滅亡，並把階級鬬爭說成是"物競"的一種表現，飢餓、失業、貧窮、犯罪等是"天擇"的必然現象。這是一種爲資本主義剝削制度和帝國主義侵略政策作辯護的反動理論。

[11] 遞嬗——一個接一個演變。

[12] 揅——同"研"。《易·繫上》："夫《易》，聖人之所極深而研幾也。"

[13] 任天——聽憑自然。

[14] 以人持天——發揮人的能動作用控制自然。《荀子·正名》楊倞註："持，制也。"

[15] 天賦——自然所賦予，生來就具有的。

[16] 苞——通"包"。包括的意思。

[17] 奧賾——幽深難見。

[18] 希臘——指古希臘文化。公元前六到四世紀希臘的奴隸制經濟、政治均達高度發展，相應地產生了豐富多彩的文化。竺乾——印度的別稱。《祖庭事苑》："竺乾即天竺國，或云西天西乾，皆譯師之義立。"《甄正論》："合云竺乾，乾者天也，後人抄寫，誤昇竺字於字上，故云竺乾。"印度是世界文明古國之一，早在公元前二千年就已創造優秀的文化。斯多噶——今譯斯多亞派，一譯畫廊派。公元前四世紀芝諾(季蒂昂的)創立於雅典。因其講學之所有彩色壁畫的柱廊，故名。這個學派早期(公元前四至二世紀)有樸素唯物主義傾向，還提出有關命題邏輯的一些問題；中期(公元前二至一世紀)企圖將唯心主義唯物主義調和起來，晚期(公元一至二世紀)則蛻化爲宣揚宿命論的宗教唯心主義學派。婆羅門——指婆羅門教，是印度古代宗教之一。相傳約於公元前七世紀形成，以崇拜婆羅賀摩(梵天)而得名。以《吠陀》爲最古的經典。信奉多神，主張善惡有因果、人生有輪迴之說。釋迦——指釋迦牟尼所創立的佛教。相傳創立於公元前六至前五世紀。基本教義有"四諦"、"六道輪迴"等。宣揚現實世界是虛幻的，人生充滿着苦，人們受苦是前生"造惡業"的結果，如果今生"作惡"，

"來生"即變成餓鬼、牲畜等，只有消除一切欲望，追求超脫世間的"涅槃"，才能斷絕"苦根"。

[19] 衷——同"中"，適合，恰當。

[20] 創聞——首次聽說。

[21] 揚子——揚雄。太玄——共十卷。全書以"玄"爲中心思想，相當於《老子》的"道"和《周易》的"易"。體裁模擬《周易》，分爲一玄、三方、九州、二十七部、八十一家、七百二十九贊，以仿《易》的兩儀、四象、八卦、六十四重卦、三百八十四爻等；內容則是儒、道、陰陽三家的混合體。

[22] 天行——大自然的運行。

[23] 弇——偏蔽。

[24] 瀹——疏通、開啓。

[25] 儕——等、類。

[26] 駸駸——馬速行貌。

[27] 恉——同"旨"，意旨。

[28] 俷馳——背道而馳。

【說明】

吳汝綸是桐城派末代宗師。他的論"道"與"文"，本着桐城派的傳統觀點。這種觀點貫串在這篇爲嚴復翻譯的《天演論》所作序文中。

吳汝綸在本文中稱道赫胥黎的理論是"信美矣"，在《答嚴幾道》中贊揚嚴復提出的"新舊二學當並存具列"的意見爲"卓識"。表面看來，他的思想和嚴復好像並無二致，但實際上却不是這樣。嚴復早期，作爲當時中國向西方尋找眞理的一派人物的一個代表，介紹《天演論》等西方資產階級學術思想，是出於改良封建專制制度的目的。曾經是曾國藩四大弟子之一的吳汝綸，在曾國藩死後政治上依附於李鴻章，與洋務派關係密切；他之所以也贊成推行"西學"，完全是爲了封建專制制度本身的自救。由此可見，吳汝綸、嚴復的思想立場存在實質性的差別。結合吳汝綸文論中所説的"道"來分析,可以看到它和桐城派的"中興聖主"曾國藩所説的"經濟"一脈相通,其內容包含方苞、劉大櫆、姚鼐等所倡導的世敎風化和封建倫常在內,並要求直接爲當時封建統治階級的政治利益服務。

本文除了反覆闡述"道"不能離開"文"而獨立存在的道理外,並提出時文、公牘、説部之詞"不足與於文學之事"。這裏,涉及他對於詞章的標準。在這個問題上,他嚴守桐城家法,反對"俚俗鄙淺",主張"雅"、"潔",甚至説"與其傷潔,毋寧失眞"(《答嚴幾道》)。文學的語言和技巧隨着時代的發展而發展,認爲只有一成不變地遵循《左傳》、《史記》和唐宋古文家的規範才是雅潔的看法,完全是泥古不化的見解;文學形式的通俗化是文學發展的必然趨勢,在散文創作中限制、割斷語言和現實生活的聯繫,設立種種淸規戒律,更是違反文學發展的規律。尤其應該指出的是,吳汝綸的時代,是近代中國社會大轉變的開始,資產階級改良派在進行政治改良運動的同時,也掀起了文學的改良運動。他們不僅開展詩界、小説界的革命,而且對散文作了大膽改革,以一種淺顯平易的新體散文代替僵死的桐城古文、八股文和駢文。在此期間,小説、戲曲等通俗文學也正以空前的規模在蓬勃地發展。在這樣的形勢下,吳汝綸堅持和鼓吹雅潔的要求,是阻礙文學向接近人民的通俗方向前進的。

在文學思想上嚴復是個復古主義者。和他自己創作的散文相一致,他的譯作使用的都是艱深典雅的古文,梁啓超當時曾批評他"文筆太務淵雅,刻意摹仿先秦文體,非多讀古書之人,一翻殆難索解"(《介紹新書原富》)。嚴復譯作中的這種缺點,在桐城派古文家看來却是最大的優點,吳汝綸正是由於欣賞《天演論》的譯文,所以才爲之寫序,並對它作了極高的評價。然而,在當時封建正統文學思想仍佔絕對優勢的文壇,吳汝綸這樣具有很高聲望的桐城派古文家，如此推崇嚴復翻譯的《天演論》，對於擴大這部譯著的流傳和影響，是有相當作用的，這一點應予適當肯定。

附　錄

答嚴幾道

〔清〕吳汝綸

得二月七日惠示。以校讀尊著《計學》，往往妄貢疑義，誠知無當萬一，乃來書反覆齒及，若開之使繼續妄言，誠謙益不自滿假之盛心，折節下問，以受盡言。然適形下走之盲陋不自量，益增慙恧。

來示謂新舊二學當並存具列，且將假自它之耀，以祛蔽揭翳，最爲卓識。某前書未能自達所見；語輒過當。本意謂中國書籍猥雜，多不足行遠。西學行，則學人日力，奪去太半，益無暇瀏覽向時無足輕重之書。而姚選古文，則萬不能廢，以此爲學堂必用之書，當與六藝並傳不朽也。若中學之精美者，固亦不止此等。往時曾太傅言：《六經》外有七書，能通其一，即爲成學；七者兼通，則閒氣所鍾，不數數見也。七書者，《史記》、《漢書》、《莊子》、韓文、《文選》、《說文》、《通鑑》也。某於七書，皆未致力，又欲妄增二書：其一姚公此書，餘一則曾公《十八家詩鈔》也。但此諸書，必高材秀傑之士，乃能治之；若資性平鈍，雖無西學，亦未能追其塗轍。獨姚選古文，即西學堂中，亦不能棄去不習，不習則中學絕矣。世人乃欲編造俚文，以便初學，此廢棄中學之漸，某所私憂而大恐者也。區區妄見，敬以奉質。

別紙垂詢數事，某淺學，不足仰副明問，謹率陳臆說，用備採擇。

歐洲文字，與吾國絕殊，譯之似宜別創體製，如六朝人之譯佛書，其體全是特創。今不但不宜襲用中文，亦並不宜襲用佛書。竊謂以執事雄筆，必可自我作古。又妄意彼書固自有體製，或易其辭而仍其體，似亦可也。不通西文，不敢意定，獨中國諸書無可倣效耳。

來示謂行文欲求爾雅，有不可闌入之字，改竄則失眞，因仍則傷潔，此誠難事。鄙意與其傷潔，毋寧失眞。凡瑣屑不足道之事，不記何傷？若名之爲文，而俚俗鄙淺，薦紳所不道，此則昔之知言者無不懸爲戒律，曾氏所謂“辭氣遠鄙”也。

文固有化俗爲雅之一法，如左氏之言“馬矢”，莊生之言“矢溺”，《公羊》之言“登來”，《太史》之言“夥頤”，在當時固皆以俚語爲文，而不失爲雅。若范書所載“鐵脛”、“尤來”、“大搶”、“五樓”、“五蟠”等名目，竊料太史公執筆，必皆芟薙不書。不然，勝、廣、項氏時必多有鄙俚不經之事，何以《史記》中絕不一見？如今時“鴉片館”等比，自難入文，削之似不爲過。儻令爲林文忠作傳，則燒鴉片一事，固當大書特書；但必敍明源委，如史公之記平準，班氏之敍《鹽鐵論》耳，亦非一切割棄，至失事實也。

姚郎中所選文，似難爲繼。獨曾文正《經史雜鈔》，能自立一幟。王、黎所續，似皆未善。國朝文字，姚春木所選《國朝文錄》，較勝於《廿四家》。然文章之事，代不數人，人不數篇。若欲備一朝掌故，如《文粹》、《文鑑》之類，則世蓋多有。若謂足與文章之事，則姚郎中之後，止梅伯言、曾太傅及今日武昌張廉卿數人而已，其餘蓋皆“自鄶”也。

來示謂歐洲國史，略似中國所謂長編紀事本末等比。然則，欲譯其書，即用曾太傅所稱“敍記”、“典志”二門，似爲得體。此二門，曾公於姚郎中所定諸類外，特建新類，非大手筆不易辦也。歐洲紀述名人，失之過詳，此宜以遷、固史法裁之。文無剪裁，專以求盡爲務，此非行遠所宜。中國間有此體，其最著者，則孟堅所爲《王莽傳》。若《穆天子》、《飛燕》、《太眞》等傳，則小説家言，不足法也。歐史用韻，今亦以韻譯之，似無不可，獨雅辭爲難耳。中國用韻之文，退之爲極詣矣。私見如此，未審有當否？不具。

《桐城吳先生全書》

說詩用琥[1]韻

〔清〕嚴　復[2]

昔者魯東家，太息《關雎》亂[3]；紫色雜鼃聲[4]，何由辨眞濫？文章一小技[5]，舊戒喪志玩[6]；泯泯[7]俗塵中，持是聊自浣[8]。譬比萬斛泉[9]，洄洑[10]生微瀾；奔雷驚電餘，往往造平淡[11]。每懷古作者，令我出背汗[12]；光景隨世開[13]，不必唐宋判。大抵論詩功，天人[14]各分半；詩中常有人，對卷若可喚。捻花示微旨，悟者一笑粲[15]；舉俗愛許渾[16]，吾已思熟爛[17]。

《瘉壄堂詩集》卷下

【註釋】

［1］琥——即嚴琥，嚴復的第三子。

［2］嚴復——見本册《天演論序》註[3]。

［3］昔者魯東家二句——魯東家，指孔子。《三國志·魏志·邴原傳》註引《原別傳》：“原……欲遠遊學，詣安丘孫崧。崧辭曰：‘君鄉里鄭君，君知之乎？’原答曰：‘然。’崧曰：‘鄭君學覽古今，博聞彊識，鉤深致遠，誠學者之師模也。君乃舍之，躡屣千里，所謂以鄭爲東家丘者也。’原曰：‘……君謂僕以鄭爲東家丘，君以僕爲西家愚夫邪？’”《孔子家語》謂孔子西家有愚夫，不知孔丘是聖人，稱之爲東家丘。太息，贊嘆。亂，音樂的結束。《論語·泰伯》：“子曰：‘師摯之始，《關雎》之亂，洋洋乎盈耳哉！’”二句意爲：孔子贊美《關雎》是音樂中的正聲。

［4］紫色句——《漢書·王莽傳》：“紫色蛙聲，餘分閏位。”古代謂紫不是正色。鼃，同蛙。

［5］文章句——杜甫《貽華陽柳少府》：“文章一小技，於道未爲尊。”

［6］喪志玩——僞古文《尙書·旅獒》：“玩物喪志。”謂沈迷於玩好的事物，使人喪

失進取的志向。也引申用於一切被認爲無益而有害的事情。

[7] 泯泯——猶茫茫。

[8] 浣——浣濯，洗刷。

[9] 萬斛泉——《東坡題跋·自評文》："吾文如萬斛泉源，不擇地皆可出，在平地，滔滔汩汩，雖一日千里無難，及其與山石曲折，隨物賦形，而不可知也。所可知者，常行於所當行，常止於不可不止，如是而已矣。其他，雖吾亦不能知也。"

[10] 洄洑——旋流和伏流。

[11] 造——至，達到。平淡——梅堯臣《讀邵不疑學士詩卷》："作詩無古今，惟造平淡難。"所謂"平淡"，並不意味着平庸淺易，而是指在具備高度工力的基礎上，用極其樸素的語言來表達的一種含蘊深厚的意境，其風格特點是意在言外，耐人尋繹。

[12] 出背汗——因感到慚愧而汗流浹背。

[13] 光景——李德裕《文章論》："譬諸日月，雖終古常見，而光景長新。"這句意謂，詩歌創作當隨着時代而別開新的光景、風貌。

[14] 天人——指先天稟賦和後天學力。

[15] 拈花示微旨二句——《大梵天王問佛決疑經》："爾時大梵天王即引若干眷屬來奉獻世尊於金婆羅華，各各頂禮佛足，退坐一面。爾時世尊即拈奉獻金色婆羅華，瞬目揚眉，示諸大衆。是時大衆，默然毋措。有迦葉破顏微笑。世尊言：'我有正法眼藏，涅槃妙心，即付囑于汝。汝能護持，相續不斷。'時迦葉奉佛敕，頂禮佛足退。"《滄浪詩話·詩辨》："大抵禪道惟在妙悟，詩道亦在妙悟。"

[16] 舉俗愛許渾——陳后山《次韻東坡》："後世無高學，舉俗愛許渾。"許渾，唐詩人，字仲晦，有《丁卯集》。元代方回評許渾詩謂"其詩出於元、白之後，體格太卑，對偶太切"，其創作特點爲"得一句即撰一句對，而無活法"。由於"學詩者若止如此賦詩，甚易而不難"，因而"近世晚進，爭由此入，所以卑之又卑也"（《瀛奎律髓》卷三、十四）。

[17] 思熟爛——《北史·王晞傳》："帝欲以晞爲侍中，苦辭不受。或勸晞勿自疏。晞曰：'非不愛作熱官，但思之爛熟耳。'"

【説明】

嚴復是中國近代史上向西方尋找眞理的一派人物的代表之一，是當時先進的中國人。他用自己的翻譯著作和政論散文，第一個較系統地介紹西方資產階級經典著作，宣傳西方的民主和科學，勇敢地抨擊過封建君主專制制度和當權的頑固派，積極鼓吹變法維新的主張，對於當時知識分子的思想解放以及改良運動的發展，起了很大的推動作用。嚴復的政治活動主要在戊戌變法之前。到了維新時期，在迅速發展的形勢面前，由於他原先的思想就比較複雜，所以不僅不能跟着時代前進，而且相反由先進變成落後，逐漸地轉向反動了。

嚴復論文藝，認識到文學作品是“載理想”、“達感情”(《書梁任公所譯〈原富〉書》)的，指出“三百篇皆發憤作”(《以〈漁洋精華錄〉寄琥唐山，春榆侍郎有詩見逃，率賦奉答》)，又說“若夫古之治文辭而遂至於其極者，可以見已。豈非意有所憤懣，以爲必待是而有以自通者歟?”(《〈古今文鈔〉序》)在詩歌創作上，他強調“眞”，主張“發於自然，達於至深，而莫能自已”(《詩廬說》)，做到“詩中常有人，對巷若可喚”，使讀者從作品中看出作者眞實的思想感情和獨具的個性特徵。另一方面，他反對“濫”，既反對“喪志玩”的不正確態度，也反對體格卑下的詩風。“光景隨世開”，不同的時代，詩歌的風格也應別開生面；模擬太過，分門戶，立宗派，以宗唐、學宋爲依歸的做法是不足取的。“李杜光芒萬丈長，坡谷九天紛咳唾”(《以〈漁洋精華錄〉寄琥唐山，春榆侍郎有詩見逃，率賦奉答》)，他對李白、杜甫、蘇軾、黃庭堅都極爲推崇。他不反對向前代名家學習，但主張學習的時候“要在士卓識”(同上)，要“悟”，即融化成自己的東西，爲我所用。他指出只要識力超卓，學力堅深，必然會源泉萬斛，波瀾生於自然，達到一種含蘊深厚的“平淡”的境界。

在文藝的功能問題上，嚴復由於受到西方資產階級爲藝術而藝術觀點的影響，認爲文藝只能供人“怡情遣日”、“移情遣意”(《救亡決論》)，反對“有所爲而後爲”(《詩廬說》)，認爲文藝本身就是目的而不是達到某種目的的手段，忽視文藝的社會作用。這種錯誤的見解，影響了他的詩歌創作成就，使之不能達到他前邊所提出的要求。他在翻譯工作上採取艱深古奥的散文，濫用典故和古代已僵死的詞彙，以及他在五四運動中反對文學革命，反對以白話代文言，終於變成復古主義者，與這種爲藝術而藝術的錯誤思想的影響也有關係。

附　　錄

以漁洋精華錄寄琥唐山春榆侍郎有詩見巡率賦奉答

〔清〕嚴　復

九陌風鳴塵堀堁，南郭隱几今喪我；長安作夢垂十年，夢想陽崎山一邏；文書引睡睡復醒，萬事不理任孏惰。河陽宗伯今詞宗，贈我新詩堪已癉。見《山海經》，猶云愈瘧。爲言昭代錄詩人，疑讓新城居上坐；士林沾丐三百年，蔣袁杭厲皆細瑣。平生結習覷文字，揚榷新詩吾亦頗。文章派別幾人存？大抵修辭禁淫詖。李杜光芒萬丈長，坡谷九天紛咳唾；如星五緯流四瀆，議論欲到吾知叵。請言在昔明中葉，羣公模擬或太過；雖然法上幾得中，要於風雅未爲左。何來東澗恣抨擊，一錢不值同罵座。漁洋崛起應新運，如麐獨角推一箇。譬彼射者得正鵠，稍嫌力薄稅官笴。文人相輕自古然，又被趙飴山紀曉嵐加切磋。降兹談藝徧湖海，若箇解衣旁薄蠃。西崑靡靡江西粗，公安竟陵更么麽。小子何莫學夫詩，敢問師資誰則可？吾云要在士卓識，一任紛挐衆口哆。斯文如女有正色，豈事塗澤徒爲大！横空盤硬亦非難，欲爲排奡在貼妥。取徑愛好似未害，他日湘帆隨轉柁。淸新俊逸殆天授，着眼沈鬱兼頓挫。雙丸頭上忽忽過，風輪誰挽蟻旋磨。勿云衰叔少和聲，《三百篇》皆發憤作。能收一物寄孤賞，横流亦足娛寒餓。高歌靑眼望後生，似比螟蛉祝果蠃。忽蒙佳什譽過庭，語重情深誰敢荷？君家自有謝超宗，池上鳳毛衆所賀。謂嚪蘆世講。

《瘉壄堂詩集》卷下

廣詩中八賢歌

梁啓超

詩界革命誰與豪？因明鉅子天所驕。驅役教典庖丁刀，何況歐學皮與毛？諸暨蔣智由觀雲。君邃於佛學，尤好慈恩宗，因自號因明子。東甌布衣識絕倫，梨洲以後一天民；我非狂生生自云，詩成獨泣問麒麟。平陽宋恕平子　枚叔理文涵九流，五言直逼漢魏逌；蹈海歸來天地秋，西狩吾道其悠悠。餘杭章炳麟太炎義寧公子壯且醇，每翻陳語逾淸新；嚙墨噙淚常苦辛，竟作神州袖手人。義寧陳三立伯嚴。君昔贈余詩，有"憑欄一片風雲氣，來作神州袖手人"之句。哲學初祖天演嚴，遠販歐鉛攙亞槧；合與莎米謂莎士比亞及米兒頓，皆歐洲近世大詩人也。爲鰈鶼，奪我曹席太不廉。侯官嚴復幾道放言玩世曾般庵，造物無計逃鑱鑱；曼歌花叢酒正釅，說經何時詩道南。湘鄉曾廣鈞重伯。君昔爲余畫扇，作《齊詩圖》，跋語云，"任公好余所治齊詩，以圖，予之詩道南矣。"其狂率類此。絕世少年丁令威，選字穠俊文深微；佯狂海上胡不歸，故山猿鶴故飛飛。豐順丁惠康叔雅。君遂之節如其才，呼天不膺歸去來；海枯石爛詩魂哀，吁嗟吾國其無雷！淮南吳保初彥復。君抗疏憂國事，不得達，棄官歸，且凍餓。厚祿故人書招之，不出山也。

《新民叢報》第三號

孝女耐兒傳序[1]

〔清〕林　紓[2]

予不審西文，其勉强廁身[3]於譯界者，恃二三君子，爲余口述其詞，余耳受而手追之，聲已筆止，日區四小時，得文字六千言，其間疵謬百出。乃蒙海内名公，不鄙穢其徑率而收之，此予之大幸也。

予嘗静處一室，可經月，戶外家人足音，頗能辨之了了，而余目固未之接也。今我同志數君子，偶舉西士之文字示余，余雖不審西文，然日聞其口譯，亦能區别其文章之流派，如辨家人之足音。其間有高厲者，清虚者，緜婉者，雄偉者，悲梗者，淫冶者；要皆歸本於性情之正，彰癉[4]之嚴，此萬世之公理，中外不能僭越。而獨未若卻而司·迭更司文字之奇特。

天下文章，莫易於敍悲，其次則敍戰，又次則宣述男女之情。等而上之，若忠臣、孝子、義夫、節婦，決脰濺血，生氣凜然，苟以雄深雅健之筆施之，亦尚有其人。從未有刻劃市井卑污齷齪之事，至於二三十萬言之多，不重複，不支厲，如張明鏡於空際，收納五蟲萬怪，物物皆涵滌清光而出，見者如憑闌之觀魚鼈蝦蟹焉；則迭更司蓋以至清之靈府，敍至濁之社會，令我增無數閲歷，生無窮感喟矣。

中國説部，登峯造極者，無若《石頭記》。敍人間富貴，感人情盛衰，用筆縝密，著色繁麗，製局精嚴，觀止矣。其間點染以清客，間雜以村嫗，牽綴以小人，收束以敗子，亦可謂善於體物；終竟雅多俗寡，人意不專屬於是。若迭更司者，則掃蕩名士美人之局，專爲下等社會寫照：奸獪騆酷，至於人意未所嘗置想之局，幻爲空中樓閣，使觀者或笑或怒，一時顛倒，至於不能自已，則文心之邃曲，寧可及耶？

余嘗謂古文中序事，惟序家常平淡之事爲最難著筆。《史記·外戚傳》述竇長君之自陳[5]，謂姊與我别逆旅中，丐沐沐我，飯我乃去。其足生人惋愴者，亦祇此數語。若《北史》所謂隋之苦桃姑者[6]，亦正仿此，乃百摹不能遽至，正坐無史公筆才，遂不能曲繪家常之恆狀。究竟史公於此等筆墨，亦不多見，以史公之書，亦不專爲家常之事發也。今迭更司則專意爲家常之言，而又專寫下等社會家常之事，用意著筆爲尤難。

吾友魏春叔[7]購得《迭更司全集》，聞其中事實，強半類此。而此書特全集中之一種，精神專注在耐兒之死。讀者迹前此耐兒之奇孝，謂死時必有一番死訣悲愴之言，如余所譯茶花女之日記[8]。乃迭更司則不寫耐兒，專寫耐兒之大父淒戀耐兒之狀，疑睡疑死，由昏憒中露出至情，則又《茶花女日記》外别成一種寫法。蓋寫耐兒，則嫌其近於高雅；惟寫其大父一窮促無聊之愚叟，始不背其專意下等社會之宗旨：此足見迭更司之用心矣。

迭更司書多，不勝譯。海內諸公請少俟之。余將繼續以傖荒之人，譯傖荒之事，爲諸公解酲醒睡可也。書竟，不禁一笑。

光緒三十三年八月十日，閩縣林紓畏廬父敍於京師望瀛樓。

商務印書館排印本《孝女耐兒傳》卷首

【註釋】

［1］孝女耐兒傳——英國十九世紀著名小説家狄更斯（公元一八一二年——一八七〇年）著，今譯名《古玩商店》，主要敍述小耐兒的悲慘身世。她很早就喪失父母，由其外祖父（倫敦古玩商）撫養，兩人相依爲命。老人因嗜賭破產，帶

着耐兒到處飄流，度着類似乞丐生活，最後兩人客死異鄉。

[2] 林紓（公元一八五二年——一九二四年）——原名羣玉，字琴南，號畏廬、冷紅生。福建閩縣人。光緒舉人，任教于京師大學堂。早年參加過資產階級改良主義的政治活動，曾依靠旁人口述，用文言文翻譯歐美等國小說一百七十餘種，其中不少是外國名著，對當時頗有影響。也從事小說戲曲創作。晚年反對新文化運動甚力，是守舊派代表之一。著有《畏廬文集》《畏廬詩存》及傳奇、小說、筆記等多種。《清史稿》卷四百八十六《文苑三》有傳。

[3] 廁身——也作"側身"，置身。

[4] 彰癉——僞古文《尚書·畢命》："彰善癉惡。"卽表揚善的，指斥惡的。癉，憎恨。

[5] 史記外戚傳述竇長君之自陳——據《史記》卷四十九《外戚世家》繫漢文帝竇皇后弟竇少君事："竇皇后兄竇長君，弟曰竇廣國，字少君。少君年四五歲時，家貧，爲人所略賣，其家不知其處。……聞竇皇后新立，家在觀津，姓竇氏。廣國去時雖小，識其縣名及姓，又常與其姊采桑墮，用爲符信，上書自陳。竇皇后言之於文帝，召見，問之，具言其故，果是。又復問他何以爲驗？對曰：'姊去我西時，與我決傳舍中，丐（乞）沐（米汁）沐（洗頭）我，請食飯我，乃去。'於是竇后持之而泣，泣涕交橫下。侍御左右皆伏地泣，助皇后悲哀。"

[6] 北史所謂隋之苦桃姑者——據《隋書》卷七十九《外戚傳》載："高祖外家呂氏，其族蓋微，平齊之後，求訪不知所在。至開皇初，濟南郡上言，有男子呂永吉，自稱有姑字苦桃，爲楊忠妻。勘驗知是舅子。……永吉從父道貴，性尤頑騃，言詞鄙陋。初自鄉里徵入長安，上見之悲泣。道貴略無戚容，但連呼高祖名，云：'種末定不可偷，大似苦桃姊。'"

[7] 魏春叔——名易。林紓《吟邊燕語序》（公元一九〇四年）："摯友仁和魏君春叔，年少英博，淹通西文，長沙張尙書旣領譯事於京師，余與魏君適廁譯席。魏君口述，余則敍致爲文章。"

[8] 茶花女之日記——指法國小仲馬著《茶花女遺事》（公元一八九九年）。該書寫上層階級青年亞猛與名妓馬克相戀遭致封建勢力壓迫的故事。

【說明】

林紓的翻譯大量歐美小說，對于介紹外國文學和我國小說創作的發展是有其歷史作用的，儘管由于他本人不懂外文，靠別人口述，所譯存在許多缺點。他還在不少所譯作的序言中表達了自己的翻譯宗旨和文學主張。

鴉片戰爭以後，我國有些人只以爲在物質文明堅船利炮方面要向西方學習，而中國的政治道德文章則是高于一切的。稍後又有人看出中國封建制度的腐朽而嚮往于歐美的立憲與共和，但還以爲中國人的文學是世界上最完美的，五嶽之外，不知道什麽别的奇峯異壑。林紓把迭更司等的文章比擬司馬遷的《史記》，而且指出他們在某些方面有超過司馬遷之處，這就大開了我國人的眼界。他在《洪罕女郎傳跋語》中說："哈(葛德)氏文章，亦恆有伏綫處，用法頗同於《史記》。予頗自恨不知西文，恃朋友口述，而於西人文章妙處，尤不能曲繪其狀。故於講舍中敦喻諸生，極力策勉其恣肆於西學，以彼新理，助我行文，則異日學界中定更有光明之一日。"借鑑外國文學以促進中國創作發展的意圖是情見乎辭的。

中國歷來正統文人大都是視小說爲小道的。近代以來這種情況有所改變，林紓以古文名家的身份，公然翻譯小說，而且認爲所譯各種流派的小說都能起到陶冶性情、褒貶善惡的作用，"要皆歸本於性情之正，彰癉之嚴。"《譯餘賸語》說："委巷子弟爲腐窳學究所遏抑，恆顢頇終其身，而淸俊者轉不得力於學究，而得力於小說。故西人小說，卽奇恣荒眇，其中非寓以哲理，卽參以閱歷，無苟然之作。西小說之荒眇無稽，至《噶利佛》極矣，然其言小人國、大人國之風土，亦必兼言其政治之得失，用諷其祖國。此得謂之無關係之書乎？"反映了他對小說的作用和小說思想內容的重視。他尤其推重描寫社會下層人民生活的小說，稱迭更司之作爲"以至淸之靈府敍至濁之社會，令我增無數之閱歷，生無窮感喟矣"，在一定程度上揭示了批判現實主義文學的特色。

林紓的翻譯外國小說，是爲他的愛國思想和改良政治社會的主張服務的。“迭更司極力抉摘下等社會之積弊，作爲小說，俾政府知而改之。”“顧英之能強，能改革而從善也，吾華從而改之，亦正易易。”《霧中人敍》說：“余老矣，無智無勇，而又無學，不能肆力復我國仇，日苞其愛國之淚，告之學生，又不已，則肆其日力。其於白人蠶食斐洲，累累見之譯筆，非好語野蠻也，須知白人可以併吞斐洲，即可以併吞中亞。”“學盜之所學，不爲盜而但備盜，而盜力窮矣。”希望青年看了他譯的書，“嚴防行劫及滅種者之盜”，懂得怎樣去反抗帝國主義侵略，救亡圖存。《滑鐵盧戰血餘腥記序》說：“余觀滑鐵盧戰後，聯軍久據法京，隨地置戍，在理可云不國，而法獨能至今存者，正以人人咸勵學問，人人咸知國恥，終乃力屏聯軍，出之域外。讀是書者，當知畏廬居士正有無窮眼淚寓乎其中也。”文中都洋溢着作者憂國的憤慨和救國的激情。

林紓本人也創作了一些小說，但並不能貫徹他的理論，晚年竭力提倡桐城古文，反對新文化運動，顯然與這裏引述的觀點有更大的距離了。《斐洲煙水愁城錄序》曾說：“歐人志在維新，非新不學，即區區小說之微，亦必從新世界中着想，斥去陳舊不言。若吾輩酸腐，嗜古如命，終身又安知有新理耶？”想不到隨着歷史激流的前進，他自己終於也成爲一個“酸腐”“嗜古如命”的保守派了。

附　錄

洪罕女郎傳跋(節錄)

〔清〕林　紓

……哈氏文章，亦恆有伏線處，用法頗同於《史記》。予頗自恨不知西文，恃朋友口述，而於西人文章妙處，尤不能曲繪其狀。故於講舍中敦喻諸生，極力策勉其恣肆於西學，以彼新理，助我行文，則異日學界中定更有光明之一日。或謂西學一昌，則古文之光燄熸矣，余殊謂不然。學堂中果能將洋漢兩門，分道揚鑣而指授，舊者既精，新者復熟，合中西二文鎔爲一片，彼嚴幾道先生不如是耶？……

商務印書館排印本《洪罕女郎傳》

撒克遜刧後英雄略序

〔清〕林　紓

伍昭扆太守至京師，訪余於春覺齋。相見道故，縱談英倫文家，則盛推司各德，以爲可儕吾國之史遷。顧司氏出語雋妙，凡史莫之或逮矣。余適譯述此篇，即司氏書也，故叩太守以所云雋妙者安指？太守曰：吾稔讀《吕貝珈傳》中敍亮漫黑司得善射，乃高於養叔，吾已撫拾其事入英文課本矣。余大笑，立檢此稿示太守，自侈與太守見合。太守亦大喜，翻叩余以是書雋妙所在，趣余述之。余曰：紓不通西文，然每聽述者敍傳中事，往往於伏線、接筍、變調、過脈處，大類吾古文家言。若但以是書論，蓋有數妙。古人爲書，能積至十二萬言之多，則其日月必綿久，事實必繁夥，人物必層出，乃此篇爲人不過十五，爲日同之，而變幻離合，令讀者若歷十餘稔之久，此一妙也。吾閩有蘇三其人者，能爲盲彈詞，於廣場中，以相者囊琵琶至，詞中遇越人則越語，吳人、楚人則又變爲吳、楚語，無論晉、豫、燕、齊，一一皆肖，聽者傾靡。此書亦然，述英雄語，肖英雄也；述盜賊也，肖盜賊也；述頑固語，肖頑固也。雖每人出話恆至千數百言，人亦無病其累複者，此又一妙也。書中主義，與天主教人爲難，描寫太姆不拉壯士，英姿颯爽，所向無敵，顧見色即靡，遇財而涎，攻剽椎埋，靡所不有，其雅有文采者，又謟容詭笑，以媚婦人，窮其醜態，至於無可託足，此又一妙也。《漢書·東方曼倩傳》敍曼倩對侏儒語及拔劍割肉事，孟堅文章，火色濃於史公，在余守舊人眼中觀之，似西文必無是詼詭矣。顧司氏述弄兒汪霸，往往以簡語洩天趣，令人捧腹。文心之幻，不亞孟堅，此又一妙也。且猶太人之見唾於歐人久矣，狗斥而奴踐之,吮其財而盡其家,歐人顧乃不憐,轉以爲天道公理之應爾。然國家有急,又往往假貲於其族,春温秋肅之容,於假貲還貲時,斗變其氣候,猶太人之寓歐,較幕烏爲危,顧乃知有家,而不知有國,抱金自殉,至死不知國爲何物。此書果令黄種人讀之,亦足生其畏惕之心,此又一妙也。包本王裔之於拿破崙,漆身吞炭,百死無恤,又日爲秦廷之哭。英、俄憐之,挾以普、奥之怒,因得復辟。雖爲祚弗修,其復仇念國之心,可取也。今書中敘撒克遜王孫,乃嗜炙慕色,形如土偶,遂令垂老亡國之英雄,激發其哀厲之音。愚智互形,妍媸對待,令人悲笑交作,此又一妙也。吕貝珈者,猶太女郎也,洞明大義,垂青英雄,又能以堅果之力,峻斥豪暴,在猶太中,未必果有其人,然司氏既惡天主教人,特高猶太人以摧踐之,文心奇幻,此又一妙也。華德馬者,合賈充成濟爲一手者也。其勸喻諸將,雖有狡詐者,亦將爲之動容。天下以義感人,人固易動,從未聞用篡竊之語,宣之廣衆,竟似節節可聽者,則司氏詞令之美,吾不測其所至矣。此又一妙也。綜此數妙,太守乃大韙余論。惜余年已五十有四,不能抱書從學生之後,請業於西師之門,凡諸譯著,均恃耳而屏目,則眞吾生之大不幸矣。西國文章大老,在法吾知仲馬父子,在英吾知司各德、哈葛德兩先生,而司氏之書,塗術尤别。顧以中西文異,雖欲私淑,亦莫得所從。嗟夫! 青年學生,安可不以余老悖爲鑑哉!

光緒三十一年七月六夕,閩縣林紓畏廬甫敘於春覺齋。

商務印書館排印本《撒克遜刼後英雄略》

冰雪因緣序

〔清〕林　紓

陶侃之應事也,木屑竹頭皆資爲用;郗超之論謝玄也,謂履屐之間皆得其任。二者均陳舊語,然畏廬拾之以論迭更司先生之文,正所謂木屑竹頭皆有所用,而履屐之間皆得其任者也。英文之高者曰司各得,法文之高者曰仲馬,吾則皆譯之矣,然司氏之文綿褫,仲氏之文疏闊,讀後無復餘味。獨迭更司先生臨文如善弈之著子,閒閒一置,殆千旋萬繞,一至舊著之地，則此著實先敵人，蓋於未胚胎之前已伏綫矣。惟其伏綫之微，故雖一小物、一小事，譯者亦無敢棄擲而刪節之，防後來之筆旋綫到此，無復叫應。沖叔初不著意，久久聞余言始覺，於是余二人口述神會，筆遂綿綿延延，至於幽渺深沈之中，覺步步咸有意境可尋。嗚呼！文字至此，眞足以賞心而怡神矣！左氏之文，在重複中能不自複；馬氏之文，在鴻篇巨製中，往往潛用抽換埋伏之筆而人不覺，迭更氏亦然。雖細碎蕪蔓，若不可收拾，忽而井井臚列，將全章作一大收束，醒人眼目。有時隨伏隨醒，力所不能兼顧者，則空中傳響，迴光返照，手寫是間，目注彼處，篇中不著其人而其人之姓名事實時時羅列，如所羅門、倭而忒二人之常在佛羅倫司及迺德口中是也。

吾恆言南史易爲，北史難工：南史多文人，有本事可記，故易渲染；北史人物多羌胡武人，間有文士，亦考訂之家，乃李延壽能部署驅駕，與南史同工，正其於不易寫生處出寫生妙手，所以爲工。此書情節無多，寥寥百餘語，可括東貝家事，而迭更司先生敍致至二十五萬言，談詼間出，聲淚俱下。言小人則曲盡其毒螫，敍孝女則直揭其天性。至描寫東貝之驕，層出不窮，恐吳道子之畫地獄變相不復能過，且狀人間闒茸諂佞者無遁情矣。嗚呼！吾於先生之文又何間焉！先生自言生平所著以《塊肉餘生述》爲第一，吾則云述中語多先生自敍身世，言第一者，私意也。以吾論之，當以此書爲第一，正以不易寫生處出寫生妙手耳。恨余駑朽，文字頹唐，不盡先生所長，若海內錦繡才子能匡我不逮，大加筆削，則尤禱祀求之。

光緒三十四年十一月十九日畏廬林紓識。

商務印書館排印本《冰雪因緣》

塊肉餘生述序

〔清〕林　紓

此書爲迭更司生平第一著意之書，分前後二篇，都二十餘萬言，思力至此，臻絕頂矣。古所謂鎖骨觀音者，以骨節鈎聯，皮膚腐化後，揭而舉之，則全身鏘然，無一屑落者。方之是書，則固赫然其爲鎖骨也。

大抵文章開闔之法，全講骨力氣勢。縱筆至於灝瀚，則往往遺落其細事繁節，無復檢舉，遂令觀者得罅而攻。此固不爲能文者之病，而精神終患弗周。迭更司他著，每到山窮水盡，輒發奇思，如孤峯突起，見者聳目。終不如此書伏脈至細，一語必寓微旨，一事必種遠因，手寫是間，而全局應有之人，逐處湧現，隨地關合。雖偶爾一見，觀者幾復忘懷，而聞聞著筆間，已近拾即是，讀之令人斗然記憶，循編逐節以索，又一一有是人之行蹤，得是事之來源。綜言之，如善弈之著子，偶然一下，不知後來咸得其用，此所以成爲國手也。

施耐庵著《水滸》，從史進入手，點染數十人，咸歷落有致。至於後來，則如一羣之貉，不復分疏其人，意索才盡，亦精神不能持久而周徧之故。然猶敍盜俠之事，神奸魁蠹，令人聳懾。若是書，特敍家常至瑣至屑無奇之事蹟，自不善操筆者爲之，且懨懨生人睡魔；而迭更司乃能化腐爲奇，撮散作整，收五蟲萬怪，融匯之以精神，眞特筆也。史、班敍婦人瑣事，已緜細可味矣，顧無長篇可以尋繹。其長篇可以尋繹者，惟一《石頭記》；然炫語富貴，敍述故家，緯之以男女之豔情，而易動目。若迭更司此書，種種描摹下等社會，雖可噦可鄙之事，一運以佳妙之筆，皆足供人噴飯。英倫半開化時民間弊俗，亦皎然揭諸眉睫之下，使吾中國人觀之，但實力加以教育，則社會亦足改良，不必心醉西風，謂歐人盡勝於亞，似皆生知良能之彥。則鄙人之譯是書，爲不負矣。

閩縣林紓敍於宣南春覺齋。

商務印書館排印本《塊肉餘生述》

賊 史 序

〔清〕林 紓

賊胡由有史？亦《鬼董》之例也。英倫在此百年之前，庶政之窳，直無異於中國，特水師強耳。迭更司極力抉摘下等社會之積弊，作爲小說，俾政府知而改之，每書必竪一義。此書專敍積賊，而意則在於卑田院及育嬰堂之不善。育嬰不善，但育不教，直長養賊材，而司其事者又實爲製賊之機器。須知竊他人之物爲賊，乃不知竊國家之公款亦爲賊，而竊款之賊即用爲辦賊之人，英之執政轉信任之，直云以巨賊堯小賊可爾。

天下之事，炫於外觀者往往不得實際。窮巷之間，荒傖所萃，漫無禮防，人皆鄙之。然而，豪門朱邸沈沈中，踰禮犯分，有百倍於窮巷之荒傖者，乃百無一知。此則大肖英倫之强盛，幾謂天下觀聽所在，無一不足爲環球法，則非得迭更司描畫其狀態，人又烏知其中之尚有賊窟耶？顧英之能强，能改革而從善也。吾華從而改之，亦正易易。所恨無迭更司其人，能舉社會中積弊，著爲小説，用告當事，或庶幾也。

嗚呼！李伯元已矣。今日健者，惟孟樸及老殘二君，能出其緒餘，效吳道子之寫地獄變相，社會之受益，甯有窮耶？僅拭目俟之，稽首祝之。

閩縣林紓序於春覺齋。

商務印書館排印本《賊史》

十字軍英雄記序

〔清〕陳希彭

曏者，桐城吳摯甫先生與吾師畏廬先生相見於京師，論古文經日。桐城歎息以爲絕業將墜，吾師亦戚戚然憂。故其詔生徒，恆令取徑於左氏傳、及馬之史、班之書、昌黎之文，以爲此四者，天下文章之祖庭也。歷古以來，自周秦訖於元明，其以文名者，如滄海之瀾，前驅後踵，而績學之士，至有不能略舉其名者。而左、馬、班、韓亦居其中，胡以巋然獨有千古？正以精神詣力，一一造於峯極，雖精於文者，莫敢少出其鋒穎，與之抗撓，則傳誦私淑，歷萬刼不復漫滅耳。後人之稱昌黎者曰："文起八代之衰。"此專言昌黎一人之文，不屬於唐人之文也。唐之名家，如裴度、李華、獨孤及、段文昌、權德輿、元稹、劉禹錫之流，力摹漢京，自以爲古，然響桴而氣促，體贋而格俗，偶與皇甫湜、李翺、孫樵之文雜陳，則意境神味，迥然不侔，矧能肩隨退之哉！平心而論，六朝之文，去古尚近，而後來則彌不及。范曄、陳壽、魏收三君，較之馬、班，固不能望其項背。然三家之文，咸沈穆方重，饒有古趣。自唐以下，則漸殺。至於宋之劉原父、宋子京之倫，力欲求古，而彌不古，則時時發爲傖獰之音。迨及明之陳仁錫、李夢陽、王元美，日以贋體侈衆，猶復唾棄南北朝爲凡猥，則良不可解矣。天下之理，製器可以日求其新，惟行文則斷不能力掩古人，而自侈其厚。六朝時古書未盡燬，又去漢魏不遠，元氣深厚，製局用筆，斂而不散，精而能卓，雖體格弗高，然能遏光弗揚，亦其精力有獨至者。故文家取材，知窺涉子書，而取其古色。不知六朝人之吐屬名貴，亦故家風範，不能不用以蕩滌其傖氣。以上均希彭時時聞諸吾師者。吾師少孤，不能買書，則雜收斷簡零篇，用自磨治。自十三齡，及於二十以後，校閱不下二千餘卷。迨三十以後，與李畬曾太守友，乃盡讀其兄弟所藏之完書，不下三四萬卷。於是文筆恣肆，日能作七八千言。然每爲古文，或經月不得一字，或涉旬始成一篇。歷年淘汰，成文集四卷。希彭日趣吾師赴梓，則遜謝以爲不足以問世。今海內所傳誦者，則僅見其譯著。計吾師所譯書，近已得三十種，都三百餘萬言，運筆如風落霓轉，而每書咸有裁制。所難者，不加點竄，脫手成篇，此則近人所不經見者也。是書敍英王李卻與土耳基搏戰事。其中英雄兒女，事蹟變幻陸離，偉爲譎傑，而高騁夐厲，吐棄凡近，文不期古而自近於古，則吾師之本色也。段柯古之爲《酉陽雜俎》，淫麗而稱爲翹楚，然其體尚近於類書。若吾師所作，則縱橫激盪，直前無古人。海內君子，見者當不以希彭之言爲譁衆而取寵也。

光緒三十二年十月晦日，受業閩縣陳希彭謹敍於五城學堂之南樓。

商務印書館排印本《十字軍英雄記》卷首

論白話爲維新[1]之本

裘廷梁[2]

今天下之人莫不曰："國將亡矣，可奈何！"問其將亡之說，曰："國無人焉耳。"之人也，非眞知亡者也。古有亡天下之君，亡天下之相，亡天下之官吏；今數者皆無之，而有亡天下之民。是故古之善覘[3]國者覘其君，今之善覘國者覘其民。入其國而智民多者，靡學不新，靡業不奮，靡利不興；君之於民。如腦筋於耳目手足，此動彼應，頃刻而成。入其國而智民少者，靡學不腐，靡業不頹，靡利不湮；士無大志，商乏遠圖，農工狃[4]舊習，盲新法；盡天下之民，去光就暗，蠢蠢如鹿豕；雖明詔頻下，鼓舞而作新之，如擊輭棉，闃[5]其無聲，如震聾聵，充耳不聞。

有文字爲智國，無文字爲愚國；識字爲智民，不識字爲愚民：地球萬國之所同也。獨吾中國有文字而不得爲智國，民識字而不得爲智民，何哉？裘廷梁曰：此文言之爲害矣。人類初生，匪直無文字，亦且無話，咿咿啞啞，啁啁啾啾，與鳥獸等，而其音較鳥獸爲繁。於是因音生話，因話生文字。文字者，天下人公用之留聲器也。文字之始，白話而已矣。於何證之？一證之五帝[6]時，有作衣服，有作宮室，有作舟車，有作耒耜，有作弓矢，有教民醫藥，有教民稼穡，有教民人倫之道，悟一新理，創一新法，製一新器，一手一足，一口一舌，必不能胥[7]天下之民而盡教之。故凡精通製造之聖人必著書，著書必白話。嗚呼！使皆如今之文言，雖有良法，奚能遍傳於天下矣？再證之三王[8]時，誓師有辭[9]，遷都有誥[10]，朝廷一二非常舉動，不憚反覆演說，大聲疾呼，彼其意惟恐不大白於天下，故文告皆白話。而後人以爲佶屈難解者，年代縣邈，文字不變而語變也。三證之春秋時，《三墳》、《五典》、《八索》、《九邱》，在爾時爲文言矣，不聞人人誦習。《詩》、《春秋》、《論語》、《孝經》皆雜用方言，漢時山東諸大師[11]去古未遠，猶各以方音讀之，轉相授受。老聃楚人也，孔子用楚語，繙十二經以示聃[12]，土話譯書，始於是矣。故曰"辭達而已矣"。後人不明斯義，必取古人言語與今人不相肖者而摹仿之，於是文與言判然爲二，一人之身，而手口異國，實爲二千年來文字一大厄。

朝廷不以實學取士，父師不以實學教子弟，普天下無實學，吾無怪焉矣。乃至日操筆言文，而示以文義之稍古者，輒驚愕或笑置之，託他辭自解，終不一寓目。嗚呼！文言之害，靡獨商受之，農受之，工受之，童子受之，今之服方領習矩步者[13]皆受之矣；不寧惟是，愈工於文言者，其受困愈甚。二千年來，海內重望，耗精敝神，窮歲月爲之不知止，自今視之，廑廑足自娱，益天下蓋寡。嗚呼！使古之君天下者，崇白話而廢文言，則吾黄人聰明才力無他途以奪之，必且務爲有用之學，何至闇没如斯矣？吾一不知夫古人之創造文字，將以便天下之人乎？抑以困天下之人乎？人之求通文字，將驅遣之爲我用乎？抑將窮老盡氣，受役於文字，以人爲文字之奴隸乎？且夫文字，至無奇也。蒼頡、沮誦[14]，造字之人也，其功與造話同。而後人獨視文字爲至珍貴之物，從而崇尚之者，是未知創造文字之旨也。今夫"一大"之爲"天"也，"山水土"之爲"地"也[15]，亦後之人踵事增華，從而粉飾之耳。彼其造字之始，本無精義，不過有事可指則指之，有形可象則象之，象形指事[16]之俱窮，則亦任意塗抹，強名之曰某字某字，以代結繩之用而已。今好古者不聞其尊繩也，而獨尊文字，吾烏知其果何説也？或曰：會意諧聲[17]，非文字精義耶？曰：會意諧聲，便記認而已，何精義之有？中文也，西文也，横直不同，而爲用同。文言也，白話也，繁簡不同，而爲用同。祇有遲速，更無精粗。必欲重此而輕彼，吾又烏知其何説也？且夫文言之美，非眞美也。漢以前書曰羣經，曰諸子，曰傳記，其爲言也，必先有所以爲言者存。今雖以白話代之，質幹具存，不損其美。漢後説理記事之書，去其膚淺，删其繁複，可存者百不一二。此外汗牛充棟，效顰以爲工，學步以爲巧，調朱傅粉以爲妍，使以白話譯之，外美既去，陋質悉呈，好古之士，將駭而走耳。

請言白話之益。一曰省日力：讀文言日盡一卷者，白話可十之，少亦五之三之，博極羣書，夫人而能。二曰除憍[18]氣：文人陋習，尊己輕人，流毒天下；奪其所恃，人人氣沮，必將進求實學。三曰免枉讀：善讀書者，略糟粕而取菁英；不善讀書者，昧菁英而矜糟粕。買櫝還珠，雖多奚益？改用白話，决無此病。四曰保聖教：《學》、《庸》、《論》、《孟》，皆二千年前古書，語簡理豐，非卓識高才，未易領悟。譯以白話，間附今義，發明精奥，庶人人知聖教之大略。五曰便幼學：一切學堂功課書，皆用白話編輯，逐日講解，積三四年之力，必能通知中外古今及環球各種學問之崖略，視今日魁儒耆宿，殆將過之。六曰鍊心力：華人讀書，偏重記性。今用白話，不恃熟讀，而恃精思，腦力愈濬愈靈[19]，奇異之才，將必迭出，爲天下用。七曰少棄才：圓顱方趾，才性不齊；優於藝者或短於文，違性施教，决無成就。今改用白話，庶幾各精一藝，游惰可免。八曰便貧民：農書商書工藝書，用白話輯譯，鄉僻童子，各就其業，受讀一二年，終身受用不盡。然此八益，第虚言其理，人或未信也。

請言其效。成周[20]之時，文字與語言合，聆之於耳，按之於書，殆無以異。故童子始入小學，即以離經斷句，爲第一年之課程，讀書之效如是其速也。其時學校之制，二十五家爲一巷，巷爲之門，門側立小學堂。小學堂之制，每歲農事畢，同巷子弟，相從讀書，距冬至四十五日，復出學就農業。計一年在學，不滿九十日；在小學七年而出，亦僅與今人二年相抵耳。然其間秀異之才，一升而入五百家公立之學堂，再升而入萬二千五百家公立之學堂，以次達於朝廷，而爲官者，所在恆有。其不能升者，退就他業，罔不通曉物理，周知時事。降及春秋，植杖之叟，耦耕之夫，販牛之商，斲輪之工，散見於傳記諸書，猶往往不絕。西人公理家之言曰：凡人才智，愈後愈勝，古人必不如今人也。乃以其言觀吾今日之中國，舉天下如坐眢井[21]，以視古人智愚懸絕，乃至不可以道里計。豈今人果不古若哉？抑亦讀書之難易爲之矣。讀書難故成就者寡，今日是也；讀書易故成就者多，成周是也。此中國古時用白話之效。

耶氏[22]之傳教也，不用希語[23]，而用阿拉密克之蓋立里[24]土白。以希語古雅，非文學士不曉也。後世傳耶教者，皆深明此意，所至輒以其地俗語，譯《舊約》、《新約》[25]。吳拉非氏之至戈陀大族也[26]，美陀的無士、施里無士之至司拉弗也[27]，摹法、司咯、貢特[28]三人之至非洲也，皆先學其土語，然後爲之造字著書以教之。千餘年來，彼教寖昌寖熾，而吾中國政治藝術，靡一事不恧[29]於西人，僅僅以孔教自雄，猶且一奪於老，再奪於佛，三奪於回回[30]，四奪於白蓮、天理[31]諸邪教，五奪於耶氏之徒。彼耶教之廣也，於全地球占十之八。儒教於全地球僅十之一，而猶有他教雜其中。然則文言之光力，不如白話之普照也，昭昭然矣。泰西人士，既悟斯義，始用埃及象形字[32]，一變爲羅馬新字[33]，再變爲各國方言，盡譯希臘、羅馬之古籍，立於學官，列於科目。而新書新報之日出不窮者，無愚智皆讀之。是以人才之盛，橫絕地球。則泰西[34]用白話之效。

日本文辭深淺高下之率，以和、漢[35]字多少爲差。深於文者，和字少漢字多；其尤深者，純漢字而無和矣。淺於文者，和字多漢字少；其尤淺者，純和字而無漢矣。其始，學士大夫鄙和文俚俗，物茂卿[36]輩至欲盡廢之爲快，而市井通用，頗以爲便。數歲小兒學語之後，能通和訓，卽能看小說，作家書，比之漢文，難易殊絕。維新[37]以後，譯書充牣，新報坌涌[38]，一用和文。故其國工業商務兵制，愈研愈精，泰西諸國，猶睊睊[39]畏之，以區區數小島之民，皆有雄視全球之志。則日本用白話之效。

由斯言之，愚天下之具，莫文言若；智天下之具，莫白話若。吾中國而不欲智天下斯已矣，苟欲智之，而猶以文言樹天下之的，則吾前所云八益者，以反比例求之，其敗壞天下才智之民亦已甚矣。吾今爲一言以蔽之曰：文言興而後實學廢，白話行而後實學興；實學不興，是謂無民。

原載《蘇報》，轉錄自《清議報全編》卷二十六

【註釋】

[1] 維新——這裏指中國十九世紀末葉出現的資產階級改良派的維新運動。這種思潮在當時具有進步意義和愛國主義性質，其特點是主張通過自上而下的改良主義的道路，改革舊法，施行新政，在保留君主專制的政體下，使中國走向資本主義，以挽救當時日益嚴重的民族危機，緩和日益尖銳的階級矛盾。

[2] 裘廷梁(公元一八五七年——一九四三年)——字葆良，別字可桴，江蘇無錫人。戊戌變法前後配合梁啓超等進行資產階級改良主義的文化思想的宣傳。他竭力倡導白話文，是《無錫白話報》的主要創辦人。著有《可桴文存》。

[3] 覘——觀察。

[4] 狃——習以爲常、貪。

[5] 闃——靜。

[6] 五帝——傳說中上古時代的五個帝王。《史記》以黄帝、顓頊、帝嚳、唐堯、虞舜爲五帝。

[7] 胥——相與，皆。《詩·小雅·角弓》："爾之教矣，民胥效矣。"

[8] 三王——夏、商、周三代開國之君主，指夏禹、商湯、周文王。

[9] 誓師有辭——如«尙書・湯誓»，是伊尹相湯伐桀，戰於鳴條之野的誓辭。

[10] 遷都有誥——如«尙書・盤庚»，是盤庚遷殷時對貴族、臣僚演講的記錄。

[11] 漢時山東諸大師——漢初傳授«尙書»的伏勝是濟南人；治«詩»的申公是魯人，轅固是齊人；漢武帝時經學大師孔安國是曲阜人。

[12] 老聃楚人三句——老聃，卽老子，姓李，名耳，字伯陽，諡曰聃，«史記・老莊申韓列傳»說他是"楚苦縣厲鄉曲仁里人"。繙十二經以示聃——語本«莊子・天道»："孔子西藏書於周室，……往見老聃，而老聃不許，於是繙十二經以說。"繙，翻。十二經，陸德明«經典釋文»卷二十七："說者云：'«詩»、«書»、«禮»、«樂»、«易»、«春秋»六經，又加六緯，合爲十二經也。'一說云：'«易»上下經並十翼爲十二。'又一云：'«春秋»十二公經也。'"案：«莊子»一書是莊子和莊子一派的思想理論著作，其所運用資料大多數屬於虛構。孔子繙經之說不是信史。

[13] 服方領習矩步者——«後漢書・儒林傳序»："建武五年，乃修起大學……服方領習矩步者，委它乎其中。"方領矩步，古代學者的服飾和容態。方領，直的衣領。矩步，行步合乎規矩。

[14] 蒼頡——舊傳他是黃帝的右史臣，創造漢字的始祖。許愼«說文解字序»："黃帝之史倉頡，見鳥獸蹏迒之迹，知分理之可相別異也，初造書契。"沮誦——舊傳他是黃帝的左史臣，與倉頡共同創造漢字。衞恆«四體書勢»："沮誦，黃帝史，始作書契，紀綱萬事。"

[15] 山水土之爲地也——"地"字的古寫爲"埊"，«漢書・趙充國傳»："令不得歸肥饒之埊。"

[16] 象形——描摹實物的造字法。指事——以象徵性的符號表示意義的造字法。

[17] 會意——集合兩個以上的字以表示一個意義的造字法。諧聲——意符和聲符並用的造字法。

[18] 憍——驕傲。

[19] 愈濬愈靈——愈深入思考就愈靈活。濬，深。

[20] 成周——古代常稱東周爲"成周"，西周爲"宗周"，但這裏係泛指周代而言。

[21] 眢井——無水的廢井。

[22] 耶氏——卽耶穌，基督教傳說中的創始人，稱爲"基督"。基督教根據«聖經・新約全書»中的故事推算，認爲耶穌存在於公元一世紀初期。

[23] 希語——此處當指古猶太人早期用的希伯來語（«舊約聖經»多用此種文字寫成），不是指希臘語。因爲自亞歷山大大帝之後，希臘語在中東、西亞一帶已是普通民間用語了。

[24] 阿拉密克——閃族(亦譯“塞姆族”)語的一種，古猶太人晚期用語，《舊約聖經》有用此種文字抄寫的。蓋立里——約旦河上游的加利利海(湖)，現在名叫太巴烈湖。據《新約聖經》上說，耶穌生前曾多次在加利利海邊講道，用少量食品分給數千聽衆吃，不但能够使大家吃飽，而且還有多餘。

[25] 舊約——基督教《聖經》的前一部分，承繼自猶太教。猶太教稱《聖經》爲神與人立的“約”，基督教承繼此説，但稱基督降世後神與人重立了“新約”，故將自猶太教承受下來的部分名爲《舊約全書》。新約——基督教《聖經》的後一部分，多用希臘文寫成。基督教稱《聖經》的前一部分爲神與人所立的“舊約”，後一部分爲基督降世後神與人重立的“新約”，故稱《新約全書》。

[26] 臭拉非——活動於公元三四〇年至三四八年。羅馬主教(後來稱教皇)曾派他到哥德人(羅馬帝國時蠻族日爾曼人的一支)中去傳教。他使哥德人改宗阿里阿教。阿里阿教信奉亞歷山大利亞的高僧阿里烏斯(公元？——三三六年)的教旨，是基督教的一派。戈陀大族——即哥德人。

[27] 美陀的無士(公元？——八八五年)——希臘東正教在帖撒羅尼迦的傳教士，在公元八六三年至八八五年間，他和另一傳教士西里爾到摩拉維亞和波希米亞的西斯拉夫人中間去傳教，使西斯拉夫人改宗基督教。他們創造了斯拉夫字母，並在教會事務中運用斯拉夫文，使斯拉夫基督教和君士坦丁堡教會開始聯結。施里無士——即上述之西里爾。司拉弗——即“斯拉夫。”

[28] 摹法(公元一七九五——一八八三年)——蘇格蘭傳教士，曾至非洲等地傳教，翻譯過《新約全書》和《舊約全書》爲塞庫語。司喀——待查。貴特——待查。

[29] 恧——慚愧。

[30] 回回——即伊斯蘭教，是公元七世紀初阿拉伯半島麥加人穆罕默德所創立的一神教，與佛教、基督教並稱爲世界三大宗教。七世紀中葉傳入中國。

[31] 白蓮——即白蓮教，混合有佛教、明教、彌勒教等成分的祕密宗教組織，起源於宋代，到元代逐漸流行，雖曾被禁止，但參加者反越來越多。元明清三代常被農民利用爲組織鬬爭的工具。天理——白蓮教支派八卦教的別名。清嘉慶年間林清、李文成曾用來組織河北、山東、河南的農民起義。

[32] 埃及象形字——今稱“埃及聖書字”。古代埃及的文字，人類最古的文字之一。是一種表意兼表音的文字，其意符和聲符都來源於象形的圖形。

[33] 羅馬新字——即“拉丁字母”，最初只有二十個，後來增加到二十六個。由於形體簡單清楚，便於認讀書寫，流傳很廣，成爲世界上最通行的字母。

[34] 泰西——指歐洲和美洲。泰，極。泰西，意爲極西的地方。

[35] 和——即"和文",也就是日文。日本一名大和,所以日文又稱和文。日文的字母以音節爲單位,其字母表稱"五十音圖"。漢——日本文字中借用的漢字。只借漢字的形和義,不借漢字的音,叫"訓讀";用漢字原來的音來讀漢字,稱作"音讀"。

[36] 物茂卿(公元一六六六年——一七二八年)——名雙松,號徂徠,茂卿爲其字,日本著名的儒學家,尊崇孔子,倡復古學,專心古文辭,稱"護園學派"。

[37] 維新——指日本于公元一八六八年以推翻德川幕府爲主要標誌的明治維新運動。

[38] 坌涌——並起。

[39] 睊眲——側目相視。

【説明】

十九世紀末葉,資產階級改良派在進行政治改良運動的同時,也在文化領域掀起了一個白話文運動,一八九七年發表於《蘇報》的裘廷梁的《論白話爲維新之本》是這方面的著名論文。

在裘廷梁之前,黃遵憲已經提出了語言文字合一的問題。在本文中,裘廷梁對這個問題作了進一步的發揮。他從語言、文字的發展和古人對文字的運用等方面説明"文字之始,白話而已矣",指出文字在開始產生時就是和語言一致的。他還指出,文字本身並"無奇"可言,"象形指事"、"會意諧聲"等造字原則也毫不神祕,不論是"中文"還是"西文",人類創造它們都是爲了"便天下之人",而不是爲了"困天下之人";後來的人不明白祖先創造文字完全是爲了實際應用,只知"好古",一味摹仿"古人言語",致使"文與言判然爲二",結果不是使文字爲自己服務,反而使自己變成文字的奴隸,這實際上是我國二千年文化的不幸。

語言和文字分離,這就等於"一人之身而手口異國"。脫離語言實際的文言文弊害很多,商、農、工、學生固然是文言文的受害者,就連"工於文言"的知識分子也不例外,而且是"受困愈甚”。在裘廷梁看來，如果沒有文言文的束縛，那麼人們的“聰明才力無他途以奪之，必日務爲有用之學”。他甚至認爲中國之所以會形成“有文字而不得爲智國，民識字而不得爲智民”的狀況，也完全是由於“文言之爲害”的結果。這裏應該指出，資產階級改良主義者不可能從社會制度上去尋找社會弊病的根源，裘廷梁把一切都歸之於文言文的危害顯然是錯誤的。但是，他能把文字、語言的關係提到與政治改革血肉相聯的高度，並以此爲出發點去批判文言文所造成的種種弊害，在當時來講有一定進步意義，批判也是比較有力的。

在批判文言文弊害的基礎上，裘廷梁明確主張用白話文代替文言文，在白話文運動史上鮮明地提出“崇白話而廢文言”的口號。他把白話文的地位提得很高，把白話文視爲“維新之本”，是因爲它與語言實際相一致，通俗易懂，具有文言文所無法比擬的優越性。在本文中，他除了用“成周”、“泰西”、“日本”等實例證明白話文的實際功效外，並從理論上詳細闡述了使用白話文的“八益”，其中除了“保聖教”表現了落後的思想傾向外，其它多數的見解還是在不同程度上符合實際情況的。裘廷梁大力提倡白話文的主張，反映了當時資產階級意識到只有用這種通俗易懂的白話文進行宣傳，他們的政治主張才能爲人們所了解，才能眞正起號召、組織民衆的作用。正是由於時代的政治鬬爭、思想鬬爭的需要，當然也由於裘廷梁等白話文運動先驅者們的提倡，在當時逐漸形成了一個規模巨大的白話文運動，白話報刊和白話書籍大量出版，用白話進行政治宣傳和教育蔚然成風。爲了做到語言與文字統一，拼音文字的工作也有了很大開展，這是晚淸白話文運動的重要組成部分。倡導拼音文字的王照是戊戌變法領導人之一，他創造了“官話字母”六十個，對後來的拼音文字運動有很大的影響。

在晚清白話文運動史上，裘廷梁有着積極的貢獻。但是他雖然大力提倡白話文，可是自己這篇提倡白話文的文章本身就是用文言文寫的；他們在主張用白話文宣傳在當時有進步意義的資本主義思想和變法維新思想的同時，還提出“保聖教”之說，等等。凡此種種都說明裘廷梁的主張以及當時整個白話文運動的濃厚的改良主義實質。它是資產階級政治上的改良主義的反映。政治上、文化上的改良主義都是由中國民族資產階級的軟弱性所決定的。

附　録

論報章宜改用淺説

陳榮袞

今夫文言之禍亡中國，其一端矣。中國四萬萬之人之中，試問能文言者幾何？大約能文字者，不過五萬人中得百人耳。以百分之一之人，遂舉四萬九千九百分之人置於不議不論，而惟曰演其文言以爲美觀，一國中若農、若工、若商、若婦人、若孺子，徒任其廢聰塞明，啞口瞪目，遂養成不痛不癢之世界，彼爲文言者曾亦靜思之否耶？

一九五二年版《陳子褒教育遺議》

官話合聲字母原序

王　照

中國文字，創制最先。自我觀之，先入爲主，闡精洩秘，似遠勝於各國。然各國文字雖淺，而同國人人通曉，因文言一致，字母簡便，雖極鈍之童，能言之年，即爲通文之年，故凡有生之日，皆專於其文字所載之事理，日求精進，無論智愚貴賤，老幼男女，暇輒執編尋繹，車夫販豎，甫定喘息，即於路旁購報紙而讀之，用能政教畫一，氣類相通，日進無已。而吾國通曉文義之人，百中無一，佔畢十年，問何學？曰："學通文字耳。"鈍者或讀書半生而不能作一書柬，惟其難也，故望而不前者十之八九，稍習即輟者又十之八九，文人與衆人如兩世界。凡政治大意，地理大略，上下維繫，中外消長之大概，無從曉譬；宫府詔令，無論若何痛切，百姓茫然莫知。試就勸學、理財、練兵諸端與東西各國對鏡，而知其難易之大相懸絕，有由然也。且吾國古人，造字以便民用，所命音讀，必與當時語言無二，此一定之理也。語言代有變遷，文亦隨之，故以孔子之文較夏殷，則變易句法，增添新字，顯然大異，可知亦就當時俗言肖聲而出，著之於簡，欲婦孺聞而即曉，無文之見存也。後世文人，欲藉此以飾智驚愚，於是以摩古爲高，文字不隨語言而變，二者日趨日遠，而因無文字爲語言之符契也。百里歲不相通，千里世不相通，其口音遷流愈速，一離而不可復合，同國如異域矣。今各國教育大盛，政藝日興，以及日本，號令之一，改變之速，固各有由，而言文合一，字母簡便，實其至要之原。夫富強治理，在各精其業，各擴其識，各知其分之齊，氓不在秀，特英雋而已也，朝廷所注意而詳求者宜在此也。茫茫九州，芸芸億兆，呼之不省，喚之不麕，勸導禁令，均無把握。而乃舞文弄墨，襲至高之論，希上哲之名，目若不覩細民，動謂富強之業一轉移間焉，苟不當其任，不至其時，不知其術之窮也。此可爲實心者道，難爲文人言也。

戊戌夏，内閣中書林君輅存奏請用新字，詔下所司，核行未果。余曾見蔡君錫勇、王君炳耀之作，於官話俱未合用也。今者偷息津城，無可消遣，偶欲創製官話字母以便鄉愚之用。閉戶捹卷，逐字審聽，口呼手畫數十日，考得一切字音轉變皆在喉中，喉音爲總，不可與脣齒舌腭並列；凡反切之下一字，皆宜用喉音。反切舊法，牽合支離，類例繁多，徒亂人意。西文東文各字母，亦皆喉音未備。於是創爲音母與喉音字共若干，皆假借舊字減筆爲偏旁，僅用兩拼，使人易習。一日，余方凝坐，執筆審音，嚴範孫先生來，持一書示之曰："爾以爲冥想獨得，倘未讀此《御定音韻闡微》乎？"余亟盥拜讀之，欣抃舞蹈，不能自已，歎曰："有是哉！今而後有所稟承，不慮人訾爲杜撰也已！"是書世宗御製，序稱"聖祖以國書合聲之法命李光地等作此書"，又繹其旨曰："緩讀之則爲二字，急讀之則成一音，在音和之中，尤極其和，出於人聲之自然，無所勉強。"其凡例曰："反切上一字，皆用支、微、魚、虞、歌、麻諸韻之字。”又曰:“天下之聲，皆出於喉而收於喉，反切下一字必用喉音。”睿慮精詳，指授所及，確當不易。惟是書告成之歲，聖祖上賓已久，纂修諸臣，無由隨時稟承，故拘於韻書，拘於見、溪等字母，凡前人韻書所無之音不敢增補，以致各部中所註合聲者十不及二三，而今用、協用等名目十之八九，且自表明“影、喻二母中無其字，故旁借近似者用之，不能悉如合聲之法”云云，是與世宗所序聖祖旨意，顯然相背，惜哉。夫國書合聲之法，爲前人所莫及，亦爲前人所不知，聖訓明明命以一如國書之法，又何必悉取於六朝以來文人所命之音，致負聖意哉!

余今私製此字母，但爲吾北方不識字之人便於俗用，非敢用之於讀書臨文，而於我聖祖意旨竟得闇合焉，何其幸也! 至開罪士林，知所不免，吾儕但知實用而已，敢登大雅之堂哉!

大清光緒二十六年季冬，蘆中窮士自敍於天津城東寓所。

裱褙胡同義塾藏版《重刊官話合聲字母序例及關係論說》

人境廬詩草序[1]

〔清〕康有爲[2]

嶔崎磊落[3]，輪囷多節[4]，英絕之士，吾見亦寡哉！苟有其人歟，雖生於窮鄉，投於仕途，必能爲才臣賢吏，而不能爲庸宦[5]；必能爲文人通人[6]，而不能爲鄉人[7]；苟有其人歟，其爲政風流[8]，與其詩文之跌宕多姿[9]，必卓犖絕俗[10]，而有其可傳者也。吾于並世[11]賢豪多友之，我儀其人[12]歟，則吾鄉黄公度京卿[13]其不遠之耶！

公度生於嘉應州[14]之窮壤，游宦於新加坡、紐約、三藩息士高[15]之領事官[16]，其與中原故國文獻，至不接也，而公度天授英多之才，少而不羈，然好學若性，不假師友，自能博羣書，工詩文，善著述，且體裁嚴正古雅，何其異哉！嘉應先哲多工詞章者，風流所披，故詩尤妙絕。及參日使何公子峨幕[17]，讀日本維新掌故書，考於中外之政變學藝，乃著《日本國志》，所得於政治尤深浩[18]。及久游英、美，以其自有中國之學，採歐、美人之長，薈萃鎔鑄，而自得之，尤倜儻[19]自負，横覽舉國，自以無比；而詩之精深華妙，異境日闢[20]，如遊海島，仙山樓閣[21]，瑤花縞鶴[22]，無非珍奇矣。公度長身鶴立[23]，傲倪[24]自喜。吾遊上海，開强學會[25]，公度以道員奏派辦蘇州通商事[26]，挾吳明府德潚[27]叩門來訪，公度昂首加足於膝，縱談天下事，吳雙遣澹然旁坐，如枯木垂釣[28]。之二人也，眞人[29]也，畸人[30]也，今世寡有是也。自是朝夕過從，無所不語。聞公度以屬員見總督張之洞[31]，亦復昂首足加膝，搖頭而大語。吾言張督近於某事亦通，公度則言吾自敎告之，其以才識自負而目中無權貴若此，豈惟不媚哉！公度安能作庸人！卒以此得罪張督，乃閒居京師。翁常熟覽其《日本國志》，愛其才，乃放湖南長寶道[32]。時義寧陳公寶箴撫楚，大相得，贊變法[33]，公度乃以其平日之學發紓之，中國變法自行省之湖南起[34]。與吾門人梁啓超共事久，交尤深。於是李公端棻奏薦之，上特拔之使日本[35]。而黨禍作，公度幾被逮於上海，日故相伊藤博文救之，乃免[36]。

自是久廢，無所用，益肆其力於詩：上感國變，中傷種族，下哀生民，博以寰球之游歷，浩渺肆恣，感激豪宕[37]，情深而意遠，益動於自然，而華嚴[38]隨現矣。公度豈詩人哉[39]！而家父[40]、凡伯[41]、蘇武、李陵及李、杜、韓、蘇[42]諸巨子，孰非以磊砢英絕[43]之才，鬱積勃發，而爲詩人者耶！公度之詩乎，亦如磊砢千丈松，鬱鬱青葱，蔭岩竦壑，千歲不死，上蔭白雲，下聽流泉，而爲人所瞻仰徘徊者也。

康有爲序於那威北冰海七十二度觀日不沒處[44]，以爲公度有詩，猶不沒也。光緒三十四年夏至。

古典文學出版社《人境廬詩草箋注》卷首

【註釋】

[1] 人境廬詩草——見本册《人境廬詩草自序》註[1]。

[2] 康有爲(一八五八年——一九二七年)——又名祖詒，字廣夏，號長素，又號更生，廣東南海人，人稱南海先生。光緒二十一年進士。他先後幾次上書光緒皇帝，建議維新變法，救危圖強。光緒二十四年戊戌(一八九八年)，參與領導"百日維新"的變法運動，是當時資產階級改良派的領袖。當以慈禧太后爲首的封建頑固派發動"戊戌政變"後，變法失敗，康卽流亡國外。此後，他組織保皇會反對民主革命，清亡後，又贊助張勛復辟，走向歷史的反面。所著有《新學僞經考》、《孔子改制考》、《戊戌奏稿》、《大同書》、《南海先生詩集》等。《清史稿》卷四百七十三有傳。

[3] 嶔崎磊落——嶔崎，山高峻貌。磊落，山石衆多貌。嶔崎磊落，用以形容人品出衆，光明正大。

[4] 輪囷多節——輪囷，屈曲盤亘貌。節，本指樹的瘿節，這裏借喻人的高尚品格和氣節。

[5] 庸宦——庸庸碌碌的官僚。

[6] 文人通人——王充《論衡·超奇》："博覽古今者爲通人，采掇傳書以上書奏記者爲文人。"

[7] 鄉人——鄉愿之人，即指貌似忠厚、實皆假託的人。《論語·陽貨》："鄉愿，德之賊也。"

[8] 爲政風流——《晉書·庾亮傳》："亮噉薤，因留白。陶侃問曰：'安用此爲？'亮云：'故可以種。'侃云：'非惟風流，兼有爲政之實。'"

[9] 跌宕多姿——跌宕，或作跌蕩，放縱不拘貌。多姿，風格多樣化。

[10] 卓犖絕俗——卓犖，特別突出。絕俗，超乎世俗。

[11] 並世——同時代。

[12] 我儀其人——儀，本指法度、準則，引伸爲典範、榜樣。這裏作動詞用。這句意謂其人是我學習的榜樣。

[13] 黄公度京卿——見本册《人境廬詩草自序》註[2]。京卿，本指清代官制中院司府寺的堂官，後來兼作三、四品京官的虚稱。黄遵憲於光緒二十四年（一八九八年）六月二十三日光緒皇帝宣佈變法後，奉命以三品京堂官充出使日本大臣，後因戊戌政變事起，未果行而作罷。

[14] 嘉應州——卽今之廣東省梅縣。

[15] 三藩息士高——美國舊金山的舊譯名。

[16] 領事官——卽總領事，是一個國家派駐外國重要商埠保護和管理本國僑民的外交官。黄遵憲於光緒八年（一八八二年）任駐美舊金山總領事，光緒十七年（一八九一年）任駐新嘉坡總領事。

[17] 及參日使何公子峨幕——何如璋，字子峨，廣東大埔人。同治七年（公元一八六八年）進士。他於光緒二年（公元一八七六年）十二月爲出使日本大臣，並延請黄遵憲爲駐日使館參贊。《清史稿》卷四百四十四有傳。

[18] 讀日本維新掌故書以下四句——黄遵憲任駐日參贊後，接觸並研究了日本"明治維新"以後資本主義興起和發展的情況，作《日本國志》，把日本變貧窮落後爲東方強國的情況向中國介紹，意在爲中國的維新變法尋找途徑。黄氏在《己亥雜詩》（"滔滔海水日趨東"）中自註云："在日本時，與子峨星使言：'中國必

變從西法。其變法也，或如日本之自強……'"，同樣強調了向日本學習，實行變法的重要。

［19］倜儻——豪爽卓異，灑脫不拘。

［20］精深華妙異境日闢——兩句意謂黃詩文情並茂，開拓了詩歌藝術的新境界。

［21］如遊海島二句——兩句指黃詩意境超遠。

［22］瑤花縞鶴——瑤，本是美玉，這裏用以形容。縞，本是白色生絹，引伸爲白色。玉花白鶴，以喻詩歌之高潔無比。

［23］長身鶴立——本指個子高大，但這裏又隱喻黃氏爲人之高尙，如鶴立鷄羣，超人一等。

［24］傲倪——高傲地瞧不起庸人。

［25］吾遊上海二句——光緒二十一年（一八九五年）公車上書後，康有爲被迫離京，於九、十月間遊上海南京等地，於十月間組織強學會上海分會。

［26］公度以道員奏派辦蘇州通商事——據《清實錄》光緒二十二年（一八九六年）二月十四日己卯，載湉諭軍機大臣等並電兩江總督兼南洋大臣劉坤一："道員黃遵憲著暫留江蘇，辦理教案商務各事宜。"案：中日馬關條約許開蘇州、杭州爲日租界，時清政府授權遵憲與日領事珍田舍己會議交涉並起草具體條款，遵憲獨靳治外法權弗與。後被日本政府駁回。

［27］吳德瀟（？——一九〇〇年）——字筱村，一字季清，號雙遣。四川達縣人。以進士用爲知縣。《清史稿》卷四百九十五有傳。明府，清代上層社會對知縣的尊稱。

［28］枯木垂釣——枯木，謂形同枯木，寂然不動。垂釣，相傳太公望在渭水垂釣，遇周文王而爲之用。這裏只借用爲端坐不動之意。

［29］眞人——有道之人。《文子》："得天地之道，故謂之眞人。"

［30］畸人——不同凡俗的異人。《莊子·大宗師》："子貢曰：'敢問畸人。'曰：'畸人者，畸於人而侔於天。'"司空圖《詩品·高古》有"畸人乘眞"語。

［31］張之洞（一八三三年——一九〇九年）——字香濤，又字薌濤，直隸南皮人。《清史稿》卷四百三十七有傳。清末洋務派的大官僚。他最初想拉攏改良派而加以利用，但很快就成爲改良派的堅決反對者。光緒二十一年（一八九五年）任兩江總督時，曾接見黃遵憲並委託他主持江寧洋務局辦理五省堆積如山的教案。（張之洞生年，據《李慈銘日記》光緒七年六月初三條。）

［32］翁常熟覽其日本國志三句——翁常熟即翁同龢（公元一八三〇年——一九〇四年），字叔平，晚號松禪老人，江蘇常熟人。《清史稿》卷四百三十六有傳。係

光緒的師傅、當時帝黨的領袖，曾支持改良派的變法運動。但在光緒宣佈變法後幾天，即被迫離京。戊戌政變後，被革職永不敍用。他看到黃遵憲的«日本國志»，愛其才。光緒二十三年(公元一八九七年)五月間，黃因翁的推薦，任湖南長寶鹽法道。六月，接署湖南按察使。

[33] 時義寧陳公寶箴三句——陳寶箴（公元一八三一年——一九〇〇年）字右銘，江西義寧人。是洋務派中比較接近改良派的官僚。«清史稿»卷四百六十四有傳。光緒二十一年任湖南巡撫時，支持變法運動，因而當時的湖南成了改良派影響很大的地區。戊戌政變後被革職。

[34] 中國變法自行省之湖南起——梁啓超«戊戌政變記»附錄«湖南廣東情形»："湖南向稱守舊，……及陳寶箴爲湖南巡撫，其子陳三立佐之，黃遵憲爲湖南按察使，江標任滿，徐仁鑄繼之爲學政，聘梁啓超爲湖南時務學堂總教習，與本省紳士譚嗣同、熊希齡等相應和，專以提倡實學，喚起士論，完成地方自治政體爲主義，"按：陳三立與黃遵憲均爲強學會上海分會的基本會員。

[35] 於是李公端棻奏薦之兩句——李端棻（一八三三年——一九〇八年），字苾園，貴州貴筑人。累擢內閣學士、刑部侍郎。«清史稿»卷四百六十四有傳。據康廣仁«致易一書»，端棻所薦駐日本公使是康有爲，但光緒帝改派黃遵憲。

[36] 而黨禍作以下四句——公元一八九八年(光緒二十四年)六月十一日，光緒帝採納康有爲的建議"詔定國是"，宣佈變法，史稱"百日維新"。九月二十一日，以慈禧太后爲首的封建頑固派發動"戊戌政變"，康、梁被迫亡命國外，譚嗣同等"六君子"被害。當時黃遵憲在上海，倘未赴日，上海道奉命派兵包圍其住所。日本前首相伊藤博文方遊華，返日，聞此訊，立即電致駐北京公使林權助，到總理各國事務衙門交涉。慶親王奕劻不得不提出務當力爲保全之保證。旋得旨放歸。

[37] 豪宕——豪爽跌蕩。

[38] 華嚴——本是佛家用語，這裏借用爲燦爛光華、莊嚴肅穆的理想境界。

[39] 公度豈詩人哉——意謂黃遵憲不僅是詩人，而首先是政治家。黃詩之所以好，就因爲它是改良派政治理想的具體體現。

[40] 家父——«詩·小雅·節南山»："昊天不平，我王不寧。不懲其心，覆怨其正。家父作誦，以究王訩。式訛爾心，以畜萬邦。"«毛詩小序»："«節南山»，家父刺幽王也。"鄭玄«箋»曰："家父，周大夫也。"

[41] 凡伯——«詩·大雅·板»的«毛詩小序»："«板»，凡伯刺厲王也。"據此，凡伯是«板»的作者。«春秋»隱公七年："冬，天王使凡伯來聘。"杜預注曰："凡伯，周卿

士。凡國伯爵也。汲郡共縣東南有凡城。”

[42] 李杜韓蘇——李白、杜甫、韓愈、蘇軾。

[43] 磊砢英絕——磊砢，石積累貌。一般比喻高大堅實。這裏的磊砢英絕，意謂基礎雄厚、才能卓絕。

[44] 那威北冰海七十二度觀日不没處——那威，現譯爲挪威，北歐國家。北冰海，現譯爲北冰洋。挪威在歐洲西北部，北臨北冰洋，大陸領土伸入北緯七十一度左右，另有若干小島位於七十一度半左右。七十二度無陸地領土。康有爲於光緒三十四年（一九〇八年）夏至前後遊挪威北冰洋的那岌島。所謂“七十二度”云云，可能是指挪威領土那岌島，取其整數而言；也可能是在船上，指挪威領海而言。在北緯七十二度處，由於地球自轉軸與公轉軸軌道面成六十六度三十三分交角，所以夏至前後有半個月的時間（約自六月初至七月中旬），每天太陽都在地平綫以上右旋一周，因而有日不没的奇景。

【説明】

在晚淸的“詩界革命”運動中，康有爲不僅是當時資産階級改良派的一面政治旗幟，而且他的文學理論也有一定的指導意義。他的論詩之作不太多，如《日本雜事詩序》、《詩集自序》、《與菽園論詩兼寄任公孺博曼宣》、《江山萬里樓詞鈔序》、《味梨集序》等，都可看出他對詩詞有自己的見解。特别是《人境廬詩草序》一文，更是把詩歌與改良派的變法運動緊密結合起來。

首先，他强調的是詩歌的現實性與戰鬥性。與王闓運等正統文人關於“詩以養性情”“爲己作”（見前《論詩法》），“意含怨望，非詩人旨”等論調針鋒相對，他稱讚黄詩説：“上感國變，中傷種族，下哀生民。”在他看來，黄詩反映的是國家的興亡，民族的前途，人民的命運，而不是與世無涉的一己私怨。在現實生活中，詩人用詩歌作爲武器投入了鬥爭，“鬱積勃發”，有爲而作。黄詩之所以好，就因爲它是變法運動的繼續。從這一角度出發，他大聲疾呼：“公度豈詩人哉！”從這誠摯的讚嘆中我們發現，康氏認爲詩人首先應該是政治家。在這裏，他把詩歌與人格和政治品質密切統一起來，這是和他改良主義政治鬥爭的需要分不開的。

其次，他對“詩界革命”提出了認眞向先進的西方和日本學習的問題。在當時“向西方尋找眞理”的過程中，這是有一定指導作用的。黃遵憲“博以寰球之遊歷”，“考於中外之政變學藝”，“以其自有中國之學，採歐、美人之長，薈萃鎔鑄，而自得之”，他能融匯貫通，食“洋”而化，所以詩歌能別開生面，不同凡響，“而爲人所瞻仰徘徊”。這就開拓了新眼界，使詩歌中所反映的生活更豐富、更廣闊了。

再次，新的時代新的現實，必然要求與之相適應的藝術手段，來創造新的詩的境界。因此，康氏稱贊黃詩的“精深華妙，異境日闢”。他在《與菽園論詩兼寄任公孺博曼宣》中說：“新世瑰奇異境生，更搜歐亞造新聲。深山大澤龍蛇起，瀛海九洲雲物驚。”這幾句詩說的也是這個意思，但比本文說得更透徹更明白些。

當然，這些文學主張在戊戌變法前後有一定的進步意義。但隨着舊民主主義革命的迅猛發展，改良派不可能堅持自己的進步主張。他們對政治與生活的理解逐漸走向革命的反面，這些理論本身固有的局限也就逐漸暴露了。

附　　錄

日本雜事詩序

〔清〕康有爲

古者記事之文，有詳有略，有綱有目，有經有記，有大題，有小注。立幹以舉要，條枏而結繁。簡要，欲其易誦也；繁條，欲其明備也。故《禮經》僅十七篇，至簡也，而《記》則二百餘篇。《書》二十八篇，而《大傳》、《五行傳》數十篇。《易》上下篇、卦、彖、象、爻之辭尤簡矣，而《易》說、卦氣、納甲、消息、升降詳焉。《春秋》萬九千字，簡嚴矣，而其指數千。若其述國政，陳風俗，聖人之意，尤託於《詩》。

嘗竊疑《詩》三百篇，其文至簡，其學非博；而授政不達，使不能對，孔子責之何深也？及考《三家詩》說，則詩篇雖簡，《詩》說極多。一經或至百餘萬言，凡一章一句之所涵託，義指無窮。以十五國言之，一國之風，《詩》說幾近十萬言，於地輿、民俗、物產、國政、人才沿革得失，瞭如豁如，若聚米而畫山，若家人子之自道其生產也，豈猶患其授政不達，專對不能哉？

後世著書記事，此體久失。自《水經注》外，惟方伎醫卜歌訣，尙有見者。蓋古學旣興，《詩》說盡廢，不知其爲聖制，備詳略，合綱目，便記誦，宜考求久矣。近世《宋詩紀事》、《十國宮詞》、《外國竹枝詞》之作，有詞有注，詳略互備，此體乃復。

吾友嘉應黃觀察公度，壯使日本，爲《日本雜事詩》，似續是義，窈窕其思，娟嫮其辭，條枏繁夥，華葉舒鋪，文用互殊，綱目列臚，可誦可娛。如游扶桑之都，邁武門之酷烈，羨維新之昌圖，嘉高、蒲之秀烈，庶王、朱之令謨。其於民俗、物產、國政、人才，瞭如豁如，如家人子之自道其家人生產也。黃子文而思，通以瑟，周以大地，略佐使軺，求百國之寶書，羅午旁魄，其故至博以滋；而日本同文，而講其沿革、政教、學俗，以成其《國志》，而弆吾國人，用意尤深，宜其達政專對綽綽也。《雜事詩》者，亦黃子威鳳之一羽而已。

方今日本新強，爭我於東方，考東國之故者，其事至急。誦是詩也，不出戶牖，不泛海槎，有若臧旻之畫，張騫之鑿矣。

人民文學出版社一九五九年版《康有爲詩文選》

與菽園論詩兼寄任公孺博曼宣

〔清〕康有爲

一代才人孰繡絲，萬千作者億千詩。吟風弄月各自得，躁醬燒薪空爾悲。正始如聞本風雅，罷葩無奈祖騷詞。漢唐格律周人意，俳惻雄奇亦可思。

新世瑰奇異境生，更搜歐亞造新聲。深山大澤龍蛇起，瀛海九州雲物驚。四聖崆峒迷大道，萬靈風雨集明廷。華嚴帝網重重現，廣樂鈞天竊竊聽。

意境幾於無李杜，目中何處着元明。飛騰作勢風雲起，奇變見猶神鬼驚。掃除近代新詩話，惝恍諸天聞樂聲。兹事混茫與微妙，感人千載妙音生。

商務印書館民國三十年版（崔斯哲手寫）
《南海先生詩集》卷十一《南蘭堂詩集》

詩集自序

〔清〕康有爲

詩者，言之有節文者耶！凡人情志鬱於中，境遇交於外，境遇之交壓也瓌異，則情志之鬱積也深厚。情者陰也，境者陽也；情幽幽而相襲，境嫮嫮而相發。陰陽愈交迫，則逾變化而旁薄，又有禮俗文例以節奏之，故積極而發：瀉如江河，舒如行雲，奔如卷潮，怒如驚雷，咽如溜灘，折如引泉，飛如驟雨。其或因境而移情，樂喜不同，哀怒異時，則又玉磬鏗鏗，和管鏘鏘，鐵笛裂裂，琴絲愔愔：皆自然而不可以已者哉！

夫有元氣，則蒸而爲熱，軋而成響，磨而生光，合沓變化而成山川，躍裂而爲火山流金，匯聚而爲大海迴波，坱軋有芒，大塊文章，豈故爲之哉？亦不得已也。

故志深厚而氣雄直者，莽天地而獨步，妙萬物而爲言，悱惻其情，明白其靈，正則其形，玲瓏其聲，芬芳烈馨，穠華遠清，中和永平，澹泊而不厭，亭立而不矜，迤灝而淵渟，月明而山行，石破而天驚。時或風雨怒號，金鐵飛鳴，山水妙麗，天日晶晴；或萬馬戰酣，旌旗飛縈；或廣殿排仗，冕旒嚴凝；或岩藤落葉，面壁老僧；或萬花放曉，士女春盈；或深山大河，亘海積沙；崇峯攢天，洪波叠嶺；飛雪蔽地，瀚海極目；煙岫鬱攸，蜿蜒漫空；乾端坤倪，神怪暴發，人經物理，龍象蹴踏：斯其爲情深而文明，氣盛而化神者耶！

吾童好諷詩，而學在撢理，既不離人性，又好事，不能雕肝嘔肺以爲詩人。然性好游，嗜山水，愛風竹，船唇馬背，野店驛亭，不暇爲學，則餘事爲詩，天人之感多矣。及戊戌遘禍，遁迹海外，五洲萬國，靡所不到，風俗名勝，託爲詠歌。莫拔抑塞磊落之懷，日行連犿奇偉之境。臨睨舊鄉，邅回故國，閱刼已夥，世變日非。靈均之行吟澤畔，騷些多哀；子卿之嚙雪海上，平生已矣。河梁隴首，游子何之；落月屋梁，水波深闊。嗟我行邁，皆寓於詩。情在於斯，噫氣難已。奔亡無定，散佚彌多。

門人梁啓超請收拾叢殘，發愿手寫。搜篋與之，尚存千餘篇。亡人何求，又非有千秋之名心也；抑以寫身世，發幽懷，哀樂無端，詠歎淫佚，窮者達情，勞者歌事，小雅國風之所不棄也。後之誦其詩論其世者、其亦無罪耶！

孔子二千四百五十九年，即光緒三十四年十月九日，南海康有爲更生自序。

廣智書局影梁啓超手寫本《南海先生詩集》卷首

聞菽園居士欲爲政變說部詩以速之[1]

〔清〕康有爲

我游上海考書肆[2]，羣書何者銷流多？經史不如八股[3]盛，八股無如小說何。鄭聲不倦雅樂睡[4]，人情所好聖不呵[5]。自從戊戌八月[6]後，天昏霧黑暗山河：房州閉廢金輪覆[7]，大鵬遮天眯雙目[8]。天宮忽遇南風扇[9]，蓮花留得六郎宿[10]。呂家少帝豈劉氏[11]？潘后童女爲魏續[12]。天柱爾朱假大權，內總禁衞外旗綠。兵馬元帥都天下，坐觀玄黃聞鬼哭[13]。姚宋才名甘作輔[14]，何況無恥陳伯玉[15]！頃者開科買士心，秀才得意羣呻吟。君國淪亡彼豈識，科第偷竊衆所欽[16]。舊黨獻諛狂一國，大周受命頌騣騣[17]。是非顛倒人心變，哀哉神州其陸沉[18]！頗欲移挽[19]恨無術，皺眉搔首天雨陰。聞君董狐[20]說小說，以敵八股功最深；衿纓市井[21]皆快覩，上達下達眞妙音[22]。方今大地此學盛，欲爭六藝爲七岑[23]。去年卓如欲述作，荏苒不成失靈藥[24]。或託樂府或稗官[25]，或述前聖或後覺，擬出一治更一亂，普問人心果何樂？庶俾四萬萬國民，茶餘睡醒用戲謔。以君妙筆爲寫生，海潮大聲起木鐸[26]。乞放霞光照大千[27]，十日爲期速畫諾[28]。

商務印書館民國三十年版（崔斯哲手寫）
《南海先生詩集》卷五《大庇閣詩集》

【註釋】

［1］聞菽園居士欲爲政變説部詩以速之——菽園居士，邱煒萲的號，又號星洲寓公。福建海澄人。舉人。入貲爲道員。僑居新嘉坡經商。家有恆春園、南華樓諸勝。邱氏工詩文，著有《菽園贅談》等。並曾從事小説的評論、研究和創作。康有爲流亡新嘉坡時，曾住其家，得到他的幫助。此詩作於光緒二十六年（公元一九〇〇年）。他對邱氏準備以戊戌政變爲題材創作小説的計劃表示熱烈的支持。説部，卽小説。速之，卽催促邱氏儘快實現這一創作計劃。

［2］書肆——卽書店。

［3］八股——八股文是明淸兩朝科擧考試制度中規定使用的文體。一名制義、制藝或時文。每篇由破題、承題、起講、入手、起股、中股、後股、束股八部份組成。"破題"用兩句説破題目要義。"承題"是承破題之意而加以發揮。"入手"爲起講後的入手之處。"起講"爲議論的開始。下自"起股"至"束股"才是正式的議論，以"中股"爲全篇的重心。在這四段中，每段各有兩股排比對偶的文字，合共八股，所以俗稱"八股文"，也稱爲"八比"。題目限於《四書》，所論內容又必須根據朱熹的《四書集註》，難以自由表達思想，抒寫情懷。八股文發展到後期，形式愈趨呆板，內容更加空虛，完全成爲封建皇朝束縛知識分子的工具。因此進步人士無不加以反對。八股文到淸末才被廢除。

［4］鄭聲不倦雅樂睡——這裏鄭聲泛指在民間詩樂的基礎上發展起來的新藝術樣式；雅樂泛指正統的復古主義藝術。《禮記·樂記》："魏文侯問子夏：'吾端冕而聽古樂，則唯恐臥；聽鄭衛之音，則不知倦。敢問古樂之如彼，何也？新樂之如此，何也？'"

［5］呵——大聲喝叱，引伸爲禁止之意。

［6］戊戌八月——光緒二十四年（一八九八年）夏曆八月以慈禧太后爲首的頑固派發動戊戌政變。

［7］房州閉廢金輪覆——金輪，指武則天。武氏稱帝後，曾加"慈氏越古金輪聖神皇帝""天册金輪大聖皇帝"等號，故云。房州閉廢，指唐中宗李顯（又名哲）被武則天所廢，軟禁於房州一事。據《新唐書·中宗紀》："中宗……諱顯，高宗第七子也。母曰則天順聖皇后武氏。高宗崩，以皇太子卽皇帝位，而皇太后臨朝稱制。嗣聖元年（公元六八四年）正月，廢居於均州，又遷於房州。"詩意借此喻

慈禧太后囚禁光緒皇帝。

[8] 大鵬遮天眯雙目——這裏的大鵬，即康有爲《戊戌八月國變記事》詩中啄食小龍的“遮雲金翅鳥”。佛經中説金翅鳥兩翼金色，廣三百六萬里。(見晉譯《華嚴經》卷三十六)遮天，指鵬翅蔽日，昏天黑地。眯，張不開眼的樣子。這句喻后黨頑固派發動政變後的黑暗統治。

[9] 天宫忽遇南風扇——晉惠帝皇后賈南風，曾操縱朝政，獨攬大權。性荒淫。據《晉書》卷三十一《后妃傳》：“后遂荒淫放恣，與太醫程據等亂彰内外。洛南有盜尉部小吏，端麗美容止，既給廝役，忽有非常衣服，衆咸疑其竊盜，尉嫌而辯之。賈后疏親欲求盜物，往聽對辭。小吏云：‘先行逢一老嫗，説家有疾病，師卜云宜得城南少年厭之，欲暫相煩，必有重報。於是隨去，上車下帷，内簏箱中，行可十餘里，過六七門限，開簏箱，忽見樓闕好屋。問此是何處，云是天上。即以香湯見浴，好衣美食將入。見一婦人，年可三十五六，短形青黑色，眉後有疵。見留數夕，共寢歡宴，臨出贈此衆物。’聽者聞其形狀，知是賈后，慚笑而去，尉亦解意。時他人入者多死，惟此小吏，以后愛之，得全而出。”這裏借賈南風以影慈禧。

[10] 蓮花留得六郎宿——武則天的男寵張昌宗，出入皇宫，傅粉衣錦，盛喜自飾，有蓮花六郎之稱。據《資治通鑑》卷二〇七：“時人或譽張昌宗之美，曰‘六郎面似蓮花’。(楊)再思(按：時爲宰相)曰：‘不然。’昌宗問其故，再思曰：‘乃蓮花似六郎耳。’”詩意借此以喻慈禧之寵太監李蓮英。

[11] 吕家少帝豈劉氏——漢高祖劉邦死後，吕后獨攬朝政，陰懷以吕代劉之心，其子惠帝年青早夭，無子。吕氏就弄一個孩子冒充，立爲少帝。《史記·吕太后本紀》：“宣平侯女爲孝惠皇后時，無子，佯爲有身，取美人子名之，殺其母，立所名子爲太子。孝惠崩，太子立爲帝。”據《史記正義》引劉伯莊云：“諸美人之幸吕氏，懷身而入宫生子。”則少帝原是吕氏之子，非劉氏之後。詩句借此喻慈禧於光緒二十五年(一八九九年)十二月二十四日，立端王載漪的兒子溥儁爲“大阿哥”(按：清制不立太子，大阿哥即國之儲君)。

[12] 潘后童女爲魏續——北魏孝明帝與其母胡太后，矛盾重重，太后因此計殺之。《魏書》卷十三《宣武靈皇后胡氏傳》：“母子之間，嫌隙屢起。鄭儼慮禍，乃與太后計，因潘充華生女，太后詐以爲男，便大赦改年。肅宗之崩，事出倉卒，時論咸言鄭儼、徐紇之計。於是朝野憤歎。太后乃奉潘嬪女言太子即位。經數日，見人心已安，始言潘嬪本實生女，今宜更擇嗣君。遂立臨洮王子釗爲主，年始三歲，天下愕然。”爾朱榮大怒，抗表云：“……舉潘嬪之女以誑百姓，奉未言

之兒而臨四海，欲使海內安乂，愚臣所未聞也。”按：詩中潘后，實是潘嬪之誤。康氏以北魏宫闈事變，喻慈禧之立傀儡“大阿哥”溥儁，責其有謀害光緒之意。

[13] 天柱爾朱假大權等四句——北魏權臣爾朱榮乘孝明帝死，以兵逼宫，廢立自專。當時他的官銜中有“天柱大將軍”等稱，故云。旗，指清朝駐防各省的八旗兵。綠，指綠營兵（即漢兵）。玄黄，天地的代稱。《易·文言》：“夫玄黄者，天地之雜也，天玄而地黄。”鬼哭，指因參預變法運動而犧牲之寃魂的怨恨啼哭。這四句借爾朱榮比喻當時后黨中堅榮祿派兵鎮壓變法運動。據《清史稿·榮祿傳》載，戊戌政變後，“復命榮祿管兵部，仍節制北洋陸海各軍”，控制軍隊，鎮壓革命。

[14] 姚宋才名甘作輔——姚，姚崇；宋，宋璟。二人早具才名，武后統治時期，曾一度得到賞識與信任。姚歷任夏官尚書、春官尚書等職，宋歷任左御史中丞、吏部侍郎等官。唐玄宗開元年間，二人相繼爲相，政績頗著，史稱姚宋。這裏借此譏刺王文韶、孫家鼐等人。王曾秉帝命辦新政，而實黨於慈禧。光緒二十五年以戶部尚書協辦大學士事。孫原是帝黨，光緒二十四年四月後，即暗中轉向后黨，反噬維新派，五月以吏部尚書協辦大學士事，任職至二十五年十一月。

[15] 何況無恥陳伯玉——陳子昂，字伯玉。見本書第二册《與東方左史虬修竹篇序》註[2]。他在武后時，曾屢次上書，想要有所作爲。康氏所謂“無恥”云云，雖不免爲正統觀念所限，而實際是借此話題暗喻楊崇伊等后黨。楊官監察御史，一貫仇視新政。戊戌八月初三，至頤和園上封事於慈禧，請慈禧即日訓政，“以遏亂萌”。初六日，政變遂作。

[16] 頃者開科買士心等四句——光緒二十六年（一九〇〇年），清政府擬開經濟特科。頑固派知道六君子的被殺，觸犯衆怒，所以採取這一措施，以便收買知識分子。康氏在這裏，一方面揭露清政府的陰謀；一方面又批判那些只謀私利、不顧國家安危的知識分子。

[17] 大周受命頌駸駸——大周，武則天稱帝時的國號。這裏借指慈禧太后臨朝。受命，受命於天。駸駸，馬速行貌。《詩·小雅·四牡》：“載驟駸駸。”後來引伸爲疾速。這裏用來形容舊黨獻諛爭先恐後的樣子。

[18] 神州陸沉——劉義慶《世說新語·輕詆》：“桓公入洛，過淮、泗，踐北境，與諸僚屬登平乘樓，眺矚中原，慨然曰：‘遂使神州陸沉，百年丘墟，王夷甫諸人不得不任其責！’”

[19] 移挽——挽救危亡。

［20］董狐——春秋時晉國的史官。晉靈公欲殺大夫趙盾，盾出奔，趙穿殺靈公，盾還而重新執政。董狐不畏盾怒，書曰："趙盾弑其君。"孔子曰："董狐，古之良史也，書法不隱。"對他的正直勇敢、直書無諱，給以很高的評價。事見《左傳》宣公二年。後世引伸爲正直良史的代稱。唐人吳兢撰《武后實錄》，當時有"今董狐"之譽。這裏借以稱頌邱煒萲，鼓勵他以董狐的精神來進行小說創作，把戊戌政變的前前後後如實地反映出來。

［21］衿纓市井——衿纓，泛指讀書人及士大夫。市井，泛指城市居民及一般百姓。

［22］上達下達眞妙音——上層的士大夫和下層的老百姓都能欣賞領會。《論語·憲問》："君子上達，小人下達。"

［23］方今大地此學盛二句——意謂現在小說流行，地位提高，可與六經爭衡，並列爲七。

［24］去年卓如欲述作二句——梁啓超，字卓如，他以戊戌政變爲題材來寫小說的創作計劃雖沒實現，但却翻譯許多小說，並寫了許多小說研究的論文，影響很大。

［25］樂府——漢代的民歌被收入國家的音樂機關"樂府"中去，其中有許多富有故事性的敍事詩。同時，樂府機關也兼有演唱的任務。這裏的樂府引伸爲可以說唱的故事詩、傳奇劇一類。稗官——《漢書·藝文志》："小說家者流，蓋出於稗官，街談巷語，道聽塗說者之所造也。"顏師古註："稗官，小官。"又引如淳曰："細米爲稗。街談巷說，其細碎之言也。王者欲知閭巷風俗，故立稗官，使稱說之。"後因用爲小說或小說家的代稱。這裏具體指小說。

［26］海潮大聲起木鐸——佛家謂觀世音菩薩說法時聲音至宏至大，應時而至，似"海潮音"（見《法華經·觀世音菩薩普門品》）。木鐸，見本册《余蓮村勸善雜劇序》註［22］。本文是用《論語·八佾》："天下之無道也久矣，天將以夫子爲木鐸。"朱熹集註："木鐸，金口木舌，施政教時所振，以警衆者也。"這句是說，希望邱氏的小說，如觀世音說法，震動世界，喚醒衆人。

［27］大千——佛家用語，卽大千世界之意。佛家把"世界"分爲許多"小世界"，一世界的中央是須彌山，有七山八海環繞，海中有四大洲，七山八海外，更包以大鐵圍山，這就叫一小世界。合一千個小世界就稱小千世界；合一千個小千世界稱中千世界；合一千個中千世界稱大千世界。見《長阿含經》、《大智度論》、《俱舍論》等。這裏的"大千"，泛指世界。

［28］十日爲期速畫諾——希望邱氏十天之內完成政變小說的創作任務。畫諾，這裏作答應解。按：邱氏此書是否寫成，待考。但他曾有小說《兩歲星》、評論《新

小說品》等作品，都署名邱菽園，發表在一九〇七年香港出版的《新小說叢》雜誌上。邱氏是該刊的主要作者之一。

【說明】

戊戌變法失敗後，資產階級改良派中的許多人致力於文學事業，特別重視小說（其實還包括戲曲），其目的還是使小說直接爲變法運動的政治鬥爭服務。在這方面，康有爲此詩開其先，而梁啓超的《論小說與羣治之關係》承其後，奠定了改良派小說的理論基礎。

這首詩開宗明義就一反傳統觀念，給予小說以很高的地位。正統文人一貫視小說爲"小人之邪說"，是縉紳先生不能爲也不屑爲的。但康氏却明確宣稱："方今大地此學盛，欲爭六藝爲七岑。"在表面上，他把小說與儒家的六經並列爲七；實際上，他曾猛烈地抨擊了經史八股，當然就更提高了小說的社會地位。小說的地位是由其巨大的社會教育作用所決定的，康氏於此有清醒的認識。頑固派發動的戊戌政變，使得全國"是非顚倒人心變"，政局與社會的黑暗已使資產階級改良派有"移挽恨無術"的慨嘆。這時，他們注意到了小說的威力："聞君董狐說小說，以敵八股功最深；衿纓市井皆快覩，上達下達眞妙音。""或託樂府或稗官，或述前聖或後覺，儗出一治更一亂，……"希望能有直接反映變法運動、譴責清政府頑固派的小說出現，以起振聾發聵、喚醒民衆的作用。"庶俾四萬萬國民，茶餘睡醒用戲謔"，所謂"戲謔"云云，就有點寓教育於娛樂之中的意思。這說明康氏對小說的藝術特徵已有朦朧的認識，而不是把它僅僅作爲政治的傳聲筒使用。

不過，在變法失敗後的長期流亡生活中，康、梁等改良派旣脫離羣衆，脫離本國的革命實際；又拒絕與孫中山等革命黨人合作，堅持“保皇”的道路，逐漸走向了革命的反面。因此，他們以小說爲資産階級改良主義政治服務的理論主張，其進步意義也就很有限了。

附　　錄

國聞報館附印說部緣起

〔清〕嚴　復　夏曾佑

今使執塗人而問之曰：“而知曹操乎？而知劉備乎？而知阿斗乎？而知諸葛亮乎？”必僉對曰：“知之。”又問之曰：“而知宋江乎？而知吳用乎？而知武松乎？武大郎乎？潘金蓮乎？楊雄、石秀乎？”必僉對曰：“知之。”更問之曰：“而知唐明皇乎？楊貴妃乎？而知張生乎？鶯鶯乎？而知柳夢梅乎？杜麗娘乎？”必又共應曰：“知之。”又問以曹操、劉備、阿斗、諸葛亮爲何如人？則將應之曰：“曹操奸臣，諸葛亮忠臣，劉備英主，阿斗昏君。”問以宋江、吳用、武松、武大郎、潘金蓮、楊雄、石秀爲何如人？則將應之曰：“宋江大王，吳用軍師，武松好漢，武大郎懦夫，潘金蓮淫婦人，楊雄、石秀、潘巧雲之徒，則事等於武松、潘金蓮，而又大不同。”至問以唐明皇、楊貴妃、張生、鶯鶯、柳夢梅、杜麗娘爲何如人？則又無不以佳人才子對。至佳人才子之行事品目，則或以爲是，或以爲非，尤爲江湖名士與村學究所聚訟，呶呶然千載不可休者也。數千百年之事，胡越秦楚，懸隔千里，而又若存若亡，杳冥不可知之人，皎皎乎若親至其人之庭，親炙其爲人，而更目睹其生平前後數十年之事者，蓋莫不然。

昔孔子彈琴，見文王之容，夜夢則見周公。隋智者亦親見靈山一會，儼然未散。凡此神迹，說者以爲聖賢之學，時量既破，不復成古今，故古人皆可見而恆在也。此說云云，疑信者半。異哉！何觀於販夫市賈、田夫野老，婦人孺子之類，指天畫地，演說古今，喜則涎流吻外，怒則植髮如竿，悲與怨則俛首頓足，泣浪浪下沾衣襟，其精神意態，若俱有尼山、天台之能事也，是可怪矣！是可怪矣！

聞之師曰：地球之博，八九萬里；古今之長，迎之不見其首，隨之不見其尾，渾芒無本剽，自提符尼安以放哀盧維恩，其横目戴髮圓顱方趾稱爲人者，若統稽其數，則爲十爲百爲千爲萬爲億兆爲恆河沙，乃至算數譬喻所不能盡，莫不仰而見光，俯而見土，生不知其所自來，去不知其何往也。人生於世，固若是之芒乎！及其姓氏稱於人口，臧否善惡見知於同時，而同時之人援爲口實，如此者蓋百不一二。不然，則生則稱，沒則已焉。求其人已往，其名不湮沒，里居姓氏載在圖書，博雅之士，專門之業，篤志稽古，鈎沈考佚，或時時一及之，能及此者此其人亦遠矣，如此者又百無一二。若夫聲音笑貌性情心術，千古之後，萬里之外，風靡六合，智愚賢不肖罔不習知之而熟道之，則億兆人中之一二人矣。與此數者，必其人有過人之行，偏勝獨長之處，而使天下之人怪歎駭汗，怨慕流連，不能自止者，而後此一人者之性情心術聲音笑貌，乃能常留於億兆人之腦氣筋中而傳而益遠，久而不淡也。

抑又聞之：凡爲人類，無論亞洲、歐洲、美洲、非洲之地，石刀、銅刀、鐵刀之期，支那、蒙古、西米底、丢度尼之種，求其本原之地，莫不有一公性情焉。此公性情者，原出於天，流爲種智。儒、墨、佛、耶、回之教，憑此而出興；君主、民主、君民並主之政，由此而建立：故政與教者，並公性情之所生，而非能生夫公性情也。何謂公性情？一曰英雄，一曰男女。

何謂英雄？最古之時人，處於山林箐澤，豺虎與之遊，鴟鷲與之棲，未有衣裳，未有宫室，未有城郭，更未有所謂綱常政典。凡其自毁齒至於白首，終其百年之身，所目注心營，勞苦險難，幾死而後得之者，其間大事，不過與禽獸爭飲食，與禽獸爭居處而已。然而，人無天然之利器以自衞：以言乎目，不如鵂鶹、鷹隼；以言乎耳，不如狐狸、蝙蝠；以言乎鼻，不如犬；推之爪牙之利，遠遜於獅虎；皮骨之堅，不及乎犀象；回翔進止，從容如意，不如飛鳥之屬；不飲不食，長生伏蟄，不如衆涼血之類。凡此諸端，悉不若彼，而欲於彼中分其餘瀝，踐其餘地，草間偷活，聊息須臾，吾知其難矣。更何望其烈山焚澤，驅除攘剔，使瞳能舒斂者，爪能伸縮者，舌有倒刺者，長角如兵者，足能踐雪者，能數月不食者，一舉九千里者，與夫伏者、鑽者、援者、奔者，詼詭之種，殊能之性，若斯之倫，初則奔走竄逸，遁匿恐後，繼則俯首帖耳，扶犂服軛，任重致遠，鞭箠鼎鑊，莫不惟命是從，而芒芒一大行星，遂爲人之私產哉?

吾人於是考殭石之層,驗山林之蹟,覩古初所傳之器物,讀初有文字之遺書,而知古人之所以勝庶物而得以自存者,一在於能合羣,二在於能假器。螞蟻有羣,蜜蜂有羣,鴉鵲鴈鶩有羣,海狗有羣,野豕有羣,山羊有羣,象有羣,猴有羣,凡其羣之部勒條教愈分明者,則其族愈強,而其種之傳愈遠。旣有一羣,必有一羣之長。一羣之長,必其智慧血氣之冠乎一羣者也;君主之始也。而人之合羣,則尤大於衆物,其合羣所推之長,必卽其始爲假器之人。請舉中國之古書明之。

始爲網罟,以佃以漁,於是乎有包犧氏之王天下。斲木爲耜,揉木爲耒,始爲交易,於是乎有神農氏之王天下。始爲禮樂文章,垂衣而治,仍不外假器也,而器稍進繁矣,於是乎有黃帝、堯、舜之王天下。推之刳木爲舟,剡木爲楫;服牛乘馬,引重致遠;重門擊柝,以待暴客;斷木爲杵,掘地爲臼;弦木爲弧,剡木爲矢;作爲宮室,上棟下宇,以待風雨;作爲棺槨封樹,喪葬祭之禮,與夫喪葬祭之禮之等;作爲書契,銘之金石竹素:凡創一藝,成一器,爲古人之所無,而後人所不能不有者,則其人皆尊爲聖人,而立爲天子。大《易》所載,孔子所述,凡在儒者,諒不能爲之誣。其他《山海經》、《穆天子傳》、《墨子》書、《屈原賦》等古術之書,印度、希臘、波斯、阿拉伯等殊方之說,證之吾說,大略相同。觀聖王之迹,可以知古人之自處矣,物競是也。

比而觀之,最朔之時,灌莽未闢,深昧不可測,禽蹄鳥跡交於中國。於是乎有豪傑之士,析木以爲箠,摩石以爲刃,以戰勝於猙獰駭跳之倫,得以食其肉而衣其皮,昔之爲害者今轉而爲利,而天下重賴英雄矣。及其繼,林莽漸開,川原日闢,人之遊蹤日以遠,涉大河,踰雪山,徧及旱海之外,萬山之內,而人與人之從古不相見者,至此而相見。衣冠不同,言語不通,而各行其所志,則必有爭。於是乎有英雄起,鑄金石以爲鋒刃,合弦羽膠漆以爲弓矢,教之擊刺射御,教之坐作進止,使夫異族之民,非臣僕而爲吾役,卽遠徙而不敢與吾爭利,而天下益知重英雄矣。洎乎民智開,教化進,大地之衆,彬彬相見,斯時之人,固無禽獸之足慮,卽生番黑人低種之氓,其澌滅夷遲,降爲臣僕,不復齒人之數,亦數千年於此矣。惟此文明之種與文明之種相持不下,日以心競,而欲定存亡於上帝之前,則其局愈大,其機愈微,其心愈摯，而豪傑愈爲天下家國所不可一日無。

由前之說，則自洪荒之世，未有文字之先，各種之民，由中亞細亞之大平原，初分支而未再合之時，其時無書也，下觀石史，旁推生物，可知其時之民所爲之事，並居此界。

由繼之說，則從中古之世起至前二百年止。徵之我國，則黃帝北逐葷粥，暨虞、夏之有苗，殷、周之玁狁，漢之匈奴，魏、晉之鮮卑、烏桓、氐、羌，南北朝之突厥、蠕蠕，唐之吐蕃、回紇，宋之契丹、女眞、蒙古，元人威加亞細亞，全洲各種之民無有敵者，而見阻於日耳曼之種。考之外域，則初見於希臘與禿累之爭，再見於以色列人與厄日多之爭，三見於尼布甲尼撒與埃及、猶太、亞述之爭，四見於波斯與巴比倫、狄撒之爭，五見於希利尼人與波斯之爭，六見於馬基頓與希臘、波斯、印度之爭，七見於羅馬與非尼基之爭，八見於德意志種與羅馬之爭，九見於沙蘭生人與歐洲諸種之爭，十見於特穆津與中亞細亞并歐東諸國之爭，十一見於撒馬兒罕與突厥之爭，十二見於突厥與東羅馬之爭。夫睚眦之怨，目怒之仇，伏尸一人，流血五步，聚一城一邑一國之衆，歷一月一年或十年之期，此並微事不數矣；數其犖犖大者，而夥頤沈沈，多至於此。相持至數十百年，地之綿亘數千里，爲此而死者其人至數兆；其甚者，一種之人，建國千年，視乎一戰，以爲存滅：機深禍慘，莫過於斯，未嘗不歎人之所爲若是其大而烈也。及深觀萬變，蔽以一辭，不過即上所云，人之遊蹤日以遠，此種之人與彼種之人相見，各爭其利，則其事必出於相滅而後可以自存耳。此則從有文字以來，至前二三百年，其間之民所爲之事，約居此界。

由後之說，則自倍根創學，歐人進化以來，於是人之爲物，其聰明智慮，始得顯明其在萬物之上；而最初所行生番野人之性情風氣，昔之視爲只此一途別無他說者，至此始漸悟其非而去之。蓋人於是始知有生人之樂矣，亦幾幾乎太平之治，文明之化，無所謂爭矣，即無所用英雄矣。雖然，太平之治，文明之化，若各教門之謬論不復興，格致之學問不中止，而又無恆星光變、彗星過界、地心火滅、養氣用盡諸變以阻之，則千年之後其庶幾乎。若夫今日，格致之理雖啓，而未盡明也。榛狉之族雖衰，而未盡滅也。開化之民，合五洲計之，則爲數甚少也。地利之所生，人工之所造，資本之所出，若全地之人皆欲遂其生，而又使將來之孳息各遂其生，則此數不能給也。天下之民，風化不齊，最下之人，野蠻如虎兕，不可教訓，不知話言，如此者不能不禦之以鋒刃。稍次之民，則昏昏如家蓄之禽獸，馴良固其分，而奔踶泛駕或時時一見之，如此者不能不馭之以羈勒。半開化之國，稍有學問之民，習俗未盡，政體未善，往往以兼人之國，奪人之利，以爲得計者，旣與此國並列於世，則不能不待之以海陸之軍，持之以飛箝鉤楗之術，如此則必有爭。蓋去太平之世尙遠也。百餘年來，大彼得、華盛頓、拿破侖奮匹夫，建大業，固以兵得天下矣。其後有若南北花旗之戰，俄、土之戰，普、法之戰，器械之精，士卒之練，攻戰之慘，勝負之速，皆爲古之所無。然此猶白種與白種戰耳。而白種之人，又於其間西驅紅種而得其地，北開悉畢爾，東略亞細亞，南據阿非利加、五印度，東南蹤跡徧於各島，以及澳洲，凡夫地球所載橫目之民，無不識有歐羅巴之人，而推白種爲諸種之冠；雖曰文治，抑未嘗不由師武臣力也。至於路得之改教，倍根之叛古，歌白尼之明地學，奈端之詳力理，達爾文之考生物，皆開闢鴻濛，流益後世，視拿破侖、華盛頓爲更進一解矣。蓋血氣之世界已變爲腦氣之世界矣，所謂天衍自然之運也。由吾生之前數百年，至吾生之後百年，大約並居此界。

嗟乎！上帝旣生人，而又使人不能無五官四體之欲，又使其所欲者必假物而後成，而物又常不給於用，遂使此無邊之土，無邊之時，無邊之衆，各領略其無邊之苦。咄哉，上帝何其多事乎！往者不可作，來者茫茫無終極，但見大瀛之內，血氣所同，各有其所謂英雄，各有其英雄所謂之事業。其人若生，小則爲帝王，大則爲教主，使天下之民，身心歸命，不敢自私。其人已往，則金石以象之，竹素以紀之，歌舞以陳之，其身心歸命不敢自私者，猶其人之生也。

英雄之爲人所不能忘，旣已若此。若夫男女之感，若絕無與乎英雄，然而其事實與英雄相倚以俱生，而動浪萬殊，深根亡極，則更較英雄而過之。

當其由火輪、風輪、金輪而有植物、動物之初，其始分身而已。至於莓苔，遂以稍繁。至有桃、李、梅、杏，而植物之官品大成。植物傳種之法，由於交媾。或則樹各爲雌雄，其雄樹之粉飛着於雌樹，而雌樹以實。或則於一花中自具雌雄，花鬚之粉爲雄，花蒂之瓣爲雌，鬚之黃粉落著花蒂，而樹以實。再變而爲兎葵、星魚、海膽、海參、海蟄、海菌、海梳以至諸涼血圓節之類，而動物雌雄之界漸明，彼此相待之法亦以漸顯。圓節之類，雌爲最貴，雄者次之，而又有不雌不雄之一類，蜂與蟻是矣。方蜂之成窠，蟻之成穴，雌者爲王，一巢祇一枚，不能有二，二則必分爭。雄者數稍多，均飽食無事，與雌者交而已。不雌不雄者數至多，亦至賤，爲兵爲工，皆其所執。涼血之類，覺識最微，尙未聞有部勒之法，故亦不知其雌雄相待之禮。熱血中能飛類往往各有其偶，雌雄各一，不相攜貳，其道平等，頗爲文明。熱血之哺乳類，則其性與人近，大率以力爲尊，故雄率貴而雌率賤，有一雄而制數十雌，生殺惟所命者，哥栗拉、倭蘭烏丹是矣。

洎乎衍哺乳之一種而有人，人者哺乳類中今日之至繁者也，然而其初則與猨狙爲至近。非洲黑種之氓，美洲紅色之種，澳洲馬來細，與夫中國之苗、蠻、僮、黎諸族，榛狉相承，去猴未遠，大都男尊女卑，男役女若役牲畜，其酋恆蓄姬妾數十人，等威之別，當夕之規，至繁且密，彼固自以爲天秩天敍也。蓋未開化之人，例如此矣。

中古之時，基督之徒起於西極，凡其宗旨姑不深言，而其一男祇可娶一女之條，不得不謂爲人之進境。至於浮屠之說，分爲四教，其大乘不復言此，小乘言此而有天人之別，人則始於鬱單越，種種差別，制各不同，要皆爲千年以後之事，而非今人腦氣所能思。吾黨所能思者，獨往事耳。

間嘗發陳編，考前事，見夫興亡之迹，波譎雲涌，而交柯亂葉，試討其源，大都女子敗之，英雄成之；英雄敗之，女子成之；英雄副之，女子主之；英雄主之，女子副之。事莫難於取人之天下，而黃帝、顓頊、帝嚳、堯、舜、禹、湯、文、武、高、光以至列朝之令主，莫不以得內助而興。禍莫慘於失天下於人，而桀、紂、幽、厲、哀、平以及後世亂亡之主，又莫不以眷一女子，因而不䘏其國，不䘏其家，其卒也不䘏其身。中國之事人知之矣，請言西史。

西之學始於希臘。希臘之和美爾有書曰：海王尼利亞斯有五十女皆美，而德梯司稱最。德梯司嫁德沙利王子名佩理亞。方其嫁時，海王會諸神，雲車風馬，恍惚畢集。有女神名伊栗斯，司人間反目之事，因其不吉，未爲邀致。而此神遂怒，現身於座而謂衆曰："吾有金蘋果，惟天下之最美者受之。"有三女神最美：第一額拉，乃太歲后；第二雅典，主智慧文明；第三阿勿洛的帝，主因緣。各自負，爭蘋果不能决。乃相與謀曰："盍就人間之美丈夫所斷之。"乃同適秃累，見其王子巴黎斯。王子方牧羊，三女仙人僉謂之曰："若認我爲至美，我即以我所握之福賜之。"巴黎斯之意，天下之福，莫得美婦若也，即認阿勿洛的帝爲最美。阿勿洛的帝遂默導以往希臘。斯巴打王美那拉斯之后希利拿者，國色也，以神之佑，見巴黎斯而悦之，與之逃歸。希人惡之，傾國以伐禿累，索希利拿。其時軍中攸利時以謀著，亞氣黎以勇著，與禿累血戰十年，而亞氣黎爲巴黎斯所射死。巴黎斯既射死亞氣黎之後，復爲非洛特毒箭所傷。此是神箭，無人能醫，惟巴黎斯前妻名嬰訥尼者能醫之。但巴黎斯既得希利拿之後，遂逐前妻。前妻恨之，不復與藥。而巴黎斯死於伊打山，即往之牧羊處。牧人用希禮作木塔，燒巴黎斯尸。嬰訥尼見之，亦自投火山，與之同死。其後以攸利時計，禿累終破，迎希利拿歸，而用兵已十年矣。

歐洲上下千古之局，關鍵於羅馬；前後三雄之際，又羅馬之關鍵也。昔埃及女王克里倭巴土拉生於漢地節元年，爲前王多祿某女，姱容修態，冠絕古今，而讀書浩博，通七國語言，於斐洛素非爲尤邃。甘露三年，多祿某死，克里倭與其弟亦名多祿某者同嗣位，爲共和治。至黄龍元年，爲其弟所逐。克里倭求納於羅馬皇愷撒，於是羅馬勝埃及，殺多祿某，復與其幼弟爲共和治。繼復往羅馬，與愷撒共居。初元五年，羅馬人布魯達殺愷撒，克里倭懼禍返埃及，而愷撒舊臣安敦尼伏尸誓衆，竟報愷撒之仇，殺布魯達。於時羅馬人不更立專王，分國政爲三部，號鼎足治。而安敦尼主東方安息、條支各土事。克里倭奔之，由海道往安息，樓船千艘，所費鉅萬。安敦尼落磊喜功名，一見克里倭而悦之，爲去其故妻阿太維亞。妻弟興兵伐安敦尼，而安息與埃及連兵拒之，然終爲妻弟所敗。克里倭走埃及，安敦尼從之，中途譌傳克里倭死，安敦尼自殺，克里倭聞之亦自殺。至奥古士多興，羅馬又爲帝政。

其在中國也若此，其在西方也若彼。非常之原，俟其一決。安危繫於千古，併千夫之命不能爲之謀。汗青之簡，矇瞍之謳，千載留遺，不能爲之諱。而樞機之發，常在於衽席之間，燕閒之地，無古今中外一也。而況於匹夫匹婦，不得其意，纏綿怨慕，與天無極，誠貫金石，言動鬼神，方其極愚，又豈不肖之名、殺身之患所能可阻者哉？甚哉！男女之情，蓋幾幾乎爲禮樂文章之本，豈直詞賦之宗已也。觀乎電氣爲萬物之根源，而電氣可見之性情，則同類相拒，異類相吸，爲其公例。相拒之理，其英雄之根耶！相吸之理，其男女之根耶！此理幽深，無從定論，論其必然之勢，則可以二言斷之曰：非有英雄之性不能爭存，非有男女之性不能傳種也。六合之大，萬物之繁，其間境界，難以智測，其亦有勿具此二性者乎？則吾雖不敢知，然可決此物之不足以存於世；即幸而暫存，而亦不能傳至今也。夫若此，此其所以斯世之物之無不具此性，豈偶然哉！

明乎此理，則於斯二者之間，有人作爲可駭可愕可泣可歌之事，其震動於一時，而流傳於後世，亦至常之理，而無足怪矣。不寧惟是。謂英雄必傳於世，則古來之英雄何限？謂男女之事之豔異者必傳於世，則古來纏綿悱惻之事亦何限？茫茫大宙，有人以來二百萬年，其事夥矣，其人多矣，而何以惟劉、曹、崔、張等之獨傳，而且傳之若是其博而大也？

生平孤露，早迫飢驅，嘗溯長江，觀六代之故都，北至長城，西度函關，觀秦、漢、唐之遺跡，憑弔其興亡；而歲時伏臘，鄉鄰賽社，萍踪絮跡，偶然相值，未嘗不遊於其市，訊其風俗，而恍然於中原教化之所以成也。

何以言之？古人死矣，古之人與其不可傳者俱死矣，色不接於目，聲不接於耳，衣裳杖履不接於吾手足，然則何以知有古之人古之人？則未有文字之前賴語言，既有文字之後賴文字矣。舉古人之事，載之文字，謂之書。書之爲國教所出者，謂之經。書之實欲創教而其教不行者，謂之子。書之出於後人，一偏一曲，偶有所託，不必當於道，過而存之謂之集。此三者皆言理之書，而事實則淺及焉。書之紀人事者謂之史，書之紀人事而不必果有此事者謂之稗史，此二者並紀事之書，而難言之理則隱寓焉。此書之大凡也。

然則，古之人恃何種書而傳乎？古之人莫不傳，而紀事之書爲甲。然而同一紀事之書，而傳之易不易，則各有故焉，不能強也。

書中所用之語言文字，必爲此種人所行用，則其書易傳。其語言文字爲此族人所不行者，則其書不傳。此一也。

即此語言文字爲本種所通行矣，而今世之俗，出於口之語言，與載之紙之語言，其語言大不同。若其書之所陳，與口說之語言相近者，則其書易傳。若其書與口說之語言相遠者，則其書不傳。故書傳之界之大小，即以其與口說之語言相去之遠近爲比例。此二也。

即其書載之文字之語言，與宜之口舌之語言彌相近矣，而語言之例又大不同。有用簡法之語言，有用繁法之語言。簡法之語言，以一語而括數事。故讀其書者，先見其語，而此中之層累曲折，必用心力以體會之，而後能得其故。繁法之語言，則衍一事爲數十語，或至百語千語，微細纖末，羅列秩然。讀其書者，一望之頃，即恍然若親見之事者然。故讀簡法之語言，則目力逸而心力勞。讀繁法之語言，則目力勞而心力逸。而人之畏勞其心力也，甚於畏勞其目力。何以證之？譬如有一景於此，或繪之於畫，或演之於說，吾知人必樂觀其畫，甚於樂觀其說。蓋說雖曲肖詳盡，猶必稍歷於腦，，而後得此景，不若畫之一覽即知爲更易也。惟欲傳一事，始末甚長，畫斷不能繪至無窮之幅；而況事之情狀，反覆幽隱，倏忽萬變，又斷非畫所能傳乎？故說仍不能廢，而繁言亦如畫焉。若然，則繁法之語言易傳，簡法之語言難傳。此其三也。

即用繁語觀之，不勞心矣，而所言之事有相習不相習。天下之民，其心能作無限曲折，而至極遠之限者，恆少；狃於目前，稍遠即不解者，恆多。若其所言，其界極遠，其理極深，其科條又極繁，加以其中所用之器物，所習之禮儀，所言之義理，所成之風俗，所爭之得失，舉爲平時耳目所未及而心力所未到，則必厭而去之。必其所言服物器用，威儀進止，人心風俗，成敗榮辱，俱爲其身所曾歷，即未歷而尙有可以仰測之階者，則欣然樂矣。故言日習之事者易傳，而言不習之事者不易傳。此其四也。

事相習矣，天下之事變萬端，人心之所期，與世浪之所成，恆不能相合。人有好善惡不善之心，故於忠臣、孝子、義夫、烈女、通賢、高士，莫不望其身膺多福富貴以沒世。其於神奸、巨蠹、亂臣、賊子，無不望其亟膺顯戮，無所逃於天地之間。而上帝之心，往往不可測。奸雄得志，貴爲天子，富有四海，窮凶極醜，晏然以終。仁人志士，椎心泣血，負重呑污，圖其所志，或一擊而不中，或沒世而無聞，死灰不然，忍而終古。若斯之倫，古今百億。此則爲人所無可如何，而每不樂談其事。若其事爲人心所虛構，則善者必昌，不善者必亡；即稍存實事，略作依違，亦必嬉笑怒駡，託跡鬼神。天下之快，莫快於斯，人同此心，書行自遠。故書之言實事者不易傳，而書之言虛事者易傳。此其五也。

據此觀之，其具五不易傳之故者，國史是矣，今所稱之廿四史俱是也。其具有五易傳之故者，稗史小說是矣，所謂«三國演義»、«水滸傳»、«長生殿»、«西廂»、"四夢"之類是也。曹、劉、諸葛，傳於羅貫中之演義，而不傳於陳壽之志。宋、吳、楊、武，傳於施耐庵之《水滸傳》，而不傳於《宋史》。玄宗、楊妃，傳於洪昉思之《長生殿傳奇》，而不傳於新舊兩書。推之張生、雙文，夢梅、麗娘，或則依託姓名，或則附會事實，鑿空而出，稱心而言，更能曲合乎人心者也。

夫說部之興，其入人之深，行世之遠，幾幾出於經史上。而天下之人心風俗，遂不免爲說部之所持。《三國演義》者，誌兵謀也，而世之言兵者有取焉。《水滸傳》者，誌盜也，而萑蒲狐父之豪，往往標之以爲宗旨。《西廂記》、臨川"四夢"，言情也，則更爲專一之士、懷春之女之所涵泳尋繹。夫古人之爲小說，或有精微之旨寄於言外，而深隱難求，淺學之人，淪胥若此，蓋天下不勝其說部之毒，而其益難言矣。

本館同志，知其若此，且聞歐、美、東瀛，其開化之時，往往得小說之助。是以不憚辛勤，廣爲採輯，附紙分送。或譯諸大瀛之外，或扶其孤本之微。文章事實，萬有不同，不能預擬。而本原之地，宗旨所存，則在乎使民開化。自以爲亦愚公之一畚，精衛之一石也。

抑又聞之：有人身所作之史，有人心所構之史，而今日人心之營構，卽爲他日人身之所作。則小說者，又爲正史之根矣。若因其虛而薄之，則古之號爲經史者，豈盡實哉！豈盡實哉！

《國聞報》

譯印政治小說序

梁啓超

政治小說之體，自泰西人始也。凡人之情，莫不憚莊嚴而喜諧謔，故聽古樂則惟恐臥，聽鄭、衞之音則靡靡而忘倦焉。此實有生之大例，雖聖人無可如何者也。善爲教者，則因人之情而利導之，故或出之以滑稽，或託之於寓言，孟子有好貨好色之喻，屈平有美人芳草之辭，寓譎諫於詼諧，發忠愛於馨豔，其移人之深，視莊言危論，往往有過，殆未可以勸百諷一而輕薄之也。

中土小說，雖列之於九流，然自《虞初》以來，佳製蓋鮮，述英雄則規畫

《水滸》，道男女則步武《紅樓》，綜其大較，不出誨盜誨淫兩端。陳陳相因，塗塗遞附，故大方之家，每不屑道焉。

雖然，人情厭莊喜諧之大例，旣已如彼矣。彼夫綴學之子，黌塾之暇，其手《紅樓》而口《水滸》，終不可禁；且從而禁之，孰若從而導之。善夫南海先生之言也，曰：僅識字之人，有不讀經，無有不讀小說者。故《六經》不能教，當以小說教之；正史不能入，當以小說入之；語錄不能諭，當以小說諭之；律例不能治，當以小說治之。天下通人少而愚人多，深於文學之人少而粗識之無之人多。《六經》雖美、不通其義，不識其字，則如明珠夜投，按劍而怒矣。孔子失馬，子貢求之不得，圉人求之而得，豈子貢之智不若圉人哉？物各有羣，人各有等，以龍伯大人與僬僥語，則不聞也。今中國識字人寡，深通文學之人尤寡，然則小說學之在中國，殆可增七略而爲八，蔚四部而爲五者矣。

在昔歐洲各國變革之始，其魁儒碩學，仁人志士，往往以其身之所經歷，及胸中所懷，政治之議論，一寄之於小說。於是彼中綴學之子，黌塾之暇，手之口之，下而兵丁、而市儈、而農氓、而工匠、而車夫馬卒、而婦女、而童孺，靡不手之口之。往往每一書出，而全國之議論爲之一變。彼美、英、德、法、奧、意、日本各國政界之日進，則政治小說爲功最高焉。英名士某君曰：“小說爲國民之魂。”豈不然哉！豈不然哉！今特採外國名儒所撰述，而有關切於今日中國時局者，次第譯之，附於報末，愛國之士，或庶覽焉。

光緒三十四年廣智書局排印本《飲冰室文集·教育》頁五四

論小說與羣治之關係

梁啓超[1]

欲新一國之民，不可不先新一國之小說。故欲新道德，必新小說；欲新宗教，必新小說；欲新政治，必新小說；欲新風俗，必新小說；欲新學藝，必新小說；乃至欲新人心，欲新人格，必新小說。何以故？小說有不可思議之力支配人道故。

吾今且發一問：人類之普通性，何以嗜他書不如其嗜小說？答者必曰：以其淺而易解故，以其樂而多趣故。是固然；雖然，未足以盡其情也。文之淺而易解者，不必小說；尋常婦孺之函札，官樣之文牘，亦非有艱深難讀者存也，顧誰則嗜之？不寧惟是。彼高才贍學之士，能讀《墳》《典》《索》《邱》[2]，能註蟲魚草木[3]，彼其視淵古之文，與平易之文，應無所擇，而何以獨嗜小說？是第一說有所未盡也。小說之以賞心樂事[4]爲目的者固多，然此等顧不甚爲世所重；其最受歡迎者，則必其可驚可愕可悲可感，讀之而生出無量噩夢，抹出無量眼淚者也。夫使以欲樂故而嗜此也，而何爲偏取此反比例之物而自苦也？是第二說有所未盡也。吾冥思之，窮鞫[5]之，殆有兩因：凡人之性，常非能以現境界[6]而自滿足者也。而此蠢蠢軀殼，其所能觸能受之境界[7]，又頑狹短局而至有限也。故常欲于其直接以觸以受之外，而間接有所觸有所受，所謂身外之身，世界外之世界也。此等識想[8]，不獨利根[9]衆生有之，卽鈍根[10]衆生亦有焉。而導其根器[11]，使日趨于鈍，日趨于利者，其力量無大于小說。小說者，常導人游于他境界，而變換其常觸常受之空氣者也。此其一。人之恆情，于其所懷抱之想像，所經閱之境界，往往有行之不知，習矣不察者；無論爲哀爲樂，爲怨爲怒，爲戀爲駭，爲憂爲慚，常若知其然而不知其所以然。欲摹寫其情狀，而心不能自喻，口不能自宣，筆不能自傳。有人焉，和盤托出，徹底而發靈之，則拍案叫絕曰："善哉善哉，如是如是。"[12]所謂"夫子言之，于我心有戚戚焉"[13]，感人之深，莫此爲甚。此其二。此二者，實文章之眞諦[14]，筆舌之能事。苟能批此竅，導此竅[15]，則無論爲何等之文，皆足以移人；而諸文之中能極其妙而神其技者，莫小說若。故曰，小說爲文學之最上乘也。由前之說，則理想派小說尙焉；由後之說，則寫實派小說尙焉。小說種目雖多，未有能出此兩派範圍外者也。

抑小說之支配人道也，復有四種力：一曰熏[16]。熏也者，如入雲煙中而爲其所烘，如近墨朱處而爲其所染；《楞伽經》所謂"迷智爲識，轉識成智"者[17]，皆恃此力。人之讀一小說也，不知不覺之間，而眼識[18]爲之迷漾，而腦筋爲之搖颺，而神經爲之營注；今日變一二焉，明日變一二焉；剎那剎那[19]，相斷相續；久之而此小說之境界，遂入其靈臺[20]而據之，成爲一特別之原質之種子[21]。有此種子故，他日又更有所觸所受者，旦旦而熏之，種子愈盛，而又以之熏他人。故此種子遂可以徧世界，一切器世間有情世間之所以成所以住[22]，皆此爲因緣也[23]。而小說則巍巍焉具此威德以操縱衆生者也。二曰浸。熏以空間言，故其力之大小，存其界之廣狹；浸以時間言，故其力之大小，存其界之長短。浸也者，入而與之俱化者也。人之讀一小說也，往往既終卷後數日或數旬而終不能釋然，讀《紅樓》竟者，必有餘戀有餘悲，讀《水滸》竟者，必有餘快有餘怒，何也？浸之力使然也。等是佳作也，而其卷帙愈繁事實愈多者，則其浸人也亦愈甚；如酒焉，作十日飲，則作百日醉。我佛從菩提樹[24]下起，便說偌大一部《華嚴》[25]，正以此也。三曰刺。刺也者，刺激之義也。熏浸之力利用漸[26]，刺之力利用頓[27]。熏浸之力，在使感受者不覺；刺之力，在使感受者驟覺。刺也者，能入于一刹那頃，忽起異感而不能自制者也。我本藹然和也，乃讀林沖雪天三限[28]，武松飛雲浦一厄[29]，何以忽然髮指？我本愉然樂也，乃讀晴雯出大觀園[30]，黛玉死瀟湘館[31]，何以忽然淚流？我本肅然莊也，乃讀實甫(原本作"齋"，誤)之《琴心》、《酬簡》[32]，東塘之《眠香》、《訪翠》[33]，何以忽然情動？若是者，皆所謂刺激也。大抵腦筋愈敏之人，則其受刺激力也愈速且劇。而要之必以其書所含刺激力之大小爲比例。禪宗之一棒一喝[34]，皆利用此刺激力以度人者也。此力之爲用也，文字不如語言。然語言力所被，不能廣不能久也，于是不得不乞靈于文字。在文字中，則文言不如其俗語，莊論不如其寓言。故具此力最大者，非小說末由。四曰提。前三者之力，自外而灌之使入；提之力，自內而脫之使出，實佛法之最上乘也。凡讀小說者，必常若自化其身焉，入于書中，而爲其書之主人翁。讀《野叟曝言》[35]者，必自擬文素臣。讀《石頭記》者，必自擬賈寶玉。讀《花月痕》[36]者，必自擬韓荷生若韋癡珠。讀"梁山泊"者，必自擬黑旋風若花和尚。雖讀者自辯其無是心焉，吾不信也。夫既化其身以入書中矣，則當其讀此書時，此身已非我有，截然去此界以入于彼界，所謂華嚴樓閣[37]，帝網重重[38]，一毛孔中[39]，萬億蓮花[40]，一彈指頃[41]，百千浩刼[42]，文字移人，至此而極。然則吾書中主人翁而華盛頓，則讀者將化身爲華盛頓，主人翁而拿破崙，則讀者將化身爲拿破崙，主人翁而釋迦、孔子，則讀者將化身爲釋迦、孔子，有斷然也。度世之不二法門[43]，豈有過此？此四力者，可以盧牟[44]一世，亭毒[45]羣倫，教主之所以能立教門，政治家所以能組織政黨，莫不賴是。文家能得其一，則爲文豪，能兼其四，則爲文聖。有此四力而用之于善,則可以福億兆人;有此四力而用之于惡,則可以毒萬千載。而此四力所最易寄者,惟小說。可愛哉小說! 可畏哉小說!

小說之爲體,其易入人也旣如彼,其爲用之易感人也又如此,故人類之普通性,嗜他文終不如其嗜小說,此殆心理學自然之作用,非人力之所得而易也。此天下萬國凡有血氣者[46]莫不皆然,非直吾赤縣神州[47]之民也。夫旣已嗜之矣,且徧嗜之矣,則小說之在一羣也,旣已如空氣如菽粟,欲避不得避,欲屏不得屏,而日日相與呼吸之餐嚼之矣。于此其空氣而苟含有穢質也,其菽粟而苟含有毒性也,則其人之食息于此間者,必憔悴,必萎病,必慘死,必墮落,此不待蓍龜[48]而決也。于此而不潔淨其空氣,不別擇其菽粟,則雖日餌以參苓[49],日施以刀圭[50],而此羣中人之老病死苦[51],終不可得救。知此義,則吾中國羣治腐敗之總根原,可以識矣。吾中國人狀元宰相之思想何自來乎? 小說也。吾中國人佳人才子之思想何自來乎? 小說也。吾中國人江湖盜賊之思想何自來乎? 小說也。吾中國人妖巫狐鬼(原本作"兔",據《中國近代文論選》本校改)之思想何自來乎? 小說也。若是者,豈嘗有人焉提其耳而誨之,傳諸鉢而授之也? 而下自屠爨販卒、嫗娃童稚,上至大人先生、高才碩學,凡此諸思想,必居一于是,莫或使之,若或使之,蓋百數十種小說之力直接間接以毒人,如此其甚也。(原注:卽有不好讀小說者,而此等小說旣已漸漬社會,成爲風氣。其未出胎也,固已承此遺傳焉。其旣入世也,又復受此感染焉。雖有賢智,亦不能自拔。故謂之間接。)今我國民惑堪輿[52],惑相命,惑卜筮,惑祈禳,因風水[53]而阻止鐵路,阻止開礦,爭墳墓而闔族械鬬,殺人如草,因迎神賽會,而歲耗百萬金錢,廢時生事,消耗國力者,曰惟小說之故。今我國民慕科第若羶[54],趨爵祿若鶩,奴顏婢膝,寡廉鮮恥,惟思以十年螢雪[55],暮夜苞苴[56],易其歸驕妻妾、武斷鄉曲一日之快，遂至名節大防，掃地以盡者，曰惟小說之故。今我國民輕棄信義，權謀詭詐，雲翻雨覆，苛刻涼薄，馴至盡人皆機心，舉國皆荆棘者，曰惟小說之故。今我國民輕薄無行，沈溺聲色，綣戀牀笫，纏綿歌泣于春花秋月，銷磨其少壯活潑之氣，青年子弟，自十五歲至三十歲，惟以多情多感多愁多病爲一大事業，兒女情多，風雲氣少[57]，甚者爲傷風敗俗之行，毒徧社會，曰惟小說之故。今我國民，綠林豪傑[58]，徧地皆是，日日有桃園之拜，處處爲梁山之盟，所謂"大碗酒，大塊肉，分秤稱金銀，論套穿衣服"[59]等思想，充塞于下等社會之腦中，遂成爲哥老、大刀等會[60]，卒至有如義和拳者起，淪陷京國，啓召外戎，曰惟小說之故[61]。嗚呼！小說之陷溺人羣，乃至如是，乃至如是！大聖鴻哲數萬言諄誨之而不足者，華士[62]坊賈一二書敗壞之而有餘。斯事既愈爲大雅君子所不屑道，則愈不得不專歸于華士坊賈之手。而其性質其位置，又如空氣然，如菽粟然，爲一社會中不可得避不可得屏之物，于是華士坊賈，遂至握一國之主權而操縱之矣。嗚呼！使長此而終古也，則吾國前途尚可問耶，尚可問耶！故今日欲改良羣治，必自小說界革命始；欲新民，必自新小說始。

中華書局排印本《飲冰室合集》論說文類

【註釋】

[1] 梁啓超（公元一八七三年——一九二九年）——字卓如，號任公，別署飲冰室主人，廣東新會人。清光緒十五年舉人，參與戊戌變法。入民國，歷官司法部總長、財政部總長，著《飲冰室合集》，包括文集與專集兩部分。

[2] 墳典索邱——即《左傳》所云三墳、五典、八索、九邱。這裏泛指先秦古籍。

[3] 能註蟲魚草木——《爾雅》第十三《釋草》、第十四《釋木》、第十五《釋蟲》、第十六《釋魚》，三國吳陸璣有《毛詩草木鳥獸蟲魚疏》兩卷，後人稱從事于箋釋名物的工作爲箋註蟲魚草木。韓愈《讀皇甫湜公安園池詩書其後》說："《爾雅》註蟲

魚，定非磊落人。”

［4］賞心樂事——謝靈運《擬魏太子鄴中集詩序》：“天下良辰、美景，賞心、樂事，四者難幷。”賞心，心情歡暢。

［5］窮鞫——鞫，窮。窮鞫卽窮究事理之意。

［6］境界——《無量壽經》：“斯義弘深，非我境界。”

［7］其所能觸能受之境界——《入阿毗達磨論》：“觸，謂根境識和合生，令生觸境，以能養活心所爲相。”《品類足論》：“受云何？謂領納性。此有三種，謂樂受、苦受、不苦不樂受。”《大毗婆沙論》：“如眼根等諸有境法，各于自境界，有所拘礙。”

［8］識想——《瑜伽師地論》：“識，謂現前了別所緣境界。”《俱舍論》：“想，謂于境取差別相。”

［9］利根——佛家語，謂根性明利。《法華經·藥草喩品》：“正見邪見，利根鈍根。”

［10］鈍根——佛家語，謂根機愚鈍。

［11］根器——佛家語，指修道者的能力。《大日經》疏：“略說法有四種，謂三乘及秘密乘，雖不應慳惜，然應觀衆生量其根器，而後與之。”

［12］善哉善哉二句——佛經中常用語。

［13］夫子言之二句——《孟子·梁惠王》：“夫子言之，於我心有戚戚焉。”戚戚，心情激動貌。

［14］眞諦——佛家語，又名第一義諦，指佛教認爲的最眞實的道理。

［15］批此窾導此窾——批，擊；窾，空。這句的意思是說打動人的心靈、啓發人的情性。語本《莊子·養生主》：“批大郤，道大窾。”

［16］熏——《成唯識論》：“依何等義，立熏習名？所熏，能熏，各具四義。令種生長，故名熏習。”又：“令所熏中，種子生長，如熏苣蕂，故名熏習。”

［17］楞伽經二句——《楞伽經》，佛經名。有四譯，今存三本：一、宋求那跋陀羅譯，名《楞伽阿跋多羅寶經》，凡四卷；二、元魏菩提流支譯，名《入楞伽經》，凡十卷；三、唐實叉難陀譯，名《大乘入楞伽經》，凡七卷。迷智爲識轉識成智——《佛地經論》：“轉識蘊依，得四無漏智相應心。謂大圓鏡心，廣說乃至成所作心。轉第八識，得大圓鏡智相應心。能持一切功德種子，能現能生一切身土智影像故。轉第七識，得平等性智相應心。遠離二執自他差別，證得一切平等性故。轉第六識，得妙觀察智相應心。能觀一切，皆無礙故。轉第五識，得成所作智相應心。能現成辦外所作故。”

［18］眼識——《品類足論》：“眼識云何？謂依眼根各了別色。”

[19] 刹那刹那——《大唐西域記》:“時極短者,謂刹那也。”《楞嚴經》:“刹那刹那,念念之間,不得停住。”

[20] 靈臺——心。《莊子·庚桑楚》:“不可內於靈臺。”

[21] 原質——譚嗣同《仁學》:“質點不出乎七十三種之原質。某原質與某原質化合,則成一某物之性;析而與他原質化合:或增某原質,減某原質,則又成一某物之性;即同數原質化合,而多寡主佐之少殊,又別成一某物之性。紛紜蕃變,不可紀極。”種子——佛家語。佛家謂眼識、耳識、鼻識、舌識、身識、意識、末那識、阿賴耶識爲八識。阿賴耶識有生一切染淨諸法之功能,與草木之種子相似,故即謂此種功能爲種子。《成唯識論》:“此第八識,或名種子識。能徧任持世出世間諸種子故。”

[22] 一切器世間句——佛家語,亦云器世界,謂一切衆生住居之國土世界。有情世間——佛家語,亦云衆生世間,指一切有生者而言。因一切有生者,皆墜於世中,故稱有情世間。成住——佛家語,四劫之二。四劫謂成、住、壞、空四劫也。成劫爲由初禪天下至地獄界次第成立之期;住劫爲此世間安隱成住之期;壞劫爲世間起火、水、風三大災,盪盡色界初禪天、二禪天及三禪天以下之期;空劫爲壞後空無一物之期。經此四期爲一大劫,而一大劫由八十中劫而成,即成、住、壞、空四期,每期有二十中劫也,每一中劫由一增一減之兩小劫而成。詳見《俱舍論》。

[23] 因緣——《大乘入楞伽經》:“一切法因緣生。”

[24] 菩提樹——植物名,梵語爲畢鉢羅。此植物係東印度原產。佛坐此樹下,證菩提果,故亦名菩提樹。菩提亦梵語,其意義爲覺爲道,故又稱覺樹或道樹。《大悲經》:“如是我聞:一時佛在摩伽陀國菩提樹下,初成正覺。”

[25] 華嚴——佛經名,詳稱《大方廣佛華嚴經》。本經爲佛成道後第一次說法,相傳由文殊菩薩與阿難結集,有上、中、下三本,中國所譯凡三種,皆其下本之抄略。東晉佛馱跋陀羅譯本六十卷,名《六十華嚴》;唐實叉難陀譯本八十卷,名《八十華嚴》;又唐般若續譯四十卷,名《四十華嚴》。

[26] 漸——《摩訶止觀》:“漸名次第,藉淺由深。”

[27] 頓——《大乘義章》:“自有衆生藉淺階遠,佛爲漸說;或有衆生一越解大,佛爲頓說。”

[28] 林沖雪天三限——見《水滸傳》第十回。

[29] 武松飛雲浦一厄——見《水滸傳》第三十回。

[30] 晴雯出大觀園——見《紅樓夢》第七十七回。

[31] 黛玉死瀟湘館——見《紅樓夢》第九十八回。

[32] 實甫之琴心酬簡——實甫即王實甫；《琴心》見《西廂記》第二本第四折，《酬簡》見第三本第四折。

[33] 東塘之眠香訪翠——孔尙任號東塘；《眠香》見《桃花扇》第六齣，《訪翠》見第五齣。

[34] 禪宗——佛敎宗派名，以達摩入華爲初祖，至神秀、慧能二大師，禪分南北。一棒一喝——禪家宗匠接人，或用棒，或用喝，藉此以促人覺悟。《景德傳燈錄》："臨濟義玄禪師問樂普曰：從上來，一人行棒，一人行喝，阿那箇親？對曰：總不親。師曰：親處作麼生？普便喝，師便打。"

[35] 野叟曝言——長篇小說。淸代夏敬渠作。共一百五十四回。敍述文素臣是文武全才，稍經患難後，得到寵遇。反映了作者熱中功名富貴妻財子祿的庸俗思想。

[36] 花月痕——長篇小說。題"眠鶴主人編次"，實爲淸代魏秀仁作。秀仁字子仁，福建侯官人。全書十六卷五十二回。書中的韋癡珠、韓荷生實際上體現了作者的理想：角逐官場，流連妓院。韋是潦倒終身，韓則飛黃騰達，表現了封建文人追求功名富貴的幻想，又流露出失意沒落者的感傷。

[37] 華嚴樓閣——《大方廣佛華嚴經》："爾時善財童子恭敬右遶菩薩摩訶薩已，而白之言：唯願大聖，開樓閣門，令我得入。時彌勒菩薩前詣樓閣，彈指出聲，其門卽開，令善財入。善財心喜，入已還閉。見其樓閣，廣博無量，同於虛空。"

[38] 帝網重重——《大方廣佛華嚴經》："普現如來所有境界，如天帝網，於中布列。"

[39] 一毛孔中——《維摩詰所說經》："以四大海水入一毛孔。"

[40] 萬億蓮花——《梵網經盧舍那佛說菩薩心地戒品第十》："是時釋迦卽擎接此世界大衆，至蓮華臺藏世界百萬億紫金剛光明宮中，見盧舍那佛，坐百萬蓮華赫赫光明座上。……爾時盧舍那佛，卽大歡喜，現虛空光體性本原成佛常住法身三昧，示諸大衆：……我已百阿僧祇劫修行心地，……住蓮花臺藏世界海。其臺周遍有千葉，一葉一世界，爲千世界。我化爲千釋迦，據千世界。復就一葉世界，復有百億須彌山，百億日月，百億四天下，百億南閻浮提，百億菩薩。釋迦坐百億菩提樹下，各說汝所問菩提薩埵心地。其餘九百九十九釋迦，各各現千百億釋迦，亦復如是。千花上佛，是吾化身；千百億釋迦，是千釋迦化身。"

[41] 一彈指頃——《法苑珠林》："《僧祇律》云：'二十念爲一瞬，二十瞬名一彈指。'"

[42] 百千浩刼——見本書第二册題闕成《錄鬼簿序》註[11]。

[43] 度世——度，渡、出。度世，出世。不二法門——佛家語。不二卽所謂一實之理，菩薩悟入此不二之理，謂之入不二法門。«維摩詰所說經»："乃至無有文字語言，是眞入不二法門。"

[44] 盧牟——«淮南子·要略»："盧牟六合，混沌萬物。"高誘注："盧牟，猶規模也。"

[45] 亭毒——亭，定。毒，安。«老子»："亭之毒之。""亭之毒之"，猶言定之安之。

[46] 凡有血氣者——«禮記·中庸»："凡有血氣者莫不尊親。"

[47] 赤縣神州——«史記·孟子荀卿列傳»："中國名曰赤縣神州。"

[48] 蓍龜——蓍，音尸，草名，其莖與龜，古人都取爲卜筮之用。

[49] 參苓——參，人參。苓，通藭，藥草名。

[50] 刀圭——量藥之具。«重修政和證類本草»："凡散藥有云刀圭者，十分方寸匕之一，准如梧桐子也。方寸匕者，作匕正方一寸，抄散取不落爲度。"

[51] 老病死苦——佛典稱生、老、病、死爲四苦。

[52] 堪輿——相地術，俗稱看風水。

[53] 風水——舊中國相宅、相墓的迷信數術，根據住宅基地或墳地形勢來推斷這一人家的禍福。郭璞«葬書»載："葬者乘生氣也。經曰，氣乘風則散，界水則止，古人聚之使不散，行之使有止，故謂之風水。"

[54] 慕科第若羶——羶，羊臭。這句用蟻慕羊臭比喻人們慕科第。«莊子·徐無鬼»："羊肉不慕蟻，蟻慕羊肉，羊肉羶也。"

[55] 螢雪——«晉書·車胤傳»："胤博學多通，家貧不常得油，夏月則練囊盛數十螢火以照書。"

[56] 暮夜苞苴——苞苴，賂賄。«荀子·大略»："苞苴行與？讒夫興與？"楊倞註："貨賄必以物苞裹，故總謂之苞苴。"暮夜苞苴卽私下送賄之意。

[57] 兒女情多二句——鍾嶸«詩品»："猶恨其兒女情多，風雲氣少。"

[58] 綠林——西漢末年，王匡、王鳳等聚衆起義，占據綠林山（今湖北當陽縣北），號稱綠林兵。見«後漢書·劉玄傳»。

[59] 大碗酒四句——«水滸傳»："論秤分金銀，異樣穿紬錦；成甕吃酒，大塊吃肉。"

[60] 哥老——會黨名，起於太平天国革命以前。太平天国革命失敗後，其勢始盛，有紅幫、青幫之分。大刀——袁昶«亂中日記»："義和團兵器有刀槍而無火炮，初起名曰大刀會。"

[61] 卒至有如義和拳者起四句——羅惇曧«拳變餘聞»："義和拳稱神拳，以降神召衆。……其神則唐僧、悟空、八戒、沙僧、黄飛虎、黄三太。"案義和拳激於民族義憤，不能與哥老、大刀等會相提並論，至其受«西遊記»«封神傳»«三國演義»«綠

牡丹》《七俠五義》諸小說影響，則是時代局限所致。

［62］華士——《新論》："齊之華士，栖志丘壑，而太公誅之。"

【說明】

梁啓超這篇《論小說與羣治之關係》，是清末資產階級改良主義者關於小說理論方面具有綱領性的文章。作於一九〇二年變法維新運動失敗之後。

文中有意識地把小說和當時的政治運動密切地聯繫起來，並要求小說爲改良主義政治服務。這是貫串全文的中心思想。基於這種認識，梁啓超提出了革新小說的主張，鮮明地表現了他的政治觀點。

他猛烈抨擊我國古代小說的內容，認爲其陷溺人心，敗壞國民道德，在於宣揚升官發財的狀元宰相思想，迷信落後的妖巫狐鬼思想，以及淫靡無聊的佳人才子思想等等。關於產生這種思想的社會根源，以及"中國羣治腐敗的總根源"，梁啓超認爲都是受了小說的影響，這種本末倒置的看法，當然是錯誤的。然而其中却強烈地表現出要求革新小說的精神，企圖把小說的內容從封建傳統思想的束縛中解脫出來，則有其進步意義。從另一個方面來看，當時清朝腐朽的統治搖搖欲墜，革命的浪潮已經洶湧澎湃地掀起，各地的會黨和零星的起義人民已將匯合成爲這個時代的巨流，文中惡毒地詛咒，"今我國民，綠林豪傑，遍地皆是，日日有桃園之拜，處處爲梁山之盟"；把"充塞於下等社會中"的"江湖盜賊"思想，看作毒蛇猛獸，深惡痛絕。這正反映了改良主義者對待革命的態度，暴露了他們的階級本質。

由於強調小說和政治的關係，梁啓超把小說的地位大大提高，認爲"小說爲文學之最上乘"。文中把小說這一文學體製的特徵，它對讀者的感染作用，歸納爲"熏""浸""刺""提"四點，頗能道出小說藝術的一些特點。又把小說分爲理想和寫實兩派；指出小說“常導人遊於他境界”，抒情狀物，能够“和盤托出，徹底而發露之”，初步接觸到創作方法的問題。這些，都把我國小說理論向前推進了一步。

附　錄

告小說家

梁啓超

小說家者流，自昔未嘗爲重於國也。《漢志》論之曰：“小道可觀，致遠恐泥。”楊子雲有言：“雕蟲小技，壯夫不爲。”凡文皆小技矣，矧於文之支與流裔如小說者？然自元明以降，小說勢力入人之深，漸爲識者所共認。蓋全國大多數人之思想業識，強半出自小說，言英雄則《三國》《水滸》《說唐》《征西》，言晳理則《封神》《西遊》，言情緒則《紅樓》《西廂》，自餘無量數之長章短帙，樊然雜陳，而各皆分佔勢力之一部分。此種勢力，蟠結於人人之腦識中，而因發爲言論行事，雖具有過人之智慧、過人之才力者，欲其思想盡脫離小說之束縛，殆爲絕對不可能之事。夫小說之力，曷爲能雄長他力？此無異故，蓋人之腦海如熏籠然，其所感受外界之業識如煙，每煙之過，則熏籠必留其痕，雖拂拭洗滌之，而終有不能去者存。其煙之霏襲也愈數，則其熏痕愈深固；其煙質愈濃，則其熏痕愈明顯。夫熏籠則一孤立之死物耳，與他物不相聯屬也；人之腦海，則能以所受之熏還以熏人，且自熏其前此所受者而擴大之，而繼演於無窮。雖其人已死，而薪盡火傳，猶蛻其一部分以遺其子孫，且集合焉以成爲未來之羣衆心理。蓋業之熏習，其可畏如是也。而小說也者，恆淺易而爲盡人所能解，雖富於學力者，亦常貪其不費腦力也而藉以消遣。故其霏襲之數，旣有以加於他書矣。而其所敍述，恆必予人以一種特殊之刺激，譬之則最濃之煙也。故其熏染感化力之偉大，舉凡一切聖經賢傳詩古文辭皆莫能擬之。然則小說在社會教育界所佔之位置，略可識矣。疇昔賢士大夫，不甚知措意於是，故聽其迂流波靡，而影響於人心風俗者則既若彼，質言之，則十年前之舊社會，大半由舊小說之勢力所鑄成也。憂世之士，睹其險狀，乃思執柯伐柯爲補救之計，於是提倡小說之譯著以躋諸文學之林，豈不曰移風易俗之手段莫捷於是耶？今也其效不虛。所謂小說文學者，亦既蔚爲大觀，自餘凡百述作之業，殆爲所侵蝕以盡。試一流覽書肆，其出版物，除教科書外，什九皆小說也。手報紙而讀之，除蕪雜猥屑之記事外，皆小說及遊戲文也。舉國士大夫不悅學之結果，《三傳》束閣，《論語》當薪，歐美新學，僅淺嘗爲口耳之具，其偶有執卷，舍小說外殆無良伴。故今日小說之勢力，視十年前增加倍蓰什百，此事實之無能爲諱者也。然則今後社會之命脈，操於小說家之手者泰半，抑章章明甚也。而還觀今之所謂小說文學者何如？嗚呼！吾安忍言！吾安忍言！其什九則誨盜與誨淫而已，或則尖酸輕薄毫無取義之遊戲文也，於以煽誘舉國青年子弟，使其桀黠者濡染於險詖鉤距作奸犯科，而摹擬某種偵探小說中之一節目。其柔靡者浸淫於目成魂與踰牆鑽穴，而自比於某種豔情小說之主人者。於是其思想習於污賤齷齪，其行誼習於邪曲放蕩，其言論習於詭隨尖刻。近十年來，社會風習，一落千丈，何一非所謂新小說者階之厲？循此橫流，更閱數年，中國殆不陸沉焉不止也。嗚呼！世之自命小說家者乎？吾無以語公等，惟公等須知因果報應，爲萬古不磨之眞理，吾儕操筆弄舌者，造福殊艱，造孽乃至易。公等若猶是好作爲妖言以迎合社會，直接阬陷全國青年子弟，使墮無間地獄，而間接戕賊吾國，惟使萬劫不復，則天地無私，其必將有以報公等，不報諸其身，必報諸其子孫；不報諸今世，必報諸來世。嗚呼！吾多言何益？吾惟願公等各還訴諸其天良而已。若有聞吾言而惕然戒懼者，則吾將更有所言也。

中華書局《飲冰室合集·文集》第十二册

官場現形記序

佚　名

昔孔子作《春秋》而亂臣賊子懼，孔子曰："知我者其惟《春秋》乎？罪我者其惟《春秋》乎？"大聖人以教世爲心，固不避宵小輩大奸慝之仇之也。而壹意孤行，爲若輩繪影繪聲，定一不磨之鐵案，不但今日讀之，奉爲千秋公論，即若輩當日讀之，亦色然神驚，而私心沮喪也。嗚呼！文字之感人也深矣。而今日繼起者果誰乎？

老友南亭亭長迺近有《官場現形記》之著，如頰上之添毫，纖悉畢露，如地獄之變相，醜態百出，每出一紙，見者拍案叫絕。熟於世故者，皆曰，是非過來人不能道其隻字；而長於鑽營者，則曰，是皆吾輩之先導師。知者見知，仁者見仁，入鮑魚之肆，而不自知其臭，其斯之謂乎？夫今日者，人心已死，公道久絕，廉恥之亡於中國官場者，不知幾何歲月，而一舉一動，皆喪其羞惡之心，幾視天下卑污苟賤之事，爲分所應爲。寵祿過當，邪所自來，竟以之興廢立篡竊之禍矣。戊戌、庚子之間，天地晦黑，覺羅不亡，殆如一綫。而吾輩不畏強禦，不避斧鉞，筆伐口誅，大聲疾呼，卒伸大義於天下，使若輩凜乎不敢犯清議，雖謂《春秋》之力至今存可也。而孰謂草茅之士不可以救天下哉？《官場現形記》一書者，新學家所謂若輩之內容，而論世者所謂若輩之實據也。

僕嘗出入卑鄙齷齪之場，往來奔競貪緣之地，耳之所觸，目之所炫，五花八門，光怪萬狀。覺世間變幻之態，無有過於中國官場者，而口吶吶不能道，筆藟藟若鈍椎，胸際穢惡，腕底牢騷，嘗苦一部廿四史不知從何處說起。今日讀南亭之《官場現形記》，不覺喜曰：是不啻吾意中所出。吾一生歡樂愉快事，無有過於此時者。蓋吾輩嫉惡之性，有同然者也。

嗟嗟！神禹鑄鼎，魑魅夜哭；溫嶠燃犀，魍魎避影。中國官場久爲全球各國不齒於人類，而若輩窮奇渾沌，跳舞拍張，方且謂行莫予泥，令莫予違，一若睥睨自得也者。而不意有一救世佛焉，爲之放大千之光，攝世界之影，使一般之蠕蠕而動，蠢蠢以爭者，咸畢現於菩提鏡中，此若輩意料所不到者也。然而存之萬世之下，安知不作今日之《春秋》觀，而今日之知我罪我，則我又何所計及乎？是爲序。

中華書局《晚清文學叢鈔·小說戲曲研究卷》卷三

說小說(雜說)

〔清〕吳沃堯

吾人生於今日，當世界交通之會，所見所聞，自較前人爲廣。吾每見今人動輒指謫前人爲譾陋者，是未嘗設身處地，爲前人一設想耳。風會轉移，與時俱進，後生小子，其見識或較老人爲多，此非後生者之具有特别聰明也，老人不幸未生於此時會也。非獨後生於老人爲然，卽一人一身之經歷亦然。十年後之理想之見識，必較十年前爲不同，此則風會轉移之明徵矣。今之動輒喜訾議古人者，吾未聞其自訾襁褓時之無用，抑又何也？

輕議古人固非是，動輒牽引古人之理想，以闌入今日之理想，亦非是也。吾於今人之論小說，每一見之。如《水滸傳》，誌盜之書也，而今人每每稱其提倡平等主義。吾恐施耐庵當日，斷斷不能作此理想。不過彼敍此一百八人，聚義梁山泊，恰似一平等社會之現狀耳。吾曾反覆讀之，意其爲憤世之作。吾國素無言論自由之說，文字每易賈禍，故憂時憤世之心，不得不託之小說。且託之小說，亦不敢明寫其事也，必委曲譬喻以爲寓言，此古人著書之苦況也。《水滸傳》者，一部貪官汚吏傳之别裁也。梁山泊一百八人，強半爲在官人役，如都頭也，教師也，里正也，書吏也，而一一都歸結於爲盜，則著者之視在官人役之爲何如可知矣。而如是等等之人之所以都歸結於爲盜者，無非官逼之使然，則著者之視官爲何如亦可知矣。吾雖雅不欲援古人之理想，以闌入今日之理想，然持此意以讀《水滸傳》，則謂《水滸傳》爲今日官吏之龜鑑也亦宜。

《鏡花緣》一書，可謂之理想小說，亦可謂之科學小說。其所敍海外各國，皆依據《山海經》，無異爲《山海經》加注疏；而其諷世、理想、科學等，遂借以寓於其中。吾最喜其女兒國王強迫林之洋爲妃與之纏足一段。其意若曰：汝等男子，每以女子之小足爲玩具，盍一返躬爲之，而親嘗其痛苦哉！全書所載，各種藝術，又皆分配於各人，尤爲得體。不似《野叟曝言》，獨以一文素臣爲通天本事之人，荒誕不經也。

《金瓶梅》、《肉蒲團》，此著名之淫書也，然其實皆懲淫之作。此非獨著者之自負如此，即善讀者亦能知此意，固非余一人之私言也。顧世人每每指爲淫書，官府且從而禁之，亦可見善讀書者之難其人矣。推是意也，吾敢謂今之譯本偵探小說，皆誨盜之書。夫偵探小說，明明爲懲盜之書也，顧何以謂之誨盜？夫仁者見之謂之仁，智者見之謂之智。若《金瓶梅》、《肉蒲團》淫者見之謂之淫，偵探小說，則盜者見之謂之盜耳。嗚呼！是豈獨不善讀書而已耶？毋亦道德缺乏之過矣。社會如是，捉筆爲小說者，當如何其愼之又愼也。

作小說令人喜易，令人悲難，令人笑易，令人哭難。吾前著《恨海》僅十日而脫稿，未嘗自審一過，即持以付廣智書局。出版後偶取閱之，至悲慘處，輒自墮淚，亦不解當時何以下筆也。能爲其難，竊用自喜。然其中之言論理想，大都皆陳腐常談，殊無新趣，良用自歉。所幸全書雖是寫情，猶未脫道德範圍，或不致爲大君子所唾棄耳。

人民文學出版社《中國近代文論選》上

論小說之勢力及其影響

陶曾佑

咄！二十世紀之中心點，有一大怪物焉：不脛而走，不翼而飛，不叩而鳴；刺人腦球，驚人眼簾，暢人意界，增人智力；忽而莊，忽而諧，忽而歌，忽而哭，忽而激，忽而勸，忽而諷，忽而嘲；鬱鬱葱葱，兀兀矻矻，熱度驟躋極點，電光萬丈，魔力千鈞，有無量不可思議之大勢力，於文學界中放一異彩，標一特色。此何物歟？則小說是。自小說之名詞出現，而膨脹東西劇烈之風潮，握攬古今利害之界線者，唯此小說；影響世界普通之好尙，變遷民族運動之方針者，亦唯此小說。小說！小說！誠文學界中之占最上乘者也。其感人也易，其入人也深，其化人也神，其及人也廣。是以列強進化，多賴稗官，大陸競爭，亦由說部，然則小說界之要點與趣意，可略覘一斑矣。西哲有恆言曰：小說者，實學術進步之導火線也，社會文明之發光線也，個人衞生之新空氣也，國家發達之大基礎也。擧凡宙合之事理，有爲人羣所未悉者，莊言以示之，不如微言以告之；微言以告之，不如婉言以明之；

婉言以明之，不如妙譬以喻之；妙譬以喻之，不如幻境以悅之：而自來小說大家，皆具此能力者也。盡彼小說之義務，振彼小說之精神，必使芸芸之人羣，胥含有一種黏液小說之大原質，乃得以膺小說界無形之幸福。於文學黑暗之時代，放一線之光明。可愛哉，孰如小說！可畏哉，孰如小說！學術固賴以進步，社會亦賴以文明，個人固賴以衞生，國家亦賴以發達。而導火線也，發光線也，新空氣也，大基礎也，介紹允當，誠非西哲之誣言，實環球萬古莫得而移之定論也。激昂磅礴，潮流因之大揚，而嚣俄、笠頓、托爾斯泰、福祿特爾、淚香小史、愛西古羅輩，皆感此宗風，先後迭起，不惜憚其理想，耗其心血，秃其筆管，染其素箋，一躍而登此莊嚴美麗之舞臺中，一奮而萃此醒瞶震聾之盤渦裏。事分今古，界判東西，寓言演義，開智覺迷，此小說之結構，有縱有橫，有次有序，且有應盡之義務也。英雄兒女，勝敗興亡，描摩意態，不惜周詳，此小說之敍事，無鉅無細，維妙維肖也。詞清若玉，筆大如椽，奇思妙想，掌開化權，此小說之內容，重慷慨悲歌，陸離光怪也。芸窗繡閣，游子商人，潛心探索，興味津津，此小說之引導，宜使人展閱不倦，恍如身當其境，親晤其人，無分乎何等社會也。噫！一小說之微，而竟有如斯之法律，以圭臬於著述界之前途，亦咄咄怪事！咄咄怪事！

天下無不有小說之國家，亦無不有作小說之文士。吾不患作小說者無人，而特患讀小說者之無人；吾不患讀小說者無人，而特患愛小說者之無人。試調查吾支那之人羣，對於小說界之觀念，今人成人以上，智識幼稚，思想胚胎，丁斯時代，愛之尤篤。閱之未久，嗜之既深，或往往爲野蠻官吏之所燬禁，頑固父兄之所訶責，道學先生之所指斥。然反動力愈漲，而原動力愈高，戀愛之性質，勃勃而莫能遏。於是多方百計以覓得之，潛訪轉懇以搜羅之；未得則耿耿於心胸，縈縈於夢寐；既得則茶之餘，酒之後，不惜糜腦力勞心神而探索之研求之。至其價值之優劣，經濟之低昂，固不計及也。此除別具特性，苦樂異人者外，常人之情，莫不皆然。其所以愛之之故，無他道焉，不外窮形盡相，引人入勝而已。他種文字，斷難至是，斷難至是。

吾今敢上一鞏固完全之策，以貢獻於我特別同胞之前曰：欲革新支那一切腐敗之現象，盍開小說界之幕乎？欲擴張政法，必先擴張小說；欲提倡教育，必先提倡小說；欲振興實業，必先振興小說；欲組織軍事，必先組織小說；欲改良風俗，必先改良小說。同胞注意注意！昌明暗線，誘掖國民，慎毋弁髦視之，塵羹棄之，鄙瑣忽之。其旁徵祖國之新談，彙取亞、歐之歷史，手著精繹，文俚並行，庶幾臥倒之雄獅，奮躍雄飛於大陸；亦且半開之民族，自強獨立於神州。吾請以是爲熱心愛國者告，又以是爲主張開智者期，更以是爲放棄責任者警。

一九〇七年《月月小說》第八號

麗韓[1]十家文鈔序

梁啓超

韓之遺民金澤榮[2]，最錄其國先達之文之雅正[3]者，命曰“麗韓九家文”，以貽其友王性淳[4]。王氏復益[5]以金氏所作爲十家，家寫一篇，而介張季直[6]先生以請序於余。余常以爲凡論詩文，非讀全集，不能有所評騭[7]，僅此十篇者，不足以見十家之造詣之所至明矣，不足以見彼都[8]文運升降之跡益明矣。然吾讀此而歎彼都固嘗大有人在。即此十篇者，而其士夫所蘊蓄、所崇尚、所詒播[9]，蓋可見也。

夫國之存亡，非謂夫社稷、宗廟之興廢也[10]，非謂夫正朔、服色之存替也[11]。蓋有所謂國民性者。國民性而喪，雖社稷、宗廟、正朔、服色儼然，君子謂之未始有國也。反是，則雖微社稷、宗廟、正朔、服色，豈害爲有國！國民性何物？一國之人，千數百年來受諸其祖若宗，而因以自覺其卓然別成一合同而化之團體以示異於他國民者是已。國民性以何道而嗣續？以何道而傳播？以何道而發揚？則文學實傳其薪火而管其樞機[12]。明乎此義，然後知古人所謂文章爲經國大業、不朽盛事者[13]，殊非夸[14]也。

今歲歐洲大戰，有胎禍之一國曰塞爾維亞[15]者，世所共聞也。此國之亡，嘗七百年矣。距今百年前，乃始光復舊物，漸得列於附庸。今乃攘臂與世界一大名國戰，而勝敗尙在不可知之數。彼獨非世之鮮民[16]也哉？而至竟若是。吾嘗稽其史乘[17]，知其人尊尙其先民之文學也至深厚，因文學而憶記其先烈，而想慕之，而謳歌之，而似續[18]之，不復其初焉而不止也。豈惟塞爾維亞，希臘也，意大利也，德意志也，皆若是已耳。夫生爲今日之韓人者，宜若爲宇宙間一奇零之夫[19]，無復可以自效於國家與天壤[20]。顧以吾所持論，則謂宇宙間安有奇零人，人自奇零而已。苟甘自奇零，則當世名國中奇零之人又豈尠[21]，獨韓人也歟哉！然則金、王二君之志事，於是乎可敬，而十家文之鈔輯，於是乎非無用矣。

甲寅[22]除夕，中華梁啓超序。

中華書局《飲冰室合集·文集》第十二册

【註釋】

[1] 麗韓——朝鮮古代有高麗、三韓的名稱，這裏用"麗韓"一詞稱朝鮮。

[2] 金澤榮(?——公元一九二三年左右)——字于霖，號滄江，朝鮮開城人。詩人、書法家、歷史學家。李王朝末年，任編史官。甲午中日戰爭前，張謇赴朝鮮，見其詩，大加贊揚，名大著。朝鮮亡國前來中國，先至蘇州，與俞樾相識，後即至南通依張謇，主辦翰墨林印書局事。康有爲、呂思勉諸人都和他有交往。著有《韓史棨》、《崧陽耆舊傳》、《滄江詩集》等。

[3] 最錄——總錄。先達——有聲望的前輩。雅正——典雅純正。

[4] 貽——贈送。王性淳(公元一八六八年——?)——字原初，朝鮮開城人。曾參加一八八七年"庭試"，中"丙科"。他是金澤榮的姻戚，曾爲金的《崧陽耆舊傳》前編二卷校字。

[5] 益——增加。

[6] 介——凡因此以交於彼，皆謂之介。張季直——張謇(公元一八五三——一九二六年)，號嗇翁，季直是他的字。江蘇南通人。近代著名的立憲派資本家。他是光緒二十年進士，曾以狀元入翰林，官修撰，在文學方面也有成就。著有《張季子九錄》及《嗇翁自訂年譜》等。

[7] 評隲——評定。

[8] 都——國。

[9] 蘊蓄——指懷藏。詒播——傳播。

［10］社稷宗廟句——社稷爲古代帝王諸侯所祭祀的土神和穀神，亦爲國家的象徵和代稱。古滅國，則變置其社稷。宗廟爲古代帝王諸侯祭祀祖宗的處所，亦爲王室的代稱。古滅國，往往毁其宗廟。

［11］正朔服色句——《禮記·大傳》："聖人南面而治天下……改正朔，易服色"。按：正爲一年的開始，朔爲一月的開始，正朔指一年第一天開始的時候，亦借指曆法。服色爲古代諸王朝所定的車馬祭牲的顔色，後世亦以稱品官的服飾。

［12］傳其薪火——語出《莊子·養生主》"指窮於爲薪，火傳也，不知其盡也"。意謂柴雖燒盡，火種仍可留傳。這裏用以說明文學可以留傳一國之國民性。管其樞機——掌握它的關鍵。

［13］古人所謂句——古人指曹丕。他在《典論論文》中說："蓋文章，經國之大業，不朽之盛事。"

［14］夸——大，華言無實。

［15］胎禍——《漢書·枚乘傳》："福生有基，禍生有胎。"胎，始，指事物的基始、根由。塞爾維亞——塞爾維亞人在巴爾幹半島西岸中部建立的國家。十四世紀末被土耳其人征服。十九世紀初取得自治地位。一八七七——一八七八年俄土戰爭後獨立。一九一四年，奥匈帝國統治區内的塞爾維亞青年刺殺了奥國的軍國主義的皇太子，奥匈帝國認爲吞併塞爾維亞的機會已經到來，遂以此事爲導火綫，向塞爾維亞宣戰，揭開了第一次世界大戰的序幕。奥匈帝國崩潰後，以塞爾維亞爲中心形成塞爾維亞——克羅地亞——斯洛文尼亞王國。一九二九年改稱南斯拉夫王國。現在塞爾維亞仍是南斯拉夫最大的成員共和國。首府貝爾格萊德。

［16］鮮民——孤苦的人。《詩經·蓼莪》："鮮民之生，不如死之久矣。"

［17］史乘——"乘"本爲晋國史書的名稱，後因稱一般史書爲史乘。

［18］似續——同"嗣續"，似通嗣。

［19］奇零之夫——意謂多餘的人。奇零亦作畸零，零星的，不成整數的。

［20］天壤——天地。

［21］尟——同鮮，少。

［22］甲寅——即公元一九一四年。

【說明】

在中國近代史上，由于帝國主義的侵略，民族災難的深重，曾經產生許多愛國主義的文學作品，並且引起一些愛國作家對它進行理論上的總結，探討文學在民族鬥爭中的作用，努力把愛國主義注入文學批評。早在鴉片戰爭時期，林昌彝就寫下了著名的《射鷹樓詩話》。本書所選的《普天忠憤集自序》、《中東大戰演義自序》、《謝皐羽晞髮集後序》，都是這方面的重要論文。而梁啓超的這篇《麗韓十家文鈔序》，則進一步論述了文學與民族的關係。

爲了說明這個問題，本篇首先強調"國民性"對于一個民族的重要，認爲眞正標誌着國家和民族存亡的，並不是社稷、宗廟、正朔、服色的存亡，而是"千數百年來受諸其祖若宗，而因以自覺其卓然別成一合同而化之團體以示異於他民族"的"國民性"的存亡。這裏所謂的"國民性"，實際上就是民族性格，民族精神，道理顯然是正確的。斯大林在談到民族的基本特徵時曾經說過："民族是人們在歷史上形成的一個有共同語言、共同地域、共同經濟生活以及表現於共同文化上的共同心理素質的穩定的共同體。"本篇首先強調的，實際上也就是作爲民族四大基本特徵之一的"共同心理素質"。

"國民性以何道而嗣續？以何道而傳播？以何道而發揚？則文學實傳其薪火而管其樞機。明乎此義，然後知古人所謂文章爲經國大業、不朽盛事者，殊非夸也。"這就把文學與民族的關係講得很清楚了。只要我們看看神話在一個民族發展過程中所起的作用，就不難看出這個觀點確實"非夸"。在這裏，梁啓超已經把曹丕關於文學的名言注進了新的內容，使它獲得新的生命，雖然未提"共同文化"，但却準確地抓住了表現一個民族"共同心理素質"的"共同文化"的重點。

爲了論證上述觀點，本篇還熱情贊揚塞爾維亞人"尊尙其先民之文學也至深，因文學而憶記其先烈，而想慕之，而謳歌之，而似續之，不復其初焉而不止也”，認爲這是他們能够在亡國七百年之後光復舊物的一個重要原因，是他們能够攘臂抗擊奥匈帝國的一個重要原因。這不但高度評價了塞爾維亞人民和塞爾維亞文學，而且也爲疑爲“奇零之夫，無復可以自效於國家與天壤”的朝鮮遺民指出了一條運用文學發揚民族精神的救國途徑。作者通過《麗韓十家文鈔》看到朝鮮“大有人在”，熱情贊揚金澤榮等人所走的正是這條道路，不同意他們都是“奇零之夫”的說法，對於他們鈔輯此書深表敬佩，這更是對愛國的朝鮮文學家的有力鼓舞。長期以來，中朝人民一直面臨着反對帝國主義，爭取民族解放的共同任務，一貫互相同情，互相支援，梁啓超的這篇《麗韓十家文鈔序》正是在這樣的基礎之上產生的。它既是中朝友誼在文學理論領域的生動體現，也是文學理論開放在中朝友誼之中的一枝艷麗的鮮花。

附　錄

謝皐羽晞髪集後序

鄧　實

余往讀謝皐羽《冬青樹引》、《西台痛哭記》，未嘗不深悲其爲人，顧以未得讀全集爲憾。戊戌鄉居，讀梨洲先生文集，見所爲徐野公《謝皐羽年譜游錄注》序，又以未得讀野公書爲憾。乙巳之春，余在海上，無錫徐君槼贈余以平湖陸大業刊《晞髮集》一册，云得之滑縣暴氏，凡詩八卷，文二卷，審之則僅正集，而缺其遺集，求之年餘不可得。丙午秋，聞杭嘉惠堂藏書最富，貽書求之，則陸刊遺集，欣然見寄，於是二册相合，乃成完璧，而野公所爲《皐羽年譜游錄注》，亦於嘉惠堂鈔得之，遂以附於集後，黄梨洲《西台痛哭記注》、丁謙甫《皐羽墓錄》及明刊本序、祝本序並附焉，於是而《晞髮全集》，雖不能復明初二十八卷之舊，而亦可謂完善矣。蒐輯既竟，以付國學保存會刊行之，因陸本舊刻精美，遂用石影印，以存吾國美術之粹。爲之序曰：

文之在天地間，至於千百年之久，而猶使人讀之而歌而泣而悲啼而欲起舞者，必其文之感人爲至深，入人爲至切者也。是故有治世之文焉，有亂世之文焉，有興國之文焉，有亡國之文焉；而治世興國之文，終不及亂世亡國之文之足以傳之久遠，令人流連詠嘆憑弔欷噓而不已者，則以其境則然也。自古以來，在殷有箕子，過故墟而欲泣，乃作《麥秀》之歌；在楚有屈原，憂愁幽思，而作《離騷》；在晉有陶潛，疾劉裕之篡，作《飲酒詩》、無弦琴以寄意；在唐有杜甫，傷契丹、吐蕃之亂，述《北征》、《諸將》詩以告哀：後之人讀其詩，論其世，而知其人，未有不爲之歎息感動者。謝皋羽生於宋季，目擊虜禍之烈，以布衣參文山軍，輾轉流落，卒無救於亡國，文山既死，而皋羽亦放廢自隱。然故國之戚，時時不忘，隻身行遯，遇山川池榭，雲嵐草木，與所別處，及其時適相類，則徘徊顧盼，失聲痛哭，談勝國事，輒悲鳴不勝，所爲詩文，多廋詞隱語，人莫能識，而大抵皆傷心之作。嗚呼，若皋羽者，其所遇之境愈可悲，而其文辭亦愈苦矣！此余所以讀皋羽文而不能毋動也。黄梨洲先生晚年忽愛皋羽之文，全榭山謂其所處之境則同而然。然則余之愛皋羽文，去梨洲二百餘年，猶是梨洲之志也夫！皋羽謂阮步兵死，空山無哭聲，且千年。今去皋羽之死，又將千年矣，而空山之無哭聲如故也。雖然，當神州陸沈宗社丘墟之際，吾知恢復中原之壯圖，必非可以一哭了者；然而哭且無之，不亦重可哀也哉！

《國粹學報》第二十一期

心　　聲

金天翮

聞之聰國子，聰國子聞之㐱國子：入人國者其士譎，其聲龐，其志敢以奮，其國力必雄，其土必日益，其政必矯強而熹有事，此據亂之國也。入人國而其士倜，其聲怯，其志柔以瑣，其國力必弱，其土必僅存，其政必萎靃而不可以扶植，此閉治之國也。故聽其聲，知其士，觀其士，知其治亂興廢之效。

夏、商、周之季，漢之季，晉以後六代之季，國之疢者也。夏、商之聲也嘶，周之聲也厲，漢之聲也危，六代之聲也媮。其嘶也，悲也，其厲與危也，有復之志也；其媮也，則不足以爲士矣。

醫者入門而視羸尫之疾，望聞切脈，必先聽其聲息之高下以差。夫士，國之肝腎，夫士之言，國之聲息也。肢體僨而聲息雄，議論不少倦，中宮之氣必完，斡必終固。肢體強而聲息弱，非偃瘝不省，則喁喁焉耗於卉物燕私之歌泣，雖貌充而神悴，正氣之滚，而貞斡之不足恃也久矣。夫人受天地之中，資五氣之和，故發喉引聲，和言中宮，危言中商，疾言中角，微言中徵、羽。宮爲君，商爲臣，角爲民，徵爲事，羽爲物。然則商、角之奏，何爲而闃不接於吾之耳哉？

疹國子謂聰國子曰："子何聽？"曰：聽士之心。夫古淡夷愉，鏘喤而閫鞳，此元音之美調，吾久不得聞之矣。若夫席酣履適，褭獨以爲至，腐音淫響，纖態仄調，轡鯨呿於哇鳴，諸鳳吹於蚓竅。於斯時也，僝焉媮息，餔焉不得日，乃有警旦之士，喚大魇而使之覺，攄血淚，茹古憤，引吭長嘆，一嘯百應，冷然得秋曉之氣。余初聞之，凄於魄，恫於神，近之而哀，遠之而益哀，莫或撕之，若或提之。意者，向也媮而今也厲，其國力之轉，四萬萬人之沈瘵有瘳乎！《易》曰："鳴鶴在陰，其子和之。"言聲氣之遠，千里之外應之也。《詩》曰："鶴鳴於九皋，聲聞於天。"言聲氣之高，天聽邇而有所聞也。斯音也，號召衆籟之喑噎，披豁羣竅之聾聵，滌蕩凭絃之淫聽，張皇金石之雅奏，雖未嘗中國力，然而聲動天地，溢於海澨，有善審音者，入吾國，遘吾士，可以悚然而退，不得復曰國無人國無人矣。

聰國子又曰："今泰西諸國之聲，尨而譎，擾亂之國也，非我所聞之聲也。吾望吾國民進乎技矣！"疹國子問曰："子之說有所根據耶？意而爲此耶？"曰："樂人敂鐘磬於廟，童子謠而商女悲，見微者聰矣。地氣之南，聞鵑聲而知之。子何視文士之心之渺焉乎哉！"

《國粹學報》第二十八期

中東大戰演義[1]自序

〔清〕洪興全[2]

從來創說者，事貴出乎實，不宜盡出於虛，然實之中虛亦不可無者也。苟事事皆實，則必出於平庸，無以動詼諧者一時之聽。苟事事皆虛，則必過於誕妄，無以服稽古[3]者之心。是以余之創說也，虛實而兼用焉。至於中日之戰，天粧台[4]畏敵之羞，劉公島[5]獻船之醜，馬關訂約，臺澎割地，種種實事，若盡將其詳而遍載之，則國人必以我為受敵人之賄，以揚中國之恥；若明知其實，竟捨而不登，則人又或以我為畏官吏之勢，而效金人之緘口[6]。嗚呼！然則創說之實，亦戛戛乎難之矣！至若劉大帥[7]之威，鄧管帶[8]之忠，左夫人[9]之節，宋宮保[10]之勇，生番主[11]之橫，及其餘所載劉將軍[12]用智取勝，樺山氏[13]遣使詐降等事，余不保其必無齊東野人之言[14]。既知其為齊東野人之言，又何必連番細寫？蓋知其為齊東野人之言者余也，非讀者也。然事既有聞於前，凡有一點能為中國掩羞者，無論事之是否出於虛，猶欲刊載留存於後，此我國臣民之常情也。故事有時雖出於虛，亦不容不載。余之創是說，實無謬妄之言，惟有聞一件記一件，得一說載一說，虛則作實之，實則作虛之，虛虛實實，任教稽古者詼諧者互相執博，余亦不問也。謹誌數言，以白吾志。

中華書局《甲午中日戰爭文學集》第二卷

【註釋】

[1] 中東大戰演義——反映中日甲午戰爭的章回小說，故事始於東學黨起事，終於

劉永福還鄉，共三十三回，一九〇〇年香港中華印務總局刊行。

［2］洪興全——太平天国玕王洪仁玕的兒子。

［3］稽古——猶言考古，謂考證史實。

［4］天粧台——地名，位於遼河西岸，營口背後，亦名田莊台。一八九五年，湖南巡撫吳大澂統帥的湘軍大敗於此。

［5］劉公島——位於山東威海衞港口。一八九五年，日軍佔領威海炮臺後，北洋艦隊被迫移泊劉公島海面，於丁汝昌自殺後投降。

［6］金人之緘口——金人卽銅人。《孔子家語·觀周》："孔子觀周，遂入太祖后稷之廟，廟堂石階之前，有金人焉，三緘其口，而銘其背曰：古之愼言人也。"

［7］劉大帥——湘軍首領劉坤一。

［8］鄧管帶——致遠艦管帶鄧世昌。

［9］左夫人——在平壤英勇犧牲的清軍將領左寶貴的夫人。

［10］宋宮保——淮軍總統宋慶。

［11］生番主——指臺灣少數民族首領。

［12］劉將軍——黑旗軍首領劉永福。

［13］樺山氏——日本任命的臺灣總督樺山資紀。

［14］齊東野人之言——意謂民間傳說。《孟子·萬章》："此非君子之言，齊東野人之語也。"

【説明】

虛與實的問題一向是文學創作中的重要問題。這個問題在古代小説理論中受到重視，是在浪漫主義小説《西遊記》出現以後。本書第三册選註的《西遊記題詞》，就是古代小説理論中論述這個問題的較早的一篇。洪興全的這篇《中東大戰演義自序》，產生於民族災難空前嚴重的中日甲午戰爭之後，則從愛國主義角度對這個問題進行了比較深入的論述。

本篇首先認爲"從來創説者，事貴出乎實"，一開頭就肯定小説也必須建立在眞實的基礎上。"然創説之實，亦戞戞乎難矣！"除去要求作家不"畏官吏之勢"，不"效金人之緘口"之外，還要求作家必須講究寫作方法，"虛實兼用"，實中有虛。"苟事事皆實，則必出於平庸，無以動詼諧者一時之聽。”若將中國在帝國主義侵略之下的種種實事“詳而遍載”，“則國人必以我爲受敵人之賄，以揚中國之恥”。因此，本篇要求作家要站在愛國主義高度進行創作，既要對種種實事加以剪裁取捨，反映事物本質，不搞自然主義，以免親痛仇快，又要根據“我國臣民之常情”，“連番細寫”那些“能爲中國掩羞”的“齊東野人之言”。由此可見，本篇所說的“虛實兼用”，實際上就是提倡藝術眞實而反對機械模擬，提倡在生活眞實基礎上進行虛構誇張而反對憑空揑造。這些主張是符合文藝本身規律的。

附　　錄

觚　菴　漫　筆（選錄）

觚　菴

歷史小說最難作，過於翔實，無以異於正史。讀《東周列國志》，覺索然無味者，正以全書隨事隨時，摘錄排比，絕無匠心經營於其間，遂不足刺激讀者精神，鼓舞讀者興趣。若《三國演義》，則起伏開合，縈拂映帶，雖無一事不本史乘，實無一語未經陶冶，宜其風行數百年，而婦孺皆耳熟能詳也。

中華書局《晚清文學叢鈔·小說戲曲研究卷》卷四

《後南柯》題詞

王嶽崧

競爭時世，正列強環伺，狡焉思啓。眼見中原乾淨土，一任鯨吞而已。蠢爾微蟲，禦侮有心，戮力堅團體。物猶如此，何爲人不如蟻。　憶昔玉茗風流，南柯作記，幻想在空際。嗣響詞人期救世，危語切中時敝。因

幻求眞，反虛課實，保種心誠矣。休云小說，人心風俗關係。（《百字令》）

中華書局《晚清文學叢鈔·傳奇雜劇卷》下册

《後南柯》又序

洪棟園

或問於余曰：昔時湯臨川先生有《南柯記》之編，而子是作又名《後南柯》，亦借蟻爲喻，意者以湯意未盡，而爲東施效顰乎？抑羡慕成作，而爲邯鄲學步耶？余應之曰：否，否。臨川先生《南柯記》，大旨以世人之溺於富貴榮華，故託之於夢，欲人之以眞爲幻也。茲編大旨，以世人沉迷醉夢，故託之於蟻，欲人之以幻爲眞也。且《南柯記》以淳于生爲主，而以蟻爲賓；茲編則以淳于生爲賓，以蟻爲主。《南柯記》以解脫塵累爲指歸，覺後便能成佛；茲編則以大聲疾呼爲宗旨，覺後尙須有爲。雖取譬同，而主意則處處不同，事事反對，此其所以爲《後南柯》歟！譬如尹刑並列，雖同是面目，而體態神情必不能相肖，亦無取乎相肖，且妙在不相肖也。是名同而實異，雷同重複之譏可以免矣。明眼人自能知之，不待僕之贅言也。編者又識。

中華書局《晚清文學叢鈔·傳奇雜劇卷》下册

論文學上小説之位置

〔清〕狄葆賢[1]

吾昔見東西各國之論文學家者，必以小説家居第一，吾駭焉。吾昔見日人有著《世界百傑傳》者，以施耐庵與釋迦、孔子、華盛頓、拿破侖並列，吾駭焉。吾昔見日本諸學校之文學科，有所謂《水滸傳講義》《西廂記講義》者，吾駭焉。繼而思之，何駭之與有？小説者，實文學之最上乘也[2]。世界而無文學則已耳，國民而無文學思想則已耳，苟其有之，則小説家之位置，顧可等閑視哉！

小説爲文學之最上乘，亦有説乎？曰：彼具二種德、四種力[3]，足以支配人道左右羣治者，時賢既言之矣。至以文學之眼觀察之，則其妙諦猶不止此。凡文章，常有兩種對待之性質，苟得其一而善用之，則皆可以成佳文。何謂對待之性質？一曰，簡與繁對待；二曰，古與今對待；三曰，蓄與洩對待；四曰，雅與俗對待；五曰，實與虛對待。而兩者往往不可得兼。於前五端[4]，既用其一，則不可不兼用其餘四，於後五端[5]亦然。而所謂良小説者，卽稟後五端之菁英以鳴於文壇者也。故取天下古今種種文體而中分之，小説佔其位置之一半；自餘諸種，僅合佔其位置之一半。偉哉小説！

請言繁簡。尋常文字以十語可了者，自能文者爲之，則或括而短之至一語焉，或引而長之至千百語焉。二者皆妙文，而一以應於所適爲能事。昔歐陽廬陵嘗偕數友行市中，見有馬馳擲於路，衝突行人，至有死者，全市鼎沸。廬陵與友歸，相約同記其事。諸友記者，或累數十言，或累數百言。祇廬陵所記，則僅有“逸馬殺人於道”六字，此括十語爲一語之説也。佛經説法，每一陳設，每一結集，動輒瑰瑋連犿[6]，緜亘數卷。言大，必極之須彌、鐵圍、五大部洲、三千小千中千大千世界[7]。言小，必極之芥子、牛塵、羊塵、兎塵、微塵[8]。言數，必極之恆河沙數、阿僧祇、無量數、不可思議、不可識、不可極[9]。既暢以正文，復申以頌偈[10]。此衍十語爲千百語之説也。二者皆文章之極軌也。然在傳世之文，則與其繁也，毋寧其簡；在覺世之文，則與其簡也，毋寧其繁。同一義也，而縱説之，横説之，推波而助瀾之，窮其形焉，盡其神焉，則有令讀者目駭神奪，魂醉魄迷，歷歷然，沈沈然，與之相引，與之相移者矣，是則小説之能事也。

請言古今。凡人情每樂其所近。讀《二十四史》者，好《史》《漢》不如其好《明史》也。讀泰西[11]史者，好希臘、羅馬史不如其好十九世紀史也。近使然也。時有三界：曰過去，曰現在，曰未來。人之能游魂想於未來界者，必其腦力至敏者也。能游魂想於過去界者，亦必其腦力甚强者也。故有第一等悟性，乃樂未來；有第一等記性，乃樂過去。若夫尋常人，則皆住現在，受現在，感現在，識現在，想現在，行現在，樂現在者也。故以過去、未來導人，不如以現在導人。佛之所以現種種身説法[12]，爲此而已。小説者，專取目前人人共解之理，人人習聞之事，而挑剔之、指點之者也。惟其爲習聞之事也，故易記；惟其爲共解之理也，故易悟。故讀他書如戰，讀小説如游；讀他書如算，讀小説如語；讀他書如書，讀小説如畫；讀他書如作客，讀小説如家居；讀他書如訪新知，讀小説如逢故人。人之好戰、好算、好書、好作客、好新知者固有之矣，然總不如彼更端者[13]之爲甚也。故好戰、算、書、作客、新知之人，未有不兼好游、語、畫、家居、故人者；而好游、好語、好畫、好家居、好故人之人，容有不好戰、不好算、不好書、不好作客、不好新知者。古文之不如今文，亦以其普及之性質，一有限一無限而已。

請言蓄洩。觀陂塘與觀瀑布孰樂？觀冬樹與觀春花孰樂？觀入定之僧衲，與觀歌舞之美人孰樂？彼其中雖亦或有甚美者存，而會心固已在遠矣。何也？淋漓則盡致，局促則寡悰[14]，常人之情也。文學之中，詩詞等韻文，最以蓄爲貴者也。然眞能解詩詞之趣味者，能有幾人？小說則與詩詞正成反比例者也。抑蓄洩與繁簡每相待。然繁簡以客觀言，蓄洩以主觀言。故有敍述累千萬言而仍含蓄不盡者，亦有點逗僅一二語而已發洩無遺者。洩之爲用，如扁鵲所謂見垣一方人，洞悉五藏癥結[15]，如溫渚然犀[16]，罔兩魑魅[17]，無復遁形。而此術惟小說家最優爲之。小說者，社會之X光綫也。

請言雅俗。飲冰室主人常語余：俗語文體之流行，實文學進步之最大關鍵也。各國皆爾，吾中國亦應有然。近今歐美各國學校，倡議廢希臘、羅馬文者日盛。卽如日本，近今著述，亦以言文一致體爲能事。誠以文之作用，非以爲玩器，以爲菽粟也。昔有金石家宴客，出其商彝、夏鼎、周敦、漢爵以盛酒食，卒乃主客皆患河魚疾者浹旬[18]；美則美也，如不適何？故俗語文體之嬗進，實淘汰優勝之勢所不能避也。中國文字，衍形不衍聲，故言文分離，此俗語文體進步之一障礙，而卽社會進步之一障礙也。爲今之計，能造出最適之新字，使言文一致者上也；卽未能，亦必言文參半焉。此類之文，舍小說外無有也。且中國今日，各省方言不同，於民族統一之精神，亦一阻力。而因其勢以利導之，尤不能不用各省之方言，以開各省之民智。如今者《海上花》[19]之用吳語，《粤謳》[20]之用粤語，特惜其內容之勸百諷一耳。苟能反其術而用之，則其助社會改良者，功豈淺鮮也？十年以來，前此所謂古文駢文家數[21]者，旣已屛息於文界矣。若能百尺竿頭，更進一步，剗去鉛華[22]，專以俗語提倡一世，則後此祖國思想言論之突飛，殆未可量。而此大業，必自小說家成之。

請言虛實。文之至實者，莫如小說；文之至虛者，亦莫如小說。而小說之能事，即於是乎在。夫人之恆情，常不以現歷有限之境界自滿足，而欲游於他界，此公例也。欲游他界，其自動者有二：曰想，曰夢。其他動者有四：曰聽講，曰觀劇，曰看畫，曰讀書。然想也者，非盡人而能者也。夢也者，無自主之權者也。聽講與觀劇，又必有所待於人，可以樂羣，不可以娛獨也。其可以自隨者，莫如書畫。然徑尺之影，一覽無餘，畫之缺點一；但有形式，而無精神，畫之缺點二。故能有書焉導人於他境界，以其至虛行其至實，則感人之深，豈有過此？小說者，實舉想也夢也講也劇也畫也合爐而冶之者也。

由此觀之，文學上小說之位置，可以見矣。吾以爲今日中國之文界，得百司馬子長、班孟堅，不如得一施耐庵、金聖嘆，得百李太白、杜少陵，不如得一湯臨川、孔雲亭。吾言雖過，吾願無盡。

一九〇三年《新小說》第七期

【註釋】

[1] 狄葆賢（公元一八七三年——？）——字楚青，一字楚卿，號平子，別號平等閣主人，江蘇溧陽人。早年曾遊學日本，民國初年在上海經營時報社及有正書局，晚年專心佛學。著有《平等閣筆記》四卷、《平等閣詩話》二卷。

[2] 上乘——佛教用語，即大乘佛教。也用於文藝或技藝方面，指上品或高妙的境界。

[3] 二種德四種力——見梁啓超《小說與羣治之關係》。二種德，一是指小說"常導人游於他境界"，一是指小說的抒情狀物能够"和盤托出，徹底而發露之"。四種力，即"熏"、"浸"、"刺"、"提"。

[4] 前五端——指上述的"簡"、"古"、"蓄"、"雅"、"實"。

［5］後五端——指上述的"繁"、"今"、"洩"、"俗"、"虛"。

［6］瑰瑋連犿——見本書第一册《莊子》註［53］［54］。

［7］須彌、鐵圍、五大部洲、三千小千中千大千世界——見本册《聞菽園居士欲爲政變說部詩以速之》註［27］。

［8］芥子牛塵羊塵兔塵微塵——皆佛家喻極小之用語。《維摩詰所說經》有芥子納須彌之喻。佛家認爲色體之極少爲極微，七倍極微爲微塵；止於兔毛尖上的微塵爲兔毛塵；止於羊毛尖上的微塵相當於兔毛塵的七倍，爲羊毛塵；止於牛毛尖上的微塵相當於羊毛塵的七倍，爲牛毛塵。見《俱舍論》。

［9］恆河沙數阿僧祇無量數不可思議不可識不可極——皆佛家喻極多之用語。阿僧祇是印度數目名，爲數之極，意譯即無數，或作無央數。以萬萬爲億，萬億爲兆計之，一阿僧祇凡一千萬萬萬萬萬萬萬萬兆。

［10］頌偈——佛經中的唱詞。

［11］泰西——見本册《普天忠憤集自序》註［10］。

［12］現種種身說法——謂佛之隨衆生而現出種種身形，爲之說法。詳見《妙法蓮華經》、《大佛頂如來密因修證了義諸菩薩萬行首楞嚴經》。

［13］更端者——《禮記·曲禮》："君子問更端，則起而對。"更端謂改換一事，另一事。更端者，此處指"好游、好語、好畫、好家居、好故人"。

［14］悰——心情，此處特指歡悰。

［15］扁鵲二句——《史記·扁鵲倉公列傳》："扁鵲者，渤海郡鄭（鄚）人也，姓秦氏，名越人。少時爲人舍長。舍客長桑君過，扁鵲獨奇之，常謹遇之。長桑君亦知扁鵲非常人也。……乃出其懷中藥予扁鵲：'飲是以上池之水，三十日當知物矣。'乃悉取其禁方書盡予扁鵲。忽然不見，殆非人也。扁鵲以其言飲藥三十日，視見垣一方人。以此視病，盡見五藏癥結，特以診脈爲名耳。爲醫或在齊，或在趙。在趙者名扁鵲。"

［16］溫渚然犀——《晉書·溫嶠傳》："溫嶠字太真……朝議將留輔政，嶠以(王)導先帝所任，固辭還藩。……至牛渚磯，水深不可測，世云其下多怪物，嶠遂燬犀牛角而照之。須臾，見水族覆火，奇形異狀，或乘馬車著赤衣者。"

［17］罔兩魑魅——罔兩一作魍魎，古代傳說中的山川精物。魑魅，古代傳說中的山澤鬼怪。

［18］河魚疾——腹瀉。浹旬——整旬。浹，周匝。

［19］海上花——即《海上花列傳》，光緒年間的"狹邪小說"，今有六十四回。作者韓邦慶，字子雲，江蘇華亭人，曾任申報館編輯。

[20] 粵謳——一卷，粵地方言歌曲集，存曲一百二十餘首，主要描寫妓女的悲慘生活。作者招子庸，字銘山，廣東南海人，嘉慶舉人，官濰縣知縣。

[21] 家數——謂學術或文藝上的流派。

[22] 鉛華——搽臉的粉。此處借指古文駢文的詞藻。

【說明】

在近代小說理論中，論述小說社會作用的多，研究小說內部規律的少。這篇《論文學上小說之位置》，專"以文學之眼觀察"小說，是一篇從文學內部規律的角度去研究小說特點和性質的不可多得的專題論著。發表於一九〇三年，較梁啓超的《小說與羣治之關係》晚一年。

本篇認爲小說具有"繁"、"今"、"洩"、"俗"、"虛"五大特徵，且互相聯繫，不可分割，"旣用其一，則不可不兼用其餘四"。而所謂良小說，總是這五大特徵的發揚。

所謂"繁"，就是要把一個意思"縱說之，横說之，推波而助瀾之，窮其形焉，盡其神焉"，猶如"佛經說法，每一陳設，每一結集，動輒瑰瑋連犿，緜亘數卷"，從而能"令讀者目駭神奪，魂醉魄迷，歷歷然，沈沈然，與之相引，與之相移"。

所謂"今"，就是植根現實生活，集中反映現實生活，"專取目前人人共解之理，人人習聞之事，而挑剔之、指點之"。因爲常人"皆住現在，受現在，感現在，識現在，想現在，行現在，樂現在"，"以過去、未來導人，不如以現在導人。佛之所以現種種身說法，爲此而已"。

所謂"洩"，就是淋漓盡致地表現現實生活，使人看了如"觀瀑布"，如"觀春花"，如"觀歌舞之美人"，"如扁鵲所謂見垣一方人，洞悉五藏癥結，如溫渚然犀，罔兩魑魅，無復遁形"。

所謂"俗"，就是專用"俗語文體"，以"言文一致"爲最高標準，“即未能，亦必言文參半焉”。鑒於“各省方言不同”，爲了“因其勢以利導之”，“尤不能不用各省之方言，以開各省之民智，如今者《海上花》之用吳語，《粵謳》之用粵語”。作者認爲“文學進步之最大關鍵”就是語言的通俗性，“而此大業，必自小說家成之”。

所謂“虛”，就是“舉想也夢也講也劇也畫也合爐而冶之”，“以其至虛行其至實”，在小說中寫出讀者未歷的境界，並能導人遊於其中。

以上五點，對小說的特徵進行了比較全面的探討，說明小說不受篇幅限制、植根現實生活、表現淋漓盡致、語言通俗自由、方法虛實結合，五者緊密聯繫，與詩詞的崇尚簡、古、蓄、雅、實迥然不同。這些探討雖然還是初步的，不無欠妥之處，但却使小說的概念趨向明確化，比較科學地說明了小說在文學上的地位。

附　錄

小說原理

〔清〕夏曾佑

人之處事，有有所爲而爲之事，有無所爲而爲之事。有所爲而爲之事，非其所樂爲也，特非此不足以致其樂爲者，不得不勉强而爲之。無所爲而爲之事，則本之於天性，不待告教而爲者也。故有明知某事之當爲，而因循不果，明知某事之不可爲，而陷溺不返者，多矣。讀書爲萬事中之一，亦有有所爲而讀者，有無所爲而讀者。有所爲而讀者，如宗教、道德、科學諸書是，其書讀之不足以自娛，其所以讀之者，爲其於生平之品行、智慧、名譽、利養大有關係，有志之士，乃不得不爲此嚼蠟集蓼之事。注：亦有成嗜好者，殆習慣使然，非天性也。無所爲而讀者，如一切章回、散段、院本、傳奇諸小說是，其書往往爲長吏之所燬禁，父兄之所呵責，道學先生之所指斥，讀之綦無可圖，而適可以得謗，而方百計以覓得之。山程水驛，茶餘飯罷，亦幾幾非此不足以自遣。寖假而燬禁、呵責、指斥人之長吏、父兄、道學先生，亦無不對人則斥之，獨處則玩之。是眞於飲食、男女、聲色、狗馬之外，一可嗜好之物也。然而此習則無人不然，其理則無人能解。今爲條析其理，未能盡也，以爲解人嗜小說之故之發軔云爾。

人生既具靈明，其心中常有意念，展轉相生，如畫如話，自寤徹寐，未曾暫止，內材如此，而又常樂有外境焉，以讐對之。其讐對之法，粗者爲遊，精者爲談，較遊與談更精者爲讀。

今將陳於紙上之物，爲人所樂玩者，第其可樂之甲乙：

看畫最樂；

看小說其次；

讀史又次；

讀科學書更次；

讀古奥之經文最苦。

此除別具特性苦樂異人者外，常情莫不皆然。試觀其所以不同之故，即可知人心之公理。蓋人心之所樂者有二：

甲曰不費心思，

乙曰時刻變換。

人所樂者，肉身之實事，而非樂此縹渺之空談也。惟有時不得實事，使聽其空談而如見實事焉，人亦樂於就之。惟人生所歷之境，至實亦至瑣，如舉一書房言之，有種種玩好，種種書籍，種種文具，以及几案毯罽等等，其瑣甚矣。若一廚房，則瑣更甚。故舉似者，必與之相副，而後能使聞者如在目前。如在目前之事，以畫爲最，去親歷一等耳。其次莫如小說。且世間有不能畫之事，而無不能言之事，故小說雖稍晦於畫，而其廣過之。史亦與小說同體，所以覺其不若小說可愛者，因實有之事常平淡，誑設之事常穠艷，人心去平淡而即穠艷，亦其公理，此史之處於不能不負者也。且史文簡素，萬難詳盡，必讀者設身處地，以意歷之，始得其狀，尤費心思。如《水滸》武大郎一傳，敍西門慶、潘金蓮等事，初非有奇事新理，不過就尋常日用瑣屑敍來，與人人胸中之情理相印合，故自來言文章者推爲絕作。若以武大入《唐書》、《宋史》列傳中敍之，只有"妻潘通於西門慶，同謀殺大"二句耳。觀者之孰樂孰不樂，可知也。科學書與經典更無此事，所以爲下。總而言之，除畫爲不思而得外，小說者，以詳盡之筆，寫已知之理者也，如說某人插翅上天，其翅也，天也，飛也，皆其已知者也；而相綴連者，則新事也。故最逸。史者，以簡略之筆，寫已知之理者也，故次之。科學書者，以詳盡之筆，寫未知之理者也，故難焉。經文者，以簡略之筆，寫未知之理者也，故最難。而讀書之勞逸釐然矣。解甲款

人使終日常爲一事，則無論如何可樂之事，亦生厭苦，故必求刻刻轉換之境以娛之。然人自幼至老，生平所歷，亦何非刻刻轉換之境哉？徒以其境之轉換也，常有切身之大利害，事前事後，常有無限之恐懼憂患以隨之，其樂遂爲其苦所揜也。故不得不求不切於身之刻刻轉換之境以娛之，打牌、觀劇、談天、遊山皆是矣。然此四者，必身與境適相湊合，始能有之；若外境不副，則事中止焉。於是乎小說遂爲獨一無二可娛之具。一榻之上，一燈之下，茶具前陳，杯酒未罄，而天地間之君子、小人、鬼神、花鳥雜遝而過吾之目，眞可謂取之不費、用之不匱者矣。故畫有所窮者也；史平直者也；科學頗新奇，而非盡人所解者也；經文皆憂患之言，謀樂更無取焉者也；而小說之爲人所樂，遂可與飲食、男女鼎足而三。解乙款

人所以樂觀小說之故既明，則作小說當如何下筆亦可識。蓋作小說有五難：

一、寫小人易，寫君子難。人之用意，必就已所住之本位以爲推。人多中材，仰而測之，以度君子，未必即得君子之品性；俯而察之，以燭小人，未有不見小人之肺腑也。試觀《三國志演義》，竭力寫一關羽，乃適成一驕矜滅裂之人，又欲竭力寫一諸葛亮，乃適成一刻薄輕狡之人；《儒林外史》竭力寫一虞博士，乃適成一迂闊枯寂之人。而各書之寫小人，無不栩栩欲活。此君子難寫、小人易寫之徵也。是以作《金瓶梅》、《紅樓夢》與《海上花》之前三十回者，皆立意不寫君子。若必欲寫，則寫野蠻之君子尙易，如《水滸》之寫武松、魯達是，而文明之君子，則無寫法矣。

二、寫小事易，寫大事難。小事如吃酒、旅行、姦盜之類；大事如廢立、打仗之類。大抵吾人於小事之經歷多，而於大事之經歷少。《金瓶梅》、《紅樓夢》均不寫大事，《水滸》後半部寫之，惟三打祝家莊事，能使數十百人，一時並見於紙上，幾非《左傳》、《史記》所能及，餘無足觀。《三國演義》、《列國

演義》，專寫大事，遂令人不可響邇矣。

三、寫貧賤易，寫富貴難。此因發憤著書者，以貧士爲多，非過來人不能道也。觀《石頭記》自明。

四、寫實事易，寫假事難。金聖歎云：最難寫打虎、偷漢。今觀《水滸》寫潘金蓮、潘巧雲之偷漢，均極工，而武松、李逵之打虎均不甚工。李逵打虎，祇是持刀蠻殺，固無足論。武松打虎，以一手按虎之頭於地，一手握拳擊殺之。夫虎爲食肉類動物，腰長而軟，若人力按其頭，彼之四爪，均可上攫，與牛不同也。若不信，可以一猫爲虎之代表，以武松打虎之方法打之，則其事之能不能自見矣。蓋虎本無可打之理，故無論如何寫之，皆不工也。打虎如此，鬼神可知。注：《水滸》寫宋江遇玄女事，實是宋江說謊，均極工。

五、叙實事易，叙議論難。以大段議論羼入叙事之中，最爲討厭。讀正史紀傳者，無不知之矣。若以此習加之小說，尤爲不宜。有時不得不作，則必設法將議論之痕迹滅去始可。如《水滸》吳用說三阮撞籌，《海上花》黄二姐說羅子富，均有大段議論者。然三阮傳中，必時時插入吃酒、烹魚、撑船等事；黄二姐傳中，必時時插入點烟燈、吃水烟、叫管家等事，其法是將實景點入，則議論均成畫意矣。不然，刺刺不休，竟成一《經世文編》面目，豈不令人噴飯？

作小說者，不可不知此五難而先避之。吾謂今日欲作小說，莫如將此生數十年所親見親聞之實事，略加點化，即可成一絕妙小說。然可以牟利而不可以導世。若欲爲社會起見，則甚難。蓋不能不寫一第一流之君子，是犯第一忌；此君子必與國家之大事有關係，是犯第二忌；謀大事者必牽涉富貴人，是犯第三忌；其事必爲虛構，是犯第四忌；又不能無議論，是犯第五忌。五忌俱犯，而欲求其工，是猶航斷港絶潢而至於海也。

曲本、彈詞之類，亦攝於小說之中，其實與小說之淵源甚異。小說始見於《漢書·藝文志》，書雖散佚，以魏、晉間之小說例之，想亦收拾遺文，隱喻託諷，不指一人一事言之，皆子史之支流也。唐人《霍小玉傳》、《劉無雙傳》、《步非烟傳》等篇，始就一人一事，紆徐委備，詳其始末，然未有章回也。章回始見於《宣和遺事》，由《宣和遺事》而衍出者爲《水滸傳》；注：元人曲有《水滸記》二卷，未知與傳孰先。由《水滸傳》而衍出者爲《金瓶梅》，由《金瓶梅》而衍出者爲《石頭記》，於是六藝附庸，蔚爲大國，小說遂爲國文之一大支矣。彈詞原於樂章；由樂章而有詞曲；由詞曲而有元、明人諸雜劇。如《元人百種曲》、《汲古閣》所刊《六十種曲》之類，此種專爲演劇而設，然猶病其文理太深，不能普及。至本朝乃有一種，雖用生、旦、淨、丑之號，而曲無牌名，僅求順口，如《珍珠塔》、《雙珠鳳》之類，此等專爲唱書而設。再後則略去生、旦、淨、丑之名，而其唱專用七字爲句，如《玉釧緣》、《再生緣》之類。此種因脫去演劇、唱書之範圍，可以逍遙不制，故常有數十萬言之作，而其用則專以備閨人之潛玩。樂章至此遂與小說合流，所分者，一有韻一無韻而已。

此種小說，流布深遠，無乎不至，其力殆出六藝九流上。而其爲書，則盡蹈前所云小說五弊：所寫主書之生、旦，必爲至好之人，是寫君子也；必有平番、救主等事，是寫大事也；必中狀元、拜相封王，是寫富貴也；必有驪山老母、太白金星，是寫虛無也；惟議論可無耳。犯此諸病，而仍能如此之普及，非上文所設之例，有時不信也；因此輩文理不深，閱歷甚淺，若觀佳制，往往難喻，費心則厭，此讀書之公例，故遂棄彼而就此。作此等書之人，既欲適神經最簡者之目，而又須多其轉換，則書中升沈離合之跡，皆成無因之果，不造驪山老母、太白金星以關鍵之不能，此皆事之不得不然者也。使以粗淺之筆，寫眞實之理，漸漸引人入勝，彼婦人與下等人必更愛於平日所讀誕妄之書矣。

綜而觀之，中國人之思想嗜好，本爲二派：一則學士大夫；一則婦女與粗人。故中國之小說，亦分二派：一以應學士大夫之用；一以應婦女與粗人之用：體裁各異，而原理則同。今值學界展寬，注：西學流入。士夫正日不暇給之時，不必再以小說耗其目力。惟婦女與粗人無書可讀，欲求輸入文化，除小說更無他途。其窮鄉僻壤之酬神演劇，北方之打鼓書，江南之唱文書，均與小說同科者。先使小說改良，而後此諸物，一例均改。必使深閨之戲謔，勞侶之耶禺，均與作者之心入而具化。而後有婦人以爲男子之後勁，有苦力者以助士君子之實力，而不撥亂世致太平者，無是理也。至於小說與社會之關係，諸賢言之詳矣，不著於篇。

一九〇三年《繡像小說》第三期

小説林發刊詞

〔清〕黃　人

今之時代，文明交通之時代也，抑亦小説交通之時代乎！國民自治，方在豫備期間；教育改良，未臻普及地位；科學如羅骨董，眞贋雜陳；實業若掖醉人，仆立無定；獨此所謂小説者，其興也勃焉。海内文豪，既各變其索縑乞米之方針，運其高髻多脂之方略；或墨驅尻馬，貢殊域之瓌聞；或筆代然犀，影拓都之現狀。集葩藻春，抍亢樂曉，稿墨猶滋，囊金競貿。新聞紙報告欄中，異軍特起者，小説也；四方輦致，擲作金石聲，五都標懸，爍若雲霞色者，小説也；竹罄南山，金高北斗，聚珍擴影，鈔腕欲脱，操奇計贏，舞袖益長者，小説也；蕫髮學僮，蛾眉居士，上自建牙張翼之尊嚴，下迄雕面粥容之瑣賤，眡沫一卷，而不忍遽置者，小説也：小説之風行於社會者如是。狹斜抛心締約，輒神游於亞猛、亨利之間；屠沽察睫競才，常銳身以福爾、馬丁爲任；摹仿文明形式，花圈雪服，賀自由之結婚；崇拜虚無黨員，炸彈快鎗，鶩暗殺之手段：小説之影響於社會者又如是。則雖謂吾國今日之文明，爲小説之文明可也；則雖謂吾國異日政界、學界、教育界、實業界之文明，卽今日小説界之文明，亦無不可也。

雖然，有一蔽焉：則以昔之視小説也太輕，而今之視小説又太重也。昔之於小説也，博奕視之，俳優視之，甚且酖毒視之，妖孽視之；言不齒於縉紳，名不列於四部。古之所謂小説家者，與今大異。私衷酷好，而閲必背人；下筆誤徵，則羣加嗤鄙。雖如《水滸傳》、《石頭記》之創社會主義，闡色情哲學，託草澤以下民賊奴隷之砭，龔自珍之《尊隱》，是耐庵注脚。假蘭芎以塞黍離荆棘之悲者，《石頭記》成於先朝遺老之手，非曹作。亦科以誨淫誨盜之罪，謂作者已伏冥誅，繩諸戒色戒鬭之年，謂閲者斷非佳士。卽或賞其奇瑰，強作斡旋，辨忠義之眞僞，區情慾之貞淫，亦不脱俗情，無當本旨，《水滸》本不誨盜，《石頭》亦不誨淫。李贄、金喟強作解事，所謂買櫝還珠者。《石頭》諸評，更等諸鄶下矣。餘可知矣。今也反是：出一小説，必自尸國民進化之功；評一小説，必大倡謠俗改良之恉。吠聲四應，學步載塗。以音樂舞蹈，抒感甄挑卓之隱衷；以磁電聲光，飾牛鬼蛇神之假面。雖稗販短章，葦茆亞札，靡不上之佳諡，弁以吴詞；一若國家之法典，宗教之聖經，學校之科本，家庭社會之標準方式，無一不傷於小說者。其然，豈其然乎？

夫文家所忌，莫如故爲關係；心理之辟，尤在昧厥本來。然吾不問小說之效力，果足改頑固之腦機而靈之，袪腐敗空氣而新之否也；亦不問作小說者之本心，果專爲大羣致公益，而非爲小己謀私利，其小說之內容，果一一與標置者相讎否也；更不問評小說讀小說者，果公認此小說爲換骨丹，爲益智椶，爲金牛之憲章，爲所羅門之符咒否也；請一考小說之實質。小說者，文學之傾於美的方面之一種也。寶釵羅帶，非高蹈之口吻；碧雲黃花，豈後樂之襟期？微論小說，文學之有高格可循者，一屬於審美之情操，尙不暇求眞際而擇法語也。然不佞之意，亦非敢謂作小說者，但當極藻繪之工，盡纏綿之致，一任事理之乖僻，風教之滅裂也。玉顱珠領，補史氏之舊聞，氣液日精，據良工所掰獲，未始非即物理之助也；不然，則有哲學、科學專書在。籲天訴虐，金山之同病堪憐，渡海尋仇，火窟之孝思不匱，固足收振恥立懦之效也；不然，則有法律、經訓原文在。彼求誠止善者，未聞以玩華繡帨之不逮，而變誠與善之目的以遷就之；則從事小說者，亦何必椎髻飾勞，黥容示節，而唐捐其本質乎？嬙、施天下之美也：鴟夷一舸，詎非明哲？靑冢一坏，不失幽芬。藉令沒其傾吳宮、照漢殿之丰容，而強與孟廡齊稱，娥臺合傳，不將疑其狂易乎？一小說也，而號於人曰：吾不屑屑爲美，一秉立誠明善之宗旨，則不過一無價值之講義、不規則之格言而已。恐閱者不免如聽古樂，即作者亦未能歌舞其筆墨也。名相推崇，而實取厭薄，是吾國文明，僅於小說界稍有影響，而中道爲之安障也。此不佞所以甘冒不韙，而不能已於一言也。

《小說林》者，滬上黃車掌錄之職志也。成立伊始，不佞曾濫充駿骨。旣而蘭筋狎至，花樣日新，撰著滿家，傾倒全國，忽忽寒暑四易。踵小說林而小說者，不知幾何，轡絕鞭折，卒莫之逮。尙懼夫季觀之莫繼，而任腴之未遍也，因綴腋集鯖，用雜志體例，月出一册，以饜四方之求，即標曰《小說林》，蓋謂小說林之所以爲《小說林》，亦猶小說之所以爲小說耳。若夫立誠止善，則吾宏文館之事，而非吾《小説林》之事矣。此其所見，不與時賢大異哉！

一九〇七年《小説林》第一期

小説林緣起

〔清〕徐念慈

小説林之成立，既二年有五月，同志議於春正發刊《小説林月刊社報》，編輯排比既竟，並囑以言弁其首。覺我曰：偉哉！近年譯籍東流，學術西化，其最歆動吾新舊社會，而無有文野智愚咸歡迎之者，非近年所行之新小説哉？夫我國之於小説，嚮所視爲鴆毒，懸爲厲禁，不許青年子弟稍一涉獵者也，乃一反其積習，而至於是。果有溝而通之，以圓其説者耶？抑小説之道今昔不同，前之果足以害人，後之實無愧益世耶？豈人心之嗜好，因時因地而遷耶？抑於吾人之理性（Venunft），果有鼓舞與感覺之價值耶？是今日之小説界所宜研究之一問題也。

余不敏，嘗以臆見論斷之：則所謂小説者，殆合理想美學、感情美學而居其上乘者乎？試以美學最發達之德意志徵之，黑搿爾氏（Hegel，1770—1831）於美學，持絶對觀念論者也。其言曰："藝術之圓滿者，其第一義，爲醇化於自然。"簡言之，即滿足吾人之美的慾望，而使無遺憾也。曲本中之團圓《白兔記》、《荆釵記》封誥《殺狗記》榮歸《千金記》巧合《紫簫記》等目，觸目皆是。若演義中之《野叟曝言》，其卷末之躊躇滿志者，且不下數萬言。要之不外使圓滿而合於理性之自然也。其徵一。又曰："事物現個性者，愈愈豐富，理想之發現亦愈愈圓滿，故美之究竟在具象理想，不在於抽象理想。"西國小説，多述一人一事；中國小説，多述數人數事：論者謂爲文野之别，余獨不謂然。事蹟繁，格局變，人物則忠奸賢愚並列，事蹟則巧絀奇正雜陳，其首尾聯絡，映帶起伏，非有大手筆、大結構、雄於文者，不能爲此，蓋深明乎具象理想之道，能使人一讀再讀即十讀百讀亦不厭也，而西籍中富此興味者實鮮，孰優孰絀，不言可解。然所謂美之究竟，與小説固適合也。其徵二。邱希孟氏（Kirchmann，1802—1884），感情美學之代表者也，其言美之快感，謂對於實體之形象而起。試觀吳用之智《水滸》，鐵丐之眞《野叟曝言》，數奇若韋癡珠《花月痕》，弄權若曹阿瞞《三國志》，寃獄若風波亭《岳傳》，神通游戲若孫行者《西游記》濟顚僧《濟公傳》，闡事燭理若福爾摩斯、馬丁休脫《偵探案》，足令人快樂，令人輕蔑，令人苦痛尊敬，種種感情，莫不對於小說而得之。其徵三。又曰："美的概念之要素，其三爲形象性。"形象者，實體之模倣也。當未開化之社會，一切神仙佛鬼怪惡魔，莫不爲社會所歡迎，而受其迷惑，阿剌伯之《夜談》，希臘之神話，《西游》、《封神》之荒誕，《聊齋》、《諧鐸》之鬼狐，世樂道之，酒後茶餘，聞者色變。及文化日進，而觀《長生殿》、《海屋籌》之興味，不如《茶花女》、《迦因小傳》之穠郁而親切矣。一非具形象性，一具形象性，而感情因以不同也。其徵四。又曰："美之第四特性，爲理想化。"理想化者，由感興的實體，於藝術上除去無用分子，發揮其本性之謂也。小說之於日用瑣事，亘數年者，未嘗按日而書之，即所謂無用之分子則去之。而月球之環游，世界之末日，地心海底之旅行，日新不已，皆本科學之理想，超越自然而促其進化者也。其徵五。凡此種種，爲新舊社會公認，而非余一己之私言，則其鼓舞吾人之理性，感覺吾人之理性，夫復何疑!

小說林之於新小說，旣已譯著並刊，二十餘月，成書者四五十册，購者紛至，重印至四五版，而又必擇尤甄錄，定期刊行此月報者，殆欲神其熏、浸、刺、提說詳《新小說》一號之用，而毋徒費時間，使嗜小說癖者之終不滿意云爾。

丁未元宵後三日，東海覺我識。

一九〇七年《小說林》第一期

月月小説[1]序〔節錄〕

〔清〕吳沃堯[2]

吾嘗潛窺而默察之，見乎吾社會中具有一種特別之能力……一言發于上，“者”“者”之聲閧然應于下，此官場也。一羣之學風，視視學者之意旨爲轉移，此士類也。一物足以得善價焉，羣起而影射[3]之；一藝之足以自給焉，羣爭而效顰之，此工若商也。若乎普通言之，則入演壇也，無論演者之宗旨爲如何也，且無論于咳聲唾聲涕聲喁喁聲之中，我曾得聆演者所說爲云何否也，一人拊掌，百人和之若爆栗然。入劇場也，一折既終，曰某名伶登場矣，幕帘乍啓，無論伶之聲未聞，即伶之貌亦未見也，一人喧焉，百人嚷焉，“好”“好”之聲若羣犬之吠影然。若是者皆胡爲也。是非曲直之不辨，妍媸善惡之不分，羣起而應之，吾曾百思而不得其解也。夫然，既是非曲直之不辨，妍媸善惡之不分，羣起而應之，則終應之可也。乃無何發言于上者易其人，所易之人所發之言絕反對于前人也，而“者”“者”之聲閧然應于下者如故；無何而視學者易其人，其意旨與前人絕殊途，而學風之轉移也又如響；推而至于商也、工也，入演壇也，入劇場也，莫不皆然。此又吾曾百思而不得其解者也。

吾執吾筆，將編爲小說。即就小說以言小說焉，可也，奈之何舉社會如是種種之丑態而先表暴之？吾蓋有所感焉。吾感乎飲冰子[4]《小說與羣治之關係》之說出，提倡改良小說，不數年而吾國之新著新譯之小說，幾于汗萬牛充萬棟，猶復日出不已而未有窮期也。求其所以然之故，曰：隨聲附和。

或曰:是不足爲病也。美之獨立,法之革命,非一二人倡于前,無數人附和于後,以成此偉大之事業耶?曰:是又不然。認定其宗旨而附和之,以求公衆之利益者,何可以無此附和?憑藉其宗旨以附和之,詭謀一己之私利而不顧其羣者,又何可以有此附和?今夫汗萬牛充萬棟之新著新譯之小說,其能體關係羣治之意者,吾不敢謂必無;然而怪誕支離之著作,詰曲聱牙[5]之譯本,吾蓋數見不鮮矣。凡如是者,他人讀之不知謂之何,以吾觀之,殊未足以動吾之感情也。於所謂羣治之關係,杳乎其不相涉也,然而彼且囂囂然自鳴曰:"吾將改良社會也,吾將佐羣治之進化也。"隨聲附和而自忘其眞,抑何可笑也。

小說之與羣治之關係,時彥[6]既言之詳矣。吾于羣治之關係之外,復索得其特別之能力焉。一曰足以補助記憶力也。吾國昔尙記誦,學童讀書,咿唔終日,不能上口。而于俚詞劇本,一讀而輒能背誦之。其故何也?深奧難解之文,不如粗淺趣味之易入也。學童聽講,聽經書不如聽《左傳》之易入也,聽《左傳》又不如聽鼓詞之易入也。無他,趣味爲之也。是故中外前史,浩如煙海,號稱學子者,未必都能記憶之,獨至于三國史,則幾于盡識字之人皆能言其大略,則《三國演義》之功不可泯也。雖間不免有爲附會所惑者,然既能憶其梗概,無難指點而匡正之也。此其助記憶力之能力也。一曰易輸入知識也。凡人於平常待人接物間,所聞所見,必有無量之事物言論,足以爲我之新知識者,然而境過輒忘,甚或有當前不覺者。惟於小說中得之,則深入腦筋而不可去。其故何也?當前之事物言論,無趣味以贊佐之也。無趣味以贊佐之,故每當前而不覺。讀小說者,其專注在尋繹趣味,而新知識實卽暗寓于趣味之中,故隨趣味而輸入之而不自覺也。小說能具此二大能力,則凡著小說者、譯小說者,當如何其審愼耶?夫使讀吾之小說者記一善事焉,吾使之也;記一惡事焉，亦吾使之也。抑讀吾小說者得一善知識焉，得一惡知識焉，何莫非吾使之也。吾人丁[7]此道德淪亡之時會，亦思所以挽此澆風[8]耶？則當自小說始。

是故吾發大誓願，將遍撰譯歷史小說，以爲教科之助。歷史云者，非徒記其事實之謂也，旌善懲惡之意實寓焉。舊史之繁重，讀之固不易矣；而新輯教科書，又適嫌其略。吾於是欲持此小說，竊分教員一席焉。他日吾窮十年累百月而幸得殺青[9]也，讀者不終歲而可以畢業；即吾今日之月出如干頁也，讀者亦收月有記憶之功。是則吾不敢以雕蟲小技[10]妄自菲薄者也。

善教育者，德育與智育本相輔；不善教育者，德育與智育轉相妨。此無他，譎與正之別而已。吾既欲持此小說以分教員之一席，則不敢不審愼以出之。歷史小說而外，如社會小說，家庭小說，及科學、冒險等，或奇言之，或正言之，務使導之以入于道德範圍之內。即艷情小說一種，亦必軌于正道乃入選焉（后之投稿本社者其注意之）。庶幾借小說之趣味之感情，爲德育之一助云爾。嗚呼！吾有涯之生，已過半矣。負此歲月，負此精神，不能爲社會盡一分之義務，徒播弄此墨床筆架，爲嘻笑怒駡之文章，以供談笑之資料，毋亦攬鬚眉而一慟也夫！

一九〇六年《月月小說》第一號

【註釋】

[1] 月月小說——近代文藝月刊。吳趼人、周桂笙主編。公元一九〇六年九月在上海創刊，公元一九〇八年十二月停刊，共二十四期。曾從理論上大力提倡歷史小說。但所刊的小說作品多私生活描寫，實開晚清言情小說之先河，對後來的"鴛鴦蝴蝶派"有一定影響。另外還刊有翻譯的偵探小說，對偵探小說之風靡一時亦有影響。

[2] 吳沃堯（公元一八六六年——一九一〇年）——字繭人，後改字趼人，廣東南海縣人。因家居佛山鎮，亦自稱我佛山人。他是近代比較注意小說理論的改良

主義小說家。代表作是被列入“四大譴責小說”的《二十年目睹之怪現狀》。

［3］影射——資本主義會仿造名牌商品，在名稱上用同音，在外表上用形似，謂之影射。

［4］飲冰子——即梁啓超。

［5］詰曲聱牙——謂文章艱澀深奥，不易通讀。韓愈《進學解》：“周誥殷盤，詰屈聱牙。”

［6］時彥——對當時文化人的美稱。

［7］丁——當，遭逢。

［8］澆風——浮薄的風氣。

［9］殺青——見本册《定盦文錄敍》註［3］。

［10］雕蟲小技——西漢時，學童必須學習秦書八體，蟲書是其中一種。雕琢蟲書是童子所爲，故稱雕蟲小技。此處用以稱小說，是故意沿襲舊說，基本上是反語譏詞。

【説明】

在中國近代文學史上，吳沃堯是一個比較注意小說理論的改良主義小說家。他是受了梁啓超《新小說》雜誌的影響而從事小說創作的；他的小說理論也是以梁啓超的《小說與羣治之關係》爲基礎而加以補充發展的。這些理論集中發表在一九〇六年的《月月小說》創刊號上。除本篇外，還有《歷史小說總序》和《兩晉演義序》亦較爲重要。

本篇首先批判了當時小說創作中的“隨聲附和”之風。作者感慨地指出，自“飲冰子《小說與羣治之關係》之說出，提倡改良小說，不數年而吾國之新著新譯之小說，幾於汗萬牛充萬棟，猶復日出不已而未有窮期”，許多作者粗製濫造，“詭謀一己之私利而不顧其羣”，“彼且囂囂然自鳴曰：吾將改良社會也，吾將佐羣治之進化也”。對於小說界的這種歪風邪氣，作者一方面挖掘它的社會根源，揭發了社會上與之有緊密聯繫的“種種丑態”；另一方面，又以身作則，提倡小說家“分教員之一席”，“求公衆之利益”，以“審愼”的態度進行創作，寫出眞正“能體關係羣治之意”的作品，以“爲德育之一助”。這一破一立，不僅揭示了文風與社會風氣的關係，而且在實際上也就是要求小說家應該成爲注重德育的教師。

吳沃堯所以對小說家提出如此要求，是同他對小說這一文學體製的認識分不開的。他除去同意梁啓超對小說的“不可思議之力”所作的分析之外，“復索得其特別之能力焉”：“一曰足以補記憶力”，“一曰易輸入知識”。理由是小說有“趣味”，“深奧難解之文，不如粗淺趣味之易入也”；“而新知識實卽暗寓於趣味之中，故隨趣味而輸入之而不自覺也”。他這樣強調“趣味”的作用，應該說是抓住了小說的藝術特徵的。所以他雖然注重小說的德育作用，但也只是要求“借小說之趣味之感情，爲德育之一助”，並不主張脫離小說的藝術特徵去進行德育。正因如此，作者在《兩晉演義序》中還明確提出，小說要“寓教育於閒談，使讀者於消閒遣興之中，仍可獲益於消遣之際”。這種“暗寓”知識於趣味之中和“寓教育於閒談”的小說理論，很有見解，和“寓教於樂”的文藝思想也是比較接近的。

另外，本篇還對歷史小說《三國演義》作了很高的評價，並且指出：“歷史云者，非徒記其事實之謂也，旌善懲惡之意實寓焉。”這個意見顯然也是正確的。在《兩晉演義序》中，作者更明確地說：“撰歷史小說者，當以發明正史事實爲宗旨，以借古鑑今爲誘導，不可過涉虛誕，與正史相刺謬，尤不可張冠李戴，以別朝之事實，牽率羼入，遺誤閱者”。在《歷史小說總序》中，作者還“發大誓願，編撰歷史小說，使今日讀小說者，明日讀正史如見故人；昨日讀正史而不得入者，今日讀小說而如身親其境。小說附正史以馳乎？正史藉小說爲先導乎？請俟後人定論之”。這些理論雖然把歷史與“正史”混爲一談，有其局限，但却深入地探討了歷史小説與歷史之間應有的正確關係，對於歷史小説的發展是有指導意義的。作者説他寫《兩晉演義》，是“以《通鑑》爲綫索，以《晉書》、《十六國春秋》爲材料，一歸於正，而沃以意味”。這個寫作方針正是上述理論的具體運用和生動體現。

附　　録

歷史小説總序

〔清〕吳沃堯

秦漢以來，史册繁重，庋架盈壁，浩如煙海。遑論士子購求匪易，即藏書之家，未必卒業，坐令前賢往行，徒飽蠹腹，古代精華，視等覆瓿，良可哀也。竊求其故，厥有六端：緒端複雜，艱於記憶，一也；文字深邃，不有箋註，苟非通才，遽難句讀，二也；卷帙浩繁，望而生畏，三也；精神有限，歲月幾何，窮年齕齕，卒業無期，四也；童蒙受學，僅授大略，採其粗範，遺其趣味，使自幼視之，已同嚼蠟，五也；人至通才，年已逾冠，雖欲補習，苦無時晷，六也。有此六端，吾將見此册籍之徒存而已也。

雖然，其無善本以餉後學，實爲其通病焉。年來吾國上下，競言變法，百度維新，教授之術，亦採法列強教科之書，日新月異，歷史實居其一。吾嘗受而讀之，蒙學中學之書，都嫌過簡，至於高等大學，或且仍用舊册矣。從前所受，皆爲大略，一蹴而就於繁賾，毋乃不可？況此僅就學子而言耳，失學之輩，欲事窺探，尤無善本。坐使好學之徒，因噎廢食。當世君子，或宜憫之。

下走學植譾陋，每思補救而苦無善法。隱几假寐，聞窗外喁喁，竊聽之，輿夫二人對談三國史事也；雖附會無稽者十之五六，而正史事略亦十得三四焉。蹶然起曰：道在是矣，此演義之功也。蓋小説家言，興味濃厚，易於引人入勝也。是故等是魏、蜀、吳故事，而陳壽《三國志》讀之者寡，至如《三國演義》，則自士夫迄於輿臺，蓋靡不手一篇者矣。惜哉，歷代史籍無演義以爲之輔翼也！

吾於是發大誓願，編撰歷史小說，使今日讀小說者，明日讀正史如見故人；昨日讀正史而不得入者，今日讀小說而如身親其境。小說附正史以馳乎？正史藉小說爲先導乎？請俟後人定論之，而作者固不敢以雕蟲小技妄自菲薄也。握筆之始，先爲之序，以望厥成。光緒丙午八月，南海吳沃堯趼人氏撰。

一九〇六年《月月小說》第一號

兩晉演義自序

〔清〕吳沃堯

自《三國演義》行世之後，歷史小說，層出不窮。蓋吾國文化，開通最早，開通早則事跡多。而吾國人具有一種崇拜古人之性質，崇拜古人則喜談古事。自周、秦迄今，二千餘年，歷姓嬗代，紛爭無已，遂演出種種活劇，誠有令後人追道之猶爲之怵心胆、動魂魄者。故《三國演義》出，而膾炙人口，自士大夫以至輿臺，莫不人手一篇。人見其風行也，遂競斅爲之，然每下愈況，動以附會爲能，轉使歷史眞象，隱而不彰，而一般無稽之言，徒亂人耳目，愚昧之人，讀之互相傳述，一若吾古人果有如是種種之怪謬之事也者。嗚呼！自此等書出，而愚人益愚矣。

吾嘗默記之，自《春秋列國》，以迄《英烈傳》、《鐵冠圖》，除《列國》外，其附會者當居百分之九九。甚至借一古人之姓名，以爲一書之主腦，除此主腦姓名之外，無一非附會者，如《征東傳》之寫薛仁貴，《萬花樓》之寫狄青是也。至於《封神榜》之以神怪之談，而借歷史爲依附者，是無論矣。夫小說雖小道，究亦同爲文字，同供流傳者，其內容乃如是，縱不懼重誣古人，豈亦不畏貽誤來者耶！等而上之者，如《東西漢》、《東西晉》等書，似較以上云云者略善矣；顧又失於簡略，殊乏意味，而復不能免蹈虛附會之談。夫蹈虛附會誠小說所不能免者，然旣蹈虛附會矣，而仍不免失於簡略無味，人亦何貴有此小說也？人亦何樂讀此小說也？況其章回之分剖未明，敍事之不成片段，均失小說體裁，此尤蒙所竊不解者也。

月月小說社主人，創爲《月月小說》，就商於余。余向以滑稽自喜，年來更從事小說，蓋改良社會之心，無一息敢自已焉。至是，乃正襟以語主人曰：小說雖一家言，要其門類頗複雜，余亦不能枚舉，要而言之，奇正兩端已。余疇曩喜爲奇言，蓋以爲正規不如譎諫，莊語不如諧詞之易入也。然《月月小說》者，月月爲之，使盡爲詭譎之詞，毋亦徒取憎於社會耳。無已，則寓教育于閒談，使讀者于消閒遣興之中，仍可獲益於消遣之際，如是者其爲歷史小說乎！

歷史小說之最足動人者，爲《三國演義》，讀至篇終，鮮有不悵然以不知晉以後事爲憾者。吾請繼《三國演義》以爲《兩晉演義》。雖坊間已有《東西晉》之刻，然其書不成片段，不合體裁，文人學士見之，則曰有正史在，吾何必閱此；略識之無者見之，則曰吾不解也。是有小說如無小說也。吾請更爲之，以《通鑑》爲綫索，以《晉書》、《十六國春秋》爲材料，一歸於正，而沃以意味，使從此而得一良小說焉。謂爲小學歷史教科書之臂助焉可，謂爲失學者補習歷史之南針焉亦無不可。其對於舊有之《東西晉》也，謂余此作爲改良彼作焉可，謂爲余別撰焉亦無不可。庶幾不以小說家言見誚大方，而筆墨匠亦不致笑我之浪用其資料也。

主人聞言首肯。乃馳書告諸友曰：吾將一變其詼詭之方針，而爲歷史小說矣，愛我者乞有以教我也。旋得吾友蔣子紫儕來函，勗我曰：撰歷史小說者，當以發明正史事實爲宗旨，以借古鑑今爲誘導，不可過涉虛誕，與正史相刺謬，尤不可張冠李戴，以別朝之事實，羼率羼入，遺誤閱者云云。末一語，蓋蔣子以余所撰《痛史》而發也。余之撰《痛史》，因別有所感故爾爾，即微蔣子勉言，余且不復爲，今而後尤當服膺斯言矣。操筆之始，因記之以自勵。著者自序。

一九〇六年《月月小說》第一號

小說小話（選錄）

梁啓超

小說之描寫人物，當如鏡中取影，妍媸好醜令觀者自知。最忌攙入作者論斷，或如戲劇中一脚色出場，橫加一段定場白，預言某某若何之善，某某若何之劣，而其人之實事，未必盡肖其言。即先後絕不矛盾，已覺疊牀架屋，毫無餘味。故小說雖小道，亦不容着一我之見，如《水滸》之寫俠，《金瓶梅》之寫淫，《紅樓夢》之寫艷，《儒林外史》之寫社會中種種人物，並不下一前提語，而其人之性質、身份，若優若劣，雖婦孺亦能辨之，眞如對鏡者之無遁形也。夫鏡，無我者也。

歷史小說，當以舊有之《三國演義》、《隋唐演義》及新譯之《金塔剖屍記》、《火山報仇錄》等爲正格。蓋歷史所略者應詳之，歷史所詳者應略之，方合小說體裁，且聳動閱者之耳目。若近人所謂歷史小說者，但就書之本文，演爲俗語，別無點綴斡旋處，冗長拖沓，並失全史文之眞精神，與教會所譯土語之《新舊約》無異。歷史不成歷史，小說不成小說。謂將供觀者之記憶乎，則不如直覽史文之簡要也；謂將使觀者易解乎，則頭緒紛繁，事雖顯而意仍晦也。或曰："彼所謂演義者耳，毋苛求也。"曰："演義者，恐其義之晦塞無味，而爲之點綴，爲之斡旋也，玆則演詞而已，演式而已，何演義之足云！"

中華書局《晚清文學叢鈔·小說戲曲研究卷》卷四

中國歷代小說史論

〔清〕王鍾麒[1]

天僇生旣墮塵球，歷寒暑二十有奇，榜其門曰“痛心之齋”，銘其室曰“憂患之府”，極人世所歡欣慕思之境，舉不之好，而獨嗜讀書。舉四千年之書史，發其扃讀之，則亦有好有不好，而獨大湊其心思智慧以讀小說。旣編而爲史，復從而論之曰：

“王者之迹熄而《詩》亡，《詩》亡而後《春秋》作。”[2]仲尼因百二十國寶書而作《春秋》[3]，其恉隱，其詞微，其大要歸于懲惡而勸善。仲尼歿而微言絕[4]。《春秋》之恉，不㬥白[5]于天下，才士惆焉[6]憂之，而小說出。蓋小說者，所以濟《詩》與《春秋》之窮者也。薦紳先生視小說若洪水猛獸，屛子弟不使觀。至近世新學家，又不知前哲用心之所在，日以迻譯異邦小說爲事，其志非不善，而收效寡者，風俗時勢有不同也。

吾以爲欲振興吾國小說，不可不先知吾國小說之歷史。自黃帝藏書小酉之山[7]，是爲小說之起點。此後數千年，作者代興，其體亦屢變。晰而言之，則記事之體盛于唐[8]，記事體者，爲史家之支流，其源出于《穆天子傳》《漢武帝內傳》《張皇后外傳》等書[9]，至唐而後大盛。雜記之體興于宋[10]，宋人所著雜記小說，予生也晚，所及見者，已不下二百餘種，其言皆錯雜無倫序；其源出于《青史子》[11]，于古有作者，則有若《十洲記》《拾遺記》《洞冥記》及晉之《搜神記》[12]，皆宋人之濫觴也。戲劇之體昌于元，詩之宮譜失而後有詞[13]，詞不能盡作者之意，而後有曲。元人以戲曲名者，若馬致遠[14]，若賈仲明[15]，若王實甫，若高則誠[16]，皆江湖不得志之士，恫心于種族之禍，旣無所發抒，乃不得不託浮靡之文以自見。後世誦其言，未嘗不悲其志也。章回彈詞之體行于明、清：章回體以施耐庵之《水滸傳》爲先聲，彈詞體以楊升庵之《廿一史彈詞》[17]爲最古；數百年來，厥體大盛，以《紅樓夢》《天雨花》[18]二書爲代表。其餘作者，無慮數百家，亦頗有名著云。

嗚呼！觀吾以上所言，則中國數千年來小說界之沿革，略盡于是矣。吾謂吾國之作小說者，皆賢人君子，窮而在下，有所不能言、不敢言，而又不忍不言者，則姑婉篤詭譎以言之。卽其言以求其意之所在，然後知古先哲人之所以作小說者，蓋有三因：

一曰憤政治之壓制。吾國政治，出于在上，一夫爲剛，萬夫爲柔，務以酷烈之手段，以震盪摧鋤天下之士氣。士之不得志于時而能文章者，乃著小說，以抒其憤。其大要分爲二：一則述已往之成迹，若《隋唐演義》、若《列國志》諸書[19]，言民怒之不可犯，溯國家興亡盛衰之故，使人君知所懼；一則設爲悲歌慷慨之士，窮而爲寇爲盜，有俠烈之行，忘一身之危，而急人之急，以愧在上位而虐下民者，若《七俠五義》[20]《水滸傳》皆其倫也。

二曰痛社會之混濁。吾國數千年來，風俗頹敗，中于人心，是非混淆，黑白易位。富且貴者，不必賢也，而若無事不可爲；貧且賤者，不必不賢也，而若無事可爲。舉億兆人之材力，咸戢戢[21]于一範圍之下，如羊豕然。有跅弛[22]不羈之士，其思想或稍出社會水平線以外者，方且爲天下所非笑，而不得一伸其志以死。旣無可自白，不得不假俳諧之文以寄其憤：或設爲仙佛導引[23]諸術，以鴻冥蟬蛻于塵壒之外[24]，見濁世之不可一日居，而馬致遠之《岳陽樓》、湯臨川之《邯鄲記》[25]出焉，其源出于屈子之《遠遊》[26]。或描寫社會之汚穢濁亂貪酷淫媟諸現狀，而以刻毒之筆出之，如《金瓶梅》之寫淫，《紅樓夢》之寫侈，《儒林外史》

《檮杌閒評》[27]之寫卑劣。讀諸書者，或且訾古人以淫冶輕薄導世，不知其人作此書時，皆深極哀痛，血透紙背而成者也，其源出于太史公諸傳。

三曰哀婚姻之不自由。夫男生而有室，女生而有家，人之情也。然一憑父母之命，媒妁之言，執路人而強之合，馮敬通之所悲[28]，劉孝標之所痛[29]。因是之故，而後帷薄[30]間其流弊乃不可勝言。識者憂之，于是構爲小說，言男女私相慕悅，或因才而生情，或緣色而起慕，一言之誠，之死不二，片夕之契，終身靡他。其成者則享富貴，長孫子；其不成者則併命相殉，無所于悔。吾國小說，以此類爲最夥。老師宿儒或以越禮呵之，然其心無非欲維風俗而歸諸正，使內無怨女，外無曠夫焉已耳。

由是以言，而後吾國小說界之價値，與夫小說家之苦心，乃大白于天下。吾嘗謂吾國小說，雖至鄙陋不足道，皆有深意存其間，特材力有不齊耳。近世翻譯歐、美之書甚行，然著書與市稿者，大抵實行拜金主義，苟焉爲之。事勢旣殊，體裁亦異，執他人之藥方，以治己之病，其合焉者寡矣。今試問萃新小說數十種，能有一焉，如《水滸傳》《三國演義》影響之大者乎？曰：無有也。萃西洋小說數十種，問有一焉，能如《金瓶梅》《紅樓夢》冊數之衆者乎？曰：無有也。且西人小說所言者舉一人一事，而吾國小說所言者率數人數事，此吾國小說界之足以自豪者也。

嗚乎！吾國有翟鏗士、托而斯太[31]其人出現，欲以新小說爲國民倡者乎？不可不自撰小說，不可不擇事實之能適合于社會之情狀者爲之，不可不擇體裁之能適宜于國民之腦性者爲之。天僇生生平無他長，惟少知文學。苟幸而一日不死者，必殫精極思，著爲小說，借手以救國民，爲小說界中馬前卒。世有知我者，其或恕我狂也。

一九〇七年《月月小說》第一卷第十一期

【註釋】

[1] 王鍾麒(公元一八八〇年——一九一三年)——字毓仁，一字郁仁，號無生，別號天僇。安徽歙縣人，寄跡江蘇江都。«中國歷代小說史論»一文，於一九〇七年發表在«月月小說»第一卷第十一期上。另有«論小說與社會之關係»«劇場之教育»二文，均先後在«月月小說»發表。曾任上海神州日報主編。

[2] 王者之迹熄而詩亡二句——«孟子·離婁下»:"王者之迹熄而«詩»亡，«詩»亡然後«春秋»作。"

[3] 仲尼因百二十國寶書而作春秋——«公羊傳»徐彥疏:"昔孔子受端門之命，制«春秋»之義，使子夏等十四人，求周史記，得百二十國寶書，九月經立。«感精符»«考異郵»說:題辭具有其文。以此言之，夫子修«春秋»，祖述堯、舜，下包文、武，又爲大漢周之訓世，不應專據魯史堪爲王者之法也，故言據百二十國寶書也。"

[4] 仲尼歿而微言絕——漢劉歆«移讓太常博士書»中說:"及夫子沒而微言絕，七十子終而大義乖。"見«漢書»卷三十六劉歆傳。

[5] 襮白——表白。

[6] 憪焉——不安貌。

[7] 小酉之山——«太平御覽»引盛弘之«荊州記»:"小酉山石穴中有書千卷，相傳秦人於此而學，因留之。故梁湘東王云'訪酉陽之逸典'是。"按:小酉在今湖南沅陵。黃帝藏書事，未詳所據。

[8] 記事之體盛于唐——案:指唐人之傳奇。

[9] 穆天子傳——共六卷，內容係記載周穆王駕八駿西遊之事。爲晉人盜發魏襄王墓冢所得竹書。漢武帝內傳——不詳撰人，明人題爲東漢班固作。一卷。內容係通過漢武帝從出生到死的事跡，描寫西王母、上元夫人降臨漢宮，及武帝如何接待的故事。張皇后外傳——未詳，疑是指唐、宋人僞託伶玄所撰的«飛燕外傳»。飛燕是趙皇后，殆作者筆誤作張皇后。如果指陳後主的皇后張麗華，則向來未聞有此外傳。

[10] 雜記之體興于宋——案:指宋人之筆記小說。

[11] 青史子——«漢書·藝文志»:"«青史子»五十七篇。"註:"古史官記事也。"

[12] 十洲記——又稱«海內十洲記»，舊本題漢東方朔所撰。十洲者，祖洲、瀛洲、懸洲、炎洲、長洲、元洲、流洲、生洲、鳳麟洲、聚窟洲。後附滄海島、方丈洲、扶

桑、蓬邱、崑崙五條。拾遺記——一名《王子年拾遺記》。東晉王嘉作，嘉字子年，隴西安陽人。南朝梁蕭綺曾加以整理，共十卷。前九卷記自上古至東晉各代的歷史異聞，末一卷記崑崙、蓬萊等仙山事物。是一部志怪小說集。洞冥記——即《漢武洞冥記》，舊本題後漢郭憲撰。晁公武《郡齋讀書志》引郭憲自序，謂"漢武明儁特異之主，東方朔因滑稽浮誕以匡諫，洞心於道教，使冥迹之奧，昭然顯著，故曰洞冥。"搜神記——東晉干寶作，二十卷。今本已非原書，由後人綴輯增益而成。所記多爲神怪靈異之事，但也保存有一些民間傳說。是一部志怪小說集。

［13］詩之宮譜失而後有詞——案：舊時樂曲音調，統稱宮調，宮調之譜，謂之宮譜。如清人有《九宮大成南北詞宮譜》，是詞曲的樂譜。本文謂"詩之宮譜失而後有詞"，則是指詩的樂譜而言。南朝民歌，隸于清樂，當時應有樂譜。杜佑《通典》云："自長安以後，朝廷不重古曲，工伎轉缺；能合於管弦者，唯《明君》《楊叛》《驍壺》《春歌》《秋歌》《白雪》《堂堂》《春江花月夜》等共八曲。……開元中有歌工李郎子，郎子北人，聲調以失。……自郎子亡後，清樂之歌闕焉。"樂歌既失傳，其譜亦亡，此種詩歌，自然也隨之而亡。而民間曲子詞，就配合新興的燕樂，代之而起。

［14］馬致遠（公元一二五〇年？——一三二一至一三二四年間），字千里，號東籬，大都人。元戲曲作家、散曲家。任浙江行省提舉，見《錄鬼簿》。所作雜劇，今知有十五種，現存《漢宮秋》等七種。散曲有輯本《東籬樂府》。

［15］賈仲明（公元一三四三年——約一四三〇年）——一作賈仲名，號雲水散人，淄川人。元末明初戲曲作家。所作雜劇，今存的有《玉梳記》、《菩薩蠻》、《玉壺春》、《金安壽》、《昇仙夢》等。

［16］王實甫二句——王實甫、高則誠都見本書第三册王驥德《曲律》註［37］。

［17］楊升庵之廿一史彈詞——楊升庵見本册《古謠諺序》註［18］。楊氏工樂府，曾作《廿一史彈詞》。

［18］天雨花——長篇彈詞小說。清代女作家陶貞懷作，共三十回。內容主要是寫晚明忠臣左維明與閹黨魏忠賢之間的鬥爭，同時也反映了封建社會中婦女的不幸遭遇。

［19］隋唐演義——長篇小說。清初褚人穫作，共二十卷，一百回。內容係據《隋唐志傳》《隋煬帝豔史》改寫，加入唐、宋人傳奇材料，對宮廷荒淫生活有所揭露；同時也歌頌了花木蘭等某些英雄人物。列國志——《東周列國志》的簡稱。明代余邵魚有《列國志傳》，馮夢龍改編爲《新列國志》，共一百零八回。清

代蔡元放加以評定，改名爲《東周列國志》。內容是敍述從周平王東遷到秦始皇統一這一歷史時期的事件，大都根據史實，是一部長篇講史小說。歷來簡稱《列國志》。

［20］七俠五義——即《三俠五義》，原名《忠烈俠義傳》。清代無名氏根據民間藝人石玉昆說唱的《龍圖公案》改編，共一百二十回。後經俞樾修訂，改名《七俠五義》。內容是寫宋代開封府尹包拯的爲官嚴正，並歌頌某些英雄人物的俠義行爲。

［21］戢戢——通濈濈。《詩·小雅·無羊》："爾羊來思，其角濈濈。"言相聚而不相觸。

［22］跅弛——《漢書·武帝紀》："……夫泛駕之馬，跅弛之士，亦在御之而已。"跅弛，卽卓異而不遵禮制的意思。

［23］導引——道家養生之術，卽呼吸運動。一作"道引"，見《莊子·刻意》。

［24］以鴻冥蟬蛻于塵壒之外——《法言·問明》："鴻飛冥冥，弋人何篡焉。"喻賢者深居，亦不罹暴亂之害。《史記·屈原列傳》："……濯淖污泥之中，蟬蛻於濁穢，以浮游塵埃之外，不獲世之滋垢，皭然泥而不滓者也。"

［25］馬致遠之岳陽樓——馬致遠曾作雜劇《岳陽樓》，寫呂純陽醉酒岳陽樓，度郭馬夫婦入道的故事。湯臨川之邯鄲記——湯顯祖見本書第三册《答呂姜山》註[2]。湯氏曾作傳奇《邯鄲記》，取材唐代沈旣濟小說《枕中記》，寫盧生在邯鄲道上客店中入夢，夢中享盡富貴榮華，最後死去。

［26］屈子之遠遊——王逸《楚辭章句》："遠遊者，屈原之所作也。屈原履方直之行，不容於世，上爲讒佞所譖毀，下爲俗人所困極，旁皇山澤，無所告訴。……文采鋪發，遂敍妙思，託配仙人，與俱遊戲，周歷天地，無所不到。……"

［27］檮杌閒評——明代無名作家所作小說，爲明熹宗時閹黨魏忠賢之外史。

［28］馮敬通之所悲——東漢文學家馮衍，字敬通。生卒年不詳。京兆杜陵人。《後漢書·馮衍傳》："……衍娶北地女任氏爲妻，悍忌，不得蓄媵妾，兒女常自操井臼。……"

［29］劉孝標之所痛——南北朝梁代文學家劉峻（公元四六二年——五二一年），字孝標。平原人。《梁書·劉峻傳》："……峻又嘗爲自序，其略曰：'余自比馮敬通，而有同之者三，異之者四。何則？敬通雄才冠世，志剛金石；余雖不及之，而節亮慷慨。此一同也。敬通値中興明君，而終不試用；余逢命世英主，亦擯斥當年。此二同也。敬通有忌妻，至於身操井臼；余有悍室，亦令家道轗軻。此三同也。……'"

[30] 帷薄——《禮記·曲禮上》:"帷薄之外不趨。"帷,幔;薄,簾。二者用來障隔內外。《新書·階級》:"古者大臣……有坐汚穢男女無別者,不謂汚穢,曰帷薄不修。"

[31] 翟鏗士——即指英國作家狄更斯(公元一八一二年——一八七〇年),《大衞·科波菲爾》《雙城記》等小說的作者。托而斯太——即指俄國作家列夫·尼古拉耶維奇·托爾斯泰(公元一八二八年——一九一〇年),《戰爭與和平》《安娜卡列尼娜》《復活》等小說的作者。

【說明】

這篇《中國歷代小說史論》所論述的有兩個方面:一是從體裁方面探索各種不同類型的小說的源流;二是從作者的創作精神,闡明我國古代小說的思想意義。

關於前者,文中把我國古代小說分爲記事、雜記、戲劇、章回和彈詞五種體裁,其中記事、雜記指的是短篇小說,章回指的是長篇小說。由於當時對文學的分類,概念還不够明確,所以把戲劇和彈詞納入於小說的範疇之內。同時,他所追溯的源頭,也未必都可靠。如說"自黃帝藏書小酉之山,是爲小說之起點",就顯係附會。然而作者確實是能够初步注意到我國古代小說歷史發展的過程,文中給"數千年來小說界之沿革",提供了一個簡單的綫索。

關於後者,他把歷代小說作者的創作精神,概括爲"憤政治之壓制"、"痛社會之混濁"、"哀婚姻之不自由"三種原因,這裏面反映出作者反對封建黑暗政治,反對封建腐朽道德等一系列的思想感情,正確說明舊社會小說產生的思想基礎,而他對於小說的價值,則主要是從社會政治問題着眼的。這些見解,比起封建時代的小說理論有較大的發展。

基於這樣的認識,所以他說小說的作者,"皆賢人君子,窮而在下,有所不能言不敢言,而又不忍不言者,則姑婉篤詭譎以言之”。這樣，他就認爲小說是“濟《詩》與《春秋》之窮”，把小說在文學史上的地位，提到和詩歌、歷史同樣的高度。這比起傳統的看法，僅僅把小說作爲稗官野史，街談巷議的“小道”，顯然大大地推進了一步。

此外，文中指出我國古代小說紮根在自己的生活土壤上，有它獨特的內容以及與之相適應的民族形式；並以《水滸傳》《三國志演義》《紅樓夢》等書爲例，說明它們的影響廣泛，深入人心；其價值實在歐美小說之上，從而看出我國小說自有其優良傳統和發展前途，所見也頗精闢。

附　　錄

中國三大小說家論贊(節錄)

〔清〕王鍾麒

茫茫宇宙，哀哀衆生，其生也烏，其死也貉。於此世界中，無端而有皇王帝霸興亡成敗之業，生老病死悲歡離合之跡，智愚賢否忠佞邪正之殊，爲存爲歿，刹那刹那，憂苦畏怖，陷頂投踵於此五濁世界之苦海中。嗚呼！生至促也，化至速也。當乎此時，其思想有能高出社會水平綫以外者，厥惟小說家。是以天僇生生平雖好讀書，然不若讀小說；讀小說數十百種，有好有不好，其好而能至者，厥惟施耐庵、王弇州、曹雪芹三氏所著之小說。

特達之士，喆皜之才，知人命之至速也，束身砥行，思樹功伐，垂令名，勞思焦慮以赴之。其卒也，則或求之而得，則或求之而不得。至於求之而不得，見夫邪曲之害公也，頑嚚之蔽明也，憂讒畏譏，懼終其身無可表襮，乃不得已，遁而爲小說。吾國數千年來，爲小說者，不下數百，求其與斯旨合者，時則有若施氏之《水滸傳》。施氏少負異才，自少迄老，未獲一伸其志。痛社會之黑暗，而政府之專橫也，乃以一己之理想，搆成此書。設言壯武慷慨之士，與俗有所迕，憤而爲盜。其人類皆有非常之材，敢於復大仇，犯大難，獨行其志無所於悔。生民以來，未有以百八人組織政府，而人人平等者，有之惟《水滸傳》。使耐庵而生於歐、美也，則其人之著作，當與拍拉圖、巴枯寧、托爾斯太、迭蓋司諸氏相抗衡。觀其平等級，均財產，則社會主義之小說也；其復仇怨，賊汚吏，則虛無黨之小說也；其一切組織，無不完備，則政治小說也。阮小五之言曰："若有人識得俺時，水裏水裏去，火裏火裏去。"又曰："英雄儘有，只是俺不曾遇着。"觀乎此，則知耐庵者，不惟千古之思想家，亦千古之傷心人也。

時則有若王氏之《金瓶梅》。元美生長華閥，抱奇才，不可一世，乃因與楊仲芳結納之故，至爲嚴嵩所忌，戮及其親，深極哀痛，無所發其憤。彼以爲中國之人物、之社會，皆至汚極賤，貪鄙淫穢，靡所不至其極，於是而作是書。蓋其心目中固無一人能少有價値者。彼其記西門慶，則言富人之淫惡也；記潘金蓮，則傷女界之穢亂也；記花子虛、李瓶兒，則悲友道之衰微也；記宋蕙蓮，則哀讒佞之爲禍也；記蔡太師，則痛仕途黑暗，賄賂公行也。嗟乎！嗟乎！天下有過人之才人，遭際濁世，抱彌天之怨，不得不流而爲厭世主義，又從而摹繪之，使並世者之惡德，不能少自諱匿者，是則王氏著書之苦心也。輕薄小兒，以其善寫淫媟也寶之，而此書遂爲老師宿儒所詬病，亦不察之甚矣。

時則有若曹氏之《紅樓夢》。曹氏向居明相國珠邸中。時本朝甫定鼎，其不肖者，往往憑藉貴族，因緣以奸利，貪侈之端，乃不可僂指數。曹氏心傷之，有所不敢言，不屑言，而又不忍不一言者，則姑詭譎游戲以言之，若有意，若無意。聞滿洲某巨公，當嘉慶間，其爲江西學政也，嘗嚴禁賈人，不得售是書，犯者罰無赦；又語人曰：《紅樓夢》一書，譏刺吾滿人，至於極地，吾恨之刺骨。則此書之宗旨可知。海寧王生，常言此書爲悲劇中之悲劇。於歐西而有作者，則有如仲馬父子、謝來、雨苟諸人，皆以善爲悲劇，擘聞當世；至於頭緒之繁，篇幅之富，文章之美，恐尙有未逮此書者。蓋此書非苟焉所能讀也。必富於厭世觀者，始能讀此書；必深通一切學問者，始能讀此書；必富於哲理思想、種族思想者，始能讀此書；世人讀之而不解，解矣而不能盡作者之意，則亦猶之乎不讀也。

由是以觀小說，至此三書，眞有觀止之歎矣。吾國小說，非無膾炙人口，在此三書外者。然如《三國演義》，非不竭力聯貫也，而文詞鄙陋不足稱。如《野叟曝言》，如《西遊記》，其篇幅非不富，其思想非不高也；然《野叟曝言》，事事在人意外，而此三書，則語語在人意中。至《西遊記》之記事，更如於輪舟中觀山水，頃刻即逝，更無復來之時。餘子自鄶，更不足道。

…………

一九〇八年《月月小說》第二卷第二期

中國小説大家施耐庵傳

佚　名

緒　論

莊子曰："哀莫大於心死。"西國之人心，一死於羅馬以後之宗教家，死守尊教之義，日奉其性命財產，以獻於羅馬之教皇。中國之人心，一死於南宋以後之理學家，死守尊皇之義，日奉其性命財產，以獻於胡元之君主。斯時之民，冥冥沈沈，殺之剮之不知痛，犬之馬之不知羞。於此而思有以活之之法，非有大慈悲大手筆大魔力不能。吾於西國得一人焉，以沙爾十二之傳記，而活已死之人心，曰福祿特爾。吾於中國得一人焉，以宋江百八之傳記，而活已死之人心，曰施耐庵。

中國小説，亦夥頤哉，大致不外二種：曰兒女，曰英雄。而英雄小説，輒不敵兒女小説之盛，此亦社會文弱之一證。民生既已文弱矣，而猶鏤月裁雲，風流旖旎，充其希望，不過才子佳人成了眷屬而止，何有於家國之悲，種族之慘哉？國奢則示之以儉，國儉則示之以禮；國文弱而示之以文弱，不猶以水救水，以火救火耶？益多而已矣。所以《牡丹亭》《西廂記》之小説愈出，而人心愈死，吾於是傳施耐庵。

施耐庵之事蹟

元施耐庵，東都人也。其軼事不少概見，散見於諸家著述，補苴掇拾，可以想見其爲人。性好友，風晨雨夕，故人不來，輒不歡。所著書都不傳，惟《水滸》行於世。相傳其書成之日，拍案大叫曰："足以亡元矣。"而耐庵之心事，於此一語，躍躍然如見焉。或云《水滸》本傳羅貫中作（〔原注〕見國朝周亮工《書影》），或云《水滸傳》宋人作（〔原注〕見田叔禾《西湖遊覽志》），或云《水滸後傳》陳雁宕作（〔原注〕見沈登瀛《南潯備志》），具不足信。

施耐庵之戟刺

漢武侈而內傳成，武曌淫而秘記作，古今小說，何莫非受異常之戟刺？其戟刺有大小，而耐庵特其大焉耳。知人論世，實有大大的戟刺二種在。

一、異族虐政　“豺狼在邑龍在野”，“哀哀王孫泣路隅”。睹其鈎考錢穀也，恨無晁蓋以劫之。睹其括馬也，恨無段景住以盜之。嗟我南人，（〔原注〕胡元虐待南人，酷於俄人之虐待猶太。）輾轉呻吟於胡元軛下，固已欲哭而無淚矣。雖其時何嘗無反動力哉？董賢舉耶，楊鎮龍耶，鍾明亮耶，以不忠不義之民，（〔原注〕水滸提倡二字以此，聖歎批評似亦未的。）而欲亡元，宜其飛蛾投火矣。“熱淚百川水，愁心千壘山”。耐庵之身世如此。

一、理學餘毒　國破矣，家亡矣，林總如此其困苦，犬羊如此其憑陵，而士大夫猶原心於秒忽，較理於分寸，則理學之毒也。彼姚樞、許衡輩，何莫非漢人哉？而舞蹈胡廷，跼天蹐地於不公平之名分，醉生夢死於不明白之朝廷，此固林教頭之所火併，李大哥之所尿溺也。《水滸》出而理學壁壘一拳洞之，快矣哉！

施耐庵之著録

聖歎評曰：“耐庵心閒無事，而作《水滸》。”此欺人語耳。耐庵縱心閒，何必作《水滸》？耐庵縱作《水滸》，何必崇拜一百零八人？余謂耐庵之宿怨，固有大於腐遷者耳。“國破山河在，城春草木深。”人生到此，悲來填膺。而又舉足觸網羅，張口犯刑誅，既無言論自由之權，更無出版自由之利。不觀其自序耶，曰“談不及朝廷”，則其不滿於胡元，而又不敢顯誹也可想。曰“亦不及人過失”，則其不滿於時人，而又不敢明斥也可想。曰“所發之言，不求驚人，而人亦不驚，未嘗不欲人解，而人卒亦不能解”，則其所談爲何事，所解爲何人。至於人不能驚，其可驚也又可想。至於人不能解，其難解也又可想。唯不解故不驚，唯不驚故不著錄，至是而無書可作矣。耐庵悲憤而著書，必察社會之程度，國民之心理，作一書而人不能驚，則此書可燒，作一書而人不能解，則此書更可燒。至《水滸》則驚矣解矣。曰“無賢無愚，無不能讀”，耐庵其躊躇滿志矣乎。

託事於宋，思宋也。假跡宋江，以江轉掠山東，山東南北咽喉，斷之可以逐元也。宋江一押司，王倫一秀才，崇拜如彼，踐踏如此，則元人重吏輕儒之影也。殷天錫之横暴，柴皇孫之失所，則又瀛國公之影也。書不及叔夜平盜，假盜賊以鼓勵英雄，不欲平之耳。書不及高人逸士，如《三國志》之水鏡，《蕩寇志》之念義，非祇不敢以文弱之風相軋，亦以元多賤儒，無可模範耳。

施耐庵之思想

天絪地縕，思想乃發。不必東國聖哲果合於西國聖哲也，而自無不合，則公理爲之也。請觀耐庵。

一、民權之思想　民何物哉？只有服從之義務，而無抵抗之權利耶？耐庵以一“逼”字哭之。逼者，壓制之極也。非逼而作盜，則罪在下；逼之而作盜，則罪在上。作盜而出於逼，則強盜莫非義士矣。且皇帝又何物耶？人皆可以爲堯、舜耳。“晁蓋哥哥作大宋皇帝，宋江哥哥作小宋皇帝。”此言借李逵發之。漢人臣元，何非奴才之奴才耶？“你這與奴才做奴才的奴才。”此言借石秀發之。中國之民，罔聞民約之義，發之却有耐庵。耐庵可比盧梭。

一、尚俠之思想　民風茶弱，至南宋而極點矣。耐庵慨漢人之不振，致胡馬之蹂躪，刀光劍氣，提倡俠風。一殺虎也，陽穀於焉揚名；一偷鷄也，梁山爲之不錄。非特武松、魯達諸人，英風動山岳，高義薄雲天，即水泊之嘍囉，酒店之伙伴，亦隱隱有俠氣。則中國之武士道，發之又早有耐庵。耐庵可比西鄉隆盛。

一、女權之思想　男女之最不平等惟中國，而《水滸》之巾幗，壓倒鬚眉，女權可謂發達矣。即如潘金蓮，必寫其爲婢女；閻婆惜，必寫其爲流娼；潘巧雲，必寫其爲醮婦；托根小草，筆墨便不嫌褻。至賈氏，不過一富人之妻而已，形容即不盡致。則其重視婦女也爲何如！以視花前密約，月下偸情，以紅閨之淑媛，寫作靑樓之蕩婦，其價値有判若天淵者矣。則中國之女權，發之又早有耐庵。耐庵可比達爾文。

施耐庵之效果

誰謂元亡非亡於《水滸》？韓林兒，一《水滸》之產兒也；張士誠，一《水滸》之產兒也；陳友諒，一《水滸》之產兒也；明玉珍，一《水滸》之產兒也；而朱元璋尤其著者耳。不數十年，淮南豪傑並起而亡元族矣。夫布爾特奇以四十六之英雄，而產出無量劫無量數之英雄，而拿破崙爲魁。耐庵以百零八之英雄，而產出無量劫無量數之英雄，而朱元璋爲魁。一則撓亂法疆，一則光復漢土。耐庵之功，偉於布氏矣。

結　　論

稗史氏曰：世以耐庵爲誨盜，金聖歎氏又從而回護之。余以爲不必回護也。耐庵固誨盜，抑知盜固當誨耶？盜而不誨，則必爲張角之盜，爲朱三之盜，爲黃巢之盜，爲李闖之盜，擾亂治平，爲天下害。盜而受誨，則必爲漢高祖之盜，爲朱元璋之盜，爲亞歷山大之盜，肅淸天下。李世勣曰："吾年十二三爲亡賴賊"，此即未誨之盜也；"十七八爲佳賊"，此即已誨之盜也。余觀《水滸》之誨法，有三善焉：純用白話，一也；範圍不出下流社會，二也；主張民義，三也。昔英人杜末，憤腦門豆之橫暴，痛撒克遜之摧殘，摹繪英雄，傳之簡册，一時歐洲民氣大振。耐庵猶杜氏之志也。論人必觀其世。《水滸》而出於漢、唐時代，則爲黃巾賊之天書，爲盜者師，燒之也可。《水滸》而出於胡元時代，則爲黃石公之天書，爲王者師，萬版之也可。"文章千古事，得失寸心知。作者皆殊列，名聲豈浪垂。"耐庵著書，豈顧小儒咋舌哉？

稗史氏又曰：世傳《水滸》成而耐庵盲目，以誨盜也。然則邱明作傳，以尊聖而盲目耶？三家村語，本不足辨。余以爲《水滸》旣成，而耐庵之目亦可以盲矣。任永、馮信，有行之也，何忍見元之凶穢哉？“丈夫不虛生世間，本意滅虜收河山。”從事毛錐，而耐庵之心傷矣。

《新世界小說社報》第八期

國朝文匯[1]序

〔清〕黄　人[2]

有一代之政教風尙，則有一代之學術思想，蜕故孳新，瞤息[3]不可復省，而有爲之撮影者曰史，而有爲之留聲者曰文。俾後人若聽覩其際，得以識世運消長，人才純駁之故，非僅悆汎覽，供粉飾焉。《詩》、《書》六藝，古隸史掌[4]，而概謚[5]爲文，蓋殊名而同物。姬、孔作述[6]，上溯諦煌[7]，下賅[8]謠俗，旁及夷埜[9]，標準千禩[10]，敻乎莫尙矣。天祿蘭臺，略設畛畔[11]；彥和《雕龍》，弟暢旨趣[12]。至蕭梁哲儲[13]，始別加組纂[14]，剖觚繢素[15]，漸呲[16]審美，而羅弋前修[17]，未迕學禮之訓[18]。唐、宋以還，乃立古文之顓名：論道經世者，或薄爲喪志[19]，而不屑染指[20]；翫華繡帨者[21]，又讋於客氣[22]，而不敢抗顏[23]。遂孤行藝苑，若別爲一種之學術，一種之思想。考之名義，則宗尙輓近[24]不爲古，屏除聲色不稱文；徵諸實際，則駢偶而鰥寡其儔[25]，詞賦而匏土其響而已[26]。然由渾而畫[27]，演進公迴，且榻櫫[28]數百年，久爲學子公認，無庸置議。於是而有古文之顓家出焉；顓家既夥，則有古文之總集出焉。操選政者[29]，大都辨宗派之眞贋，覈[30]聲望之高下，而錄棄之，與樞府銓司[31]，以門伐[32]資格，黜陟百爾[33]者等。又或句梳字櫛，書眉乙尾[34]，引繩墨，立橆刑[35]，如村塾之訓蒙，如瑣院之課士[36]，俾千形一貌，百喙一聲，始得爲中律令。夫固大遠乎博文游藝[37]之旨，而於東西京、南北朝之宗法[38]，似亦無當也。界限[39]愈嚴，容積愈濫，體制愈峻，氣息愈庳，憤世矯俗者，至有“漢後無文”[40]之論。非無文也，徇[41]古文之虛名以求文，則文之實喪；泥[42]古文之死法以衡文，則文之義荒；標榜有文，而獨立無文[43]；箎塤[44]有文，而自然無文[45]：則雖謂之無文可也。一代無文，則一代學術思想，非附見於削青[46]者，皆將晦翳澌[47]熄而無所徵驗，茲可恫[48]焉。

矧[49]今朝文治，軼邁[50]前古，撰著之盛，尤奄[51]有衆長。當定鼎[52]之始，山澤遺耇[53]，抱器陳疇[54]，綦多賓服[55]。卽有憤銜軒鍛[56]，志切魯戈[57]，旋讋大命攸歸[58]，亦退而紹申、伏[59]之傳，修河、汾[60]之業，出其學術思想，播佳種於龍野[61]，存國粹於滄桑[62]，以塞麥秀采薇[63]之痛。故其文雲雷鬱勃，風濤軒怒[64]，震國民之耳鼓，至今淵淵作響。繼世列聖，懋學右文[65]：兩舉詞科[66]，而駿雄游彀[67]；宏開四庫，而文獻朝宗[68]。賢王碩輔，又致設醴[69]之敬，企吐哺[70]之風，從而提倡。虎觀[71]無其備，兔園[72]無其盛，龍門[73]無其廣；文運日昌，士氣日奮。相率湔雪牢愁[74]，服膺[75]古訓：息邪距詖[76]，張天水[77]道學之軍；析義正名，幹炎劉經生之蠱[78]。而擄詞[79]幽雅，窮理則吐塵羹[80]，訂古則謝飣餖[81]。卽詞人墨客，亦蓬直麻中，赤緣朱近，類能賈餘勇，尙立言，咸有根柢，絕異稗販[82]。蓋幾於鳳麟爲畜，雞犬皆仙[83]，集周、秦、漢、魏、唐、宋、元、明之大成，合性理、訓詁、考據、詞章而成化[84]。故康、雍之文醇而肆，乾、嘉之文博而精，與古爲新，無美不具，蓋如日星之中[85]，得春夏之氣者焉。道、咸兩朝，爭桑[86]弄兵，四寓[87]多故，男兒作健，志士苦心，被褐[88]而來，棄繻[89]而去，擊楫者有澄淸之志[90]，浮查者多鑿空之談[91]，勖古幷治鈐符[92]，著書旁通鞮譯[93]。儒生專閫[94]，成韓、范[95]之勛；記室[96]多才，得琳、粲[97]之亞。至若賈生慟哭[98]，杜牧《罪言》[99]，尤在在皆是。故其文激昂峭厲，縱横排奡：忠義之骨，而參以仙俠之心；騷雅之晋，而出以幽、并之氣[100]。中興垂五十年，中外一家，梯航[101]四達，歐、和[102]文化，灌輸腦界，異質化合，乃孳新種[103]，學術思想，大生變革。故其文光怪瑰軼，汪洋恣肆，如披《王會》之圖[104]，如觀楚廟之壁[105]，如登喜瑪拉山[106]絶頂，遘天帝釋與阿修羅鏖戰[107]，不可方物[108]。極此以往，四海同文[109]之盛，期當不遠。

夫以吾國文學之雄奇奥衍，假罄其累世之儲蓄，良足執英、法、德、美壇坫之牛耳[110]。而一入本朝，則又兼收并畜，大會細入[111]，兩京、三唐，不免積薪[112]之愧，姬、孔之際，於斯爲盛。然則操斯文進退去取之枋[113]者，其猶横分區域，橛[114]守成規，匿寶山金穴之饒沃，而夸人以囊橐[115]；扃千門萬户之輪奂[116]，而自安於巢窟乎？此本社[117]所以有《國朝文匯》之選輯也。存録一千餘家，爲文一萬餘首，不名一家，不拘一格。雖網羅未廣，疏漏正多，倘有俟海内方聞，俛[118]爲增益。要之二百數十年中之政教風尚，所以發達變化其學術思想者，循是或可得其大概，而爲史氏徵文考獻者效負弩[119]之役。若夫别標格[120]，求師法，則有先正[121]精選成本在，非不佞[122]所敢知矣。

宣統元年[123]七月黄人摩西。

宣統元年己酉上海國學扶輪社《國朝文匯》

【註釋】

[1] 國朝文匯——即《清文匯》，清代文章總集。近代沈粹芬、黄人等輯。編成於清宣統二年（公元一九一〇年）。共五集，二百卷。選入許多具有代表性的作家，並收有若干流傳較少的作品。編者旨在顯示清代學術思想的演變和社會歷史的變遷，具有一定的價值。

[2] 黄人（公元一八六九年——一九一四年）——原名振元，中年改名人，字慕庵，又字摩西。江蘇常熟人。曾任東吳大學教授。南社社員。工詩詞。主編過小説期刊《小説林》（創刊於一九〇七年一月，終刊於一九〇八年九月，共刊

行十二期)。所撰《小說林發刊詞》、《小說小話》在晚清時期小說論文中較有名。曾著小說多種。另編有《中國文學史》二十九巨册，有國學扶輪社印本。晚年搜集宋元以來工詞而不顯者，得二百餘家，未刻而病卒。自著有《摩西詞》一卷，已刊；《石陶梨烟室詩存》，未刊。金鶴沖有《黃慕庵家傳》，金天翮《蘇州五奇人傳》有傳。

[3] 瞤息——喻時間之快。瞤，眼皮跳動，俗稱眼跳。《西京雜記》卷三："目瞤得酒食。"

[4] 隸——屬。以上二句意爲：《詩》、《書》等六經古代屬史官掌管。

[5] 謚——稱、號。

[6] 姬——周公姬旦。孔——孔丘。相傳周公東征之後，歸而改定官制，創制禮法。孔子曾經説自己是"述而不作"(《論語·述而》)。

[7] 溯——探源。諦煌——通"帝皇"，指遠古帝、皇時代。

[8] 賅——備，兼括。

[9] 埜——即野，指所謂粗鄙的人。

[10] 禩——疑爲"禩"之誤，"祀"的或體，年的意思。

[11] 天祿蘭臺二句——天祿，天祿閣，漢宮中藏書閣名。漢高祖時創建，在未央宮內(今陝西西安市西北長安故城內)，收藏各地所獻的祕書。成帝、哀帝時，著名儒者劉向、劉歆等曾在閣中校讎所藏古籍，寫成定本。蘭臺，漢代宮內藏圖書之處。東漢時班固受詔撰史，爲蘭臺令史。畛畔，界限。二句意謂：到了兩漢時代，約略地設立了界限，即區別了學術和文章的大致的界限。

[12] 弟——通"第"，但，只。暢——盡情發揮。

[13] 蕭梁哲儲——梁昭明太子蕭統。儲，儲君，太子。

[14] 別加組纂——另行加以組織。這句説《昭明文選》將各種體裁作品加以區分，並編選成集。

[15] 剖——分，這裏指分類。觚——見本書第一册《文賦》注[44]。這裏指文學作品。繢——通"繪"，畫文彩。

[16] 毗——增益。

[17] 羅弋——廣泛採取。弋，取。前修——指前代優秀作家。

[18] 未迕學禮之訓——指選取作品的標準沒有背離傳統的儒家思想的要求。

[19] 喪志——宋代程頤《語錄》："《書》云：'玩物喪志'，爲文亦玩物也。"

[20] 染指——"染指於鼎"，語出《左傳》宣公四年。通常以"染指"比喻沾取不應得的利益。

[21] 氄華——《文心雕龍·辨騷》："氄華而不墜其實。"繡帨——《法言·寡見篇》："今之學也，非獨爲華藻也，又從而繡其鞶帨。"帨，佩巾。

[22] 讋——懾怕。客氣——虛驕之氣。《宋書·顔延之傳》："雖心智薄劣，而高自比擬。客氣虛張，曾無愧畏。"這句意謂：懾於那些以古文自我標榜的人的虛驕之氣。

[23] 抗顔——猶言正色，謂態度嚴正不屈。

[24] 輓近——即晚近，近代的意思。

[25] 鰥寡其儔——指創作單行的文句，不用對偶。鰥寡，《孟子·梁惠王下》："老而無妻曰鰥，老而無夫曰寡。"儔，匹、侶。

[26] 匏土其響——指文章的音韻樸實。匏、土，古代八音中的兩種，聲音比較樸質。匏，指笙；土，指塤，陶製的吹奏樂器。

[27] 渾——渾然不分。畫——區別開來。

[28] 楬櫫——標誌。

[29] 操選政者——從事編選詩文的選家。

[30] 覈——考核。

[31] 樞府——樞密院，中國封建時代的中央官署名稱，主要管理軍事機密、邊防等，與中書省並稱"二府"，同爲最高國務機關。銓司——選取任用官吏的機關。

[32] 門伐——封建時代家族的等級。顯貴之家稱爲高門，卑庶之家稱爲寒門，其中又各有高低等級。

[33] 黜陟——官吏的進退升降。《尚書·堯典》："三載考績，三考黜陟幽明，庶績咸熙。"百爾——衆位。《詩·邶風·雄雉》："百爾君子。"箋："爾，女也，女衆君子。"女，即汝。

[34] 書眉乙尾——對作品進行評點。書眉，在書籍頂端作眉批。乙，鈎畫圈點。

[35] 槼刑——標準。槼，"模"的或體。

[36] 瑣院課士——瑣同"鎖"。封建時代，士子鄉試、會試時，爲防作弊，試場的院門鎖着，不與外界聯繫。

[37] 博文——廣泛地學習文獻。《論語·雍也》："君子博學於文。"游藝——游憩於六藝之中。《論語·述而》："游於藝。"

[38] 東西京——西漢、東漢。宗法——這裏指根本的法則。

[39] 界限——指前文所説之"宗派"、"聲望"等狹隘的門戶之見。

[40] 漢後無文——《明史·文苑傳》："夢陽才思雄鷙，卓然以復古自命。弘治時，宰相李東陽主文柄，天下翕然宗之，夢陽獨譏其萎弱，倡言文必秦、漢，詩必盛

唐，非是者弗道。"

［41］徇——曲從。

［42］泥——拘泥，拘執。

［43］獨立無文——無獨立之文，即作品沒有作者自己的獨特個性和風格。

［44］笵——竹製模具。埴——粘土。這句謂：有的僅是模式化的文章。

［45］自然無文——無自然之文，這種文章是沒有生命的東西。

［46］削青——《青溪暇筆》："古者著書以竹，初稿書於汗青。汗青者，竹皮浮滑如汗，以其易於改抹；既正則殺青而書於竹素。殺，削也，言去青皮而書竹白，不可改易也。"

［47］澌——《玉篇》："水盡也。"

［48］可恫——可怕。

［49］矧——何況。

［50］軼邁——超越。

［51］奄——包括。

［52］定鼎——指清王朝的建立。

［53］遺耇——遺老，前朝舊臣和經歷世變的老人。

［54］抱器——持抱着祭器。《史記·宋微子世家》："周武王伐紂克殷，微子乃持其祭器造於軍門，肉袒面縛，左牽羊，右把茅，膝行而前以告。於是武王乃釋微子，復其位如故。"陳疇——陳說各類大法。《書·洪範》序："武王勝殷，……以箕子歸，作《洪範》。"孔穎達疏："箕子爲陳天地之大法，敍述其事，作《洪範》。"《洪範》中有云："天乃錫禹《洪範》九疇"，意謂天所賜禹言大法九類。

［55］綦——極。賓服——《莊子·説劍》："四封之內，無不賓服而聽從君命者矣。"這裏指古時按時朝貢的邊遠部落地區。

［56］軒——軒轅氏，即黃帝。《史記·五帝本紀》："黃帝者，少典之子，姓公孫，名軒轅。"鋈——金，泛指兵器；或爲"劍"之誤，《列仙傳》："軒轅自擇亡日與羣臣辭。還葬橋山，山崩，棺空，唯有劍舄在棺焉。"

［57］魯戈——魯陽之戈。魯陽，戰國時楚之縣公，傳説他曾揮戈使太陽返回。《淮南子·覽冥訓》："魯陽公與韓構難，戰酣，日暮，援戈而撝(揮)之，日爲之反三舍。"這裏指有些人繼續懷着武力反抗的意志。

［58］諳——悉，認識到。攸——所。

［59］申——申公，漢魯人，名培，文帝時博士，始作《詩傳》，稱《魯詩》。伏——伏勝，漢濟南人，字子賤，世稱伏生。能治《尚書》，文帝時使鼂錯從之學，得二十

八篇。

［60］河汾——隋王通設教於河汾之間，受業者達千餘人，人才盛出，時稱“河汾門下。”

［61］龍野——龍戰之野。羣雄並峙爭奪天下謂之龍戰；野，郊野，這裏泛指廣大的國土。

［62］國粹——這裏指古代學術文化。滄桑——滄海桑田。這裏指改朝換代。

［63］塞——彌補。麥秀——«麥秀歌»，亦名«傷殷操»。«史記·宋微子世家»：“其後箕子朝周，過故殷虛，感宮室毀壞，生禾黍。箕子傷之……乃作«麥秀»之詩以歌詠之。其詩曰：‘麥秀漸漸兮，禾黍油油。彼狡童兮！不與我好兮！’所謂狡童者，紂也。”«尚書大傳»謂宋微子作。采薇——«史記·伯夷列傳»：“武王已平殷亂，天下宗周，而伯夷、叔齊恥之，義不食周粟，隱於首陽山，采薇而食之。”

［64］軒——軒然，高湧貌。韓愈«岳陽樓別竇司直»：“軒然大波起，宇宙隘而妨。”

［65］懋——勤勉。右文——重視文化學術，崇尚文治。

［66］兩舉詞科——康熙十八年(公元一六七九年)，舉博學鴻儒科，應試者一百四十三人，取五十二人。乾隆元年(公元一七三六年)，試博學鴻詞科，取十五人，明年，試續到者，取四人。

［67］游彀——«莊子·德充符»：“游於羿之彀中。”就範的意思。

［68］宏開四庫二句——乾隆三十七年(公元一六九八年)，詔開四庫全書館，盡發中秘所藏，復徵求海內書籍，命館臣選擇而繕錄之，歷十年而成。凡三千四百六十種，計七萬九千三百三十九卷。分經、史、子、集四部，故名四庫。朝宗——百川歸海，喻各種文獻都集中到中央來。

［69］設醴——置甘酒以禮賢者。«漢書·楚元王傳»：“初，元王敬禮申公等，穆生不耆酒，元王每置酒，常爲穆生設醴；及王戊即位，常設，後忘設焉，穆生退曰：‘可以逝矣，醴酒不設，王之意怠。’”注：“醴，甘酒也。”

［70］企——企羨。吐哺——指統治者爲招攬人才而操心忙碌。«史記·魯周公世家»載周公自謂：“我一沐三握髮，一飯三吐哺，起以待士，猶恐失天下之賢人。”

［71］虎觀——白虎觀，漢代宮觀名。漢章帝建初四年(公元七十九年)，博士、議郎、郎官及諸儒生，會講五經同異於此。

［72］兔園——漢梁孝王所築之園名，後稱梁苑，亦稱梁園，故址在今河南商丘縣東。«西京雜記»：“梁孝王好營宮室苑囿之，作曜華之宮，築兔園。王日與宮人賓客弋釣其中。”

[73] 龍門——«三秦記»:"龍門之下,每歲季春有黃鯉魚,自海及諸川爭來赴之。一歲中,登龍門者不過七十二。初登龍門,即有雲雨隨之,天火自後燒其尾,乃化爲龍矣。"後世以"登龍門"比喻得到有力者的援引而增長聲譽,科舉時代亦稱會試得中爲"登龍門"。這裏指士子進身的門路。

[74] 湔雪——洗雪。牢愁——憂愁,愁悶。

[75] 服膺——衷心信服。

[76] 詖——指邪僻之說。

[77] 天水——見本册«胡寄塵詩序»註[16]。

[78] 斡炎劉經生之蠱——能擔任漢代經生的事業。斡,勝任。炎劉,漢代。蠱,事。«易·蠱»:"斡父之蠱。"王弼注:"斡父之事,能承先軌,堪其任者也。"«易·序卦»:"蠱,事也。"

[79] 攄詞——遣詞造句。這裏指作品。攄,布、舒。

[80] 塵羹——«韓非子·外儲說左上»:"塵飯塗羹,可以戲而不可食也。"

[81] 餖飣——食品堆迭貌,引申爲文辭的羅列堆砌。

[82] 稗販——小販。這裏作動詞用。

[83] 雞犬皆仙——«論衡·道虛篇»:"儒書言:'淮南王學道,……舉家升天,畜產皆仙,犬吠於天上,雞鳴於雲中。'此言仙藥有餘,犬雞食之,并隨王而升天也。"

[84] 性理——宋明儒家的性命義理之學,亦稱"道學"、"理學"。它以繼承孔、孟道統相標榜,以周敦頤、程顥、程頤、朱熹爲代表,宣揚"理在氣先",建立客觀唯心主義體系;以陸九淵、王守仁爲代表,宣揚"心即理也",建立主觀唯心主義體系。兩派都把"理"當作宇宙萬物的本源,用哲學形式把封建的綱常名教絕對化、神聖化,以維護封建統治。訓詁——解釋古書中詞句的意義。用通俗的話解釋詞義的叫"訓",用當代的話來解釋古代詞語、用普遍通行的話來解釋方言的叫"詁"。考據——也叫"考證"。研究歷史、語言的一種方法。根據事實的考核和例證的歸納,提供可信的材料,作出一定的結論。考據方法主要的在於訓詁、校勘和資料蒐輯整理。清代乾隆、嘉慶兩朝,考據之學最盛,後世稱爲考據學派或乾嘉學派。姚鼐«復秦小峴書»:"天下學問之事,有義理、文章、考證三者之分,異趨而同爲不可廢。"詞章——研究文學創作中詞句篇章的結構。

[85] 日星之中——«法言»:"聖人之道,譬如日之中。"

[86] 爭桑——«史記·吳世家»:"楚邊邑卑梁氏之處女與吳邊邑之女爭桑,二女家怒相滅。"這裏指鴉片戰爭以來帝國主義的入侵。

[87] 寓——宇。

[88] 褐——粗布衣,指沒有做官的知識分子的服飾。

[89] 棄繻——《漢書·終軍傳》:"初,軍從濟南當詣博士,步入關,關吏予軍繻。軍問:'以此何爲?'吏曰:'爲復傳,還當以合符。'軍曰:'大丈夫西游,終不復傳還。'棄繻而去。"這裏指知識分子的自負。

[90] 擊楫者——指有志澄清天下的人。《晉書·祖逖傳》:"逖統兵北伐,渡江,中流擊楫而誓曰:'不能清中原而復濟者,有如此江。'"澄清志——《初學記》引司馬彪《續漢書》:"冀州饑荒,乃以范滂爲清詔使按察之。滂登車攬轡,慨然有澄清天下之志焉。"

[91] 浮査者——指通使外國的人。査,同槎,水中浮木。張華《博物志》:"舊說天河與海通,近世有人居海渚者,年年八月,有浮槎去來不失期。"周密《癸辛雜識》:"宗懔作《荆楚歲時記》,言武帝使張騫使大夏,尋河源,乘槎。"鑿空——意謂打通與外國往來的道路。《漢書·張騫傳》:"於是西北國始通於漢矣,然騫鑿空。"註:"蘇林曰:鑿,開也。空,通也。騫始開通西域道也。"

[92] 劬——勤勞。鈐符——兵法。《後漢書·方術列傳》:"鈐決之符。"注:"兵法有《玉鈐篇》及《玄女六韜要決》,曰:'太公對武王曰:主將有陰符,有大勝得敵之符,符長一尺;有破軍禽敵之符,符長九寸;有降城得邑之符,符長八寸;有却敵執遠之符,符長七寸;有交兵驚中堅守之符,符長六寸;有請糧食益兵之符,符長四寸;有失亡吏卒之符,符長三寸。諸奉使行符稽留,若符事聞,聞符所告者皆誅。'"這句意謂:勤勞地研究古代問題的同時注意研究兵法。

[93] 鞮譯——外語翻譯。鞮,狄鞮,古代翻譯西方民族語言的官。《禮記·王制》:"五方之民,言語不通,嗜欲不同。達其志,通其欲,東方曰寄,南方曰象,西方曰狄鞮,北方曰譯。"

[94] 專閫——謂在京城以外專主軍事。《史記·張釋之馮唐列傳》:"閫以內者,寡人制之;閫以外者,將軍制之。"

[95] 韓范——韓琦、范仲淹,他們都是宋代有名的儒將。

[96] 記室——《後漢書·百官志一》:"記室令史,主上表章,報書記。"這裏指大將軍幕府的記室參軍。

[97] 琳粲——陳琳、王粲。亞——僅次一等的。

[98] 賈生慟哭——西漢賈誼《陳政事疏》云:"臣竊惟事勢,可爲痛哭者一,可爲流涕者二,可爲長太息者六,若其它背理而傷道者,難遍以疏舉。"

[99] 杜牧罪言——晚唐杜牧《罪言》云:"國家大事,牧不當言,言之實有罪,故作《罪言》。"

[100] 幽并之氣——《金史·文藝傳》:“歌謠慷慨,挾幽并之氣。”幽州、并州地處北方,古代認爲幽、并之人多剛健的氣質。

[101] 梯航——梯山航海。

[102] 和——日本。“大和”的簡稱。

[103] 穜——“種”的本字。

[104] 披——打開。王會之圖——《王會》是《周書》的篇名,言成周之會、諸侯朝見之事,記載的典禮極爲隆重。《舊唐書·南蠻東謝蠻傳》:“貞觀三年,元深入朝。……中書侍郎顔師古奏言,昔周武王時,天下太平,遠國歸款,周史乃書其事爲《王會篇》,今萬國來朝,至如此輩章服,實可圖寫,今請撰爲《王會圖》。從之。”這句意爲:好像打開《王會圖》那様,呈現出奇麗的壯觀。

[105] 楚廟之壁——王逸《楚辭章句·天問序》:“屈原放逐,憂心愁悴,彷徨山澤,經歷陵陸,嗟號昊旻,仰天嘆息,見楚有先王之廟及公卿祠堂,圖畫天地山川神靈,琦瑋僪佹,及古賢聖、怪物行事。周流罷倦,休息其下。仰見圖畫,因書其壁,何而問之,以渫憤懣,舒寫愁思。”

[106] 喜瑪拉山——卽喜馬拉雅山,佛經稱爲須彌山。

[107] 遘天帝釋與阿修羅鏖戰——《佛説觀佛三昧海經》:“毘摩質多羅阿修羅王,心生瞋恚,興四兵往攻帝釋,立大海水,踞須彌頂。九百九十九手,同時俱作,撼喜見城,搖須彌山,四大海水,一時波動。……是時帝釋坐善法堂,燒衆名香,發大誓願。……於虚空中,有四萬輪,帝釋功德,自然而下,當阿羅上。時修羅耳鼻手足,一時盡落,令大海水,赤如絳汁。時阿修羅卽使驚怖,遁走無處,入藕絲孔。”遘,遇。天帝釋,佛經中所稱三十三天之主。阿修羅,古印度神話中的一種惡神,傳説它住在海底,常與天神戰鬭。

[108] 方物——“彷彿”的聲轉,猶言想象、指狀。《國語·楚語》:“民神雜糅,不可方物。”韋昭注:“方,猶別也;物,名也。”

[109] 同文——本意指使用統一的文字,這裏指學術文化的共同繁榮。

[110] 壇坫——古代諸侯盟會的場所,這裏指文壇。牛耳——古代盟會時由主盟者執盛牛耳之盤以歃血。因稱主盟爲“執牛耳”。

[111] 大會細入——主幹、支流都匯合一處。

[112] 積薪——《史記·汲鄭列傳》:“陛下用羣臣,如積薪耳,後來者居上。”這裏借喻清代文學超過漢唐。

[113] 枋——通“柄”,權柄。《周禮·春官·內史》:“掌王之八枋之法。”案卽《天官·大宰》的八柄。

[114] 橛——馬口所銜之橫木。這裏引伸爲局限的意思。

[115] 橐橐——口袋。《詩·大雅·公劉》:"乃裹餱糧,于橐于囊。"毛傳:"小曰橐,大曰囊。"

[116] 扃——關鎖。輪奐——形容房屋高大衆多。《禮記·檀弓》:"晉獻文子成室,晉大夫發焉。張老曰:'美哉輪焉!美哉奐焉!'"鄭玄註:"輪,輪囷,言高大;奐,言衆多。"

[117] 本社——指國學扶輪社,晚清的一個出版社,創始人爲沈粹芬。

[118] 俛——通"勉",勤勞。

[119] 負弩——負弩矢前驅。

[120] 標格——風範、風度。楊敬之《贈項斯》:"處處見詩詩總好,及觀標格過於詩。"

[121] 先正——猶先哲、先賢。

[122] 不佞——不才,沒有才能。這裏用作自稱的謙詞。

[123] 宣統元年——公元一九〇九年。

【說明】

清代的學術與文章,具有封建社會末期的特色。在中國漫長的封建社會中形成與流傳過的各種流派與體裁,在清代都有其餘輝返照。晚清以後,中國淪爲半封建、半殖民地,愛國思想與舊民主主義思想的醞釀,外國思想文化的影響,使學術與文章又呈現新的面貌。《國朝文匯》編成於清末,對清王朝二百幾十年的文章收集比較豐富,一定程度上反映了這歷史階段的學術思想的演變與時代風貌。這和編選者的眼光比較寬廣,"不名一家,不拘一格"有很大關係。這篇序文,全面地介紹了其編選宗旨。

序中首先揭示了一個時代學術思想與政教風尚的關係,明確提出通過編纂一代文章使讀者"得以識世運消長,人才純駁之故"的目的,而對過去某些"操選政者"的拘限家數,固守程式以致"界限愈嚴,容積愈濫,體製愈峻,氣息愈庳"的現象表示強烈的不滿。"標榜有文,而獨立無文;範埴有文,而自然無文",對以

“虛名求文”“死法衡文”的拘泥狹隘形式的傾向的憤慨之情是溢於言表的。

這篇序文對清初進步啓蒙思想家的作品給予很高評價，稱之爲“其文雲雷鬱勃，風濤軒怒，震國民之耳鼓，至今淵淵作響”；至於所謂“賈生慟哭，杜牧《罪言》”，“忠義之骨，而參以仙俠之心；騷雅之音，而出以幽、并之氣”，則當是指魏源、龔自珍等及後來改良派的文章；“歐和文化，灌輸腦界，異質化合，乃孳新種”云云，則是對吸收西方文化的新學的肯定。這些都表現作者的識力和對文章現實意義的重視。

應該指出，序文對清王朝統治及清代學術文化進行了不少過分的美化，對封建統治者的殘酷摧抑文化事業與所謂宋學及漢學中脫離實際的風尙均沒有批判。“儒生專閫，成韓、范之勛”等，則更是對曾國藩等反動官僚的諛辭，這裏嚴重地反映了作者的時代與階級局限。

附　　錄

秋蟪吟館詩鈔序

梁啓超

昔元遺山有“詩到蘇黃盡”之歎。詩果無盡乎？自《三百篇》而漢魏而唐而宋，塗徑則旣盡開，國土則旣盡闢，生千歲後而欲自樹壁壘於古人範圍以外，譬猶居今世而思求荒原於五大部洲中，以別建國族，夫安可得？詩果有盡乎？人類之識想若有限域，則其所發宜有限域；世法之對鏡若一成不變，則其所受宜一成不變。而不然者，則文章千古其運無涯，謂一切悉已函孕於古人，譬言今之新藝術新器可以無作，寧有是處？大抵文學之事，必經國家百數十年之平和發育，然後所積受者厚，而大家乃能出乎其間。而所謂大家者，必其天才之絕特，其性情之篤摯，其學力之深博；斯無論已，又必其身世所遭值有以異於羣衆，甚且爲人生所莫能堪之境，其振奇磊落之氣，百無所寄洩，而壹以迸集於此一途，其身所經歷，心所接搆，復有無量之異象以爲之資：以此爲詩，而詩乃千古矣。唐之李杜，宋之蘇黃，歐西之莎士比亞戛狄爾，皆其人也。余嘗怪前清一代，歷康雍乾嘉百餘歲之承平，蘊蓄深厚，中更滔天大難，波詭雲譎，一治一亂，皆極有史之大觀，宜於其間有文學界之健者，異軍特起，以與一時之事功相輝映。然求諸當時之作者，未敢或許也。及讀金亞匏先生集，而所以移我情者，乃無涯畔。吾於詩所學至淺，豈敢妄有所論列，吾惟覺其格律無一不軌於古，而意境氣象魄力，求諸有清一代未覩其偶。比諸遠古，不名一家，而亦非一家之境界所能域也。嗚呼！得此而清之詩史爲不寥寂也已。集初爲排印本，余校讀既竟，輒以意有所刪選，既復從令子仍珠假得先生手寫藁帙，增如干首爲今本，仍珠乃付精槧，以永其傳。先生自序述其友東季荇之言，謂其詩他日必有知者。夫啓超則何足以知先生，然以李杜萬丈光燄，韓公猶有羣兒多毀之歎，豈文章眞價必易世而始章也？噫嘻！

乙卯十月新會梁啓超。

中華書局《飲冰室合集・文集》卷十二

瘿盦詩序[1]

〔清〕陳　衍[2]

嚴儀卿[3]有言："詩有别才，非關學也。"[4]余甚疑之：以爲六義既設[5]，風、雅、頌之體代作[6]，賦、比、興之用兼陳，朝章國故，治亂賢不肖，以至山川風土草木鳥獸蟲魚，無弗知也，無弗能言也；素未嘗學問，猥曰"吾有别才也"，能之乎？漢、魏以降，有風而無雅，比興多而賦少；所賦者眼前景物，夫人而能知而能言者也；不過言之有工拙，所謂"有别才"者，吐屬穩[7]，興味足耳。若《三百篇》，則朝章國故治亂賢不肖之類，足以備《尚書》、《逸周書》、《周官》、《儀禮》、《國語》、《公》、《穀》、《左氏傳》、《戴記》[8]所未有；有之必相脗合[9]；其有不合，則四家[10]之師説異同，齊、魯、韓之書缺有閒[11]者也。未嘗學問，猥曰"吾有别才也"，能爲之乎？漢、魏以降，其謀篇也，首尾外兩兩支對，拗體之律句而已[12]；前寫景，後言情，千篇而一致也。微論[13]《大、小雅》，《碩人》、《小戎》、《谷風》、《載馳》、《氓》、《定之方中》諸篇[14]，六朝人有此體段乎？《緑衣》、《燕燕》[15]，容[16]有之耳。微論《三百篇》，《騷》之上帝嚳[17]，下齊桓[18]，六朝人有此觀感乎？"滋蘭""樹蕙"[19]，容有之耳。故余曰：詩也者，有别才而又關學者也。少陵、昌黎，其庶幾乎！然今之爲詩者，與之述儀卿之言則首肯，反是則有難色；人情樂於易，安於簡，"别才"之名又雋絶乎醜夷也[20]。

掞東[21]爲詩未久，而以余所知，有沈酣有年，思力筆力未如其陷入而抉出者[22]。顧與之遊數年，其有所作，未有自以爲可，不使堯生若余批根而剔刮之者[23]。有以"別才不關學"之說進乎,吾知其不敢聞也。

今年余自都歸里，掞東裒辛亥以前詩二百餘首[24]，屬余從容時日,痛下繩削。余不敢辭,攜歸數月,乃爲刪去九十餘首,其存者又悉爲獻可替否[25]而歸之;復深辯儀卿之言,以爲之序。

《石遺室文集》卷九

【註釋】

[1] 瘦盦詩——詩集名,清末民初羅惇曧著。

[2] 陳衍(公元一八五六年——一九三七年)——字叔伊,號石遺,福建侯官人。光緒舉人,官學部主事。曾爲張之洞幕客。著有《石遺室詩話》、《石遺室詩集、文集》,輯有《近代詩鈔》、《遼詩紀事》、《金詩紀事》、《元詩紀事》等。陳聲暨有《石遺先生年譜》,湯志鈞《戊戌變法人物傳稿》卷四有傳。

[3] 嚴儀卿——即嚴羽。

[4] 詩有別才非關學也——"非關學也"原文當作"非關書也"。見本書第二册《滄浪詩話·詩辨》註[28]。

[5] 設——確立。

[6] 代——交替。

[7] 吐屬——談吐;吟詠所用的言詞。穩——妥帖、工穩。杜甫《長吟》:"賦詩歌句穩,不免自長吟。"

[8] 逸周書——即《周書》,周代史書。《漢書·藝文志》:《周書》七十一篇。註云:周史記。師古曰:"劉向云:'周時誥誓號令也。'蓋孔子所論百篇之餘,今之存者四十五篇矣。"朱右曾《周書校釋序》曰:"晉、唐之世,書有二本,故劉知幾《史通》云:'《周書》七十一章,上自文、武,下終靈、景,不言有所闕佚,與師古說殊。'"按:今本自《度訓》第一至《器服》第七十,說者謂加序一篇,即《漢書·藝文志》七十一篇之舊。周官——《周禮》之本名,亦稱《周官經》,因書中皆言周室之官制,所以稱《周官》。戴記——指《禮記》。《文選》陸倕《石闕銘》:"《戴記》顯游觀之言。"李善注:"《禮記》戴聖所傳,故號《戴記》。"按:《大戴禮》(戴德所傳)、《小戴記》(戴聖所傳)皆稱《戴記》,此指《小戴記》。

[9] 脗合——吻合。

［10］四家——指齊、魯、韓、毛四家。漢興，魯人申培，齊人轅固，燕人韓嬰，皆傳詩，列於學官，謂之三家詩；又有魯人毛亨亦傳詩，自謂出子夏，後世合稱魯、齊、韓、毛爲四家詩。

［11］闕——缺。

［12］首尾外兩兩支對——除首、尾兩聯外，中間各聯相互對偶。支，通"肢"。支對，謂如四支那樣地對稱。拗體——七言律詩每句平仄都有規定。如違反常格，應平處用仄，應仄處用平，即爲拗句。拗句必須兩聯都拗，或通首全拗，故稱爲拗律。以上四句謂漢、魏以後的詩歌創作，崇尚對偶，只是平仄還不像後來律詩那樣嚴格，近乎拗體。

［13］微論——不用說。

［14］碩人——《詩經·衛風》篇名。小戎——《詩經·秦風》篇名。谷風——《詩經·邶風》篇名。載馳——《詩經·鄘風》篇名。氓——《詩經·衛風》篇名。定之方中——《詩經·鄘風》篇名。

［15］綠衣燕燕——均《詩經·邶風》篇名。

［16］容——或許。

［17］帝嚳——傳說中的古代部落首領，號高辛氏。《離騷》有"鳳凰既受詒兮，恐高辛之先我"之句。

［18］齊桓——春秋諸侯，即位後任管仲爲相，遂成霸業。《離騷》有"甯戚之謳歌兮，齊桓聞以該輔"之句。

［19］滋蘭樹蕙——《離騷》："余既滋蘭之九畹兮，又樹蕙之百畮。"

［20］儁——通"俊"，美。醜夷——古代稱年輩相同學行相齊的人爲"醜夷"。猶儕輩。《禮記·曲禮》："在醜夷不爭。"鄭玄註："醜，衆也。夷，猶儕也。"

［21］掞東——羅惇曧，字掞東，號癭公，廣東順德人，優貢生，光緒朝官郵傳部郎中。著作除《癭盦詩》外有《德宗承統私記》、《中日兵事本末》、《割臺記》、《庚子國變記》、《拳變餘聞》、《太平天国戰記》、《中俄伊犂交涉始末》、《鞠部譚叢》等。

［22］沈酣有年——指羅惇曧對詩學研習很久。陷入而抉出——深入進去而又能擺脫出來。

［23］堯生——趙熙（公元一八六七年——公元一九四八年），字堯生，號香宋，四川榮縣人，光緒庚寅（公元一八九〇年）進士，官御史。著有《香宋詞》、《香宋詩前集》。若——和。批根——《史記·魏其武安侯列傳》："引繩批根生平慕之後棄之者。"這裏借用，謂擊其要害。

［24］ 㝢——輯。辛亥——公元一九一一年。

［25］ 獻可替否——或簡作“獻替”。《文選》袁宏《三國名臣序贊》：“入能獻替。”呂向注：“獻，進也；替，廢也。謂事有可者進之，否者替之。”

【説明】

陳衍是同光體詩派的評論家。所謂“同光體”，是指“同光以來詩人不專宗盛唐者”（《石遺室詩話》）一派的創作風尙，在當時詩壇是頗有影響的一個流派。它係由宋詩派轉化而來，因此，陳衍詩論的基本觀點與宋詩派在實質上是一致的。

本文反對嚴羽的“詩有別才，非關學也”之説而提出“詩也者，有別才而又關學者也”的主張，這原非陳衍的創見，宋詩派歷來都如此倡導。値得注意的是，本文聯繫詩歌的歷史發展作了具體的發揮。這裏以漢、魏、六朝的詩歌創作爲例，説明缺少學問，只能局限於寫“眼前景物”，而在“謀篇”時僅注重於對偶、聲律等問題，結果形成了“前寫景，後言情，千篇而一致”的風氣，從而强調了“所謂‘有別才’者”，充其量也不過是只能做到“吐屬穩，興味足”而已，必須把“別才”和“學問”結合起來才能創作出在“體段”和“觀感”等方面與《詩經》、《離騷》相一致的作品，杜甫、韓愈則是它認爲結合得比較好的典型。陳衍在《近代詩鈔序》中基於這種“別才”和“學問”結合的創作原則評論了“有清二百餘載”的詩歌創作：批評取法“漢、魏、六朝、盛唐”的神韻派、格調派是“面目性情之過於相類”，是“爲正風則有餘，爲正雅則不足”；贊揚“爲杜爲韓爲蘇、黄”的宋詩派是“學人之言與詩人之言合而恣其所詣”。對照起來可以看出，《瘿盦詩序》是從歷史淵源上，通過對取法對象的貶和褒，進一步批評了神韻派、格調派和贊揚了宋詩派。

陳衍對神韻派、格調派模擬弊病的批判具有一定的積極意義，但是並沒有擊中它們的要害。而且，他對於《詩經》、《離騷》、漢、魏、六朝、杜甫、韓愈的分析評論與實際情況不合，這不能不影響到他批判的說服力。尤其應該指出的是他所宣揚的"別才"與"學問"結合的創作主張，不過是把模仿對象從漢、魏、六朝、盛唐改變爲杜、韓、蘇、黄等唐宋名家，在宗派上翻翻新花樣，仍然把書本當作詩歌創作源泉，沒有面向現實，這樣當然不可能爲詩歌創作開闢健康發展的道路。

附　錄

近代詩鈔序

〔清〕陳　衍

有清二百餘載，以高位主持詩教者，在康熙曰王文簡，在乾隆曰沈文慤，在道光、咸豐則祁文端、曾文正也。文簡標舉神韻，神韻未足以盡風雅之正變，風則《綠衣》《燕燕》諸篇，雅則"楊柳依依"、"雨雪霏霏"、"穆如清風"諸章句耳。文慤言詩，必曰溫柔敦厚。溫柔敦厚，孔子之言也。然孔子刪詩，《相鼠》《鶉奔》《北門》《北山》《繁霜》《谷風》《大東》《雨無正》《何人斯》以迄《民勞》《板》《蕩》《瞻卬》《召旻》，遽數不能終其物，亦不盡溫柔敦厚，而皆勿刪。故孔子又曰："詩之失愚；其爲人也溫柔敦厚而不愚，則深於詩者也。"故言非一端已也。文端學有根柢，與程春海侍郎爲杜爲韓爲蘇、黄，輔以曾文正、何子貞、鄭子尹、莫子偲之倫，而後學人之言與詩人之言合，而恣其所詣。於是貌爲漢、魏、六朝、盛唐者，夫人而覺其面目性情之過於相類，無以別其爲若人之言也。夫文簡、文慤，生際承平，宜其詩之爲正風正雅，顧其才力爲正風則有餘，爲正雅則有不足。文端、文正時，喪亂云膴，迄於今，變故相尋而未有屆，其去小雅廢而詩亡也不遠矣。

昔孔子作《春秋》，張三世，所見異辭，所聞異辭，所傳聞異辭。據哀兼及昭、定，已與父時事，爲所見之世；文、宣、成、襄，王父時事謂之所聞之世；

隱、桓、莊、閔、僖，曾祖、高祖時事，謂之所傳聞之世。今竊本此意，論次有清一代之詩，文簡以下，傳聞之世也；文慤以下，所聞之世也；文端、文正以降，所見之世也。所聞所傳聞，先進略已論次。而身丁變雅變風以迨於將廢將亡，上下數十年間，亦近代文獻得失之林乎？雖位卑身隱，不敢比文簡之有《感舊》、文慤之有《別裁》，然以數十年見聞所及，錄其尤雅者，都爲一集。視吾家迦陵之《篋衍》放而大之，其諸世之君子或亦有樂乎此也。歲在上章協洽且月古侯官陳衍書。

商務印書館初印本《近代詩鈔》卷首

與金潛廬太守論詩書

沈曾植

來教披讀兩次。公出與社會周旋，歸與古人稽，孜孜不倦如此，眞健者也。見和拙句，理解精深，未免稍有喫力處，得非眞俗空有理事之際，尙有融之不盡者耶？佛法兩句，過譽何敢當。胸中磊塊，正苦消除不盡。《樟亭記》太無力，公詩太有力。馬君詩雖未見，想有簡雅風致。吾嘗謂詩有元祐、元和、元嘉三關。公於前二關均已通過，但着意通第三關，自有解脫月在。元嘉關如何通法？但將右軍《蘭亭詩》與康樂山水詩打併一氣讀。劉彥和言："莊老告退，而山水方滋。"意存軒輊，此二語便隋齊梁人身份。須知以來書意、筆、色三語判之。山水即是色，莊老即是意。色即是境，意即是智。色即是事，意即是理，筆則空、假、中三諦之中，亦即徧計、依他、圓成三性之圓成實性也。康樂總山水莊老之大成，開其先支道林。此祕密平生未嘗爲人道，爲公激發，不覺忍俊不禁。勿爲外人道，又添多少公案也。尤須時時玩味《論語皇疏》，（自注：與紫陽注止是時代之異耳。）乃能運用康樂，乃亦能運用顏光祿。記癸丑年同人修禊賦詩，鄙出五古一章，樊山五體投地，謂此眞晉宋詩，湘綺畢生何曾夢見。雖謬讚，卻愜鄙懷。其實止用《皇疏》"川上"章義，引而申之。湘綺雖語妙天下，湘中選體，鏤金錯采，玄理固無人能會得些子也。其實兩晉玄言，兩宋理學，看得牛皮穿時，亦祇是時節因緣之異，名文身句之異，世間法異，以出世法觀之，良無一無異也。就色而言,亦不能無決擇,奈何!不用唐後書,何嘗非一法門,(自注:觀劉後村集可反證。)無如目前境事,無唐以前人智理名句運用之,打發不開,眞與俗不融,理與事相隔,遂被人呼僞體。其實非僞,祇是呆六朝,非活六朝耳。凡諸學古不成者,諸病皆可以呆字統之。在今日,學人當尋杜韓樹骨之本,當盡心於康樂光祿二家。(自注:所謂字重光堅者。)康樂善用《易》,光祿長於《詩》。(自注:兼經緯。)經訓菑畬,才大者儘容耨獲。韓子因文見道,詩獨不可爲見道因乎?(自注:歐公文有得於詩。)鄙詩蚤涉義山、介甫、山谷,以及韓門,終不免流連感悵。其感人在此,障道亦在此。《楞嚴》言:"純想卽飛,純情卽墮。"鄙人想雖不乏,情故難忘。橘農嘗箴我纏綿往事,誠藥石言。"宏雅有治才,浮侈多薄行。"見道之言,卽此是已。謝傅"遠猶辰告",固是廊廟徽言,車騎"楊柳依依",何嘗非師貞深語。近嘗引此旨序止庵詩,異時嘗錄副奉教。闇伯先生閣下。九月初四日,寐叟上。

未刊本《海日樓文集》卷上

序革命軍[1]

章炳麟[2]

蜀鄒容爲《革命軍》方二萬言[3]，示余曰：欲以立懦夫[4]，定民志[5]，故辭多恣肆[6]，無所迴避[7]，然得無惡其不文耶[8]？

余曰：凡事之敗，在有其唱者而莫與爲和[9]，其攻擊者且千百輩，故仇敵之空言，足以墮[10]吾實事。夫中國吞噬于逆胡[11]，二百六十年矣。宰割之酷，詐暴之工[12]，人人所身受，當無不昌言[13]革命。然自乾隆以往[14]，尙有呂留良、曾靜、齊周華等持正議以振聾俗[15]，自爾遂寂泊[16]無所聞。吾觀洪氏[17]之舉義師，起而與爲敵者，曾、李則柔煦[18]小人，左宗棠[19]喜功名，樂戰事，徒欲爲人策使[20]，顧勿問其韙非枉直[21]，斯固無足論者。乃如羅、彭、邵、劉之倫[22]，皆篤行有道[23]士也。其所操持[24]，不洛、閩而金谿、餘姚[25]，衡陽之《黄書》日在几閣[26]，孝弟之行[27]，華戎之辨[28]，仇國之痛[29]，作亂犯上之戒，宜一切習聞之。卒其行事乃相紾戾如彼[30]，材者張其角牙以覆宗國[31]，其次即以身家殉滿洲[32]，樂文采者則相與鼓吹之[33]。無它，悖德逆倫，並爲一談[34]，牢不可破，故雖有衡陽之書，而視之若無見也。然則洪氏之敗，不盡由計畫失所[35]，正以空言足與爲難耳[36]。

今者，風俗臭味少變更矣[37]。然其痛心疾首，懇懇必以逐滿爲職志者，慮不數人[38]。數人者，文墨議論又往往務爲蘊藉[39]，不欲以跳踉搏躍[40]言之，雖余亦不免是也。嗟乎！世皆嚚昧而不知話言[41]，主文諷切[42]，勿爲動容，不震以雷霆之聲，其能化[43]者幾何？異時義師再舉，其必墮於衆口之不俚[44]，旣可知矣。今容爲是書，壹以叫咷恣言[45]，發其慚恚[46]，雖囂昧若羅、彭諸子，誦之猶當流汗祇悔[47]。以是爲義師先聲，庶幾民無異志，而材士亦知所返[48]乎！若夫屠沽負販之徒，利其徑直[49]易知，而能恢發智識[50]，則其所化遠矣！藉[51]非不文，何以致是也？

抑吾聞之，同族相代[52]，謂之革命；異族攘竊[53]，謂之滅亡。改制[54]同族，謂之革命；驅除異族，謂之光復。今中國旣滅亡於逆胡，所當謀者，光復也，非革命云爾。容之署斯名[55]，何哉？諒[56]以其所規畫，不僅驅除異族而已，雖政教學術，禮俗材性[57]，猶有當革命者焉，故大言之[58]曰“革命”也。

共和二千七百四十四年[59]四月。

一九〇三年六月十日《蘇報》第二四八六號

【註釋】

［1］革命軍——書名，鄒容著，一九〇三年五月在上海出版。全書共二萬字，分七章，深刻揭露了清朝的殘酷統治，號召革命，建立“中華共和國”。刊行後，流傳很廣，對中國資產階級民主主義運動起了促進作用。魯迅曾經說過：“那時悲壯淋漓的詩文，也不過是紙片上的東西，于後來的武昌起義怕沒有什麼關係。倘說影響，則別的千言萬語，大概都抵不過淺近直截的‘革命軍馬前卒’鄒容所做的《革命軍》。”（《墳・雜憶》）但本書畢竟是資產階級民主主義革命時期的著作，書中對帝國主義認識不足，對人民羣衆和農民革命都相當輕視，還夾雜着狹隘的籠統排滿的思想。

［2］章炳麟（公元一八六九年——一九三六年）——字枚叔，後易名絳，字太炎，浙江餘杭人。他在清末，是鼓吹民主革命的革命政論家，另一方面，又是清末民初最有盛名的樸學大師。少師俞樾，光緒後期，游日本，晚年講學於蘇州。所著《章氏叢書》初編十三種，續編七種。有《自訂年譜》和《自述學術次第》各一卷。

[3] 鄒容(公元一八八五年——一九〇五年)——近代民主革命烈士。原名紹陶,字蔚丹,又字威丹,四川巴縣人。少年時代就有改革現狀,反對封建束縛的強烈要求,"與人言,指天畫地,非堯舜,薄周孔,無所避"(章炳麟《贈大將軍鄒君墓表》)。一九〇二年留學日本,積極參加中國留學生的革命活動,曾親手剪掉清政府留日學生監督姚文甫的辮髮。次年回國,在上海加入愛國學社,並完成了在東京就已着筆的《革命軍》,由章炳麟作序刊行。蘇報案發生後,鄒容被判徒刑二年,於一九〇五年死於獄中。方——有。

[4] 立懦夫——使懦弱的人振作起來。

[5] 定民志——堅定百姓的意志。

[6] 辭——言詞。恣肆——放縱,不拘束。這裏指激烈。

[7] 無所迴避——不迴避矛盾,不怕觸犯什麼忌諱。

[8] 得無惡其不文耶——能不嫌它缺乏文采嗎?

[9] 唱——通"倡",提倡。和——響應。

[10] 隳——音灰,通"隳",毁壞。

[11] 吞噬于逆胡二句——指清朝入關統治全中國。本文作於一九〇三年,上距一六四四年滿清入關,首尾正好是二百六十年。

[12] 工——巧。這裏指奸巧。

[13] 昌言——明言直言,意謂大講特講。

[14] 乾隆——清高宗弘曆的年號(公元一七三六——一七九五年)。以往——以前。

[15] 呂留良曾靜齊周華——呂留良,清初浙江崇德人,善作古文,信仰程朱理學,曾改換僧服,誓死拒應清政府博學鴻詞科。著作多種族之感,對清朝頗有譏刺。曾靜,湖南人。讀呂留良遺著,深受影響,曾派弟子策動川陝總督岳鍾琪舉兵起義,被岳出賣。清廷因將呂留良剖棺戮屍,滅三族,牽連甚廣。因供詞涉及宮廷爭位情況,雍正皇帝還篡改檔案,僞造曾靜悔罪的《大義覺迷錄》,爲自己開脫,並故意把曾靜釋放。乾隆時,發覺《大義覺迷錄》欲蓋彌彰,收回禁燬,曾靜及其門徒仍處死刑。齊周華,浙江天台人。乾隆時,因刻印所作的《爲呂留良事獨抒己見奏稿》,也被凌遲處死。聾俗——指還沒有覺醒的民衆。

[16] 寂泊——沉寂。

[17] 洪氏——指洪秀全。

[18] 曾李——指曾國藩、李鴻章。柔煦——溫順,這裏指卑順。

[19] 左宗棠(公元一八一二年——一八八五年)——字季高,湖南湘陰人,晚清湘軍

軍閥，與曾國藩、李鴻章同爲鎮壓農民起義的大劊子手，並稱曾、左、李。但左宗棠比較愛國，曾堅決粉碎俄英帝國主義瓜分新疆的陰謀，勇敢地收復和保衞了西北邊疆的大片國土，他和曾、李兩個賣國賊又有不同的一面。

[20] 策使——鞭策驅使。

[21] 顧——却。踸非枉直——是非曲直。

[22] 羅、彭、邵、劉——指羅澤南、彭玉麟、邵懿辰、劉蓉。羅、彭、劉都是湖南人，都信奉理學，都是曾國藩手下的湘軍將領，都曾積極鎮壓太平天国革命。邵是浙江人，也信奉理學，也爲曾國藩所賞識，也曾積極反抗太平軍，結果在杭州城破時被太平軍處死。倫——流，輩。

[23] 篤行有道——品行純厚而有修養。這是沿用舊說，專就羅、彭、邵、劉四人的個人品質而言，並不包括他們的政治活動。

[24] 操持——操守，信奉。

[25] 不洛閩而金谿餘姚——意爲不是程朱一派的理學，就是陸王一派的理學。洛、閩指北宋洛陽人程顥程頤兄弟和南宋時在福建講學的朱熹所代表的哲學，金谿、餘姚，指南宋金谿人陸九淵和明代餘姚人王守仁所代表的哲學，前者屬于理學中客觀唯心主義一派，後者屬于理學中主觀唯心主義一派。

[26] 衡陽之黃書——衡陽指王夫之，見本書第三册《夕堂永日緒論內編》註[2]。《黃書》是他在一六五六年所著的一部政論，主要是總結漢族統治集團在民族鬥爭中失敗的歷史教訓，認爲他們所建立的國家正統"可禪、可繼、可革，而不可使異類間之"。此書很受章炳麟的推崇。但書中強調地方分權，也受到曾國藩等大軍閥的重視。日在几閣——意爲天天放在手邊。几，便桌；閣，書架。

[27] 孝弟之行——弟同悌。孝弟是封建道德的基本準則。《論語·學而》："其爲人也孝弟，而好犯上者鮮矣；不好犯上，而好作亂者，未之有也。"但本句與下句"作亂犯上之戒"都已被作者注入種族主義內容。作者認爲孝弟應該是漢族內部的道德準則，羅、彭、邵、劉竟對滿清統治者講孝弟，幫助他們鎮壓太平天国革命，這對漢族便是不講孝弟，便是犯上作亂。

[28] 華戎之辨——華卽華夏，這裏指漢族；戎是古代對少數民族的蔑稱，這裏指滿族。辨，區別。

[29] 仇國之痛——亡國的痛苦。作者認爲明朝被清朝取代，便是漢族亡國，故有仇國之痛。

[30] 卒其行事乃相紾戾如彼——意謂他們的行爲結果却和上述的一切乖謬到那種地步。紾戾，違背。戾，通"捩"。

[31] 材者張其角牙以覆宗國——野獸相鬥，往往以角觸牙嚙。這句是把“羅、彭、邵、劉之倫”中有才能的人比做野獸，喻其施展本領，自殘同類，顚覆漢族人建立的太平天国。材通“才”。覆，傾敗，顚覆。宗國，同族人所建立的國家，此處指太平天国。

[32] 其次即以身家殉滿洲——其次指“羅、彭、邵、劉之倫”中才能較差的人，如羅澤南、邵懿辰，他們都是以生命和家庭爲清王朝殉葬，故云。

[33] 樂文采者則相與鼓吹之——意謂愛好文采的人就寫文章共同吹捧上述反對太平天国的行動。相與，共同。

[34] 悖德二句——意謂這些人違反中國傳統的道德倫常，把滿清王朝的統治和漢族的國家正統混爲一談。悖，違背。

[35] 失所——不得當。

[36] 正以空言足與爲難耳——意謂也正是由于那些反動輿論足够同他們爲難而已。

[37] 風俗臭味少變更矣——意謂社會風氣已經比過去稍有改變。臭味，氣味，風氣，臭音秀。少，稍，略微。

[38] 然其三句——意謂但對清王朝極端痛恨，堅决把驅逐滿清統治作爲宗旨的，算起來並沒有幾個人。懇懇，迫切。慮，大概，總共。

[39] 蘊藉——含蓄。

[40] 跳踉搏躍——手擊脚跳，形容文章的豪放恣肆，慷慨激昂。

[41] 闇昧——愚昧。話言——善言。

[42] 主文譎切——注重文采，委婉諷刺。即《毛詩序》所謂“主文而譎諫”。

[43] 化——感化，覺悟。

[44] 墮——通隳，毁壞。不俚——不通俗。

[45] 壹以叫咷恣言——專門使用大聲疾呼、肆無忌憚的語言。壹，專一。

[46] 發——激發，引起。慚恚——羞愧憤恨。

[47] 祇悔——痛悔，徹底悔悟。祇，大。

[48] 返——回心轉意。

[49] 徑直——直截淺近。

[50] 恢發智識——擴大見識，提高覺悟。

[51] 藉——假使。

[52] 代——更替。

[53] 攘竊——篡奪。

[54] 改制——更換統治。

[55] 署斯名——題這個書名。指鄒容把他的著作題爲"革命軍"。

[56] 諒——信實，等於說"實在是"。

[57] 禮俗——指社會上的禮節習俗。材性——指人民羣衆的才能品質。

[58] 大言之——指把光復擴大而言。

[59] 共和二千七百四十四年——卽公元一九〇三年。周厲王因暴虐而被驅逐，由周公、召公共理朝政十四年，史稱共和。一說，指厲王被逐後，共伯和執政。此事發生於公元前八四一年，中國可靠的歷史年次也是從這一年開始。晚淸革命黨人爲了表示對民主共和制度的嚮往，否認淸王朝的正統，常常採用周共和紀年。所謂共和二千七百四十四年，就是以公元前八四一年作爲共和元年計算的。

【說明】

在中國長期的封建社會中，由於專制主義的高壓和某些理論家的提倡，"主文譎切"的文風甚爲流行。早在漢代，就已產生過"諷一而勸百"的逆流。到了淸代，由於幾次文字獄的打擊，許多文人更是"務爲蘊藉"。經過戊戌變法運動，文風雖有很大解放，但是眞正能從政治思想上打破封建主義枷鎖，做到"無所迴避"，則是在舊民主主義革命運動興起以後。鄒容在一九〇三年發表的《革命軍》，便是一篇"辭多恣肆"，對宣傳革命理論和樹立革命文風都有很大貢獻的代表作。

章炳麟爲《革命軍》所寫的這篇序言，"尤肆無忌憚"（淸兩江總督魏光燾語）。作者抓住《革命軍》"辭多恣肆，無所迴避"的特點，對它進行了滿腔熱情的評介。序言首先總結了太平天国革命失敗的歷史敎訓，指出"凡事之敗，在有其唱者而莫與爲和，其攻擊者且千百輩"，"洪氏之敗，不盡由計畫失所，正以空言足與爲難耳"。這個總結無疑是符合歷史眞實的。因爲在鎮壓太平天国的漢奸劊子手曾國藩周圍，確曾聚集了一大批文人，爲他製造過許多反革命輿論。章炳麟這樣重視輿論的作用，重視反革命輿論對革命事業的破壞，目的是爲了喚起革命輿論，反對反革命輿論。這在理論上和實踐上都是很有積極意義的。

反革命輿論不僅關係到"洪氏之敗"，而且影響深遠，直到作者爲《革命軍》作序之時，"痛心疾首，懇懇必以逐滿爲職志者，慮不數人。數人者，文墨議論，又往往務爲蘊藉，不欲以跳踉搏躍言之"。爲此，作者感慨萬分，大聲疾呼："嗟乎！世皆囂昧而不知話言，主文譎切，勿爲動容，不震以雷霆之聲，其能化者幾何？異時義師再舉，其必墮於衆口之不俚，既可知矣。"在這裏，作者既對"務爲蘊藉"進行了嚴肅的批評，也對"雷霆之聲"發出了熱切的召喚，道理講得非常清楚，一切都是從革命的需要出發。在此理論基礎上，作者熱烈贊揚《革命軍》的"壹以叫咷恣言"，譽之爲"義師先聲"，這就不僅高度評價了《革命軍》，而且也爲"雷霆之聲"指出了一個生動的標本。在中國文學批評史上，像章炳麟這樣召喚和贊揚"雷霆之聲"，顯然還是第一次。

此外，這篇序言還高度贊揚了《革命軍》的"徑直易知"，認爲它寫得"不文"正是一大優點，這顯然也是很進步的和有積極意義的。但序言中夾雜了籠統排滿和高踞羣衆之上的錯誤思想，也給上述理論帶來了明顯的局限。

附　錄

軒亭冤敍事(節錄)

〔清〕湘靈子

湘靈子曰：吾對於紹城冤獄，而覺有千萬不可思議之感想，橫梗於胸中，使吾怨，使吾怒，使吾歌，使吾舞，使吾懼，使吾哀。噫吁嘻，奇哉！眇眇一女子，何令吾驚心動魄一至於此也！將賦詩以寄恨耶？而恨已寄無可寄。將著論以辨誣耶？而誣亦辨不及辨。將作傳以寫怨耶？而怨實寫不勝寫。然則將奈何？無已，請譜之傳奇。

傳奇有益於女士耶？吾不得而知也。傳奇有損於女士耶？吾不得而知也。吾譜《軒亭冤》，恍若有眉軒軒、目炯炯、風致絕世、神光逼人之秋瑾靈魂侍立吾側，哀淚滂沱。吾熱血噴湧，吾於是一投筆東向望越城，乃沈沈焉，明明焉，誌其里居，詳其姓氏，敘其遺事，述其冤情。合古今未有之壯劇、怪劇、悲劇、慘劇，迭演於舞台，以激勵我二百兆柔弱女同胞。

中華書局《晚清文學叢鈔·傳奇雜劇卷》上册

老殘遊記自序

〔清〕劉　鶚

嬰兒墮地，其泣也呱呱；及其老死，家人環繞，其哭也號咷。然則哭泣也者，固人之所以成始成終也。其間人品之高下，以其哭泣之多寡爲衡。蓋哭泣者，靈性之現象也。有一分靈性，即有一分哭泣，而際遇之順逆不與焉。

馬與牛，終歲勤苦，食不過芻秣，與鞭策相終始，可謂辛苦矣，然不知哭泣，靈性缺也。猿猴之爲物，跳擲於深林，饜飽乎梨栗，至逸樂也，而善啼，啼者，猿猴之哭泣也。故博物家云：猿猴，動物中性最近人者，以其有靈性也。古詩云："巴東三峽巫峽長，猿啼三聲斷人腸。"其感情爲何如矣！

靈性生感情，感情生哭泣。哭泣計有兩類：一爲有力類，一爲無力類。癡兒騃女，失果則啼，遺簪亦泣，此爲無力類之哭泣。城崩杞婦之哭，竹染湘妃之淚，此有力類之哭泣也。有力類之哭泣又分兩種：以哭泣爲哭泣者，其力尚弱；不以哭泣爲哭泣者，其力甚勁，其行乃彌遠也。

《離騷》爲屈大夫之哭泣，《莊子》爲蒙叟之哭泣，《史記》爲太史公之哭泣，草堂詩集爲杜工部之哭泣，李後主以詞哭，八大山人以畫哭，王實甫寄哭泣於《西廂》，曹雪芹寄哭泣於《紅樓夢》。王之言曰："別恨離愁，滿肺腑，難陶洩，除紙筆代喉舌，我千種相思向誰說！"曹之言曰："滿紙荒唐言，一把辛酸淚，都云作者癡，誰解其中意！"名其茶曰"千芳一窟"，名其酒曰"萬豔同杯”者，千芳一哭，萬豔同悲也。

吾人生今之時，有身世之感情，有家國之感情，有社會之感情，有種教之感情。其感情愈深者，其哭泣愈痛。此洪都百鍊生所以有《老殘遊記》之作也。

棋局已殘，吾人將老，欲不哭泣也得乎？吾知海內千芳，人間萬豔，必有與吾同哭同悲者焉。

中華書局《晚清文學叢鈔·小説戲曲研究卷》卷三

繁華雜誌題辭

〔清〕海上漱石生

莽莽神州世變多，繁華如夢感春婆。笑驅三寸毛錐子，忽惹千秋文字魔。
容我著書消歲月，管他飛檄動兵戈。醉心權當中山酒，一册編成一月過。
不誌興亡誌滑稽，仰天狂笑碧空低。阽危時局何堪憶？游戲文章儘有題。
十里春江人似織，六朝舊苑鳥空啼。興來濡染淋漓墨，寫入新書證雪泥。
漫將身世慨沙蟲，塵海茫茫百幻中。悟澈鏡花與泡影，記來秋月又春風。
網羅軼事資談藪，驚詫奇聞著譯叢。莫説寓言居八九，大千世界本空空。
君房言語妙天下，我恨搜求妙語難。破格敢邀天下賞，覆瓿留與世間看。
文林詩海消閒料，説部歌壇醒睡丸。誰道書成了無益，茶餘酒後盡人歡。

一九一四年九月《繁華雜誌》第一期

國故論衡·文學總略[1]

章炳麟

文學者，以有文字箸於竹帛，故謂之文；論其法式[2]，謂之文學。凡文理、文字、文辭皆稱文；言其采色發揚，謂之彣[3]。以作樂有闋[4]，施之筆札[5]，謂之章。《說文》云："文，錯畫也，象交文。""章，樂竟爲一章。""彣，䵣也。""彰，文彰也。"[6]或謂文章當作彣彰[7]，則異議自此起。《傳》曰："博學於文。"[8]不可作彣。《雅》曰："出言有章。"[9]不可作彰。古之言文章者，不專在竹帛諷誦之間。孔子稱堯、舜"煥乎其有文章"[10]。蓋君臣、朝廷、尊卑、貴賤之序，車輿、衣服、宮室、飲食、嫁娶、喪祭之分，謂之文[11]。八風從律，百度得數，謂之章[12]。文章者，禮樂之殊稱矣。其後轉移，施於篇什[13]。太史公記博士平等議曰："謹案：詔書律令下者，文章爾雅[14]，訓辭深厚。"（原註：《儒林列傳》）此寧可書作彣彰邪[15]？獨以五采彰施五色[16]，有言黻言黼言文言章者[17]，宜作彣彰。然古者或無其字，本以文章引伸。今欲改文章爲彣彰者，惡夫沖淡之辭，而好華葉之語，違書契記事之本矣[18]。孔子曰："言之無文，行而不遠。"[19]蓋謂不能舉典禮，非苟欲潤色也[20]。《易》所以有《文言》者，梁武帝以爲文王作《易》，孔子遵而修之，故曰《文言》[21]，非矜其采飾也[22]。夫命其形質曰文，狀其華美曰彣，指其起止曰章，道其素絢[23]曰彰，凡彣者必皆成文，凡成文者不皆彣[24]，是故權論文學，以文字爲準，不以彣彰爲準。今舉諸家之法，商訂如左方：

以上第一節正名。以下辨義。

《論衡·超奇》云:“能説一經者爲儒生,博覽古今者爲通人,采掇傳書以上書奏記者爲文人,能精思著文連結篇章者爲鴻儒。”又曰:“州郡有憂,有如唐子高、谷子雲[25]之吏,出身盡思,竭筆牘之力,煩憂適有不解[26]者哉?”又曰:“長生[27]死後,州郡遭憂,無舉奏之吏;以故事結不解,徵詣[28]相屬。文軌[29]不尊,筆疏不續也。豈無憂上之吏哉?乃其中文筆不足類[30]也。”又曰:“若司馬子長、劉子政之徒,纍積篇第,文以萬數,其過子雲、子高遠矣,然而因成前紀,無胷中之造[31]。若夫陸賈、董仲舒[32],論説世事,由意而出,不假取於外,然而淺露易見,觀讀之者猶曰傳記[33]。陽成子長作《樂經》[34],揚子雲作《太玄經》,造於助思[35],極窅冥[36]之深,非庶幾之才[37],不能成也。桓君山作《新論》,論世間事,辯照然否,虚妄之言,僞飾之辭,莫不證定。彼子長、子雲論説之徒,君山爲甲。自君山以來,皆爲鴻眇之才[38],故有嘉令[39]之文。”準此,文與筆非異塗[40]。所謂文者,皆以善作奏記爲主。自是以上,乃有鴻儒。鴻儒之文,有經、傳、解故[41]諸子。彼方目以上第[42],非若後人擯此於文學外,沾沾焉惟華辭之守[43],或以論説、記序、碑志、傳狀爲文也[44]。獨能説一經者,不在此列。諒由學官弟子,曹偶[45]講習,須以發策決科[46],其所撰箸,猶今經義[47]而已,是故遮列[48]使不得與也。

以上第二節,論魏、晉以前,文筆無别。

自晉以降,初有文筆之分。范曄自述其《後漢書》曰:“文患其事盡於形,情急於藻,義牽其旨[49],韻移其意,政可類工巧圖繢,竟無得也[50]。手筆差易,文不拘韻故也。”[51]《文心雕龍》云:“今之常言,有文有筆。有韻者,文也;無韻者,筆也。”然《雕龍》所論列者,藝文之部,一切並包[52]。是則科分文筆,以存時論，故非以此爲經界[53]也。昭明太子序《文選》也，其於史籍，則云不同篇翰；其於諸子，則云不以能文爲貴。此爲裒次總集，自成一家，體例適然，非不易之定論也。《抱朴子·百家篇》曰："陜[54]見之徒，區區執一，惑詩賦瑣碎之文，而忽子論深美之言。眞僞顚倒，玉石混殽，同廣樂於桑間[55]，均龍章[56]於素質。"斯可以箴矣。（原註：《世說·文學篇》註引《惠帝起居註》曰："裴頠箸二論以規虛誕之弊，文辭精富。"此卽《崇有》二論也。《世說》又言："王長史宿構精理，並撰其才藻，往與支道林語，敍致作數百語，自謂是名理奇藻。"又云："支道林通《莊子·漁父篇》，作七百許語，敍致精麗，才藻奇拔。"是皆名理之言，諸子之歌吹也。而以精富才藻爲目，足知晉時所謂翰藻者，正在此類。）且沈思孰若莊周、荀卿，翰藻孰若呂氏、淮南[57]？總集不摭九流[58]之篇，格於科律，固不應爲之辭[59]。誠以文筆區分，《文選》所集，無韻者猥衆[60]，寧獨諸子？若云文貴其彣邪，未知賈生《過秦》，魏文《典論》，同在諸子[61]，何以獨堪入錄？有韻文中，旣錄漢祖《大風》之曲[62]，卽《古詩十九首》，亦皆入選，而漢、晉樂府，反有憖遺[63]。是其於韻文也，亦不以節奏低卬爲主，獨取文采斐然，足燿觀覽，又失韻文之本矣[64]。是故昭明之說，本無以自立者也。（原注：案《晉書·樂廣傳》"請潘岳爲表便成名筆"，《成公綏傳》"所著詩賦雜筆十餘卷"，《張翰傳》"文筆數十篇行於世"，《曹毗傳》"所著文筆十五卷"，《王珣傳》"珣夢人以大筆如椽與之，旣覺語人曰，'此當有大手筆事'，俄而帝崩，哀册謚議，皆珣所草"，《南史·任昉傳》"旣以文才見知，時人云任筆沈詩"，《徐陵傳》"國家有大手筆，必命陵草之"。詳此諸證，則文卽詩賦，筆卽公文，乃當時恆語。阮元之徒，猥謂儷語爲文，單語爲筆，任昉、徐陵所作，可云非儷語邪？）

以上第三節，論自晉以後，雖有文筆的區分，但蕭統《文選》之例，並非不易之論。

近世阮元，以爲孔子贊《易》，始箸《文言》，故文以耦儷爲主；又牽引文筆之說以成之[65]。夫有韻爲文，無韻爲筆，是則駢散諸體，一切是筆非文。藉此證成，適足自陷[66]。旣以《文言》爲文，《序卦》《說卦》又何說焉[67]？且文辭之用，各有體要[68]。《彖》《象》爲占繇，占繇故爲韻語[69]；《文言》《繫辭》爲述贊，述贊故爲儷辭[70]；《序卦》《說卦》爲目錄箋疏，目錄箋疏故爲散錄[71]。必以儷辭爲文，何緣十翼不能一致？豈波瀾既盡，有所謝短乎[72]？蓋人有陪貳[73]，物有匹耦。愛惡相攻，剛柔相易，人情不能無然，故辭語應以爲儷。諸事有綜會，待條牒然後明者，《周官》所陳，其數一二三四是也[74]。反是或引端竟末，若《禮經》《春秋經》《九章算術》者，雖欲爲儷無由[75]。猶耳目不可隻，而胸腹不可雙，各任其事。舍是二者，單複固恣意矣。未有一用單者，亦未有一用複者。（原註：案宋代以來，言文章者皆謂儷語爲俳，阮氏之論亦發憤而作也。不悟宋人儷語，亦自不少。蘇軾《上皇帝書》，其箸者也，曾鞏《戰國策序》《移滄州疏》，其間儷語與齊、梁人不殊，下者直如當時四六矣，其他類此者衆。蓋非簡策之書而純爲單語者，世所鮮有。）顧張弛有殊耳[76]。文之名實未在是也；所以爲古今者，亦未在是也[77]。或舉《論語》言辭達者，以爲文之與辭，較然異職[78]。然則《文言》稱文，《繫辭》稱辭，體格未殊，而題號有異，此（原作“比”，據右文社本校改）又何也[79]？董仲舒云：“《春秋》文成數萬。”[80]兼彼經傳[81]，總稱爲文，猶曰今文家曲說云爾[82]。太史公《自序》亦云：“論次其文。”[83]此固以史爲文矣。又曰：“漢興，蕭何次律令，韓信申軍法，張蒼爲章程，叔孫通定禮儀，則文學彬彬稍進。”[84]《藝文志》言：“秦燔滅文章，以愚黔首。”[85]文章者，謂經、傳、諸子[86]。遷、固所稱，牟非耦儷之文也。屈、宋、唐、景[87]所作，既是韻文，亦多儷語。而《漢書·王褒傳》已有《楚辭》之目[88]，王逸仍其舊題，不曰楚文。斯則韻語耦語，亦既謂之辭矣。《漢書·賈誼傳》云：“以屬文稱於郡中。”其文云何？以爲賦邪，《惜誓》載於《楚辭》[89]，文辭不別；以爲奏記條議，適彼之所謂辭也[90]。《司馬相如傳》云：“景帝不好辭賦。”《法言·吾子》云：“詩人之賦麗以則，辭人之賦儷以淫。”或問：“君子尙辭乎？曰：君子事之爲尙。事勝辭則伉；辭勝事則賦；事辭稱則經。”以是見韻文耦語，並得稱辭，無文辭之別也。且文辭之稱，若從其本以爲部署[91]，則辭爲口說[92]，文爲文字。古者簡帛重煩，多取記臆。故或用韻文，或用耦語。爲其音節諧適，易於口記，不煩紀載也。戰國從横之士，抵掌搖脣，亦多積句，是則耦麗之體，適可稱職[93]。乃如史官方策[94]，有《春秋》《史記》《漢書》之屬，適當稱爲文耳[95]。由是言之，文辭之分，反覆自陷[96]，可謂大惑不解[97]者矣。

以上第四節，駁阮氏以聲偶爲文之說，並駁或人文辭異職之論。

或言學說、文辭所由異者，學說以啓人思，文辭以增人感[98]。此亦一往之見也。何以定之？凡云文者，包絡一切箸於竹帛者而爲言[99]，故有成句讀文，有不成句讀文[100]。兼此二事，通謂之文。局就[101]有句讀者，謂之文辭。諸不成句讀者，表譜之體，旁行邪上[102]，條件相分。會計則有簿錄，算術則有演艸，地圖則有名字。不足以啓人思，亦又無以增感。此不得言文辭，非不得言文也[103]。諸成句讀者，有韻無韻則分。諸在無韻，史志之倫，記大傀異事[104]則有感，記經常典憲[105]則無感，既不可齊一矣。持論本乎名家，辨章然否，言稱其志，未足以動人[106]。《過秦》之倫，辭有枝葉[107]，其感人顧深摯[108]，則本諸從横家。然其爲論一也。不得以感人者爲文辭，不感者爲學說。且文曲[109]變化，其度無窮。陸雲論文，先辭後情，尙絜而不取悅澤。(原註：《與兄平原書》。)此寧可以一槩齊哉？就言有韻，其不感人者亦多矣。風、雅、頌者，蓋未有離於性情；獨賦有異[110]。夫宛轉偯隱[111]，賦之職也。儒家之賦，意存諫誡。若荀卿《成相》[112]一篇，其足以感人安在？乃若原本山川，極命草木[113]，或寫都會、城郭、游射、郊祀之狀，若相如有《子虛》，揚雄有《甘泉》《羽獵》《長楊》《河東》,左思有《三都》,郭璞、木華有《江》《海》[114],奥博翔實,極賦家之能事矣,其亦動人哀樂未也?其專賦一物者,若孫卿有《蠶賦》《箴賦》[115],王延壽有《王孫賦》[116],禰衡有《鸚鵡賦》[117],侔色揣稱[118],曲成形相,嫠婦孽子讀之不爲泣,介胄戎士詠之不爲奮。當其始造,非自感則無以爲也;比文成而感亦替[119]。斯不可以一端論。又學說者,非一往不可感人。凡感於文言者[120],在其得我心。是故飲食移味,居處縕愉者[121],聞勞人之歌,心猶怕然[122]。大愚不靈[123],無所憤悱[124]者,覩眇論[125]則以爲恆言也。身有疾痛,聞幼眇之音,則感槩隨之矣[126]。心有疑滯,覩辨析之論,則悦懌隨之矣[127]。故曰:"發憤忘食,樂以忘憂。"[128]凡好學者皆然,非獨仲尼也。以文辭學說爲分者,得其大齊[129],審察之則不當。

以上第五節,論學說與文辭異職之說,界限雖明,亦非恰當。

如上諸說,前之昭明,後之阮氏,持論偏頗,誠不足辯。最後一說,以學說、文辭對立,其規摹雖少廣,然其失也,祇以彣彰爲文,遂忘文字。故學說不彣者,乃悍然擯諸文辭之外。惟《論衡》所說,略成條貫[130]。《文心雕龍》張之,其容至博,顧猶不知無句讀文。此亦未明文學之本柢也。余以書籍得名,實馮傅竹木而起[131]。以此見言語文字,功能不齊。世人以經爲常,以傳爲轉,以論爲倫[132],此皆後儒訓說,非必覩其本眞。案經者,編絲綴屬之稱[133],異于百名以下用版者[134]。亦猶浮屠書稱修多羅[135],修多羅者,直譯爲線,譯義爲經。蓋彼以貝葉成書[136],故用線聯貫也;此以竹簡成書,亦編絲綴屬也。傳者,專之假借[137]。《論語》:"傳不習乎"[138],《魯》作"專不習乎"[139]。《說文》訓專爲六寸簿,簿即手版,古謂之忽(原註:今作笏)。"書思對命",以備忽忘[140],故引伸爲書籍記事之稱。書籍名簿,亦名爲專。專之得名，以其體短，有異于經。鄭康成《論語序》云："《春秋》二尺四寸，《孝經》一尺二寸，《論語》八寸。"[141]此則專之簡策，當復短於《論語》，所謂六寸者也。（原註：漢《藝文志》言"劉向校中古文《尚書》，有一簡二十五字者"，而服虔註《左氏傳》則云"古文篆書一簡八字"，蓋二十五字者，二尺四寸之經也，八字者，六寸之傳也。古官書皆長二尺四寸，故云二尺四寸之律。舉成數言，則曰三尺法。經亦官書，故長如之。其非經律，則稱短書。皆見《論衡》。）論者，古但作侖[142]。比竹成冊，名就次第，是之謂侖。籥亦比竹爲之[143]，故龠字從侖[144]。引伸則樂音有秩亦曰侖，"於論鼓鐘"[145]是也；言說有序亦曰侖，"坐而論道"[146]是也。《論語》爲師弟問答，乃亦略記舊聞，散爲各條，編次成帙[147]，斯曰侖語。是故繩線聯貫謂之經，簿書記事謂之專，比竹成冊謂之侖，各從其質以爲之名，亦猶古言方策，漢言尺牘[148]，今言札記[149]矣。諸書不見題署者，亦往往從質名。大公之書而稱《六弢》[150]，黃帝之書而稱《九卷》。（原註：今《靈樞經》，晉時稱《鍼經》，漢末《傷寒論序》直稱《九卷》。）直謂書囊有六[151]，摶帛有九[152]也。雖古之言肄業[153]者，（原註：《左氏傳》："臣以爲肄業及之也。"）亦謂肄版而已。《釋器》云："大版謂之業。"書有篇第[154]，而習者移書其文于版，（原註：學童習字用觚，觚亦版。）故云肄業。《管子·宙合》云："退身不舍端，修業不息版。"[155]以是徵之，則肄業爲肄版明矣。凡此皆從其質爲名，所以別文字于語言也。其必爲之別，何也？文字初興，本以代聲氣[156]，乃其功用有勝于言者。言語僅成線耳[157]，喻若空中鳥迹，甫見而形已逝[158]。故一事一義得相聯貫者，言語司之。及夫萬類坌集[159]，棼[160]不可理，言語之用，有所不周，於是委之文字。文字之用，足以成面，故表譜圖畫之術興焉[161]。凡排比鋪張[162]，不可口說者，文字司之。及夫立體建形，向背同見，文字之用，又有不周，於是委之儀象。儀象之用，足以成體，故鑄銅雕木之術興焉[163]。凡望高測深，不可圖表者，儀象司之。然則文字本以代言，其用則有獨至。凡無句讀文，皆文字所專屬者也。以是爲主。故論文學者，不得以興會神旨爲上[164]。昔者，文氣之論，發諸魏文帝《典論》，而韓愈、蘇轍竊焉[165]。文德之論，發諸王充《論衡》[166]，(原註:《論衡·佚文篇》"文德之操爲文"，又云"上書陳便宜，奏記薦吏士，一則爲身，二則爲人。繁文麗辭，無文德之操，治身完行，徇利爲私，無爲主者。") 楊遵彥依用之[167]，(原註:《魏書·文苑傳》:"楊遵彥作《文德論》，以爲古今辭人，皆負才遺行，澆薄險忌，唯邢子才、王元景、温子昇彬彬有德素。")而章學誠竊焉[168]。氣非竄突如鹿豕，德非委蛇如羔羊[169]，知文辭始於表譜、簿錄，則修辭立誠[170]其首也。氣乎，德乎，亦末務而已矣。(原註:案《文選序》云，"謀夫之話，辯士之端，雖傳之簡牘，而事異篇章。"此即語言文字之分也。然選例亦未一致，依史所載，荆卿《易水》，漢祖《大風》，皆臨時觸興而作，豈嘗先屬草稾，亦與出話何異，而《文選》固錄之矣。至於辭命，則有草創潤色之功，蘇、張陳說，度亦先有篇章，《文選》錄《易水》《大風》二歌，而獨汰去辯說，亦自相鉏吾[171]矣。士衡《文賦》云:"說煒燁而譎誑"，是亦列爲文之一種，要於修辭立誠，有不至爾。)

以上第六節，論文學之本柢在竹木，當據作範疇。

《文選》之興，蓋依乎摯虞《文章流別》[172]，謂之總集。《隋書·經籍志》曰:"總集者，以建安之後，辭賦轉繁，衆家之籍，日以孳廣，晉代摯虞，苦覽者之勞倦，於是芟翦繁蕪，自詩賦下，各爲條貫，合而編之，謂之《流別》。"然則李充之《翰林論》[173]，劉義慶之《集林》，沈約、丘遲之《集鈔》[174]，放[175]于此乎?《七略》惟有詩賦，及東漢，銘誄論辯始繁。荀勖以四部變古，李充、謝靈運繼之[176]，則集部自此簉[177]。總集者，本括囊[178]別集爲書，故不取六藝、史傳、諸子;非曰別集爲文，其他非文也。《文選》上承其流，而稍入《詩序》[179]、史贊《新書》《典論》諸篇，故名不曰《集林》《集鈔》，然已痟矣[180]。其序簡別三部[181]，蓋總集之成法;顧已迷誤其本，以文辭之封域相格，慮非摯虞、李充意也[182]。《經籍志》別有《文章英華》三十卷、《古今詩苑英華》十九卷[183]，皆昭明太子撰，又以詩與雜文[184]爲異。即明昭明義例不純，《文選序》率爾[185]之言，不爲恆則[186]。且總別集與他書經略[187]不定，更相闌入[188]者有之矣。今以《隋志》所錄總集相稽，自《魏朝雜詔》而下，訖《皇朝陳事詔》，凡十八家，百四十六卷[189]。自《上法書表》而下，訖《後周與齊軍國書》，凡七家，四十一卷[190]。而《漢高祖手詔》，匡衡、王鳳、劉隗、孔羣諸家奏事，書既亡佚，復傳其錄[191]。然《七略》高祖、孝文詔策，悉在諸子儒家[192]；《奏事》二十卷隸《春秋》[193]。此則總集有六藝、諸子之流矣。陳壽定諸葛亮故事，命曰《諸葛氏集》[194]。然其目錄有《權制》《計算》《訓厲》《綜覈》《雜言》《貴和》《兵要》《傳運》《法檢》《科令》《軍令》諸篇。《魏氏春秋》言："亮作《八務》《七戒》《六恐》《五懼》，皆有條章，以訓厲臣子。"[195] 若在往古，則《商君書》[196]之流，而《隋志》亦在別集[197]。故知集品不純[198]，選者亦無以自理[199]。阮元之倫，不悟《文選》所序，隨情涉筆，視爲經常，而例復前後錯迕。曾國藩又雜鈔經史百家[200]。經典成文，布在方策[201]，不虞潰散，鈔將何爲[202]？若知文辭之體，鈔選之業，廣陿異塗，庶幾張之弛之，並明而不相害[203]。凡無句讀文，旣各以專門爲業，今不亟論。有句讀者，略道其原流利病，分爲五篇[204]。非曰能盡，蓋以備常文之品而已。其贈序、壽頌諸品，旣不應法[205]，故棄捐弗道爾。

以上第七節，論文學的界義，不應根據選家之言立論。

浙江圖書館刊本《章氏叢書·國故論衡》中

【註釋】

[1] 國故論衡文學總略——《國故論衡》是章炳麟最後一次在日本進行革命活動時期編撰的一部學術著作，上卷《小學》十篇，中卷《文學》七篇，下卷《諸子學》九

篇，一九一〇年在日本排印出版。收入《章氏叢書》第十三至十五册。《文學總略》初名《文學論略》，後經修改，易爲今名，是《國故論衡》中卷的首篇。

[2] 法式——規律與形式。

[3] 采色發揚謂之彣——彣从彡，《説文》："彡，毛飾畫文也。"徐鉉曰："毛髮繪飾之事。"故本文云采色發揚。

[4] 作樂有闋——闋，樂終。

[5] 札——木簡之薄小者。

[6] 説文云文錯畫也至彰文彰也——段玉裁《説文解字註》："錯，當作逪。逪畫者，这逪之畫也。……逪畫者，文之本義；彣彰者，彣之本義；義不同也。"本文解釋四名含義不同，彣彰義主於繪飾，所以不是文學的基本含義。

[7] 或謂文章當作彣彰——段玉裁《説文解字註》："有部'䰰，有彣彰也'。是則有彣彰謂之彣，彣與文義別。凡言文章，皆當作彣彰；作文章者，省也。文訓逪畫，與彣義别。"

[8] 傳曰博學於文——傳指《論語》。古稱師儒相傳，以傳述爲義的書爲傳，見《禮記·曲禮》孔穎達《正義》。本文引句見《論語·雍也》。博學于文，指博習《詩》、《書》、《禮》、《樂》古傳的遺書。

[9] 雅曰出言有章——語見《詩·小雅·都人士》。章，指法度文章。

[10] 孔子稱堯舜煥乎其有文章——見《論語·泰伯》。

[11] 蓋君臣朝廷三句——《史記·禮書》："是以君臣朝廷尊卑貴賤之序，下及黎庶車輿衣服宫室飲食嫁娶喪祭之分，事有宜適，物有節文。"按：宜適、節文，即是指禮。

[12] 八風從律三句——《禮記·樂記》："八風從律而不姦，百度得數而有常。"孔穎達《正義》："八風，八方之風也。律，謂十二月之律也。樂音像八風，其樂得其度，故八風十二月律應八節而至，不爲姦慝也。……百度謂晝夜百刻，昏明晝夜不失其正，故度數有常也。"按：從律、得數，即所謂樂。

[13] 篇什——《詩三百篇》雅、頌兩部分以十篇編爲一組，名之爲什。

[14] 文章爾雅——《漢書》顔師古註："爾雅，近正也。"

[15] 此寧可書作彣彰邪——本文意爲博士之議，文章是指詔書律令，即是從禮樂轉施於篇什的。它並不需采飾，但也稱文章，那就不應書作"彣彰"。

[16] 獨以五采彰施五色——《書·皐陶謨》："以五采彰施於五色，作服。"

[17] 有言黻言黼言文言章者——《考工記》："青與赤謂之文，赤與白謂之章，白與黑謂之黼，黑與青謂之黻。"

［18］違書契記事之本矣——《易·繫辭》:"上古結繩而治，後世聖人易之以書契。"書契始於記事,本來不需采飾。

［19］孔子曰言之無文行而不遠——引文見《左傳》襄公二十五年。

［20］蓋謂不能舉典禮非苟欲潤色也——《左傳》載:"鄭子產獻捷於晉,戎服將事。晉人問陳之罪,對曰云云,士莊伯不能詰。"蓋其對問之辭,都根據故實舊章,卽是本文所謂舉典禮。《論語·憲問篇》:"東里子產潤色之。"《廣雅·釋詁》:"潤,飾也。"

［21］梁武帝以爲文王作易三句——陸德明《經典釋文》:"《文言》,梁武帝云:是文王所制。"龐俊《國故論衡疏證》:"案此非謂文王作此《文言》也。謂此名爲《文言》者，以《易》是文王所制，氏子贊《易》，因名《文言》也。宋以前無疑十翼者,陸氏語簡,故此引而釋之云爾。"

［22］非矜其采飾也——案《周易正義》引莊氏云:"文謂文飾,以乾坤德大,故特文飾以爲《文言》。"章氏是駁正此說,謂孔子只是闡明《易道》,釋乾、坤二卦經文,申說義理,並非文飾華采。

［23］素絢——《論語·八佾》:"素以爲絢兮。"劉寶楠《正義》:"素以爲絢，當是白采用爲膏沐之飾，如後世所用素粉矣。絢有衆飾，而素則後加，故曰'素以爲絢'。"

［24］凡彣者必皆成文二句——這是說文與彣義訓不同,文是大名,彣是小名。舉大可以包括小,舉小不可以代表大。

［25］唐子高——名林,沛郡人,以明經修行顯名，王莽時封侯，屢上疏諫。事見《漢書·鮑宣傳》。谷子雲——名永，長安人。舉爲太常丞，屢上疏言得失。《漢書》卷八十五有傳。唐、谷二人都擅長奏記。

［26］適有不解——適,是。

［27］長生——周樹,名長生,會稽人,善書奏。《後漢書》無傳。

［28］徵詣——召至。

［29］文軌——文的法度。

［30］不足類——謂不足與長生相比。

［31］因成前紀無匈中之造——匈胸古今字。劉向著《新序》《說苑》《世說》《列女傳》等。司馬遷與劉向的書,都是采集羣籍而成。

［32］陸賈董仲舒——《漢書·藝文志》儒家著錄《陸賈》二十三篇、《董仲舒》百二十三篇。《隋書·經籍志》春秋家著錄董仲舒《春秋繁露》十七卷，儒家著錄陸賈《新語》二卷。

[33] 傳記——傳，專的假借字，專訓六寸簿。古制書體卑則策短。這裏所云傳記，猶言短書。

[34] 陽成子長作樂經——《隋書·經籍志》經部樂類，"《樂經》四卷"，不著撰人。王謨、馬國翰輯本均以爲即子長作。應劭《風俗通·姓氏篇》："漢有諫議大夫陽成公衡。"王充《論衡》："陽城子長作《樂經》，揚子雲作《太玄經》，造於助思，極窅冥之深，非庶幾之才，不能成也。"

[35] 助思——孫詒讓《札迻》："助當爲眇，形近而誤。上文云'眇思自出於胸中'也。"眇，古通妙。

[36] 窅冥——深邃貌。

[37] 庶幾之才——《易·繫辭下》："顏氏之子，其殆庶幾乎！"按：文意謂聖人能知幾，顏回尙未能知幾，而近于知幾。

[38] 鴻眇之才——鴻，大。

[39] 嘉令——美善。

[40] 文與筆非異途——上引《論衡》之文，說明漢代文筆并無區別。

[41] 解故——通指疏通經典文義的故訓和徵引事實的傳說。如《漢書·藝文志》《尙書》家著錄"大小夏侯《解故》二十九篇"。

[42] 上第——《新唐書·選舉志》："每問經十條，對策三道，皆通，爲上第。"

[43] 沾沾焉惟華辭之守——沾沾，詡詡自得。華辭，翰藻之文。惟華辭之守，指自蕭統《文選》到阮元一派，主張惟沈思翰藻，始可名文。

[44] 或以論說記序碑志傳狀爲文也——這是指姚鼐選《古文辭類纂》有論辨、書說、序跋、贈序、碑誌、傳狀諸類。

[45] 曹偶——曹，輩。

[46] 發策決科——《法言·學行》："或曰：書與經同，而世不尙；治之可乎？曰：可。或人啞然笑曰：須以發策決科。"李軌註："射以決科，經以策試。今徒治同經之書，而不見策用，故笑之。"

[47] 經義——指八股文。

[48] 遮列——列，同迾，遮也。

[49] 義牽其旨——義，事義。義牽其旨，謂用事不當，反牽累其本旨，使晦而不明。

[50] 韻移其意三句——下云："常謂情志所託，故當以意爲主，以文傳意。以意爲主，則其旨必見；以文傳意，則其辭不流。然後抽其芬芳，振其金石耳。"即釋上語，原略去。

[51] 手筆差易二句——黃侃說："二句當作'手筆差易於文，不拘韻故也'。文字句

絕,上脫於字。"范曄語見《獄中與諸甥姪書》,載《宋書》本傳。

[52] 雕龍所論列者三句——《文心雕龍》論文體，有《宗經》《正緯》《史傳》《諸子》等篇,是藝文之部,一切包括在內。

[53] 經界——經,亦即是界。

[54] 陜——今通作狹。

[55] 廣樂——《史記·趙世家》:"與百神游於鈞天，廣樂九奏萬舞。"桑間——見馮夢龍《序山歌》註[6]。

[56] 龍章——《禮記·明堂位》:"周龍章。"《後漢書·鄧禹傳》李賢註:"龍章，袞龍之服也。"

[57] 沈思孰若莊周荀卿二句——諸子書理論精深有《莊子》《荀子》,文辭美富有《呂氏春秋》《淮南子》,蕭統選文以沈思翰藻爲標準,反而不選其文,可見總集之所以不及羣經子史,當然不應以沈思翰藻與否爲理由。

[58] 九流——儒家者流、道家者流、陰陽家者流、法家者流、名家者流、墨家者流、縱横家者流、雜家者流、農家者流。見《漢書·藝文志》。

[59] 格於科律二句——《孟子·公孫丑下》:"豈徒順之，又從而爲之辭。"總集既然是根據別集以成書的,羣經子史,原不在別集中,無怪總集不采及,這是總集的科律(體例)使然。蕭統不明此義，乃反以沈思翰藻爲說，故章氏斥爲"不應爲之辭"。格,限。

[60] 猥衆——猥,亦衆也。

[61] 同在諸子——案《漢書·藝文志》，著錄《賈誼》五十八篇於儒家，《過秦論》乃《賈誼書》第一篇(見《文選》李善註引應劭說)。《隋書·經籍志》，著錄曹丕的《典論》五卷於儒家。

[62] 大風之曲——漢高祖劉邦《大風歌》:"大風起兮雲飛揚,威加海內兮歸故鄉,安得猛士兮守四方。"見《史記·高祖本紀》。被選入《文選》。

[63] 漢晉樂府反有慭遺——《左傳》哀公十六年:"不慭遺一老。"慭,且。《文選》所錄漢、晉樂府比之郭茂倩《樂府詩集》所保存的材料,少得多。

[64] 失韻文之本矣——有韻之文,重在節奏,故以樂府爲主,其次徒歌,其次吟誦之作。《文選》所錄，大都是只能吟誦的古詩，而樂府被采的很少，故章氏譏之爲"失本"。

[65] 牽引文筆之説以成之——按文筆的區分，不專以駢散爲標準。阮元要爲駢偶之文爭正統，故引《文言》爲論據，又於《文韻說》諸篇推而及於文筆之辨，使人簡單認爲偶辭即文,散體即筆,故章氏說它是"牽引"。

[66] 夫有韻爲文無韻爲筆六句——案：此乃駁阮元《文韻説》之論。

[67] 既以文言爲文序卦説卦又何説焉——孔子就《周易》上下二經，各序其各卦相次之義，作《序卦》。《説卦》亦孔子所作，陳説八卦重爲六十四卦之由，和八卦所爲之象。《文言》《序卦》《説卦》都在十翼之中，阮元獨指《文言》爲文，而不稱《序卦》爲序，《説卦》爲説，所以章氏加以詰難。

[68] 體要——僞古文《書·畢命》："辭尚體要。"此言體要，謂文各有體。

[69] 彖象爲占繇二句——孔子作《彖辭》，統論一卦之義。十翼之中，第三翼總釋一卦之所象，稱爲《大象》。繇，卦兆的占辭。《彖》《象》之辭，便於記誦，故多韻語。

[70] 文言繫辭爲述贊二句——《繫辭》上下篇，孔子所作。述贊，述其德業以形容之，重比喻而多儷辭。

[71] 序卦説卦二句——目錄所以示綱領，箋疏所以詳義旨，都不是韻語所能擔負，所以《序卦》《説卦》都用散體寫。

[72] 必以儷辭爲文四句——這是駁阮元《文言説》"千古之文，莫大於孔子之言《易》，孔子以用韻比偶之法，錯綜其言而自名曰文"之論。章氏以爲十翼同出一人之手，爲什麽或用韻或無韻，或用駢偶或用散體，難道他的才力已盡，不能統一體例嗎？波瀾，以水喻文。詘，義同短。《論衡》有《詘短篇》，此用其字。

[73] 陪貳——副貳。《詩·大雅·蕩》："以無陪無卿。"《毛傳》："無陪貳也。"

[74] 周官所陳二句——這是説排比之辭，出于不得不然。《周官》之書，條理密察，所陳多以名數排比。如《天官》："大宰之職，掌建邦之六典：一曰治典，二曰教典，三曰禮典，四曰政典，五曰刑典，六曰事典"之類就是。《莊子·天下篇》："以法爲分，以名爲表，以參爲驗，以稽爲決，其數一二三四是也。百官以此相齒。"

[75] 反是或引端竟末三句——這是説單行之辭也出於不得不然。《禮經》，今《儀禮》是。《九章算術》，《四庫提要》云："蓋《周禮》保氏之遺法，漢張蒼删補校正，而後人又有所附益也。"兹三書，《禮經》所以明節文之委曲，《春秋》所以原一事之始終，《算術》則演推名數，皆引端而竟末。義屬單行，故爲文亦應用散體。

[76] 張弛有殊——《禮記·雜記》："一張一弛，文武之道也。"此承上文言不能一於單，亦不能一於複。大氐因人因時而異。漢、魏、六朝，由單趨複；唐、宋以降，運複成單。發展的情況，大致如此。

[77] 文之名實三句——阮元爭文之名實，謂古文不得名文；又爭文之古今，謂尤不

當曰古。

［78］或舉論語言辭達者三句——或説指劉師培《文章原始》之論。《文章原始》曰:“春秋之時，言詞惡質，一語一詞，必加修飾。《左傳》曰:‘言之無文，行而不遠。’又曰:‘非文辭不爲功。’文辭猶言文言也。”自註云:“《説文》曰:‘詞，意內言外也。’是詞與言同，文言卽文飾之詞也。孔子言詞達而已，卽不文飾之詞也。言詞達而已，不言文達而已。足證詞與文不同，詞非文也。”按《論語·衞靈公篇》:“子曰:辭，達而已矣。”劉氏蓋本此立説。考蘇軾《答謝民師書》云:“孔子曰:言之不文，行之不遠。又曰:詞，達而已矣。夫言止於達，疑若不文，是大不然。求物之妙，如繫風捕影，能使了然於心者，蓋千萬人而一遇也，而能使了然於口乎?是之謂詞達。詞至於能達，則文不可勝用矣。”此論交舉文詞，亦可證二者初無大別，無怪章氏對劉説加以駁斥。

［79］然則文言稱文五句——劉師培文辭有別之論，出于阮元、阮福父子。阮福《文筆對》云:“孟子曰:‘説詩者，不以文害辭。’趙岐註曰:‘文，詩之文章，所引以興事也。辭，詩人所歌詠之辭。’是文者，音韻鏗鏘，藻采振發之稱;辭特其句之近於文，而異乎直言者耳。”是其義也。阮氏之説，本用《文言》爲依據，劉氏旣進一步闡述阮説，所以仍就十翼體格駁之。

［80］董仲舒云春秋文成數萬——語見《史記·太史公自序》所稱述。

［81］彙彼經傳——董仲舒治《公羊春秋》，《公羊》經傳凡有四萬四千餘字。

［82］猶曰今文家曲説云爾——漢代所傳經書，有今古文的區別。今文是漢初諸師口授，寫以當代通用的隸書。古文經出自孔子宅的屋壁中，書體是先秦之舊。兩者篇目文字不盡同，各家經師所説制度、義理也有異，就出現了今文家、古文家之爭。董仲舒治公羊學，公羊爲今文家説;章炳麟治古文，於《春秋》主《左傳》，所以稱公羊家言爲曲説。

［83］太史公自序亦云論次其文——語見《史記·太史公自序》。司馬遷治古文《尙書》，故引其語爲佐證。

［84］漢興六句——亦見《史記·太史公自序》。

［85］秦燔滅文章二句——見《漢書·藝文志》序。秦代稱人民爲黔首。黔，黑。

［86］文章者謂經傳諸子——《史記·秦始皇本紀》載李斯議曰:“臣請史官非《秦紀》皆燒之;非博士所官職，天下有敢藏《詩》《書》百家語者，悉詣守尉雜燒之。制曰:可。”《詩》《書》是經，史記是傳，百家語是諸子，都是《漢書·藝文志》所謂文學。

［87］唐景——唐勒、景差。《漢書·藝文志》著錄《唐勒賦》四篇。王逸《楚辭章句·

大招序》稱大招"或曰景差"所作。二人都是楚人。

［88］漢書王褒傳已有楚辭之目——《漢書·王褒傳》："褒，字子淵，蜀人也，能爲《楚辭》。"又："徵能爲《楚辭》九江被公。"考《史記·酷吏列傳》云："（朱）買臣以《楚辭》與（嚴）助俱幸。"則漢初已有此名。

［89］惜誓載於楚辭——《漢書·藝文志》詩賦略著錄《賈誼賦》七篇。王逸《楚辭章句·惜誓序》："《惜誓》者，不知誰作也，或曰賈誼，疑不能明也。"

［90］以爲奏記條議二句——彼，謂或說也。賈生他作如《陳政事疏》之類，都是奏記條議，按照或說，便不當稱爲文。

［91］部署——署，置。

［92］辭爲口說——案《說文》："辭，訟也。"是辭字的本義。詞章詞藻諸字，都應作詞而不作辭。詞字《說文》訓爲"意內而言外也"。又訓爲語助。秦、漢以後，詞字誤書作辭。《易·繫辭》陸德明《釋文》："辭，說也，辭本作詞。"《漢書·敘傳》音義："詞，古辭字。"是辭字古文作詞字之證。辭、詞字各一義，古代並不通用。（據劉師培《論文雜記》說。）

［93］戰國從橫之士五句——《文史通義·詩教上》："從橫之學，本於古者行人之官。觀春秋之辭命，列國大夫，聘問諸侯，出使專對，蓋欲文其言以達旨而已。至戰國而抵掌揣摩，騰說以取富貴，其辭敷張而揚厲，變其本而加恢奇焉。"今《戰國策》所載蘇、張游說之辭，已有偶麗之語。

［94］方策——方，板。策，簡。

［95］春秋史記漢書之屬二句——《春秋》《史》《漢》，散行爲多，一開始，即布在方策，可見古人筆述之文，反多單行。

［96］反覆自陷——謂自陷於矛盾，本《韓非子·難勢》。

［97］大惑不解——《莊子·天地》："大惑者，終身不解。"

［98］學說以啓人思二句——謝無量《中國大文學史》引西人戴昆西之言曰："文學之别有二：一屬於知，一屬於情。屬於知者，其職在教；屬於情者，其職在感。"西人之說如此，近人又多本之。

［99］凡云文者二句——包絡猶包羅。以有文字著於竹帛爲文，此章氏關於文的定義。

［100］有成句讀文二句——文字著於竹帛，而有文法組織的，章氏稱爲成句讀文；只具單詞雙義的，章氏稱爲不成句讀文。

［101］局就——局，分。

［102］表譜之體旁行邪上——《梁書·劉杳傳》："桓譚《新論》云：'三代世表，旁行

邪上。”

[103] 不得言文辭二句——文者大名，文辭者小名。簿錄以下，雖無句讀，大抵都是文。

[104] 大傀異事——《周禮·春官·大司樂》:“大傀異烖。”鄭玄註:“傀猶怪也。”

[105] 典憲——都是法。

[106] 持論本乎名家四句——論以辨析爲務,故必本名家。

[107] 辭有枝葉——《禮記·表記》:“天下無道，則辭有枝葉。”辭有枝葉，謂多文華虛飾。

[108] 感人顧深摯——顧,反。摯,至。

[109] 文曲——《荀子·正論》:“成文曲。”章炳麟《文始》:“文曲卽文句。”

[110] 獨賦有異——有異，謂與風雅頌之以抒寫性情爲主者有異。因賦體多描寫客觀事物。

[111] 憭慄——憭,痛聲。慄,憂。

[112] 荀卿成相——《荀子》有《賦》篇與《成相》篇。成，奏。相，“舂牘”之類的樂器。《禮記·檀弓》:“鄰有喪,舂不相。”《曲禮》註:“相，謂送杵聲。”成相，就是合唱舂米歌。文人模仿這種歌曲，寫成歌辭，就成爲文學作品的名稱。《荀子·成相》理勝於辭,偏於說教,缺乏藝術感染力，所以下文說“其足以感人安在?”

[113] 原本山川二句——枚乘《七發》:“原本山川，極命草木。”李周翰註:“陳說山川之原本，盡名草木之所出。”按: 意謂考訂山本水源和草木名稱。極，盡。命,名。

[114] 相如有子虛四句——《河東賦》載《漢書·揚雄傳》。餘並見蕭統《文選》。

[115] 若孫卿有蠶賦箴賦——見《荀子·賦》篇。

[116] 王延壽有王孫賦——見《古文苑》。王孫,猴類而小者。

[117] 禰衡有鸚鵡賦——見《文選》。

[118] 侔色揣稱——謝惠連《雪賦》:“抽子祕思,騁子妍辭,侔色揣稱，爲寡人賦之。”侔,等;揣,量;稱,相稱、恰當。這句謂摹繪物色,用語恰當。

[119] 當其始造三句——意謂作者當時的感憤已經抒發,時過境遷，心情亦變，更不能引起不同處境者的共鳴。替,消失。

[120] 文言——猶云文辭。

[121] 飲食移味居處緼愉——語見《大戴禮·曾子立孝篇》。緼,原作溫。移味,謂隨其所欲。緼愉,饒樂。

[122] 聞勞人之歌心猶怕然——《公羊傳》何休《解詁》:"勞者歌其事。"《說文》:"怕,無爲也。"這是說不同境遇的人,情感不能相通。

[123] 大愚不靈——《莊子·天地》:"大愚者,終身不靈。"

[124] 憤悱——《論語·述而》:"不憤不啓,不悱不發。"朱熹《集註》:"憤者,心求通而未得之意。悱者,口欲言而未能之貌。"

[125] 眇論——《史記·貨殖列傳》:"雖戶說以眇論,終不能化。"

[126] 身有疾痛三句——《漢書·中山靖王勝傳》:"勝對曰:……今臣心結日久,每聞幼眇之聲,不知涕泣之橫集也。"顔師古註:"幼眇,精微也。"

[127] 心有疑滯三句——枚乘《七發》,吳客以要言妙道告楚太子,太子曰:"涣乎若一聽聖人辯士之言,涊然汗出,霍然病已。"即是此意。

[128] 發憤忘食二句——孔子語,見《論語·述而》。

[129] 大齊——齊,限。

[130] 惟論衡所說略成條貫——《論略》原稿云:"《論衡》所說,略成條理。先舉奏記爲質,則不遺公牘矣;次舉敘事經說諸子爲言,則不遺歷史與學說矣。有韻爲文,人所共曉,故略而不論;雜文漢時未備,故亦不著;不言小說,或其意存鄙夷;不列典章,由其文有缺略。此則不能無失者也。"按原稿附表,有句讀文中大分有韻、無韻二類,無韻之文,更分學說、歷史、公牘、典章、雜文、小說六科。

[131] 書籍得名實馮傅竹木而起——馮,憑本字。傅,通"附",附着。以有文字著於竹帛,故謂之文;以有竹帛附着此文字,則爲書籍。

[132] 世人以經爲常三句——訓經爲常,見《孔叢子·執節篇》。訓傳爲轉,見《釋名·釋書契》及《文心雕龍·史傳》。訓論爲倫,見《釋名·釋典藝》。

[133] 經者編絲綴屬之稱——《說文》:"經,織从糸也。"("从糸"二字,段玉裁註據《御覽》校補。)

[134] 百名以下用版——《儀禮·聘禮》:"百名以上書於策,不及百名書於方。"鄭玄註:"方,板也。"不及百名,可以書於方板。百名以外,非一板可盡,所以需要書於簡策。

[135] 浮屠書稱修多羅——浮屠,即佛之始譯名。修多羅,譯意爲經,爲論,爲法本,爲線,爲善語。見《翻譯名義集》。

[136] 貝葉成書——古代印度佛教徒用貝多樹葉以寫經。

[137] 假借——許慎《說文解字序》:"假借者,本無其字,依聲託事。"

[138] 傳不習乎——見《論語·學而》。

[139] 魯作專不習乎——《論語》有《齊論語》《魯論語》《古論語》三家。《論語》釋文

“傳不習乎”句下引鄭註云:“魯讀傳爲專,今从古。”

[140] 書思對命二句——《禮記·玉藻》:“史進象笏,書思對命。”鄭玄註:“思,所念思將以告君命者也。對,所以對君者也。命,所受君命者也。專之於笏,爲失忘也。”

[141] 鄭康成論語序云四句——按《儀禮·聘禮》疏引鄭玄《論語序》,作《春秋》一尺二寸,阮元《校勘記》據《春秋序疏》云:鄭玄註《論語》,以《鈎命決》云《春秋》二尺四寸書之云云,謂一尺二寸乃傳寫之誤,當作二尺四寸。

[142] 論者古但作侖——《說文》:“侖,思也。从亼冊。”

[143] 比竹爲之——《莊子·齊物論》:“人籟則比竹是已。”古之籥,所謂排籥,編次小竹管爲之。

[144] 龠字從侖——《說文》:“龠,樂之竹管,三孔以和衆聲也。从品侖。侖,理也。”

[145] 於論鼓鐘——句見《詩·大雅·靈臺》。鄭玄箋:“論之言倫也,聲音之道與政通,故合樂以詳之,於得其倫理乎鼓與鐘也。”

[146] 坐而論道——句見《周禮·考工記》。

[147] 帙——書衣。

[148] 尺牘——《說文》:“牘,書版也。”

[149] 札記——分條記錄所見所聞或讀書的體會心得的筆記。

[150] 大公之書而稱六弢——《漢書·藝文志》:“《周史六弢》六篇。”顔師古註:“卽今之《六韜》也,弢字與韜同也。”《隋書·經籍志》:“《太公六韜》五卷,周文王師姜望撰。”

[151] 直謂書囊有六——《說文》:“弢,弓衣也。”章氏意謂《六弢》所以稱弢,是借弓衣之名以指書衣。

[152] 搏帛有九——《考工記》:“卷而搏之,欲其無迤也。”古籍有卷軸之制,章氏以爲黄帝之書稱《九卷》,是由此得名。

[153] 肄業——《廣韻》:“肄,習也。”

[154] 書有篇第——古人編書,都定篇第,以便檢查,防散佚,免錯亂。《漢書·藝文志》稱劉向校書,每一書已,輒條其篇目。

[155] 管子三句——《管子》房玄齡註:“版,牘也。賢者雖復退身,終不捨其端操,不息修業,亦不息其版籍。”

[156] 聲氣——指語言。

[157] 言語僅成線耳——與下文“文字之用,足以成面”,“儀象之用,足以成體”,線、面、體,都是借用幾何學術語。

[158] 喻若空中鳥迹二句——意謂言語纔聞而聲已逝，與空中鳥跡同。《大般涅槃經》:“譬如鳥跡,空中現者,無有是處。”《維摩詰所説經》:“如空中鳥跡。”

[159] 坌集——並集。

[160] 棼——通作紛。

[161] 文字之用三句——我國文字，始於象形，與圖畫同源異流,要之皆所以表象。言語以聲音爲用,故僅限於時間;文字以符號爲用，故可及於空間，此其所以爲勝。

[162] 排比鋪張——參見本書第二册《歲寒堂詩話》註[21]及《論詩三十首》註[29]。

[163] 儀象之用三句——儀象,科學所用儀器。其功用不僅如文字之紀述,圖畫之摹繪而已,尤能以實體示人。文字雖及空間,然猶限於平面的抽象觀念;至於儀象所司,則擴至立體的具象事物,此其所以爲尤勝。

[164] 凡無句讀文五句——《論略》原稿:“既知文有無句讀有句讀之分，而後文學之歸趣可得言之。無句讀者,純得文稱，文字之不共性也。有句讀者，文而兼得辭稱,文字語言之共性也。論文學者雖多就共性言,而必以不共性爲其素質。”

[165] 韓愈蘇轍竊焉——韓愈論氣，詳於《答李翊書》。蘇轍論氣，詳於《上樞密韓太尉書》,見《論文偶記》註[3]。

[166] 文德之論發諸王充論衡——文學理論上的文德説,最早發於王充。《論衡·佚文篇》説“文德之操爲文”,其要旨在於闡明文章的內容與形式應該統一，認爲言過其實的“繁文麗辭，無文德之操”(《佚文篇》語)，這是針對當時文勝於質而提出的補弊救偏之論。

[167] 楊遵彦依用之——北齊“楊遵彦作《文德論》,以爲古今辭人,皆負才遺行,澆薄險忌,惟邢子才、王元景、温子昇彬彬有德素。”(見《魏書·文苑傳》，楊論久佚。)這是强調作者的道德文章應該並重的問題。

[168] 而章學誠竊焉——章學誠(公元一七三八年——一八〇一年),字實齋,浙江會稽人。乾隆四十三年進士，官國子監典籍。著作有《文史通義》八卷，《校讎通義》四卷以及《文集》等多種。吳興劉氏嘉業堂合刊爲《章氏遺書》。《清史稿》卷四百九十《文苑》二有傳。《文德》是《文史通義》內編二的第十二篇,所論文德,是臨文的態度問題，其意義並不同於王充、楊遵彦二家之論。章炳麟説他是“竊”,其實不過是同樣用了“文德”這一詞語而已。

[169] 氣非竄突如鹿豕德非委蛇如羔羊——《詩·召南·羔羊序》云:“召南之國，化文王之政，在位者皆節儉正直，德如羔羊也。”又《詩》云:“退食自公，委蛇委

蛇。"《毛傳》:"委蛇,行可從跡也。"此用其語。二句云云,因文人言氣,往往局限於波濤洶湧之觀;言德,多局限於紆徐委隨之致;故云。

[170] 修辭立誠——《易·乾·文言》:"修辭立其誠,所以居業也。"

[171] 鉏鋙——同齟齬,不相配合。

[172] 摯虞文章流別——見本書第一册《文章流別論》註[1]、[2]。

[173] 李充之翰林論——見本書第一册《詩品序》註[113]。

[174] 鎦義慶之集林沈約丘遲之集鈔——鎦,劉本字。《隋書·經籍志》:"《集林》一百八十一卷,宋臨川王劉義慶撰,梁二百卷。《集鈔》十卷,沈約撰。梁有《集鈔》四十卷,丘遲撰,亡。"

[175] 放——同昉,始也。

[176] 荀勖以四部變古二句——《隋書·經籍志》:"魏秘書郎鄭默始制《中經》。秘書監荀勖又因《中經》更著《新簿》,分爲四部,總括羣書。一曰甲部,紀六藝及小學等書;二曰乙部,有古諸子家及近世子家、兵書、兵家、術數;三曰景部,有史記舊事皇覽簿雜事;四曰丁部,有詩賦圖讚汲冢書。……惠、懷之亂,京華蕩覆,渠閣文籍,靡有孑遺。東晉之初,漸更鳩聚。著作郎李充……遂總沒衆篇之名,但以甲乙爲次。自爾因循,無所變革。其後中朝遺書,稍流江左,宋元嘉八年,秘書監謝靈運造《四部目錄》。"

[177] 則集部自此篝——《文史通義·文集》:"范、陳二史所次文士諸傳,識其文筆,皆云所著詩賦碑箴頌誄若干篇,而不云文集若干卷,則文集之實已具,而文集之名猶未立也。自摯虞創爲《文章流別》,學者便之,於是別聚古人之作,標爲別集。則文集之名,實仿於晉代。……荀勖《中經》有四部,詩賦圖讚與汲冢之書歸丁部。王儉《七志》以詩賦爲《文翰志》,而介於諸子、軍書之間,則集部之漸日開,而尚未居然列專目也。至阮孝緒撰《七錄》,惟技術、佛、道分三類,而經典、紀傳、子兵、文集之四錄,已全爲唐人經史子集之權輿。是集部著錄,實仿於蕭梁。"按四部之制,唐以前但云甲、乙、丙、丁,唐以來乃各經、史、子、集。集部之實,源於建安,成於《流別》,而類例則定於《七錄》,二章之言,可以互參。

[178] 括囊——結集。《易·坤》:"括囊。"孔穎達《正義》:"括,結也。囊所以貯物。"

[179] 稍入詩序——《文選》有《毛詩序》一篇,是說經之作。史贊——《文選》有史論、史述贊二類,收班固、干寶、范曄、沈約諸家之文,是史的論贊。新書——指賈誼《新書》的《過秦論》,屬於子書。典論——指《典論·論文》,屬於子書。

[180] 然已痟矣——痟,衰微。謂《文選》所收,於集部以外,闌入經、史、子,比之《集

林》《集鈔》，體例已不純。

［181］ 其序簡別三部——謂經、子、史。

［182］ 顧已迷誤其本三句——格，量度。慮，大抵。總集源於別集，經、子、史是別集所無，故總集不得有。蕭統不明此意，《文選序》以文辭的界限爲言，故章氏認爲“已迷誤其本”。

［183］ 文章英華二句——二書都著錄於《隋書·經籍志》總集類。

［184］ 雜文——《文心雕龍》有《雜文篇》，論對問、七、連珠三體，又總述其範圍云：“詳夫漢來雜文，名號多品，或典誥誓問，或覽略篇章，或曲操弄引，或吟諷謠詠，總括其名，並歸雜文之區，甄別其義，各入討論之域。”是雜文有廣狹二義，狹則僅此三體，廣則詩賦之外，皆入雜文。這裏用廣義。

［185］ 率爾——《論語·先進》：“子路率爾而對。”輕率之意。

［186］ 恆則——常法。

［187］ 經略——分界。

［188］ 闌入——妄入。

［189］ 自魏朝雜詔而下四句——《隋書·經籍志》：“《魏朝雜詔》二卷，《錄魏吳二志詔》二卷，《晉咸康詔》四卷，《晉朝雜詔》九卷，《錄晉詔》十四卷，《晉義熙詔》十卷，《宋永初雜詔》十三卷，《宋孝建詔》一卷，《宋元嘉副詔》十五卷，《齊雜詔》十卷，《齊中興二年詔》三卷，《後魏詔集》十六卷，《後周雜詔》八卷，《雜詔》八卷，《雜赦書》六卷，《陳天嘉詔草》三卷，……《皇朝詔集》九卷，《皇朝陳事詔》十三卷。”

［190］ 自上法書表而下四句——《隋書·經籍志》：“《上法書表》一卷，《梁中表》十一卷，《雜露布》十二卷，《山公啓事》三卷，《范寧啓事》二卷，……《梁魏周齊陳皇朝聘使雜啓》九卷，……《後周與齊軍國書》二卷。”

［191］ 而漢高祖手詔四句——《隋書·經籍志》《魏朝雜詔》條下云：“梁有《漢高祖手詔》一卷，亡。”又《梁中表》條下云：“梁有……《漢丞相匡衡大司馬王鳳奏》五卷，《劉隗奏》五卷，《孔羣奏》二十二卷，……亡。”

［192］ 七略高祖孝文詔策二句——《漢書·藝文志》諸子略儒家：“《高祖傳》十三篇。”原註：“高祖與大臣述古語及詔策也。”又“《孝文傳》十一篇。”原註：“文帝所稱及詔策。”

［193］ 奏事二十卷隸春秋——《漢書·藝文志》六藝略春秋家：“《奏事》二十篇。”原註：“秦時大臣奏事及刻石名山文也。”

［194］ 陳壽定諸葛亮故事二句——《蜀志·諸葛亮傳》附載《諸葛氏集》目錄，其敍稱：

"臣壽等言：臣前在著作郎，侍中領中書監濟北侯荀勖，中書令關內侯臣和嶠，奏使臣定故蜀丞相諸葛亮故事"云云，章氏之意以爲集名出自壽定。

[195] 魏氏春秋言四句——見《蜀志·諸葛亮傳》裴松之註引。《隋書·經籍志》："《魏氏春秋》二十卷，孫盛撰。"今佚。

[196] 商君書——《漢書·藝文志》諸子略法家："《商君》二十九篇。"原註："名鞅，姬姓，衞後也，相秦孝公。"

[197] 隋志亦在别集——《隋書·經籍志》别集類："《蜀丞相諸葛亮集》二十五卷。"

[198] 集品不純——古人著作，如子、史諸書，各有流派，故品純而不雜。後代集部興起，是就一人所寫各類文章，匯編成書，除詩賦等文學作品外，說經論政之文也闌入，如《諸葛亮集》有論政各篇，《王粲集》有難鄭玄《尚書》事（據《顏氏家訓·勉學篇》）。可見集部不純，由來已久。

[199] 選者亦無以自理——理，分理。總集根據别集，别集內容既然不純，那麽選總集的，就無法整理好。

[200] 曾國藩又雜鈔經史百家——《經史百家雜鈔》二十六卷，曾國藩編。這是擴大姚鼐《古文辭類纂》的選篇範圍而選。

[201] 布在方策——《禮記·中庸》："文武之道，布在方策。"

[202] 不虞潰散鈔將何爲——這是說總集的編選，出于防止别集散失，故删其繁蕪而存其精要。至於經典，本來不怕散失，鈔它何益。曾鈔本所以擴大姚選的領域，詳見原書序例。

[203] 並明而不相害——《禮記·中庸》："萬物並育而不相害，道並明而不相悖。"

[204] 分爲五篇——五篇爲《原經》《明解故》《論式》《辨詩》《正齎送》。

[205] 其贈序壽頌諸品既不應法——六朝人餞别之詩，有爲之序的。韓愈集中，贈别之序較多，往往是無詩而徒有序的。後人則更有並非餞送，亦作贈序。壽序一體，歸有光集中最多。惲敬《上舉主笠帆先生書》："古者贈送詩若文，多規戒之辭，至明而盡出於諛悦，蓋不問其人若何，而皆有以諛之悦之者，其升擢朝覲，則諛悦之辭從同，是故敬集中無是也。"

【說明】

《文學總略》是章炳麟《國故論衡》中卷的首篇，初名《文學論略》，後加損益，改爲今名。章氏《檢論·徵七略》篇說："略者，封域之正名。"其意義相當於義界。章氏站在樸學家的立場來看文學，並以樸學家的治學方法來論文學的義界，因總論古今人對文學一詞的看法而加以總結，所以稱《總略》。篇中作重點批評的有兩方面，一是對阮元《文言說》的，一是對西歐文學理論動人情感說的，於是追溯到文學義界較早的主張，並以文字學的見地，確定文學的含義。其中論點，雖不盡符合於以藝術形象爲特徵的文學通則，但也有獨到的見解。

本篇開宗明義，指出文學是文字著於竹帛的法式。遠在古初，凡百典章禮制，都稱文章，所謂"博學於文"就是。自是以降，乃及竹帛所書。"命其形質曰文"，"指其起止曰章"。彣彰華藻的固然是文，樸素簡拙的亦不得不謂之文。"凡彣者必皆成文，凡成文者不皆彣"，所以文學"以文字爲準，不以彣彰爲準"。這首先就駁斥了阮元《文言說》以采飾爲文、曲解《易·文言》的論點。章氏按照自己的論點，接着根據文在我國歷史上的發展階段作論證。魏、晉以前，文筆不分，"所謂文者，皆以善作奏記爲主"，並不像阮元諸人狹隘地標舉蕭統之說，"沾沾焉惟華辭之守"。此其一。"自晉以降，初有文筆之分"，或以有韻無韻爲說如劉勰，或以文貴藻繢宮商爲說如范曄。但劉勰著《文心雕龍》，"藝文之部，一切並包"，雖分文筆，而二者並重，未嘗以爲筆非文而擯斥之於文囿之外。蕭統選文，以"翰藻"爲歸，然他所謂"翰藻"，却主要是局限於詞賦以下的作品。這並不代表晉、宋時人對"翰藻"的看法。《抱朴子》、《世說新語》都曾目子論爲"深美之言"，"精麗""才藻"之作。即以有韻與翰藻的標準衡量《文選》，也往往自相矛盾，體例已自不純，何得援以作據。此其二。因此，阮元的"文以偶儷爲主，又牽引文筆之說以成之"的《文言說》，諸多窒礙難通。第一是如果以有韻脚的爲文，反是者爲筆，則駢散諸體，都無韻脚，都不得稱文，何以儷體獨得文號？第二是文各有體，或駢或散，各適所需。《文言》《繫辭》用偶，《序卦》

《說卦》爲散，同出孔子之手，不應獨以《文言》爲文。由阮元之說而推演，劉師培《文章原始》就提出了文取文飾、辭取辭達的文辭異職論。章氏以正名核實的方法加以批判。《文言》《繫辭》，同樣是偶體，何以"題號有異"？此其一。《史記》《漢書》所稱"文""文學""文章"，大半不是指偶儷之文，而屈、宋儷語，轉得《楚辭》之號。此其二。辭爲口說，文爲文字。口語用韻語，便利於記憶。而戰國游說之辭，特多偶儷；《史》《漢》筆迹之文，反多單行。此其三。由此可知，從《文言說》孳乳而來的文辭異職論，亦難成立。

復次，西歐文學理論，嚴格劃分學術與文學的界限。"學說以啓人思，文辭以增人感"，章氏對此，也提出了不同的意見。篇中追溯到文的最初義界，包括無句讀文與有句讀文；就有句讀文而言，又有散文、韻文之别。同屬散文，史傳文記名物制度的不能感人，敍興亡成敗的就能感人；諸子辨析名理的不能感人，辭有枝葉的縱横家言就能感人。同屬韻文，《風》《雅》主於抒情，可以感人；而《荀子·成相》主於説教，就不能感人。同屬抒情爲主的韻文，而由於讀者與作者的處境不同，感受有異，作者的情感，未必都能引起讀者的共鳴。同屬啓人智慧的學說文章，雖不能感人，但是明其理"則悦懌隨之"，也不可膠執地看問題。因此，學說與文辭，儘管各有所主，而文術的變化無窮，不能以感人與否作義界的標準。

最後，推溯到文學的本原，仍然歸結於以有文字著於竹帛故謂之文的論點。由言語而文字，由文字而儀象，各有所用，隨着人類文化的進步而漸次發達。文字本以代言，故論文學"不得以興會神旨爲主"。魏、晉以來的集部，只是籑集經、史、子以外的作品，並不是集部爲文而其他非文。何況别集如《諸葛氏集》，總集如《文選》，即已闌入經史或子家言，而阮元輩僅據《文選序》以立論，就難免自陷於牴迕了。

章氏所持文學義界之說，是就文學的廣義爲言。正名定實，窮源溯本，有他自己的看法。但廣義狹義，各具其用，所以篇中也指出："共知文辭之體，鈔選之業，廣陿異塗，庶幾張之弛之，並明而不相害。"這是不可不注意的。廣義可以包括狹義，而並不排斥狹義，則蕭、阮諸家所標舉宗旨，原自不悖於文學原則。因此，章氏弟子黃侃於《文心雕龍原道篇札記》中說："若夫文章之初，實先韻語；傳久行遠，實貴偶辭；修飾潤色，實爲文事；敷文摛采，實異質言；則阮氏之言，良有不可廢者。……然則拓其疆宇，則文無所不包；揆其本原，則文實有專美。"雖偏尚偶辭，立論並不全面，但補充師說，也是有其必要的。

附　錄

國故論衡·論式

章炳麟

編竹以爲簡，有行列䚡理，故曰"侖"，"侖"者"思"也。《大雅》曰："於論鼓鐘。"論官有司士之格，論囚有理官之法，莫不比方。具在文辭，《論語》而下，莊周有《齊物》，(〔原注〕《齊物論》舊讀皆謂齊物之論，物兼萬物、物色、事物三義，王介甫始謂齊彼物論，蓋欲以七篇題號相對，不可與道古。)公孫龍有《堅白》《白馬》，孫卿有《禮》《樂》，吕氏有《開春》以下六篇，前世著論在諸子，未有率爾持辯者也。九流之言，擬議以成變化者，皆論之儕。《別錄》署《禮記》亦有《通論》，不專以題名爲質。其辭精微簡練，本之名家，與縱橫異軌。由漢以降，賈誼有《過秦》，在儒家。東方朔設《非有先生》之論，朔書二十篇，則於雜家著錄。及王襃爲《四子講德》，始別爲辭人矣。晚周之論，內發膏肓，外見文采，其語不可增損。漢世之論，自賈誼已繁穰，其次漸與辭賦同流，千言之論，略其意不過百名。楊子爲《法言》，稍有裁制，以規《論語》，然儒術已勿能擬孟子、孫卿，而復忿疾名法：“或問：公孫龍詭辭數萬以爲法，法與？曰：斷木爲棊，梡革爲鞠，亦皆有法焉。不合乎君子之道者，君子不法也。”（〔原注〕《吾子篇》）“或曰：刑名非道邪？何自然也？曰：何必刑名，圍棊擊劍，反目眩形，亦皆自然也。由其大者作正道，由其小者作姦道。”（〔原注〕《問道篇》）今以楊子所云云者，上擬龍、非，則跛鼈之與騏驥也。漢世獨有石渠議奏，文質相稱，語無旁溢，猶可爲論宗。後漢諸子漸興，訖魏初幾百種，然其深達理要者，辨事不過《論衡》，議政不過《昌言》，方人不過《人物志》，此三家差可以攀晚周，其餘雖嫺雅，悉腐談也。自《新語》《法言》《申鑒》《中論》，爲辭不同，皆以庸言爲故，豈夫可與酬酢，可與右神者乎？當魏之末世，晉之盛德，鍾會、袁準、傅玄皆有家言，時時見他書援引，視荀悅、徐幹則勝，此其故何也？老、莊形名之學，逮魏復作，故其言不牽章句；單篇持論，亦優漢世。然則王弼《易例》、魯勝《墨序》、裴頠《崇有》，性與天道，布在文章，賈、董卑卑，於是謝不敏焉。經術已不行於王路，喪祭尚在，冠昏朝覲，猶弗能替舊常，故議禮之文亦獨至，陳壽、賀循、孫毓、范宣、范汪、蔡謨、徐野人、雷次宗者，蓋二戴、聞人所不能上。施於政事，張裴《晉律》之序，裴秀地域之圖，其辭往往陵轢二漢，由其法守，朝信道矣，工信度矣。及齊、梁猶有斷迹者，而嚴整差弗逮。夫持論之難，不在出入風議，臧否人羣，獨持理議禮爲劇。出入風議，臧否人羣，文士所優爲也；持理議禮，非擅其學莫能至。自唐以降，綴文者在彼不在此，觀其流勢，洋洋纚纚，即實不過數語。又其持論，不本名家，外方陷敵，內則亦以自僨，惟鏥秩、沈既濟、杜佑，差無盈辭。持理者，獨鏥、柳論天爲勝，其餘並廣居自恣之言也。宋又愈不及唐，濟以譁讀。近世或欲上法六代，然上不窺六代學術之本，惟欲厲其末流，江統《徙戎》、陸機《辨亡》、干寶《晉紀》，以爲駿極不可上矣，自餘能事，盡於送往事居，不失倨侮，以甄名理，則僻違而無類，以議典憲，則支離而不馴。余以爲持誦《文選》，不如取《三國志》《晉書》《宋書》《弘明集》《通典》觀之，縱不能上窺九流，猶勝於滑澤者。嘗與人書，道其利病曰：“文生於名，名生於形，形之所限者分，名之所稽者理，分理明察，謂之知文。小學既廢，則單篇摦落；玄言日微，故儷語華靡。不竱其本，以之肇末，人自以爲楊、鏥，家相譽以潘、陸，何品藻之容易乎？僕以下姿，智小謀大，謂文學之業，窮於天監。簡文變古，志在桑中。徐、庾承其流化，平典之風，於茲沫矣。燕、許有作，方欲上攀秦、漢。逮及韓、呂、柳、權、獨孤、皇甫諸家，劣能自振，議事確質，不能如兩京，辯智宣朗，不能如魏、晉。晚唐變以譎詭，兩宋濟以浮誇，斯皆不足邵也。將取千年朽蠹之餘，反之正則，雖容甫、申耆，猶曰采浮華，棄忠信爾。皋文、滌生，尙有諼言，慮非修辭立誠之道。夫忽略名實，則不足以說典禮；浮辭未翦，則不足以窮遠致。言能經國，詘於籩豆有司之守；德音孔膠，不達形骸智慮之表。故篇章無計簿之用，文辯非窮理之器，彼二短者，僕自以爲絕焉，所以塊居獨處，不欲奇羣彥之數者也。如曩者一二耆秀，皆浮華交會之材，譁世取寵之士，噓枯吹生之文，非所謂文質彬彬者也。故曰'亡而爲有，虛而爲盈，約而爲泰，難乎有恆矣'。"（〔原注〕以上與人書）或言今世慕古人文辭者，多論其世，唐、宋不如六代，六代不如秦、漢。今謂持論以魏、晉爲法，上遺秦、漢，敢問所安？曰：夫言亦各有所當矣。秦世先有韓非、黃公之倫，持論信善，及始皇併六國，其道已隘。自爾及漢，記事韻文，後世莫與比隆，然非所及於持論也。漢初，儒者與縱橫相依，逆取則飾游談，順守則主常論，游談恣肆而無法程，常論寬緩而無攻守。道家獨主清靜，求如韓非《解老》，已不可得；《淮南鴻烈》，又雜神仙辭賦之言。其後經師漸與陰陽家并，而論議益多牽制矣。漢論著者，莫如《鹽鐵》，然觀其駁議，御史大夫、丞相史言此，而文學、賢良言彼，不相剴切，有時牽引小事，攻劫無已，則論已離其宗；或有却擊如罵，侮弄如嘲，故發言終日，而不得所凝止，其文雖博麗哉，以持論則不中矣。董仲舒《深察名號篇》，略本孫卿，爲已條秩，然多傅以疑似之言。（〔原注〕如言王有五科：皇科、方科、匡科、黃科、往科，君有五科：元科、原科、權科、溫科、羣科，雖以聲訓，傅會過當。）惜乎劉歆《七略》，其六錄於《漢志》，而《輯略》佚空焉；不然，歆之謹審權量，斯有倫有脊者也。今漢籍見存者，獨有王充，不循俗迹，恨其文體散雜，非可諷誦，其次獨有《昌言》而已。魏、晉之文，大體皆埤於漢，獨持論仿佛晚周，氣體雖異，要其守己有度，伐人有序，和理在中，孚尹旁達，可以爲百世師矣。然今世能者，多言規摹晉、宋，惟汪中說《周官》《明堂》諸篇，類似禮家，阮元已不相逮。至於甄辨性道，極論空有，槩乎其未有聞焉。典禮之學，近世有餘，名理之言，近世最短。以其短者，施之論辨，徒爲繳繞，無所取材，謙讓不宜，固其慎也。長者亦不能自發舒。若凌廷堪《禮經釋例》，可謂條理始終者，及爲儷辭，文體卑近，無以自宜其學，斯豈非崇信文集，異視史書之過哉！然今法六代者，下視唐、宋；慕唐、宋者，亦以六代爲靡。夫李翺、韓愈，局促儒言之間，未能自遂。權德輿、吕溫及宋司馬光輩，略能推論成敗而已。歐陽修、曾鞏，好爲大言，汗漫無以應敵，斯持論最短者也。若乃蘇軾父子，則佞人之戔戔者。凡立論欲其本名家，不欲其本縱横。儒言不勝，而取給於氣矜，游豮怒特，蹂稼踐蔬，卒之數篇之中，自爲錯牾，古之人無有也。法晉、宋者，知其病徵，宜思有以相過，而專務溫藉，詞無芒刺。甲者譏乙，則曰"鄭聲"，乙者譏甲，又云"常語"。持論既莫之勝，何怪人之多言乎！夫雅而不核，近於誦數，漢人之短也；廉而不節，近於彊鉗，肆而不制，近於流蕩，清而不根，近於草野，唐、宋之過也；有其利，無其病者，莫若魏、晉。然則依放典禮，辯其然非，非涉獵書記所能也。循實責虚，本隱之顯，非徒竄句游心於有無同異之間也。(〔原注〕如王守仁與羅欽順書云："格物者格其心之物，格其意之物，格其知之物，正心者正其物之心，誠意者，誠其物之意，致知者致其物之知。"此種但是辭句繳繞，文義實不可通，後生有效此者，則終身爲紹物矣。)效唐、宋之持論者，利其齒牙，效漢之持論者，多其記誦，斯已給矣；效魏、晉之持論者，上不徒守文，下不可禦人以口，必先豫之以學。

文章之部，行於當官者，其原各有所受：奏疏議駁近論，詔册表檄彈文近詩；近論故無取紛綸之辭，近詩故好爲揚厲之語。漢世作奏，莫善乎趙充國，探籌而數，辭無枝葉。晉世杜預議考課，劉毅議罷九品中正，范甯議土斷，孔琳之議錢幣，皆可謂綜覈事情矣。然王充於漢獨稱谷永，谷永之奏，猶似質不及文，而獨爲後世宗，總之不離乎徹者近是。《典論》云："奏議宜雅，書論宜理。"亦得其辜較云。若夫詔書之作，自文、景猶近質，武帝以後，時稱《詩》《書》，潤色鴻業，始爲《詩》之流矣。武帝册三王，上擬《尚書》，至潘勖册魏公，爲枚賾《尚書》本，晉以下代用其律，比於《崧高》《韓奕》，徒無韻耳。漢世表以陳情，與奏議異用，若《薦禰衡》《求自試》諸篇，文皆琛麗煒曄可觀。蓋秦、漢間上書，如李斯《諫逐客》，鄒陽《獄中上梁孝王》已然。其後，别名爲表，至今尚辭，無取陳數，亦無韻之風也。彈文始不可見，任昉、沈約詆人罪狀，言在法外。蓋自宋世荀伯子善彈文，醜詞巧詆，辱及祖禰。今雖不著明其爲任沈法。《詩》之惡惡，莫如《巷伯》，然猶翏及其身，今指斥及於腐骨，其疾惡甚於詩人矣。《文選》不錄奏疏議駁，徒有書表彈文之流，爲其文之著也。檄之萌芽，在張儀檄楚相，徒述口語，不見緣飾，及陳琳、鍾會以下，專爲恣肆，顏竣檄元凶劭，其父延之，覽書而知作者，亦無韻之賦也。大抵近論者取於名，近詩者取於縱横，其當官奮筆一也，而風流所自有殊。覽文者，觀於《文選》之有無，足以知其好尚異也。

浙江圖書館刊本《章氏叢書·國故論衡》中

文章源始

劉師培

積字成句，積句成文，欲溯文章之緣起，先窮造字之源流。上古之時，有語言而無文字。凡字義皆起於右旁之聲，任舉一字，聞其聲即知其義；凡同聲之字，但舉右旁之聲，不必舉左旁之迹，皆可通用。此係黄春谷先生說。先生言小學蓋有二說：一謂凡字之義象，皆係屬乎聲，惟聲同故義象同，惟聲義象皆同，故可通假；二謂諧聲之字，必兼有意，而意皆起於聲。由黄氏之例推之：一曰造字之源，音先而義後；二曰考字之用，音同則意通。蓋古代之字，祇有右旁之聲，而未有左旁之形。後世恐無以區别也，乃加以左旁之形，以爲區别。故右旁之聲，綱也；左旁之形，目也。如凡字從"寺"者，皆有"獨"字之義；凡字從"贊"者，皆惡字而非美字；凡字從"火"者，皆爲幽暗之義；凡字從"音"者，皆有深暗之義；凡字從"侖"者，皆有文理有秩序之義：皆音義通之證，亦即古字以右旁之聲爲綱之證也。蓋既爲此聲，即爲此義，右旁之聲義如此，則彼字右旁同於此字右旁者，其聲義亦必如此，固彰彰可考也。且字義既起於聲，並有不舉右旁爲聲之本字，任舉同聲之字，即可用爲同義。按王氏《經義述聞》云："右字通用，存乎聲音。"阮氏《釋門數》篇："余謂古音相通之字，義即相同。"而黄先生亦曰："明乎右旁聲義之說，皆凡同聲之字，多可通用。"又云："凡爲同聲，是以同義。且凡同一韻之字，其義皆不甚相遠。"予按《文選註》於某字即某字者，皆云某字與某字古通，大抵以聲近通用。而錢竹汀《說文答問疏證》，於經典古字相同者，則曰某即某書之某字，大抵皆聲音相近者。且古字相通者，可名曰通，而不可名曰假借。假借者，有孰爲正字，孰爲借字之分；通用者無孰爲正字，孰爲借字之分；數字同一音義，互相通用，亦可名假借也。故一義僅有一字。其有一義數字，一物數名者，半由方言不同。由語言而造文字，而同義之字，聲必相符。上古之時，未有字形，先有字聲，故有語言而無文字。而南北東西之方言，不能盡同；故有同一義，而所言不同者；亦有所言同，而音之出於喉舌不同者。及有文字時，乃各本方言造文字；故義同而形不同者，音皆相近。音近義同之字，在未有文字前，僅爲一字。如《爾雅釋詁》篇"哉"、"基"、"胎"三字，皆訓爲"始"，然與"始"音相近。"洪"、"旁"、"龐"、"弘"、"戎"、"窮"六字，皆訓爲"大"，而音皆相近。可知義通之字，音必相近。其一義數字，則以方言不同，各本其義以造字耳。而《釋名》以聲解聲，明義由聲起之義。蓋上古一物祇一名，其一物數名者，亦卽由同聲之字，輾轉相通。而《爾雅》釋草、鳥、獸如："蒺蔾"爲"茨"，"扁竹"爲"蓄"，皆以切語爲名；而"鶅"、"鶹"、"萑"、"推"之類，亦皆音近之字，互相解釋；是一物數名，皆由於言語之遞轉矣。由是言之：文字者，基於聲音者也。上古未造字形，先有字音，言語發見，爲人羣進化之初級。日本岸本氏《社會學》之言曰："人當始有言語，未若今日之復雜也。呼吸之官，進而益調達，思慮之官，進而益深長，而後語言複雜。"其說甚確。以言語流傳，難期久遠，乃結繩爲號，以輔言語之窮。及黃帝代興，乃易結繩爲書契，而文字之用以興。故"字"訓爲"飾"，字，本謂之名，猶人之先有名，而後有字，出於口者謂之名，著於書者謂之字；故古曰名，今曰字也。《禮記》："冠而字之，敬其名也。"注云："名者，質，所受於父母，冠成人益文，故敬之。"以質勵名，卽以文屬字，質先而文後也。字由後起，故《說文序》曰："孳乳浸多謂之字。"《廣雅》、《玉篇》並言："字，飾也。"《廣韻》注引《春秋緯說題詞》亦云："字，飾也。"可見古人以字爲文飾之義，飾卽文也。與"文章"之訓相同，文章取義於藻繪，言有組織而後成文也。《易》言："書契既作，百官以治，萬民以察，蓋取諸夬。"卽言有文明之象也。足證上古之初，言與字分，以字爲文。然文字雖興，勒書簡畢，有漆書刀削之勞，抄胥匪易，傳播維艱。故學術授受，仍憑口耳之傳聞。又慮其艱於記憶也，必雜於偶語韻文，以便記誦，阮氏《文言說》云："古人以簡策傳事者少，以口舌傳事者多；以目治事者少，以口耳治事者多；故同爲一言，轉相告語，必有愆誤。是必寡其詞，協其音，以文其言，使人易於記誦，無能增改，且無方言俗語，雜於其間，始能達意，始能行遠。"而語言之中有文矣。故《易》言文言。卽以語言著書册，而書册之中亦有文。是則上古之前，文訓爲字；故許書稱《說文》。中古以降，"文"訓爲"章"，故出言之有章者爲文，《詩》曰："出言有章。"著書之有章者亦曰文。吾觀三代之書，諺語箴銘，實多韻語，若六藝之中：《詩》篇三百，固皆有韻之詞；卽《易》、《書》二經，亦大抵奇偶相生，阮氏《文言說》謂："《乾卦文言》，多用偶句。"予謂《尙書》若《堯典》諸篇，亦多用偶，如："九族既睦"與"百姓昭明"偶，"賓於四門"與"納于百揆"偶。而《堯典》"分命羲仲"四節，亦互相爲偶。聲韻相叶，《易》叶韻，見顧氏《音學五書》，而《尚書》中亦多叶韻，如："九族"與"旣睦"叶韻，"百姓"與"昭明"叶韻，"萬邦"與"時庸"叶韻，"象傲"與"以孝"叶韻，皆其證也。而《禹貢冀州》中，亦多韻語。而《爾雅釋訓》，用韻者亦三十條。"子子孫孫"以下。惟《戴禮周官經》，言詞簡質，不雜偶語韻文，則以昭書簡册，懸布國門，猶後世律例公文，特設專門之文體也，故與文言不同。此古代文字之沿革也。

降及東周，直言者謂之言，論難者謂之語，見許氏《說文》。修詞者謂之文，《易經》曰："修詞立其誠。"《說文》曰："修飾也。"詞之飾者乃得爲文，不飾詞者不得謂之文。不獨言與文分，亦且言與語分。故出言亦分文質：言之質者，純乎方言者也；方言者，猶今俗語也。《說文序》云："秦代以前，諸侯各邦，文各異形，言各異聲。"是三代以前，各邦之中，皆有特別之語言文字矣。言之文者，純乎雅言者也。儀徵阮氏曰："雅言者，猶今官話也，'雅'與'夏'通，夏爲中國人之稱，故雅言卽爲中國人之言。《爾雅》者，乃方言近於官話者也。"春秋之時，言詞惡質，故曾子斥爲鄙詞，曾子曰："出詞氣，斯遠鄙倍矣。"荀子譏爲俚語，而一語一詞，必加修飾。《左傳》曰："言之無文，行而不遠。"又曰："非文辭不爲功。"文辭，猶言文言也。《說文》曰："詞，意內言外也。"是詞與言同。文言者，卽文飾之詞也。孔子言："詞達而已。"卽不文飾之詞也。言"詞達而已"，不言"文達而已"，足證與文不同。詞，非文也。蓋當此之時，文字流傳未廣，仍煩記憶之功，故以語言相授受。《禮》曰："記問之學，不足爲人師。"是古人論學，特設記問一門也。俞氏蔭甫以《周易序卦傳》，卽古人記問之學，又引揚子《法言問神篇》論《書序》之言，以見《序卦》之功，其說甚確。觀孔子作《春秋》，於事稍久遠者，則曰："所聞世"、"所傳聞世"；而《公羊》一經，不著竹帛，但煩口授。故《公羊》文章最善。漢儒以口傳經，如《公羊》至胡毋生始著竹帛，以前皆煩口授，伏生使其女以《書經》授鼂錯，皆其證也。其遺法也。至春秋時代之書册，亦大抵文與語分：文近於經，語近於史，故曾子作《孝經》，觀《孝經》雖無韻詞，而偶語實多，如："加於百姓"、"刑於四海"，"非法不言"、"非道不行"、"口無擇言"、"身無擇行"，皆偶語也。其語句互爲相偶者尤多。老子作《道德經》，其中多韻文，亦多偶句。揚氏《太玄經》亦然。屈原作《離騷經》，以及醫經藥經，如《太素靈樞經》等書，皆多偶句韻文也。皆雜用偶文韻語者也。若《春秋左氏傳》以及《國語》、《國策》諸書，乃史官記言記事之遺，非雜用偶文韻語者也。至諸子之書，有文有語：荀子《成相》篇，墨子《經上下》篇，皆屬於文者也。莊、列、孔、孟、商、韓，皆屬於語者也。文猶後世之文詞，語猶後世之演稿。猶今世之演説也。縱横者流，騰爲口舌，語學之派别也。即所謂游説也。後世史書，特立文苑，文學之派别也。惟古人言詞，一經書册之記載，或加潤飾之功，致失本書之舊，俞氏蔭甫謂："《左氏》一書，由丘明潤色，非其本文之舊也。"則語而飾以文矣。又古代之初，虚字未興，上古造字之次第，僅有實字；由虚字假爲半虚實字，是爲假借第一期；又由實字假爲虚字，是爲假借第二期。故虚字無本訓，皆由實字借訓，如"之"字、"於"字、"而"字、"所"字、"則"字、"其"字、"云"字、"不"字、"以"字是也。罕用語助之詞；惟《堯典》"嚚訟可乎？"用一"乎"字。故典謨誓誥，無抑揚頓挫之文。後世以降，由實字假爲虚字，渾噩之語，易爲流麗之詞，文士互相因襲，致偶文韻詞之體，亦稍變更，然不過偶一雜用，非若八家之古文也。則文而涉於語矣。當此之文，亦有稍雜俗語者，如《公羊》多齊言，《離騷》多楚語，而《史記》亦有"夥涉"之詞，則以當時言文未盡分歧也。

西漢代興，文區二體：賦、頌、箴、銘，源出於文者也；故多偶語叶音。論、辯、書、疏，源出於語者也。論與議同貴口才，皆爲古人互相問難之詞；書、疏二體，亦以己之意達之於人者也。然揚、馬之流，類皆湛深小學，如相如作《凡將》篇，揚雄通奇字，皆精於小學之證也。故發爲文章，沈博典麗，雍容揄揚；注之者既備述典章，箋之者復詳徵訓故；非徒詞主駢儷，遂足冠冕西京。東京以降，論、辯、書、疏諸作，亦雜用排體，易語爲文。西京之時，論、疏各文，亦多以單行之體而用排偶之詞。魏、晉、六朝，崇尚排偶，而文與筆分：偶文韻語者謂之文，無韻單行者謂之筆。至是語文二體，以體爲分，不以類爲别：以體爲分者，據文之形式以分單行偶語二體也；不以類爲别者，謂書、疏、論、辯，亦爲偶詞，致語雜於文也。觀魏、晉、六朝諸史各列傳中，多以文筆並言；自《漢書·樓護傳》號曰谷子雲筆札，爲筆與文分之始。而《晉書·蔡謨傳》、《齊書·顔延之傳》、《傅亮傳》、《北史·魏高帝紀》、《魏書·温子昇傳》、《齊書·李廣傳》、《陳書·陸增傳》、《劉師知傳》、《徐伯陽傳》，皆文筆並稱。《南史·孔珪傳》、《陳書·岑之敬傳》，皆詞筆並稱。足證筆與文詞不同。而《梁書·劉潛傳》、《南齊書·晉安王子勉傳》、《梁書·庾肩吾傳》、《北史·蕭圓傳》，皆以詩與筆對舉。蓋詩亦有韻之文也。則當時所謂筆者，乃直樸無文之作也；或用之記事之文，王充《論衡》云："須鳴筆之臣即記事之臣也。"《唐書·蔣楷傳》："踵修國史，世稱良筆。"亦爲記事之文。唐張説稱大手筆，亦指其善修史及作碑版耳，亦記事之文也。故孔子作《春秋》必言筆削。或用之書札之文，

《漢書》稱"谷永善筆札"，而《晉書》亦言"樂旨潘筆"，皆指書札之文言之也。體近於語，復與古人之語不同。蓋魏、晉之時尚清談，即古人所謂語也。而筆則著之書册，故又與古人之語不同。梁元帝《金樓子》云："至於不便爲詩如閻纂，善爲章奏如伯松，若此之流，汎謂之筆；吟詠風謠，流連哀思者謂之文。"《立言》篇劉彥和《文心雕龍》："今之常言，有文有筆；無韻者筆也，有韻者文也。"文筆區分，昭然不爽矣。故昭明之輯《文選》也，以沈思翰藻者爲文；凡文之入選者，大抵皆偶詞韻語之文；即間有無韻之文，亦必奇偶相成，抑揚詠歎，八音協唱，默契律呂之深。見儀徵阮氏《文韻說》所引《宋書·謝靈運論》及沈約《答陸厥書》，甚爲的當。故經子諸史，悉在屏遺。陸機《文賦》不及傳志碑版之文，蓋以此爲史體，非可入之於文也。是則文也者，乃經史諸子之外，别爲一體者也。齊、梁以下，四六之體漸興；以聲色相矜，以藻繪相飾，靡曼纖冶，文體亦卑。然律以沈思翰藻之說，則駢文一體，實爲文體之正宗。

降及唐代，韓、柳嗣興，始以單行易排偶，由深趨淺，由簡入繁，由駢儷相偶之詞，易爲長短相生之體，與詩歌易爲詞曲者，其理相同。詩由四言而五言，由五言而七言，由七言而有長短句，遂爲詞曲。昔羅馬文學之興也，韻文完備，乃有散文，史詩既工，乃生戲曲。見澁江保《羅馬文學史》。而中土文學之秩序，適與相符；乃事物進化之公例，亦文體必經之階級也。事物之理，莫不由簡而趨繁，何獨於文字而不然乎？韓、柳之文，希蹤子史，即傳志碑版之作，亦媲美前賢。然繩以文體，特古人之語，而六朝之筆耳。故唐代之時，亦稱韓文爲筆，劉禹錫《祭韓侍郎文》云："子長在筆，予長在論，持矛舉楯，卒不能困。"《中山集》趙璘《因話錄》曰："韓文公與孟東野友善，韓公文至高，孟長於五言，時號爲孟詩韓筆。"是唐人不以散行者爲文也。至北宋蘇軾推崇韓氏，以爲"文起八代之衰"。明代以降，士學空疏，以六朝之前爲駢體，以昌黎諸輩爲古文，文之體例莫復辨，而文之製作不復睹矣。近代文學之士，謂天下文章，莫大乎桐城，於方、姚之文，奉爲文章之正軌；由斯而上，則以經爲文，以子史爲文。如姚氏曾氏所選古文是也。由斯以降，則枵腹蔑古之徒，亦得以文章自耀，而文章之眞源失矣。惟歙縣淩次仲先生，以《文選》爲古文正的，與阮氏《文言說》相符。而近世以駢文名者：若北江、容甫，步趨齊、梁；西堂、其年，導源徐、庾。即穀人、芛軒、稚威諸公，上者步武六朝，下者亦希蹤四傑。文章正軌，賴此僅存。而無識者流，欲別駢文於古文之外，亦獨何哉？

《國粹學報》第一年第五册

二十世紀大舞台[1]發刊辭

柳亞子[2]

風塵澒洞[3]，天地邱墟，莽莽神州，虜騎如織。男兒不能提三尺劍，執九世仇，建義旗以號召宇內，長驅北伐，直擣黄龍[4]，誅虜酋以報民族；復不能投身游俠之林，抗志虛無之黨[5]，炸丸[6]匕首，購我自由，左手把民賊之袂，右手揕其胸[7]，伏尸數十，流血五步，國魂爲之昭蘇，同胞享其幸福；而徒晞嘘感泣，赤手空拳，抱攘夷恢復之雄心，朝覗天，暮畫地，末由一逞；寤而夢之，寐而言之，執途人而聒[8]之，大聲疾呼以震之，纏綿忠愛以感之；然而，明珠投暗，遭按劍之叱，陳鐘鼓於魯庭，爰居弗享也[9]。淚枯三字[10]，才盡萬言，日暮途窮，人間何世，蓋仰天長慟而不能已。

"朝從屠沽游，夕拉騶卒飲；此意不可道，有若茹大鯁。"[11]跼天蹐地，鬱鬱無聊，已耳已耳，吾其披髮入山，不復問人間事乎；然而情有難堪矣。張目四顧，山河如死：異種之盤踞如故，國民之墮落如故；公德不修，團體無望；實力未充，空言何補；偌大中原，無好消息；牢落文人，中年萬恨。而南都樂部[12]，獨於黑暗世界，灼然放一線之光明：翠羽明璫[13]，喚醒鈞天之夢[14]；清歌妙舞，招還祖國之魂：美洲三色之旗，其飄飄出現於梨園革命軍乎[15]！基礎既立，機關斯備，組織雜誌，以謀普及之方，則前途一線之希望，或者在此矣。

研究羣理[16]，昌言民族[17]，仰屋梁而著書，飯生狗曲[18]，見而唾之；以示屠夫牧子，則以爲岣嶁之神碑[19]也。登大演說臺，陳平生之志願，舌敝脣焦，聽者充耳[20]。此仁人志士所由傷心飲恨者矣。顧我國民非無優美之思想與刺激之神經也。萬族瘡痍，國亡胡虜，而六朝金粉[21]，春滿紅山；覆巢傾卵之中，箋傳《燕子》[22]，焚屋沈舟之際，唱出《春燈》[23]；世固有一事不問，一書不讀，而鞭絲帽影，日夕馳逐於歌衫舞袖之場，以爲祖國之倶樂部者：事雖民族之污點乎，而利用之機，抑未始不在此。又見夫豆棚柘社[24]間矣，春秋報賽[25]，演劇媚神，此本不可爲善良之風俗；然而父老雜坐，鄉里劇談[26]，某也賢，某也不肖，一一如數家珍；秋風五丈，悲蜀相之隕星[27]，十二金牌，痛岳王之流血[28]：其感化何一不受之優伶社會哉？世有持運動社會、鼓吹風潮之大方針者乎，盍一留意於是！

蟪蛄不知春秋，朝菌不知晦朔[29]，其生命短而思慮淺也。麟經[30]三世：有所見世，有所聞世，有所傳聞世[31]。大抵鈍根[32]衆生，往往泥於現在，不知有未來，抑並不知有過去，此二百六十一年之事[33]，國民腦鏡所由不存其舊影歟！忘上國[34]之衣冠，而奉豚尾[35]爲國粹；建州[36]遺孽，本炎、黄世胄之公仇，反嵩高[37]以爲共主：以如此之智識，而強聒不捨以“驅除”、“光復”[38]之名詞，宜其河漢[39]也。今以《霓裳羽衣》[40]之曲，演玉樹銅駝之史[41]，凡揚州十日之屠[42]，嘉定萬家之慘[43]，以及虜酋醜類之慆淫[44]，烈士遺民之忠藎[45]，皆繪聲寫影，傾筐倒篋而出之；華夷之辨既明，報復之謀斯起，其影響捷矣。歐、亞交通，幾五十年，而國人猶茫昧於外情。吾儕崇拜共和[46]，歡迎改革，往往傾心於盧梭[47]、孟德斯鳩[48]、華盛頓[49]、瑪志尼[50]之徒，欲使我同胞效之；而彼方以吾爲鄒衍談天[51]，張騫鑿空[52]，又安能有濟？今當捉碧眼紫髯兒[53]，被以優孟衣冠[54]，而譜其歷史，則法蘭西之革命[55]，美利堅之獨立[56]，意大利、希臘恢復之光榮[57]，印度、波蘭滅亡之慘酷[58]，盡印於國民之腦膜，必有驩然興者。此皆戲劇改良所有事，而爲此《二十世紀大舞台》發起之精神。

波爾克謂報館爲第四種族[59]。拿破崙[60]曰："有一反對之報章，勝於十萬毛瑟鎗。"此皆言論家所援以自豪之語也。雖然，熱心之事，無所憑藉，而徒以高文典冊[61]，諷詔世俗，則權不我操；而《陽春》、《白雪》，曲高和寡[62]，崇論閎議，終淹歿而未行者，有之矣。今茲《二十世紀大舞台》，乃爲優伶社會之機關，而實行改良之政策，非徒以空言自見，此則報界之特色，而足以優勝者歟！嗟嗟！西風殘照，漢家之陵闕已非；東海揚塵[63]，唐代之冠裳莫問。黃帝子孫受建虜之荼毒久矣。中原士庶憤憤於腥羶異族者，何地蔑有？徒以民族大義，不能普及，亡國之仇，遷延未復。今所組織，實於全國社會思想之根據地，崛起異軍，拔趙幟而樹漢幟[64]。他日民智大開，河山還我，建獨立之閣，撞自由之鐘，以演光復舊物、推倒虜朝之壯劇快劇，則中國萬歲！《二十世紀大舞台》萬歲！

《二十世紀大舞台》第一期

【註釋】

[1] 二十世紀大舞台——光復會宣傳資產階級民主主義革命思想的白話報刊，公元一九〇五年八月十五日創刊，負責編輯人陳伯平(子欣)、秋瑾，內容分"論說、教育歷史、地理、理科、時評、談叢、歌謠、戲曲"。

[2] 柳亞子(公元一八八七年——一九五八年)——名棄疾，晚年以字行，江蘇吳江人。南社發起人之一。曾擔任過孫中山的秘書長。後來對中國共產黨領導的新民主主義革命表示同情。中華人民共和國成立後，當選爲中央人民政府委員和全國人民代表大會常務委員會委員。著有《磨劍室詩集、詞集、文集》(均未刊)。一九五九年人民文學出版社出版的《柳亞子詩詞選》編選了他在舊民主主義革命、新民主主義革命和社會主義革命三個時期的主要作品。

[3] 風塵——指敵寇入侵之患。敵寇侵擾，戎馬所到之處，風起塵揚。《後漢書·班固傳》："設後北虜稍彊，能爲風塵。"澒洞——瀰漫無際、連續不斷。

［4］黃龍——五胡十六國時的北燕的都城。這裏泛指敵寇的首府。

［5］虛無之黨——十九世紀中葉以後出現於俄國的資產階級民主革命的黨派，它主張改革社會制度，倡導階級平等和個人自由，以從事破壞政府組織與暗殺政府要員等恐怖活動著稱。這裏泛指資產階級民主革命的黨派組織。

［6］炸丸——炸彈。

［7］左手把民賊之袂二句——袂，袖。《史記·荆軻傳》："臣左手把其袖，右手揕（刺）其胸。"

［8］聒——不厭其煩地敘說。

［9］明珠投暗四句——《史記·鄒陽傳》："臣聞明月之珠，夜光之璧，以闇投人於道路，人無不按劍相眄者，何則？無因而至前也。"陳鐘鼓於魯庭爰居弗享——《國語·魯語》："海鳥曰'爰居'，止於魯東門之外三日，臧文仲使國人祭之。"弗享，不受。以上四句意爲：美好的主觀願望在客觀上得不到理解，也不會被接受。

［10］三字——指"莫須有"三字，是秦檜誣殺岳飛之詞。《癸巳存稿·岳武穆獄論》："莫須有者，莫，一言也；須有，一言也。檜遲疑之，又言有之。世忠截其語而合之，以詆檜之妄。"後世因謂岳飛寃獄曰"三字獄"。

［11］朝從屠沽游四句——龔自珍詩句。屠，以屠宰爲業的人。沽，賣酒的人。騶，馬車夫。卒，僕役。茹，吞吃。鯁，魚骨。四句意謂我經常同宰牛、賣酒的人交游來往，同車夫、僕役一起飲酒，我這種行爲的用意，有難言之處，像大骨頭卡在喉嚨裏一樣。暗示作者希望從下層羣衆中找到革新的同情者。

［12］樂部——古代掌管音樂的機關。這裏泛指演劇的團體或部門。

［13］翠羽明璫——翠羽，翠鳥尾上的長羽。明璫，用明月珠做成的耳飾。這裏泛指演員的服飾。

［14］鈞天之夢——《史記·趙世家》："趙簡子疾，五日不知人。……簡子寤，語大夫曰：'我之帝所甚樂，與百神遊於鈞天，廣樂九奏萬舞，不類三代之樂，其聲動人心。'"這裏係泛指，意爲美夢。

［15］美洲三色之旗二句——意爲象徵資產階級民主、平等、自由的旗幟飄揚、出現在劇場具有革命傾向的演員們的演出之中。

［16］羣理——關於人類社會的理論。這裏指資產階級的社會學。

［17］昌言民族——鼓吹民族主義思想。昌言，直陳、宣傳。

［18］鯫生狗曲——鯫生，見《漢書·張良傳》："沛公曰：'鯫生說我距關毋內諸侯。'"服虔註："鯫，小人也。"鯫生，即腐儒。狗曲，見《漢書·王式傳》："何狗曲

也！”顏師古註："言狗者，輕賤之甚也。”鄙生狗曲，意謂腐儒輕視戲曲。

[19] 岣嶁之神碑——亦稱禹碑，相傳爲夏禹治水時所書刻，在湖南衡山縣雲密峰。共七十餘字，非篆書，亦非蝌斗文，明楊慎有釋文。清人姚範《援鶉堂筆記》、葉昌熾《語石》都以爲不可信。

[20] 充耳——塞住耳朵。

[21] 六朝金粉——六朝，吳、東晉、宋、齊、梁、陳。金粉，鉛粉，婦女妝飾品。六朝金粉泛指繁華綺麗的生活。

[22] 箋傳燕子——指明阮大鋮所撰劇曲《燕子箋》。寫唐代霍都梁與妓女華行雲及酈學士女飛雲遇合事，以燕子銜箋作關目，故名《燕子箋》。

[23] 春燈——指阮大鋮所撰劇曲《春燈謎》，又名《十錯認》。以韋節度與宇文生元宵打燈謎爲關目，生出很多波瀾，故名《春燈謎》。

[24] 豆棚柘社——指農村。

[25] 春秋報賽——春日祈農，秋日收穫時謝神的祭祀活動。

[26] 劇談——雜談、瑣談。

[27] 秋風五丈二句——指蜀丞相諸葛亮鞠躬盡瘁、病死於五丈原軍中的故事。

[28] 十二金牌二句——指南宋岳飛被檜矯詔用十二道金牌從前綫召回，最後因秦檜構陷被殺害的故事。岳王，岳飛死後，曾被追封爲鄂王。

[29] 蟪蛄不知春秋二句——見《莊子·逍遥遊》。蟪蛄，夏生秋死，故不知春秋。朝菌，一説爲大芝，生於朝而死於暮。一説朝菌應作朝秀。高注："朝秀，朝生暮死之蟲也，生水上，狀似蠶蛾，一曰孳母。”（見郭慶藩《莊子集釋》）晦，夜晚。朔，初，早晨。

[30] 麟經——《春秋》之異稱。孔子作《春秋》，絕筆於獲麟，故名《麟經》。這裏指《春秋》三傳之一的《公羊傳》。

[31] 有所見世三句——《公羊傳》隱公元年何休注云："所見者，謂昭、定、哀，已與父時事也；所聞者，謂文、宣、成、襄，王父時事也；所傳聞者，謂隱、桓、莊、閔、僖，高祖、曾祖時事也。”

[32] 鈍根——佛家語，意爲根機愚鈍。

[33] 二百六十一年——滿清建國於公元一六四四年，本文發表於公元一九〇四年，前後歷時二百六十一年。

[34] 上國——古稱中國爲上國。

[35] 豚尾——豬尾，這裏指髮辮。

[36] 建州——明成祖時置建州衞，在吉林省永吉縣附近穆稜河流域一帶。不久又

增置建左衞。清肇祖猛哥帖木耳在明成祖永樂時,爲建州左衞指揮官。

[37] 嵩高——嵩通崧,«詩·大雅·崧高»:"崧高維嶽。"«毛傳»:"崧,高貌。山大而高曰崧。"這裏嵩高是尊崇的意思。

[38] 驅除光復——指"驅除韃虜""光復中華",是當時資產階級革命派行動和宣傳的綱領。

[39] 河漢——見本書第三册«原詩»註[19]。

[40] 霓裳羽衣——唐時著名樂曲。這裏泛指歌舞戲曲的形式。

[41] 玉樹銅駝之史——卽變亂亡國的歷史。玉樹,陳後主所作之樂府吳聲歌曲«玉樹後庭花»,當時人把它看成陳後主亡國的預兆。銅駝,狀如馬形,在洛陽宮門外,夾道相向。«晉書·索靖傳»:"靖有先識遠量,知天下將亂,指洛陽宮門銅駝嘆曰:'會見汝在荊棘中耳。'"

[42] 揚州十日之屠——公元一六四五年四月清兵攻陷揚州後,士兵留城屠戮十日後方才離去。清人王秀楚撰寫的«揚州十日記»記載這次大屠殺的慘况。

[43] 嘉定萬家之慘——公元一六四五年七月清兵攻陷嘉定後亦曾縱兵屠掠。清人朱子素撰寫的«嘉定屠城記略»記載了清兵屠殺的暴行。

[44] 慆淫——怠慢荒淫。

[45] 藎——«詩經·大雅·文王»:"王之藎臣。"朱傳:"藎,進也,言其忠愛之篤,進進無已也。"

[46] 共和——指資產階級共和政體,其特點是不設立君主,國家政權名義上歸全體人民,實質是由資產階級專政。

[47] 盧梭(公元一七一二年——一七七八年)——一譯盧騷,法國資產階級啓蒙思想家,主要著作有«社會契約論»、«愛彌兒»等。

[48] 孟德斯鳩(公元一六八九年——一七五五年)——法國資產階級思想家、法學家,著有«法意»等。

[49] 華盛頓(公元一七三二年——一七九九年)——美利堅合衆國第一任總統,在美國創建中起過重要的歷史作用。

[50] 瑪志尼(公元一八〇五年——一八七二年)——一譯馬志尼,意大利資產階級革命家,民族解放運動中的民主共和派領袖,青年意大利黨的創立者。

[51] 鄒衍談天——鄒衍,卽騶衍,戰國時齊人,善談天,齊人稱爲談天衍。(見«史記·孟子荀卿列傳»)«史記集解»引劉向«別錄»曰:"騶衍之所言,五德終始,天地廣大,書言天事,故曰談天。"

[52] 張騫鑿空——«史記·大宛列傳»:"張騫鑿空。"«史記集解»:"蘇林曰:'鑿,開;

空，通也。騫開通西域道。'"《史記索隱》案："謂西域險阸，本無道路，今鑿空而通之也。"後借用鑿空爲憑空立說。

[53] 碧眼紫髯兒——這裏指西方外國人。

[54] 優孟衣冠——優孟，春秋時楚莊王伶人，曾着故相叔孫敖衣冠，表演其形態。後因謂登場演戲爲優孟衣冠。

[55] 法蘭西之革命——指法國一七八九年至一七九四年廢除帝制、建立共和國體的資產階級革命。

[56] 美利堅之獨立——指美國一七七六年至一七八三年反對英國殖民統治、建立資產階級共和國的獨立戰爭。

[57] 意大利希臘恢復之光榮——指意大利一八二〇年至一八二一年、一八四八年、一八六一年反對奧地利統治、成立統一的意大利王國的戰爭和希臘一八二一年至一八二九年反對土耳其統治的獨立運動。

[58] 印度波蘭滅亡之慘酷——指十九世紀中葉英國對印度和十九世紀三十年代沙皇俄國對波蘭的吞并。

[59] 波爾克（公元一七二九年——一七九七年）——通譯貝克，英國資產階級政治家。第四種族——即第四等級。貝克曾說："在議會中有三個等級（第一爲僧侶，第二爲貴族，第三爲資產階級），但是在記者席上坐着一個第四等級，它比那三個等級更爲重要。"（見湯瑪斯·喀萊爾《英雄與英雄崇拜》）美國德斯蒙特《報紙與世界事務》說貝克是第一個稱報紙爲"第四等級"的人，從此"第四等級"即爲報紙和記者的通稱。

[60] 拿破崙（公元一七六九年——一八二一年）——法國軍事家，公元一八〇四年至一八一五年任法國皇帝。

[61] 高文典册——這裏指大塊文章和著作。

[62] 陽春白雪二句——見本書第三册《閑情偶寄》註[26]。

[63] 東海揚塵——指世事變化的迅速。《神仙傳》："麻姑謂王方平曰：'見東海三變爲桑田矣。向到蓬萊，水淺于往略半也，東海行復揚塵乎？'"

[64] 拔趙幟而樹漢幟——《史記·淮陰侯列傳》："選輕騎二千人，人持一赤幟，從間道革山而望趙軍，誡曰：'趙見我走，必空壁逐我。若疾入趙壁，拔趙幟立漢赤幟。'"這裏意爲在思想上給滿清封建王朝以出其不意的致命打擊。

【説明】

在我國長期封建社會裏，由於封建正統的文學觀念的統治，和小説一樣，戲曲一直受到輕視。明清時期，雖有人對戲曲提出了一些值得注意的見解，推動了戲曲理論的發展，但文學界中的大多數人，則仍然對戲曲及其理論持輕視的態度。到了近代，我國的戲曲理論出現了一個新的局面，產生了許多關於戲曲的較為系統的文章，肯定和闡述了戲曲的地位和作用，並把戲曲和當時政治運動聯繫起來。這些文章，有力地衝擊了封建正統的文學思想，對戲曲的創作起了直接的指導作用，給當時文壇以巨大的影響。

柳亞子的《二十世紀大舞台發刊辭》是一篇反映當時資產階級民主革命派對於戲曲的看法和要求的代表性文章。首先，本文提出了戲曲的社會作用問題。這個問題，在明清戲曲理論中雖有所觸及，但柳亞子的論述比他的前人要深刻得多。他認識到戲曲具有極強的思想感染力量和極大的普及性，並正確指出，不同思想內容的戲曲作品產生的客觀的效果完全不同：《燕子箋》、《春燈謎》之類的作品只能作為那些醉生夢死、尋歡作樂的人們的消遣享樂的工具；而思想內容具有積極意義的作品則能產生深遠的有益的社會影響。因此，他要求"持運動社會，鼓吹風潮之大方針者"能有意識地把戲曲作為宣傳的武器應用到政治鬭爭中去。

從上述對戲曲社會作用的認識出發，柳亞子主張以"翠羽明璫，喚醒鈞天之夢；清歌妙舞，招還祖國之魂"，即主張戲曲為資產階級民主主義革命鬭爭服務，這是本文的主旨所在。為了使戲曲能够擔負起宣傳民主革命思想，激發人們反清愛國精神，壯大革命力量，以推進民主革命的任務，本文對戲曲的內容提出了明確的要求。在柳亞子看來，由於清政府二百多年的統治，一般國民"忘上國之衣冠，而奉豚尾以為國粹；建州遺孽，本炎、黃世胄之公仇，反嵩高以為共主；以如此之智識，而強聒不捨以'驅除’、‘光復’之名詞，宜其河漢也”。針對這種情況，他主張戲曲應該表演“揚州十日之屠，嘉定萬家之慘，以及虜酋醜類之慆淫，烈士遺民之忠藎”；至於“法蘭西之革命，美利堅之獨立，意大利、希臘恢復之光榮，印度、波蘭滅亡之慘酷”，也應在戲曲作品中反映出來。他指出，這樣的作品才能使國民充分認識滿族貴族統治集團對中國人民血腥統治的黑暗現實，激發起大家的“報復之謀”即推翻清封建王朝反動統治的革命意志；才能教育人們以法、美、意大利、希臘爲榜樣，以印度、波蘭爲戒鑑，從而使大家都能“崇拜共和，歡迎改革”，投身於資產階級的民族民主革命中來。

本文在強調戲曲爲資產階級民主革命鬬爭服務的同時，反對思想內容沒有積極意義的作品；尖銳批判了那種以戲曲作爲腐化享樂工具的做法，認爲這是“民族之汚點”；指出爲了“媚神”而演劇也不是“善良之風俗”。這些論述在當時來說也都是有其進步意義的。

柳亞子的戲曲理論，對指導戲曲參加革命鬬爭，以及提高戲曲地位，推動進步戲曲事業的發展，都起過積極的作用，在近代文學批評史上佔有一定的地位。然而，它畢竟是資產階級的戲曲理論，有着明顯的局限性。例如，它雖要求戲曲爲革命運動服務，進行革命宣傳，但它要宣傳的還是偏重於狹隘的種族思想方面。

附　錄

論戲劇之有益

陳去病

曩游東國，交接其士庶，見其習尙風俗，無一非我皇漢二百六十年前所固有之習尙風俗也。出而過於市，則吳服商店，鱗次櫛比於康莊之左，長裙縫腋，廣幅垂襟，又無一非我皇漢二百六十年前所固有之端衣法服也。退而讀其書，則“唐巾”、“唐襦”之稱，且參錯雜出而不一。乃揖其人而進之，問：“所服安乎？”則對曰：“安且吉也。”問：“與西洋孰優乎？”則對曰：“西洋不若也。”竊心焉感之。其人乃反叩吾以所服，輒慙恥囁嚅而不能對。甚者或羣聚玩弄之以爲笑，咸相怪曰：“此支那裝！此今日之支那裝！”若有不勝輕薄者。其老誠者心知其故，乃問：“如我服者，今日支那其猶有存焉否乎？”則答之曰：“無有矣。”彼輒驚歎。若曰：“今僧道猶有存者焉。今演劇益備存焉。今士夫黎庶之婚嫁老死且恆服焉。”彼時聞之，則一若有大慰者。余見之，乃益羞恥，益感傷，盡裂其冠，毁其服，而不之顧。

西還，歸乎吾祖國，人民則猶是其屈伏也；風俗則猶是其委靡也；匪種之政府，且猶是其盤距而施厥專制也；我伯叔，我昆弟，我親戚故舊，固猶是冠胡冠而服胡服，以苟安其奴隸也；不寧惟是，乃且尤我，乃且罪我，謂我之不奴隸也；我不得已，冠胡冠，服胡服，以見我伯叔兄弟，接我親戚朋友，而後我伯叔我昆弟我親戚朋友乃始懽然釋然而怡然慰焉。烏乎！生無益於宗邦，徒蒙纓笠；死莫期於旦夕，難正冠裳。而南都金粉之場，流風未沫；酣歌恆舞，粉飾方新；檀板金罇，豪情如昨；貴池、陽羡、梁園、宣城之倫，曷來馬龍車水，徜徉馳騁於春江花月之宵，相率以繼賡踵步於《燕子箋》、《桃花扇》之後塵者，固仍彷髴乎其弘光故事也。“萬事不如杯在手，人生幾見月當頭。”我青年之同胞，赤手掣鯨，空拳射虎，事終不成，而熱血徒冷。則曷不如一決藩籬，遁而隸諸梨園菊部之籍，得日與優孟、秦青、韓娥、緜駒之儔爲伍，上之則爲王郎之悲歌斫地，次之則繼柳敬亭之評話驚人，要反足以發舒其民族主義，而一吐胸中之塊壘；此其奏效之捷，必有過於勞心焦思，孜孜矻矻以作《革命軍》、《駁康書》、《黃帝魂》、《落花夢》、《自由血》者殆千萬倍。彼也囚首而喪面，此則慷慨而激昂；彼也間接於通人，此則普及於社會，對同族而發表宗旨，登舞臺而親演悲懽，大聲疾呼，垂涕以道。此其情狀、其氣概，脫較諸合衆國民在北米利堅費城府中獨立廳上高撞自由之鐘，而宣告獨立之檄文，夫復何所遜讓？道故事以寫今憂，借旁人而呼膚痛，燦青蓮之妙舌，觸黃胤之感情，吾知軒、羲有靈，其亦必將蜺旌羽葆，乘雲下降，以證斯盟也；寧直此漢族同胞拍掌叫絕表示同情而已哉？

或曰："吾輩青年，希望甚大，咄爾俳優，奚屑汚我？且子縱善之，顧寧獨不聞夫韓愈之言乎？愈以六朝人文格淫靡，動以優俳目之，鄙不屑道。今中國夷禍日亟，百廢待舉：培養公德，保持國粹，研究科學，擴張知識，規其行而矩其步，駸駸乎冀以造成第一完全人格，一朝突儕於偉大軍國民之列，嶄然露頭角焉。寧有先務不急，乃墜乃落，腐敗不足，乃淪地獄？悲夫噫哉！中國青年之志氣，應不至若斯之喪失也。"

予乃輾然笑應之曰：洵如君言，吾中國萬歲，吾中國國民萬歲，吾中國國民前途萬萬歲。雖然，吾試問吾中國今日之人羣，有無媿此國民之芳譽乎？則無有也。抑吾又試問吾中國前途之事業，有可以僅僅希望，爲目的得達之極點乎？亦未可也。夫摶摶大地，既無美人香草之踪；而莽莽中原，又絕一綫生機之望。然則，吾一般社會青年，既不仕虜廷，效楊堅、郭威之烈，又不隱山澤，逐黥布、彭越之踵；徒日擾擾奔走於通商之場，高言運動，無補當時；斷髮胡服，依然域外之民，痛飲淸歌，終化泥中之絮；如鬼如蜮，如夢如囈，首鼠射工，神乎其技；蓋造福不足，而敗事有餘，較其人格，爲優幾何？則吾轉不如犧牲一身，昌言墜落，明目張膽而去爲歌伶；"朝從屠沽游，夕拉騶卒飲"；逍遙跌宕，聊以自娛；亦寧非於今新學界上，燦燦爛爛，突然別起一生力軍，臨風颭颭，而高樹一獨立自由之幟乎？

抑子寧薄俳優而笑之耶？則吾且與子道古。仲尼曰："移風易俗，莫善乎樂。"孟軻氏曰："今之樂，猶古之樂也。"彼戲劇雖略殊，顧亦未可謂非古樂之餘也。觀《左傳》觀優魚里之事，《樂記》有"優侏儒"之語，則其所從來者遠矣。蓋自《雅》、《頌》之聲衰，而後《風》詩以興；《風》詩興，而鄭、衛靡靡之音作；靡靡之音作，而音樂之勢力，乃且浸淫普及於一般社會之中，而變古以爲今；浸假而歌舞焉，浸假而俳優侏儒焉，而戲劇之端，肇於茲矣。是故知禮如魏文侯，而不能對古樂免於思臥；好賢若渴之楚莊王，且必待優孟而始動於其心：則今樂之移人，洵速且捷哉！何況《雲門》、《咸池》、《韶濩》、《大武》之音，以享郊廟，則雍容安雅而咸宜；以化里巷，則不敵其一兒童之笑噱：蓋宋玉有言，“曲高和寡”，自然之理也。

抑吾聞諸師，當洪、楊時，梁谿有奇人余治者，獨心知其意，嘗譜新劇數十齣，皆皮簧俗調，集優伶演之，一時社會頗歡迎焉，即今所傳《庶幾堂今樂》是也。惜其所交皆迂腐曲謹不闊達之流，不復屑贊助，故其班不久解散，而余治死矣。吾嘗求其書讀之，覺其所譜演，揆之今日，雖不甚相浹，然其以感發興起爲宗旨，則要足多焉。治之言曰：“古樂衰而後梨園教習之典興，原以傳忠孝節義之奇，使人觀感激發於不自覺，善以勸，惡以懲，殆與《詩》之美刺、《春秋》之筆削無以異，故君子有取焉。賢士大夫主持風教，固宜默握其權，時與釐定，以爲警憒覺聾之助，初非徒娛心適志已也。”又曰：“天下之禍亟矣。師儒之化導，既不見爲功；鄉約之奉行，又歷久生厭；惟茲新戲，最洽人情，易俗移風，於是焉在。庶幾哉！一唱百和，大聲疾呼，其於治也，殆庶幾乎。”烏呼！吾一讀其語，吾未嘗不佩其議之堅，識之卓，而惜其不復見於茲日也。

且夫今者外禍之來，以較洪、楊當日，亦愈亟矣。歐、美之學術，既優勝以來前；而北虜之淫威，復侈然以相逞。凡衿纓冠帶之倫，苟其稍具普通知識，固罔不知戴異族之爲非。而吾黃種同胞，沈沈黑獄，殆二十禩，瞢瞢黔黎，逾四百兆；彼其見解其理想，以爲吾自祖宗以來，知有珠申，生世以降，即蒙辮髮；明社雖屋，吾仍有君，黃帝其誰，何關血統：凡此酖毒，深印腦筋，非極慘覩，不能轉變。矧乎藪無才盜，巷無才俠，卑卑票布，徒以收拾亡命，不足鼓動平民；一朝舉事，又祇劫掠爲務，罕有大志：以故累起累蹶，而卒尠成功。太平天国已矣。惠州之風雲，亦罕受其應響。然則，茫茫前途，吾巴科民族，殆永無脫離苦海，還我浄土之日乎！惟茲梨園子弟，猶存漢官威儀；而其間所譜演之節目、之事跡，又無一非吾民族千數百年前之確實歷史；而又往往及於夷狄外患，以描寫其征討之苦，侵凌之暴，與夫家國覆亡之慘，人民流離之悲；其詞俚，其情眞，其曉譬而諷諭焉，亦滑稽流走，而無有所凝滯。舉凡士庶工商，下逮婦孺不識字之衆，苟一窺覩乎其情狀，接觸乎其笑啼哀樂，離合悲歡，則尠不情爲之動，心爲之移，悠然油然，以發其感慨悲憤之思而不自知；以故口不讀信史，而是非了然於心，目未覩傳記，而賢奸判然自別；通古今之事變，明夷夏之大防，覩故國之冠裳，觸種族之觀念；則捷矣哉，同化力之入之易而出之神也，聞當滿清入關時，北方販夫走卒類多有投河而死者，未始非由戲劇感人之故。由渲染然，其色立變，可不異夫！

綜而論之，專制國中，其民黨往往有兩大計劃，一曰暴動，一曰秘密，二者相爲表裏，而事皆尠成。獨茲戲劇性質，頗含兩大計劃於其中。苟有大俠，獨能慨然舍其身爲社會用，不惜垢汚，以善爲組織名班，或編明季稗史，而演漢族滅亡記，或采歐、美近事，而演維新活歷史，隨俗嗜好，徐爲轉移，而潛以尙武精神、民族主義一一振起而發揮之，以表厥目的；夫如是，而謂民情不感動，士氣不奮發者，吾不信也。矧夫運掉旣靈，將他日功效之神妙，有不祇激厲此區區漢族者而已；則漸離之筑，唐莊宗之事，夫何不可再見諸今日哉？嗟嗟！變法胡服，武靈乃計滅中山；殺身成仁，孔子直許爲志士。凡我黃胤，果有血氣，將萬死其又奚辭？而况乎是固歐西學校所注意也。其事微，其功多，此吾國青年所由習之於海外乎！非然者，持棋莫下，全局將翻，佁倫弗甘，奴隸重苦，安見今日之祇辱於肅愼者，不且再辱於凡爲肅愼之邦，今日之遺留夫遺制者，或並取其遺制絕之，則炎、黃之血祀斬，漢、唐之聲威滅矣。不其悲歟！

予草此文後，即連續登諸《警鐘報》，月來頗見其效，故重爲刪定，錄取卷首。自記。

《二十世紀大舞台》第一期

論 戲 曲

三 愛

戲曲者，普天下人類所最樂睹、最樂聞者也，易入人之腦蒂，易觸人之感情。故不入戲園則已耳，苟其入之，則人之思想權未有不握於演戲曲者之手矣。使人觀之，不能自主，忽而樂，忽而哀，忽而喜，忽而悲，忽而手舞足蹈，忽而涕泗滂沱，雖些少之時間，而其思想之千變萬化，有不可思議者也。故觀《長坂坡》、《惡虎村》,即生英雄之氣概;觀《燒骨計》、《紅梅閣》,即動哀怨之心腸;觀《文昭闗》、《武十回》,即起報仇之觀念;觀《賣胭脂》、《蕩湖船》,即長淫慾之邪思;其他神仙鬼怪,富貴榮華之劇,皆足以移人之性情。由是觀之,戲園者,實普天下人之大學堂也;優伶者,實普天下人之大學教師也。

雖然,若以迂腐之儒士觀之,則必曰:世界上有用之學多矣,何必獨取俚俗淫靡游蕩無益之戲曲耶?況娼優吏卒,朝廷功令,不許其過考爲官,即常人亦莫不以無用待之,今爾讚優伶,誠謬論矣。雖然,此乃知二五而不知一十之言也。人類之貴賤,係品行善惡之別,而不在於執業之高低。我中國以演戲爲賤業,不許與常人平等,泰西各國則反是,以優伶與文人學士同等,蓋以爲演戲事,與一國之風俗教化極有關係,決非可以等閑而輕視優伶也。即考我國戲曲之起點,亦非賤業。古代聖賢均習音律,如《雲門》、《咸池》、《韶濩》、《大武》等之各種音樂,上自郊廟,下至里巷,皆奉爲圭臬。及周朝遂爲雅頌,劉漢以後,變爲樂府,唐宋變爲詞曲,元又變爲崑曲。迄至近二百年來,始變爲戲曲。故戲曲原與古樂相通者也。戲曲之類,分梆子、二簧、西皮三種曲調,南北通行,已非一日,若聲色俱佳,則更易感人矣。孔子曰:"移風易俗,莫善乎樂。"孟子曰:"今之樂,猶古之樂也。"戲曲,即今樂也。若必云戲曲不善,而墨守尊重古樂,是猶使今人不用楷書,而代以篆體,能乎不能,不待智者而後知也。抑音樂者,亦由時而更易,今古不同,以今之人,聞古之樂,固知其莫諳,即知今之崑曲者亦寥寥也。昔時魏文侯耳古樂之聲即欲臥,而楚莊王睹優孟之狀即動心,何也?蓋亦由聞古樂中之風俗言語,均與當時差異,聞之不知不識而使人生厭也。故今奏以古樂,言語曲調與今異,亦必使人生厭心,而現之西皮、二簧均用官話,人皆能知之,故遂易感人矣。若云俚俗,此即使俚俗人知之也。若云遊蕩無益,則戲曲無非演古勸今之虛設事。不但此也,且有三長所焉。吾儕平日不能見,而於演戲始能見之,一即古代之衣冠,一即綠林之豪客,(如《花蝴蝶》、《一枝桃》、《鬧嘉興》等類。)一即兒女之英雄,(如《穆桂英》、《樊梨花》、《韓夫人》等類。)欲知三者之情態,則始知戲曲之有益,知戲曲之有益,則始知迂儒之語誠臆譚矣。

演戲雖爲有益,然現演者之中,亦有不善處,以致授人口實,謂戲曲爲無益,亦不足怪也。故不能持盡善盡美之說,以袒護今日之俳優,不善者宜改絃而更張之,若因微劣而遂以無益視之,亦非通論矣。今條述其優劣於左:

一、宜多新編有益風化之戲。以吾儕中國昔時荆軻、聶政、張良、南霽雲、岳飛、文天祥、陸秀夫、方孝孺、王陽明、史可法、袁崇煥、黄道周、李定國、瞿式耜等大英雄之事蹟,排成新戲,做得忠孝義烈,唱得激昂慷慨,於世道人心極有益。舊戲中之《吃人肉》、《長坂坡》、《九更天》、《换子》、《替死》、《刺梁》、《魚藏劍》等類,亦可以發生人之忠義之心。

二、採用西法。戲中有演說,最可長人之見識,或演光學、電學各種戲法,則又可練習格致之學。

三、不可演神仙鬼怪之戲。鬼神一語,原屬渺茫,煽惑愚民,爲害不淺。庚子之義和拳,即是學戲中天兵、天將。例如《泗州城》、《五雷陣》、《南天門》之類,荒唐可笑已極。其尤可惡者,《武松殺嫂》,元爲報仇主義之善戲,而又施以鬼神。武松才藝過人,本非西門慶所能敵,又何必使鬼助而始免於敗?則武二之神威一文不值。此等鬼怪事,大不合情理,宜急改良。

四、不可演淫戲。如《月華緣》、《蕩湖船》、《小上墳》、《雙搖會》、《海潮珠》、《打櫻桃》、《下情書》、《送銀燈》、《翠屏山》、《烏龍院》、《縫褡褳》、《廟會》、《拾玉鐲》、《珍珠衫》等戲,傷風敗俗,莫此爲盛。有謂戲曲爲淫靡,優俳爲賤業,職是之故,青年婦女觀男優演淫戲,已不能堪,何況女優亦現身說法,演其醜態,不知羞恥,而易人入其腦,使其情慾不能自禁,故是等戲決宜禁止。

五、除富貴功名之俗套。吾儕國人,自生至死,只知己之富貴功名,至於國家之治亂,有用之科學,皆勿知之。此所以人才缺乏,而國家衰弱。若改去《封龍圖》、《回龍閣》、《紅鸞禧》、《天開榜》、《雙官誥》等戲曲,必有益於風俗。

我國戲曲,若能依上五項改良,則演戲決非爲遊蕩無益事也。現今國勢危急,內地風氣不開,慨時之士,遂創學校。然教人少而功緩。編小說,開報館,然不能開通不識字人,益亦罕矣。惟戲曲改良,則可感動全社會,雖聾得見,雖盲可聞,誠改良社會之不二法門也。

《新小說》第二卷第二期

觀戲記

佚名

記者越太平洋而客美洲也，登岸，見所謂吾廣東人，衣廣東之衣，食廣東之食，言廣東之言，用廣東之器具，舉飲食玩好，服飾器用，無一不遠來自廣東；聲音笑貌，性情行爲，心腸見識，起居嗜好，無一不如在廣東焉。所異者，一頂黑洋帽，服尙黑色耳。記者驚曰：斯地其廣東乎？外國哉？何廣東之流寓此地者，或數世，或數十年，或十餘年，或數年，毫不爲他國風潮之所變遷，政治之所沾染，文明之所吹嘘，而依然完全無缺，至死不變之廣東人也？廣東人其有獨立之風哉？其有唐三藏取經西方，過火燄山，有齊天大聖之火扇，火不能傷之術哉？俄而爲友人引而觀戲，其所演班本，又廣東戲也。花旦小生白鼻哥，紅鬚軍師斑頭婆，無一不如廣東舊曲舊調、舊絃索、舊鼓鑼。紅粉佳人，風流才子，傷風之事，亡國之音，昔在本國已憎其無謂，今豈復堪入耳哉？不忍卒觀而去。記者聞昔法國之敗於德也，議和賠款，割地喪兵，其哀慘艱難之狀，不下於我國今時。欲舉新政，費無所出，議會乃爲籌款，並激起國人憤心之計。先於巴黎建一大戲臺，官爲收費，專演德法爭戰之事，摹寫法人被殺、流血、斷頭、折臂、洞胸、裂腦之慘狀，與夫孤兒寡婦、幼妻弱子之淚痕。無貴無賤，無上無下，無老無少，無男無女，頃刻慘死於彈壓炮雨之中，重疊裸葬於旗影馬蹄下，種種慘劇，種種哀聲，而追原國家破滅，皆由官習於驕橫，民流於淫侈，咸不思改革振興之故。凡觀斯戲者，無不忽而放聲大哭，忽而怒髮衝冠，忽而頓足搥胸，忽而磨拳擦掌，無貴無賤，無上無下，無老無少，無男無女，莫不磨牙切齒，怒目裂眥，誓雪國恥，誓報公仇，飲食夢寐，無不憤恨在心。故改行新政，衆志成城，易於反掌，捷於流水，不三年而國基立焉，國勢復焉，故今仍爲歐洲一大強國。演戲之爲功大矣哉！

記者又嘗遊日本矣，觀其所演之劇，無非追繪維新初年情事。是時國中壯士，憤將軍之專橫，悲國家之微弱，鎖國守陋，外人交侵，士氣不振，軟弱如婦人女子，乃悲歌慷慨，欲捐軀流血以挽之，腰紮白布巾，橫插雙劍，一以殺人，一以殺己，徧走諸侯王，說以大義。其日夜聚議所，或在娼寮酒館，漫天大雪，攜劍出門去，頃刻取仇人頭歸以下酒，以起舞櫻花門外，血如櫻。前者死，後者繼，起義兵與舊黨相爭，不惜冒叛逆名。會津城中，一日餓死十餘萬人。當時人捐銀一毫以爲兵費，鎔鍋釜以爲兵器，積骸壘屍，家亡身死，而志士仍不顧也。久之，政府知民氣之不可遏，乃急急改革。政治年年改良進步，日本人乃有今日自由之樂，與地球六大强國並立。日本人且看且淚下，且握拳透爪，且以手加額，且大聲疾呼，且私相耳語，莫不曰我輩得有今日，皆先輩烈士爲國犧牲之賜，不可不使日本爲世界之日本以報之。記者旁坐默默而心相語曰：爲此戲者，其激發國民愛國之精神，乃如斯其速哉？勝於千萬演說臺多矣！勝於千萬報章多矣！於是追憶生平所覩之劇，而驗其關係於國種社會何如而論次之。

記者生於廣東之惠州，面山而背海，伏處窮鄉，見聞譾陋。然聞吾廣東戲班有五種：曰廣州班，曰南海班，曰潮州班，曰惠州班，曰過山班。南海班吾未之見，惠州不脫廣東窠臼，且聲不逮之，無足觀者。廣州班爲全省人士所注目，其名優工價，至於二三千金，聲價甚高，然大概以善演男女私情，善鼓動人淫心，爲第一等角色。故其日戲，倘有無風起浪，事急招兵，奸臣當國，太子回朝盡誅奸黨，國泰民安等節段，以觸人分别奸賢之心。至於夜間，所謂出頭者，則盡是小姐、丫環、公子，專顯花旦、小生之手面，繪影繪聲，牽連撮合，皆野合、私奔、勻脂粉、挂蚊帳等事。深夜沉沉，淫情勃勃，以淫夫淫婦之行爲，反而致狀元夫人之榮貴，愚夫愚婦何知，有不怦怦心動，相率爲桑間濮上之行者哉？雖其間亦有一二如《蘇武牧羊》、《李陵碑》等，述忠臣義士之遺跡，其詞可泣可歌者。然《蘇武牧羊》不演其拒衞律、李陵之招降，十九年嚙雪吞氈，抱漢節之苦心，而因其娶有胡婦；妄造猩猩女追夫之事以亂之，或且連昭君出塞而爲一齣。夫蘇武武帝時人，昭君元帝時人，相去百餘年矣，乃演者以二人連轡歸國，儼若同時，以上取之，則無精神，以下取之，則非事實。其他陳陳相因，毫無新詞，聲音靡靡，鄭衞衰亡，又不具論矣。此有心人觀戲，所以不能終曲也。潮州班用福潮佬方音，故鄉俗謂之福佬班。其所演乃與廣州班大異。廣州班往往取小說之一節、一莖、一花、一木而牽合之，潮州班其所演小說，積日累月，盡其全部而後已。《三國演義》、《水滸》、《隋唐演義》等書，當其常演之本，不獨隻字不遺，即其聲音笑貌偶有差錯，萬目睽之，故觀其演《三國》也，如置身於鼎足之場，而親其雄君、桀士、武臣、健卒，設謀致勇，以爭割據土地也。其演《水滸》也，如與宋江、武松爲伍，殺貪官，誅淫婦，民權興，官權滅也。其演《隋唐演義》也，如親見昏君以天下爲己私產，採致良家子女無數，日夜縱淫於內，興土木，建宮室，使民帶刑作工，草菅兆姓於外，英雄混混，乃羣思撥亂而爲治，開新國，除淫昏也。蓋嘗論之：廣州班似於尙文，潮州班近於尙武；廣州班多淫氣，潮州班多殺氣。以是之故，其人民之感召，與山川風俗，極爲影響焉。

廣州受珠江之流，故其民聰明豁達，衣冠文物，勝於他土，然智過則流於詐僞，文多則流於柔弱，此其蔽也。惠潮嘉以東，稟山澤之氣，故其民剛健猛烈，朴魯耿介，勝於他土。然過猛則戰鬥時作，過介則規模太隘，此其蔽也。記者自有知識以來，見我州中倡革命者，蓋十數起矣。其視革命之事，如食飲衣服之不可離，其視死於戰鬥，若榮慶焉，官雖痛剿殺之，毫不能也。然而打家劫舍之事，則不屑爲之也。若夫省會之地，搶劫如林，省城以西州縣，夜不安寢，行水之收，歲至數萬，而揭竿之舉，鮮有聞焉。東江有會黨而無綠林，西江有綠林而無會黨，此廣東東西江人種性情之大別也。然而於當今萬國競爭自存優勝劣敗之際，求其有軍國民之性質，尙武剛烈之氣象，則吾雖東江人，不能不私贊之，私喜之，以爲吾東江人稍有近於是也。雖然，東西江大別所由來，何自始乎？曰：亦始於潮州班、廣州班所演宗旨不同而已矣。潮州班重鼓鼙，廣州班重絃笛，鼓鼙之聲，使人聞之心壯，絃笛之聲，使人聞之心頹。然而潮州班守其方音，不能通行於全省，且專演前代時事，全不知當今情形，其於激發國民之精神，有乎古而遺乎今者也。廣州班則無精神，無事實，聞有如仙花法新華者，能撮《紅樓夢》、《晴雯補裘》爲一齣，《三國演義》、《劉備招親》爲一齣，既戛戛乎難得，至於陳腐之曲本、誨淫誨盜之毒風，尤數見不鮮，足以傷風敗類，皆不可不大加改革者也。

若夫過山班，則俗謂之雜班。自檜以下無譏焉。廣東之戲盡此矣。廣東之於中國，言語特殊於各省，習尙特殊於各省，下至民間所演之戲，亦特殊於各省，蓋中國之視廣東如一外國焉。北淸之人，多稱廣東省爲廣東國者，幾於名稱其實矣。昔法國名士評拿破崙之文曰："生於哥塞牙深山大澤，議論自存國風。”廣東之人愛其國風，所至莫不攜之，故有廣東人足跡，即有廣東人戲班，海外萬埠，相隔萬里，亦如在廣東之祖家焉。中國京師，吾未至，吾弗知。昔在上海，聞有同慶茶園者，廣東戲也，與春仙、丹桂各外江班抗行，未久即歸消滅。蓋外江班能變新腔，令人神旺，廣東班徒拘舊曲，令人生厭，宜其敗也。外江班所演多悲壯慷慨之詞，其所重在武生；廣東班所演多牀笫狎褻之狀，其所重在花旦。武生有英雄氣象，花旦有腐儒氣象。英雄使人敬，腐儒使人憎。廣東班若不從新整頓，吾恐十年後，皆歸消滅無疑也！外江班所演《打鼓駡曹》、《大紅袍》等戲，頗有誅奸滅惡之心。所撰《鐵公鷄》，述洪楊與滿清戰爭時事，兩軍兵士皆無紀律，紮營則彼此聚賭，聞戰則歸隊伍，官軍淫掠無異洪軍，於滿清中興國史外，稍存一公道信史，使漢人耳目不至全爲所蔽。噫嘻！成敗雖曰天命；豈非人事哉。近年有汪笑儂者，撰《黨人碑》，以暗射近年黨禍，爲當今劇班革命之一大巨子。意者其法國日本維新之悲劇，將見於亞洲大陸歟？且夫班本者，古樂府之遺也，樂府者，古詩之遺也。詩三百五篇，皆被之管絃，以正風俗，以宣教化，樂者感人最深，故歲終使者采風以入樂，使知民間疾苦，而時變其政。是故十五國風之詩，皆十五國所演之班本也。《漢書禮樂志》、《房中歌》、《郊祀歌》、《大風歌》、《秋風歌》、《匏子歌》等，類漢時所演之班本也。至於魏、晉、隋、唐，凡士大夫有佳篇雅什，纔經脫稿，即播人間，如王之渙、王昌齡、高適等，旗亭飲酒，女優徧唱各人詩，始及“黃河遠上白雲間，一片孤城萬仞山”。是魏、晉、隋、唐之曲本，即當時之詩詞也。宋元以後，詩與樂離，士大夫所詠者，不可譜之於樂，於是始創曲本《西廂記》、《明珠記》、《琵琶記》出焉。源流滋多，又有南腔北腔，南曲北曲之分。行於燕、趙、秦、晉間者，謂之北曲；行於吳越者，謂之南曲。南北之方音既不同，而中原樂器，經三國五胡之亂，散失無存。北方所用之樂，大都由東胡北狄西域而來；南方所用之樂，大都由滇南、川西邊界而來，年遠代湮，不可殫述。乃自元以來，華夷無限，賢人君子不得志於時者，思爲移風易俗之助，往往作爲曲本，以傳播民間，如湯玉茗之《牡丹亭》、《臨川四夢》，孔云亭之《桃花扇》傳奇，蔣心餘之《冬青樹》、《一片石》、《香祖樓》、《空谷香》、《臨川夢》等類，共成九種曲，皆於一時之人心風俗，有所關係焉。蔣心餘之言曰：天下之治亂，國之興衰，莫不起於匹夫匹婦之心，莫不成於其耳目之所感觸，感之善則善，感之惡則惡，感之正則正，感之邪則邪。感之既久，則風俗成而國政亦因之固焉。故欲善國政，莫如先善風俗；欲善風俗，莫如先善曲本。曲本者，匹夫匹婦耳目所感觸易入之地，而心之所由生，即國之興衰之根源也。記者曰：蔣君其知本哉？雖然，豈特此哉？夫感之舊則舊，感之新則新，感之雄心則雄心，感之暮氣則暮氣，感之愛國則愛國，感之亡國則亡國，演戲之移易人志，直如鏡之照物，靛之染衣，無所遁脱。論世者謂學術有左右世界之力，若演戲者，豈非左右一國之力者哉？中國不欲振興則已，欲振興可不於演戲加之意乎？加之意奈何？一曰改班本，二曰改樂器。改之之道如何？曰，請詳他日。曰，請自廣東戲始。於是乎記。

自《黄帝魂》(1929)録出，原載何種書報不詳

原　戲

劉師培

戲爲小道，然發源則甚古。遐稽史籍，歌舞並言。如《商書》言有"恒舞於宮，酣歌於室"，爲歌舞並文之證。又如"前歌後舞，歌舞昇平"，皆其證也。歌以傳聲，舞以象容。歌舞本於詩，故歌詩以節舞。黄氏以周《禮書通故》云："《詩》序《維清》，奏古人作詩象舞。"謂歌此詩以節其舞也。以歌傳聲，如風、雅是。復以舞象容。如三頌是。孔子删詩，列《周頌》《魯頌》《商頌》於篇末。頌列於詩，猶戲曲列於詩詞中也。頌，即形容之容，《詩譜》云："頌之言容也。"《釋名》云："頌，容也。"《漢書·儒林傳序》云："徐生以頌爲禮官大夫。"注云："頌，讀爲容。"阮芸臺云："頌，正字。容，借字。"籀文作額，而《説文》訓皃。《説文》："頌，容皃也。從頁，公聲。籀文作額。"皃字下亦云："頌也。"儀徵阮氏謂："《詩》有三頌，頌與樣同。"《詩大序》云："頌者，美盛德之形容，以其成功告於神明者也。"蓋上古之時，最崇祀祖之典。即祖先教也。欲尊祖敬宗，不得不追溯往跡，故《周頌》三十一篇所載之詩，上自郊社明堂，下至藉田祈穀，旁及岳瀆星辰之祀，即《烈文》《有客》諸篇，亦因諸侯助祭而作。《閔予小子》，則朝廟之詩也。悉與祭禮相同。即《魯頌·閟宮篇》亦爲追祀先公而作，《商頌·常發》諸詩，則皆祭祀之詩矣。是爲頌也者，祭禮之樂章也，非惟用之樂歌，亦且用之樂舞。古代惟饗用舞，大司

樂言舞《雲門》以祀天神，舞《咸池》以祭地祇，舞《大磬》以祀四望，舞《大夏》以祭山川，舞《大濩》以享先妣，舞《大武》以享先祖。又言冬日至圜丘，奏樂三變，用《雲門》之舞；夏日至方丘，奏樂六變，用《咸池》之舞；宗廟奏樂九變，用《九磬》之舞。在古爲夏，在周爲頌。商亦有之。夏、頌字並從頁，有首之象。夏字從夂，並象手足。夏樂有九，即《周禮》所謂《王夏》《肆夏》《昭夏》《納夏》《章夏》《齊夏》《族夏》《祴夏》《驁夏》也。至周猶存，宗禮賓禮皆用之。杜子春《周禮注》云："王出入，奏《王夏》；尸出入，奏《肆夏》；牲出入，奏《昭夏》；四方賓客來，奏《納夏》；臣有功，奏《章夏》；夫人祭，奏《齊夏》；族人侍，奏《族夏》；客醉而出，奏《祴夏》；公出入，奏《驁夏》。以金奏爲之節。"《周禮》鍾云："以鍾鼓爲之節。"蓋以歌節舞，復以舞節音。《左傳》云："夫舞所以節八音，以行八風。"猶之今日戲曲，以樂器與歌者舞者相應也。阮氏曰："古人非後舞不稱奏。"後世變夏爲頌。《周禮》鄭注云："夏，頌之族類也。"而頌之作用，並主形容。《維淸》者，象舞也。《墨子》云："武王因先王之樂而自作樂，名曰象。"酌桓賚般，小序云："酌，告成大武也。"《內則》："十三，舞勺。勺爲武舞，故隨武子。"以勺武並言。勺酌古字通。爲大武之舞也。又《祭統》云："舞莫重於武宿夜。"熊氏謂："武宿夜是大武樂章之名。"皇氏謂："武王伐紂，至於商郊，士卒皆歡樂，歌以待旦，因名焉。"即武王伐紂之事。周代之時，以夏樂與大武並重，頒之諸侯，如諸侯舞大韶是也。並以之教民。象武爲武舞，器用干戚。夏籥爲文舞，器用羽籥。《禮記·內則》云："十三，舞勺。成童舞象。二十，舞大夏。"注云："先學勺，後學象，文武之次。大夏，樂之文武備者也。"《文王世子》云："春夏敎干戈，秋冬敎羽籥，皆於東序。"注："干戈，萬舞，象武也。羽籥，文舞，象文也。"《公羊傳》云："萬者何？干舞也。籥者何？籥舞也。"是舞分文武之證。此皆因詩而呈爲舞容者也。象武，陳武王伐紂之功。《禮記·文王世子》："下管象，舞大武。"注云："象管，武王伐紂之樂也。以管播其聲，又爲之舞。"《明堂位》云："下管象。"《祭統》云："下而管象。"《詩·維淸》箋云："象舞，象用兵時刺伐之舞。武王制焉。"《武》篇箋云："大武，周公作樂所爲舞也。"猶之後人戲曲，侈陳古人戰跡耳。《仲尼燕居》篇云："下而管象，示事也。"示事者，有容可象之謂也。此卽古代戲曲之始。觀《樂記》之言大武也，謂先鼓警戒，三步見方。再始著往，復亂飭歸。奮疾不拔，極幽不隱。至推之君子好善，小人取過。《樂記》又云："執其干戚，習其俯仰屈伸，容貌得莊焉。行其綴兆，要其節奏，行列得正，進退得齊焉。"非卽戲曲持器操械之始乎？《記》言：

"朱干玉戚冕而舞大武,皮弁素積而舞大夏。"又《樂記》載孔子告賓牟賈云:"夫舞者,象成者也。總干山立,武王之事也。發揚蹈厲,大公之志也。武亂皆坐,周召之治也。"又考之《尙書大傳》,則古製樂歌,皆假設賓主。《尙書大傳》云:"惟五祀奏鐘石,論人聲招樂,興于大麓之野,讙然乃作大唐之歌。招爲賓客,雍爲主人。始奏《肆夏》,納以考成。亦舜爲賓客,而禹爲主人。"而武王克殷,亦雜演夏廷故事。《佚書》:"周武王克商,告廟萬獻,明明三終,籥人奏崇禹生開。"三終,卽演夏代故事也。非卽戲曲妝扮人物之始乎?是則戲曲者,導源於古代樂舞者也。古代之詩,雅頌可入樂舞,此頌字所由訓爲貌也。樂舞之制,始於古初。《呂氏春秋》云:"葛天氏之樂,三人摻牛尾,投足以歌八闋。"而《書經》"簫韶九成",亦指舞言。是樂舞甚古。至春秋之際,其制猶存。《左傳》襄公二十九年:"季札請觀國樂,見舞象箾南籥,見舞大武,見舞韶夏,見舞大夏,見舞韶箾。"皆樂舞存於周末之證。由帝王祭禮,以推行於民庶,惟行綴佾列,數以位差,如天子八佾,諸侯六,大夫四,士二是也。形以時異。如《春秋繁露》云:"法商而王,舞溢員;法夏而王,舞溢方;法質而王,舞溢橢;法文而王,舞溢衡。"然以歌節舞,以舞節音,則固與後世戲曲相近者也。況考之《周禮》,樂師爲旄禮,毛爲犛牛尾,餘姚章氏謂卽葛天氏之制。舞師教皇舞。前篇云:"皇舞者,以羽冒覆頭上,衣飾翡翠之羽,四方以皇。"而宋以《桑林》享晉侯,題以旌夏,懼而發疾。餘姚章氏云:"謂舞者卽以旌夏戴頭也。"蓋舞者殊形詭象,與方相氏熊皮金目類。致睹者生恐怖之心,猶之後世伶官面施朱墨也。在國則有舞容,在鄉則有儺禮,儺雖古禮,然近於戲。後世鄉曲偏隅,每當歲暮,亦必賽會酬神,其遺制也。蓋樂舞之制,其利實蕃,大之可以振尙武之風,如武舞是。小之可以爲養生之助;如升降疾徐,可以勞筋骨,宣血氣是。而徵引往跡,雜陳古事,則又抒懷舊之蓄念,發思古之幽情,爲勸戒人民之一助,其用顧不大哉!故用之偏隅,則有昧任侏僸之樂。《周禮》言:"祭祀則舞四夷之樂。"傳之後世,猶有魚龍舍利之名。後漢以此戲示四夷。此皆古籍之彰彰可考者也,故推原其終始而論之如此。

南氏校印本《劉申叔先生遺書·左盦外集》卷十三

胡寄塵[1]詩序

柳亞子

曩者艮廬老人序林先生迦庵[2]詩曰："近十年來，唐詩祧[3]矣。一二鉅子，尙倡爲蘇、黃之派；又降則力摹臨川[4]；又降，則非後山、簡齋[5]，衆咸勿齒。憶壬寅[6]都下與某公論詩，竟嚴斥少陵爲頹唐。余至噤不能聲，知北地、信陽在今更芻狗[7]耳。"嗚呼！何其言之痛也。

雖然，今日詩道之弊，其本原尙不在此。論者亦知倡宋詩以爲名高，果作俑[8]於誰氏乎？蓋自一二罷官廢吏，身見放逐，利祿之懷，耿耿忽忘。旣不得逞，則塗飾章句，附庸風雅，造爲難深以文[9]淺陋。彼其聲氣權勢，猶足奔走一世之士，士之夸毗[10]無識者，輒從而和之，衆响漂山，羣盲詫日[11]。後生小子，目不見先正之典型，耳不聞大雅之緒論，氓之蚩蚩[12]，惟捫盤逐臭者是聽[13]；而黃茅白葦之詩派[14]，遂遍天下矣。

夫天水一朝[15]，最重名節，王荆公得君行政，有志三代；徒以新法奉行不善，見詬於世；蘇、黃之倫，遽攻之如仇敵，淪謫天涯，九死靡悔。韓平原抗疏北伐[16]，齊襄復九世[17]，魯莊敗乾時[18]，《春秋》所曲予；時人惡其專政，未之許也。放翁一記南園，遂貽口實[19]。宋人淸議之嚴如此。而今之稱詩壇渠率[20]者，日暮途窮，東山再出[21]，曲學阿世，迎合時宰，不惜爲盜臣民賊之功狗。不知於宋賢位置中，當居何等也。其尤無恥者，妄竊汝南月旦之評[22]，撰爲詩話，己不能文，則假手捉刀[23]，大書深刻，以欺當世。就而覗之，外吏則道府[24]，京秩則部曹[25]，多材多藝，炳炳麟麟[26]；而韋布之士[27]，獨闃然無聞焉。嗚呼！此與職官表、縉紳錄何異，而詩話云乎哉？昔呂崇德[28]有言："今日之文字，壞不在文字，其壞在人心風俗。"夫人心風俗之旣壞，卽工詩何益？而況其背謬嚚妄，如畏廬所言者耶？

余與同人倡南社[29]，思振唐音以斥傖楚[30]，而尤重布衣之詩，以爲不事王侯，高尙其志，非肉食者所敢望。海內賢達，不非吾說，相與激淸揚濁，賞奇析疑，其事頗樂。而皖中胡子樸庵[31]、寄塵昆季，咸翩然來遊焉。樸庵精訓詁之學，薄詞章爲小技[32]，粹然儒者。寄塵則少年英俊，方有志於經世之務，出其餘緒，作爲小詩，淸新俊逸，朗朗可誦，視世之塗棘[33]以爲工者，敻[34]乎異矣。間嘗裒[35]其所著爲一卷，問序於余。余於斯事，蓋有志而未逮者也，烏足以辱寄塵。顧誼弗能却，爰述畏廬之言，爲寄塵告。俾明厥趨向，毋入於歧途，而於崇德所謂"今日之文字，壞不在文字，其壞在人心風俗"者，尤願寄塵三致意云。

辛亥七月，同社柳棄疾序。

《南社》第五集

【註釋】

[1] 胡寄塵——名懷琛，安徽涇縣人。南社社員。有《大江集》。其兄胡蘊玉是近代樸學家。

[2] 曩者——以往，從前。畏廬老人——卽林紓。述庵——林崧祁，字述庵，福建侯官人。光緒十一年舉人。少與林紓及林某在里中有三狂之目。其詩學吳偉業、黃景仁諸家。有遺詩一卷。

[3] 祧——遷去神主，此處意謂不被繼承。

[4] 臨川——王安石。見本書第二册《上人書》註[1]。

[5] 後山——見本書第二册《江西宗派詩序》註[8]。簡齋——陳與義(公元一〇九〇年——一一三八年)，字去非，號簡齋，洛陽人。他是宋室南渡前後的著名詩人。被方回列爲江西詩派三宗之一，但並未被呂本中列入《江西宗派圖》。

［6］壬寅——公元一九〇二年。

［7］北地——指明代“前七子”中的李夢陽，見本書第三册《與李空同論詩書》註[1]。他是慶陽府人，其地曾爲北地郡。信陽——指明代“前七子”中的何景明，見本書第三册《與李空同論詩書》註[2]。他是信陽人。芻狗——供祭祀用的茅草紮成的狗，祭畢後即棄去，喻輕賤無用之物。

［8］作俑——俑爲殉葬用的偶像。《孟子·梁惠王上》：“始作俑者，其無後乎！”後用以比喻首開惡例。

［9］文——掩飾。

［10］夸毗——過分柔順以取媚於人。《詩·大雅·板》：“天之方懠，無爲夸毗。”毛傳：“夸毗，以體柔人也。”

［11］衆呴漂山——《漢書·中山靖王傳》：“衆呴漂山，聚蚊成雷。”呴，唾液。漂，動。羣盲詫日——見本書第一册《莊子》附錄蘇軾《日喻説》。

［12］氓之蚩蚩——語出《詩·衞風·氓》。氓，民。蚩蚩，敦厚貌。

［13］捫盤——見本書第一册《莊子》附錄蘇軾《日喻説》。逐臭——《呂氏春秋·遇合》：“人有大臭者，其親戚兄弟妻妾知識，無能與居者，自苦而居海上。海上人有悦其臭者，晝夜隨之而弗能去。”

［14］黄茅白葦之詩派——指宋詩派，黄茅白葦謂一片荒凉。蘇軾《答張文潛書》批評王安石説：“王氏欲以其學同天下，地之美者，同於生物而不同於所生，惟荒瘠斥鹵之地，彌望皆黄茅白葦，此則王氏之同也。”

［15］天水一朝——魏晉南北朝以來，南下的世家大族都喜歡標榜自己的原籍，趙宋皇帝一向宣稱自己的祖籍是天水，故宋朝亦稱天水朝。

［16］韓平原——即韓侂胄，他曾被南宋朝廷封爲平原郡王。抗疏北伐——宋寧宗開禧二年(公元一二〇六年)五月，韓侂胄請下詔伐金。

［17］齊襄復九世——謂齊襄公復九世之讎。《春秋公羊傳》莊公四年：“夏，……紀侯大去其國。大去者何？滅也。孰滅之？齊滅之。曷爲不言齊滅之，爲襄公諱也。春秋爲賢者諱。何賢乎襄公？復讎也。何讎爾，遠祖也。哀公亨(烹)乎周，紀侯譖之。……遠祖者，幾世乎？九世矣。九世猶可以復讎乎？雖百世可也。”

［18］魯莊敗乾時——《春秋公羊傳》莊公九年：“八月，庚申，及齊師戰於乾時，我師敗績。內不言敗，此言敗何？伐敗也。”又《春秋穀梁傳》莊公九年：“夏，公伐齊，納糾。當可納而不納，齊變而後伐，故乾時之戰不諱敗。”

［19］放翁二句——羅大經《鶴林玉露》卷四：“陸務觀……晚年爲韓平原作《南園

記》，除從官。楊誠齋寄詩云：'……不應李杜翻鯨海，更羨夔龍集鳳池。道是樊川輕薄殺，猶將萬戶比千詩。'蓋切磋之也。然《南園記》唯勉以忠獻之事業，無諛辭。"

[20] 渠率——即"渠帥"，首領。

[21] 東山再出——東晉謝安嘗辭官隱居會稽東山，後來又出山爲大官。見《晉書·謝安傳》。後因稱失勢後再起爲"東山再出"或"東山再起"。

[22] 汝南月旦之評——《後漢書·許劭傳》："初，劭與靖(劭從兄)俱有高名，好共覈論鄉黨人物，每月輒更其品題，故汝南俗有月旦評焉。"後因稱品評人物爲"月旦評"。劭字子將，汝南平輿(今屬河南)人。

[23] 捉刀——劉義慶《世說新語·容止》："魏武將見匈奴使，自以形陋，不足雄遠國，使崔季珪代帝，自捉刀立牀頭。既畢，令間諜問曰：'魏王何如匈奴？'使答曰：'魏王雅望非常，然牀頭捉刀人，此乃英雄也。'"後人以"捉刀"指代人作文。

[24] 道府——道員、知府。

[25] 京秩——京官，與上句"外吏"相對。部曹——中央各部司官的舊稱。

[26] 炳炳麟麟——盛明貌。楊雄《劇秦美新》："炳炳麟麟，豈不懿哉！"

[27] 韋布之士——韋布即韋帶布衣，爲寒素之服。韋布之士即寒士。

[28] 呂崇德——呂留良，崇德人。見本册《革命軍序》註[15]。

[29] 南社——一九〇九年十一月成立，資產階級革命文學團體。發起人爲柳亞子、陳去病、高旭，主要成員皆中國同盟會會員。南社意謂"操南音不忘本"，"是反對北庭的標幟"。建社以後至一九二三年，共出《南社》二十二集。辛亥革命前有社員二百餘人，革命後增加至一千多人。

[30] 傖楚——指鄙賤者。

[31] 胡子樸庵——名蘊玉，一字樸安，安徽涇縣人。

[32] 薄詞章爲小技——見本册《說詩用號韻》註[5]。

[33] 塗棘——塗，塗飾詞藻。棘，"鈎章棘句"(韓愈《貞曜先生墓誌銘》)，指險澀。

[34] 夐——長，久遠。

[35] 裒——聚，謂薈萃編輯。

【說明】

中國詩歌發展到辛亥革命前後，"是比較保守的'同光體'詩人和比較進步的南社派詩人爭霸的時代”（柳亞子《懷舊集·介紹一位現代的女詩人》）。所謂“同光體詩人”，卽指宋詩派。南社方面站在這個鬥爭最前綫的則是柳亞子。這篇《胡寄塵詩序》便是他詩歌理論的代表作。

本篇首先對同光體詩風的社會根源進行了深刻的揭露：是出于一二罷官廢吏利祿不遑後的附庸風雅，造爲艱深以文淺陋。無識者從而附和，遂使黃茅白葦之詩派，遍於天下。因此，本篇引呂留良的話，認爲“今日之文字，壞不在文字，其壞在人心風俗。”所謂“詩話”，與職官表、縉紳錄無異。這種把文風與人心風俗緊密聯繫起來的理論，是比較深刻的。

爲了反對這種“壞在人心風俗”的壞詩風，本篇“思振唐音以斥傖楚，而尤重布衣之詩，以爲不事王侯，高尙其志，非肉食者所敢望”。可見柳亞子所要繼承發揚的乃是唐詩中的優良傳統，不是王士禎、沈德潛用來“鼓吹休明”的那一套，而這個傳統只有在“布衣”身上才能體現出來。他十分推崇龔自珍，認爲龔自珍是“三百年來第一流，飛仙劍客古無儔”（《定盦有三別好詩，余仿其意，作論詩三絕句》）。他所要繼承發揚的，實際上也就是龔自珍、康有爲、譚嗣同用來鼓吹變革、召喚風雷的那個傳統。這種用“布衣之詩”來對抗宋詩派官僚之詩的理論，進步意義也是明顯的。

另外，本篇還對“放翁一記南園，遂貽口實”表示不平，更可看出柳亞子反對宋詩派的理論同愛國主義有緊密聯繫。“放翁愛國豈尋常，一記南園目論狂。倘使平原能滅虜，禪文九錫亦何妨？”（《王述庵論詩絕句詆諆放翁，感而賦此》）這首絕句正是本篇的一個很好的註脚。

附　錄

妄人謬論詩派，書此折之

柳亞子

詩派江西寧足道，妄持燕石詆瓊琚。平生自有千秋在，不向羣兒問毁譽。

分寧茶客黃山谷，能解詩家三昧無？千古知言馮定遠，比他嫠婦與驢夫。

人民文學出版社《柳亞子詩詞選》

燕子龕遺詩序

柳亞子

曼殊奄化之歲，青浦王德鍾輯其遺詩，得如干首，將梓以行世，屬余爲之序。嗚呼！余何忍序曼殊之詩哉！余初識曼殊，以儀徵劉師培爲介，顧君棲窮島，余蟄荒江，未獲數數相見也。武昌樹幟，余在滬瀆，値先烈陳英士先生異軍突起，君自南土來書，謂："遖者振大漢之天聲，想諸公都在劒影光中，抵掌而談。不慧遠適異國，唯有神馳左右耳。"又曰："壯士横刀看草檄，美人挾瑟請題詩。遥知亞子此時樂也。"蓋興會飆舉，不可一世矣。和議既成，莽、操尸位，黨人無所發攄，則麕集海上，日夕歌呼飲北里。君亦翩然來，游戲宛、洛，經過李、趙，吾二人未嘗不相與偕也。既余倦游歸里，君去皖江。嗣是五六年間，滄桑陵谷，世態萬變，余與君相聚之日遂少；即聚，亦無復前日樂矣。最後仍晤君滬瀆，時爲英士歸葬碧浪湖之前數日，握手道故，形容憔悴甚。君言："邑廟新闢商場極絢爛，顧求舊時擔餳粥者弗可得，蓋大商壟斷之術工，而細氓生計盡矣。"君生平絕口弗談政治，獨其悲天憫人之懷，流露於不自覺，有如此者。

君工愁善病，顧健飲啖，日食摩爾登糖三袋，謂是茶花女酷嗜之物。余嘗以芋頭餅二十枚餉之，一夕都盡，明日腹痛弗能起。又嗜吕宋雪茄煙，偶囊中金盡，無所得資，則碎所飾義齒金質者，持以易煙。其他行事都類此。人目爲癡，然談言微中，君實不癡也。嘗共余月旦同時流輩，余意多可少否。君謂："亞子太丘道廣，將謂舉世盡賢者。"余曰："然則和尚將謂舉世盡不肖耶？"相與撫掌而罷。

"和尚"者，君少時嘗披鬀廣州慧龍寺，故朋儕以此呼之。君精通内典，然未嘗見其登壇説法。吳縣朱梁任嘗勸余從君學佛，君笑曰："是當有緣法，非可強而致也。"嗚呼！洵可謂善知識矣。

君好爲小詩，多綺語，有如昔人所謂"却扇一顧，傾城無色"者。又善畫，蕭疏淡遠，似不食人間煙火物。往還書問，好以粉紅箋作蠅頭細楷，造語亦絶俊，恆多悲感及過情之談；蓋蘇長公一肚皮不合時宜，藉此發洩耳。

君既歿，吳縣葉楚傖、上海劉季平咸擬輯其遺稿，而滇中某貴人欲斥千金盡刊君詩畫之屬，未知其能有成否也。王子所輯雖不多，見虎一文，亦足慰君於地下矣。余既爲文以傳君，而覼縷之詞，詩未盡者，爰弗辭而復爲之序。

時中華民國七年雙十節前二日，吳江柳棄疾識。

正風出版社《曼殊大師紀念集》

《畫徵》篇識語

林 紓

畏廬居士曰：西俗之於吾俗，將毋同乎？吾人之言曰：人窮而後詩工，豈詩之能窮人哉？詩人固有自窮之道，尤以詩爲導窮之途，入其途彌深，則其窮也亦彌酷。蓋詩者，高超拔俗，駕清風，抱明月，若無與於人事者。心思既曠，見地亦高，傲藐塵壒，恆視人事爲溷濁，而漫不屑意，望簪組如桎梏，而鄙不欲加，宜若仙仙而飄舉哉？顧妻子之須衣食，如常人也；衣食之求溫飽，亦如常人也；而詩道之去治生，則又懸絶如霄壤，一旦忽悟及吾妻吾子，宜衣食也，妻子衣食，亦宜飽煖如恆人，乃大悔恨。吾負此高世之才，而竟幻此寒相，仰首四盼，則峨冠而長綬者，不能爲詩者也，碩腹而擁貲者，又不能爲詩者也，不能詩而忽富貴，而吾學實冠天人，乃不得一飽。於是鬱伊淋漓，日遷怒於富貴者，斥爲濁物，作詩寓懷，實皆娼嫉怨望之音吐也。間有富貴者，偶加以顏色，則又大喜，以爲曠世之知己。但觀八哀之詩，冥報之語，足知古人如靖節、少陵，猶復不免，矧時輩哉。雖然，天下亦斷不能無此種人也，無此種人以點綴，則亦不成其爲世界，第不能謂人人當學詩人。南中之荔枝江瑤，北土不能有，而是二者，亦萬不足以爲常供，脫去飯而啖荔支，久則脹滿而壅，徹饌而專江瑤，則腥極亦將病其脾胃，蓋異味之不足爲常供明矣。爲詩有道，治生亦有道，以治生之人，使之爲詩，則油鹽將不去口，不能超軼而造於精微，故詩人之肺腑，初若異於恆人。顧詩人既與恆人異，似宜自愛其同類，互相寶貴，而又不然。但觀秋谷、漁洋之鬩於康熙之朝，子才、歸愚之爭於乾隆之朝，互相鄙薄，至於今日，則又昌言宋詩，搜取枯瘠無華者，用以矜其識力，張其壇坫，其視漁洋、歸愚，直同芻狗。此則正與歐文所記者同也。蓋詩人之門戶黨派，等諸理學，理學爭朱、陸，詩家區唐宋，一也。吾嘗持論，謂詩者，稱人之性情，性情近開元、大歷者，開元大歷可也。近山谷、後山者，山谷後山可也。必揭麾舉纛，令人望景而趨，是身爲齊人，屈天下均齊語；身爲楚產，屈天下皆楚語，此勢所必不至者也。不善治生，又好齮齕其同類，孤行其意氣，則取窮之道，又寧咎人？且詩人者，又乞兒之窮相者也。古人無功而食，斥爲天殃，而詩人乃有以一千求索千縑者，此又何功而食？矧此多縑之人，又必濁物，焉能識世間之有雅人？彼見天下之求索者，均乞人類。若盧雅雨馬秋玉兄弟，殆廣闢卑田之院，以待乞兒者也。嗚呼！詩人至此，果真窮矣！雖然，歐西如莎士比、愛迭生、擺倫，死後斷壙，聯千古帝王之陵寢，寧可不貴？中國初無是也。似歐俗之待詩流，優於中國，而歐文此篇，則醜繪詩人貧狀，抑又何也？平心而論，文章一道，實爲生人不可失之利器。天下懷才無試，豈特詩人？八荒無事，而躬負兵略，無可展布，抑抑而死於牖下者，比比而是？第無文章足以自鳴，人不之知耳。而詩人之詩，殆類留聲之機器，人既渺矣，而聲響尚存，受抑雖在一身，而能訴其冤抑於千載之下，令人生其惋惜，脫令躬接其人，觀彼傲兀之狀，又足生厭。吾故曰：詩人者，特借以點綴世界者，無是則世界中亦無生氣，然則詩之感人深矣。余不爲詩，而心則甚悅詩人，每欲究其致窮之由，卒不可得。今譯歐文之書，知中西一致，初若有會於吾心，故言之不期其冗，識者諒之。

中華書局《晚清文學叢鈔·小說戲曲研究卷》卷三

南社集序

甯調元

詩者，志之所之也。《春秋說題辭》："在事爲詩，未發爲謀。"故詩之爲言，志也。揚子亦言："說志者莫辨乎詩。"李注："在心爲志，發言爲詩。"人各有志，志之卑抗殊，而詩之升降，亦於以判。故古有采詩之官，先王所以觀民俗，知得失，自考正也。延陵季子聘魯，請觀周樂，自鄶以下無譏。詩之爲義大矣哉！

吾友高子鈍劍、柳子亞盧等，既以詩詞名海內，復創南社，以網羅當世騷人奇士之作，蔚爲巨觀。鍾儀操南音，不忘本也。昔啓、禎之際，太倉二張，首唱應社，貴池劉城和之爲廣應社。嘉魚熊開元宰吳江，進諸生講藝，而復社乃興。由是雲間有幾社，浙西有聞社，江北有南社，江西有則社，歷亭有序社，崑陽有雲簪社，而吳門有羽朋社、匡社，武陵有讀書社，山左有大社；流派雖別，大都以詩古文詞相砥礪，而統歸於復社。山鳴谷應，風起水響，於斯爲盛。春木之芚兮，援我手之鶉兮；去之三百載，其人若存兮！有踵接而起者，固可以觀、可以羣、可以怨也。

雖然，余選古近詩，至宋、明嘗略而弗錄。其持論曰：詩運降戾，爰玆歷年幾千，代有遷移。溫厚以則，宋以前也。纖麗以淫，唐以後也。且五言之際宋、梁，猶七律之際晚唐，衰遞以漸。學漢、魏不能，或猶類唐；學宋、明不能，將蔑所似也。然則斯編何取乎？曰：輯詩非選詩也。於先王之書，《樂記》道之曰："治世之音安以樂。亂世之音怨以怒。亡國之音哀以思。"故哀樂感夫心，而詠歎發於聲。斯編何音？斯世何世？海內士夫庶幾曉然喻之，而同聲一慨也夫。嗟嗟！《小雅》盡廢，四夷交侵，子夏序詩，是以君子謂之知言。

《南社叢選》文選卷一

五言樓詩草序(節錄)

金天翮

……嗚呼！詩至今日，難言之矣！創作者惡夫襲古人之貌，務破棄一切而爲新製，其體乃不離乎小詞俚曲之間；而泥古者則又規仿唐、宋，標舉一二家以自張其壁壘，師古而不能馭古，是故，師昌黎者悍，師香山者庸，師皮、陸者碎，師玉溪者淫，師張、王樂府者佻，師眉山者甜與熟，師山谷者取側筆，師后山者用禿筆，師劍南者浮澤宕往而無歸宿。又其甚者，舉一行省十數縉紳，風氣相囿，結爲宗派，類似封建節度，欲以左右天下能文章之士，抑高唱而使之喑，摧盛氣而使之絀，纖靡委隨，而後得列我之壇坫，卒之儇薄者得引爲口實，而一抉其樊籬，詩教由是而隳焉。……

蘇州國學會排印本《天放樓續文言》卷二

答樊山老人論詩書

金天翮

樊山先生閣下：都門書來，寵序拙集，發緘歡笑，如接音塵。先生文學祭酒，儒林丈人，韜匱古今，洽聞强識，摛藻鑄思，沾被來學。郵詩呈誨，私心遙悚。優文嘉異，輸瀉肝膈。王仲祖所謂劉君知我，勝我自知，以今觀昔，良匪虚語。

方今俗尚謠諺，世疵文雅，巴音里耳，飛馳壇坫。古服抗時，則聲華不立；齗齒附俗，則風雅道喪。要惟脫落聲氣，牢籠萬象，超然氛𡒄之表，越世高瞻，自闢戶牖，乃爲英傑耳。蓋詩之爲學焉，根乎性識，成乎服習，性習相守，流別以成，甄綜大要，蓋有三塗：

劉彥和曰："在心爲志，發言爲詩。"夫心之精微，不達於毫素；志之菀結，寧播乎聲樂？是故，隱文譎喻，冥心絕迹，哀樂百端，驚聽回視。變雅離騷，是其初祖。浣花東野，尤工悴吟。趙宋一代，西江永嘉，遂成澀調。夫其激音內轉，妙思側出，踠駿足於蟻封，握鷙爪於蟠木。勁折奧邃，良足饜心。而末學滯固，依聲逐影。愛謝傅風流，吟當擁鼻；師德耀高致，出必椎髻。斥崔顥爲輕薄，呵阮籍爲老兵。枝條纖曲，華葉萎悴。空山啄木之響，里巷舂杵之節，勞歌互答，以爲娛賞。論者謂爲山林文學，雖非精詁，良亦近似。此其一也。

慘舒異節，弇侈殊音。六藝之道，有隱有顯。是以能文之士，含咀百家，韜會六籍，經典深富，方册隱曖。體憲乎兩漢，考文乎六代，振綺於徐庾，騈秀乎盧駱，訂律乎元白，緘情乎溫李。至清代梅村，蔚成詩國。碧城瓶水，亦足附庸。然其敝也，豐詞少骨，繁采寡情，驅使故實，義隱迹晦。況今梯航四達，心靈棣通，詩歌文學，同乎政理。是以拜輪、戈德、嚣俄之倫，並馳聲域外，萬口吟諷。乃如吾國文學，四傑七子，西崑長慶，一經鞮譯，將剽剝儷偶，擺落典訓，鴻裁雅什，聲理不爛。日角天涯之句，丁年甲帳之吟，生張熟魏之佳嘲，黃祖烏孫之勁對，味同嚼蠟，或將譁笑。故知倉頡造文，單音獨體，音通乎律，質有其文。二耦俶落乎典謨，四聲萌柢於三百。遷地弗良，永爲國性。此其二也。

有清一代，詩體數變。漁洋神韻，倉山性靈，張洪競氣於輦轂，舒王騁豔於江左，風流所扇，遂成輕脫。夫口饜粱肉，則苦筍知味；耳勌箏笛，斯蘆吹亦韻。西江傑異，甌閩生峭，狷介之才，自成馨逸。纖文弱植，未工模寫，而瓣香無已，標舉宛陵。洎夫臨篇搦翰，乃不中與鍾譚當隸圉。文質兩敝，在乎偏霸。圖霸不成，齊晉分裂。世有大雅君子，發皇墜緒，振起宗風，張樂洞庭之野，敷座靈山之會，九幽覰怪，千仞刷翮，胚胎六義，吐納百家，揖讓莊馬之庭，出入李杜之囿，體左鮑以樹骨，躡顏謝以振采，服陶韋以滌志，規韓孟以厲氣，狎坡谷以廣心，撫范陸以盡態，此數子者，皆情條敷鬯，思業高奇，景羨方矩，作程遐域，覗彼任昧，雅鄭殊科，安有縟藻之病，而鉤吻之勞乎？清代之詩，以不佞居常平議，謂亭林端委，能抉經心；翁山奇服，別具仙骨；駿公錫鬯，自是雅贍；天游傲誕，洞精駭矚：此其絕特者也。洎夫晚葉，肯堂窮老，胞與民物之懷；漸西吏隱，天際眞人之想。兩賢徂往，遺文可玩。而執事與中實，驚才絕豔，並轡詩衢，網綜流略，檃括萬彙，騷心選旨，忠歌義泣，架騎騰沓，噫風呵電，儒冠雅步，優瞶伎笑，莊辭譎諷，神奇朽腐，瓌姿博趣，不可圖狀，實藝苑之創作，詞林之偉觀也。

蓋文章之美，宜公世界，惟拗澀襞隫，略須裁擇，肥辭瘠義，不爲賓榮。綜上諸體，三塗斠若。昔者雞林賈舶，購太傅之詩；蠻布弓衣，織都官之句。鄖露赤雅，辟雲孃記室；鐵雲銅柱，驚日南公卿。菊莊新詞，香蘇妍什，三韓扶桑，並稱才子。竊謂樊山一集，宜聘象胥，譯贈彼土。中實之作，並同斯例。夫英倫詩客，拜輪、彌爾東諸賢，暨夫印度並世泰莪爾之作，豈伊異人，而蜚英騰茂，遊聲廣遠？恨倉沮異撰，山河邈闊，神理攸通，末由披導。然彼士之名，猶傳震旦，猶此邦名著，乃不能出國門一步。竊嘗永歎彌襟，謂爲謙讓。神州美學，張皇有期。肅牋布臆，聊供撫掌。急景凋年，伏維頤衞。天翮頓首。

蘇州排印本《天放樓文言》卷十

人間詞話〔選錄〕

王國維[1]

詞以境界[2]爲最上。有境界則自成高格，自有名句。五代、北宋之詞所以獨絶者在此。

有造境，有寫境，此理想與寫實二派之所由分。然二者頗難分别，因大詩人所造之境必合乎自然，所寫之境亦必鄰於理想故也。

有有我之境，有無我之境。"淚眼問花花不語，亂紅飛過秋千去"[3]。"可堪孤館閉春寒，杜鵑聲裏斜陽暮"[4]。有我之境也。"采菊東籬下，悠然見南山"[5]。"寒波澹澹起，白鳥悠悠下"[6]。無我之境也。有我之境，以我觀物，故物皆著我之色彩；無我之境，以物觀物，故不知何者爲我，何者爲物[7]。古人爲詞，寫有我之境者爲多，然未始不能寫無我之境，此在豪傑之士能自樹立耳。

自然中之物，互相關係，互相限制。然其寫之於文學及美術中也，必遺其關係、限制之處。故雖寫實家，亦理想家也。又雖如何虛構之境，其材料必求之於自然，而其構造，亦必從自然之法則，故雖理想家，亦寫實家也。

境非獨謂景物也。喜怒哀樂，亦人心中之一境界。故能寫眞景物、眞感情者，謂之有境界。否則謂之無境界。

"紅杏枝頭春意鬧"[8]，著一"鬧"字而境界全出。"雲破月來花弄影"[9]，著一"弄"字而境界全出矣。

境界有大小，不以是而分優劣。"細雨魚兒出，微風燕子斜"[10]，何遽不若[11]"落日照大旗，馬鳴風蕭蕭"[12]；"寶簾閒掛小銀鉤"[13]，何遽不若"霧失樓臺，月迷津渡"[14]也。

詞至李後主而眼界始大，感慨遂深；遂變伶工之詞而爲士大夫之詞。周介存置諸溫、韋之下[15]，可謂顛倒黑白矣。"自是人生長恨水長東"[16]，"流水落花春去也，天上人間"[17]。《金荃》《浣花》[18]，能有此氣象耶？

客觀之詩人不可不多閱世。閱世愈深，則材料愈豐富，愈變化，《水滸傳》《紅樓夢》之作者是也。主觀之詩人不必多閱世。閱世愈淺，則性情愈眞，李後主是也。

古今之成大事業、大學問者，必經過三種之境界[19]："昨夜西風凋碧樹。獨上高樓，望盡天涯路。"[20] 此第一境也。"衣帶漸寬終不悔，爲伊消得人憔悴"[21]。此第二境也。"衆裏尋他千百度，回頭驀見，那人正在，燈火闌珊處"[22]。此第三境也。此等語皆非大詞人不能道。然遽以此意解釋諸詞，恐爲晏、歐諸公所不許也。

問"隔"與"不隔"之別？曰：陶、謝之詩不隔，延年則稍隔矣[23]。東坡之詩不隔，山谷則稍隔矣。"池塘生春草"，"空梁落燕泥"[24]等二句，妙處唯在不隔。詞亦如是。卽以一人一詞論，如歐陽公《少年遊》詠春草上半闋云："闌干十二獨憑春，晴碧遠連雲。千里萬里，二月三月(此兩句原倒置)，行色苦愁人。”語語都在目前，便是不隔。至云：“謝家池上，江淹浦畔。”則隔矣。白石《翠樓吟》：“此地，宜有詞仙，擁素雲黃鶴，與君遊戲。玉梯凝望久，歎芳草、萋萋千里。”便是不隔。至“酒祓清愁，花消英氣”。則隔矣。然南宋詞雖不隔處，比之前人，自有淺深厚薄之別。

“生年不滿百，常懷千歲憂。晝短苦夜長，何不秉燭遊？”[25]“服食求神仙，多爲藥所誤。不如飲美酒，被服紈與素”[26]。寫情如此，方爲不隔。“采菊東籬下，悠然見南山。山氣日夕佳，飛鳥相與還”。“天似穹廬，籠蓋四野。天蒼蒼，野茫茫，風吹草低見牛羊”[27]。寫景如此，方爲不隔。

四言敝而有《楚辭》，《楚辭》敝而有五言，五言敝而有七言，古詩敝而有律絕，律絕敝而有詞。蓋文體通行既久，染指遂多，自成習套。豪傑之士，亦難於其中自出新意，故遁而作他體，以自解脫。一切文體所以始盛終衰者，皆由於此。故謂文學後不如前，余未敢信。但就一體論，則此說固無以易也。

大家之作，其言情也必沁人心脾，其寫景也必豁人耳目。其辭脫口而出，無矯揉妝束之態。以其所見者眞，所知者深也。詩詞皆然。持此以衡古今之作者，可無大誤矣。

詩人對宇宙人生，須入乎其內，又須出乎其外。入乎其內，故能寫之；出乎其外，故能觀之。入乎其內，故有生氣；出乎其外，故有高致。美成能入而不出。白石以降，於此二事，皆未夢見。

(以上《人間詞話》)

昔人論詩詞，有景語、情語之別。不知一切景語，皆情語也。

詞之爲體，要眇宜修[28]，能言詩之所不能言，而不能盡言詩之所能言。詩之境闊，詞之言長。

（以上《人間詞話删稿》）

人民文學出版社《人間詞話》

【註釋】

［1］王國維（公元一八七七年——一九二七年）——字靜安，號觀堂，浙江海寧人。清末諸生，官學部圖書館編譯，名詞館協韻。入民國，任清華大學研究院教授。初治哲學文學，晚年以治殷墟契文，名重中外。有《觀堂集林》二十四卷、《觀堂别集》四卷、《苕華詞》一卷、《靜安文集》一卷、《續集》一卷、《人間詞話》二卷。合其他學術著作，刊爲《海寧王靜安先生遺書》，共四十三種，一百零四卷。《清史稿》卷五百一有傳。

［2］境界——"境界"原爲佛學上的術語，文論家借以論文學。《人間詞話》裏，談到境界的有十多條。單言之則稱境，重言之則稱境界，换言之又稱意境。王氏自撰託名樊志厚作的《人間詞乙稿序》説："文學之事，其内足以攄己而外足以感人者，意與境二者而已。上焉者意與境渾，其次或以境勝，或以意勝。苟缺其一，不足以言文學。"蓋所謂境界，不僅是指眞實地反映客觀現實的圖景，也包括了作家主觀的情感，它是以主客觀統一的概念出現的。王氏自詡説："滄浪所謂興趣，阮亭所謂神韻，猶不過道其面目，不若鄙人拈出境界二字爲探其本也。"

［3］淚眼問花花不語二句——馮延巳《鵲踏枝》詞句。

［4］可堪孤館閉春寒二句——秦觀《踏莎行》詞句。

［5］采菊東籬下二句——陶淵明《飲酒》詩第五首句。

［6］寒波澹澹起二句——元好問《潁亭留别》詩句。

［7］有我之境以我觀物七句——案：王氏《文學小言》："文學中有二原質焉：曰景，曰情。前者以描寫自然及人生之事實爲主，後者則吾人對此種事實之精神的態度也。故前者客觀的，後者主觀的也；前者知識的，後者感情的也。自一方面言之，則必吾人之胸中洞然無物，而後其觀物也深，而其體物也切；即客觀

的知識，實與主觀的情感爲反比例。自他方面言之，則激烈之情感，亦得爲直觀之對象、文學之材料；而觀物與其描寫之也，亦有無限之快樂伴之。要之，文學者，不外知識與感情交代之結果而已。苟無銳敏之知識與深邃之感情者，不足與於文學之事。”又王氏《紅樓夢評論》："夫自然界之物，無不與吾人有利害之關係；縱非直接，亦必間接相關係者也。苟吾人而能忘物與我之關係而觀物，則夫自然界之山明水媚，鳥飛花落，固無往而非華胥之國，極樂之土也。豈獨自然界而已，人類之言語動作，悲歡啼笑，孰非美之對象乎！然此物既與吾人有利害之關係，而吾人欲強離其關係而觀之，自非天才，豈易及此。”“美之爲物有二種：一曰優美，一曰壯美。苟一物焉，與吾人無利害之關係，而吾人之觀之也，不觀其關係，而但觀其物；或吾人之心中，無絲毫生活之欲存，而其觀物也，不視爲與我有關係之物，而但視爲外物，則今之所觀者，非昔之所觀者也。此時吾心寧靜之狀態，名之曰優美之情，而謂此物曰優美。若此物大不利于吾人，而吾人生活之意志爲之破裂，因之意志遁去，而知力得獨立之作用，以深觀其物，吾人謂此物曰壯美，而謂其感情曰壯美之情。”都可與本條的論點相發。

[8] 紅杏枝頭春意鬧——宋祁《玉樓春》(春景)詞句。

[9] 雲破月來花弄影——張先《天仙子》詞句。

[10] 細雨魚兒出二句——杜甫詩《水檻遣心》二首之一句。

[11] 何遽不若——難道不及的意思。

[12] 落日照大旗二句——杜甫詩《後出塞》五首之二句。

[13] 寶簾閒掛小銀鉤——秦觀《浣溪沙》詞句。

[14] 霧失樓臺月迷津渡——秦觀《踏莎行》詞句。

[15] 周介存置諸溫韋之下——周濟《介存齋論詞雜著》："毛嬙、西施，天下美婦人也。嚴妝佳，淡妝亦佳，粗服亂頭，不掩國色。飛卿，嚴妝也；端己，淡妝也；後主則粗服亂頭矣。”

[16] 自是人生長恨水長東——李煜《烏夜啼》詞句。

[17] 流水落花春去也二句——李煜《浪淘沙》詞句。

[18] 金荃浣花——溫庭筠有《金荃集》，或謂溫詞集名《金奩》，非《金荃》。韋莊有《浣花集》。

[19] 古今之成大事業大學問者必經過三種之境界——案：王氏《文學小言》："古今之成大事業、大學問者，不可不歷三種之階級。……未有未閱第一、第二階級，而能遽躋第三階級者。文學亦然。此有文學上之天才者，所以又需莫大之

修養也。"

［20］昨夜西風凋碧樹三句——晏殊《蝶戀花》詞句。

［21］衣帶漸寬終不悔二句——柳永《鳳棲梧》詞句。

［22］衆裏尋他千百度四句——辛棄疾《青玉案》(元夕)詞句。原詞作"衆裏尋他千百度，驀然迴首，那人却在，燈火闌珊處。"

［23］陶謝——陶淵明、謝靈運。延年——顔延之字。

［24］池塘生春草——見《歲寒堂詩話》註[2]。 空梁落燕泥——唐代薛道衡《昔昔鹽》詩句。

［25］生年不滿百四句——《古詩十九首》第十五首中句。

［26］服食求神仙四句——《古詩十九首》第十三首中句。

［27］天似穹廬五句——北齊《敕勒歌》中句。

［28］要眇宜修——《楚辭・九歌・湘君》："美要眇兮宜修。"要眇，見本書第三册何景明《與李空同論詩書》注［16］。宜修，恰到好處的美。

【説明】

《人間詞話》二卷，上卷自題脱稿於宣統二年庚戌(一九一〇年)，是王氏三十多歲之作。王氏早年嗜讀西洋哲學、文學著作，尤愛好尼采和叔本華的學説。這二卷詞話雖篇幅不多，而以我國傳統的古典文論融會西洋資產階級哲學美學理論，建立了王氏的藝術論，在"五四"以前，在文學論壇上，是一本頗有影響的書。這本書雖爲論詞而作，其實旁通衆藝，不限於詞，可以作爲王氏一家的藝術論讀。其間接觸到的方面頗爲廣泛；現在只舉出最重要的兩點：

一、他論詞首標境界，論隔與不隔，論有我之境無我之境，這接觸到藝術的特點——形象問題；他所説的境界是"寫眞景物、眞感情"，就是"其言情也必沁人心脾，其寫景也必豁人耳目"。也就是要情景交融、鮮明生動，具有强烈的感染力，能如此則是不隔，否則就是隔；論有我之境和無我之境、景語與情語，接觸到主觀和客觀、心和物，以及形象分析問題。

二、論寫境和造境，即寫實家和理想家之別，接觸到現實主義和浪漫主義的創作方法問題；而造境必合乎自然，寫境也必鄰於理想，故二派又頗難分別，初步認識到寫實、理想二派的緊密聯繫。又說詩人對宇宙人生須入乎其內，出乎其外。“入乎其內，故能寫之；出乎其外，故能觀之”，已注意到閱世與觀物的結合。這些論點都給當時讀者以相當大的啓發。當然有些議論也是不正確的。如論抒情文學作者閱世深淺問題，他強調主觀精神的獨立活動，這並不符合實際，並且陷入唯心觀點。（如李煜詞抒情眞實，正由於他亡國生活的眞實體驗而來，豈非閱世之故。）他舉陶潛“采菊東籬下，悠然見南山”爲無我之境，又說“無我之境，人惟於靜中得之”；其實一切文學本不可能有所謂“無我之境”，即就他的所謂“無我之境”而言，儘管在他的理論中能自成一個體系，但是這種唯心論調，如他在《紅樓夢評論》中所謂“吾心寧靜之狀態”，所謂“無絲毫生活之欲存”，所謂“解脫”，必然會與現實生活相抵觸，因此他的詞論中也就不可避免有一些自相矛盾的現象。（如舉歐陽修《少年游》詠春草，說上片不隔，下片“謝家池上，江淹浦畔……”便隔了；其實這二句濫用典故，了無感情，其病不僅是“隔”；他說姜夔詞“二十四橋仍在，波心蕩冷月無聲”，“數峯淸苦，商略黃昏雨”，“高樹晚蟬，說西風消息”等句都是“如霧裏看花，終隔一層”，却把謝靈運的詩放入“不隔”之列，也令人不易索解。）

清代詞人作詞話，大都不免有浙派、常州派門戶之見，王氏這書却沒有這種褊狹的意識；又當時譚嗣同、梁啓超諸人提倡“詩界革命”，也說寫“新意境”，但是他們作品裏所寫的“新意境”，大都是一些新事物的表面；王氏所說的境界便深于譚、梁諸人。

在清季資產階級舊民主主義革命的時代裏，王氏是缺乏從事革新的政治熱情和豐富的現實生活的。他深受西方資產階級唯心主義哲學思想的影響，因之他論文學表現了不少的唯心觀點。但他在討論刻劃形象、創作方法和藝術特點諸問題上，確有一些精到的見解，比起封建時代的文學理論，有了新的發展。正因如此，《人間詞話》在過去文學界，發生了較大的影響。

附　　錄

文學小言

王國維

一

昔司馬遷推本漢武時學術之盛，以爲利祿之途使然。余謂一切學問皆能以利祿勸，獨哲學與文學不然。何則？科學之事業皆直接間接以厚生利用爲恉，故未有與政治及社會上之興味相刺謬者也。至一新世界觀與一新人生觀出，則往往與政治及社會上之興味不能相容。若哲學家而以政治及社會之興味爲興味，而不顧眞理之如何，則又決然非眞正之哲學。此歐洲中世哲學之以辨護宗教爲務者，所以蒙極大之恥辱，而叔本華所以痛斥德意志大學之哲學者也。文學亦然；餔餟的文學，決非文學也。

二

文學者，游戲的事業也。人之勢力，用於生存競爭而有餘，於是發而爲游戲。婉孌之兒，有父母以衣食之，以卵翼之，無所謂爭存之事也。其勢力無所發洩，於是作種種之游戲。逮爭存之事亟，而游戲之道息矣。惟精神上之勢力獨優，而又不必以生事爲急者，然後終身得保其游戲之性質。而成人以後，又不能以小兒之游戲爲滿足，於是對其自己之情感及所觀察之事物而摹寫之，詠嘆之，以發洩所儲蓄之勢力。故民族文化之發達，非達一定之程度，則不能有文學；而個人之汲汲於爭存者，決無文學家之資格也。

三

人亦有言，名者利之賓也。故文繡的文學之不足爲眞文學也，與餔餟的文學同。古代文學之所以有不朽之價値者，豈不以無名之見者存乎？至文學之名起，於是有因之以爲名者，而眞正文學乃復託於不重於世之文體以自見。逮此體流行之後，則又爲虚玄矣。故模仿之文學，是文繡的文學與餔餟的文學之記號也。

四

文學中有二原質焉：曰景，曰情。前者以描寫自然及人生之事實爲主，後者則吾人對此種事實之精神的態度也。故前者客觀的，後者主觀的也；前者知識的，後者感情的也。自一方面言之，則必吾人之胸中洞然無物，而後其觀物也深，而其體物也切；即客觀的知識，實與主觀的情感爲反比例。自他方面言之，則激烈之情感，亦得爲直觀之對象、文學之材料；而觀物與其描寫之也，亦有無限之快樂伴之。要之，文學者，不外知識與感情交代之結果而已。苟無鋭敏之知識與深邃之感情者，不足與於文學之事。此其所以但爲天才游戲之事業，而不能以他道勸者也。

五

古今之成大事業大學問者，不可不歷三種之階級："昨夜西風凋碧樹，獨上高樓望盡天涯路。"晏同叔《蝶戀花》此第一階級也。"衣帶漸寬終不悔，爲伊消得人憔悴。"歐陽永叔《蝶戀花》此第二階級也。"衆裏尋他千百度，回頭驀見，那人正在燈火闌珊處"。辛幼安《青玉案》此第三階級也。未有未閲第一第二階級，而能遽躋第三階級者。文學亦然。此有文學上之天才者，所以又需莫大之修養也。

六

三代以下之詩人，無過於屈子、淵明、子美、子瞻者。此四子者若無文學之天才，其人格亦自足千古。故無高尚偉大之人格，而有高尚偉大文章者，殆未之有也。

七

天才者，或數十年而一出，或數百年而一出，而又須濟之以學問，助之以德性，始能產眞正之大文學。此屈子、淵明、子美、子瞻等所以曠世而不一遇也。

八

“燕燕于飛，差池其羽。”“燕燕于飛，頡之頏之。”

“睍睆黄鳥，載好其音。”“昔我往矣，楊柳依依。”

詩人體物之妙，侔於造化，然皆出於離人孽子征夫之口，故知感情眞者，其觀物亦眞。

九

“駕彼四牡，四牡項領。我瞻四方，蹙蹙靡所騁。”以《離騷》、《遠游》數千言言之而不足者，獨以十七字盡之，豈不詭哉！然以譏屈子之文勝，則亦非知言者也。

十

屈子感自己之感，言自己之言者也。宋玉、景差感屈子之所感，而言其所言；然親見屈子之境遇，與屈子之人格，故其所言亦殆與自己之言無異。賈誼、劉向其遇略與屈子同，而才則遜矣。王叔師以下，但襲其貌而無其情以濟之。此後人之所以不復爲楚人之詞者也。

十一

屈子之後，文學上之雄者，淵明其尤也。韋、柳之視淵明，其如劉、賈之視屈子乎！彼感他人之所感，而言他人之所言，宜其不如李、杜也。

十二

宋以後之能感自己之感，言自己之言者，其惟東坡乎！山谷可謂能言其言矣，未可謂能感所感也。遺山以下亦然。若國朝之新城，豈徒言一人之言而已哉？所謂“鶯偸百鳥聲”者也。

十三

詩至唐中葉以後，殆爲羔雁之具矣。故五季、北宋之詩，除一二大家外。無可觀者，而詞則獨爲其全盛時代。其詩詞兼擅如永叔、少游者，皆詩不如詞遠甚。以其寫之於詩者，不若寫之於詞者之眞也。至南宋以後，詞亦爲羔雁之具，而詞亦替矣。除稼軒一人外。觀此足以知文學盛衰之故矣。

十四

上之所論，皆就抒情的文學言之。《離騷》詩詞皆是。至敘事的文學，謂敘事詩、史詩、戲曲等，非謂散文也。則我國尙在幼稚之時代。元人雜劇，辭則美矣，然不知描寫人格爲何事。至國朝之《桃花扇》，則有人格矣，然他戲曲則殊不稱是。要之，不過稍有系統之詞，而並失詞之性質者也。以東方古文學之國，無一足以與西歐匹者，此則後此文學家之責矣。

十五

抒情之詩，不待專門之詩人而後能之也。若夫敘事，則其所需之時日長，而其所取之材料富，非天才而又有暇日者不能。此詩家之數之所以不可更僕數，而敘事文學家殆不能及百分之一也。

十六

《三國演義》無純文學之資格，然其敘關壯繆之釋曹操，則非大文學家不辦。《水滸傳》之寫魯智深，《桃花扇》之寫柳敬亭、蘇崑生，彼其所爲，固毫無意義。然以其不顧一己之利害，故猶使吾人生無限之興味，發無限之尊敬，況於觀壯繆之矯矯者乎？若此者，豈眞如汗德所云，實踐理性爲宇宙人生之根本歟？抑與現在利己之世界相比較，而益使吾人興無涯之感也？則選擇戲曲小説之題目者，亦可以知所去取矣。

十七

吾人謂戲曲小説家爲專門之詩人，非謂其以文學爲職業也。以文學爲職業，餔餟的文學也。職業的文學家，以文學爲生活；專門之文學家，爲文學而生活。今餔餟的文學之途，蓋已開矣。吾寧聞征夫思婦之聲，而不屑使此等文學囂然汚吾耳也。

世界文庫本《晚清文選》

屈子文學之精神

王國維

我國春秋以前，道德政治上之思想，可分之爲二派：一帝王派，一非帝王派。前者稱道堯、舜、禹、湯、文、武，後者則稱其學出於上古之隱君子，如莊周所稱廣成子之類。或託之於上古之帝王。前者近古學派，後者遠古學派也。前者貴族派，後者平民派也。前者入世派，後者遯世派也。非眞遯世派，知其主義之終不能行于世，而遯爲者也。前者熱情派，後者冷性派也。前者國家派，後者個人派也。前者大成於孔子、墨子，而後者大成於老子。老子楚人，在孔子後，與孔子問禮之老聃，係二人，説見汪容甫《述學·老子考異》。故前者北方派，後者南方派也。此二派者，其主義常相反對，而不能相調和。觀孔子與接輿、長沮、桀溺、荷篠丈人之關係，可知之矣。戰國後之諸學派，無不直接出於此二派，或出於混合此二派。故雖謂吾國固有之思想，不外此二者，可也。

夫然，故吾國之文學，亦不外發表二種之思想。然南方學派則僅有散文的文學，如老子、莊、列是已。至詩歌的文學，則爲北方學派之所專有。《詩》三百篇，大抵表北方學派之思想者也。雖其中如《考槃》、《衡門》等篇，略近南方之思想。然北方學者所謂"用之則行，舍之則藏"，"有道則見，無道則隱”者，亦豈有異於是哉？故此等謂之南北公共之思想則可，不必爲南方思想之特質也。然則詩歌的文學，所以獨出於北方之學派者，又何故乎？

詩歌者，描寫人生者也。用德國大詩人希爾列爾之定義。此定義未免太狹。今更廣之曰“描寫自然及人生”，可乎？然人類之興味，實先人生，而後自然。故純粹之模山範水，留連光景之作，自建安以前，殆未之見。而詩歌之題目，皆以描寫自己深邃之感情爲主。其寫景物也，亦必以自己深邃之感情爲之素地，而始得於特別之境遇中，用特別之眼觀之。故古代之詩，所描寫者，特人生之主觀的方面；而對於人生之客觀的方面，及純處於客觀界之自然，斷不能以全力注之也。故對古代之詩，前之定議，苦其廣，而不苦其隘也。

詩之爲道，旣以描寫人生爲事，而人生者，非孤立之生活，而在家族、國家及社會中之生活也。北方派之理想，置於當日之社會中，南方派之理想，則樹於當日之社會外。易言以明之，北方派之理想，在改作舊社會，南方派之理想，在創造新社會。然改作與創作，皆當日之社會之所不許也。南方之人，以長於思辯，而短於實行，故知實踐之不可能，而卽於其理想中，求其安慰之地，故有遯世無悶，囂然自得以沒齒者矣。若北方之人，則往往以堅忍之志，強毅之氣，恃其改作之理想，以與當日之社會爭；而社會之仇視之也，亦與其仇視南方學者無異，或有甚焉。故彼之視社會也，一時以爲寇，一時以爲親，如此循環，而遂生歐穆亞（Hamour）之人生觀。《小雅》之傑作，皆此種競爭之產物也。且北方之人，不爲離世絕俗之舉，而日周旋於君臣父子夫婦之間，此等在在畀以詩歌之題目，與以作詩之動機。此詩歌的文學，所以獨產於北方學派中，而無與於南方學派者也。

然南方文學中，又非無詩歌的原質也。南人想象力之偉大豐富，勝於北人遠甚。彼等巧於比類，而善於滑稽：故言大則有若北溟之魚，語小則有若蝸角之國；語久則大椿冥靈，語短則蟪蛄朝菌；至於襄城之野，七聖皆迷；汾水之陽，四子獨往：此種想象，決不能於北方文學中發見之。故莊、列書中之某分，卽謂之散文詩，無不可也。夫兒童想象力之活潑，此人人公認之事實也。國民文化發達之初期亦然，古代印度及希臘之壯麗之神話，皆此等想象之產物也。以我中國論，則南方之文化發達較後於北方，則南人之富於想象，亦自然之勢也。此南方文學中之詩歌的特質所以優於北方文學者也。

由此觀之，北方人之感情，詩歌的也，以不得想象之助，故其所作遂止於小篇。南方人之想象，亦詩歌的也，以無深邃之感情之後援，故其想象亦散漫而無所麗，是以無純粹之詩歌。而大詩歌之出，必須俟北方人之感情，與南方之想象合而爲一，即必通南北之騎驛而後可，斯即屈子其人也。

屈子南人而學北方之學者也。南方學派之思想，本與當時封建貴族之制度，不能相容。故雖南方之貴族，亦嘗奉北方之思想焉。觀屈子之文，可以徵之。其所稱之聖王，則有若高辛、堯、舜、禹、湯、少康、武丁、文、武，賢人則有若臯陶、摯說、彭、咸謂彭祖、巫咸，商之賢臣也，與"巫咸時夕降兮"之巫咸，自是二人，列子所謂鄭有神巫，名季咸者也。比干、伯夷、呂望、甯戚、百里、介推，暴君則有若夏□、羿、浞、桀、紂，皆北方學者之所常稱道，而於南方學者所稱黃帝、廣成等不一及焉。雖《遠游》一篇，似專述南方之思想，然此實屈子憤激之詞，如孔子之居夷浮海，非其志也。《離騷》之卒章，其旨亦與《遠游》同。然卒曰，"陟升皇之赫戲兮，忽臨睨夫舊鄉。僕夫悲余馬懷兮，蜷局顧而不行。"《九章》中之《懷沙》，乃其絕筆，然猶稱重華、湯、禹，足知屈子固徹頭徹尾抱北方之思想，雖欲爲南方之學者，而終有所不慊者也。

屈子之自贊曰"廉貞"。余謂屈子之性格，此二字盡之矣。其廉固南方學者之所優爲，其貞則其所不屑爲，亦不能爲者也。女嬃之詈，巫咸之占，漁父之歌，皆代表南方學者之思想，然皆不足以動屈子。而知屈子者，唯詹尹一人。蓋屈子之於楚，親則肺腑，尊則大夫，又嘗管內政外交上之大事矣，其於國家既同累世之休戚，其於懷王又有一日之知遇，被疏者一，被放者再，而終不能易其志，於是其性格與境遇相得，而使之成一種歐穆亞。《離騷》以下諸作，實此歐穆亞所發表者也。使南方之學者處此，則賈誼《弔屈原文》，揚雄《反離騷》是，而屈子非矣。此屈子之文學，所負於北方學派者。然就屈子文學之形式言之，則所負於南方學派者，抑又不少。彼之豐富之想象力，實與莊、列爲近。《天問》、《遠游》鑿空之談，求女謬悠之語，莊語之不足，而繼之以諧，於是思想之游戲，更爲自由矣。變《三百篇》之體，而爲長句，變短什而爲長篇，於是感情之發表，更爲婉轉矣。此皆古代北方文學之所未有，而其端自屈子開之。然所以驅此想象而成此大文學者，實由其北方之肫摯的性格。此莊周等之所以僅爲哲學　，而周、秦間之大詩人，不能不獨數屈子也。

要之，詩歌者，感情的產物也。雖其中之想象的原質，即知力的原質。亦須有肫摯之感情，爲之素地，而後此原質乃顯。故詩歌者實北方文學之產物，而非儇薄冷淡之夫所能託。觀後世之詩人，若淵明，若子美，無非受北方學派之影響者。豈獨一屈子然哉！豈獨一屈子然哉！

世界文庫本《晚清文選》

論詞隨筆(選錄)

〔清〕沈祥龍

詞以自然爲尙，自然者，不雕琢，不假借，不著色相，不落言詮也。古人名句如"梅子黃時雨"、"雲破月來花弄影"，不外自然而已。

《詞話叢編》本《論詞隨筆》

蕙風詞話(選錄)

〔清〕況周頤

塡詞要天資，要學力，平日之閱歷，目前之境界，亦與有關係。無詞境，卽無詞心，矯揉而彊爲之，非合作也。境之窮達，天也，無可如何者也；雅俗，人也，可擇而處者也。

眞字是詞骨，情眞景眞，所作必佳，且易脫稿。

人靜簾垂，鐙昏香直，窗外芙蓉，殘葉颯颯作秋聲，與砌蟲相和答。據梧暝坐，湛褱息機，每一念起，輒設理想排遣之，乃至萬緣俱寂，吾心忽瑩然開朗如滿月，肌骨淸涼，不知斯世何世也。斯時若有無端哀怨，棖觸於萬不得已，卽而察之，一切境象全失，唯有小窗虛幌，筆牀硯匣，一一在吾目前，此詞境也。三十年前或月一至焉，今不可復得矣。

吾聽風雨，吾覽江山，常覺風雨江山外有萬不得已者在，此萬不得已者，即詞心也，而能以吾言寫吾心，即吾詞也。此萬不得已者，由吾心醞釀而出，即吾詞之眞也，非可彊爲，亦無庸彊求，視吾心之醞釀何如耳。吾心爲主，而書卷其輔也，書卷多，吾言尤易出耳。

吾蒼茫獨立於寂寞無人之區，忽有匪夷所思之一念，自沈冥杳靄中來，吾於是乎有詞。洎吾詞成，則於頃者之一念若相屬若不相屬也，而此一念，方緜邈引演於吾詞之外，而吾詞不能殫陳，斯爲不盡之妙，非有意爲是。不盡如書家所云，無垂不縮，無往不復也。(以上見卷一)

詞境以深靜爲至。韓持國《胡擣練令》過拍云："燕子漸歸春悄，簾幙垂淸曉。"境至靜矣，而此中有人，如隔蓬山。思之思之，遂由淺而見深。蓋寫景與言情，非二事也。善言情者，但寫景而情在其中。此等境界，唯北宋人詞往往有之。持國此二句，尤妙在一漸字。(以上見卷二)

塡詞景中有情，此難以言傳也。元遺山《木蘭花慢》云："黃星幾年飛去，澹春陰，平野草靑靑。"平野春靑，只是幽靜芳倩，却有難狀之情，令人低徊欲絕，善讀者，約略身入景中，便知其妙。(以上見卷三)

惜陰堂叢書本《蕙風詞話》

詞　　話(選錄)

錢振鍠

案靜安言詞之病在隔，詞之高處爲自然。予謂隔只是不眞耳。眞則親切有味矣，眞則自然矣。靜安有《蝶戀花》，下半闋云："一樹亭亭花乍吐，除却天然，欲贈渾無語。當面吳娘誇善舞，可憐總被腰肢誤。"此亦靜安之論詞也。當面兩字，狼藉時賢多矣。

"池塘生春草"，古人會得者不多幾人。靜安舉以論詞，眞不凡也。然靜安具此高識，而於同時詞家，亦頗擡舉。此則見解自見解，交情自交情，不足怪也。

民國排印本《名山續集·謫星說詞》

人間詞乙稿序

樊志厚

去歲夏，王君靜安集其所爲詞，得六十餘闋，名曰《人間詞甲稿》，余既敍而行之矣。今冬，復彙所作詞爲《乙稿》，丐余爲之敍。余其敢辭。乃稱曰：

文學之事，其內足以攄己，而外足以感人者，意與境二者而已。上焉者意與境渾，其次或以境勝，或以意勝。苟缺其一，不足以言文學。原夫文學之所以有意境者，以其能觀也。出於觀我者，意餘於境。而出於觀物者，境多於意。然非物無以見我，而觀我之時，又自有我在。故二者常互相錯綜，能有所偏重，而不能有所偏廢也。文學之工不工，亦視其意境之有無，與其深淺而已。

自夫人不能觀古人之所觀，而徒學古人之所作，於是始有僞文學。學者便之，相尙以辭，相習以模擬，遂不復知意境之爲何物，豈不悲哉！苟持此以觀古今人之詞，則其得失，可得而言焉。溫、韋之精豔，所以不如正中者，意境有深淺也。《珠玉》所以遜《六一》，《小山》所以愧《淮海》者，意境異也。美成晚出，始以辭采擅長，然終不失爲北宋人之詞者，有意境也。南宋詞人之有意境者，唯一稼軒，然亦若不欲以意境勝。白石之詞，氣體雅健耳，至於意境，則去北宋人遠甚。及夢窗、玉田出，並不求諸氣體，而惟文字之是務，於是詞之道熄矣。自元迄明，益以不振。至於國朝，而納蘭侍衞以天賦之才，崛起於方興之族。其所爲詞，悲涼頑豔，獨有得於意境之深，可謂豪傑之士，奮乎百世之下者矣。同時朱、陳，既非勁敵；後世項、蔣，尤難鼎足。至乾、嘉以降，審乎體格韻律之間者愈微，而意味之溢於字句之表者愈淺。豈非拘泥文字，而不求諸意境之失歟？抑觀我觀物之事自有天在，固難期諸流俗歟？

余與靜安，均夙持此論。靜安之爲詞，眞能以意境勝。夫古今人詞之以意勝者，莫若歐陽公。以境勝者，莫若秦少游。至意境兩渾，則惟太白、後主、正中數人足以當之。靜安之詞，大抵意深於歐，而境次於秦。至其合作，如《甲稿》《浣溪沙》之“天末同雲”、《蝶戀花》之“昨夜夢中”、《乙稿》《蝶戀花》之“百尺朱樓”等闋，皆意境兩忘，物我一體。高蹈乎八荒之表，而抗心乎千秋之間。駸駸乎兩漢之疆域廣於三代，貞觀之政治隆於武德矣。方之侍衞，豈徒伯仲。此固君所得於天者獨深，抑豈非致力於意境之效也。至君詞之體裁，亦與五代、北宋爲近。然君詞之所以爲五代、北宋之詞者，以其有意境在。若以其體裁故，而至遽指爲五代、北宋，此又君之不任受。固當與夢窗、玉田之徒，專事摹擬者，同類而笑之也。光緒三十三年十月，山陰樊志厚敍。(據趙萬里所撰王氏年譜，這序是王氏自己的作品。)

人民文學出版社《人間詞話》附錄

元劇之文章[1]

王國維

元雜劇[2]之爲一代之絕作，元人未之知也。明之文人始激賞之，至有以關漢卿比司馬子長者(韓文靖邦奇)[3]。三百年來，學者文人，大抵屏元劇不觀。其見元劇者，無不加以傾倒。如焦里堂《易餘籥錄》[4]之說，可謂具眼矣。焦氏謂一代有一代之所勝，欲自楚騷以下，撰爲一集，漢則專取其賦，魏、晉、六朝至隋，則專錄其五言詩，唐則專錄其律詩，宋專錄其詞，元專錄其曲[5]。余謂律詩與詞，固莫盛於唐、宋，然此二者果爲二代文學中最佳之作否，尙屬疑問。若元之文學，則固未有倘於其曲者也。元曲[6]之佳處何在？一言以蔽之，曰：自然而已矣。古今之大文學，無不以自然勝，而莫著於元曲。蓋元劇之作者，其人均非有名位學問也；其作劇也，非有藏之名山，傳之其人之意也[7]。彼以意興之所至爲之，以自娛娛人。關目[8]之拙劣，所不問也；思想之卑陋，所不諱也；人物之矛盾，所不顧也；彼但摹寫其胸中之感想，與時代之情狀，而眞摯之理，與秀傑之氣，時流露於其間。故謂元曲爲中國最自然之文學，無不可也。若其文字之自然，則又爲其必然之結果，抑其次也。

明以後，傳奇[9]無非喜劇[10]，而元則有悲劇[11]在其中。就其存者言之：如《漢宮秋》《梧桐雨》《西蜀夢》《火燒介子推》《張千替殺妻》等[12]，初無所謂先離後合，始困終亨之事也。其最有悲劇之性質者，則如關漢卿之《竇娥寃》[13]，紀君祥之《趙氏孤兒》[14]。劇中雖有惡人交構其間，而其蹈湯赴火者，仍出於其主人翁之意志[15]，卽列之於世界大悲劇中，亦無媿色也。

元劇關目之拙，固不待言。此由當日未嘗重視此事，故往往互相蹈襲，或草草爲之。然如武漢臣之《老生兒》[16]，關漢卿之《救風塵》[17]，其佈置結構，亦極意匠慘淡之致，寧較後世之傳奇，有優無劣也。

然元劇最佳之處，不在其思想結構，而在其文章。其文章之妙，亦一言以蔽之，曰：有意境而已矣。何以謂之有意境？曰：寫情則沁人心脾，寫景則在人耳目，述事則如其口出是也。古詩詞之佳者，無不如是。元曲亦然。明以後其思想結構，儘有勝於前人者，唯意境則爲元人所獨擅。玆舉數例以證之。其言情述事之佳者，如關漢卿《謝天香》[18]第三折：

《正宮端正好》：我往常在風塵，爲歌妓，不過多見了幾箇筵席，回家來仍作箇自由鬼；今日倒落在無底磨牢籠內！

馬致遠《任風子》[19]第二折：

《正宮端正好》：添酒力晚風涼，助殺氣秋雲暮，尙兀自脚趔趄[20]醉眼模糊；他化的我一方之地都食素，單則俺殺生的無緣度。

語語明白如畫，而言外有無窮之意。又如《竇娥冤》第二折：

《鬬蝦蟆》：空悲戚，沒理會，人生死，是輪迴。感著這般病疾，值著這般時勢，可是風寒暑溼，或是飢飽勞役，各人證候[21]自知。人命關天關地，别人怎生替得？壽數非干一世，相守三朝五夕，說甚一家一計。又無羊酒段疋，又無花紅財禮；把手爲活過日，撒手如同休棄；不是竇娥忤逆，生怕旁人論議。不如聽咱勸你，認箇自家悔氣，割捨的一具棺材，停置幾件布帛，收拾出了咱家門裏，送入他家墳地。這不是你那從小兒年紀指脚的夫妻[22]，我其實不關親，無半點恓惶淚。休得要心如醉，意似癡，便這等嗟嗟怨怨，哭哭啼啼。

此一曲直是賓白[23]，令人忘其爲曲。元初所謂當行家[24]，大率如此；至中葉以後，已罕覯矣。其寫男女離别之情者，如鄭光祖《倩女離魂》[25]第三折：

《醉春風》：空服徧瞑眩藥[26]，不能痊；知他這腤臢病，何日起？要好時，直等的見他時；也只爲這症候因他上得、得。一會家縹渺呵，忘了魂靈；一會家精細呵，使著軀殼；一會家混沌呵，不知天地。

《迎仙客》：日長也愁更長，紅稀也信尤稀，春歸也奄然人未歸。我則道相别也數十年，我則道相隔著數萬里，爲數歸期，則那竹院裏刻徧琅玕翠。

此種詞如彈丸脱手，後人無能爲役；唯南曲中《拜月》《琵琶》差能近之[27]。至寫景之工者，則馬致遠之《漢宫秋》第三折：

《梅花酒》：呀！對著這迥野凄涼。草色已添黄，兎起早迎霜。犬褪得毛蒼，人搠起纓槍，馬負著行裝，車運著餱糧，打獵起圍場。他他他，傷心辭漢主；我我我，攜手上河梁[28]。他部從，入窮荒；我鑾輿，返咸陽[29]。返咸陽，過宫牆；過宫牆，繞迴廊；繞迴廊，近椒房[30]；近椒房，月昏黄；月昏黄，夜生涼；夜生涼，泣寒螿；泣寒螿，綠紗窗；綠紗窗，不思量！

《收江南》：呀！不思量，便是鐵心腸[31]！鐵心腸，也愁淚滴千行；美人圖今夜掛昭陽[32]，我那裏供養，便是我高燒銀燭照紅妝[33]。

（尚書云）陛下回鑾罷，娘娘去遠了也。（駕唱）

《鴛鴦煞》：我煞大臣行，説一箇推辭謊，又則怕筆尖兒那火[34]編修講。不見那花朵兒精神，怎趁那草地裏風光？唱道竚立多時，徘徊半晌，猛聽的塞雁南翔，呀呀的聲嘹亮，却原來滿目牛羊，是兀那載離恨的氈車[35]半坡裏響。

以上數曲，眞所謂寫情則沁人心脾，寫景則在人耳目，述事則如其口出者。第一期之元劇[36]，雖淺深大小不同，而莫不有此意境也。

古代文學之形容事物也，率用古語，其用俗語者絕無。又所用之字數亦不甚多。獨元曲以許用襯字故[37]，故輒以許多俗語或以自然之聲音形容之。此自古文學上所未有也。玆舉其例，如《西廂記》第四劇第四折：

《雁兒落》：綠依依牆高柳半遮，靜悄悄門掩清秋夜，疎剌剌林梢落葉風，昏慘慘雲際穿窗月。

《得勝令》：驚覺我的是顫巍巍竹影走龍蛇，虛飄飄莊周夢蝴蝶[38]，絮叨叨促織兒無休歇，韻悠悠砧聲兒不斷絕；痛煞煞傷別，急煎煎好夢兒應難捨，冷清清的咨嗟，嬌滴滴玉人兒何處也？

此猶僅用三字也。其用四字者，如馬致遠《黃粱夢》[39]第四折：

《叨叨令》：我這裏穩丕丕土坑上迷颩沒騰的坐，那婆婆將粗剌剌陳米喜收希和的播，那蹇驢兒柳陰下舒著足乞留惡濫的臥，那漢子去脖項上婆娑沒索的摸。你則早醒來了也麼哥，你則早醒來了也麼哥，可正是窗前彈指時光過。

其更奇絕者，則如鄭光祖《倩女離魂》第四折：

《古水仙子》：全不想這姻親是舊盟，則待教祆廟火[40]刮刮匝匝烈燄生，將水面上鴛鴦忒楞楞騰分開交頸，疎剌剌沙鞲雕鞍撒了鎖鞓[41]，廝琅琅湯偷香[42]處喝號提鈴，支楞楞爭絃斷了不續碧玉箏，吉丁丁璫精磚上摔破菱花鏡[43]，撲通通東井底墜銀瓶[44]。

又無名氏《貨郎旦》[45]劇第三折，則所用疊字，其數更多。

《貨郎兒六轉》：我則見黯黯慘慘天涯雲布，萬萬點點瀟湘夜雨，正值著窄窄狹狹溝溝塹塹路崎嶇，黑黑黯黯彤雲[46]布，赤留赤律瀟瀟灑灑斷斷續續，出出律律忽忽魯魯陰雲開處，霍霍閃閃電光星注；正值著颼颼摔摔風，淋淋淥淥雨，高高下下凹凹答答一水模糊，撲撲簌簌溼溼淥淥疎林人物，却便似一幅慘慘昏昏瀟湘水墨圖[47]。

由是觀之，則元劇實於新文體中自由使用新言語，在我國文學中，於《楚辭》、內典[48]外，得此而三。然其源遠在宋、金二代，不過至元而大成。其寫景抒情述事之美，所負於此者，實不少也。

元曲分三種，雜劇之外，尚有小令、套數[49]。小令只用一曲，與宋詞略同。套數則合一宮調中諸曲爲一套，與雜劇之一折略同。但雜劇以代言爲事，而套數則以自敍爲事，此其所以異也。元人小令、套數之佳，亦不讓於其雜劇。茲各錄其最佳者一篇，以示其例，略可以見元人之能事也。

小令

《天淨沙》（無名氏。此詞《庶齋老學叢談》及元刊《樂府新聲》[50]，均不著名氏，《堯山堂外紀》[51]以爲馬致遠撰，朱竹垞《詞綜》仍之，不知何據。）

枯藤老樹昏鴉，小橋流水人家，古道西風瘦馬，夕陽西下，斷腸人在天涯。

套數

《秋思》（馬致遠。見元刊《中原音韻》[52]、《樂府新聲》。）

《雙調夜行船》：百歲光陰如夢蝶，重回首往事堪嗟！昨日春來，今朝花謝，急罰盞夜闌燈滅。

《喬木查》：秦宮漢闕，做衰草牛羊野，不恁漁樵無話說。縱荒墳橫斷碑，不辨龍蛇。

《慶宣和》：投至狐蹤與兔穴，多少豪傑。鼎足三分半腰折，魏耶？晉耶？

《落梅風》：天教富，不待奢，無多時好天良夜，看錢奴硬將心似鐵，空辜負錦堂風月。

《風入松》：眼前紅日又西斜，疾似下坡車，晚來清鏡添白雪[53]，上牀與鞋履相別。莫笑鳩巢計拙，葫蘆提一就裝呆。

《撥不斷》：利名竭，是非絕，紅塵不向門前惹，綠樹偏宜屋角遮，青山正補牆頭缺，竹籬茅舍。

《離亭宴煞》：蛩吟罷一枕纔寧貼，雞鳴後萬事無休歇，算名利何年是徹！密匝匝蟻排兵，亂紛紛蜂釀蜜，鬧穰穰蠅爭血。裴公綠野堂[54]，陶令白蓮社[55]，愛秋來那些？和露摘黃花，帶霜烹紫蟹，煮酒燒紅葉。人生有限杯，幾個登高節？囑付與頑童記者，便北海[56]探吾來，道東籬[57]醉了也。

《天淨沙》小令，純是天籟，彷彿唐人絕句。馬東籬《秋思》一套，周德清評之以爲萬中無一[58]，明王元美等亦推爲套數中第一[59]，誠定論也。此二體雖與元雜劇無涉，可知元人之於曲，天實縱之，非後世所能望其項背也。

元代曲家，自明以來，稱關、馬、鄭、白[60]。然以其年代及造詣論之，寧稱關、白、馬、鄭爲妥也。關漢卿一空倚傍，自鑄偉詞[61]，而其言曲盡人情，字字本色，故當爲元人第一。白仁甫、馬東籬，高華雄渾，情深文明[62]。鄭德輝清麗芊綿，自成馨逸[63]，均不失爲第一流。其餘曲家，均在四家範圍內。唯宮大用瘦硬通神[64]，獨樹一幟。以唐詩喻之：則漢卿似白樂天，仁甫似劉夢得，東籬似李義山，德輝似溫飛卿，而大用則似韓昌黎。以宋詞喻之：則漢卿似柳耆卿，仁甫似蘇東坡，東籬似歐陽永叔，德輝似秦少游，大用似張子野。雖地位不必同，而品格則略相似也。明寧獻王《曲品》，躋馬致遠於第一[65]，而抑漢卿於第十。蓋元中葉以後，曲家多祖馬、鄭，而祧漢卿，故寧王之評如是。其實非篤論也[66]。

元劇自文章上言之，優足以當一代之文學。又以其自然故，故能寫當時政治及社會之情狀，足以供史家論世之資者不少。又曲中多用俗語，故宋、金、元三朝遺語，所存甚多。輯而存之，理而董之，自足爲一專書。此又言語學上之事，而非此書之所有事也。

商務印書館《海寧王靜安先生遺書·宋元戲曲攷》

【註釋】

［1］元劇之文章——本文是《宋元戲曲攷》第十二章。

［2］元雜劇——見本書第三册王驥德《曲律》註［35］。

［3］至有以關漢卿比司馬子長者（韓文靖邦奇）——韓邦奇，明正德進士。著有《易學啓蒙意見》《苑洛志樂》《樂律舉要》《苑洛集》等。王世貞《曲藻》（《中國古典戲曲論著集成》本）的附錄，有一條云："韓苑洛邦奇作乃弟邦靖行狀，末云：'恨無才如司馬子長、關漢卿者以傳其行。'北人粗野乃爾，然亦自有致。"據校註者稱，此條原書所無，據《錦囊小史》本。

［4］焦里堂易餘籥錄——《易餘籥錄》二十卷，焦循著，有《木犀軒叢書》本。據其自記云："……余壬戌自浙歸，遂不復出遊，專心於《易》。讀易之暇，泛及他書。……偶有所見，書而記之，久久成帙。今《易》學二書已完，付諸梓。其隨筆記錄，編次之，亦得二十卷，因題之曰《易餘籥錄》。《易餘》者，明爲餘力所及，不足以當賢者之盼也。"

［5］焦氏謂一代有一代之所勝九句——《易餘籥錄》卷十五云："……夫一代有一代之所勝，舍其所勝以就其不勝，皆寄人籬下者耳。余嘗欲自楚騷以下至明八股撰爲一集，漢則專取其賦，魏、晉、六朝至隋，則專錄其五言詩，唐則專錄其律詩，宋專錄其詞，元專錄其曲，明專錄其八股，一代還其一代之所勝。然而未暇也。偶與友人論詩而記于此。"

［6］元曲——元代新興的一種韻文文學。形式同宋詞相近，用長短句，但格律較自由，多用口語，便於直率地表達思想感情。是在元代社會生活的基礎上，融合唐宋大曲、宋詞、金元音樂和各種民間曲藝發展而成。所用曲牌約四百餘

個，都是北方流行的"北曲"。元曲分"散曲"和"劇曲"兩類，散曲是抒情的歌曲，劇曲則是綜合性的藝術，都有很高成就，常同"唐詩""宋詞"并稱。尤以劇曲(元雜劇)成就更高，因此也有人以元曲爲元雜劇的同義語。如《元曲選》實際是指元雜劇選集。這裏採用的是後一種說法。

[7] 藏之名山傳之其人——司馬遷《報任少卿書》："僕誠已著此書，藏之名山，傳之其人。"《史記·太史公自序》："藏之名山。"司馬貞索隱："《穆天子傳》云：'天子北征，至于羣玉之山，河平無險，四徹無繩，先王所謂策府。'郭璞云：'古帝王藏策之府。'則此謂藏之名山是也。"

[8] 闕目——見本書第三册臧懋循《元曲選序二》註[7]。

[9] 傳奇——明清以唱南曲爲主的戲曲形式。

[10] 喜劇——戲劇的一種類型。特徵是以強烈的誇張手法，展示醜惡事物與美好事物之間的不協調等滑稽可笑現象；並對被否定的事物加以諷刺或嘲笑，以引起人們的鄙視和自省。

[11] 悲劇——戲劇的一種類型。以劇中主人公與現實之間不可調和的衝突及其悲慘結局，構成基本內容的作品。

[12] 漢宮秋——全名《破幽夢孤雁漢宮秋》。雜劇劇本，元代馬致遠作。 梧桐雨——全名《唐明皇秋夜梧桐雨》。雜劇劇本，元代白樸作。 西蜀夢——全名《關張雙赴西蜀夢》。雜劇劇本，元代關漢卿作。火燒介子推——全名《晉文公火燒介子推》。雜劇劇本，元代狄君厚作。張千替殺妻——《正音譜》題名《張子替殺妻》。雜劇劇本，元代無名氏作。

[13] 關漢卿——見本書第三册臧懋循《元曲選序二》註[3]。《竇娥冤》，雜劇劇本，全名《感天動地竇娥冤》。

[14] 紀君祥——一作紀天祥。元代戲曲作家。大都人。見《錄鬼簿》。所作雜劇今知有六種，現存《趙氏孤兒》一種，全名《趙氏孤兒大報仇》。

[15] 而其蹈湯赴火者仍出於其主人翁之意志——案：王國維之意，以爲《竇娥冤》中的竇娥，在不忍見婆婆受刑的情况下，寧願犧牲自己，不讓無辜的婆婆受酷刑，於是屈招畫供毒死張驢兒的父親。《趙氏孤兒》中的程嬰，爲了救趙氏孤兒，而將自己的孩子詐爲趙兒，藏于公孫杵臼家中，且自去出首。杵臼則自甘承擔此責任，而與趙兒同被屠岸賈搜出殺害。

[16] 武漢臣之老生兒——武漢臣，元代戲曲作家，濟南人。見《錄鬼簿》。所作雜劇今知有十種，現存《老生兒》等三種。《老生兒》，全名《散家財天賜老生兒》。

[17] 關漢卿之救風塵——《救風塵》，雜劇劇本，全名《趙盼兒風月救風塵》。

[18] 關漢卿謝天香——《謝天香》，雜劇劇本，全名《錢大尹智寵謝天香》。

[19] 馬致遠任風子——馬致遠見本册王鍾麒《中國歷代小説史論》註[25]。《任風子》，雜劇劇本，全名《馬丹陽三度任風子》。

[20] 趔趄——趔，利夜切。趄，音怯。趔趄，立脚不穩；脚步跟蹌。

[21] 證候——即症候；病狀。

[22] 指脚的夫妻——即恩愛的夫妻。

[23] 賓白——見本書第三册王驥德《曲律》註[62]。

[24] 當行家——"當行"原指深通劇理、精於製劇的專門家。明萬曆間，則有以工於辭藻修飾者爲"當行派"，以質樸淡白者爲"本色派"的看法，已失"當行"之原意。呂天成《曲品》卷上云："……第當行之手不多遇，本色之義未講明。當行兼論作法，本色只指填詞。當行不在組織餖飣學問，此中自有關節局概，一毫增損不得；若組織，正以蠹當行。本色不在摹勒家常語言，此中別有機神情趣，一毫妝點不來；若摹勒，正以蝕本色。今人不能融會此旨，傳奇之派，遂判而爲二：一則工藻績少擬當行，一則襲樸澹以充本色。甲鄙乙爲寡文，此嗤彼爲喪質。殊不知果屬當行，則句調必多本色；果其本色，則境態必是當行。……"

[25] 鄭光祖——元代傑出的戲曲作家。字德輝，平陽襄陵人。以儒補杭州路吏。病卒，火葬於西湖之靈芝寺。見《錄鬼簿》。所作雜劇今知有十八種，現存《倩女離魂》《傷梅香》《王粲登樓》等六種。倩女離魂——全名《迷青瑣倩女離魂》。

[26] 瞑眩藥——瞷，應作瞑，音面。僞古文《書·説命上》："若藥弗瞑眩，厥疾弗瘳。"按指藥性發作時心裏難受的感覺。

[27] 南曲——古代南方戲曲、散曲所用各種曲調的統稱。同"北曲"相對。是在唐宋大曲、宋詞和南方民間曲調的基礎上發展而成，盛行於元、明。《南詞定律》所收南曲曲牌較多，有一千三百四十二個。宋、元南戲和明清傳奇都以南曲爲主，也有用"南北合套"的。拜月琵琶——見本書第三册王驥德《曲律》註[86]、[87]。

[28] 攜手上河梁——李陵《與蘇武詩》中句。

[29] 咸陽——秦都城名，在今陝西咸陽市東北，本文借作漢都城的名稱。

[30] 椒房——漢代后妃所住的宮殿，用椒和泥塗壁，取其溫暖有香氣，兼有多子之意，故名。班固《西都賦》："後宮則有掖庭椒房后妃之室。"

[31] 鐵心腸——皮日休《桃花賦序》："余嘗慕宋廣平之爲相，貞姿勁質，剛態毅狀，疑其鐵腸石心，不解吐婉媚辭。"

[32] 昭陽——漢武帝後宮八區，中有昭陽殿。

[33] 高燒銀燭照紅妝——蘇軾《海棠》詩："只恐夜深花睡去，故燒高燭照紅妝。"

[34] 火——同夥。

[35] 氈車——唐代，回鶻的后妃所坐的車子，用氈子作車篷，名爲氈車。見《資治通鑑》胡三省註。

[36] 第一期之元劇——王國維《宋元戲曲攷》："至有元一代之雜劇，可分爲三期：一、蒙古時代：此自太宗取中原以後，至至元一統之初。《錄鬼簿》卷上所錄之作者五十七人，大都在此期中。其人皆北方人也。二、一統時代：則自至元後至至順後至正間，《錄鬼簿》所謂'已亡名公才人，與余相知或不相知者'是也。其人則南方爲多；否則北人而僑寓南方者也。三、至正時代：《錄鬼簿》所謂'方今才人'是也。此三期，以第一期之作者爲最盛，其著作存者亦多，元劇之傑作，大抵出於此期中。"

[37] 襯字——所謂"襯字"，是指曲調以外，作者根據表現內容的需要而增加的字。多半爲副詞、助動詞一類虛字，間亦用形容詞、代名詞等實字。有"襯字"，可使作者在寫作時有伸縮回旋的餘地，同時也使文字更臻生動活潑。古曲無所謂襯字，自元明以來，曲分南北，始漸用之。北曲襯字可較多，南曲則一般不超過三字。這是由於板眼不同所致。所謂"板"，即是"綽板"聲，"眼"即鼓聲。南曲板眼較爲嚴正，北曲則較爲寬大。嚴正則不能假移，寬大則有回旋餘地。清人徐大椿在《樂府傳聲》"定板"條中說："……南曲之字句，無一調無定格，而北曲則不拘字句之調極多。又南曲襯字極少，少則一字幾腔，板在何字何腔，千首一律；若北曲則襯字極多，板必有不能承接之處，中間不能不增出一板，此南之所以有定，北之所以無定也。"可見襯字之多寡與板眼的關係極爲密切。

[38] 莊周夢蝴蝶——《莊子·齊物論》："昔者莊周夢爲胡蝶，栩栩然胡蝶也。"

[39] 馬致遠黃粱夢——《黃粱夢》，雜劇劇本，全名《開壇闡教黃粱夢》。

[40] 祆廟火——祆，音掀。祆廟，是拜火教的寺廟。祆廟火，是民間的一個傳說故事：蜀帝的公主和乳母陳氏的兒子相愛，約定在祆廟相會。公主去的時候，看見陳生睡着了，她就回去了。陳生睡醒，知道公主已去，怨氣變成火燄，竟把自己和廟宇一起燒毀了。事見《異苑》。

[41] 鞴——音貝，同鞁。車馬上的裝備物。鞓——音廳，皮帶。

[42] 偷香——晉賈充女午，與韓壽私通，竊其父所藏御賜奇香贈壽。見《晉書·賈充傳》。

[43] 菱花鏡——古代以銅爲鏡,鑄成菱花形的,叫菱花鏡。

[44] 井底墜銀瓶——白居易《新樂府》中有《井底引銀瓶》一篇, 起句爲:"井底引銀瓶,銀瓶欲上絲繩絕;石上磨玉簪, 玉簪欲成中央折。瓶沉簪折知奈何? 似妾今朝與君別!"銀瓶,汲水的器具。

[45] 貨郎旦——雜劇劇本,全名《風雨像生貨郎旦》。

[46] 彤雲——同"同雲",冬天下雪時候的陰雲。

[47] 水墨圖——用水墨繪成的圖畫,中國畫的畫體之一。

[48] 內典——佛家教典。

[49] 小令——散曲體式之一。體裁短小, 元人也叫"葉兒"。普通以一支曲子爲獨立單位, 也有例外。"摘調""帶過曲""集曲""重頭""換頭"等都是小令的特殊形式。套數——也叫"套曲"。戲曲或散曲(小令除外)中,用多種曲調互相聯貫、有首有尾、成爲一套者, 名套數。其組成普通有三個特點: 一是必須有二支以上同一宮調的曲子相聯,如宮調雖異,管色相同者也可互借入套;二是有尾聲;三是全套無論長短,必須首尾一韻。散曲的套數或套曲,一般又稱爲"散套"。

[50] 庶齋老學叢談——筆記,元盛如梓撰。凡三卷。內容爲辨論經史、評隲詩文,兼記朝野逸事。樂府新聲——全名《梨園按試樂府新聲》。元刊本散曲選集。元無名氏輯。凡三卷,上卷爲套數,中、下卷爲小令, 編制不按宮調, 作者大部沒有註出。

[51] 堯山堂外紀——筆記, 明蔣一葵撰。凡一百卷。內容爲選錄記傳中所載軼聞瑣事之稍僻者,自上古至明代,均以人名標目。

[52] 中原音韻——韻書,元周德清撰。凡二卷。內容是根據元代北曲用韻,分爲十九部,變更《切韻》以來韻書的體例。

[53] 晚來清鏡添白雪——李白《將進酒》:"君不見,高堂明鏡悲白髮,朝如青絲暮成雪。"

[54] 裴公綠野堂——《舊唐書·裴度傳》:"又於午橋創別墅,花木萬株,中起涼臺暑館,名曰綠野堂。"

[55] 陶令白蓮社——《蓮社高賢傳》: "謝靈運至廬山, 一見遠公(慧遠), 肅然心伏,乃即寺築壇,翻《涅槃經》,鑿池植白蓮。時遠公諸賢, 同修淨土之業, 因號白蓮社。"又:"遠法師與諸賢結蓮社, 以書招淵明, 淵明曰: 若許飲則往。許之。遂造焉;忽攢眉而去。"陶淵明曾官彭澤令。

[56] 北海——後漢孔融,曾官北海相,好飲酒,故云。

[57] 東籬——馬致遠號。

[58] 馬東籬秋思一套二句——見周德清《作詞十法》"十定格"中評語。"此方是樂府,不重韻,無襯字,韻險語俊,諺曰'百中無一',余曰'萬中無一'。"

[59] 明王元美等亦推爲套數中第一——王世貞《曲藻》云:"馬致遠'百歲光陰',放逸宏麗,而不離本色。押韻尤妙。……結尤疎俊可詠。元人稱爲第一,眞不虛也。"

[60] 關馬鄭白——關、馬、鄭、白並稱,元代已然。周德清《中原音韻》自序云:"……樂府之盛,之備,之難,莫如今時。……其備,則自關、鄭、白、馬一新製作,韻共守自然之音,字能通天下之語,字暢語俊,韻促音調;觀其所述,曰忠,曰孝,有補於世。……"

[61] 自鑄偉詞——劉勰《文心雕龍·辨騷》:"雖取鎔經意,亦自鑄偉詞。"

[62] 情深文明——《禮記·樂記》:"是故情深而文明。"

[63] 自成馨逸——酈道元《水經注》:"蘭薰麝越,自成馨逸。"

[64] 宮大用瘦硬通神——即宮天挺,元代戲曲作家。字大用,大名開州人。歷學官,除釣台書院山長,爲權貴所中,事獲辨明,亦不見用。卒於常州。見《錄鬼簿》。所作雜劇今知有六種,現存《范張鷄黍》一種。一說《七里灘》也是他所作。杜甫《李潮八分小篆歌》:"書貴瘦硬方通神。"

[65] 寧獻王二句——寧獻王即朱權(?——一四四八年),字臞仙,號涵虛子、丹邱先生。明太祖第十七子,封於大寧,謚"獻",人稱寧獻王。是明代戲曲理論家、作家和古琴家。所作論著有數十種,其中《神奇祕譜》廣泛收集古代琴曲,對古樂的流傳頗有貢獻。《太和正音譜》是現存最早的北曲譜,並附有元、明雜劇作家、作品的名稱和評價,論述頗詳。所作雜劇今知有十二種,現存《大羅天》《私奔相如》兩種。《太和正音譜》"古今羣英樂府格勢"云:"馬東籬之詞,如朝陽鳴鳳。……宜列羣英之上。"

[66] 篤論——確當的評論。《論語·先進》:"論篤是與。"

【説明】

《宋元戲曲攷》作於一九一二年,是王國維在戲曲研究上最後完成的一部帶有總結性的著作。書中較全面地闡述並分析了我國古典戲曲的發展過程及其內容,這裏選錄的一章,則是專論元曲的文學價值。

戲曲文學,在過去,一向爲封建士大夫所卑視。王國維在本書的序言裏,推尊之爲“一代之文學”;此文甚至謂曲在元朝,其地位超過了唐詩與宋詞,給予很高評價,使當日讀者耳目一新。他的着眼點,主要有下列幾個方面:

首先,他認爲“古今之大文學,無不以自然勝,而莫著於元曲。”所謂“自然”,是創作動機、作品內容和語言的綜合。就作者的創作動機來說,“其作劇也,非有藏之名山,傳之其人之意也。彼以意興之所至爲之,以自娛娛人”;就作品的內容來說,“彼但摹寫其胸中之感想,與時代之情狀”。正因爲意興所至,所以它不同於“有名位學問”的士大夫的文學,旣不須裝頭蓋面,爲傳世計;更不用浮僞支離,作應酬語;只不過是直抒胸臆,寫出自己的感想而已。這感想是緣事而發的,因而他們所描繪的“時代之情狀”,就能够有“眞摯之理,與秀傑之氣,時流露於其間”。他之所以贊美元曲,是具有文學描寫人生、社會的眞實性的原則的。

然而王國維對於元曲的精神實質的認識是不够的:他祖述叔本華的意見,把悲劇作爲文學的“頂點”。在本文裏,他也是用資產階級唯心主義的人生哲學及其文藝觀點,去探索元曲的悲劇意義。因而片面強調劇中人物的主觀精神,不可能理解到元曲中所描寫的複雜的社會矛盾及其深刻的客觀現實意義。

王國維非常重視元曲自由地使用新語言的特點。文中指出元曲的描寫,“以許多俗語或自然之聲音形容之”,爲自古文學上所未有。他在元代劇作家中推關漢卿爲第一,比之於唐詩中的白樂天,是因爲關氏能够“一空依傍,自鑄偉詞,而其言曲盡人情,字字本色”的緣故。這種特色和這一新的文體在內容上突破舊的傳統有關,所以他說:“若其文字之自然,則又爲其必然之結果。”

關於元曲的藝術成就，王國維提出了意境之說。他認爲元曲“文章之妙，亦一言以蔽之，曰：有意境而已矣”。意境，有時他又稱之爲境界（見《人間詞話》）。在《人間詞話》裏，他把這種有意境的作品稱之爲“不隔”。據他自己的解釋，“不隔”便是“語語都在目前”。此文謂“寫情則沁人心脾，寫景則在人耳目，述事則如其口出”，正可與“不隔”之說相參證。從文中所舉的例子，可以看出王國維對文藝作品的要求，不僅“語語明白如畫”，而且要深入到內心世界的刻劃，賦予劇中人物以鮮明的性格，這確實是元曲的顯著特色。

附　錄

顧曲麈談（選錄）

吳　梅

塡詞一道，世人皆以爲難，顧亦有極樂之處。今請先言其難。詩古文辭，專在氣韻風骨，世之治此者，求其工穩，與漢、魏、唐、宋作家爭衡，固非易事；若論入手之始，僅在平仄妥協而已。況高論漢、魏者，有時平仄亦可不拘，是其難在胎息，不在格律之間也。曲則不然，平仄四聲而外，須注意於淸濁高下。字之宜陰者，不可塡作陽聲；字之宜陽者，又不可塡作陰聲。況曲牌之名，多至數百，各隸屬於各宮調之下；而宮調之性，又有悲歡喜怒之不同，則曲牌之聲，亦分苦樂哀悅之致。作者須就劇中之離合憂樂，而定諸一宮，然後再取一宮中曲牌，聯爲一套。是入手之始，分宮配角，已煞費苦心矣。及套數旣定，則須論字格。所謂字格者，一曲中必有一定字數，必有一定陰陽淸濁，某句須用上聲韻，某句須用去聲韻，某字須陰，某字須陽，一毫不可通借。……至於用韻，尤宜謹嚴。蓋曲中之韻，旣非詩韻，又非詞韻，其間去取分合，大抵以入聲分派三聲，而各將一韻分淸陰陽。……是故作曲者爲音律所拘縛，左支右絀，求一套之中，無支離拙澀之語，已是十分難事，而欲文字之工，足以與古作者相頡頏，不且難之又難哉！今之曲家，往往以典雅凝鍊之語，施諸曲中，雖覺易動人目，究非此道之正宗。曲之勝場，在於本色。試徧看元人雜劇，有一種塗金錯采，令人不可句讀否？惟明之屠赤水，所作《曇花》《彩毫》諸記，喜搬用類書，至今藉爲口實。黃韻珊至比爲房科墨卷，確是至言。然則配調塡字協韻而外，尤須出以本色，何其難也。調得平仄成文，又恐陰陽錯亂；配得宮調合律，更虞字格難諧；及諸般妥帖，而出語苟有晦澀，又非出色當行之作。……故論其難，幾令人無從下筆；論其樂事，則亦有不可勝言者。自來帝王卿相，神仙鬼怪，皆不可隨意而爲之。古今富貴壽考，如郭令公者，能有幾人？惟塡詞家能以一身兼之。我欲爲帝王，則垂衣端冕，儼然綸綍之音；我欲爲神仙，則霞珮雲裾，如帶朝眞之駕。推之萬事萬物，莫不稱心所願，屠門大嚼，聊且快意。士大夫伏處蘧廬，送窮無術，惟此一種文字，足洩其抑塞磊落不平之氣，借彼筆底之煙霞，吐我胸中之雲夢，不亦荒唐可樂乎？……

南詞重板眼，北詞重絃索，此世所通知者也。惟北詞調促而辭繁，下詞至難穩愜，且襯字無定法，板式無定律，初學塡詞幾於無從入手。又不尙詞藻，專重白描，胡元方言，尤須熟悉。句法字法，別有一種蹊徑，與南曲之溫柔典雅，大相懸絕。（〔原注〕《西廂》"繫春心情短柳絲長，隔花陰人遠天涯近。"語妙今古，顧在當時，不甚以此等豔語爲然，謂之行家生活，即明人謂案頭之曲，非場中之曲也。實甫曲如"顚不剌的見了萬千，似這般可喜娘罕曾見"，及"鶻伶淥老不尋常"等語，却是當行出色。關漢卿《續西廂》，人瑞大肆譏彈，實皆元人本色處，聖嘆不之知耳。）故作南曲，詞章佳者，尙易動筆。若作北曲，則語語不可夾入詞賦話頭，以俚俗爲文雅，雖詞章才子，對此無所措手矣。……（以上第一章《原曲》）

塡詞一道，本是詞章家事，詞采一層，無不優爲之。顧亦有所難言者。詞之與詩，其所用典雅之語，尙有可以通用之處，試閱五季兩宋之詞，雖有工拙之殊，一言以蔽之曰，雅而已矣。曲則不然，有雅有俗。雅非若詩餘之雅也，書卷典故，無一不可運用，而無一可以堆垛。即如淸眞詞《瑞龍吟》之"斷腸院落，一簾風絮"，《鎖窗寒》之"風燈零亂，少年羈旅"，此絕妙好辭也，試入之曲中，則反嫌不稱矣。以曲中所長，在乎超脫，正不必以情韻含蓄勝人也。至於俗則非一味俚俗已也，俗中尤須帶雅。蓋淨丑口吻，最難摹寫，非若生旦之可以文言見長。身不讀書，何必以才語相向乎？惟出語十分粗鄙，又不登大雅之堂。若《西廂》之游殿鬧齋，若《紅梨》之皂隸請宴，但顧座客之哄堂，不顧雅人之唾棄，則又不然也。昔人論詩餘之道，上不類詩，下不類曲，然則曲與詞固截然不同者矣。……猶記少時，歌《水滸記》活捉，友人云：此等妙曲，須如君之妙音歌之。當時但顧按拍，未暇細讀其文。由今觀之，實搬運類書而已，何妙之有。《水滸》爲吳門許自昌撰，不知何以食用死書若此？其首曲云："馬嵬埋玉，珠樓墮粉，玉鏡鸞空塵影。莫愁斂恨，枉稱南國佳人。便做蠶經獺髓，紘續鸞膠，怎濟得鄂被爐香冷？可憐那章臺人去也，一片塵，銅雀凄涼起暮雲。聽碧落，簫聲隱。色絲誰續懨懨病？花不醉下泉人。"此曲祇"花不醉下泉人"一語，却是妙文，餘則以堆垛爲能事，深無足取。一句一典實，辭意先晦澀矣。試問馬嵬坡、綠珠樓、莫愁湖以及獺髓、鸞膠、鄂君被、章臺柳等故事，閻婆惜以不甚識字之女子，能知之否？且其中所押之韻，眞文庚亭，模糊一片，而猶有目爲妙文者，吾所大惑不解也。然猶有可諉者，曲係旦口，不妨用文言也。乃若張文遠，以一衙門書吏，且又飾以副淨，而其所塡之曲，則又全是書卷。曲云："莫不是向坐懷柳下潛身？莫不是過南子戶外停輪？莫不是攜紅拂越府奔？莫不是仙從少室，訪孝廉封陟飛塵？"夫坐懷不亂是柳下惠事，戶外停輪是蘧伯玉事，紅拂是李衛公事，封陟遇仙是上元夫人事，張文遠果知之否乎？且以副淨脚色而歌此典麗華贍之曲，合乎否乎？此眞無可解責矣。余非好與古人爲難也，旣爲詞人立一準的，自當舉一正宗，雅則宜淺顯，俗則宜蘊藉，此曲家之必要者也。一部傳奇，短者十數折，長者數十折，每折必須數曲。若如許先生之語語用典，亦太費力矣。此塡詞貴淺顯之說也。傳奇爲警世之文，固宜彰善癉惡，俾社會上有所裨益。顧注全力於勸善果報，則又未免有頭巾腐氣。傳奇而有腐氣，尙何文字之足論。欲免腐氣，全在機趣二字。機者傳奇之精神，趣者傳奇之風致。少此二物，則如泥人土馬，有生形而無生氣。作者逐齣湊成，觀者逐段記憶，此病犯者孔多。由於下筆之先，未將全部情跡佈置，而復貪作曲文故也。局機不整，通本減色矣。至於趣之一事，最難形容。無論花前月下密約幽歡之曲，不可帶道學氣；即如談忠說孝，或摹寫節烈之事，所作曲白，亦不可走入呆板一路，要使其人鬚眉如生，而又風趣悠然，方是出色當行之作。《桃花扇》《沈江》一折，譜史可法死節事，何等可慘，而其曲云："撇下俺斷蓬船，丢下俺無家犬。"又云："看空江雪浪拍天，流不盡湘纍怨。累死英雄，到此日，看江山换主，無可留戀。"又尾云："山雲變，江岸遷。一霎時忠魂不見，寒食何人知墓田?"讀之令人慷慨泣下，無一憔悴可憐之語，如見閣部從容就死之狀。末云寒食墓田，則又凄涼欲絕，感人心脾。無他，機趣流利也。若通首作名教中語，則反成一種不規則之格言，安能激動觀場者之心乎？故填詞者須有跌宕風流之致，雖存扶持名教之旨，切不可爲迂腐可鄙之詞。元陳剛中論人品云：抑聖爲狂，寓哭於笑。作傳奇者，亦須如是，此填詞重機趣之說也。且一本傳奇，至少須有七八人，說何人宜肖何人，議某事宜切某事，賦風不宜說月，賞花不宜賦草。使所填詞曲賓白，確爲此人此事，爲他人他事所不能移動，方爲切實妙文。詩古文辭，總宜貼切，填詞何獨不然。各人有各人之情景，就本人身上，揮發出來，悲歡有主，啼笑有根，張三之冠，李四萬萬戴不上去，此即貼切之謂也。……試看《牡丹亭》老駝口中語，便可知矣。老駝在《牡丹亭》中，是一不甚重要之人，而記中凡涉老駝諸曲，如《决謁》《索元》《問路》等曲，竟無一字輕率者，可見作曲須切題也。《决謁》曲云："俺橐駝風味，種園家世，雖不能展脚伸腰，也和你鞠躬盡瘁。"句句是駝背口吻，能移置他人口中否?……此填詞重貼切之說也。曰淺顯，曰機趣，曰貼切，詞家所首重者。而要其指歸，則在於入情入理而已。情發一人之思，理窮萬事之變，人倫日用之間，至多可記者在，正不必索諸聞見之外，以荒唐文其淺陋也。惟尙有一事，詞釆上更當注意者，拗句是也。何謂拗句？即曲中偶有一二語，讀之平仄拗戾，棘棘不能上口者。……若做此等拗句，更宜加倍烹鍊，而復出之以自然。……蓋烹鍊者筆意，自然者筆機，意機交美，斯爲妙句。若只顧烹鍊，乃至語意晦塞，是違填詞貴淺顯之道矣，又安足取哉！（以上第二章《製曲》）

商務印書館《文藝叢刻》本《顧曲麈談》

曲海一勺

姚華

述旨第一

凡音之起，由人心生也;人心之動，物使之然也。一切文章，悉由此則。蓋心物交應,構而成象,積則必宣，形之於言。言者，心之聲也;聲成文,謂之音。言之尤美而音之至鱐者,莫文章若矣。

文章流別,自古已繁,綜其大凡,略有二類:無韻曰筆,有韻曰文。筆者不假修飾，直書而已。文則心物爲基，不欲直言，必醞釀久之，委曲以出。委,易曼也,曲,易支也。又規矩其辭,鏗鏘其韻,使不流不離，宛然中節,非取物極當,用心至深,未克有作也。

文章起於歌謠,至便口耳,往往感人，出於不覺。是以古今作者，前後相詔,體雖屢變,其歸則一。有文以來，詩歌尙已。戰國旣降，詩分爲三:騷、賦、樂府,並成鼎足。然騷、賦別行，而樂府獨隸詩系。自漢及唐，古近體詩，猶未歧視。五代、兩宋，長短句作，命之曰詞，别子爲祖，支派始分。然以樂府名者,比比而有。金、元起於北方,音律異聲,詞弗能叶,新聲以創,而曲遂作。尋其淵源,一本諸詞,遠祖南唐，近宗北宋，諸家小令,痕跡分明,不獨大曲爲散套、雜劇、傳奇之濫觴已也。是以詞曲界劃，雖極謹嚴,然多蒙舊語,曲亦名詞,或曰樂府,少示區别，則曰詞餘，曰今樂府。茂倩而後,詩集不續,若繼爲之，源流朗然，不可誣也。自時厥後,曲又爲二,南北分歧,雁行相抗,昔爲附庸，今成大國。古今變遷，有如此者。夫文章體製,與時因革,時世旣殊,物象卽變,心隨物轉，新裁斯出。自今以往，又不知變遷如何也。文章之用，以時爲貴，古之不宜於今，猶今之不宜於後。然而,博雅之士,言必稱古,每每貴遠賤近,謂今不逮昔。曲之於文,横被擯斥,至格於正軌之外,不得與詩詞同科。每攬陳篇,輒爲慨然。余豈以爲體物之工,寫心之妙,詞勝於詩，曲勝於詞。何則？文章應時而生，體各有當。古俗渾樸，簡略泰甚，踵事增華，乃益趨繁。《詩》三百篇，都無長言,由其簡也。屈、宋諸作,不嫌冗長,《京》、《都》亘製，動累篇幅，循其繁也。况四言必變而爲五七言，李、杜、韓、蘇，篇且百韻，事勢所迫，不得減省。而晚近制作，增以億萬，人情物理，益見繁雜。必託高古，一循莊雅，則語言所及，有時而窮。故詞產唐、宋之交，曲起宋、元之際，猶之七雄糺擾，騷賦遂以勃興，六代紛乘，近體於焉託始，是天人所推演而成者，以爲肆而益偸，不知其變而益進也。欲徵其說，請試陳之。

治平之世，百度守成，文章典則，步趨甚嚴，雖不覊之才，罔敢踰越。及有非常之變，則紀律蕩然，一時才俊，失所依據，斤斧自操，聰明所結，足使風雲變色，河岳異彩，新陳遞嬗，洪蒙再開，漸漸浸淫，以成習俗，所爲文章，亦相準焉。故雖不及於古，然新體萌芽，必於是時。變亂既定，循而治之，譯如以成，文章滋多矣。故事際一變，則文成一體，一治一亂，文運攸關，說似詭譎，理實尋常。是以文章體格，近世益備：春秋以前，不有騷賦；秦嬴以前，未聞樂府；隋以前無近體；三唐以前無長短句；兩宋以前無曲；騷、賦、樂府、近體詩、長短句極盛，而後人無由託足，則不得不變至於曲，可謂至近之變革也。論者獨尊古而卑今，右諸體而左曲，幾於衆口所同，此殆恆情之弊也。與謂古勝，寧謂今優。自元以上，文雄萬卷，獨絀於曲；自元而下，模範具存，雖至優俳，亦得爲之。一物之微，一事之細，嘗爲古文章家所不能道，而曲獨纖微畢露，譬溫犀之照水，象禹鼎之在山。今世史家，欲有所作，苟求之野，此其材矣。中古以前，獨苦無稽，四民風尙，十不得一，以致考古之士，或詳於其政，而遺於其俗，又未嘗不歎曲之興晚也。

且夫紀政之書，史於國者也；誌俗之書，史於民者也。民積而爲國，俗胚而爲政。政之言美，俗之言鄙；國之言恢，民之言微。人喜自尊，趨於虛憍，質家尙實，文家務華，文學益昌，黜質崇文，益以夸大，不甘細名，立言者騖高，讀書者好奇，與其詹詹，毋寧炎炎，古今一轍，顚撲不破。故史國者官，史民者稗，帝政之下，民俗爲卑。益以君臣義大，道學名高，文且斥爲喪志，曲更夷於玩物。猥談瑣記，倘目錄於縹緗，瞎話盲詞，亦皋比於婦孺。而曲爲有元一代之文章，雄於諸體，不惟世運有關，抑亦民俗所寓。於今黯然，將就湮滅，北調幾絕，南腔浸微，音節已漸失其傳，文章亦散而無紀。流俗弗喜，大雅不稱，傷哉斯文，從此墜地。當世文人，未之或惜，匪惟不惜，且罔聞知，悲夫！

惟是誌俗之作，古亦有徵乎？觀於周制，輶軒采詩，以觀民風，孔子手訂，風之存者，十有五國，皆其民史也。古之學校，《詩》、《書》並習，《書》以觀政，《詩》以觀俗，多聞之資，實取諸此。至於漢、魏，左思研《都》，十稔而成，一時傳抄，洛陽紙貴，藉其聞見，爲我師資，非謂夸多，遂足侅俗。工部詩篇，世稱詩史，猶古之遺也。詩賦之體，其起也遠，後有倣者，必習其辭，以古人之語，繪今人之心，以至少之材，狀至多之物，譬之作畫，米家烟雨，必不能作仙山樓閣也。改易古服，純式今粧，勢之所趨，其必爲曲。曲之作也，術本於詩賦，語根於當時，取材不拘，放言無忌，故能文物交輝，心手雙暢，其言彌近，其象彌親，試覽遺篇，則人人太冲，家家子美；余未見元、明以來作者所爲詩賦有擅於其曲者也。夫苟無其物，不生其心，心而無物，言亦何當？古物古心，猶之無也。余之詛曲，不貴乎其言，而貴乎其心，亦曰有物而已，故以文章論其準則。曲起金、元，逮於明、清，時歷四代，著作實繁，雖才有長短，誼有高下，欲加評斷，不少瑕疵，然非曲之過也。曲之託體，美矣茂矣！夫其文情相生，比賦並用，語似淺而實深，意若隱而常顯，情沿俗而歸雅，義雖莊而必諧，謝羣言以標新，離六籍以隸事；小令數語，常若豐澤，套詞連章，自成機杼，雜劇傳奇，更彙衆妙；意無不協之句，辭無不白之懷；雖甚參差，仍嚴格律，遇字須酌，逢音必審，平務分乎陰陽，仄尤謹於上去；入質實以淸空，去文飾以藻麗，犯古今之所難，獨雜沓而有倫：其易若彼，其難若此，豈非境之至勝，而體之最優者哉！文章諸體，名篇千萬，凡有佳勝，古人居先；曲之興起，才五百年，世不之重，作者較稀，鴻寶所藏，扮秘未闡，及今發揚，未爲晚也。

辛亥革命，前史斯斬，文章之運，當亦隨之。以曲推移，理宜一變。變將奚若？愚見所測，今樂西來，將趨興盛，音即備矣，辭或闕如。觀夫膠庠所習，坊肆所陳，產若芝草，湧譬醴泉，非不成章，僅能具體，不足鋪張國華，涵養民性，其必斟酌於古今，鎔鑄於中外，不有溫故之功，焉見知新之益？然而曲之不競，已非一朝，自雅歌既廢，老輩云亡，口耳並疏，聲容益邈，逮文弛而武張，更禮殘而樂缺，守此遺文，尋茲墜緒，揚《玄》未草，先費《解嘲》，嵇琴已摧，徒勞《歎逝》！因自傷其孤陋，乃益重其仔肩，日手樂章，信心獨斷。苟余情其信芳，雖人言亦何恤！所以發憤於已衰，商量於既往，因援曲以入文，俾與時而共進。世有同心，相與努力，冀其中興，王於閏運，然後可論損益，再觀變革，不待易世，當有小成，請存斯言，以爲張本。嗟乎！

杞、宋無徵，夏、殷斯已，述先傳後，爲今之責，反覆詳說，曷能默爾？知我罪我，夫復何言！

原樂第二

先儒有言："禮不可斯須去身。"嘗疑其說，謂非素封，胡能備是？既而思之，禮樂之用，渾沕無象，偶然流形，始著耳目，顯之爲節文，宣之爲歌舞，童年習之，終身由焉。故禮者，履也，自履者也；樂者，樂也，自樂者也。玉帛鐘鼓，不惟其器，豈必絢爛多儀，炫其粉澤，喧闐衆響，藉爲玄黃？是以周旋衷於其度，舞蹈習於其容，庠序所教，秋冬是程，禮樂之民，雍容如也。洎夫末造，古意浸失，禮鬱繁文，樂張俗艷，然履其所謂禮，樂其所謂樂，雖有變遷，猶存軌物。改革以來，澌滅殆盡，禮樂之用失，而人生之道苦矣！一年覘國，百凶尙寐，心滋殷憂，文成俟解，隟栝樂書，冠冕曲論，欲衍彼舊聞，博之今義，或網羅於放失，爲時世之匡益，庶知曲有先傳，言非無故，雖汗漫其辭，所不恤也。

禮樂之作，其古之聖者乎！是欲以愚民而民莫之或覺者，然舍是則民無以安焉，抑亦聖者之所不得已，而人文之興，必基於是矣。予欲有所以狀禮樂之妙而莫能舉其辭也久矣。今試言之：夫禮樂者，橐籥於元氣，根荄於人情，羣生仰其米鹽，萬化資其麴蘖，蓋自然之指揮，而至道之孳息也。禮之與樂，一體而殊致，譬彼循環，徹終始而無端，猶之匹偶，得雌雄而相應。欲辨端倪，請爲次第：穰輿大地已祛，先民斯作，世次卓昧，凡百無解，惟知縱欲，罔有節度，自然之樂，蟠蟄最先。然而兩間氣化，皆有定則；百骸勤動，皆有定數；品物利用，皆有定性：離此常經，即成牴牾。縱而反抑，因之自限，自然之禮，又寓此矣。人生於有限，勞而後存，以時休息，不忘其適，擇於其所限，而因以自遣，於是娛樂之具生焉。樂之興趣，已進一等。逮所歷已多，知識漸啓，乃酌其勞逸，劑以甘苦，興居必節，嗜慾必度，生之秩序，遂以釐然，禮起細微，茲其太始。如斯簡易，似無與於禮樂。然大樂必易，大禮必簡，曷得以多貶少，致薄古人。夫一身所遭，乘除於此，推而衍之，至於萬數。當夫人羣始通，戰爭旣厭，先之以講信，繼之以修睦，林林之衆，暫得休息，皆持禮樂，以爲經紀。農事有作，益臻明備，禮樂混合，相參爲用。人之所至，禮必至焉；禮之所至，樂必至焉。三五以來，至於改革，政刑有所不及，禮樂爲之彌綸。原其創造，夫豈一人之力，亦積勢使然。聖者聰明先察，因勢力導，爲之文飾，以盡其美而已。故夫禮樂者，道德之式也；節文歌舞者，禮樂之式也；式有長短，義無差池。儒者知之，而不能作，衆人由之，而不能知。禮樂之民，雖無政刑，未有亂者；禮樂毁滅，大亂必作。我生不辰，復爲先民，不可憫乎！

壬子國變，號爲共和之政，西方自出。豈耳其名，意必雍容揚揄，彬彬如也；東方禮樂之盛，胡以易焉？豈知其相反太甚，竟至於斯！抑又聞之：共和之民，法所不能治，其名甚美，其實極弊。欲舉其實，明德爲先。道德無形，式於禮樂。予以新民，習聞舊史，以爲禮樂之用，於今爲急。惟是帝制極盛，禮數益多，積弊相承，循而不改，人病其煩，卒底於亂。今與民更始，宜務其簡，若復糾纒，勢難綱維。記曰："樂盛則流，禮盛則離。"夫樂失則約之於禮，禮失則和之於樂，時會所至，羣象斯顯，與惡離而趨流，寧去約而使和，順而導之，範圍易就，故欲矯於今，非正樂之所有事也。

惟是古今異世，不相沿襲，自雅樂淪亡，燕樂衰歇，道古希聲，取悦衆耳，歌者未終，聽者倦矣。昔孔子聞韶，三月不知肉味，魏文侯端冕而聽古樂，則惟恐臥，由聖凡之相去，知古今之不移。夫樂者，情之歸也。情動於中，而不得所託，則淫佚陵亂焉。樂之於情，盂之於水，苟足爲範，其器與文，雖至萬變，猶是物也。嘗持此則，以評今樂：如有志宜以和，音揚而雅，情麗以則，氣舒以達，整而能暇，婉而有章，可以盪滌凡穢，涵養性靈，諧莊於俗，致近於遠，所謂陽而不散，陰而不密，剛氣不怒，柔氣不懾，四暢交於中，而發作於外，皆安其位，而不相奪，其合於此者，雖起近世，猶古之樂也。予生以前，不得而見，海內至廣，又莫之詳也，然近三十年，京師習尙，頗有所聞：楚調始衰，秦聲競作，每賓筵奏伎，客座消閒，急管繁絃，耳聒而欲聵，姦聲逆氣，情肆而彌張，衆口所同，於斯爲美，所謂樂姚冶以險，則民流慢鄙賤矣。夫聲音之道，與政通者也。故曰："治世之音安以樂，其政和；亂世之音怨以怒，其政乖。"嘗推西腔之所以極盛，竊喟妖孽之先兆也。徵之近事：庚子大創，淸政益竊，吏黷於上，民媮於下，綱紀日隳，奸慝四起，聰明趨於詐僞，強武潰而暴裂，喜則思淫，怒則機殺，淫成而樂生，殺成而哀集，喜與樂相乘，怒與哀互進，四者不相調，而人情遂失其中，每每流露，顯於嗜好。梆子因緣時會，隨在觸發，音感於先，而情應之，情發於後，而音洩之，倚伏相尋，機勢相投，人心所趨，勢力遂成。山、陝各部，旗幟遂增，以激昂之音，行暴慢之氣，非惟村鄙，實屬下流。既作淫盜之媒，遂破和平之序，歌者嗚其不平，聞者喻而思亂。浸淫演溢，充於江、漢，優倡所習，莫此爲先。恣其所習，不可遏抑，馴至法令不行，廉恥盡喪，此清室所以終覆，而民國至今不靖也。若夫村謠坊曲，樵歌漁唱，以及時劇雜弄，何地蔑有？推波助瀾，莫能悉數矣。綜而言之：其音益邊，其傳益遠，此誠情天之星孛，而慾海之迷津也。流傳異域，爲他人笑，今猶未洒，夫復何言！若此之倫，今之鄭聲，放之不暇，胡與於樂？執政悠悠，聽其猖狂，國家之患，猶未已也。

皮簧品介雅俗，士夫素人，往往習之，蓋絃索之遺製，燕樂之偏裨也。第以簡易過甚，流俗易通，譬之文章，諧媚之作，祇便酬應，笑樂則有餘，陶寫則不足。且其起也晚，淵源授受，不出教坊，音節律度，囿於市井，未經通人爲之斧藻，似有待於議論，即無與於性情。百戲一端，何關得失？然能濡染正音，規隨雅操，亦既有合於習俗，而復不得罪於風雅。雖羊欣羞澀，未忘揣摸，然中郎典型，已堪歎賞。苟宮詞主盟，以之敷佐，猶足鼓吹休明，粉藻豐樂。等諸鄶下，尙存舊國之風；即媿盧前，不廢當時之體。蓋皮簧之於崑調，猶元曲之於宋詞，家法雖變，臭味猶親。予以曲餘之褎，宜存京調之譜，或亦論世者之所必原，而審音者之所不斥也乎！

崑腔部於諸曲僅佔一體，自明以來，即已擅場。勝朝相沿，三四百年，西被三巴，北極幽、并，通都大邑，流傳殆遍，耳目所習，皆爲之化。故明、清兩朝，當其盛時，朝飾太平，野獲康樂，牢絡之具，雖非一術，要以科目誘之於有形，崑曲彌之於無聞。夫吳音緩曼，其教寬柔，平氣所感，和聲斯應，和平之民，莫吳人若。吳音既被，南北以壹，聞者習於騶虞，見者忘其愁苦，準人情之所適，常含蓄而有餘，順氣成象，海內晏然，治世之音，有如此者。且夫人情如川，衆欲如火，情不可決，欲不可縱，是以古昔聖哲，爲之防範，明則政刑，隱則禮樂，以是納民，庶幾恬然。四者之中，樂尤與人親，其效捷於禮，而優於政刑。故選樂於今，必以崑曲爲主。蓋崑曲者，和平之表，文化之符，今樂之聖，古樂之裔也。何則？吳地形勢得山水之秀，舟楫快利，商旅輻輳，人稠物繁。居其地者，交際往來，至爲糺紛，必依事紆細，然後與人無忤。習之既久，遂成典則，前紹後勉，守爲格言，和順積中，英華發外，心口交應，若符節焉。所以吳音委曲宛轉，獨擅他人，雖自性生，實緣事合。兼之庶富娛樂，感以喜心，設施粲然，鋪張備矣。以是物力，能致通人，根抵古佚，制作今體，當其託始，已具本原，匪同土音，崛起田舍。詩樂之會，歌舞之交，不觀崑劇，無由悟也。而文章之家，以時經營，萬思所構，衆美悉收，視聽所集，觀摩遂起，雖庸夫豎子，亦且嫻之。於是崑曲所被，莫不文物璽煥，歎爲樂土，人安其居，各守厥常，爲善之不遑，奚敢以亂？其餘繁富之量，文物之度，凡比於吳者，無有遠邇，大江上下，至於燕、蜀，莫不有崑曲。終明、淸之世，崑曲之域，未有大亂。米脂、金田皆起他方，其繁富不及，有迫而作，文物竄薄，又無以弭之，文野之別，明效可睹。向使崑曲傳播，已及茲土，而猶不救於危亡，則予說不伸，否則仍自信其確也。崑曲之盛衰，實興亡之所繫。道、咸以降，崑曲不復，中興之頌未終，海內之人心已去。天命在民，斬焉開國，例諸舊典，功成作樂，今其時矣。然而一年以來，未聞擬議。際茲新運，猶踵前非，人樂棼絲，心爭衷甲；跋扈者逍遙於駟介，易良者戰栗於冠裳；龍蛇無所，將不免於臺城；鴻雁告哀，已無騁於周道；民亦勞止，何以慰之！是宜乘激厲之餘風，行寬柔之樂教，及崑曲之將絕，急恢復而新之。道一弛而一張，世一亂而一治，幸病患之未深，或針砭之可及，政書千卷，不如《樂記》一言，請語深人，勿謂淺語。

至如弋陽諸腔，世多不習，北調失傳，亦已泰甚。然弋陽爲崑山導師，北調與南詞同祖，亦考古之所必資，而論樂之所不廢。祇以篇什徒存，已成古調，音律雖勝，不能當場，偶爾役目，未之前聞，旣弗切於世用，亦遂略其敷陳。餘若亂彈平調，壁壘未成，粵謳灘簧，傳聞未廣，或附隸於崑譜，或不數於樂章，於所不知，蓋闕如也。

嗟乎！南渡詞場，夷於左袵，安吳都劇，戒其後旗。山河一擔，收拾者家家；亂離餘年，隄防者處處。回思往事，不少前車。然而聲色因溺以成殃，禮樂相需而後効，斟酌損益，未嘗不可與民變革也。惜乎協律之署已墟，正音之譜不續，今無白石，莫辨宮商，時笑松陵，難尋矩矱，誰其有心，能同予感，言執其桴，共享斯帚，作此小招，誓諸宏願。

清道光末，崑劇中"收拾起大地山河一擔挑"、"不隄防餘年值亂離"兩齣盛行，吳中無良賤皆歌之，時有"家家收拾起，處處不隄防"之謠。已而洪、楊入南京，果應其語。予友銅山楊迪生允升說。

明詩第三

《書》曰:“詩言志,歌永言,聲依永,律和聲。”此著詩歌聲律之别,最明白矣。解經恒例,對文則異,散文則同。故聲律之文,皆曰詩歌;約其種類,括以單語,凡詩所統,至爲宏多。喉舌初調,聲音始作,音之爲理,各以類從,本乎天籟,以生人籟,是爲詩始。詩始之時,文字未立,諸樂未作,句無成法,辭無常調,口耳相習,取均而已,嘗以臆測,揆諸晚近村謡里詞,殆其等倫。初民智慧,非甚高遠,例之於曲,或如不及。洎乎三五,文成樂備,文章節奏,漸有可言。協均之作,著之於文則爲詩,入之於樂則爲歌,以樂之聲,爲文之律,於是辭必依於其調,句必範於其法。惟是古代樂律未繁,調簡辭約,句法略能整齊,詩書所載,多是四言。夫四言之爲詩,詩之古也。五七言、長短句之爲樂府詞曲,猶是詩也,詩之今也。曲有南北,南北諸曲,又各衍其支,今詩之系也。調之繁簡,辭之博約,句法之整齊參差,古今沿革,雖若不同,猶枝幹焉。幹一而枝百,見枝而疑幹,實明達之所非。善乎章安陳璸之言曰:“詩自風雅頌一變而爲騷,再變而爲樂府古選,三變而爲近體絶句,四變而爲填詞,五變而爲南北諸曲;至於諸曲;詩之能事畢矣。”《陳子袛書》第二則,周亮工賴古堂藏本。自有曲以來,元、明諸家,即有能言其源流,未有能如斯之簡而盡者。予説不孤,自歡得證。嗟乎! 世之夷視曲也久矣! 輿儓雖賤,同祖軒轅,皇皇神胄,本原非誣。願以所聞,更爲證之。

古詩分類,曰風、雅、頌。所以爲此别者,何也? 蓋風者,鄉里之用,雅者,廊廟之用,此風、雅之所由異也。雅用之於事人焉,頌用之於事神焉,此雅、頌之所以分也。風、雅、頌謂之達樂,燕、享、祀謂之達禮,禮樂相須,詩樂妃匹,秦、漢以來,詩雖屢變,未有出於此三者。詩不能歌而詞興,詞不能歌而曲作。朝野人神之事,惟後起乎是賴。詩詞作家,矜言風雅,名實已乖。依類紹述,則詩禪於詞,詞授之曲。帝制之下,享祀諸曲,官司職之。一成以後,累葉相沿,制作無多,循而不變。燕樂獨張,風詩稱盛,爲詞爲曲,其文雖殊,其軌一也。審是沿革,乃知曲之取材,不越凡近,雖辭肆而意疏,殆循風人之舊,然禮廢而樂無所麗,聲歌益盛益失其用。世之淺者,至僅以文章論曲,不合而遂斥之。久越散佚,遂使楚調秦腔,將代南北諸曲,而擅燕歌之場。徒詩之嘆，已見於詞，不及百年，更移於曲，觀其盛衰，可謂祖孫同符，其天運然耶！今樂西來，古風欲墜，憫龜年之已老，幸微子之僅存，炎興不除，猶繫漢紀，興隆未縣，誰信明亡？雖然微已！

詩之轉變，自詞及曲，古今異聲，辭緣聲變，因是殊體，遂立諸名，遠若胡越，而近實比鄰。予豈謂古樂不亡，但有損益變遷，以辭求聲，古之存於今者，或得十一焉，或得百一焉。詩之爲類也多，言乎樂府，詩樂之最相麗者也。樂府命題，與詞曲名解，多可相參。不惟歌行、謠曲、吟引、怨樂之屬，輾轉相師，而《江南》、《後庭》、《明妃》、《河滿》、《楊柳》、《竹枝》諸名，且古今不變。秦、漢遠矣，六代、三唐所爲樂府格調，逾越千年，典則常存。即令今人製調，遠襲古題，聲律迥殊，或非一體。又古調增減，變而益歧，名存實亡，久已不類。然南北諸曲中，有與詩餘毫髮無異者，徵諸舊譜，往往可見。詩餘自出，更爲有本。若能點勘泛聲，稽合絃誦，悉數證之，使源流朗澈，不世之業也。惜乎漢儒傳詩，但知說義，尊經之過，義法並絕。後之繼者，更偏於論文。聲音律呂，古無傳書，樂本無經，何從依據？宋較今近古，而言者常務高遠，好談理數。近世諸家所撰曲譜，亦僅守四聲句調，聲伎所習，不箸於編。古今絕續之交，隱約僅辨。予欲述詩統，愧不能聲，考今無徵，稽古無助，天地悠悠，誰爲予告。

雖然，詞曲相距，不過一堦，數其宗派，誼猶父子。北曲雖起金、元，似出塞外，頗疑血統，或雜異姓。然而漢、唐以來，胡樂侵入中原，何啻一二？《摩訶兜勒》，傳自張騫。隋文之朝，西涼、龜茲、天竺、康國、疏勒、安國、高麗諸曲，且與華夏正聲，同列九部，是當疑之於詩，匪自曲始。何況金源文獻，漸摩中州，汴京所遺，大半因仍，燕樂所奏，變革無多。觀金人遺翰，載在《中州樂府》者，猶嗣前徽。元入中國，一切從化，夷夏之嫌，更不容有。惟是街陌謳謠之辭，或染涼州豪嘈之習，如弇州所謂金、元而後，詞不能按，乃爲新聲以媚之者，抑亦安知非燕、趙舊俗，未經大雅玄黃，潛力彌布，掩抑者久，其展轉之迹，既爲當世所忽，而習俗轉移，以漸而來，入人既深，機會所至，突然遂起，當其作始，豈意遂爲一代聲歌之主如是之盛乎？且又安知今之所尙，秦腔楚調之倫，再積歲月，不爲此繼也？此類歌辭，既別於詞，泛濫其名，總謂之曲。是即今語所謂時調，其所流傳，則《絃索西廂》，至今存焉。觀董氏所爲，雖與詞頗有出入，亦未嘗無詞格存乎其中。«沁園春»、«水龍吟»其一二之例也。信其滋生，必出於詞。奚以明之？夫«絃索西廂»，舊謂傳奇之祖，«少室山房筆叢»不入雜劇院本，然與諸雜劇院本，皆不外以所演之事，繫所歌之曲。雜劇詞始北宋初葉，眞宗喜爲雜劇詞，見«宋史·樂志»。今雖無傳，第以舊目周公謹«武林舊事»考之，則以調名者，詞曲參半。曲之題名，大率爲«絃索西廂»及元曲諸本所祖述。因是頗疑曲義本宏，凡繼樂府而起者，今所稱詞曲，皆曲之所總括。緣文野之殊途，遂詞曲之分界，如風之於雅，判君子野人之作；喻以樂府，詞則«上之回»、«聖人出»，君子之作也，曲則«艾如張»、«雉子班»，野人之作也。樂府有«燕歌行»，音本幽、薊，爲列國之風，«煌煌京洛行»，音本京華，爲都人之風，同一爲曲，亦別都鄙，都者僅傳，鄙之亡也不知凡幾矣。夫士夫塡詞，依聲選調，文章斐然，其人也顯，後世震炫，人人傳誦，耳焉甚熟，遂若淵源分明。其餘流俗所爲，與士夫異趣，言不擇腔，文與其人又不足以顯之，不信於今，何傳於後？故其亡也忽焉。而後人因於不習，遂以不知，偶爾聞見，未詳所自，種種臆度，以致歧視。若必直窮，則詞生於曲耶？曲生於詞耶？抑詞與曲並起而互相生耶？是皆未可遽定。姑從左曲之說，謂曲起近世，其出於詞，亦斷無可疑者。而雜劇一科，且爲詞話開山，傳奇導源，授受相承，皆宗北宋。徽、欽既降，宋徙而南，金據於北。北劇入金轉盛，南村所錄，名類至多。惟«絃索西廂»而外，皆無傳者，不能廣證，爲歉然耳。宋雖渡江，猶守舊習，風土既殊，漸更南調。戲始«王魁»，永嘉創作，本葉子奇«草木子»。北雜金風，南參浙調，樂府遺音，當在北矣。金源既亡，元又繼承，南北混一，兩系皆存。顧帝都所在，故院本特用北調。至宋人所爲詩餘，倡家並習，大曲四十，小令三千，當時所傳，有數可稽。而大樂自晏叔原«鷓鴣天»蘇東坡«念奴嬌»以下十調，青城楊朝英選曲，猶冠編首。«樂府新編陽春白雪»參之玉田令曲一篇，«詞源»十五詞曲轉捩，綫索瞭然。其時海鹽、弋陽諸腔，各起鄉曲，振其土音，流衍甚盛，所謂列國之風，其鄙實甚。自經士夫潤色，又屢屢以詞入曲，由鄙而都，於是«琵琶»、«幽閨»諸本，遂爲南曲祖。元祚既屋，明又都南，南曲宜盛。迤於還燕，曲與俱來，南北並參，更生合套。曲之變革，至此而極。五代、兩宋舊詞，聲律幾絕，欲考見緒餘，必於南曲求之矣。慢近諸調其最顯者。綜之，北曲以樂府爲宗，南曲以詩餘爲祖，從流溯源，強爲斷代，實則與樂府詩餘，皆詩之所出也。以詩視樂府，以樂府視詩餘，以詩餘視曲。其始作也，聲之都鄙，辭之文野，或有間已。及播之久遠，傳之都邑，加之文彩，則樂府猶詩也，詩餘猶樂府也，曲猶詩餘也。凡鄉人之所用，皆有詩之一體。今有河汾王通，更議續詩，九宫十三調，固當繼十五國風，而爲樂府詩餘之殿也。

由此以言，則以曲承詩，獨得正統。今雖微式，固應力求顯揚，尊之如將不及。顧世多賤之。夷考其故，殆緣古今異代，所見不同，又不論因革，昧於統系，而以詩歌聲律，爲文章游戲娛樂之具。以若所云，則是至聖删詩，不免玩物，《五經》傳世，其一可廢，豈不謬哉！必知詩之爲用，而曲之道尊矣。古者士夫約身，步履於禮，和樂於樂，樂必有章，故誦詩尚焉。兼以言情賦物，取類至廣，不出戶庭，而周知四方，博聞廣記，必資於詩，然後與賓客言，雍容揚揄，郁乎穆如也。古人至重交遊，辭令酬答，禮繼以樂，樂主於其聲，而麗於其辭。絃歌唱和，辭不必出於己，而不可以不習。故以之接人，則彬彬有度，以之律已，則鄙悖遠矣。樂正四術，春夏教詩，盡人服習，自少至老，相與俱化。誦詩之民，未有亂者。記曰："詩之失愚。"予以爲是何必失愚？正詩之所以妙。古昔聖哲，所以重之爲馭世之術者，此也。禮樂既廢，世勢變遷，詩之所關，僅在性情。然而裙屐風流，往往於此繫之。其人之秀者，其深於詩者也。詩歌相離，樂府詞曲，歷變而衍其傳。觀之舊史，政刑而外，隱然德義之輔，綱維斯民，惟此之賴。曲之潛力，似獨浮弱，有所不及。然其所被，又獨甚遠。祇以士夫偏見，閉門玄論，不識今曲即古詩之遺餘，岸然斥絕，雖治之者一二，毁之者八九，致詩統中失，而化民成俗之具，數千年之遺傳，一旦廢棄，儻繼起以論治，又烏從而求其術？故必序次統緒，明證淵源。語謂詩達於政。曲之情僞，正政之所自出也。今之從政，幸留意焉！

古人詩歌贈答，友道之雅，後世弗及，然皆取成篇，苟習其聲，而誦其辭，人人能之。漢、唐以來，始出自撰，而工爲之歌，於是有能有不能者。近世雖有贈詩，已不入樂，僅於詞曲，猶或見之。詞律云亡，惟曲獨擅。元、明專家，以曲唱和，屢見令套。聲伎之盛，相關甚深。而伎者聲色兼重，優唱之家，與士夫日習，亦往往有能自撰辭者。鬟眉風韻，粉黛雅嫺，若許世美，可云相得。至於清代優伶私坊，猶存此意。惜乎曲子僅供劇場，小令套詞，贈答已稀。倡伎以色事人，不能風雅，朋友之樂，祇倘酒食。南北女樂，惟以時曲劇詞，幖幟旗鼓。實則門巷之中，無奸不匿，濁世百惡，胚胎於此。因而推衍，流毒無窮，國家世道，潛爲牽動。欲言補救，先正樂人。誰司禮俗，請參鄙說。

予草此篇，凡立一說，動費引證。惟考據之作，質實塡砌，最妨文趣，故不具書。欲自爲疏證，雖數千萬言，猶嫌不贍，徒累篇幅，恐妨觀覽，故亦從省。且鄙著«曲話»，可以互參。卽屬疏略，自殊鑿空，論似獨創，言非無稽，惟儲才未備，所欲論列或未盡於此耳。近著«曲名集解»，可爲此篇作注。今方屬稿，未能遽脫，終日騣騣，不敢自暇也。壬子七月自記。

斠史上第四

曲之於文，蓋詩之遺裔，於事，則史之支流也。古之爲史也二，«詩»、«書»職之。«書»者，如也；如其事而直著之，故得失顯焉。後王失政，史官避觸犯，往往諱而不書。及流爲紀傳，務爲莊重，常記大言，文其內怯，至使文物風俗，散而無紀。夫文物風俗之所起，大率積之纖微，基於凡近；迨其彌綸，終以宏達，人情之所綱紀，朝政之所左右，胥於此出。顧其言也雜，儒者弗喜，故不與於鴻業。嗟乎！古今興替，必求諸史，而興替之源，莫由詳焉。史裁之不備，則«詩»失而之野也。

«詩»之失久矣。傳曰："王者之迹熄，而«詩»亡；«詩»亡，然後«春秋»作。"«詩»胡以亡？匪師失其瞽，史失其官爾。秦燔詩書，後儒誣枉，以說«詩»亡，更不足辨。«三百篇»以降，遞變而爲南北諸曲，詩未嘗絕也。然而史氏所職，贍於其事，而遺於其物；詳於其政，而略於其俗；輶軒已罷，上下疏隔。秦、漢而後，天子益尊，格於野言，不予推致。古文說«周官»斥士禮不能推致於天子，亦與此同弊。曲學阿世，害難勝言。儒生尊古，妄爲雅鄭，聲歌之作，夷於玩好，蘭臺鳳閣，無復位置。雖復體物緣情，含宮咀商，集裒百篇，篋衍千葉，代有作者，各以之名，私家誦習，自爲傳播，於國史無關焉。官旣久廢，義亦終塞，學者悉不能言，詩所由長淪也。

惟是詩所以作，本於自然，非國家之勸掖，豈法度之驅策？人情之感，欲罷不能，心聲所宜，有觸卽發。雖致嘆於史闕，猶蔓引而彌長。凡爲文章，系於詩者，莫不各有其德，楚之騷，漢、魏之賦，六代、三唐之五七言，五季、兩宋之長短句是也。具體而微，其必曲乎！蓋詩之立言也婉，託志也諷，所謂言之者無罪，聞之者足戒。有據其事而不能直書者，委曲以喻之，多方以陳之，意含蓄於篇章，情洋溢於楮墨。物之所比，俗之所宜，史志之眉目，不若聲詩之骨髓也。詩備衆德，其一宜史，後葉中衰，美德幾失。曲起支孽，遠承先志。古史二職，直婉殊能，紀傳僅守其官，歌咏久墜諸野，野之所有餘，皆官之所不足，以此翼彼，匪曲胡歸？

始猶謂曲之出微，起又甚晚，史職綦重，以之左右，或慮不勝，因發二疑，乃以《三百篇》爲衡。繼求之《騷》，三湘七澤，吾與游焉，倚相之書，未暇此殫也；然而揚雄、王逸之爲騷，則議其濟。繼求之賦，《兩京》、《三都》，如矚目焉，馬、班諸書，未遑此述也；然而徐陵、庾信之爲賦，則病其溺。繼求之五七言諸體，上起蘇李，下迄沈宋，華聲實義，物色備矣，誦之以爲人羣之通史也。且求之長短句之作，剛爲蘇、辛，柔爲秦、柳，意內言外，聲情盡矣，讀之以爲民紀之實錄也。然其末流，皆務以辭顯。優俳登場，已捋撦之可笑；樓臺論寶，欲片段而不堪。恫前轍之已覆，馳後車而當衝，吾援曲以繼體，復何讓於當仁？自曲之興，騷賦五七言長短句，仍不替於世，爲無當於史材，故寧置而不取。吾之初疑，於茲渙然。孟堅志藝文，已錄小說，後之續者，未可悉數。及於唐、宋，其體益滋，稗則爲山，說則爲海，軼聞遺事，雜然著已。昔松之注志，皇甫作紀，有所取材，此類爲多。考其命筆，取便直言，文情弗宜，率爾易盡，枝葉於《書》而非雲礽於《詩》也。野史萬家，十九憤嫉，可以肆譏彈而不能致悱惻。夫人之與世，猶之與親，苟知其過，而弗能救也，則痛於中，至無可忍，必以愛鳴其痛焉；極諫之而以爲勸也，寧微言之而以爲諷也。故怨而不怒，《凱風》、《小弁》之詩，可以法矣。使執此則，一一繩之，則小說諸家，至不能成辭。嘅長短之異致，由文筆之殊塗。若以詩人之心，行稗官之志，曲之爲文所以儷史者，此也。因是審諦，更釋次疑。

且《詩》、《書》相匹，其說舊已。至以曲代詩，而與史雁行，未之前聞。胡以實之？蓋嘗尋覽諸曲，能言大凡。以爲曲之情僞，哀樂蔽矣。哀樂之感，乃人情之匯歸，文章之原本，非一體之獨煬，豈曲家之專美？不知文章至衆，言匪一端，其極博者，或馳騖於無極，其至約者，或寂寞於數言，未著芬芳，常乏粹美。惟曲之成文，以情爲主，小令套數，雜劇傳奇，結構雖殊，旨歸則一，常使子野喚其奈何，楊基賦其腸斷，莫不感人也深，要皆言情之作。且夫人情所不能止者，聖人弗禁。飲食男女，大欲存焉；得之則可以生，失之則可以死；死生之交，哀樂之府也。經傳所論，其原盡已。然而哀以萬區，樂亦千別，情只一天，狀彙衆態，曲準情以供狀，實人欲之譜牒。試覽陳篇，略爲條理：幾於章章怨別，語語傷離，戒好合之難常，識重圓之匪易。觀其志意，益致纏綿：啼笑肌容，動成吟詠；脂香粉膩，皆入品題；取妍於意，比《玉臺》而多芬；避險於文，越《香奩》以增豔。雖或肆彼昵詞，嫌其放膽，工茲綺語，藉曰療愁，頗爲儒林之所非，要皆閨房之本事；萬惡於焉傀儡，百工由此奴臺；惟曲盡而無遺，乃人情之眞諦。兒女之詞，即謂寓言，要必事通乎智愚，言諧於雅俗，然後寄託致其遙深，寸心吐其滂沛。以此色欲，爲衆情之中權，每居高而司令，人意所注，其詞獨多。因而牽緣，生諸瓜蔓：其必滿志於功名，舒心於利祿，所以炫人世之觀瞻，致一家之驩樂；當夫千足競道，匹馬當先，十載伏櫪，一朝得路，升沈所係，性命攸關，情見於詞，豁然肺腑。所以貢朱門之諛辭，則塵軒成韻，騰白屋之腐嘆，則淚墨有聲；豈獨練塘《還帶》之記，兩語開顏，《還帶記》，嘉定沈練堂所作，以壽楊一清者也。曲中有“昔掌天曹，今爲地主”等語，楊大喜之。寧止東畝慰足之辭，千秋同嘅。顧元慶《簷曝偶談》：曹東畝赴省，陸行良苦，作《紅窗迥》詞：“春闈期近也，望帝鄉迢迢，猶在天際。懊這一雙脚底，一日厮趕上五六十里。爭氣扶持！吾去博得官歸，恁時賞你：穿對朝靴，安排你在轎兒裏，更選個弓樣鞋夜間伴你。”自慰其足。曹名豳，字西士，宋嘉祐間人。清康熙壬子褚人穫在德州旅店壁上見此詞，蓋後人所書也。至於絢爛之餘，歸於平淡，牢騷之極，反爲曠達：遂乃寄身世於糟邱，元不忽麻平章《點絳唇》“辭朝寧可身臥糟”套悟人生於夢蝶，元馬致遠《夜行船》“百歲光陰如夢蝶”套爰有餐霞服日之想，枕流漱石之志，時奪豔詞之席，並冷酣歌之拍，乃欲界之仙都，詞場之別調也。以此食慾，漫於人海，郭璞之賦，所不能殫，吳均之移，所不能盡，固隱匿於凡文，而踴躍於斯體，其事既廣，作亦實繁。綜食色之兩性，被韁鎖於羣倫，論卑之而無高，理瞭然而共喻。欲論世而尙友，與求之鴻博，不如曲之深切而著明也。古昔聖哲，知情之總歸而已。夫情猶影也，曲猶鑑也，持鑑而影之妍媸畢見，聞曲而情之美惡悉昭。亹焉以達，盡而不竭，婉焉以諷，譎而不邪也。欲習於其政，先習於其俗，俗之習，未有備於曲焉者也。

悲夫！人之生也，甘一而辛百，嘗有味乎曲之爲言而太息不已也。昔丹邱論樂府，考定諸體，所著一十五家。獨盛元一體，快然有雍熙之治，以其字句，皆無忌憚，故又曰不諱體。然金、元以來，舊曲累萬，而盛元體不逮其他。寧非隆平不常，如多日方中，忽忽西崦。況曲之所託，其旨深遠，貌若甚都，中實多慊，猥以溢美之辭，致其希慕之意。故以曲斷代，知世之不復漢、唐也。叔季之民，生息於晦冥之中，耳目所接，既不足以致快愉，攄其思慮，流爲歌曲，所以驩虞之辭少，愁苦之辭多。惟權勢利便，肆恣虔劉，吸肝腦以調聲，塗脂膏而飾色，華觀偉麗，過於佚樂，則承安體興焉。始起宮中，漸及朝右：蓮花徹夜，開北海之樽，絲竹中年，傚東山之妓；人稱仙吏，誦其雅歌，時頌相公，歌其曲子；方春梨欲雨，而笙歌月下爭場，比窮骨支寒，則檀板雪邊競譜；亦復黼黻河漢，藻飾川岳。玉堂之體，號爲正大，然而臺閣名篇，私坊未習，公卿巨製，委巷不懽，其情不諧，其趣相越。此二體者，亞於盛元，職此之由，其傳益尠。曲之傳遠而所著又夥者，或神遊於廣漠，或託志於泉石，或攄忠而訴志，或嘲譏而戲謔，厥有黄冠、草堂、楚江、騷人諸體，皆不得志於時者之所爲：無赫赫之位，乏鼎鼎之聲，近於人情，習於衆志，常以憂憫，致其歌哭；即呼朋酬唱，不少流連光景之言，抑攬勝登臨，亦傳嘯傲湖山之句；而因其自遣，以測其所懷，皆瀟灑於當時，而嗚咽於言表，總古意與今情，合萬喙而一噫；信乎運會之醞釀，時勢之創造，以善鳴而假之，亦因材而篤焉。是故吾宗牧庵碩學，亦列羣英，天水子昂清才，並傳傑作。均見涵虚子《論曲》。其尋宮而數調，寧就苦而辭甘，此物此志，如標如榜，俗之移人耶？人之移俗也？時無吳季，誰與論之？世有董狐，宜稱善矣。

駢史下第五

予壹韙夫宋氏明宋新撰《吳歌記》之狀曲也，雖中郎之述《篆勢》，士衡之作《文賦》，胡以過焉？而其頌曲，至以爲天地之元聲，匹夫匹婦所與能。豈非以曲之於人，所紀至近，其於物也，悠然以遠。故又曰夢寐不能議幻，鬼神無所伸靈，文人騷士，齧指斷鬚而不得者，女紅田畯，以無心得之於口吻之間。蓋言人情物理，惟曲能盡之如此。且所謂摘天地之長短，測風月之淺深，狀鳥奮而議魚潛，惜草明而商花吐者，布景之妙，賦物之工，凡曲皆然，第與歌而已耶？嗚呼！聲音之域，曲代詩而王，時之所授，莫與爭也。體既當世，語尤親人，文物風俗，微曲曷觀？

曲之歷世也，亘四五百年，各衍宗支，後生益秀。小令套數，既備諸美；雜劇傳奇，更拓前規。觀其事必依託，詞必荒唐，明所作之非眞，知其言之有故；無非演暢物情，表章人事；主奴儒墨，總百家之用心，雕鏤經籍，納多文以爲富；豐於篇幅，則致無不盡，實以科白，則意無不顯：可謂有容之詞章，有韻之說部也。夫世事起伏，大波瀾而小波淪；羣情險夷，古文無而今文有；欲求善狀，惟此新裁。故書成證俗，未足比其鉛黃；圖著巡方，詎能方斯粉藻？配之舊史，允矣並行，謂予不信，更爲犖犖。

原夫男歡女愛，世界之生機；家庭骨肉，吾族之本色。蒼生萬劫，此爲皈依；青簡千秋，斯焉控縱。元精耿耿，爲靈心之所窺；太空冥冥，託斯文而一吐。於是假於事類，道其俗情，以反覆爲丁寧，無後先之蹈襲。親親一體，自天子以至庶人；如東籬《漢宮秋》仁甫《梧桐雨》，雖萬乘之尊，不免兒女別離之苦。善善從長，於人心而知世道。李山兒水泊一盜耳，而古今雜劇，頌之者數十家，皆慕其任俠，以倒鈞衡之不平也。作者取則於家常，聽者折衷於天性。所以代古人爲歌哭，往事堪哀；說身後之是非，舊書不厭。是皆以慈悲說法，優孟借其衣冠；笑罵皆精，文章盡爲粉墨。誠一代風紀之綱目，萬化沿革之載記。本茲從違，乃別張弛，諸政自出，而後史有所紀，故曰興替之源。欲明其源，則雜劇傳奇備焉，不可忽其近也。

蓋比而論之：文以情同者也，言因體異者也。小令套數，則純乎於文；雜劇傳奇，則兼之以事。故令只一章，套或累段，文有時盡，不若事之時益也。而雜劇可至四折，傳奇累增，齣乃數十，事與情相生，文與筆互足，選材則羣策羣力，陳義則大言小言，哀樂之感，原是一科，悲欣之懷，如下雙管。雜劇已工於傳神，傳奇尤善於寫照。以事入曲，曲之進也；以曲言事，曲之尤進也。考雜劇傳奇，所標題目，或命曰記，或名曰傳，其次曰譜，其次曰圖，史職自居，何關附會？雖徵之古人，或張冠而李戴；而按之世態，則形贈而影答。跡若誣於稗官，實則信於正史。良由好惡非一人之私，等是述作爲百世之業，故能寫德模音，雕文鏤質，如將泥以覆印，譬以鏡而照心，潤色爲工，比物生象，一代之文章炳焉，九鼎之神奸盡矣。使孔門用曲，則雜劇公、穀，傳奇盲左，獲麟之後，絕筆再續，奚惟升堂入室，與賦爭長已乎？

至於文心極巧，藻思不羣：或反正以居奇，或翻無以爲有；即軼常而示變，仍鑿空而歸眞；事或可疑，情原近是，凡以化彼羣蒙，鳴其孤憤。振徇路之鐸，代適人而爲師；雪覆盆之寃，權宰官以司判。不僅東籬入劇，曾凄涼於無影之城，«黃粱夢»青籐四聲，或慷慨於漁陽之鼓。«禰衡駡曹»如是奇情，著爲異事，則又柱下莊書，或嫌其異趣，龍門弄筆，必引爲同心者也。又況«春鐙»、«燕子»，倉皇半壁之塵，阮圓海«春鐙謎»、«燕子箋傳奇»«花扇»、«鐵冠»，棖觸前朝之夢，孔東塘«桃花扇傳奇»、逸民外史«鐵冠圖傳奇»興亡所繫，掌故斯存，爲曲爲史，又奚能辨哉？

由此以言，則情之爲物，古今無二，所以詭譎，事爲之也。故事以演情，曲以演事，事衷於情而炳於言，左則爲史，右則爲曲。自曲以外，諸體之文，言情則一。然而騷賦五七言長短句之於情，與有曲之世，疎密繁簡，不可同日語也。曲之事密而加繁，情亦隨之，因而變易，不可究詰。而事所由起，厥數孔多：雅之爲琴書，村之爲米鹽，豔之爲裙裾，烜之爲冠帶，蠢之爲牛馬，靈之爲花鳥；或壯麗而爲江山，或喧闐而爲鉦鼓，或軒昂而爲裘馬，或窮愁而爲韋布；逸則爲麈拂，曠則爲蓑笠，離則爲舟車，合則爲酒食；爲夫婦之破鏡，爲母子之斷機，爲朋友之雞黍，爲羈旅之翰簡；武則兵稱百石，文則策號萬言；旗既萬幕，仗亦千騎；先生杖履留春，老子胡床玩月；時節則春餌秋糕，地產則南橘北枳，典重則鼎彝斑然，怪誕則龍蛇宛爾：綜是殊名，以生多故，賦之爲物，陳之爲彩。古曰砌末，今曰彩，亦曰切。切者，砌末之省文，又砌之減字也。情因事以糺紛，事因物而結構，凡言舊事，必識故物，一時之製，百思攸託，一器一道，哲人謹焉。第晚近制作，雜而無徵，食貨所不及志，方輿所不遑紀，書券則博士閣筆，製題則詩豪罷卷，史既盍闕，曲乃居要，爰有刀錐歲華之詞，失名«南呂一枝花詠皮匠»套詞椽屋鬧市之作。元湯菊莊«一枝花贈鑷者»套詞。按鑷者，即今之薙髮匠也。院本么末，勾欄前後之場；失名«中呂耍孩兒»«莊家不識勾欄»套詞 窮鬼錢神，田老送迎之態。失名«南呂一枝花»«田老齋»套詞滌器則傳歌陋巷，失名«一枝花贈妓名玉馬杓»套詞。有云：“臨邛滌器，陋巷傳來。”按馬杓，即今語馬子。此詞雙關。蹴踘則豔說齊雲。失名«一枝花蹴踘»套詞。有云：“富貴齊雲。”又«圓社»套詞云：“四海齊雲會。”按齊雲，蹴踘社名。做討蛋之檄，月下星前；失名《一枝花蚊蟲》套詞。有云"愛黃昏月下星前，怕青霄風吹日炎。"續打馬之經，花間樹底。元周挺齋《越調鬥鵪鶉》《雙陸》套詞。有云："四角盤中，三十騎裏，多少機關，包藏見識，席上風前，花間樹底。"挺齋名德清。事紀降獅，失名《黃鍾醉花陰降獅》套詞篇名《賭馬》。失名《南呂一枝花》《下大棋賭馬》套詞既訴牛羊之寃，元姚守中《中呂粉蝶兒》《牛訴寃》套詞，又失名《中呂哨遍羊訴寃》套詞亦論鷹犬之價。失名《中呂哨遍大打圍》套詞云："鷹犬從來無價。"博魚而色勝六渾，元李文蔚《燕青博魚》雜劇選硃而囊玢十粒。元失名《浮漚記》雜劇馳逐影樓之隊，仵作風流；元石君寶《曲江池》雜劇《牧羊關》曲有云："送殯呵須是仵作風流種。"又賓白中有云："他舉着影神樓兒里。"云云。可見元人出殯之概。且殯皆日仵作。今仵作爲官衙隸人之一，專充考驗屍骨之役者是也。繽紛紮扮之場，春坊雲勝。明李玉《永團圓》傳奇《看會生嫌》齣中敘賽會之勝，既云紮扮故事，又分段鋪寫，令人神遊，如目擊其盛。今京師村坊尚有之。每勝時輒舉，語曰過會。清六部吏人當權時，戶部之會，工部之鐙，皆艷傳人口。自光緒二十六年以後，不復見已。據吳梅村序李撰《北詞廣正譜》，謂其中甲申副車以後，絕意仕進。按明亡之年，正當甲申。前甲申爲萬曆十年，後甲申爲清康熙四十三年，俱與梅村身世不合。則此甲申必爲崇禎末年無疑。以此論之，則李當爲明逸民，故仍題明人。惟崇禎三月殉國，而李中副車，其事當再考耳。推班出色，嘲諢於宜和之牌；明李日華《南西廂》傳奇《琴紅嘲諢》齣譜，牙牌名甚備。話玉添愁，欷歔於宜官之帖。清吳偉業《秣陵春》傳奇《話玉》齣。此傳奇予僅得傳鈔，前三齣今不可復借，欲尋刊本，亦猝不易得也。餘或餖飣雜名，情趣雙關，摹仿衆流，科諢入妙。元曲中集藥名題情之詞甚多，其集雜劇名、曲名及常言俗語成套詞者尤夥。而《鮫綃記》之草相，《紅梅記》之算命，《精忠譜》、《桃花扇》之平話，類不勝舉。《還魂記》之驅使《千文》，則又雜集之變也。風花雪月，點化於人身；元吳昌齡《張天師》雜劇鶯燕蝶蜂，受錄於鬼道。《還魂記冥判》雖言不盡意，而隅可反三。農師之《埤雅》，遜其䩄然；茂先之《博物》，例之蔑已。以言乎事則如彼，以言乎物則如此。總事物之象，供著述之材，散而見之謂之情，會而聚之，文物風俗，淵藪於此，此曲之能事，所以令人歎賞者也。昔詩家詠史，體亦滋多，或著雜事，或題樂府，或十字彈詞，或四言叶韻，非拘於雅言，即複於述贊，等爲戲弄，無俟褒彈。若夫曲之爲言，自成一家，著一世之眞詮，極衆生之幻相，既談笑以飾涕泣，亦婉言而行直道，是故人者天地之心，曲者人之心也。喻於尸而見祖，將於曲以知天。記曰：

"惟至誠能盡性，以贊化育。"古之作曲也，可謂能盡其性，以盡人性，盡人性，以盡物性者矣。非至誠其孰能之？且夫充史之類，不過以明古今之變，察往來之數耳。曲之所至，則格幽明，而事鬼神焉。觀釋老氏之所爲，常附託於儒者，天人之際，且猶通之。况人情物理之常，夫何有於曲？則爲民而執簡，其史於曲宜矣。俗史於紀傳者也。物史於表志者也。雖元以南北殊音，明以弋、崑異調，猶之並言漢故，固不複遷；共紀唐文，新寧替舊？史固名判隆汚，曲亦藝分優劣。故從事於曲者，其必綜貫九能，兼幷三長，然後能續古之《齊諧》，以爲今之《世本》。豈第馳騁詞華，敷衍問學，偶爾倚聲，便矜絕調？曲至淸而漸衰，實作家之不振，然而十有七朝、二十有四家之書，亦將與曲而俱斬於是。蓋國家新元，朝野丕變。制度典章，不適前史之筆；文物風俗，亦乖舊曲之心。雖曰人事，或亦天意。惟因是左證，益成吾說，非私願之所欲也。而議者好爲淺語，或故事深求，旣夷曲於小技，若語以《詩》、《書》二家，同屬文史，則又羣詆以爲妄。不知章氏著書，《實齋遺書》已爲我先。况《史通》六家，《尙書》居首，唐劉知幾《史通內篇》偶之以《詩》，系亦凡六。詩、騷、賦、五七言、長短句、南北曲自我獨斷，寧等向壁？前無古人，亦何嫌焉！然則紀傳宗班固而祖《尙書》，南北曲宗長短句而祖《詩》三百篇。世世子姓，秩然昭穆，一堂禋祀，千葉配享。王圻文獻於"經籍"，似或失當；《四庫》附庸於"文苑"，亦屬未通。永世沉淪，斯文將喪。特著鄙論，自詡發明。任毀譽之無辨，縱俟聖而不惑。史政史俗，蓋自今而後，始得整齊其辭云。

中華書局聚珍仿宋版《弗堂類藁》論著丙

論近世文學之變遷

劉師培[1]

宋代以前,“義理”、“考據”之名未成立,故學士大夫,莫不工文。六朝之際,雖文與筆分,然士之不工修詞者鮮矣。唐代之時,武夫隸卒,均以文章擅長,或文詞徒工,學鮮根柢。若夫於學則優,於文則拙,唐代以前,未之聞也。至宋儒立“義理”之名,然後以語錄爲文,而詞多鄙倍。顧亭林《日知錄》[2]曰:“典謨爻象[3],此二帝三王之言也。《論語》、《孝經》,此夫子之言也。文章在是,性與天道亦在是,故曰:‘有德者必有言[4]。’善乎游定夫[5]之言曰:‘不能文章,而欲聞性與天道,譬猶築數仞之牆,而浮埃聚沫以爲基,無是理矣!’[6]後之君子,於下學之初,即談性道,乃以文章爲小技[7],而不必用力。然則夫子不曰‘其旨遠,其辭文’[8]乎!不曰‘言之無文,行之不遠’[9]乎!曾子曰:‘出詞氣,斯遠鄙倍矣!’[10]嘗見今講學先生,從語錄入門者,多不善於修詞,或乃反子貢之言以譏之曰:‘夫子之言性與天道,可得而聞,夫子之文章,不可得而聞也。’”[11]又引楊用修[12]之言曰:“文,道也;詩,言也。語錄出,而文與道判矣;詩話出,而詩與言離矣!”又錢竹汀[13]曰:“釋子之語錄始於唐,儒家之語錄始於宋,儒其行而釋其言,非所以垂教也。君子之出詞氣必遠鄙倍,語錄行而儒家有鄙倍之詞矣。有德者必有言,語錄行則有德而不必有言矣。”至近儒立“考據”之名,然後以註疏[14]爲文,而文無性靈[15]。夫以語錄爲文,可宣於口,而不可筆之於書,以其多方言俚語也;以注疏爲文,可筆於書,而不可宣之於口,以其無抗墜抑揚[16]也。綜此二派,咸不可目之爲文。

何則?周代之時,文與語分,故言語、文學[17],區於孔門。降及戰國,士工游說,縱横家流,列於九家[18]之一,抵掌華屋,擅專對之才，泉湧風發，辯若懸河，雖矢口直陳，自成妙論，及筆之於書，復經史臣之修飾，如《國語》、《國策》所載是也；在當時雖謂之語，自後世觀之，則語而無異於文矣。若六朝之時，禪學[19]輸入，名賢辯難，間逞機鋒[20]，超以象外，不落言詮，善得言外之旨；然此亦屬於語言，而語錄之文，蓋出於此。且所言不外日用事物，與辭旨深遠者不同。其始也，講學家口述其詞，弟子欲肖其口吻之眞，乃以俗語筆之書，以示徵實。至於明代，凡自著書者，亦以語錄之體行之，而書牘序記之文，雜以俚語，觀其體製，與近世演說之稿同科，豈得列之爲文哉？

若考據之作，則漢、魏之箋疏，均附經爲書，未嘗與文學相混。惟兩漢議禮之文，博引數說，以己意折衷，近於考據；然修詞貴工，無直情徑行之語。若石渠、白虎觀之議[21]，則又各自爲書。唐、宋以降，凡考經定史之作，咸列爲筆記，附於說部之中，誠以言之無文，未可伺於文學之列也。近世以來，乃崇斯體。夫臚列羣言，辨析同異，參互考驗，末下己意，進退衆說，以判是非，所解之書，雖各不同，然篇成萬千，文無異軌。觀其體製，又略與案牘之文[22]同科，蓋行文之法，固不外徵引及判斷二端也。昔陽湖孫氏[23]，分著述與考據爲二：以考訂經史者爲考據，抒寫性靈者爲著作[24]。立說雖疏，已爲焦理堂所駁[25]。然以考據之作，與抒寫性靈者不同，則固不易之確論，此亦不得謂之文者也。

乃近世以來，學派有二：一曰宋學，一曰漢學。治宋學者，從語錄入門；治漢學者，從注疏入門。由是以語錄爲文，以注疏爲文，及其編輯文集也，則義理考訂之作，均列入集部之中，目之爲文。學者互相因襲，以爲文能如是，是亦以足，不復措意於文詞，由是學日進而文日退。古人謂文原於學，汲古既深，摛辭斯美，如杜詩"讀書破萬卷，下筆如有神"[26]是。所謂讀千賦者自善賦也[27]。今則不然，學與文分，義理考證之學，迥與詞章殊科，而優於學者，往往拙於爲文，文苑、儒林、道學[28]，遂一分而不可復合，此則近世異於古代者也。故近世之學人，其對於詞章也，所持之說有二：一曰鄙詞章爲小道，視爲雕蟲小技，薄而不爲；一以考證有妨於詞章，爲學日益，則爲文日損。如袁枚之箴孫星衍是[29]。是文學之衰，不僅衰於科舉之業[30]也，且由於實學[31]之昌明。證以物理之學：則各物均有不相容性。實學之明，以近代爲最，故文學之退，亦以近代爲最，此即物理家所謂不相容也。《左傳》亦曰："物莫能兩大。"[32]此文學均優之士，所由不數覯也。

然近世之文，亦分數派：明代末年，復社、幾社[33]之英，以才華相煽，敷爲藻麗之文。如陳臥子、夏考功、吳駿公[34]之流是。順、康之交，易堂諸子[35]，競治古文，而藻麗之作，易爲縱横。若商邱侯氏、大興王氏崑繩劉氏繼莊[36]，所爲之文，悉屬此派，大抵馳騁其詞，以空辯相矜，而言不軌則，其體出於明允、子瞻[37]。或以爲得之蘇、張、史遷[38]，非其實也。餘姚黄氏[39]，亦以文學著名，早學縱横，尤長敍事，然失之於蕪，辭多枝葉。且段落區分，牽連鈎貫，仍蹈明人陋習，浙東學者[40]多則之。季野、謝山[41]，咸屬良史，惟斐然成章，不知所裁，然浩瀚明皛，亦近代所罕覯也。時江、淮以南，吳、越之間，文人學士，應制科之徵，大抵涉獵書史，博而不精，諳於目錄詞章之學，所爲之文，以修潔擅長，句櫛字梳，尤工小品，然限於篇幅，無奇偉之觀，竹垞、次耕[42]，其最著者也；鈍翁、漁洋、牧仲[43]之文，亦屬此派。下迨雍、乾，堇甫、太鴻[44]，猶沿此體，以文詞名浙西，東南名士咸則之，流派所衍，固可按也。望溪方氏[45]，摹仿歐、曾[46]，明於呼應頓挫之法，以空議相演，又敍事貴簡，或本末不具，舍事實而就空文，桐城文士多宗之。海內人士，亦震其名，至謂天下文章莫大乎桐城[47]。厥後桐城古文，傳於陽湖、金陵[48]，又數傳而至湘、贛、西粤[49]。然以空疏者爲之，則枯木朽荄[50]，索然寡味，僅得其轉折波瀾。惟姬傳[51]之丰韻，子居[52]之峻拔，滌生[53]之博大雄奇，則又近今之絕作也。若治經之儒，或治古文家[54]言，及其爲文，遂各成派別：東原[55]說經，簡直高古，逼近《毛傳》，辭無虛設，一矯冗長之習，說理記事之作，創意造詞，寖以入古，唐、宋以降，罕見其匹，後之治古學者咸宗之。雖詁經考古，遠遜東原，然條理秩如，以簡明爲主，無復枝蔓之詞，若高郵王氏、儀徵阮氏[56]是也，故樸直無文，不尙藻繪，屬辭比事，自饒古拙之趣。及掇拾者爲之，則剿襲成語，無條貫之可尋，侈徵引之繁，昧行文之法，此其弊也。常州人士[57]，喜治今文家言[58]，雜采讖緯之書，用以解經，即用之入文，故新奇詭異之詞，足以悅目。且江南之地，詞曲尤工，哀怨淸遒，近古樂府，故常州之文，亦詞藻秀出，多哀豔之音，則以由詞曲入手之故也。莊氏[59]文詞，深美閎約，人所鮮知。其以文詞著者，則陽湖張氏、長洲宋氏[60]，均工綿邈之文，其音則哀而多思，其詞則麗而能則，蓋徵材雖博，不外讖緯、詞曲二端。若曲阜孔氏[61]，亦工儷詞，雖所作出宋氏之上，然旨趣略與宋氏同，則亦治今文之故也。近人謂治《公羊》者[62]必工文，理或然歟！若夫旨乖比興，徒尙麗詞，朝華已謝，色澤空存，此其弊也。近人惟譚仲修[63]略得張、宋之意。數派以外，文派尤多。江都汪氏[64]，熟於史贊，爲文別立機杼，上追彥升[65]，雖字酌句斟，間逞姿媚，然修短合度，動中自然，秀氣靈襟，超軼塵壒，於六朝之文，得其神理，或以爲出於《左傳》、《國語》，殆譽過其實；厥後荆溪周氏[66]，編輯《晉略》[67]，效法汪氏。此一派也。邵陽魏氏、仁和龔氏[68]，亦治今文之學。魏氏之文，明暢條達，然刻意求新，故雜奇語，以駭俗流。龔氏之文，自矜立異，語差雷同，文氣佶聱，不可卒讀，或語求艱深，旨意轉晦，此特玉川、彭原[69]之流耳，或以爲出於周、秦諸子，則擬焉不倫。此又一派也。若夫簡齋、稚威、仲瞿[70]之流，以排奧自矜，雖以氣運辭，千言立就，然俶亂[71]而無序，泛濫而無歸，華而不實，外強中乾，或怪誕不經，近于稗官家言，文學之中，斯爲僞體，不足以言文也。近代文學之派别，大約若此。

然考其變遷之由，則順、康之文，大抵以縱横文淺陋，制科[72]諸公，博覽唐、宋以下之書，故爲文稍趨于實。及乾、嘉之際，通儒輩出，多不復措意于文，由是文章日趨于朴拙，不復發于性情，然文章之徵實，莫盛于此時。特文以徵實爲最難，故枵腹之徒，多託于桐城之派，以便其空疏；其富于才藻者，則又日流于奇詭，此近世文體變遷之大略也。

近歲已來，作文者多師龔、魏，則以文不中律，便於放言，然襲其貌而遺其神。其墨守桐城文派者，亦囿於義法，未能神明變化。故文學之衰，至近歲而極。文學既衰，故日本文體[73]，因之輸入于中國。其始也，譯書撰報，據文直譯，以存其眞。後生小子，厭故喜新，競相效法。夫東籍之文，冗蕪空衍，無文法之可言，乃時勢所趨，相習成風，而前賢之文派，無復識其源流，謂非中國文學之厄歟？

《國粹學報》第二十六期

【註釋】

［1］劉師培（公元一八八四年——一九二〇年）——字申叔，號左盦，江蘇儀徵人。一九〇三年，在上海晤見章炳麟，贊成"光復"，改名光漢，撰《攘書》。此後，任《警鐘日報》、《國粹學報》撰述。一九〇九年，爲清官僚端方收買，入其幕。辛亥革命後，加入籌安會，助袁世凱行帝制。後在北京大學任教。家傳文字訓詁之學，宗古文經。長於以字音推求字義；用古語明今言，用今言通古語。又擅駢文。近人輯有《劉申叔先生遺書》，凡七十四種。

［2］顧亭林日知錄——顧亭林見本册《與人書三》註[1]。《日知錄》係讀書札記，按經義、吏治、財賦、史地、兵事、藝文等分類編入，共三十二卷。下述一段文字（自"典謨爻象"至"而詩與官離矣"）引自《日知錄》卷十九《修辭》。

[3] 典謨——《尙書》之文，如《堯典》、《臯陶謨》。爻象——《易》之爻辭與象辭。

[4] 有德者必有言——見《論語·憲問》。

[5] 游定夫（公元一〇五三年——一一二三年）——北宋學者，名酢，字定夫，建州建陽人。與楊時、呂大臨、謝良佐並稱程（顥、頤）門四大弟子。著有《易說》、《中庸義》、《論語·孟子雜解》等。

[6] 不能文章五句——《論語雜解·君子不重章》："……故爲仁不主於忠信，則仁必出於姑息；爲義不主於忠信，則義必出於矯抗。操是心以往，則禮必出於足恭，智必出於行險，安往而非敗德哉？而何進德之有焉？譬之欲立數仞之牆，而浮埃聚沫以爲基，亦沒世不能立矣。"（《游定夫先生集》卷一）顧氏這裏的引述與之有出入。

[7] 文章爲小技——見本册《說詩用疏韻》註[5]。

[8] 其旨遠二句——見《易經·繫辭》下。

[9] 言之無文二句——見《左傳·哀公二十五年》。

[10] 出詞氣二句——見《論語·泰伯》。

[11] 夫子之言性與天道四句——見《論語·公冶長》。

[12] 楊用修（公元一四八八年——一五五九年）——楊愼，字用修，號升庵，四川新都人。明文學家，學識廣博，著作多至一百餘種，重要的有《升庵集》，散曲有《陶情樂府》。

[13] 錢竹汀（公元一七二八年——一八〇四年）——錢大昕，字曉徵，一字辛楣，號竹汀，嘉定人。清學者，著有《潛揅堂文集》、《十駕齋養新錄》、《廿二史考異》、《潛揅堂金石文跋尾》、《恒言錄》等。下引一段文字見《十駕齋養新錄》卷十八《語錄》。

[14] 註疏——解釋經義爲"註"（註有傳、箋、解等名），疏通傳註爲"疏"（疏有義疏、正義等名）。註文和解釋註文的文字合稱爲"註疏"。

[15] 性靈——猶言性情，這裏指文學作品所反映的作家的思想感情。

[16] 抗墜——《禮記·樂記》："歌者上如抗，下如隊。"孔穎達疏："上如抗者，言歌聲上響，感動人意，使之如似抗舉也。下如墜者，言音聲下響，感動人意，如似隊落之下也。"抑揚——音調有節奏地或高或低。

[17] 言語文學——孔子門下教學四科中的兩科，另外兩科爲德行、政事。見《論語·先進》。

[18] 九家——指儒、道、墨、名、法、陰陽、縱橫、農、雜等九家。

[19] 禪學——即指佛學。按佛教於西漢末年開始傳入，在六朝時進一步興盛。

[20] 機鋒——佛教禪宗名詞。指問答迅捷，不落迹象，含有深意的語句。文益《宗門十規論》："其間有先唱後提，抑揚教法，頓挫機鋒，祖令當施，生殺在手。"《人天眼目》："……霹靂機鋒著眼看，石火電光猶是鈍，思量擬議隔千山。"

[21] 石渠——即石渠閣，漢宮中藏書閣名。漢高祖時創建，在未央宮內，收藏入關時所得的秦代圖籍。漢宣帝時，在閣中召集當時著名學者論定五經。虎觀——見本册《國朝文滙序》註[71]。

[22] 案牘之文——指官府的文書。《北史·陽昭傳》："學涉史傳，尤閑案牘。"劉禹錫《陋室銘》："無絲竹之亂耳，無案牘之勞形。"

[23] 陽湖孫氏——孫星衍（公元一七五三年——一八一八年），字淵如。陽湖人。清經學家、文學家。撰有《尙書今古文注疏》、《周易集解》、《問字堂集》、《寰宇訪碑錄》等書，刻有《平津館叢書》、《岱南閣叢書》。

[24] 以考訂經史者爲考據二句——《問字堂集·答袁簡齋前輩書》："以抄撮故實爲考據，抒寫性靈爲著作耳。"按：這是孫星衍對袁枚意見的概括，他自己不同意這個看法並予以批駁的。劉師培這裏誤解了孫星衍的原意。

[25] 已爲焦理堂所駁——焦循見本書第三册《與王欽萊論文書》註[1]。焦循的看法見《與孫淵如觀察論考據著作書》（《雕菰樓集》卷十三）。按：劉師培這裏亦誤解了焦循的原意。焦循並未駁斥孫星衍，而是同意孫星衍對袁枚的批評，只是認爲孫星衍對"著作、考據之說"批駁"似有未盡"，焦循作了補充和進一步發揮。

[26] 讀書破萬卷二句——見《奉贈韋左丞丈》。

[27] 讀千賦者自善賦也——見本書第一册《文心雕龍·知音》註[33]。

[28] 文苑——文士所聚之處，猶言文壇、文學界。這裏指文藝作品的創作。儒林——儒者之林，指學術界。這裏指對儒家經典的學術研究。道學——宋明儒家以繼承孔孟道統、宣揚性命義理爲主的唯心主義哲學。這裏指對這種性命義理之學的探討。

[29] 如袁枚之箴孫星衍是——見袁枚給孫星衍的《答書》，這封信附錄於《問字堂集》卷四《答袁簡齋前輩書》後。

[30] 科舉之業——指明清科舉考試制度所規定的八股文。這種文體形式死板，內容空虛，是封建皇朝束縛知識分子的手段和工具。

[31] 實學——這裏指自然科學。

[32] 物莫能兩大——見《左傳·莊公二十二年》。

[33] 復社——明天啓時張溥、陳貞慧等初結應社；崇禎時又集合南北文社中人於吳

縣，繼東林講學，名曰復社。這是明末江南士大夫提倡改良政治的結社。幾社——明末的另一個與“復社”相呼應的文社組織。主要成員有陳子龍、夏允彝、徐孚遠、何剛等人。

[34] 陳臥子(公元一六〇八年——一六四七年)——陳子龍，字臥子，號大樽。松江華亭人。南明抗清義軍首領、文學家。曾與夏允彝等組織“幾社”。遺著有《陳忠裕公全集》。夏考功(？——一六四五年)——即夏允彝，字彝仲，號瑗仲，松江華亭人。曾與陳子龍等組織“幾社”。南明福王時被擢吏部考功司主事，未赴任。曾參加義兵抗清，兵敗後自殺。著有《幸存錄》。吳駿公(公元一六〇九年——一六七二年)——吳偉業，字駿公，號梅村，太倉人。清初詩人。有《梅村家藏藁》等。

[35] 易堂諸子——見本書第三册《宗子發文集序》註[10]。

[36] 商邱侯氏大興王氏崑繩劉氏繼莊——侯方域(公元一六一八年——一六五五年)，字朝宗，河南商邱人。明末與方以智、陳貞慧、冒襄齊名，稱“四公子”。入清後，應河南鄉試，中副榜。能詩文，有《壯悔堂集》。王源(公元一六四八年——一七一〇年)，字崑繩，又字或庵。大興人。著有《或庵文集》等。劉獻庭(公元一六四八年——一六九五年)，字繼莊，一字君賢，别號廣陽子。順天大興人。清學者，曾參加修《明史》和編纂《一統志》。著有《廣陽雜記》等。

[37] 明允——見本書第二册《仲兄字文甫說》註[1]。子瞻——見本書第二册《書黄子思詩集後》註[2]。

[38] 蘇張——指戰國時代的縱横家蘇秦、張儀。史遷——即司馬遷。

[39] 餘姚黄氏——指黄宗羲。見本書第三册《縮齋文集序》註[2]。

[40] 浙東學者——指清代浙東學派的學者。這個學派是一個注重研究史料和通經致用的史學流派，在史學上成就頗大。其代表人物除黄宗羲外，有萬斯大、萬斯同、全祖望、章學誠、邵晉涵等。

[41] 季野——萬斯同(公元一六三八年——一七〇二年)，字季野，學者稱石園先生。浙江鄞縣人。曾參加修撰《明史》和審定《明史稿》。别著有《歷代史表》等。謝山——全祖望(公元一七〇五年——一七五五年)，字紹衣，學者稱謝山先生。浙江鄞縣人。著有《鮚埼亭集》等。

[42] 竹垞——即朱彝尊。見本書第三册《詞綜序》註[26]。次耕——潘耒(公元一六四六年——一七〇八年)，字次耕，又字稼堂。吳江人。曾參加修纂《明史》。有《類音》、《遂初堂詩集·文集·别集》等。

[43] 鈍翁——即汪琬(公元一六二四年——一六九一年)，字苕文，號鈍庵，長洲

人。清初散文家。有《鈍翁類稿》、《堯峰文鈔》等。漁洋——即王士禛。見本書第三册《鬲津草堂詩集序》註[2]。牧仲——宋犖(公元一六三四年——一七一三年),字牧仲,河南商丘人。清初文學家。著有《西陂類稿》等。

[44] 堇甫——杭世駿(公元一六九五年——一七七二年,或作一六九六年——一七七三年),字大宗,號堇甫,浙江仁和人。著有《諸史然疑》、《三國志補注》、《續方言》、《道古堂文集·詩集》等。太鴻——見本册《復堂詞錄序》註[36]。

[45] 望溪方氏——見本書第三册《古文約選序》註[2]。

[46] 歐曾——歐陽修、曾鞏。

[47] 至謂天下文章莫大乎桐城——曾國藩《歐陽生文集序》:“乾隆之末,桐城姚姬傳先生鼐,善爲古文辭;慕效其鄉先輩方望溪侍郎之所爲,而受法於劉君大櫆,及其世父編修君範。三子旣通儒碩望,姚先生治其術益精。歷城周永年書昌爲之語曰:‘天下之文章,其在桐城乎!’由是學者多歸嚮桐城,號桐城派,猶前世所稱江西詩派者也。”

[48] 陽湖——指桐城文派的支流陽湖派,其開創人爲惲敬、張惠言等,他們都是常州陽湖人。金陵——指姚門弟子管同、梅曾亮,他們都是上元人,上元是金陵府的治所。

[49] 湘——湖南省簡稱。這裏指湖南的“以姚氏文家”作爲“正軌”(曾國藩《歐陽生文集序》)的巴陵吳敏樹、武陵楊彝珍、善化孫鼎臣、湘陰郭嵩燾、漵浦舒燾等人。贛——江西省簡稱。這裏指江西的新城魯仕驥、陳用光,南豐吳嘉賓等人。西粵——即廣西省。這裏指廣西的永福呂璜,臨桂朱琦、龍啓瑞,馬平王錫振等人。

[50] 荄——草根。

[51] 姬傳——姚鼐,字姬傳。

[52] 子居——惲敬,字子居。

[53] 滌生——曾國藩(公元一八一一年——一八七二年),字滌生。

[54] 古文家——指古文經學家。古文經學是經學中研究古文經籍的一個流派,盛於東漢,對六朝、唐、宋的經學影響也很大。清代學者繼承古文經學家的訓詁方法而加以條理發明,用於古籍整理和語言文字研究,有較大成就。清代研究古文經學的又稱作乾嘉學派或漢學派,主要分爲以惠棟爲首的吳派和以戴震爲首的皖派兩大支。

[55] 東原——戴震(公元一七二三年——一七七七年),字東原,安徽休寧人。清思想家、學者。著作有《原善》、《原象》、《孟子字義疏證》、《聲韻考》、《聲類

表》、《方言疏證》等。

[56] 高郵王氏——指王念孫(公元一七四四年——一八三二年)、王引之(公元一七六六年——一八三四年)父子，他們是江蘇高郵人，都是清音韻訓詁學家。儀徵阮氏——見本書第三册《文言說》註[2]。

[57] 常州人士——指常州學派的學者。常州學派亦稱公羊學派或清代的今文經學派，因創始人莊存與、劉逢祿都是常州人，故名。

[58] 今文家——指今文經學家。今文經學是經學中研究今文經籍的一個流派。今文經學對漢代封建制度的鞏固曾有一定作用，西漢中葉以後逐漸衰微。清代中葉以後，今文經學大盛，曾成爲資產階級改良主義變法主張的理論根據。

[59] 莊氏——指莊存與(公元一七一九年——一七八八年)，字方耕，號養恬，江蘇常州人，清經學家，常州學派的開創者。所撰各書，後人彙爲《味經齋遺書》。

[60] 陽湖張氏——指張惠言，見本書第三册《上曹儷笙侍耶書》註[12]。長洲宋氏——宋翔鳳(公元一七七六年——一八六〇年)，字于庭，江蘇長洲人。清經學家，莊存與的外孫。撰著編入《浮溪精舍叢書》。

[61] 曲阜孔氏——孔廣森(公元一七五二年——一七八六年)，字衆仲，一字撝約，號顨軒，山東曲阜人。清經學家、音韻學家、數學家、文學家。戴震弟子。著有《春秋公羊通義》、《大戴禮記補注》、《經學卮言》、《詩聲類》、《少廣正負術》內外篇，及駢文集《儀鄭堂駢儷文》等。

[62] 治公羊者——卽研究今文經學的學者。《公羊傳》亦稱《春秋公羊傳》或《公羊春秋》，舊題戰國時公羊高撰。最初只有口說流傳，漢初才寫成書。它是今文經學的重要經籍。歷代今文經學家時常用它作爲議論政治的工具。清代今文經學派被直接稱爲公羊學派。

[63] 譚仲修——見本册《復堂詩錄序》註[1]。

[64] 江都汪氏——汪中(公元一七四五年——一七九四年)，字容甫，江蘇江都人。清哲學家、文學家、史學家。有《廣陵通典》、《述學》內外篇、《容甫先生遺詩》等。

[65] 彥升——當作"彥昇"，卽任昉(公元四六〇年——五〇八年)，字彥昇，樂安博昌人，南朝梁文學家。原有集，已散佚，明人輯有《任彥昇集》。及《文章緣起》一書，舊題爲昉作。

[66] 荆溪周氏——見本書第三册《介存齋論詞雜著》註[1]。

[67] 晉略——周濟改修《晉書》而成，六十六卷，其中，本紀六，表五，列傳三十六，國傳十一，彙傳七，序目一。

[68] 邵陽魏氏——見本册《定盦文錄序》註[2]。仁和龔氏——見本册《書湯海秋詩集後》註[2]。

[69] 玉川——即盧仝(約公元七九五年——八三五年)，自號玉川子，范陽人。唐詩人，其詩多怪異色彩，風格奇特，近於散文。有《玉川子詩集》。彭原——未詳。

[70] 簡齋——見本書第三册《復家魚門論古文書》註[3]。稚威——見本書第三册《胡稚威駢體文序》註[1]。仲瞿——王曇(公元一七五九年或一七六〇年——一八一六年或一八一七年)，又名良士，字仲瞿，秀水人。工詩與駢文，有《烟霞萬古樓集》。又擅戲曲，有傳奇劇本《回心院》、《葛花緣》等。

[71] 俶亂——詭異雜亂。

[72] 制科——封建王朝臨時設置的考試科目。王應麟《玉海》指出有五十九科，實際尚不止此，每科每次少者不過取數人。唐代較重要的制科爲賢良方正直言極諫科、才識兼茂明於體用科。對錄取者優予官職。宋高宗以後設博學宏詞科，清代亦曾沿設。

[73] 日本文體——資產階級改良派爲適應新的政治鬭爭和思想鬭爭的需要，對散文作了革新。這種新文體的特點之一是吸收了某些外國語法的結構，特別是日本文的句法。梁啓超是這種新文體作者的代表。

【說明】

劉師培是近代有成就的文學史家，他的論近世文學之變遷，頗有值得注意之處。本文所謂“近世”，主要是指清代。文章首先區分了“語錄爲文”與“注疏爲文”的不同於文學創作，“義理考證之學，迥與詞章殊科”，指出了近古以來，特別入清以後，所謂宋學與漢學盛行，混淆了文學創作與學術著作、實用文字的界限，給文學創作的發展帶來不良的影響。

這裏廣泛論列了明末以至晚清各種文學流派的淵源、寫作特點與優缺點，顯示了作者的功力與眼光，如對桐城派“空疏”的批判，對治古文經學、今文經學諸家在文學風格上不同的表現的評述，頗多中肯之言，但盛稱曾國藩之文爲“博大雄奇”“近世絕作”，則是相當反動的觀點。

從本文中可以看到，作者認爲文學創作的特徵應該是有文采的，有音節的，是抒寫性靈的。這與他的崇尙六朝駢文的態度是一致的。對汪中文章的特別贊賞，稱之爲“修短合度，動中自然，秀氣靈襟，超軼塵壒，於六朝之文，得其神理”，也表示了這種傾向。然而他並不是片面地崇尙藻飾而忽視內容的，“若夫旨乖比興，徒尙麗詞，朝華已謝，色澤空存”，就爲他所不取。“華而不實，外强中乾，或怪誕不經，近于稗官家言，文學之中，斯爲僞體，不足以言文也”，也反映了他論文學的旨趣。

當然，劉師培不可能用社會發展與歷史、階級觀點來分析文學流派的變遷，他完全抹煞以“俗語”“俚語”入文和反對吸收外國文體，態度也是偏於保守的。

附　　錄

論 文 雜 記（選錄）

劉師培

英儒斯賓塞耳有言：“世界愈進化，則文字愈退化。”夫所謂退化者，乃由文趨質，由深趨淺耳。及觀之中國文學，則上古之書，印刷未明，竹帛繁重，故力求簡質，崇用文言。降及東周，文字漸繁；至於六朝，文與筆分；宋代以下，文詞益淺，而儒家語錄以興；元代以來，復盛興詞曲：此皆語言文字合一之漸也。故小說之體，即由是而興，而《水滸傳》、《三國演義》諸書，已開俗語入文之漸。陋儒不察，以此爲文字之日下也。然天演之例，莫不由簡趨繁，何獨於文學而不然？故世之討論古今文字者，以爲有淺深文質之殊，豈知此正進化之公理哉？故就文字之進化之公理言之，則中國自近代以來，必經俗語入文之一級。昔歐洲十六世紀，教育家達泰氏以本國語言用於文學，而國民教育以興。蓋文言合一，則識字者日益多。以通俗之文，推行書報，凡世之稍識字者，皆可家置一編，以助覺民之用。此誠近今中國之急務也。然古代文詞，豈宜驟廢？故近日文詞，宜區二派：一修俗語，以啓瀹齊民；一用古文，以保存國學，庶前賢矩範，賴以僅存。若夫矜夸奇博，取法扶桑，吾未見其爲文也。

小說家流，出於稗官。班《志》所列者十餘家，今咸失傳。惟孔安國《秘記》、《至理篇》引董仲舒《李少君家錄》、《論仙篇》引陳仲弓《異聞記》，偶見引於葛洪《抱朴子》。六朝以降，作者日增。蓋中國人民，喜言神怪，而莊言讜論，又非婦孺所能通。故假談諸鬼怪之詞，出以鄙俚，而勸懲之意，隱寓其中，亦感發人民之一助也。然古代小說家言，體近於史，爲《春秋》家之支流，與樂教固無涉也。唐代士人始著傳奇小說，用爲科舉之媒，如《幽怪錄傳奇》是也。宋人《雲麓漫鈔》稱其文備衆體，足覘詩筆史才。《雲麓漫鈔》曰："唐之舉人，先藉當世顯人，以姓名達之主司，然後以所業投獻，踰數日又投，謂之溫卷，如《幽怪錄傳奇》等是也。蓋此等文備衆體，可以見史才、詩筆、議論。至進士則多以詩爲贄，今有唐詩數百種行於世者皆是也。"予按《詩》三百篇，如《六月》、《采芑》、《大明》、《篤公劉》、《江漢》諸作，皆爲敍事之詩。而漢人樂府之詩，如《孔雀東南飛》數篇，咸雜敍閭里之事。敍事者，《春秋》家之支派也。樂府者，又樂教之支派也。是爲《春秋》家與樂教合一之始。唐杜甫之詩，亦稱詩史。此即金、元曲劇之濫觴也。蓋傳奇小說之體，既興於中唐，而中唐以還，由詩生詞，由詞生曲，而曲劇之體以興。故傳奇小說者，曲劇之近源也；敍事樂府者，曲劇之遠源也。樂府之詩，或由一解至數解，即套曲之始也。樂府之句，或由三字至七字，即長短句之始也。且樂府之中，如《孔雀東南飛》諸篇，非惟敍衆人之事，亦且敍衆人之言，此又曲劇描摹口吻之權輿也。特曲劇之用，聲容相兼。聲出於《雅》，"雅"訓爲"正"，乃聲音之不失其正者也。容出於《頌》，"頌"、"容"互訓，"頌"字從"公"得聲，"容"字從"谷"得聲，本屬一音之轉。又"頌"字從"頁"，即象人身之形，與"夏"字同。《九夏》之樂，多屬于舞，故《頌》亦屬于舞，即古人所謂文舞、武舞二種也。乃用佾舞以節八音者也。見《左傳》隱五年。曲劇之興，實兼二體。元人以曲劇爲進身之媒，猶之唐人以傳奇小說爲科舉之媒也。明人襲宋、元八比之體，用以取士，律以曲劇，雖有有韻無韻之分，然實曲劇之變體也。如破題、小講，猶曲劇之有引子也；提比、中比、後比，猶曲劇之有套數也；領題、出題、段落，猶曲劇之有賓白也；而描摹口角，以偪肖爲能，尤與曲劇相符。乃習之既久，遂詡爲代聖賢立言。然金、元曲劇之中，其推爲正旦者，曷嘗非忠臣、孝子、貞夫、義婦耶？故曲劇者，又八比之先導也。古人既以傳奇曲劇爲進身之媒，則後世以八比爲取士之用者，曷足異乎？章世純《治平要續爵祿篇》曰："中產以上之家，無不教子。六歲卽延師，教以對偶，取靑對白，取一對二，取山對水，取仄對平，牽此扯彼，使整齊可觀，高下可誦。此何爲也？積之則爲表聯判語也，演之則時文法也。"據此以觀，足證八比之用，與曲劇同，故整齊可觀，高下可誦也。故知八比之出於曲劇，卽知八比之文皆俳優之文矣。乃近數百年之間，視八比爲至尊，而視曲劇爲至卑，謂非一代之功令使之然耶？昔王維奏《鬱輪袍》以進身，頗爲正直所鄙。明代以降，士人咸憑八比以進身，是趨天下之人而盡爲王維也，噫！八比一體，當附入曲劇之後。

人民文學出版社本《論文雜記》

中國文學史序

胡蘊玉

一代之興，卽有一代之治；一代之治，卽有一代之學；一代之學，卽有一代之書。立一王之法而播之天下者，謂之治；研究其立法之意者，謂之學；舉所學而載之文字、垂之久遠者，謂之書。龔自珍《著議》曰："有天下更正朔，與天下相見，謂之王；佐王者，謂之宰。天下不可以口耳喻也，載之文字謂之法，卽謂之書，謂之禮；其事謂之史職；以其法載之文字，而宣之士民，謂之太史，謂之卿大夫。天下聽從其言稱，爲本朝奉租稅焉，謂之民；民之識立法之意者，謂之士；士能推闡本朝之法意，以相誠語者，謂之師儒。王之子孫大宗繼爲王者，謂之後王；後王之世之聽言語奉租稅者，謂之後王之民。若王，若宰，若大夫，若民，相與有成者，謂之治，卽謂之道。若士，若師儒，法則先王、先冢宰之書以相講究者，謂之學。"是文學者，一代之治之學之所繫焉者也。且世間之故，非文弗宣；人生之道，非文弗著。今欲考國勢之強弱，察民氣之盛衰，逑學派之流別，論政治之得失，縱有通今達古之才，而無瑰瑋奇麗之筆，言之無文，行之不遠。當時聞其議者，旣無感動之誠；後世讀其書者，每多掩卷之歎。聖人知其然也：垂之言者，旣條達而疏暢；載之筆者，復反覆而詳明。周《誥》殷《盤》，佶屈聱牙，是當時之方言，後世所難解。至如《堯典》、《舜典》、《禹貢》、《洪範》之類，明白顯達，無一僻語。可知垂之言者，或有艱深；載之筆者，無不曉暢。因言見道，因道立法，因法行政，因政成治。王祁《經義制事異同論》曰："聖人慮後世未明乎道之故也，垂之言，筆之書。且其所爲筆於書者，反覆詳焉而不厭，俾後世因吾言以求夫道，因夫道以制夫事，而聖人之道，已大白於天下。"故曰："不疾而速，不行而至。今之所以知古，後之所以知今，其斯之謂也。"《隋書經籍志序》求聖人之道而不先求之於文字，是猶渡江者不以舟楫，致遠者不以車馬，其可得乎？匪特此也，往來之序，紛頤之交，通彼我之情，達上下之意；大之經緯乾坤，彌綸中外；次之布政宣化，利國福民；下至閭巷之歌謠，賢士之詩賦，亦所以寫其人情風俗之態，寄其忠君愛國之忱；文字之用，至爲廣矣。《隋書·文學列傳序》曰："文之爲用，其大矣哉！上所以敷德於下，下所以達情志於上；大則經緯天地，作訓垂範；次則風謠歌頌，匡主和民；或離讒放逐之臣，途窮後門之士，道轗軻而未遇，志鬱抑而不伸；憤激委約之中，飛文魏闕之下，奮迅泥滓，自致青雲，振沈溺於一朝，流風聲於千載，往往而有。是以凡百君子，莫不用心焉。"

"古者諸侯、卿大夫，交接鄰國，以微言相感，當揖讓之時，必稱詩以喻其志。蓋以別賢不肖而觀盛衰焉。"《前漢書·六藝總序》周室衰微，世風頹敗，國士云亡，利祿之輩，斯文已喪，多鄙倍之言，使令之辭，無暇修飾；宴會之際，不賦詩歌。顧炎武《日知錄》曰："春秋時猶宴會賦詩，而七國則不聞矣。"又曰："觀夫史之所錄，無非功名勢利之人，筆札喉舌之輩。"於是朝廷贈答之風衰，草野憂時之言作矣。屈原既放，傳香草之篇，賈誼哀時，上痛哭之策；然而敦厚溫柔，本風人之旨，疏通知遠，得《書》教之深。他如司馬著史，劉向傳經，賈山上言，仲舒對策，斯固經術之懿，儒者之選。至若枚乘、司馬相如、揚子雲輩，競爲侈麗之文，已失風喻之義。然而和其聲以鳴國家之盛，蓋亦有不可少者。《前漢書·六藝總序》曰："漢興，枚乘、司馬相如，下及揚子雲，競爲侈麗閎衍之文，沒有風喻之義。""自孝武立樂府而採歌謠，於是有代、趙之謳，秦、楚之風。"《前漢書·六藝總序》文字雖盛，大義未明，故新莽居攝，頌德獻符者，徧於天下。世風至此而壞，文學亦至此而衰矣。光武、明、章，尊崇節義，敦勵名實，風俗爲之一變，而文學爲之一新。故東漢之文，類多深明治體之言；崔寔之《政論》，荀悅之《申鑒》，仲長統之《昌言》，本由中發外之誠，成有體有用之作。至其末造，而黨錮之流，獨行之輩，議論激昂，文辭俊厲。故"權強之臣，息其闚盜之謀；豪俊之夫，屈於鄙生之意。"《後漢書·儒林傳論》雖桓榮矜稽古之榮，蔡邕多碑頌之作。顧炎武《日知錄》曰："東京之末，文章盛而氣節衰，自蔡邕始，觀其集中，濫作碑頌，則平日之爲人可知矣。"要其大致，蓋彬彬文學之盛矣。

三國分立，戰爭最烈：生民不見俎豆之容，黔首唯覩戎馬之跡；雖承漢末儒術之盛，已乏實地講習之人，學之不明，文無足采。孟德既有冀州，崇奨跅弛之士，於是"後生小子，不復以學問爲本，專以交遊爲業。"董昭疏 雖其時三祖叶其高論，七子分其麗則，《翰林》總其菁華，《典論》詳其藻絢；然而採庶子之春華，忘家丞之秋實，有文無學，無可觀者。迨至正始之際，一二浮誕之徒，騁其智識，蔑周、孔子書，習老、莊之教，棄禮法而崇放達，競風流而尚虛無。論者謂"講明六藝，鄭玄王肅爲集漢之終；演說老、莊，王弼何晏爲開晉之始。"顧炎武《日知錄》有晉一代，朝政廢弛，學風敗壞，衣冠禮樂，掃地俱盡。《晉書·儒林傳序》曰："惠帝纘戎，朝政昏弛，釁起宮掖，禍成藩翰。惟懷逮愍，喪亂弘多，衣冠禮樂，掃地俱盡。"雖尊儒勸學，亟降於綸言；而東序西庠，未聞於弦誦。觀夫史之所錄："張載擅銘山之美，陸機挺焚硯之奇；吉甫、太冲，江右之才傑；曹毗、庾闡，中興之時秀。"《晉書·文苑列傳序》無非功名勢利之人，筆札喉舌之輩，禮義不明於天下，辭藻徒佐其清談。何怪其率臣於異族，覩故主青衣行酒，而不以動其心者乎？"始自中朝，迄於江左：莫不崇飾華競，異述虛玄，擯闕里之典經，習正始之餘論，指禮法爲流俗，目縱誕以清高。遂使憲章廢弛，名教頹毀，五胡乘間而競逐，二京相繼以淪胥。"《晉書·儒林列傳序》文運之衰，國脈隨之，可不懼哉？永嘉以後，地分南北，夷狄交馳，文章殄滅："高才有德之流，自疆蓬蓽；鴻生碩儒之輩，抱器晦亡。"《魏書·儒林列傳序》"或遁跡江湖之上，或藏名巖石之中。"《南史·隱逸列傳序》總覽南北，文派略分：南朝則士尚浮華，主好風雅，賦詩而賜金帛，獻頌而位公卿。《梁書·文學列傳》云："高祖聰明文思，光宅區宇，旁求儒雅，詔采異人，文章之盛，煥乎其集。每所御幸，輒命羣臣賦詩，其文善者，賜以金帛。"《陳書·文學列傳》云："後主嗣業，雅尚文詞，旁求學藝，煥乎俱集。每臣下表疏，及獻上賦頌者，躬自省覽，其有辭工，加其爵位。""流風所播，天下從之。於是放誕之徒，才華之士，淫靡成俗，流蕩忘返。其意淺而繁，其文匿而彩，句尚輕險，詞多哀思。律以延陵之聽，蓋亦亡國之音。北朝則略趣厚重，韻氣高遠。故章奏符檄，則粲然可觀；體物緣情，則寂寥於世。”《北史·文苑列傳序》一時作者，深沈鬱於泉淵，逸響振於金石，英華奮發，波瀾浩蕩，筆有餘力，文無竭源。北朝文人，於斯爲盛。《北史·文苑列傳序》曰：“有魏定鼎河朔，南包河、淮，西吞關、隴，當時之士，先後之間，聲實俱茂。齊自霸業啓，廣延髦俊，開四門以賓之，頓八紘以掩之，鄴都之下，煙霏霧集。周氏創業，運屬陵夷，纂遺文於既喪，聘奇士於弗及。”論者謂“江左宮商發越，貴於清綺；河朔詞義貞剛，重乎氣質。”《隋書·文學列傳序》要之文不關於世道人心，則爲無用之文；文不根於三德六藝，則爲無本之文；雖有風雅之名，而無明道之實。故曰：“爰自漢、魏，碩學多清通；逮乎近古，巨儒必鄙俗。”《隋書·儒林列傳序》文章不本於學問，無足觀焉。

隋興，混一南北，文學亦由分而合。“高祖初統萬機，每念斲彫爲樸，發號施令，咸去浮華。”《隋書·文學列傳序》於是博雅之儒，請開獻書之路；牛宏以典籍遺逸，表請開獻書之路。方聞之士，劾免蔑禮之臣。《隋書·柳彧傳》：“應州刺史唐君明居母喪，娶雍州長史狄士文之妹。柳彧劾之曰：‘不義不暱，《春秋》載其將亡；無禮無義，詩人以其遄死。請禁錮終身，以懲風俗。’”雖時俗詞藻，猶多淫麗；而草茅言論，漸歸醇正。“煬帝嗣位，外事四夷，戎馬不息，師徒怠散。”《隋書·儒林列傳序》績學之士，擇地而逃。故二劉劉焯、劉炫說經，未綵隋祚；王通教授，實開唐基。房、杜、魏、薛，悉唐代之佐命。有唐代興，銳意文字。“解戎衣而開學校，飾賁帛而禮儒生，門羅吐鳳之才，人擅握蛇之價。”《舊唐書·文苑列傳序》一時之士，巍巍榛榛，始自開創，迄於末年，三百年間，文凡三變：高祖、太宗，大難始夷，雖網才俊之士，尙沿江左之風，故論道經邦，言歸實用，而雕章琢句，辭尙鏗鏘，律呂和諧，宮商輯洽，則王、楊爲之伯。玄宗雅尙儒術，崇實黜華，羣臣亦厭虛浮，還醇返樸，攄《雲》、《淵》之抑鬱，繼《雅》、《頌》之嗣音，義炳《詩》、《書》，句戛金玉，則燕、許擅其宗。大歷五元，美才輩出，排逐百家，自成一體，嚅嚌道術，涵泳聖經，掃六朝之餘習，追二京之遺風，法度森嚴，氣勢雄厚，則韓、柳倡其始。統觀一代之文，不名一體，各有專長：侍從酬奉，則李嶠、宋之問、沈佺期、王維；制冊則常袞、楊炎、陸贄、權德輿、王仲舒、李德裕；言詩則李白、杜甫、白居易、劉禹錫；論學則李翺、皇甫湜；對策則元稹、劉蕡：濟濟多士，郁郁斯文。然而制策取士，得人雖多，及其末流，空言應試，學非所用，用非所學。胡致堂論唐代制策取士曰："制策亦以空言取人，然其來最古，得人亦多。至其末流，應科者既未必英才，而發問之目，往往摘抉細隱，窮所難知，務求博洽之士，而直言極諫之風替矣。"故宦官秉政，臺閣少直諫之風；藩鎮擅權，將相乏討賊之策。歇後鄭五作相，時事可知。天地閉，賢人隱，禮樂崩，詩書毀。陵夷至五代，而天下幾不知有文字矣。

藝祖革命，首用文吏，而奪武臣之權，宋之尙文，端本乎此。太宗、眞宗，其在藩邸，已有好學之名；及其卽位，彌文日增。自時厥後，子孫相承。"上之爲人君者，無不典學；下之爲人臣者，自宰相以至令錄，無不擢科。海內文士，彬彬輩出焉。"《宋史·文苑列傳序》然著書立說，獨得聖賢不傳之學；《宋史·道學傳序》云："宋中葉，周敦頤出於春陵，乃得聖賢不傳之學。"文從字順，或闕修飾潤色之功。楊用修云："文，道也，語錄出，而文與道判矣。"君子之出辭氣必遠鄙倍，語錄行而儒家有鄙倍之辭矣。有德者必有言，語錄行則有德不必有言矣。嘉定錢氏語道學日盛，文字日衰。故名節相高，廉恥相尙，盡去五季之陋；而發言爲論，下筆成文，遠遜兩漢之風。廬陵輩出，力求反古，臨川、眉山、南豐起而和之，以成一代之文。特是論學者多俚俗之言，姚刑部曰："唐之世，僧徒不通於文事，書其師語以俚俗之語錄，宋世儒者弟子，蓋過而效之。"談文少見道之作，學問文章，分而爲二事矣。"遼起松漠，以兵經略方內，禮文之事，固所未遑。"《遼史·文學列傳序》金初未有文字，及太宗繼統，伐宋取汴京圖籍，宋士多歸之。"世宗、章宗之世，儒風丕變，庠序日盛。"《金史·文學列傳序》"元興百年，上至朝廷內外之臣，下及山林布衣之士，以通經能文顯著當世者彬彬焉。"《元史·儒學列傳序》嗚呼！外夷入主，神州陸沉，而一時文學之士，如姚樞許衡金履祥吳澄虞集揭傒斯之徒，靦然拜手稽首於異族之前，而又出其所學以媚之，鋪張宏休，揚厲偉業，君子痛焉。嗚呼。"於裕皇之仁，而見不可留之四皓；以世祖之略，而遇不能致之兩生。"歐陽玄《劉因像贊》斯何人歟！君子曰：宋以後不以文學媚世者，劉因一人而已。

明興，以八股取士，而文學遂衰。一時講學之徒，高談德性，恥言文章。顧炎武《日知錄》曰："後之君子，於下學之初，卽談性道，以文章爲小技，而不必用力。"經學非漢、唐之專精，性理襲宋、元之糟粕。而制科諸公，雖倡言文體，然而伏几面牆，困守帖括，文不徵實，語多蹈虛，以講章爲聖經，以類書爲賢傳。統觀二百七十餘年間，論學之書，既繁蕪而瑣碎；應試之作，又譾陋而空疏。而一時號爲能文者，或以摹倣擅長，或以趨時取巧，其間變遷之跡，約略可尋：開國之初，宋濂、王褘、方孝孺以文雄，高、楊、張、徐、劉基、袁凱以詩著。永、宣以還，作者遞興，而氣體漸弱。李東陽乃由宋、元以泝唐代。李夢陽、何景明輩，更上追西京力求復古，矯枉過正，文字艱深。於是王愼中、唐順之復近法歐、曾，以救其弊。而李攀龍、王世貞又高言秦、漢，與夢陽、景明相倡和。歸有光出，以司馬、歐陽自命，力排李、何、王、李。至啓、禎時，錢謙益、艾南英準北宋之矩矱，張溥、陳子龍擷東漢之芳華，各樹一幟，以召學者。嗟夫！倣倣得古人之皮毛，揣摹窺主司之好尙，論者謂科舉盛而文學衰，殆其然乎！顧炎武《日知錄》曰："近代文章之病，全在摹倣，即使逼肖古人，已非極詣，况遺其神理而得其皮毛者乎？"

滿洲入關，假託文學，藉收人心，以固皇位：纂《六經》，彙收諸儒之說；開四庫，網羅歷代之書。又復設鄉會之科，創鴻詞之舉。康熙己未開博學鴻詞科，乾隆丙辰開博學鴻詞科。輦轂之下，烟霏霧集，或徒步而取公卿，或累旬而膺台鼎。於是有文無學之士，靡然向風。雖然，名雖清之名，而文實漢人之文也。自入關迄於遜位，二百六十餘年，文學遞變，分爲四期：順、康之世，故老遺逸，越在草莽，承東林氣節之盛，爲經濟有用之學。今讀其遺書，莫不慷慨激昂，俊厲瑰偉。他如易堂諸子，力治古文，易藻麗爲縱橫，運才華於氣韻，雖非經術之盛，要亦《國策》之遺。此第一期也。乾、嘉之世，文網日密，而奇才異士，無以自見，爭言漢學，析辯異同，以注疏爲文章，以考據爲實學，瑣碎割裂，莫知大體。而方苞姚鼐之徒，尸程、朱之傳，仿歐、曾之法，治古文辭，號曰宋學，明於呼應頓挫，諳於轉折波瀾，自謂因文見道，別樹一幟，海內人士，翕然宗之，至謂天下文章，莫大乎桐城。此第二期也。道、咸之世，桐城之文，風靡一時，一傳而爲陽湖、金陵，再傳而爲湘、贛、西粵。及其末流，以空義相演，以摹仿擅長，於是常州人士，倡言西漢今文之學，雜採讖緯之書，旁及曲詞之音，故多新奇詭異之辭，綿邈哀思之作。方耕、申受，爲此派之開宗；定庵、默深，爲此派之巨子。此第三期也。近歲已來，作者咸師龔、魏：放言倡論，冒爲經世之談；襲貌遺神，流爲偏僻之論。文學之衰，至於極地。日本文法，因以輸入；始也譯書撰報，以存其眞;繼也厭故喜新,競摹其體。甚至公牘文報,亦效東籍之冗蕪;遂至小子後生,莫識先賢之文派。此第四期也。嗚呼!文學至四期,遂無復文法之可言,更三數十年,其淺陋空疏,倘可問耶?觀往時之盛,撫今日之衰,不獨文字之感,亦多世運之悲矣。

統觀吾國二千餘年之文學,其沿革變遷之迹,如是而已。當其盛也,揚葩振藻,爲敲金戛玉之音;及其衰也,感事哀時,多憔悴憂思之作。即至中原板蕩,天地覆傾;而績學之士,吟咏空谷之中,勝國之臣,躑躅荒江之畔。世有治亂,文無絕續,所以廢而復興,决而未潰。今也後生入學,東書不觀,風氣所趨,詒文無用。戶肄大秦之書,家習佉盧之字。三倉之典籍,舶載而東;日本岩琦氏靜嘉堂文庫以十一萬八千圓,從歸安陸氏子孫之手,將其先人剛甫先生所蒐之皕宋樓、十萬卷樓、守先閣之書,悉數購去。六藝之精言,人誰過問。嗚呼!斯文已喪,誰爲繼起之人;古學淪亡,能無胥溺之懼。此吾之所以著文學史而不覺欷歔不已也。

《南社》第八集

摩羅[1]詩力説

魯　迅

求古源盡者將求方來之泉，將求新源。嗟我昆弟，新生之作，新泉之湧於淵深，其非遠矣。

——尼佉[2]

一

人有讀古國文化史者，循代而下，至于卷末，必淒以有所覺：如脱春温而入于秋肅，勾萌絶朕[3]，枯槁在前，吾無以名，姑謂之蕭條而止。蓋人文之留遺後世者，最有力莫如心聲[4]。古民神思，接天然之閟宫[5]，冥契萬有[6]，與之靈會[7]，道其能道，爰為詩歌。其聲度時劫[8]而入人心，不與緘口同絶；且益曼衍[9]，視其種人[10]。遞文事式微[11]，則種人之運命亦盡，羣生輟響，榮華收光；讀史者蕭條之感，即以怒起，而此文明史記，亦漸臨末頁矣。凡負令譽于史初，開文化之曙色，而今日轉為影國[12]者，無不如斯。使舉國人所習聞，最適莫如天竺。天竺古有"韋陀"[13]四種，瑰麗幽敻，稱世界大文；其《摩訶波羅多》暨《羅摩衍那》[14]二賦，亦至美妙。厥後有詩人加黎陀薩(Kalidasa)[15]者出，以傳奇[16]鳴世，間染抒情之篇；日耳曼詩宗瞿提(W. von Goethe)[17]，至崇為兩間之絶唱。降及種人失力，而文事亦共零夷，至大之聲，漸不生于彼國民之靈府，流轉異域，如亡人也。次為希伯來[18]，雖多涉信仰教誡，而文章[19]以幽邃莊嚴勝，教宗文術，此其源泉，灌溉人心，迄今茲未艾。特在以色列族，則止耶利米

(Jeremiah)[20]之聲;列王荒矣,帝怒以赫[21],耶路撒冷遂隳[22],而種人之舌亦默。當彼流離異地,雖不遽忘其宗邦,方言正信,拳拳未釋[23],然《哀歌》而下,無賡響矣。復次為伊蘭埃及[24],皆中道廢弛,有如斷綆,燦爛于古,蕭瑟于今。若震旦而逸斯列[25],則人生大戩[26],無逾于此。何以故?英人加勒爾(Th. Carlyle)[27]曰:"得昭明之聲,洋洋乎歌心意而生者,為國民之首義。意大利分崩矣,然實一統也,彼生但丁(Dante Alighieri),彼有意語。大俄羅斯之札爾,有兵刃礮火,政治之上,能轄大區,行大業。然奈何無聲?中或有大物,而其為大也喑。(中略)迨兵刃礮火,無不腐蝕,而但丁之聲依然。有但丁者統一,而無聲兆之俄人,終支離而已。"[28]

尼佉(Fr. Nietzsche)不惡野人,謂中有新力,言亦確鑿不可移。蓋文明之朕,固孕于蠻荒,野人狉獉[29]其形,而隱曜[30]即伏于內。文明如華,蠻野如蕾,文明如實,蠻野如華,上征[31]在是,希望亦在是。惟文化已止之古民不然:發展既央,隳敗隨起,況久席古宗祖之光榮,嘗首出周圍之下國,暮氣之作,每不自如,自用[32]而愚,汙如死海。其煌煌居歷史之首,而終匿形于卷末者,殆以此歟?俄之無聲,激響在焉。俄如孺子,而非喑人;俄如伏流[33],而非古井。十九世紀前葉,果有鄂戈理[34](N. Gogol)者起,以不可見之淚痕悲色,振其邦人,或以擬英之狹斯丕爾(W. Shakespeare)[35],即加勒爾所贊揚崇拜者也。顧瞻人間,新聲爭起,無不以殊特雄麗之言,自振其精神而紹介其偉美于世界;若淵默而無動者,獨前舉天竺以下數古國而已。嗟夫,古民之心聲手澤[36],非不莊嚴,非不崇大,然呼吸不通于今,則取以供覽古之人,使摩挲詠嘆而外,更何物及其子孫?否亦僅自語其前此光榮,即以形邇來之寂寞,反不如新起之邦,縱文化未昌,而大有望于方來之足致敬也。故所謂古文明國者,悲涼之語耳,嘲諷之辭耳！中落之胄[37]，故家荒矣，則喋喋語人，謂厥祖在時，其為智慧武怒[38]者何似，嘗有閎宇崇樓，珠玉犬馬，尊顯勝于凡人。有聞其言，孰不騰笑？夫國民發展，功雖有在于懷古，然其懷也，思理朗然，如鑑明鏡，時時上征，時時反顧，時時進光明之長塗，時時念輝煌之舊有，故其新者日新，而其古亦不死。若不知所以然，漫夸耀以自悦，則長夜之始，即在斯時。今試履中國之大衢，當有見軍人蹀躞而過市者，張口作軍歌，痛斥印度波蘭之奴性[39]；有漫為國歌者亦然。蓋中國今日，亦頗思歷舉前有之耿光[40]，特未能言，則姑曰左鄰已奴，右鄰且死，擇亡國而較量之，冀自顯其佳勝。夫二國與震旦究孰劣，今姑弗言；若云頌美之什[41]，國民之聲，則天下之詠者雖多，固未見有此作法矣。詩人絶迹，事若甚微，而蕭條之感，輒以來襲。意者欲揚宗邦之眞大，首在審己，亦必知人，比較既周，爰生自覺。自覺之聲發，每響必中于人心，清晰昭明，不同凡響。非然者，口舌一結，衆語俱淪，沉默之來，倍于前此。蓋魂意方夢，何能有言？即震于外緣，强自揚厲，不惟不大，徒增欷耳。故曰國民精神之發揚，與世界識見之廣博有所屬。

今且置古事不道，别求新聲于異邦，而其因即動[42]于懷古。新聲之别，不可究詳；至力足以振人，且語之較有深趣者，實莫如摩羅詩派。摩羅之言，假自天竺，此云天魔，歐人謂之撒但[43]，人本以目裴倫（G. Byron）[44]。今則舉一切詩人中，凡立意在反抗，指歸在動作，而為世所不甚愉悦者悉入之，為傳其言行思惟，流别影響，始宗主裴倫，終以摩迦（匈加利）文士[45]。凡是羣人，外狀至異，各禀自國之特色，發為光華；而要其大歸，則趣于一：大都不為順世和樂之音，動吭一呼，聞者興起，爭天拒俗[46]，而精神復深感後世人心，綿延至于無已。雖未生以前，解脱[47]而後，或以其聲為不足聽；若其生活兩間，居天然之掌握，輾轉而未得脱者，則使之聞之，固聲之最雄桀偉美者矣。然以語平和之民，則言者滋懼。

二

平和為物，不見于人間。其強謂之平和者，不過戰事方已或未始之時，外狀若寧，暗流仍伏，時劫一會，動作始矣。故觀之天然，則和風拂林，甘雨潤物，似無不以降福祉于人世，然烈火在下，出為地囪[48]，一旦僨興[49]，萬有同壞。其風雨時作，特暫伏之見象，非能永劫安易，如亞當之故家[50]也。人事亦然，衣食家室邦國之争，形現既昭，已不可以諱掩；而二士室處，亦有吸呼，於是生顥氣[51]之爭，強肺者致勝。故殺機之昉[52]，與有生偕；平和之名，等于無有。特生民之始，既以武健勇烈，抗拒戰鬬，漸進于文明矣，化定俗移[53]，轉為新懦，知前征之至險，則爽然思歸其雌[54]，而戰場在前，復自知不可避，于是運其神思，剏為理想之邦，或托之人所莫至之區，或遲之不可計年以後。自柏拉圖(platon)《邦國論》[55]始，西方哲士，作此念者不知幾何人。雖自古迄今，絕無此平和之朕，而延頸方來，神馳所慕之儀的[56]，日逐而不舍，要亦人間進化之一因子歟？吾中國愛智之士，獨不與西方同，心神所注，遼遠在于唐虞，或逕入古初，游于人獸雜居之世；謂其時萬禍不作，人安其天，不如斯世之惡濁阽危，無以生活。其説照之人類進化史實，事正背馳。蓋古民曼衍播遷，其為爭抗劬勞，縱不厲于今，而視今必無所減；特歷時既永，史乘[57]無存，汗迹血腥，泯滅都盡，則追而思之，似其時為至足樂耳。儻使置身當時，與古民同其憂患，則頹唐侘傺[58]，復遠念盤古未生，斧鑿未經之世，又事之所必有者已。故作此念者，為無希望，為無上征，為無努力，較以西方思理，猶水火然；非自殺以從古人，將終其身更無可希冀經營，致人我于所儀之主的[59]，束手浩嚾，神質[60]同隳焉而已。且更爲忖度其言，又將見古之思士，决不以華土爲可樂，如今人所張皇[61]；惟自知良懦無可爲，乃獨圖脫屣塵埃，惝恍[62]古國，任人群墮于蟲獸，而己身以隱逸終。思士如是，社會善之，咸謂之高蹈[63]之人，而自云我蟲獸我蟲獸也。其不然者，乃立言辭，欲致人同歸于樸古，老子之輩 蓋其梟雄。老子書五千語，要在不攖[64]人心；以不攖人心故，則必先自致槁木之心，立無爲之治；以無爲之爲化社會，而世即于太平。其術善也。然奈何星氣既凝[65]，人類既出而後，無時無物，不稟殺機，進化或可停，而生物不能返本。使拂逆其前征，勢即入于苓落[66]，世界之內，實例至多，一覽古國，悉其信證[67]。若誠能漸致人間，使歸于禽蟲卉木原生物，復由漸即于無情[68]，則宇宙自大，有情已去，一切虛無，寧非至淨。而不幸進化如飛矢，非墮落不止，非著物不止，祈逆飛而歸弦，爲理勢所無有。此人世所以可悲，而摩羅宗之爲至偉也。人得是力，乃以發生，乃以曼衍，乃以上征，乃至于人所能至之極點。

中國之治，理想在不攖，而意異于前說。有人攖人，或有人得攖者，爲帝大禁，其意在保位，使子孫王千萬世，無有底止，故性解（Genius）[69]之出，必竭全力死之；有人攖我，或有能攖人者，爲民大禁，其意在安生，寧蜷伏墮落而惡進取，故性解之出，亦必竭全力死之。柏拉圖建神思之邦[70]，謂詩人亂治，當放域外；雖國之美汙，意之高下有不同，而術實出于一。蓋詩人者，攖人心者也。凡人之心，無不有詩，如詩人作詩，詩不爲詩人獨有，凡一讀其詩，心即會解者，即無不自有詩人之詩。無之何以能解？惟有而未能言，詩人爲之語，則握撥一彈，心弦立應，其聲澈于靈府，令有情皆舉其首，如覩曉日，益爲之美偉強力高尚發揚，而汙濁之平和，以之將破。平和之破，人道蒸[71]也。雖然，上極天帝，下至輿臺，則不能不因此變其前時之生活；協力而天閼[72]

之，思永保其故態，殆亦人情已。故態永存，是曰古國。惟詩究不可滅盡，則又設範以囚之。如中國之詩，舜云言志[73]；而後賢立說，乃云持人性情[74]，三百之旨，無邪所蔽[75]。夫既言志矣，何持之云？強以無邪，卽非人志。許自繇[76]于鞭策羈縻之下，殆此事乎？然厥後文章，乃果輾轉不逾此界。其頌祝主人，悅媚豪右之作，可無俟言。卽或心應蟲鳥，情感林泉，發爲韻語，亦多拘于無形之囹圄，不能舒兩間之眞美；否則悲慨世事，感懷前賢，可有可無之作，聊行於世。倘其囁嚅之中，偶涉眷愛，而儒服之士，卽交口非之。況言之至反常俗者乎？惟靈均將逝，腦海波起，通於汨羅，返顧高丘，哀其無女[77]，則抽寫哀怨，鬱爲奇文。茫洋在前，顧忌皆去，懟世俗之渾濁，頌己身之修能[78]，懷疑自遂古之初[79]，直至百物之瑣末，放言無憚，爲前人所不敢言。然中亦多芳菲悽惻之音，而反抗挑戰，則終其篇未能見，感動後世，爲力非強。劉彥和所謂"才高者菀其鴻裁，中巧者獵其艷辭，吟諷者啣其山川，童蒙者拾其香草。"[80]皆著意外形，不涉內質，孤偉自死，社會依然，四語之中，函深哀焉。故偉美之聲，不震吾人之耳鼓者，亦不始于今日。大都詩人自倡，生民不耽[81]。試稽自有文字以至今日，凡詩宗詞客，能宣彼妙音，傳其靈覺，以美善吾人之性情，崇大吾人之思理者，果幾何人？上下求索，幾無有矣。第此亦不能爲彼徒罪也，人人之心，無不泐[82]二大字曰實利，不獲則勞，既獲便睡。縱有激響，何能攖之？夫心不受攖，非槁死則縮朒[83]耳，而況實利之念，復黏黏[84]熱于中，且其爲利，又至陋劣不足道，則馴[85]至卑懦儉嗇，退讓畏葸，無古民之樸野，有末世之澆漓[86]，又必然之勢矣，此亦古哲人所不及料也。夫云將以詩移人性情，使卽于誠善美偉強力敢爲之域，聞者或哂其迂遠乎；而事復無形，效不顯于頃刻。使舉一密栗[87]之反證，殆莫如古國之見滅于外仇矣。凡如是者，蓋不止笞擊縻縶[88]，易于毛角[89]而已，且無有爲沉痛著大之聲，攖其後人，使之興起；即間有之，受者亦不爲之動，創痛少去，即復營營于治生，活身是圖，不卹汙下，外仇又至，摧敗繼之。故不爭之民，其遭遇戰事，常較好爭之民多，而畏死之民，其苓落殤亡，亦視強項敢死之民衆。

千八百有六年八月，拿坡崙大挫普魯士軍[90]，翌年七月，普魯士乞和，爲從屬之國。然其時德之民族，雖遭敗亡窘辱，而古之精神光耀，固尚保有而未隳。于是有愛倫德（E. M. Arndt）[91]者出，著《時代精神篇》（Geist der Zeit），以偉大壯麗之筆，宣獨立自繇之音，國人得之，敵愾之心大熾；已而爲敵覺察，探索極嚴，乃走瑞士。遞千八百十二年，拿坡崙挫于墨斯科之酷寒大火，逃歸巴黎，歐土遂爲雲擾[92]，競舉其反抗之兵。翌年，普魯士帝威廉三世[93]乃下令召國民成軍，宣言爲三事戰，曰自由正義祖國；英年之學生詩人美術家爭赴之。愛倫德亦歸，著《國民軍者何》暨《萊因爲德國大川特非其界》二篇，以鼓青年之意氣。而義勇軍中，時亦有人曰台陀開納（Theodor Körner）[94]，慨然投筆，辭維也納國立劇場詩人之職，別其父母愛者，遂執兵行；作書貽父母曰："普魯士之鷲[95]，已以鷙擊[96]誠心，覺德意志民族之大望矣。吾之吟咏，無不爲宗邦神往。吾將舍所有福祉歡欣，爲宗國戰死。嗟夫，吾以明神之力，已得大悟。爲邦人之自由與人道之善故，犧牲孰大于是？熱力無量，涌吾靈臺[97]，吾起矣！"後此之《豎琴長劍》（Leier und Schwert）[98]一集，亦無不以是精神，凝爲高響，展卷方誦，血脈已張。然時之懷熱誠靈悟如斯狀者，蓋非止開納一人也，舉德國青年，無不如是。開納之聲，即全德人之聲，開納之血，亦即全德人之血耳。故推而論之，敗拿坡崙者，不爲國家，不爲皇帝，不爲兵刃，國民而已。國民皆詩，亦皆詩人之具[99]，而德卒以不亡。此豈篤守功利，擯斥詩歌，或抱異域之朽兵敗甲，冀自衞其衣食室家者，意料之所能至哉？然此亦僅譬詩力于米鹽，聊以震崇實之士，使知黃金黑鐵，斷不足以興國家，德法二國之外形，亦非吾邦所可活剝；示其內質，冀略有所悟解而已。此篇本意，固不在是也。

三

由純文學上言之，則以一切美術之本質，皆在使觀聽之人，爲之興感怡悅。文章爲美術之一，質當亦然，與個人暨邦國之存，無所係屬，實利離盡，究理弗存。故其爲效，益智不如史乘，誡人不如格言，致富不如工商，弋功名不如卒業之劵[100]。特世有文章，而人乃以幾于具足。英人道覃 (E. Dowden)[101]有言曰:“美術文章之桀出于世者，觀誦而後，似無裨于人間者，往往有之。然吾人樂于觀誦，如游亘浸[102]，前臨渺茫，浮游波際，游泳既已，神質悉移。而彼之大海，實僅波起濤飛，絕無情愫，未始以一教訓一格言相授。顧游者之元氣體力，則爲之陡增也。故文章之于人生，其爲用決不次于衣食，宮室，宗教，道德。蓋緣人在兩間，必有時自覺以勤劬，有時喪我而惝恍，時必致力于善生[103]，時必並忘其善生之事而入于醇樂，時或活動于現實之區，時或神馳于理想之域；苟致力于其偏，是謂之不具足。”嚴冬永留，春氣不至，生其軀殼，死其精魂，其人雖生，而人生之道失。文章不用之用，其在斯乎？約翰穆黎[104]曰:“近世文明，無不以科學爲術，合理爲神，功利爲鵠。”大勢如是，而文章之用益神。所以者何？以能涵養吾人之神思耳。涵養人之神思，卽文章之職與用也。

此他麗于文章能事者[105]，猶有特殊之用一。蓋世界大文，無不能啓人生之閟機，而直語其事實法則，爲科學所不能言者。所謂閟機[106]，卽人生之誠理[107]是已。此爲誠理，微妙幽玄，不能假口于學子。如熱帶人未見冰前，爲之語冰，雖喻以物理生理二學，而不知水之能凝，冰之爲冷如故；惟直示以冰，使之觸之，則雖不言質力二性，而冰之爲物，昭然在前，將直解無所疑沮。惟文章亦然，雖縷判條分，理密不如學術，而人生誠理，直籠[108]其辭句中，使聞其聲者，靈府朗然，與人生卽會[109]。如熱帶人既見冰後，曩之竭研究思索而弗能喩者，今宛在矣。昔愛諾爾特 (M. Arnold)[110]氏以詩爲人生評騭，亦正此意。故人若讀鄂謨 (Homeros)[111]以降大文，則不徒近詩，且自與人生會，歷歷見其優勝缺陷之所存，更力自就于圓滿。此其效力，有敎示意；既爲敎示，斯益人生；而其敎復非常敎，自覺勇猛發揚精進，彼實示之。凡苓落頹唐之邦，無不以不耳[112]此敎示始。

顧有據羣學[113]見地以觀詩者，其爲說復異：要在文章與道德之相關。謂詩有主分[114]，曰觀念之誠。其誠奈何？則曰爲詩人之思想感情，與人類普遍觀念之一致。得誠奈何？則曰在據極溥博[115]之經驗。故所據之人羣經驗愈溥博，則詩之溥博視之。所謂道德，不外人類普遍觀念所形成。故詩與道德之相關，緣蓋出于造化。詩與道德合，卽爲觀念之誠，生命在是，不朽在是。非如是者，必與羣法僢馳[116]。以背羣法故，必反人類之普遍觀念；以反普遍觀念故，必不得觀念之誠。觀念之誠失，其詩宜亡。故詩之亡也，恆以反道德故。然詩有反道德而竟存者奈何？則曰，暫耳。無邪之說，實與此契。苟中國文事復興之有日，慮操此說以力削其萌孼者，當有徒也。而歐洲評騭之士，亦多抱是說以律文章。十九世紀初，世界動于法國革命之風潮，德意志西班牙意大利希臘皆興起，往之夢意，一曉而蘇；惟英國較無動。顧上下相迕[117]，時有不平，而詩人裴倫，實生此際。其前有司各德 (W. Scott)[118]輩，爲文率平妥翔實，與舊之宗敎道德極相容。迨有裴倫，乃超脫古範，直抒所信，其文章無不函剛健抗拒破壞挑戰之聲。平和之人，能無懼乎？于是謂之撒但。此

言始於蘇惹 (R. Southey)[119]，而衆和之；後或擴以稱修黎(P. B. Shelley)[120]以下數人，至今不廢。蘇惹亦詩人，以其言能得當時人羣普遍之誠故，獲月桂冠，攻裴倫甚力。裴倫亦以惡聲報之，謂之詩商。所著有《納爾遜傳》(The Life of Lord Nelson)[121]今最行于世。

《舊約》記神既以七日造天地，終乃摶埴[122]爲男子，名曰亞當，已而病其寂也，復抽其肋爲女子，是名夏娃，皆居伊甸。更益以鳥獸卉木，四水出焉。伊甸有樹，一曰生命，一曰知識。神禁人勿食其實；魔乃侂[123]蛇以誘夏娃，使食之，爰得生命知識。神怒，立逐人而詛蛇，蛇腹行而土食；人則既勞其生，又得其死，罰且及于子孫，無不如是。英詩人彌耳敦 (J. Milton)[124]，嘗取其事作《失樂園》(The Paradise Lost)，有天神與撒但戰事，以喻光明與黑暗之爭。撒但爲狀，復至獰厲。是詩而後，人之惡撒但遂益深。然使震旦人士異其信仰者觀之，則亞當之居伊甸，蓋不殊于籠禽，不識不知，惟帝是悦[125]，使無天魔之誘，人類將無由生。故世間人，當蔑弗[126]秉有魔血，惠之及人世者，撒但其首矣。然爲基督宗徒，則身被此名，正如中國所謂叛道，人羣共棄，艱于置身，非強怒善戰豁達能思之士，不任受也。亞當夏娃既去樂園，乃舉二子，長曰亞伯[127]，次曰凱因[128]。亞伯牧羊，凱因耕植是事，嘗出所有以獻神。神喜脂膏而惡果實，斥凱因獻不視；以是，凱因漸與亞伯爭，終殺之。神則詛凱因，使不獲地力[129]，流於殊方。裴倫取其事作傳奇[130]，于神多所詰難。教徒皆怒，謂爲瀆聖害俗，張皇靈魂有盡[131]之詩，攻之至力。迄今日評騭之士，亦尚有以是難裴倫者。爾時獨穆亞 (Th. Moore)[132]及修黎二人，深稱其詩之雄美偉大。德詩宗瞿提，亦謂爲絕世之文，在英國文章中，此爲至上之作；後之勸遏克曼 (J. P. Eckermann)[133]治英國語言，蓋卽冀其直讀斯篇云。《約》又記凱因旣流，亞當更得一子，歷歲永永，人類益繁，于是心所思惟，多涉惡事。主神乃悔，將殄之。有挪亞獨善事神，神令致亞斐木爲方舟[134]，將眷屬動植，各從其類居之。遂作大雨四十晝夜，洪水泛濫，生物滅盡，而挪亞之族獨完，水退居地，復生子孫，至今日不絶。吾人記事涉此，當覺神之能悔，爲事至奇；而人之惡撒但，其理乃無足詫。蓋旣爲挪亞子孫，自必力斥抗者，敬事主神，戰戰兢兢，繩其祖武[135]，冀洪水再作之日，更得密詔而自保于方舟耳。抑吾聞生學家言，有云反種[136]一事，爲生物中每現異品，肖其遠先，如人所牧馬，往往出野物，類之不拉 (Zebra)[137]，蓋未馴以前狀，復現于今日者。撒但詩人之出，殆亦如是，非異事也。獨衆馬怒其不伏箱[138]，羣起而交踶之，斯足憫嘆焉耳。

四

裴倫名喬治戈登 (George Gordon)，系出司堪第那比亞[139]海賊蒲隆 (Burun)族。其族後居諾曼[140]，從威廉入英，遞顯理二世時[141]，始用今字。裴倫以千七百八十八年一月二十二日生于倫敦，十二歲卽爲詩；長游堪勃力俱大學[142]不成，漸决去英國，作汗漫游，始于波陀牙[143]，東至希臘突厥[144]及小亞細亞，歷審其天物之美，民俗之異，成《哈洛爾特游草》(Childe Harold's Pilgrimage)[145]二卷，波譎雲詭，世爲之驚絶。次作《不信者》(The Giaour) 曁《阿畢陀斯新婦行》(The Bride of Abydos) 二篇，皆取材于突厥。前者記不信者(對回教而言)通哈山之妻，哈山投其妻于水，不信者逸去，後終歸而殺哈山，詣廟自懺；絶望之悲，溢于毫素，讀者哀之。次爲女子蘇黎加愛舍林，而其父將以婚他人，女偕舍林出奔，已而被獲，舍林鬬死，女亦終盡；其言有反抗之音。迨千八百十四年一月，賦《海賊》(The Corsair)之詩。篇中英雄曰康拉德，于世已無一切眷愛，遺一切道德，惟以強大之意志，爲賊渠魁，領其從者，建大邦于海上。孤舟利劍，所向悉如其意。獨家有愛妻，他更無有；往雖有神[146]，而康拉德早棄之，神亦已棄康拉德矣。故一劍之力，卽其權利，國家之法度，社會之道德，視之蔑如。權力若具，卽用行其意志，他人奈何，天帝何命，非所問也。若問定命之何如？則曰："在鞘中，一旦外輝[147]，彗且失色而已。"然康拉德爲人，初非元惡[148]，內秉高尙純潔之想，嘗欲盡其心力，以致益于人間；比見細人蔽明，讒諂害聰，凡人營營，多猜忌中傷之性，則漸冷澹，則漸堅凝，則漸嫌厭；終乃以受自或人之怨毒，舉而報之全羣[149]，利劍輕舟，無間人神，所向無不抗戰。蓋復讎一事，獨貫注其全精神矣。一日攻塞特，敗而見囚，塞特有妃愛其勇，助之脫獄，泛舟同奔，遇從者于波上，乃大呼曰："此吾舟，此吾血色之旗也，吾運未盡于海上！"然歸故家，則銀釭[150]暗而愛妻逝矣。旣而康拉德亦失去，其徒求之波間海角，踪迹杳然，獨有以無量罪惡，繫一德義之名，永存于世界而已。裴倫之祖約翰[151]，嘗念先人爲海王[152]，因投海軍爲之帥；裴倫賦此，緣起似同；有卽以海賊字裴倫者，裴倫聞之竊喜，則篇中康拉德爲人，實卽此詩人變相，殆無可疑已。越三月，又作賦曰《羅羅》(Lara)[153]，記其人嘗殺人不異海賊，後圖起事，敗而傷，飛矢來貫其胸，遂死。所敍自尊之夫，力抗不可避之定命，爲狀慘烈，莫可比方。此他猶有所制，特非雄篇。其詩格多師司各德，而司各德由是銳意于小說，不復爲詩，避裴倫也。已而裴倫去其婦，世雖不知去之之故，然爭難之，每臨會議，嘲駡卽四起，且禁其赴劇場。其友穆亞爲之傳，評是事曰："世于裴倫，不異其母，忽愛忽惡，無判決也。"顧窘戮天才，殆人羣恆狀，滔滔皆是，寧止英倫。中國漢晉以來，凡負文名者，多受謗毀，劉彥和爲之辯曰："人稟五才，修短殊用，自非上哲，難以求備，然將相以位隆特達，文士以職卑多誚，此江河所以騰湧，涓流所以寸析者。”[154]東方惡習，盡此數言。然裴倫之禍，則緣起非如前陳，實反由于名盛，社會頑愚，仇敵窺覗[155]，乘隙立起，衆則不察而妄和之；若頌高官而阨[156]寒士者，其汙且甚于此矣。顧裴倫由是遂不能居英，自曰：“使世之評騭誠，吾在英爲無值，若評騭謬，則英于我爲無値矣。吾其行乎？然未已也，雖赴異邦，彼且蹑我。”已而終去英倫，千八百十六年十月，抵意大利。自此，裴倫之作乃益雄。

裴倫在異域所爲文，有《哈洛爾特游草》之續，《堂祥》(Don Juan)[157]之詩，及三傳奇稱最偉，無不張撒但而抗天帝，言人所不能言。一曰《曼弗列特》(Manfred)[158]，記曼以失愛絶歡，陷于巨苦，欲忘弗能，鬼神見形問所欲，曼云欲忘，鬼神告以忘在死，則對曰，死果能令人忘耶？復衷疑而弗信也。後有魅來降曼弗列特，而曼忽以意志制苦，毅然斥之曰：“汝曹决不能誘惑滅亡我。（中略）我，自壞者也。行矣，魅衆！死之手誠加我矣，然非汝手也。”意蓋謂己有善惡，則褒貶賞罰，亦悉在己，神天魔龍，無以相凌，况其他乎？曼弗列特意志之強如是，裴倫亦如是。論者或以擬瞿提之傳奇《法斯忒》(Faust)[159]云。二曰《凱因》(Cain)，典據已見于前分，中有魔曰盧希飛勒[160]，導凱因登太空，爲論善惡生死之故，凱因悟，遂師摩羅。比行世[161]，大遭敎徒攻擊，則作《天地》(Heaven and Earth) 以報之，英雄爲耶彼第，博愛而厭世，亦以詰難敎宗，嗚其非理者[162]。夫撒但何由昉乎[163]？以彼敎言，則亦天使之大者，徒以陡起大望，生背神心，敗而墮獄，是云魔鬼。由是言之，則魔亦神所手創者矣。已而潛入樂園，至善美安樂之伊甸，以一言而立毁，非具大能力，曷克至是？伊甸，神所保也，而魔毁之，神安得云全能？况自創惡物，又從而懲之，且更瓜蔓以懲人，其慈又安在？故凱因曰：“神爲不幸之因。神亦自不幸，手造破滅之不幸者，何幸福之可言？而吾父曰：‘神全能也。’問之曰：‘神善，何復惡邪？’則曰：‘惡者，就善之道爾。’”神之爲善，誠如其言：先以凍餒，乃與之衣食；先以癘疫，乃施之救援；手造罪人，而曰吾赦汝矣。人則曰：“神可頌哉，神可頌哉！”營營而建伽蘭[164]焉。盧希飛勒不然，曰“吾誓之兩間，吾實有勝我之強者，而無有加于我之上位[165]。彼勝我故，名我曰惡，若我致勝，惡且在神，善惡易位耳。”此其論善惡，正異尼佉。尼佉意謂強勝弱故，弱者乃字其所爲曰惡，故惡實強之代名；此則以惡爲弱之寃謚。故尼佉欲自強，而並頌強者；此則亦欲自強，而力抗強者，好惡至不同，特圖強則一而已。人謂神強，因亦至善。顧善者乃不喜華果，特嗜腥羶，凱因之獻，純潔無似，則以旋風振而落之。人類之始，實由主神，一拂其心，即發洪水，並無罪之禽蟲卉木而殄之。人則曰：“爰滅罪惡，神可頌哉！”耶彼第乃曰：“汝得救孺子衆！汝以爲脫身狂濤，獲天幸歟？汝曹偷生，逞其食色，目擊世界之亡，而不生其憫歎；復無勇力，敢當大波，與同胞之人，共其運命；偕厥考[166]逃于方舟，而建都邑于世界之墓上，竟無慚耶？”然人竟無慚也，方伏地贊頌，無有休止，以是之故，主神遂強。使衆生去而不之理，更何威力之能有？人既授神以力，復假之以厄撒但；而此種人，又即主神往所殄滅之同類。以撒但之意觀之，其爲頑愚陋劣，如何可言？將曉之歟，則音聲未宣，衆已疾走，內容何若，不省察也。將任之歟，則非撒但之心矣，故復以權力現于世。神，一權力也；撒但，亦一權力也。惟撒但之力，即生于神，神力若亡，不爲之代；上則以力抗天帝，下則以力制衆生，行之背馳，莫甚于此。顧其制衆生也，即以抗故。倘其衆生同抗，更何制之云？裴倫亦然，自必居人前，而怒人之後于衆。蓋非自居人前，不能使人勿後于衆故；任人居後而自爲之前，又爲撒但大恥故。故既揄揚威力，頌美強者矣，復曰："吾愛亞美利加，此自由之區，神之綠野，不被壓制之地也。"由是觀之，裴倫既喜拿坡崙之毀世界，亦愛華盛頓[167]之爭自由，既心儀海賊之橫行，亦孤援希臘之獨立，壓制反抗，兼以一人矣。雖然，自由在是，人道亦在是。

五

自尊至者，不平恆繼之，忿世嫉俗，發爲巨震，與對蹠[168]之徒爭衡。蓋人既獨尊，自無退讓，自無調和，意力所如，非達不已，乃以是漸與社會生衝突，乃以是漸有所厭勌于人間。若裴倫者，即其一矣。其言曰："磽确之區，吾儕奚獲耶？（中略）凡有事物，無不定以習俗至謬之衡，所謂輿論，實具大力，而輿論則以昏黑蔽全球也。"[169] 此其所言，與近世諾威文人伊孛生（H. Ibsen）[170]所見合，伊氏生于近世，憤世俗之昏迷，悲眞理之匿耀，假《社會之敵》[171]以立言，使醫士斯托克曼爲全書主者，死守眞理，以拒庸愚，終獲羣敵之謚。自既見放于地主[172]，其子復受斥于學校，而終奮鬬，不爲之搖。末乃曰："吾又見眞理矣。地球上至強之人，至獨立者也！"其處世之道如是。顧裴倫不盡然，凡所描繪，皆稟種種思，具種種行，或以不平而厭世，遠離人羣，寧與大地爲儕偶，如哈洛爾特；或厭世至極，乃希滅亡，如曼弗列特；或被人天之楚毒，至于刻骨，乃咸希破壞，以復仇讎，如康拉德與盧希飛勒；或棄斥德義，蹇視淫游，以嘲弄社會，聊快其意，如堂祥。其非然者，則尊俠尚義，扶弱者而平不平，顚仆有力之蠢愚，雖獲罪于全羣無懼，即裴倫最後之時是已。彼當前時，經歷一如上述書中衆士，特未欲獻斷望，願自逖[173]於人間，如曼弗列特之所爲而已。故懷抱不平，突突上發，則倨傲縱逸，不恤人言，破壞復讎，無所顧忌，而義俠之性，亦即伏此烈火之中，重獨立而愛自繇，苟奴隸立其前，必衷悲而疾視，衷悲所以哀其不幸，疾視所以怒其不爭，此詩人所爲援希臘之獨立，而終死于其軍中者也。蓋裴倫者，自繇主義之人耳，嘗有言曰："若爲自由故，不必戰于宗邦，則當爲戰于他國。"[174] 是時意大利適制于墺[175]，失其自由，有秘密政黨起，謀獨立，乃密與其事，以擴張自由之元氣者自任，雖狙擊密偵之徒，環遶其側，終不爲廢游步馳馬之事。後秘密政黨破于墺人，企望悉已，而精神終不消。裴倫之所督勵，力直及于後日，起馬志尼[176]，起加富爾[177]，于是意之獨立成[178]。故馬志尼曰："意大利實大有賴于裴倫。彼，起吾國者也！"[179]蓋誠言已。裴倫平時，又至有情愫于希臘，思想所趣，如磁指南。特希臘時自由悉喪，入突厥版圖，受其羈縻，不敢抗拒。詩人惋惜悲憤，往往見于篇章，懷前古之光榮，哀後人之零落，或與斥責，或加激勵，思使之攘突厥而復興，更覩往日耀燦莊嚴之希臘，如所作《不信者》暨《堂祥》二詩中，其怨憤譙責之切，與希冀之誠，無不歷然可徵信也。比千八百二十三年，倫敦之希臘協會[180]馳書托裴倫，請援希臘之獨立。裴倫平日，至不滿于希臘今人，嘗稱之曰世襲之奴，曰自由苗裔之奴，因不即應；顧以義憤故，則終諾之，遂行。而希臘人民之墮落，乃誠如其說，勵之再振，爲業至難，因羈滯于克弗洛尼亞島[181]者五月，始向密淑倫其[182]。其時海陸軍方奇困，聞裴倫至，狂喜，羣集迓之，如得天使也。次年一月，獨立政府任以總督，並授軍事及民事之全權，而希臘是時，財政大匱，兵無宿糧，大勢幾去。加以式列阿忒[183]傭兵見裴倫寬大，復多所要索，稍不滿，輒欲背去；希臘墮落之民，又誘之使窘裴倫。裴倫大憤，極詆彼國民性之陋劣；前所謂世襲之奴，乃果不可猝救如是也。而裴倫志尚不灰，自立革命之中樞，當四圍之艱險，將士內訌，則爲之調和，以己爲楷模，教之人道，更設法舉債，以振其窮，又定印刷之制，且堅堡壘以備戰。內爭方烈，而突厥果攻密淑倫其，式列阿忒傭兵三百人，復乘亂佔要害地。裴倫方病,聞之泰然,力平黨派之爭,使一心以面敵。特內外迫拶,神質劇勞,久之,疾乃漸革[184]。將死,其從者持楮墨,將錄其遺言。裴倫曰:“否,時已過矣。”不之語,已而微呼人名,終乃曰:“吾言已畢。”從者曰:“吾不解公言。”裴倫曰:“吁,不解乎?嗚呼晚矣!”狀若甚苦。有間,復曰:“吾既以吾物曁吾康健,悉付希臘矣。今更付之吾生。他更何有?”遂死,時千八百二十四年四月十八日[185]夕六時也。今爲反念前時,則裴倫抱大望而來,將以天縱之才,致希臘復歸于往時之榮譽,自意振臂一呼,人必將靡然向之。蓋以異域之人,猶憑義憤爲希臘致力,而彼邦人,縱墮落腐敗者日久,然舊澤尙存,人心未死,豈意遂無情愫于故國乎?特至今茲,則前此所圖,悉如夢迹,知自由苗裔之奴,乃果不可猝救有如此也。次日,希臘獨立政府爲舉國民喪,市肆悉罷,砲台鳴砲三十七,如裴倫壽也。

吾今爲案其爲作思惟[186],索詩人一生之內閟,則所遇常抗,所向必動,貴力而尙強,尊己而好戰,其戰復不如野獸,爲獨立自由人道也,此已略言之前分矣。故其平生,如狂濤如厲風,舉一切僞飾陋習,悉與蕩滌,瞻顧前後,素所不知;精神鬱勃,莫可制抑,力戰而斃,亦必自救其精神;不克厥敵,戰則不止。而復率眞行誠,無所諱掩,謂世之毀譽褒貶是非善惡,皆緣習俗而非誠,因悉措而不理也。蓋英倫爾時,虛僞滿于社會,以虛文縟禮爲眞道德,有秉自由思想而探究者,世輒謂之惡人。裴倫善抗,性又率眞,夫自不可以默矣,故托凱因而言曰:“惡魔者,說眞理者也。”遂不恤與人羣敵。世之貴道德者,又即以此交非之。遏克曼亦嘗問瞿提以裴倫之文,有無敎訓。瞿提對曰:“裴倫之剛毅雄大,敎訓卽函其中;苟能知之,斯獲敎訓。若夫純潔之云,道德之云,吾人何問焉。”蓋知偉人者,亦惟偉人焉而已。裴倫亦嘗評朋思 (R. Burns)[187]曰:“斯人也,心情反張,柔而剛,疏而密，精神而質，高尙而卑，有神聖者焉，有不淨者焉，互和合也。”[188]裴倫亦然，自尊而憐人之爲奴，制人而援人之獨立，無懼于狂濤而大儆于乘馬，好戰崇力，遇敵無所寬假，而于累囚之苦，有同情焉。意者摩羅爲性，有如此乎？且此亦不獨摩羅爲然，凡爲偉人，大率如是。卽一切人，若去其面具，誠心以思，有純稟世所謂善性而無惡分者，果幾何人？遍觀衆生，必幾無有，則裴倫雖負摩羅之號，亦人而已，夫何詫焉。顧其不容于英倫，終放浪顚沛而死異域者，特面具爲之害耳。此卽裴倫所反抗破壞，而迄今猶殺眞人而未有止者也。嗟夫，虛僞之毒，有如是哉！裴倫平時，其制詩極誠，嘗曰：“英人評騭，不介我心。若以我詩爲愉快[189]，任之而已。吾何能阿其所好爲？吾之握管，不爲婦孺庸俗，乃以吾全心全情感全意志，與多量之精神而成詩，非欲聆彼輩柔聲而作者也。”夫如是，故凡一字一辭，無不卽其人呼吸精神之形現，中于人心，神弦立應，其力之曼衍于歐土，例不能別求之英詩人中；僅司各德所爲說部，差足與相倫比而已。若問其力奈何？則意大利希臘二國，已如上述，可毋贅言。此他西班牙德意志諸邦，亦悉蒙其影響。次復入斯拉夫族而新其精神，流澤之長，莫可闡述。至其本國，則猶有修黎 (Percy Bysshe Shelley) 一人。契支 (John Keats)[190]雖亦蒙摩羅詩人之名，而與裴倫別派，故不述于此。

六

修黎生三十年而死，其三十年悉奇迹也，而亦卽無韻之詩。時旣艱危，性復狷介，世不彼愛，而彼亦不愛世，人不容彼，而彼亦不容人，客意大利之南方，終以壯齡而夭死，謂一生卽悲劇之實現，蓋非誇也。修黎者，以千七百九十二年生于英之名門，姿狀端麗，夙好靜思；比入中學，大爲學友暨校師所不喜，虐遇不可堪。詩人之心，乃早萌反抗之朕兆；後作說部，以所得値饗其友八人，負狂人之名而去。次入惡斯佛大學[191]，修愛智之學[192]，屢馳書乞教于名人。而爾時宗教，權悉歸于冥頑之牧師，因以妨自由之崇信。修黎蹶起，著《無神論之要》一篇，略謂惟慈愛平等三，乃使世界爲樂園之要素，若夫宗教，于此無功，無有可也。書成行世，校長見之大震，終逐之；其父亦驚絕，使謝罪返校，而修黎不從，因不能歸。天地雖大，故鄉已失，于是至倫敦，時年十八，顧已孤立兩間，歡愛悉絕，不得不與社會戰矣。已而知戈德文 (W. Godwin)[193]，讀其著述，博愛之精神益張。次年入愛爾蘭，檄[194]其人士，于政治宗教，皆欲有所更革，顧終不成。逮千八百十五年，其詩阿剌斯多 (Alastor)[195]始出世，記懷抱神思之人，索求美者，遍歷不見，終死曠原，如自敍也。次年乃識裴倫于瑞士；裴倫深稱其人，謂奮迅如獅子，又善其詩，而世猶無顧之者。又次年成《伊式闌轉輪篇》 (The Revolt of Islam)[196]。凡修黎懷抱，多抒于此。篇中英雄曰羅昂，以熱誠雄辯，警其國民，鼓吹自由，掊擊壓制，顧正義終敗，而壓制于以凱還，羅昂遂爲正義死。是詩所函，有無量希望信仰，暨無窮之愛，窮追不舍，終以殞亡。蓋羅昂者，實詩人之先覺，亦卽修黎之化身也。

至其杰作，尤在劇詩；尤偉者二，一曰《解放之普洛美迢斯》(Prometheus Unbound)[197]，一曰《煔希》 (The Cenci)[198]。前者事本希臘神話，意近裴倫之《凱因》。假普洛美迢爲人類之精神，以愛與正義自由故，不恤艱苦，力抗壓制主者僦畢多[199]，竊火貽人，受縶于山頂，猛鷲日啄其肉，而終不降。僦畢多爲之辟易；普洛美迢乃眷女子珂希亞，獲其愛而畢。珂希亞者，理想也。《煔希》之篇，事出意大利，記女子煔希之父，酷虐無道，毒虐無所弗至，煔希終殺之，與其後母兄弟，同戮于市。論者或謂之不倫。顧失常之事，不能絕于人間，卽中國《春秋》，修自聖人之手者，類此之事，且數數見，又多直書無所諱，吾人獨于修黎所作，乃和衆口而難之耶？上述二篇，詩人悉出以全力，嘗自言曰："吾詩爲衆而作，讀者將多。"又曰："此可登諸劇場者。"顧詩成而後，實乃反是，社會以謂不足讀，伶人以謂不可爲；修黎抗僞俗弊習以成詩，而詩亦卽受僞俗弊習之夭閼，此十九稘[200]上葉精神界之戰士，所爲多抱正義而駢殞[201]者也。雖然，往時去矣，任其自去，若夫修黎之眞值，則至今日而大昭。革新之潮，此其巨派，戈德文書出，初啓其端，得詩人之聲，乃益深入世人之靈府。凡正義自由眞理以至博愛希望諸說，無不化而成醇[202]，或爲羅昂，或爲普洛美迢，或爲伊式闌之壯士，現于人前，與舊習對立，更張破壞，無稍假借也。舊習旣破，何物斯存，則惟改革之新精神而已。十九世紀機運之新，實賴有此。朋思唱于前，裴倫修黎起其後，掊擊排斥，人漸爲之倉皇；而倉皇之中，卽亟人生之改進。故世之嫉視破壞，加之惡名者，特見一偏而未得其全體者爾。若爲案其眞狀，則光明希望，實伏于中。惡物悉顚，于羣何毒？破壞之云，特可發自冥頑牧師之口，而不可出諸全羣者也。若其聞之，則破壞爲業，斯愈益貴矣！況修黎者，神思之人，求索而無止期，猛進而不退轉，淺人之所觀察，殊莫可得其淵深。若能眞識其人，將見品性之卓，出于雲間，熱誠勃然，無可沮遏，自趁其神思而奔神思之鄉；此其爲鄉，則爰有美之本體。奧古斯丁[203]曰："吾未有愛而吾欲愛，因抱希冀以求足愛者也。"惟修黎亦然，故終出人間而神行，冀自達其所崇信之境；復以妙音，喻一切未覺，使知人類曼衍之大故[204]，暨人生價值之所存，揚同情之精神，而張其上征渴仰之思想，使懷大希以奮進，與時劫同其無窮。世則謂之惡魔，而修黎遂以孤立；羣復加以排擠，使不可久留于人間，于是壓制凱還，修黎以死，蓋宛然阿剌斯多之殞于大漠也。

雖然，其獨慰詩人之心者，則尙有天然在焉。人生不可知，社會不可恃，則對天物之不僞，遂寄之無限之溫情。一切人心，孰不如是。特緣受染有異，所感斯殊，故目睛奪于實利，則欲驅天然爲之得金資；智力集于科學，則思制天然而見其法則；若至下者，乃自春徂冬，于兩間崇高偉大美妙之見象，絕無所感應于心，自墮神智于深淵，壽雖百年，而迄不知光明爲何物，又奚解所謂臥天然之懷，作嬰兒之笑矣。修黎幼時，素親天物，嘗曰："吾幼卽愛山河林壑之幽寂，游戲于斷崖絕壁之爲危險，吾伴侶也。"考其生平，誠如自述。方在稺齒，已盤桓于密林幽谷之中，晨瞻曉日，夕觀繁星，俯則瞰大都中人事之盛衰，或思前此壓制抗拒之陳迹；而蕪城古邑，或破屋中貧人啼飢號寒之狀，亦時復歷歷入其目中。其神思之澡雪[205]，既至異于常人，則曠觀天然，自感神閟，凡萬彙之當其前，皆若有情而至可念也。故心弦之動，自與天籟合調，發爲抒情之什，品悉至神，莫可方物，非狹斯丕爾暨斯賓塞[206]所作，不有足與相倫比者。比千八百十九年春，修黎定居羅馬，次年遷畢撒[207]；裴倫亦至，此他之友多集，爲其一生中至樂之時。迨二十二年七月八日，偕其友乘舟泛海，而暴風猝起，益以奔電疾雷，少頃波平，孤舟遂杳。裴倫聞訊大震，遣使四出偵之，終得詩人之骸于水裔，乃葬羅馬焉。修黎生時，久欲與生死問題以詮解，自曰："未來之事，吾意已滿于柏拉圖暨培庚[208]之所言，吾心至定，無畏而多望，人居今日之軀殼，能力悉蔽于陰雲，惟死亡來解脫其身，則秘密始能闡發。"又曰："吾無所知，亦不能證，靈府至奧之思想，不能出以言辭，而此種事，縱吾身亦莫能解[209]爾。"嗟乎，死生之事大矣，而理至閟，置而不解，詩人未能，而解之之術，又獨有死而已。故修黎曾泛舟墜海，乃大悅呼曰："今使吾釋其秘密矣！"然不死。一日浴于海，則伏而不起，友引之出，施救始蘇，曰："吾恆欲探井中，人謂誠理伏焉，當我見誠，而君見我死也。"然及今日，則修黎眞死矣，而人生之閟，亦以眞釋，特知之者，亦獨修黎已耳。

七

若夫斯拉夫民族，思想殊異于西歐，而裴倫之詩，亦疾進無所沮核。俄羅斯當十九世紀初葉，文事始新，漸乃獨立，日益昭明，今則已有齊驅先覺諸邦之概，令西歐人士，無不驚其美偉矣。顧夷考權輿，實本三士：曰普式庚[210]，曰來爾孟多夫[211]，曰鄂戈理。前二者以詩名世，均受影響于裴倫；惟鄂戈理以描繪社會人生之黑暗著名，與二人異趣，不屬於此焉。

普式庚（A. Pushkin）以千七百九十九年生于墨斯科，幼即爲詩，初建羅曼宗[212]于其文界，名以大揚。顧其時俄多內訌，時勢方亟，而普式庚詩多諷喩，人即借而擠之，將流鮮卑[213]，有數耆宿[214]力爲之辯，始獲免，謫居南方。其時始讀裴倫詩，深感其大，思理文形[215]，悉受轉化，小詩亦嘗摹裴倫；尤著者有《高加索累囚行》[216]，至與《哈洛爾特游草》相類。中記俄之絕望青年，囚于異域，有少女爲釋縛縱之行，青年之情意復蘇，而厥後終于孤去。其《及澄希》（Gypsy）[217]一詩亦然，及澄希者，流浪歐洲之民，以游牧爲生者也。有失望于世之人曰阿勒戈，慕是中絕色，因入其族，與爲婚姻，顧多嫉，漸察女有他愛，終殺之。女之父不施報，特令去不與居焉。二者爲詩，雖有裴倫之色，然又至殊，凡厥中勇士，等是見放于人羣，顧復不離亞歷山大時俄國社會之一質分[218]，易于失望，速于奮興，有厭世之風，而其志至不固。普式庚于此，已不與以同情，諸凡切于報復而觀念無所勝人之失，悉指摘不爲諱飾。故社會之僞善，既灼然現于人前，而及澄希之樸野純全，亦相形爲之益顯。論者謂普式庚所愛，漸去裴倫式勇士而向祖國純樸之民，蓋實自斯時始也。爾後巨制，曰《阿內庚》（Eugiene Onieguine）[219]，詩材至簡，而文特富麗，爾時俄之社會，情狀略具于斯。惟以推敲八年，所蒙之影響至不一，故性格遷流，首尾多異。厥初二章，尙受裴倫之感化，則其英雄阿內庚爲性，力抗社會，斷望人間，有裴倫式英雄之概，特已不憑神思，漸近眞然[220]，與爾時其國青年之性質肖矣。厥後外緣[221]轉變，詩人之性格亦移，于是漸離裴倫，所作日趣于獨立；而文章益妙，著述亦多。至與裴倫分道之因，則爲說亦不一：或謂裴倫絕望奮戰，意向峻絕[222]，實與普式庚性格不相容，曩之信崇，蓋出一時之激越，迨風濤大定，自卽棄置而返其初；或謂國民性之不同，當爲是事之樞紐，西歐思想，絕異於俄，其去裴倫，實由天性，天性不合，則裴倫之長存自難矣。凡此二說，無不近理；特就普式庚個人論之，則其對于裴倫，僅摹外狀，迨放浪之生涯畢，乃驟返其本然，不能如來爾孟多夫，終執消極觀念而不舍也。故旋墨斯科後，立言益務平和，凡足與社會生衝突者，咸力避而不道，且多贊誦，美其國之武功。千八百三十一年波闌抗俄[223]，西歐諸國右波闌，于俄多所憎惡。普式庚乃作《俄國之讒謗者》[224]暨《波羅及諾之一周年》[225]二篇，以自明愛國。丹麥評騭家勃闌兌思（G. Brandes）[226]于是有微辭，謂惟武力之恃而狼藉人之自由，雖云愛國，顧爲獸愛。特此亦不僅普式庚爲然，卽今之君子，日日言愛國者，于國有誠爲人愛而不墜于獸愛者，亦僅見也。及晚年，與和蘭[227]公使子覃提斯[228]迕，終于決鬭被擊中腹，越二日而逝，時爲千八百三十七年。俄自有普式庚，文界始獨立，故文史家芘賓[229]謂眞之俄國文章，實與斯人偕起也。而裴倫之摩羅思想，則又經普式庚而傳來爾孟多夫。

來爾孟多夫（M. Lermontov）生于千八百十四年，與普式庚略並世。其先來爾孟斯（T. Learmont）[230]氏，英之蘇格蘭人；故每有不平，輒云將去此冰雪警吏之地，歸其故鄉。顧性格全如俄人，妙思善感，惆悵無間，少卽能綴德語成詩；後入大學被黜，乃居陸軍學校二年，出爲士官，如常武士，惟自謂僅于香賓酒中，加少許詩趣而已。及爲禁軍騎兵小校，始仿裴倫詩紀東方事，且至慕裴倫爲人。其自記有曰："今吾讀《世胄裴倫傳》[231]，知其生涯有同我者，而此偶然之同，乃大驚我。"[232]又曰："裴倫更有同我者一事，卽嘗在蘇格蘭，有媪謂裴倫母曰：'此兒必成偉人，且當再娶。'而在高加索，亦有媪告吾大母，言與此同。縱不幸如裴倫，吾亦願如其說。"[233]顧來爾孟多夫爲人，又近修黎。修黎所作《解放之普洛美迢》，感之甚力，于人生善惡競爭諸問，至爲不寧，而詩則不之仿。初雖摹裴倫及普式庚，後亦自立。且思想復類德之哲人勗賓赫爾[234]，知習俗之道德大原，悉當改革，因寄其意于二詩，一曰《神摩》(Demon)[235]，一曰《謨哜黎》(Mtsyri)[236]。前者托旨于巨靈，以天堂之逐客，又爲人間道德之憎者，超越凡情，因生疾惡，與天地鬬爭，苟見衆生動于凡情，則輒施以賤視。後者一少年求自由之呼號也。有孺子焉，生長山寺，長老意已斷其情感希望，而孺子魂夢，不離故園，一夜暴風雨，乃乘長老方禱，潛遁出寺，彷徨林中者三日，自由無限，畢生莫倫[237]。後言曰："爾時吾自覺如野獸，力與風雨電光猛虎戰也。"顧少年迷林中不能返，數日始得之，惟已以鬬豹得傷，竟以是殞。嘗語侍疾老僧曰："丘墓吾所弗懼，人言畢生憂患，將入睡眠，與之永寂，第憂與吾生別耳。……吾猶少年。……寧汝尙憶少年之夢，抑已忘前此世間憎愛耶？倘然，則此世于汝，失其美矣。汝弱且老，滅諸希望矣。"少年又爲述林中所見，與所覺自由之感，並及鬬豹之事曰："汝欲知吾獲自由時，何所爲乎？吾生矣。老人，吾生矣。使盡吾生無此三日者，且將慘澹冥暗，逾汝暮年耳。"及普式庚鬬死，來爾孟多夫又賦詩[238]以寄其悲，末解[239]有曰："汝儕朝人[240]，天才自由之屠伯，今有法律以自庇，士師[241]蓋無如汝何，第猶有尊嚴之帝在天，汝不能以金資爲賂。

……以汝黑血，不能滌吾詩人之血痕也。”詩出，舉國傳誦，而來爾孟多夫亦由是得罪，定流鮮卑；後遇援，乃戍高加索，見其地之物色，詩益雄美。惟當少時，不滿于世者義至博大，故作《神摩》，其物猶撒但，惡人生諸凡陋劣之行，力與之敵。如勇猛者，所遇無不庸懦，則生激怒；以天生崇美之感，而衆生擾擾，不能相知，爰起厭勸，憎恨人世也。顧後乃漸卽于實，凡所不滿，已不在天地人間，退而止于一代；後且更變，而猝死于决鬬。决鬬之因，卽肇于來爾孟多夫所爲書曰《並世英雄記》[242]。人初疑書中主人，卽著者自序，迨再印，乃辨言曰：“英雄不爲一人，實吾曹並時衆惡之象。”蓋其書所述，實卽當時人士之狀爾。於是有友摩爾迭諾夫[243]者，謂來爾孟多夫取其狀以入書，因與索鬬。來爾孟多夫不欲殺其友，僅舉槍射空中；顧摩爾迭諾夫則擬而射之，遂死，年止二十七。

前此二人之于裴倫，同汲其流，而復殊別。普式庚在厭世主義之外形[244]，來爾孟多夫則直在消極之觀念。故普式庚終服帝力，入于平和，而來爾孟多夫則奮戰力拒，不稍退轉。波覃勗迭[245]氏評之曰：“來爾孟多夫不能勝來追之運命，而當降伏之際，亦至猛而驕。凡所爲詩，無不有強烈弗和與踔厲不平之響者，良以是耳。”來爾孟多夫亦甚愛國，顧絕異普式庚，不以武力若何，形其偉大。凡所眷愛，乃在鄉村大野，及村人之生活；且推其愛而及高加索土人。此土人者，以自由故，力敵俄國者也；來爾孟多夫雖自從軍，兩與其役，然終愛之，所作《伊思邁爾培》(Ismail-Bey)[246]一篇，卽記其事。來爾孟多夫之于拿坡崙，亦稍與裴倫異趣。裴倫初嘗責拿坡崙對于革命思想之謬，及旣敗，乃有憤于野犬之食死獅而崇之。來爾孟多夫則專責法人，謂自陷其雄士。至其自信，亦如裴倫，謂吾之良友，僅有一人，卽是自己。又負雄心，期所過必留影迹。然裴倫所謂非憎人間，特去之而已，或云吾非愛人少，惟愛自然多耳等意，則不能聞之來爾孟多夫。彼之平生，常以憎人者自命，凡天物之美，足以樂英詩人者，在俄國英雄之目，則長此黯澹，濃雲疾雷而不見霽日也。蓋二國人之異，亦差可于是見之矣。

八

丹麥人勃闌兌思，于波闌之羅曼派，舉密克威支(A. Mickiewicz)[247]斯洛伐支奇 (J. Slowacki)[248]克拉旬斯奇 (S. Krasinski)[249]三詩人。密克威支者，俄文家普式庚同時人，以千七百九十八年生于札希亞小村之故家。村在列圖尼亞[250]，與波闌鄰比。十八歲出就維爾那大學[251]，治言語之學，初嘗愛鄰女馬理維來蘇薩加，而馬理他去，密克威支爲之不歡。後漸讀裴倫詩，又作詩曰《死人之祭》 (Dziady)[252]。中數份敍列圖尼亞舊俗，每十一月二日，必置酒果于壠上，用享死者，聚村人牧者術士一人，暨衆冥鬼，中有失愛自殺之人，已經冥判，每屆是日，必更歷苦如前此；而詩止斷片未成。爾後居加夫諾 (Kowno)[253]爲教師；二三年返維爾那。遞千八百二十二年，捕于俄吏，居囚室十閱月，窗牖皆木製，莫辨晝夜；乃送聖彼得堡，又徙阿兌塞[254]，而其地無需教師，遂之克利米亞[255]，攬其地風物以助咏吟，後成《克利米亞詩集》一卷。已而返墨斯科，從事總督府中，著詩二種，一曰《格羅蘇那》 (Grazyna)，記有王子烈泰威爾，與其外父域多勒特迕，將乞外兵爲援，其婦格羅蘇那知之，不能令勿叛，惟命守者，勿容日耳曼使人入諾華格羅迭克[256]。援軍遂怒，不攻域多勒特而引軍薄烈泰威爾，格羅蘇那自擐甲[257]，僞爲王子與戰，已而王子歸，雖倖勝，而格羅蘇那中流丸，旋死。及葬，縶發炮者同置之火，烈泰威爾亦殉焉。此篇之意，蓋在假有婦人[258]，第以祖國之故，則雖背夫子之命，斥去援兵，欺其軍士，瀕國于險，且召戰爭，皆不爲過，苟以是至高之目的，則一切事，無不可爲者也。一曰《華連洛德》(Wallenrod)，其詩取材古代，有英雄以敗亡之餘，謀復國仇，因僞降敵陳，漸爲其長，得一舉而復之。此蓋以意大利文人摩契阿威黎(Machiavelli)[259]之意，附諸裴倫之英雄[260]，故初視之亦第羅曼派言情之作。檢文者不喻其意，聽其付梓，密克威支名遂大起。未幾得間，因至德國，見其文人瞿提。此他猶有《佗兒支氏》(Pan Tadeusz)[261]一詩，寫蘇孛烈加暨訶什支珂二族之事，描繪物色，爲世所稱。其中雖以佗兒支爲主人，而其父約舍克易名出家，實其主的[262]。初記二人熊獵，有名華伊斯奇[263]者吹角，起自微聲，以至洪響，自檆度檆，自槲至槲，漸乃如千萬角聲，合于一角；正如密克威支所爲詩，有今昔國人之聲，寄于是焉。諸凡詩中之聲，清澈弘厲，萬感悉至，直至波闌一角之天，悉滿歌聲，雖至今日，而影響于波闌人之心者，力猶無限。令人憶詩中所云，聽者當華伊斯奇吹角久已，而尚疑其方吹未已也。密克威支者，蓋即生于彼歌聲反響之中，至于無盡者夫。

密克威支至崇拿坡崙，謂其實造裴倫，而裴倫之生活暨其光耀，則覺普式庚于俄國，故拿坡崙亦間接起普式庚。拿坡崙使命，蓋在解放國民，因及世界，而其一生，則爲最高之詩。至于裴倫，亦極崇仰，謂裴倫所作，實出于拿坡崙，英國同代之人，雖被其天才影響，而卒莫能並大。蓋自詩人死後，而英國文章，狀態又歸前紀矣。若在俄國，則善普式庚，二人同爲斯拉夫文章首領，亦裴倫分支，逮年漸進，亦均漸趣于國粹[264]；所異者，普式庚少時欲畔帝力，一舉不成，遂以鎩羽，且感帝意，頤爲之臣，失其英年時之主義，而密克威支則長此保持，洎死始已也。當二人相見時，普式庚有《銅馬》[265]一詩，密克威支則有《大彼得像》[266]一詩爲其紀念。蓋千八百二十九年頃，二人嘗避雨像次，密克威支因賦詩紀所語，假普式庚爲言，末解曰："馬足已虛[267]，而帝不勒之返。彼曳其枚，行且墜碎。歷時百年，今猶未墮，是猶山泉噴水，著寒而冰，臨懸崖之側耳。顧自由日出[268]，熏風西集，寒沍[269]之地，因以昭蘇，則噴泉將何如，暴政將何如也？"雖然，此實密克威支之言，特托之普式庚者耳。波闌破後[270]，二人遂不相見，普式庚有詩懷之；普式庚傷死，密克威支亦念之至切。顧二人雖甚稔，又同本裴倫，而亦有特異者，如普式庚于晚出諸作，恆自謂少年眷愛自繇之夢，已背之而去，又謂前路已不見儀的之存，而密克威支則儀的如是，決無疑貳也。

斯洛伐支奇以千八百九年生克爾舍密湼克（Krzemieniec）[271]，少孤，育于後父；嘗入維爾那大學，性情思想如裴倫。二十一歲入華騷[272]戶部爲書記；越二年，忽以事去國，不能復返。初至倫敦；已而至巴黎，成詩一卷，仿裴倫詩體。時密克威支亦來相見，未幾而迕。所作詩歌，多慘苦之音。千八百三十五年去巴黎，作東方之游，經希臘埃及敍利亞；三十七年返意大利，道出曷爾愛列須[273]阻疫，滯留久之，作《大漠中之疫》[274]一詩。記有亞剌伯人，爲言目擊四子三女，洎其婦相繼死于疫，哀情湧于毫素，讀之令人憶希臘尼阿孛（Niobe）事[275]，亡國之痛，隱然在焉。且又不止此苦難之詩而已，凶慘之作，恆與俱起，而斯洛伐支奇爲尤。凡詩詞中，靡不可見身受楚毒之印象或其見聞，最著者或根史實，如《克壘勒度克》（Król Duch）[276]中所述俄帝伊凡四世[277]，以劍釘使者之足于地一節，蓋本諸古典者也。

波闌詩人多寫獄中戍中刑罰之事，如密克威支作《死人之祭》第三卷中，幾盡繪己身所歷，倘讀其《契珂夫斯奇》（Cichowski）一章，或《娑波盧夫斯奇》（Sobolewski）之什，記見少年二十橇，送赴鮮卑事，不爲之生憤激者蓋鮮也。而讀上述二人吟咏，又往往聞報復之聲。如《死人祭》第三篇，有四人所歌者：其一央珂夫斯奇曰:“欲我爲信徒,必見耶蘇馬理[278],先懲汙吾國土之俄帝而後可。俄帝若在,無能令我呼耶蘇之名。”其二加羅珂夫斯奇曰:“設吾當受謫放,勞役縲紲,得爲俄帝作工,夫何靳耶?吾在刑中,所當力作,自語曰:‘願此蒼鐵,有日爲帝成一斧也。’吾若出獄,當迎韃靼[279]女子,語之曰:‘爲帝生一巴棱[280](殺保羅一世者)。’吾若遷居殖民地,當爲其長,盡吾隴畝,爲帝植麻,以之成一蒼色巨索,織以銀絲,俾阿爾洛夫[281](殺彼得三世者)得之,可繯俄帝頸也。”末爲康拉德歌曰:“吾神已寂[282],歌在墳墓中矣。惟吾靈神,已嗅血腥,一嗷而起,有如血蝠(Vampire)[283],欲人血也。渴血渴血,復仇復仇!仇吾屠伯!天意如是,固報矣;卽不如是,亦報爾!”報復詩華,蓋萃于是,使神不之直[284],則彼且自報之耳。

如上所言報復之事,蓋皆隱藏,出于不意,其旨在凡窘于天人之民,得用諸術,拯其父國,爲聖法也。故格羅蘇那雖背其夫而拒敵,義爲非謬;華連洛德亦然。苟拒異族之軍,雖用詐僞,不云非法,華連洛德僞附于敵,乃殲日耳曼軍,故土自由,而自亦懺悔而死。其意蓋以爲一人苟有所圖,得當以報,則雖降敵,不爲罪愆。如《阿勒普耶羅斯》(Alpujarras)一詩,益可以見其意。中敍摩亞[285]之王阿勒曼若,以城方大疫,且不得不以格拉那陀地降西班牙,因夜出。西班牙人方聚飲,忽白有人乞見,來者一阿剌伯人,進而呼曰:“西班牙人,吾願奉汝明神,信汝先哲,爲汝奴僕!”衆識之,蓋阿勒曼若也。西人長者抱之爲胞禮,諸首領皆禮之。而阿勒曼若忽仆地,攫其巾大悦呼曰:“吾中疫矣!”蓋以彼忍辱一行,而疫亦入西班牙之軍矣。斯洛伐支奇爲詩,亦時責奸人自行詐于國,而以詐術陷敵,則甚美之,如《闌勃羅》(Lambro)《珂爾強》(Kordyan)皆是。《闌勃羅》爲希臘人事,其人背教爲盜,俾得自由以仇突厥,性至凶酷,爲世所無,惟裴倫東方詩中能見之耳。珂爾強者，波闌人謀刺俄帝尼可拉一世[286]者也。凡是二詩，其主旨所在，皆特報復而已矣。

上二士者，以絕望故，遂于凡可禍敵，靡不許可，如格羅蘇那之行詐，如華連洛德之僞降，如阿勒曼若之種疫，如珂爾強之謀刺，皆是也。而克拉旬斯奇之見，則與此反。此主力報，彼主愛化。顧其爲詩，莫不追懷絕澤[287]，念祖國之憂患。波闌人動于其詩，因有千八百三十年之舉[288]；餘憶所及，而六十三年大變[289]，亦因之起矣。卽在今茲，精神未忘，難亦未已也。

九

若匈加利當沈默蜷伏之頃，則興者有裴彖飛（A. Petöfi）[290]，沽肉者子也，以千八百二十三年生于吉思珂羅（Kis-Körös）。其區爲匈之低地，有廣漠之普斯多（Puszta 此翻平原），道周之小旅[291]以及村舍，種種物色，感之至深。蓋普斯多之在匈，猶俄之有斯第孛（Steppe 此亦翻平原），善能起詩人焉。父雖賈人，而殊有學，能解臘丁文。裴彖飛十歲出學于科勒多，旣而至阿琐特，治文法三年。然生有殊稟，摯愛自繇，願爲俳優；天性又長于吟咏。比至舍勒美支，入高等學校三月，其父聞裴彖飛與優人伍，令止讀，遂徒步至菩特沛思德[292]，入國民劇場爲雜役。後爲親故所得，留養之，乃始爲詩咏鄰女，時方十六齡。顧親屬謂其無成，僅能爲劇，遂任之去。裴彖飛忽投軍爲兵，雖性惡壓制而愛自由，顧亦居軍中者十八月，以病瘧罷。又入巴波大學[293]，時亦爲優，生計極艱，譯英法小說自度。千八百四十四年訪偉羅思摩諦（M. Vörösmarty）[294]，偉爲梓其詩，自是遂專力于文，不復爲優。此其半生之轉點，名亦陡起，衆目爲匈加利之大詩人矣。次年春，其所愛之女死，因旅行北方自遣，及秋始歸。洎四十七年，乃訪詩人阿闌尼（J. Arany）[295]于薩倫多[296]，而阿闌尼杰作《約爾提》(Joldi)[297]適竣，讀之嘆賞，訂交焉。四十八年以始，裴彖飛詩漸傾于政事，蓋知革命將興，不期而感，猶野禽之識地震也。是年三月，墺大利人革命[298]報至沛思德，裴彖飛感之，作《興矣摩迦人》(Tolpra Magyar)[299]一詩，次日誦以徇衆，至解末疊句云："誓將不復爲奴！"則衆皆和，持至檢文之局，逐其吏而自印之，立竢其畢，各持之行。文之脫檢，實自此始。裴彖飛亦嘗自言曰："吾琴一音，吾筆一下，不爲利役也。居吾心者，爰有天神，使吾歌且吟。天神非他，卽自由耳。"顧所爲文章，時多過情，或與衆忤；嘗作《致諸帝》[300]一詩，人多責之。裴彖飛自記曰："去三月十五數日而後，吾忽爲衆惡之人矣，褫奪花冠，獨研[301]深谷之中，顧吾終幸不屈也。"比國事漸急，詩人知戰爭死亡且近，極思赴之。自曰："天不生我于孤寂，將召赴戰場矣。吾今得聞角聲召戰，吾魂幾欲驟前，不及待令矣。"遂投國民軍(Honvéd)[302]中，四十九年轉隸貝謨[303]將軍麾下。貝謨者，波闌武人，千八百三十年之役，力戰俄人者也。時軻蘇士[304]招之來，使當脫闌希勒伐尼亞[305]一面，甚愛裴彖飛，如家人父子然。裴彖飛三去其地，而不久卽返，似或引之。是年七月三十一日舍俱思跋[306]之戰，遂歿于軍。平日所謂爲愛而歌，爲國而死者，蓋至今日而踐矣。裴彖飛幼時，嘗治裴倫暨修黎之詩，所作率縱言自由，誕放激烈，性情亦彷彿如二人。曾自言曰："吾心如反響之森林，受一呼聲，應以百響者也。"又善體物色，著之詩歌，妙絕人世，自稱爲無邊自然之野花。所著長詩，有《英雄約諾斯》(János Vitéz)[307]一篇，取材于古傳，述其人悲歡畸迹。又小說一卷曰《縊吏之縲》(A hóhér Kötele)[308]，記以眷愛起爭，肇生孽障，提爾尼阿遂終陷安陀羅奇之子于法。安陀羅奇失愛絕歡，廬其子壠上，一日得提爾尼阿，將殺之。而從者止之曰："敢問死與生之憂患孰大？"曰："生哉！"乃縱之使去;終誘其孫令自經,而其爲繩,即昔日繯安陀羅奇子之頸者也。觀其首引耶和華[309]言,意蓋云厥祖罪愆,亦可報諸其苗裔,受施必復,且不嫌加甚焉。至于詩人一生,亦至殊異,浪游變易,殆無寧時。雖少逸豫者一時,而其靜亦非眞靜,殆猶大海漩洑中心之靜點而已。設有孤舟,捲于旋風,當有一瞬間忽爾都寂,如風雲已息,水波不興,水色靑如微笑,顧漩洑偏急,舟復入捲,乃至破沒矣。彼詩人之暫靜,蓋亦猶是焉耳。

上述諸人,其爲品性言行思惟,雖以種族有殊,外緣多別,因現種種狀,而實統于一宗:無不剛健不撓,抱誠守眞;不取媚于羣,以隨順舊俗;發爲雄聲,以起其國人之新生,而大其國于天下。求之華土,孰比之哉?夫中國之立于亞洲也,文明先進,四鄰莫之與倫,蹇視高步,因益爲特別之發達;及今日雖彫苓,而猶與西歐對立[310],此其幸也。顧使往昔以來,不事閉關,能與世界大勢相接,思想爲作,日趣於新,則今日方卓立宇內,無所愧遜于他邦,榮光儼然,可無蒼黃變革之事,又從可知爾。故一爲相度其位置,稽考其邂逅[311],則震旦爲國,得失滋不云微[312]。得者以文化不受影響于異邦,自具特異之光彩,近雖中衰,亦世希有。失者則以孤立自是,不遇校讎[313],終至墮落而之實利;爲時既久,精神淪亡,逮蒙新力一擊,則砉[314]然冰泮,莫有起而與之抗。加以舊染既深,輒以習慣之目光,觀察一切,凡所然否,謬解爲多,此所爲呼維新既二十年,而新聲迄不起于中國也。夫如是,則精神界之戰士貴矣。英當十八世紀時,社會習于僞,宗教安于陋,其爲文章,亦摹故舊而事塗飾,不能聞眞之心聲。于是哲人洛克[315]首出,力排政治宗教之積弊,唱思想言議之自由,轉輪之興,此其播種。而在文界,則有農人朋思生蘇格闌,舉全力以抗社會,宣衆生平等之音,不懼權威,不跽金帛,洒其熱血,注諸韻言;然精神界之偉人,非遂即人羣之驕子,轗軻流落,終以夭亡。而裴倫修黎繼起，轉戰反抗，具如前陳。其力如巨濤，直薄舊社會之柱石。餘波流衍，入俄則起國民詩人普式庚，至波闌則作報復詩人密克威支，入匈加利則覺愛國詩人裴彖飛；其他宗徒，不勝具道。顧裴倫修黎，雖蒙摩羅之謚，亦第人焉而已。凡其同人，實亦不必曰摩羅宗，苟在人間，必有如是。此蓋聆熱誠之聲而頓覺者也，此蓋同懷熱誠而互契者也。故其平生，亦甚神肖，大都執兵流血，如角劍之士，轉輾于衆之目前，使抱戰慄與愉快而觀其鏖撲。故無流血于衆之目前者，其羣禍矣；雖有而衆不之視，或且進而殺之，斯其爲羣，乃愈益禍而不可救也！

今索諸中國，爲精神界之戰士者安在？有作至誠之聲，致吾人于善美剛健者乎？有作溫煦之聲，援吾人出于荒寒者乎？家國荒矣，而賦最末哀歌，以訴天下貽後人之耶利米，且未之有也。非彼不生，即生而賊于衆，居其一或兼其二，則中國遂以蕭條。勞勞獨軀殼之事是圖，而精神日就于荒落；新潮來襲，遂以不支。衆皆曰維新，此即自白其歷來罪惡之聲也，猶云改悔焉爾。顧既維新矣，而希望亦與偕始，吾人所待，則有介紹新文化之士人。特十餘年來，介紹無已，而究其所攜將以來歸者；乃又舍治餅餌守囹圄之術[316]而外，無他有也。則中國爾後，且永續其蕭條，而第二維新之聲，亦將再舉，蓋可準前事而無疑者矣。俄文人凱羅連珂 (V. Korolenko)[317]作《末光》[318]一書，有記老人教童子讀書于鮮卑者，曰："書中述櫻花黃鳥，而鮮卑沍寒，不有此也。"翁則解之曰："此鳥即止于櫻木，引吭爲好音者耳。"少年乃沈思。然夫，少年處蕭條之中，即不誠聞其好音，亦當得先覺之詮解[319]；而先覺之聲，乃又不來破中國之蕭條也。然則吾人，其亦沈思而已夫，其亦惟沈思而已夫！

一九〇七年作

魯迅先生紀念委員會一九三八年版《魯迅全集》卷一

【註釋】

[1] 摩羅——梵文音譯，通作魔羅，佛教傳說中專事破壞的魔鬼。這裏借以指浪漫主義。

[2] 尼佉(公元一八四四年——一九〇〇年)——通譯尼采，德國資產階級唯心主義哲學家。本文所引六句見尼采《札拉圖士特拉如是說》第五十六章《舊榜和新榜》。

[3] 勾萌絕朕——毫無生機的意思。勾萌，草木萌芽時的幼苗。朕，先兆。

[4] 心聲——揚雄《法言·問神》："言，心聲也；書，心畫也。"這裏指詩歌及其它文學創作。

[5] 閟宮——幽深的領域。《詩·魯頌·閟宮》："閟宮有侐。"毛傳："閟，閉也。先妣姜嫄之廟在周，常閉而無事。侐，清淨也。"

[6] 冥契——暗合。萬有——萬物。

[7] 靈會——心靈溝通。

[8] 劫——見本書《錄鬼簿》註[11]。

[9] 曼衍——傳播發展。

[10] 視其種人——視，比。種人，種族、民族。這句意謂：隨着該民(種)族的發展而發展。

[11] 遞——及至，等到。式微——衰落。式，發語詞。

[12] 影國——暗影中的國家，指後世滅亡了的文明古國。

[13] 韋陀——印度最古的宗教、哲學、文學的經典，或譯《吠陀》。約爲公元前二五〇〇年至前五〇〇年間的作品。內容包括頌詩、祈禱文、咒文及祭祀儀式的記載等。共分《黎俱》、《傞馬》、《耶柔》、《阿闥婆》等四部分。

[14] 摩訶波羅多暨羅摩衍那——印度古代兩大敍事詩。《摩訶波羅多》約爲公元前七世紀至前四世紀的作品，敍述諸神及英雄的故事。《羅摩衍那》約爲五世紀的作品，敍述古代王子羅摩的故事。

[15] 加黎陀薩(約公元五世紀)——通譯迦梨陀娑，印度古代大詩人和戲劇家。

[16] 傳奇——這裏指戲劇。

[17] 瞿提（公元一七四九年——一八三二年)——通譯歌德，德國偉大詩人和學者。他極度推崇迦梨陀娑的著名詩劇《沙恭達羅》，曾題詩贊美云："春華瑰麗，亦揚其芬；秋實盈衍，亦蘊其珍；悠悠天隅，恢恢地輪；彼美一人，沙恭達綸。"(據蘇曼殊譯文)

[18] 希伯來——古代文化發達的民族之一。公元前一三二〇年，民族領袖摩西率領本族人民從埃及歸巴勒斯坦，分建猶太和以色列兩國。

[19] 文章——指希伯來典籍彙編《舊約全書》。它包括希伯來民族的文學作品，以及有關法學、宗教儀式的記載和歷史著作等，後來成了基督教《聖經》的一部分。

[20] 耶利米——以色列的預言家。《舊約全書》中有《耶利米書》五十二章，記載他的言行；又有《耶利米哀歌》五章，哀悼猶太故都耶路撒冷的陷落，相傳也是他的作品。

[21] 列王荒矣二句——荒，荒唐。《舊約全書·列王紀》：由於猶太諸王不敬上帝，上帝震怒，以致亡國。

[22] 耶路撒冷遂隳——隳，毀壞。公元前五八六年，猶太王國被亞洲西部奴隸制強國巴比倫所滅。同年，耶路撒冷城陷，居民多被掠奪至巴比倫。

[23] 方言正信二句——意謂對祖國的語言和傳統思想信仰念念不忘。

[24] 伊蘭—— 即伊朗，古稱波斯，亞洲西南部的文明古國。公元前六世紀前後極爲興盛。埃及—— 非洲東北部的文明古國，約公元前三十世紀即建成統一的奴隸制國家，公元前十二世紀後遂漸衰落。

[25] 震旦—— 即中國，印度古代稱我國爲震旦。逸斯列——逃出這樣的行列。

[26] 戩——幸福。

[27] 加勒爾(公元一七九五年——一八八一年)——通譯卡萊爾，英國著作家及歷史學家，著有《過去與現在》、《論英雄與英雄崇拜》、《法國革命史》等。

[28] 得昭明之聲二十一句——見加勒爾《論英雄和英雄崇拜》第三講《詩人英雄》。但丁(公元一二六五年——一三二一年)，意大利偉大詩人。他最先應用意大利語言來寫作，對於意大利語文的豐富和提煉有重大貢獻。主要作品有《神曲》、《新生》。札爾，通譯沙皇。喑，無聲。

[29] 狉獉——形容遠古原始時代未開化的情狀。柳宗元《封建論》："草木榛榛，鹿豕狉獉。"

[30] 隱曜——內在的思想光芒。

[31] 上征——發展，向上邁進。

[32] 自用——自高自大、自以爲是。

[33] 伏流——地下河流。

[34] 鄂戈理(公元一八〇九年——一八五二年)——通譯果戈理，俄國偉大作家，以諷刺作品著稱，著有《死魂靈》、《欽差大臣》等。

[35] 狹斯丕爾(公元一五六四年——一六一六年)——通譯莎士比亞，英國偉大戲劇家、詩人。作品主要有«哈姆雷特»、«奥賽羅»、«羅密歐與朱麗葉»、«李爾王»等。

[36] 手澤——指先人遺留下來的器物、筆跡。«禮記·玉藻»："父沒而不能讀父之書，手澤存焉耳。"疏："謂其書有父平生所持手之潤澤存在焉，故不忍讀也。"

[37] 中落——破落。胄——後裔、子孫。

[38] 武——武功。怒——形容氣勢顯赫。

[39] 張口作軍歌二句——這裏作者所批判的是清末反動統治者中狹隘民族主義者盲目自大的現象。如張之洞所作«軍歌»中說："請看印度國土并非小，爲奴爲馬不得脫籠牢。"他作的«學堂歌»中也說："波蘭滅，印度亡，猶太遺民散四方。"

[40] 耿光——即光輝。耿，明亮。

[41] 頌美之什——歌功頌德的篇章。

[42] 因——起因。動——感動、激發。

[43] 撒但——希伯來文音譯，即基督教«聖經»中的魔鬼。

[44] 裴倫(公元一七八八年——一八二四年)——通譯拜倫，英國大詩人，代表作有長詩«唐璜»、詩劇«曼弗雷德»等。

[45] 摩迦文士——摩迦，通譯馬札兒，匈牙利主要民族名。摩迦文士，指裴多菲(公元一八二三年——一八四九年)，匈牙利著名革命家、詩人，著有政治詩«民族之歌»、長詩«使徒»、«勇敢的約翰»等。

[46] 爭天——與天地鬭爭。拒俗——反抗世俗。

[47] 解脫——這裏指死亡。

[48] 地囱——火山。

[49] 僨興——爆發。

[50] 亞當之故家——«舊約·創世紀»：上帝造人取名亞當，讓他住在沒有煩惱的"伊甸樂園"裏。

[51] 灝氣——空氣。

[52] 昉——始。

[53] 化——指教化。俗移——習俗變遷。

[54] 思歸其雌——想退藏潛伏。«老子»："知其雄，守其雌。"

[55] 柏拉圖(公元前四二七年——前三四七年)——古希臘哲學家，客觀唯心主義者，著有«對話集»。邦國論——是«對話集»中的一篇，今譯«理想國»，是關於理想國組織的闡述。

[56] 儀的——目標。

[57] 史乘——歷史記載。乘，春秋時期晉國的史書叫"乘"，後泛指一般史書。

[58] 侘傺——失意、失望。

[59] 所儀之主的——所追求的主要目標。

[60] 神質——精神和肉體。

[61] 張皇——宣揚。

[62] 惝恍——向往。

[63] 高蹈——清高、超脫。

[64] 攖——觸動。

[65] 星氣既凝——德國哲學家康德（公元一七二四年——一八〇四年）提出"星雲說"，認爲地球等天體係由星雲逐漸凝聚而成。

[66] 苓落——衰落。

[67] 信證——可靠的證明。

[68] 無情——指無生命的東西。

[69] 性解——天才。

[70] 神思之邦——指"理想國"。

[71] 蒸——發揚。

[72] 天閼——壓制扼殺。

[73] 言志——《尚書·堯典》："詩言志，歌永言，聲依永，律和聲。"

[74] 持人性情——漢緯書《詩緯含神霧》："詩者，持也；持其性情，使不暴去也。"持，約束。

[75] 三百之旨二句——《論語·爲政》："《詩三百》，一言以蔽之，曰：思無邪。"

[76] 自繇——即自由。

[77] 返顧高丘二句——屈原《離騷》："忽反顧以流涕兮，哀高丘之無女。"高丘無女，意爲楚國沒有志行高潔和自己同心的人。

[78] 懟世俗之渾濁二句——《離騷》："世溷濁而不分兮，吾方高馳而不顧。""紛吾既有此內美兮，又重之以修能。"懟，怨恨。修能，傑出美好的才能。

[79] 邃古之初——《天問》："邃古之初，誰傳道之？"邃古，遠古。

[80] 才高者菀其鴻裁四句——見《文心雕龍·辨騷》。菀，通"捥"，擷取。中巧，心靈精巧。吟，吟詠、誦讀。

[81] 耽——愛好。

[82] 泐——通"勒"，刻寫。

[83] 縮朒——萎縮。

[84] 𦶜𦶜——以火煮物的樣子。

[85] 馴——逐漸。

[86] 澆漓——勢利刻薄。

[87] 密栗——確鑿。

[88] 縻縶——監禁。

[89] 易于毛角——比禽獸還容易支配。毛角，指禽獸。

[90] 拿坡崙——通譯拿破崙。普魯士——德國的前身。

[91] 愛倫德(公元一七六九年——一八六〇年)——德國詩人、歷史學家，著有«德意志人之歌»、«時代之精神»等。

[92] 雲擾——動蕩。

[93] 威廉三世(公元一七七〇年——一八四〇年)——普魯士國王。一八〇六年普法戰爭中被拿破崙打敗。一八一二年拿破崙從莫斯科潰敗後，威廉三世再次與拿破崙交戰，取得勝利，收復了失地。一八一五年同俄、奧建立維護封建君主制度的"神聖同盟"。

[94] 台陀開納(公元一七九一年——一八一三年)——德國詩人和戲劇家，一八一三年參加反抗拿破崙侵略的義勇軍，轉戰各地，後在戰爭中陣亡。

[95] 普魯士之鷙——這是台陀開納的自喻。鷙，猛禽。

[96] 鷙擊——猛烈之拍擊。

[97] 靈臺——«莊子·庚桑楚»："不可內於靈臺。" 郭象註："靈臺者，心也。"按：內通納。

[98] 豎琴長劍——台陀開納所作的一部歌頌愛國熱情的抒情詩集。

[99] 具——材能。

[100] 弋——取。卒業之券——畢業文憑。

[101] 道覃(公元一八四三年——一九四三年)——英國愛爾蘭批評家和詩人，著有«文學研究»、«莎士比亞初步»等。下引言論見於他所著的«抄本與研究»。

[102] 巨浸——大海。

[103] 善生——生計。

[104] 約翰穆黎(公元一八〇六年——一八七三年)——通譯約翰·彌勒，英國唯心主義哲學家和庸俗的功利主義經濟學家，著有 «政治經濟學原理»、«功利主義»等。

[105] 麗——附著、聯繫。能事——功能、作用。

[106] 閟機——秘密。

[107] 誠理——眞理。

[108] 龕——蘊藏。

[109] 卽會——契合、結合。

[110] 愛諾爾特(公元一八二二年——一八八八年)——通譯亞諾德，英國文藝批評家、詩人，著有«文學批評論集»、«吉普賽學者»等。

[111] 鄂謨(約公元前九世紀)——通譯荷馬，希臘兩大史詩«依里亞特»、«奧德賽»的作者。

[112] 耳——聽取。

[113] 羣學——卽社會學。

[114] 主分——主要因素。

[115] 溥博——普遍、廣泛。

[116] 羣法——羣衆的法律。僢馳——背道而馳。僢，違背。«淮南子·說山訓»:“分流僢馳，注于東海。”

[117] 上下相迕——上層社會與下層社會發生衝突。

[118] 司各德(公元一七七一年——一八三二年)——英國詩人、小說家，著有«撒克遜刼後英雄傳»、«十字軍英雄記»等。

[119] 蘇懲(公元一七七四年——一八四三年)——通譯蘇賽，英國詩人、散文家，政治上傾向反動，一八一三年曾獲桂冠詩人稱號，他在長詩«審判的幻影»序言中曾暗指拜倫是“惡魔派”詩人，後又要求政府禁止發售拜倫的作品，並在一篇文章中公開指責拜倫是“惡魔派”首領。

[120] 修黎(公元一七九二年——一八二二年)——通譯雪萊，英國大詩人，著有«伊斯蘭起義»、«解放了的普羅米修士»等。

[121] 納爾遜傳——蘇賽的散文作品，記述英國海軍統帥納爾遜的一生和他抵抗拿破崙侵略的事迹。

[122] 摶埴——以手揑土。

[123] 侂——同“托”。

[124] 彌耳敦(公元一六〇八年——一六七四年)——通譯彌爾頓，英國詩人，«失樂園»是他的主要著作。

[125] 惟帝是悅——只是討上帝的歡心。

[126] 蔑弗——沒有不。

[127] 長曰亞伯——據«舊約·創世紀»，亞伯是弟。

[128] 次曰凱因——據«舊約·創世紀»,凱因是兄。凱因通譯該隱。

[129] 使不獲地力——使不能從土地有所收獲。

[130] 傳奇——指拜倫長篇敘事詩«凱因»。

[131] 靈魂有盡——靈魂有結束之時,卽死後無靈魂。

[132] 穆亞(公元一七七九年——一八五二年)——通譯穆爾,英國愛爾蘭詩人,著有«愛爾蘭歌曲集»等。他和拜倫交誼很深,曾作«拜倫傳»駁斥反動派對拜倫的詆毀。

[133] 遏克曼(公元一七九二年——一八五四年)——德國作家,歌德私人秘書,著有«歌德對話錄»。下引歌德語,卽見此書一八二三年十月二十一日談話記錄。

[134] 亞斐木——通譯歌裴木,據«舊約·創世紀»,諾亞方舟就是用這種木料製成。

[135] 繩其祖武——語出«詩·大雅·下武»,意爲追隨祖先的足迹。

[136] 反種——卽返祖現象,指生物發展過程中有時出現與遠祖類似的變種或生理現象。

[137] 之不拉——卽斑馬。

[138] 不伏箱——不伏駕馭。«詩·小雅·大東»:“睆彼牽牛,不可以服箱。”服,駕。箱,車箱。

[139] 司堪第那比亞——卽今歐洲北部的斯堪的那維亞半島。

[140] 諾曼——卽諾曼地,在法國北部。一〇六六年英王威廉一世將它并入英國,至一四五〇年劃回法國。

[141] 顯理二世(公元一一三三年——一一八九年)——通譯亨利第二,一一五四年起爲英國國王。

[142] 勃力俱大學——通譯劍橋大學。

[143] 波陀牙——通譯葡萄牙。

[144] 突厥——卽土耳其。

[145] 哈洛爾特游草——通譯«哈羅德游記»。

[146] 有神——信奉上帝。

[147] 外輝——指劍出鞘而光芒外射。

[148] 元惡——罪魁禍首。

[149] 全羣——整個社會。

[150] 銀釭——燈。

[151] 約翰(公元一七二三年——一七八六年)——曾任英國海軍上將。

[152] 海王——海盜之王。

[153] 羅羅——通譯«異教徒»。

[154] 人稟五才八句——見«文心雕龍·程器»。五才，即五行，指金、木、水、火、土，古人認爲這些物質的配合與人的性情有關係。修，長。隆，高。特達，這裏說特別原諒，免予批評。誚，責。寸析，據原文應作寸折，指曲折很多。

[155] 覗——同"伺"，窺伺。

[156] 阨——壓制打擊。

[157] 堂祥——通譯«唐璜»。

[158] 曼弗列特——通譯«曼弗特»。

[159] 法斯忒——通譯«浮士德»。

[160] 盧希飛勒——通譯魯西反，即撒旦。據猶太教經典«泰爾謨德»（約爲公元三五〇年至五〇〇年間的作品）所記，撒旦原是天使長，因違抗命令，與他的部屬一起被趕出天國，墮入地獄。

[161] 比行世——及至這部作品問世。比，及、到。

[162] 鳴其非理者——揭露宗教中不合理的地方。

[163] 何由昉乎——怎樣產生的呢？

[164] 伽闌——一作伽藍，梵語音譯，即廟宇。

[165] 加于我之上位——強加于我的統治者。

[166] 考——«爾雅·釋親»："父爲考。"

[167] 華盛頓——見本册«二十世紀大舞臺發刊詞»註[48]。

[168] 對蹠——對立。

[169] 磽确之區七句——見拜倫一八二〇年十一月五日致托馬斯·摩爾的信。磽确，貧瘠。

[170] 諾威——即挪威。伊孛生（公元一八二八年——一九〇六年）——通譯易卜生，挪威戲劇家，主要作品有«玩偶之家»、«國民公敵»等。

[171] 社會之敵——通譯«國民公敵»。

[172] 地主——指房主。

[173] 逖——遠離。

[174] 若爲自由故三句——見拜倫一八二〇年十一月五日致托馬斯·摩爾的信。原文應譯爲："一個人若在國內沒有自由可爭，那麽讓他爲鄰邦的自由而戰鬭吧。"

[175] 墺——奥地利。

[176] 馬志尼——見本册«二十世紀大舞臺發刊詞»註[49]。

[177] 加富爾（公元一八一〇年——一八六一年）——統一的意大利王國的首任首相，意大利自由貴族和資產階級君主立憲派領袖。

[178] 意之獨立成——爲了反對奧國對意大利統治，一八二〇年至一八二一年“燒炭黨人”鼓動和領導反對奧國的軍事起義，一八四八年意大利人再度起來革命，終於在一八六一年成立了統一的意大利王國。

[179] 意大利實大有賴于裴倫三句——見馬志尼所作論文《拜倫和歌德》。

[180] 希臘協會——一八二一年希臘爆發了反對土耳其統治的獨立戰爭，歐洲一些國家組織了支持希臘獨立的委員會。倫敦之希臘協會，指英國支援委員會，拜倫是它的主要成員。

[181] 克弗洛尼亞島——通譯克法利尼亞島，希臘愛奧尼亞羣島之一。拜倫於一八二三年八月三日至該島。

[182] 密淑倫其——通譯梅索朗吉昂，西部的重要城市，拜倫於一八二四年一月五日赴此。

[183] 式列阿忒——阿爾巴尼亞（當時是土耳其屬地）的民族的一種。

[184] 革——危急。

[185] 四月十八日——按：拜倫於四月十九日病逝。

[186] 爲作思惟——行爲思想。

[187] 朋思（公元一七五九年——一七九六年）——通譯彭斯，英國蘇格蘭詩人，著有長詩《農夫湯姆》、《愉快的乞丐》和數百首短詩。

[188] 斯人也九句——見拜倫一八一三年十二月十三日日記。反張，矛盾。

[189] 以我詩爲愉快——以批評我的詩作爲樂事。

[190] 契支（公元一七九五年——一八二一年）——通譯濟慈，英國詩人，著有《爲和平而寫的十四行詩》、長詩《伊莎貝拉》等。

[191] 惡斯佛大學——通譯牛津大學。

[192] 愛智之學——即哲學。

[193] 戈德文（公元一七五六年——一八三六年）——英國哲學家，無政府主義者，著有政論《政治的正義》、小說《卡萊布·威廉斯》等。

[194] 檄——號召。

[195] 阿剌斯多——通譯《阿拉斯特》。

[196] 伊式闌轉輪篇——通譯《伊斯蘭起義》。

[197] 解放之普洛美迢斯——通譯《解放了的普羅米修斯》。

[198] 煔希——通譯《欽契》。

[199] 傚畢多——通譯朱比特，羅馬神話中諸神之父，和希臘神話中的宙斯相等。

[200] 禩——同朞，本義是周年，這裏指世紀。

[201] 駢殞——同歸於夭亡。

[202] 化而成醇——醞釀成熟。

[203] 奧古斯丁(公元三五四年——四三〇年)——基督教教父之一，生於北非特加斯特，即今阿爾及利亞的蘇克·艾拉斯，原爲摩尼教徒，後改基督教，著有«天主之城»、«懺悔錄»。

[204] 人類曼衍之大故——人類社會發展的大道理。

[205] 澡雪——意爲高潔，«莊子·知北游»："澡雪而精神。"

[206] 斯賓塞(公元一五五二年——一五九九年)——英國詩人，著有«仙后»等詩篇。

[207] 畢撒——通譯比薩，意大利名城。

[208] 培庚(公元一五六一年——一六二六年)——通譯弗蘭西斯·培根，英國哲學家和歷史學家，近代英國唯物主義和實驗科學的創始人。

[209] 縱吾身亦莫能解——我們就是一輩子也不能理解。

[210] 普式庚(公元一七九九年——一八三七年)——通譯普希金，俄國著名詩人，主要作品有«歐根·奧涅金»、«上尉的女兒»等。

[211] 來爾孟多夫(公元一八一四年——一八四一年)——通譯萊蒙托夫，俄國著名詩人，主要作品有«童僧»、«惡魔»等和長篇小說«當代英雄»。

[212] 羅曼宗——即浪漫派。

[213] 鮮卑——指西伯利西。

[214] 耆宿——指卡拉姆辛、茹柯夫斯基等人。

[215] 思理文形——思想內容和藝術風格。

[216] 高加索累囚行——通譯«高加索的俘虜»。

[217] 及溌希——通譯«茨岡»。

[218] 一質分——一部分特質。

[219] 阿內庚——通譯«歐根·奧涅金»。

[220] 漸近眞然——逐漸接近於現實。

[221] 外緣——客觀環境。

[222] 峻絕——高傲卓絕。

[223] 波闌抗俄——指波蘭十一月起義。一八三〇年十一月，波蘭軍隊反抗沙皇命令，堅決拒絕開往比利時鎭壓革命，並舉行武裝起義，解放華沙，成立新政

府，廢除了沙皇尼古拉一世對波蘭的統治。但起義成果被大貴族和富豪所篡奪，最後失敗。

[224] 俄國之讒謗者——通譯«給俄羅斯之讒謗者»。

[225] 波羅及諾之一周年——通譯«波羅金諾紀念日»。這一首詩及«給俄羅斯之讒謗者»都作於一八三一年，當時俄國沙皇充當世界憲兵的角色，到處撲滅革命火焰，向外擴張，引起世界人民的強烈反抗。普希金這兩首詩都有爲沙皇侵略行爲辯護的傾向。

[226] 勃闌兌思(公元一八四二年——一九二七年)——通譯勃闌兌斯，丹麥文學批評家和文學史家，小資產階級的民主激進派，著有«十九世紀歐洲文學主潮»、«俄國印象記»、«歌德研究»等。

[227] 和蘭——即荷蘭。

[228] 單提斯——通譯丹特士。

[229] 芘賓(公元一八三三年——一九○四年)——通譯佩平，俄國文學史家，著有«俄羅斯文學史»等。

[230] 來爾孟斯(約公元一二二○年——一二九七年)——蘇格蘭詩人。

[231] 世胄裴倫傳——即穆爾所著«拜倫傳»。參閱本篇註[132]。

[232] 知其生涯有同我者三句——見萊蒙托夫«自傳札記»第一片段。

[233] 裴倫更有同我者一事十句——見«自傳雜記»第九片段。

[234] 勗賓赫爾(公元一七八八年——一八六○年)——通譯叔本華，德國資產階級唯心主義哲學家，主要著作有«世界是意志和表象»。

[235] 神摩——通譯«惡魔»。

[236] 謨嚌黎——通譯«童僧»。

[237] 莫倫——不能比擬。倫，類，這裏是比擬的意思。

[238] 賦詩——指«詩人之死»一詩。此詩揭露了殺害普希金的陰謀，發表後震動一時，沙皇認爲是一篇"革命宣言"。萊蒙托夫因此被拘捕，審訊後被還調高加索。

[239] 末解——最末一節。

[240] 朝人——官吏。

[241] 士師——法官。

[242] 並世英雄記——通譯«當代英雄»。

[243] 摩爾迭諾夫——俄國反動軍官，向萊蒙托夫挑釁引起决鬭。後證實此事受沙皇政府的指使。擬——擬度，這裏是描準的意思。

[244] 普式庚在厭世主義之外形——普希金得到的僅爲拜倫的厭世主義的外表。

[245] 波覃勗迭(公元一八一九年——一八九二年)——德國作家,曾翻譯普希金、萊蒙托夫等俄國作家的作品。

[246] 伊思邁爾培——通譯«伊斯馬伊爾·拜»。

[247] 密克威支(公元一七九八年——一八五五年)——通譯密茨凱維奇,波蘭著名詩人,著有長詩«塔杜施先生»、«先人祭»等。

[248] 斯洛伐支奇(公元一八〇九年——一八四九年)——通譯斯洛伐茨基,波蘭著名詩人,是一八三〇年至一八三一年波蘭起義的同情者,著有«珂爾強»等。

[249] 克拉旬斯奇(公元一八二一年——一八五九年)——波蘭著名詩人,著有«非神的喜劇»、«黎明前的瞬間»、«未來的贊歌»等。

[250] 列圖尼亞——通譯立陶宛,在波蘭以北。一五六九年與波蘭合併爲波蘭立陶宛王國,一七九五年後大部分併入俄國。

[251] 維爾那大學——在今立陶宛境內維爾紐斯城,當時是東歐文化中心之一。

[252] 死人之祭——通譯«先人祭»。

[253] 加夫諾——立陶宛重要城市。

[254] 阿兌塞——通譯奧德薩,俄國海口,在今烏克蘭共和國境內。

[255] 克利米亞——即克里米亞半島。

[256] 諾華格羅迭克——立陶宛古都。

[257] 擐甲——貫甲,即披上戰甲。

[258] 假有婦人——通過這個婦女。

[259] 摩契阿威黎(公元一四六九年——一五二七年)——通譯馬基雅維里,意大利作家和政治家,君主專制政體的擁護者,著有«君主»等書。密茨凱維奇在«華連洛德»開端引«君主»第十八章語云:"因此,你得知道,取勝有兩個方法:一定要又是狐狸,又是獅子。"

[260] 附諸裴倫之英雄——加在拜倫式的英雄身上。

[261] 佗兌支氏——通譯«塔杜施先生»。

[262] 主的——主題。

[263] 華伊斯奇——波蘭語,是大管家的意思。

[264] 國粹——本國的文化傳統。

[265] 銅馬——今譯«青銅騎士»,此詩發表於一八三三年。

[266] 大彼得像——今譯«彼得大帝的紀念碑»,此詩發表於一八三二年。

[267] 虛——懸空。

[268] 自由日出——自由的思想像朝陽般升起。

[269] 寒沍——寒凍不解。沍，凍。

[270] 波蘭破後——指十一月起義失敗，一八三一年九月八日沙皇軍隊佔領華沙，進行殘酷屠殺，並再次將波蘭併入俄國版圖。

[271] 克爾舍密涅克——今譯克列梅涅茨，在蘇聯烏克蘭的特爾諾波爾省。

[272] 華騷——即華沙，今波蘭首都。

[273] 曷爾愛列須——非洲地中海岸的海口。

[274] 大漠中之疫——今譯《瘟疫病人的父親》。

[275] 尼阿孛事——尼阿孛，希臘神話中泰拜城王后，她向太陽神阿波羅夸耀自己七個兒子和七個女兒，太陽神和他妹妹月神阿爾泰彌斯當着尼阿孛的面殺死他的全部子女。

[276] 克壘勒度克——波蘭語，意爲瘋癲的皇帝。

[277] 伊凡四世（公元一五三〇年——一五八四年）——世稱伊凡雷帝，在位期間，極力向東擴張領土，加強中央集權，壓制諸侯勢力，沙皇專制得以日益加強。

[278] 馬理——通譯馬麗亞，基督教傳說中耶穌之母。

[279] 韃靼——蒙古族後裔，居中亞細亞一帶。

[280] 巴棱——沙皇保羅一世寵臣，一八〇一年三月謀殺保羅一世。

[281] 阿爾洛夫——俄國貴族首領。一七六二年發生宮廷政變，沙皇彼得三世被阿爾洛夫指使人暗殺。

[282] 吾神已寂——我的神明已死。

[283] 血蝠——或譯吸血鬼。舊時歐洲民間傳說：罪人和作惡者死後的靈魂，能夜間離開墳墓，化爲蝙蝠，吸飲生人之血。

[284] 不之直——不爲之伸張正義。

[285] 摩亞——通譯摩爾，非洲北部民族，於一八二三年建立格拉那陀王國，一四九二年爲西班牙所滅。

[286] 尼可拉一世（公元一七九六年——一八五五年）——通譯尼古拉一世，一八二五年至一八五五年的俄國皇帝。

[287] 絕澤——已經斷絕了的祖先的光澤。

[288] 千八百三十年之舉——指一八三〇年波蘭革命。

[289] 六十三年大變——指一八六三年波蘭革命。

[290] 裴彖飛（公元一八二三年——一八四九年）——通譯裴多菲，匈牙利著名詩人、革命家，積極參加一八四八年匈牙利首都布達佩斯的起義和一八四九年反

抗奧地利統治的民族解放戰爭，著有政治詩《民族之歌》、長詩《使徒》、《勇敢的約翰》等。

[291] 道周——路邊。小旅——小旅店。

[292] 菩特沛思德——通譯布達佩斯。

[293] 巴波大學——應爲巴波中學，位於匈牙利西部的巴波城。

[294] 偉羅思摩諦(公元一八〇〇年——一八五五年)——今譯魏勒斯馬提，匈牙利詩人，主要著作有《查闢的出走》、《號召》等。他曾介紹裴多菲的第一本詩集給國家叢書社出版。

[295] 阿闌尼(公元一八一七年——一八八二年)——通譯奧洛尼，匈牙利詩人，著有長詩《失去的憲法》和《多爾第》、《多爾第的愛情》、《多爾第的晚年》三部曲。

[296] 薩倫多——匈牙利東部的一個村落，奧洛尼的出生地。

[297] 約爾提 (Joldi)——原文有誤，應爲 Toldi，譯文應爲《多爾第》。

[298] 墺大利人革命——指一八四八年三月奧地利首都維也納發生的武裝起義。

[299] 輿矣摩迦人——即《民族之歌》。

[300] 致諸帝——今譯《給國王們》。

[301] 獨——乃。研——磨，踏碎。

[302] 國民軍——今譯國防軍。

[303] 貝謨(公元一七九五年——一八五〇年)——今譯貝姆，波蘭將軍，波蘭十一月起義領導人之一。

[304] 軻蘇士(公元一八〇二年——一八九四年)——今譯科蘇特，曾領導一八四八年匈牙利反抗奧國的革命，失敗後出亡，死於意大利。

[305] 脫闌希勒伐尼亞——今譯特蘭西瓦尼亞，當時在匈牙利東南部，後屬羅馬尼亞。

[306] 舍俱思跋——今譯瑟克什堡。一八四九年夏沙皇尼古拉一世派十餘萬大軍援助奧地利，撲滅匈牙利，在這裏擊敗貝姆。

[307] 英雄約諾斯——通譯《勇敢的約翰》。

[308] 縊吏之繯——通譯《絞吏之繩》。

[309] 耶和華——希伯來人對上帝之稱。

[310] 對立——這裏是並立的意思。

[311] 邂逅——遭遇。

[312] 得失滋不云徹——優點和缺失都不是很細微的。

[313] 不遇校讎——不同人家比較。

[314] 砉——破裂的聲音。

[315] 洛克(公元一六三二年——一七〇四年)——英國二元論哲學家,感覺論者,著有«人類理解力論»、«政府論»。

[316] 治餅餌守囹圄之術——指當時留學生從日文翻譯的關於家政和典獄一類的書籍。

[317] 凱羅連珂(公元一八五三年——一九二一年)——通譯柯羅連珂,俄國作家,著有小說集«西伯利亞故事»和文學回憶錄«我的同時代人的故事»。

[318] 末光——«西伯利亞故事»中的一篇,韋素園的譯本題爲«最後的光芒»,描寫被流放到西伯利亞的一家十二月黨人的生活。

[319] 詮解——解說。

【説明】

本文最初分兩次發表於一九〇八年二月、三月«河南»月刊第二、第三號,署名令飛,是反映魯迅早期文藝思想的一篇重要論文。魯迅成爲"中國文化革命的主將",當然是由於他後期的戰鬭和貢獻。但是,在魯迅的早期,儘管他還不是馬克思列寧主義者,他的思想體系還不能超越出資產階級的範疇,然而他的文學思想在當時來說,却是先進的和具有強烈的戰鬭性的,代表了舊民主主義文藝思想的最高成就。

魯迅在當時已明確認識文學是現實的反映。他在«儗播布美術意見書»中一方面說明藝術並不是什麼神秘的東西,而是現實的再現;另一方面他又說明,藝術在再現現實的時候,並不是簡單地抄襲或機械地模仿,而"當加改造",只有經過作者的分析、加工、提煉,才能"美化",成爲具有典型意義的藝術作品。基於這種對藝術的現實主義觀點,魯迅特別強調文藝的社會功能,指出反映人生的"事實法則"、顯示"人生的誠理"的文學,具有"爲教示"的教育意義和"益人生"的社會作用,可以激勵人們"自覺勇猛發揚精進",去改造人生社會的"缺陷",使人生社會"就於圓滿"。

青年魯迅，作爲一個戰鬬的民主主義者和愛國主義者，在當時民族危機日益加深的形勢下，爲了使文學成爲改造人生社會、拯救祖國命運的政治鬬爭的武器，極力提倡反抗的、積極浪漫主義文學潮流，即所謂“摩羅詩派”。他指出，摩羅詩派“立意在反抗，指歸在動作”，“大都不爲順世和樂之音，動吭一呼，聞者興起，爭天拒俗，而精神復深感後世人心，綿延至于無已”。這就是說，這種積極浪漫主義的詩歌是緊密地結合現實的，引導人們去從事反抗和戰鬬，推動社會發展的詩歌，是人間“最雄桀偉美”的聲音。

魯迅當時考慮的中心問題是怎樣才能使被壓迫人民起來反抗壓迫者，怎樣才能使中國走上革新和進步的道路。他以飽滿的熱情贊美摩羅派詩人，正是由於這派詩人的共同特點就是“發爲雄聲，以起其國人之新生，而大其國于天下”。這派詩人，既不追戀往古，也不迷於實利，而是具有崇高理想、能够激動人心的“精神界之戰士”。這一文學流派“入俄則起國民詩人普式庚，至波蘭則作報復詩人密克威支，入匈加利則覺愛國詩人裴象飛”，這些都是他在本文中介紹、稱頌的詩人。在摩羅派詩人中魯迅最推崇拜倫。通過魯迅對拜倫的評價，可以看出他是要求詩人把“世之毁譽褒貶是非善惡”“悉措而不理”，去爲“獨立自由人道”而進行不倦的戰鬬，與虛僞的社會作不調和的鬬爭，並要求詩人把這種反抗精神貫徹到詩歌中去，在作品中說出“眞理”。

魯迅進一步指出，文學所宣揚的反抗、鬬爭、個性解放等內容，並非僅僅是作家個人思想感情的表現，而且是民衆心底的要求在作品中的反映；作家只是、也必須是民衆要求的代言者。他說：“蓋詩人者，攖人心者也。凡人之心，無不有詩，如詩人作詩，詩不爲詩人獨有，凡一讀其詩，心即會解者，即無不自有詩人之詩。無之何以能解？惟有而未能言，詩人爲之語，則握撥一彈，心弦立應，其聲徹于靈府，令有情皆舉其首，如睹曉日，益爲之美偉強力高尙發揚，而汙濁之平和，以之將破。平和之破，人道蒸也。”在這裏表現了他對于民衆的看法。和一般資產階級革命者不同，魯迅沒有把民衆看作是愚蠢的和永遠不會覺醒的羣氓。同時，這裏也反映了魯迅對文學和民衆關係的看法。在魯迅看來，文學不是、也不應該是脫離民衆的東西；正是由于文學是民衆所“心卽會解”的，所以它才有振奮人心和改造社會的鼓舞力量。

魯迅在介紹摩羅詩人的同時，深刻批判了封建文學和封建文學思想：“如中國之詩，舜云言志；而後賢立說，乃云持人性情，三百之旨，無邪所蔽。夫旣言志矣，何持之云？強以無邪，卽非人志。許自繇于鞭策羈縻之下，殆此事乎？”他還進一步指出，封建文學思想並不只是純粹的文學觀點，而正是“中國之治，理想在不攖”的政治思想在文學上的反映；封建的文學思想就是爲了取消詩歌的戰鬭內容，使之成爲“可有可無”的東西，以便維護封建統治，使統治者“子孫王千萬世”。這種把對封建文學思想的批判和對封建政治思想的批判結合在一起的做法，在當時來說是十分可貴的，表現出魯迅早期文學思想的強烈戰鬭精神。

在舊民主主義時期的進步的文學思想中，政治傾向最鮮明、戰鬭性最強烈、對封建文學思想批判最尖銳的，就是魯迅的文學思想。魯迅早期文學思想在當時確實是有其進步的意義和突出的成就，成爲舊民主主義革命時期文學思想的光輝頂點。但必須指出，評價魯迅的早期文學思想，決不能脫離當時的政治、歷史條件；魯迅之所以偉大，主要是由於他隨着時代的前進而前進，後來終于克服了他早期的資產階級的哲學、政治、文學思想而堅決地站到無產階級的立場上來。因此，在他早期文學思想中存在對文藝社會作用估計過高的傾向以及其它一些局限，在他以後的文學思想中都得到了糾正。

附　　錄

儗播布美術意見書

魯　迅

一　何爲美術

美術爲詞，中國古所不道，此之所用，譯自英之愛忒 (art or fine art)。愛忒云者，原出希臘，其誼爲藝，是有九神，先民所祈，以冀工巧之具足，亦猶華土工師，無不有崇祀拜禱矣。顧在今茲，則詞中函有美麗之意，凡是者不當以美術稱。

希臘之民，以美術著於世，然其造作，初無研肄，僅憑直覺之力，以判別天物美惡，惟其爲覺敏，故所成就者神。蓋凡有人類，能具二性：一曰受，二曰作。受者譬如曙日出海，瑤草作華，若非白癡，莫不領會感動；既有領會感動，則一二才士，能使再現，以成新品，是謂之作。故作者出於思，倘其無思，即無美術。然所見天物，非必圓滿，華或槁謝，林或荒穢，再現之際，當加改造，俾其得誼，是曰美化，倘其無是，亦非美術。故美術者，有三要素：一曰天物，二曰思理，三曰美化。緣美術必有此三要素，故與他物之界域極嚴。刻玉之狀爲葉，髹漆之色亂金，似矣，而不得謂之美術。象齒方寸，文字千萬，核桃一丸，臺榭數重，精矣，而不得謂之美術。几案可以弛張，什器輕於攜取，便於用矣，而不得謂之美術。太古之遺物，絕域之奇器，罕矣，而非必爲美術。重碧大赤，陸離斑駮，以其戟刺，奪人目睛，豔矣，而非必爲美術，此尤不可不辨者也。

二　美術之類別

由前之言，可知美術云者，即用思理以美化天物之謂。苟合於此，則無問外狀若何，咸得謂之美術；如雕塑，繪畫，文章，建築，音樂皆是也。區分之法，始於希臘伯拉圖，其類凡二：

（甲）靜美術　（乙）動美術

伯氏以雕塑，繪畫爲靜，音樂，文章爲動，事屬草創，爲說不完。後有法人跋多區分爲三，德人黑智爾承之。

(甲)目之美術　(乙)耳之美術　(丙)心之美術

屬於目者爲繪畫雕塑，屬於耳者爲音樂，屬於心者爲文章，其說之不能具是，無異前古。近時英人珂爾文以爲區別之術，可得三種，今且述於次；凡有美術，均可取其一以分隸之。

(一)(甲)形之美術　(乙)聲之美術

美術有可見可觸者，如繪畫，雕塑，建築，是爲形美；有不可見不可觸者，如音樂，文章，是爲音美。顧中國文章之美，乃爲形聲二者，是又非此例所能賅括也。

(二)(甲)摹擬美術　(乙)獨造美術

美術有擬象天物者，爲雕刻，繪畫，詩歌；有獨造者，爲建築，音樂。此二者雖間亦微涉天物，而繁複腠會，幾於脫離。

(三)(甲)致用美術　(乙)非致用美術

美術之中，涉於實用者，厥惟建築。他如雕刻，繪畫，文章，音樂，皆與實用無所繫屬者也。

三　美術之目的與致用

言美術之目的者，爲說至繁，而要以與人享樂爲臬極，惟於利用有無，有所牴牾。主美者以爲美術目的，即在美術，其於他事，更無關係。誠言目的，此其正解。然主用者則以爲美術必有利於世，儻其不爾，即不足存。顧實則美術誠諦，固在發揚眞美，以娛人情，比其見利致用，乃不期之成果。沾沾於用，甚嫌執持，惟以頗合於今日國人之公意，故從而略述之如次：

一、　美術可以表見文化　凡有美術，皆足以徵表一時及一族之思惟，故亦即國魂之現象；若精神遞變，美術輒從之以轉移。此諸品物，長留人世，故雖武功文教，與時間同其灰滅，而賴有美術爲之保存，俾在方來，有所考見。他若盛典侅事，勝地名人，亦往往以美術之力，得以永住。

一、　美術可以輔翼道德　美術之目的，雖與道德不盡符，然其力足以淵邃人之性情，崇高人之好尙，亦可輔道德以爲治。物質文明，日益曼衍，人情因亦日趣於膚淺；今以此優美而崇大之，則高潔之情獨存，邪穢之念不作，不待懲勸，而國乂安。

一、 美術可以救援經濟 方物見斥，外品流行，中國經濟，遂以困匱。然品物材質，諸國所同，其差異者，獨在造作。美術弘布，作品自勝，陳諸市肆，足越殊方，爾後金資，不虞外溢。故徒言崇尙國貨者末，而發揮美術，實其本根。

四 播布美術之方

美術之用，大者既得三事，而本有之目的，又在與人以享樂，則實踐此目的之方術，自必在於播布。播布云者，謂不更幽秘，而傳諸人間，使與國人耳目接，以發美術之眞諦，起國人之美感，更以冀美術家之出世也。茲擬應行之事如次：

一 建設事業

美術館 當就政府所在地，立中央美館，爲光復紀念，次更及諸地方。建築之法，宜廣徵專家意見，會集圖案，擇其善者，或即以舊有著名之建築充之。所列物品，爲中國舊時國有之美術品。

美術展覽會 建築之法如上。以陳列私人所藏，或美術家新造之品。

劇場 建築之法如上。其所演宜用中國新劇，或翻譯外國著名新劇，更不參用古法；復以圖書陳說大略，使觀者咸喻其意。若中國舊劇，宜別有劇場，不與新劇混殽。

奏樂堂 當就公園或公地，設立奏樂之處，定日演奏新樂，不更參以舊樂；惟必先以小書說明，俾聽者咸能領會。

文藝會 當招致文人學士，設立集會，審國人所爲文藝，擇其優者加以奬勵，竝助之流布。且決定域外著名圖籍若干，譯爲華文，布之國內。

一 保存事業

著名之建築 伽藍宮殿，古者多以宗教或帝王之威力，令國人成之；故時世既遷，不能更見，所當保存，無令毀壞。其他若史上著名之地，或名人故居，祠宇，墳墓等，亦當令地方議定，施加愛護，或加修飾，爲國人觀瞻游步之所。

碑碣　椎拓既多，日就漫漶，當令禁止，俾得長存。

壁畫及造像　梵刹及神祠中有之，間或出於名手。近時假破除迷信爲名，任意毁壞，當考核作手，指定保存。

林野　當審察各地優美林野，加以保護，禁絕剪伐；或相度地勢，闢爲公園。其美麗之動植物亦然。

一 研究事業

古樂　當立中國古樂研究會，令勿中絕，幷擇其善者，布之國中。

國民文術　當立國民文術研究會，以理各地歌謠，俚諺，傳說，童話等；詳其意誼，辨其特性，又發揮而光大之，幷以輔翼教育。

一九一三年二月《教育部編纂處月刊》第一卷第一册

石頭記索隱[1]〔節錄〕

蔡元培[2]

《石頭記》者，清康熙朝政治小說也。作者持民族主義甚摯。書中本事在弔明之亡，揭清之失，而尤於漢族名士仕清者寓痛惜之意。當時既慮觸文網，又欲別開生面，特於本事以上加以數層障冪，使讀者有“橫看成嶺側成峯”[3]之狀況。最表面一層，談家政而斥風懷[4]，尊婦德[5]而薄文藝；其寫寶釵也，幾爲完人，而寫黛玉、妙玉，則乖癡不近人情，是學究[6]所喜也，故有王雪香評本[7]。進一層，則純乎言情之作，爲文士所喜，故普通評本多著眼於此點。再進一層，則言情之中善用曲筆，如寶玉中覺，在秦氏房中布種種疑陣，寶釵金鎖爲籠絡寶玉之作用，而終未道破。又於書中主要人物設種種影子以暢寫之，如晴雯、小紅等均爲黛玉影子，襲人爲寶釵影子是也。此等曲筆，惟太平閑人評本[8]能盡揭之。太平閑人評本之缺點，在誤以前人讀《西遊記》之眼光[9]讀此書，乃以《大學》、《中庸》“明明德”等爲作者本意所在[10]，遂有種種可笑之傅會，如以喫飯爲誠意之類，而於闡證本事一方面遂不免未達一閒[11]矣。闡證本事，以《郎潛紀聞》所述徐柳泉之說爲最合[12]，所謂寶釵影高澹人、妙玉影姜西溟[13]是也。近人《乘光舍筆記》謂書中女人皆指漢人，男人皆指滿人，以寶玉曾云男人是土做的、女人是水做的也[14]，尤與鄙見相合。左之札記，專以闡證本事，於所不知則闕之。

書中紅字多影朱字。朱者明也，漢也[15]。寶玉有愛紅之癖，言以滿人而愛漢族文化也；好喫人口上臙脂，言拾漢人唾餘也。清制:滿人不得爲狀元,防其同化於漢。《東華錄》[16]:“順治十八年六月諭吏部:‘世祖遺詔云:紀綱法度漸習漢俗,於醇樸舊制日有更張。’”[17]又云:“康熙十五年十月議政王大臣等議准禮部奏:‘朝廷定鼎以來,雖文武並用,然八旗子弟尤以武備爲急,恐專心習文,以致武備廢弛。見今已將每佐領下子弟一名准在監肄業,亦自足用。除見在生員、舉人、進士錄用外,嗣後請將旗下子弟考試生員、舉人、進士暫令停止。’[18]從之。”是知當時清帝雖躬修文學,且創開博學鴻詞科,實專以籠絡漢人,初不願滿人漸染漢俗。其後雍、乾諸朝亦時時申誡之。故第十九回襲人勸寶玉道:“再不許吃人嘴上擦的臙脂了,與那愛紅的毛病兒。”又黛玉見寶玉腮上血漬,詢知爲淘澄臙脂膏子所濺,謂爲“帶出幌子,吹到舅舅耳裏,使大家不乾淨惹氣”,皆此意。寶玉在大觀園中所居曰怡紅院,卽愛紅之義。所謂曹雪芹於悼紅軒中增删本書,則弔明之義也。本書有《紅樓夢曲》,以此。書中序事託爲石頭所記,故名《石頭記》,其實因金陵亦曰石頭城而名之。余國柱卽書中之王熙鳳被參,以其在江寧置產營利[19],與協理寧國府、歷劫返金陵等同意也。又曰《情僧錄》及《風月寶鑑》者,或就表面命名,或以情字影清字,又以古人有清風明月語,以風月影明清,亦未可知也。

《石頭記》敍事自明亡始。第一回所云“這一日三月十五日,葫蘆廟起火,燒了一夜,甄氏燒成瓦礫場”,卽指甲申三月間明愍帝殉國[20]、北京失守之事也。士隱注解《好了歌》,備述滄海桑田之變態,亡國之痛昭然若揭,而士隱所隨之道人跛足蔴履鶉衣,或卽影愍帝自縊時之狀。甄士本影政事,甄士隱隨跛足道人而去,言明之政事隨愍帝之死而消滅也。

甄士隱卽眞事隱,賈雨村卽假語存,盡人皆知。然作者深信正統之說,而斥清室爲僞統,所謂賈府卽僞朝也。其人名如賈代化、賈代善，謂僞朝之所謂化，僞朝之所謂善也。賈政者，僞朝之吏部也。賈敷、賈敬，僞朝之教育也。《書》曰："敬敷五教。"[21]賈赦，僞朝之刑部也，故其妻氏邢音同刑，子婦氏尤罪尤。賈璉爲戶部，戶部在六部位居次，故稱璉二爺，其所掌則財政也。李紈爲禮部李禮同音，康熙朝禮制已仍漢舊，故李紈雖曾嫁賈珠而已爲寡婦；其所居曰稻香村，稻與道同音，其初名以杏花村，又有杏帘在望之名，影孔子之杏壇也。《金瓶梅》以孟玉樓影當時之禮部，氏之以孟，又取"玉樓人醉杏花風"詩句之名，即《紅樓夢》所本也[22]。

作者於漢人之服從清室而安富尊榮者，如洪承疇、范文程[23]之類，以嬌杏代表之。嬌杏即僥幸。書中敍新太爺到任，即影滿洲定鼎，觀雨村中秋口號云："天上一輪纔捧出，人間萬姓仰頭看"，知爲代表滿洲也。於有意接近而反受種種之侮辱，如錢謙益[24]之流，則以賈瑞代表之。瑞字天祥，言其爲假文天祥[25]也文小字宋瑞；頭上澆糞，手中落鏡，言其身敗名裂，而至死不悟也。徐巨源編一劇，演李太虛及龔芝麓降李自成後，聞清兵入，急逃而南至杭州，爲追兵所躡，匿於岳墳鐵鑄秦檜夫人胯下，值夫人方月事，追兵過而出，兩人頭皆血汙[26]，與本書澆糞同意。敍姽嫿將軍林四娘，似以代表起義師而死者。敍尤三姐，似以代表不屈於清而死者。敍柳湘蓮，似以代表遺老之隱於二氏[27]者。

書中女子多指漢人，男子多指滿人。不獨女子是水作的骨肉、男人是泥作的骨肉，與漢字、滿字有關也。我國古代哲學，以陰陽二字說明一切對待之事物。《易》坤卦彖傳曰："地道也，妻道也，臣道也"，是以夫妻君臣分配於陰陽也。《石頭記》即用其義。第三十一回湘雲說："比如天是陽，地就是陰。比如一顆樹葉兒，那邊向上朝陽的就是陽，這邊背陰覆下的就是陰。走獸飛禽，雄爲陽，雌爲陰。"翠縷道："怎麼東西都有陰陽，咱們人倒沒有陰陽呢？"又道："知道了！姑娘是陽，我就是陰。"又道："人家說主子爲陽，奴才爲陰。我連這個大道理也不懂得。"是男爲陽，主子亦爲陽；女爲陰，奴才亦爲陰，本書明明揭出。清制：對於君主，滿人自稱奴才，漢人自稱臣。臣與奴才，並無二義。《說文解字》臣字象屈服之形[28]，是古義亦然。以民族之對待言之，征服者爲主，被征服爲奴。本書以男女影滿漢，以此。

賈寶玉言僞朝之帝系也，寶玉者傳國璽之義也，卽指胤礽[29]。《東華錄》康熙四十八年三月以復立皇太子告祭天壇文曰："建立嫡子胤礽爲皇太子。"[30] 又曰："朕諸子中，胤礽居貴。"[31]是胤礽生而有爲皇太子之資格，故曰："啣玉而生。"胤礽之被廢也，其罪狀本不甚徵實。康熙四十七年九月諭曰："胤礽肆惡虐衆，暴戾淫亂，難出諸口。"[32]又曰："胤礽同伊屬下人等，恣行乖戾，無所不至，令朕赧於啓齒。又遣使邀截外藩入貢之人，將進御馬匹任意攘取，以致蒙古俱不心服。"[33]又曰："知胤礽賦性奢侈，著伊乳母之夫淩普爲內務府總管，俾伊便於取用。"[34]又曰："朕歷覽史書，時深儆戒，從不令外間婦女出入宮掖，亦從不令姣好少年隨侍左右，今皇太子所行若此，朕實不勝憤懑。"[35]《石頭記》三十三回敍寶玉被打，一爲忠順親王府長史索取小旦琪官事；二爲金釧兒投井，賈環謂是寶玉拉著太太的丫頭金釧兒強姦不遂，打了一頓，那金釧兒便賭氣投井死了。琪官事與姣好少年等語相關；忠順王疑影外藩，長史曾揭出琪官贈紅汗巾事疑影攘取馬匹事，相傳名馬有出汗如血者故也。曰"暴戾淫亂，難出諸口"，曰"赧於啓齒"，曰"從不令外間婦女出入宮掖，今皇太子所行若此"，是當時罪狀中頗有中冓之言[36]，卽金釧兒之事所影也。

《小說月報》第七卷第一至六期

【註釋】

［1］石頭記——我國古典小說名著《紅樓夢》的本名。該書第一回云："空空道人……遂改名情僧，改《石頭記》爲《情僧錄》。東魯孔梅溪題曰《風月寶鑑》。後因曹雪芹於悼紅軒中披閱十載，增删五次，纂成目錄，分出章回，又題曰《金陵十二釵》，並題一絕，即此便是《石頭記》的緣起。"清乾隆時程偉元排本《紅樓夢序》云："《紅樓夢》小說本名《石頭記》。"索隱——求索隱藏着的東西。《易·繫辭》："探賾索隱。"

［2］蔡元培（公元一八六八年——一九四〇年）——近代資產階級教育家。字鶴卿，號孑民。浙江紹興人。清光緒十八年進士，官翰林院編修。一九〇二年，與章炳麟等發起組織中國教育會，創辦愛國學社和愛國女學，宣傳民主革命思想。一九〇四年，與陶成章等組織光復會，次年，參加同盟會。一九〇七年赴德留學。一九一二年回國，任南京臨時政府教育總長，曾提出修改學制、小學男女同校、廢除讀經等改革措施；又與吳玉章等倡辦留法勤工儉學會。一九一七年，任北京大學校長，提倡學術研究，主張對新舊思想"兼容幷包"，宣傳勞工神聖、"以美育代宗教"。一九一九年五四運動爆發後被迫辭職。一九二七年任大學院院長，後改任中央研究院院長。九一八事變後，主張抗日，又與宋慶齡、魯迅組織中國民權保障同盟。抗日戰爭中，在香港病逝。著作編有《蔡元培選集》。

［3］横看成嶺側成峰——語出蘇軾《題西林壁》詩，原意說站在不同角度觀賞廬山，廬山呈現出的畫面極不一樣。

［4］風懷——風情、色情。元代方回《瀛奎律髓》卷七"風懷類"小序："晏元獻《類要》有左風懷、右風懷二類，男爲左，女爲右。"

［5］婦德——曹大家《女誡》："女有四行：一曰婦德，二曰婦言，三曰婦容，四曰婦功。"鄭注："婦德，謂貞順；婦言，謂辭令；婦容，謂婉娩；婦功，謂絲枲。"

［6］學究——這裏指迂腐淺陋的讀書人。

［7］王雪香評本——書名《新評繡像紅樓夢全傳》，一百二十回。姚燮《讀紅樓夢綱領》："洞庭王氏《紅樓夢新評》一百二十卷，吳縣王希廉雪香評本，道光壬辰歲雙清仙館刻。前附總評一卷，問答一卷，其分評於每卷後條列之，尚稱辨晰。原本刻本稱最善者，但檢校疎略，殊多亥豕之訛。"吳克岐《懺玉樓叢書提要》："是本列總評、摘誤、音釋於卷前，言之不足，則於每卷之末分評詳言之。大致持論和平，於林薛之間，力事調停，遂使尊林者流羣起詬之，其實雪香本意並無軒輊

其間也。卷首繪像六十四幅，正面繪像，上題«西廂»句，反面繪花以擬之。又以讀花人«紅樓夢論贊»(有贊無文，非全本)、«紅樓夢問答»、某氏«大觀園圖說»、周綠君女士«紅樓夢題詞»四種附刊卷首焉。”王希廉，字雪香，號護花主人，震澤(今江蘇吳縣)人，清舉人，著有«學史»。

[8] 太平閑人評本——書名«妙復軒評石頭記»，一百二十回。首紫琅山人序，咸豐元年(公元一八五一年)鴛湖月癡子序，道光三十年(公元一八五〇年)五桂山人序，道光三十年自記，附銘東屏書，次«紅樓夢讀法»，末有道光三十年自題詩三首。脂硯齋評本«紅樓夢»二十八回後有劉銓福跋云：“近日又得妙復軒手批十二巨册，語雖近鑿，而於«紅樓夢»味之深矣。”太平閑人是張新之的號，又號妙復軒。

[9] 前人讀西遊記之眼光——指用儒家經義解釋«西遊記»的讀書方法。如清張含章撰的«通易西遊正旨»就是以«易經»解釋«西遊記»的一個評本。

[10] 乃以大學中庸明明德等爲作者本意所在——鴛湖月癡子序：“«紅樓夢»一書，無稽小說，作者洋洋灑灑，特衍出百二十回絕妙文字，而此百二十回中，有自相矛盾處，有不着邊際處，有故作罅漏處，初視之，若漫不經意者。然太平閑人乃正於此中得間，爲一二拈出，經以«大學»，緯以«周易»，較之金氏聖嘆評«三國»、«水滸»、«西廂記»，似聖歎尙爲其易，而閑人獨爲其難。何也？聖歎之評，但評其文字之絕妙而已；閑人之評，並能括出命意所在，不啻親造作者之室，日接作者之席，爲作者宛轉指授，而乃於評語中爲之微言之，顯揭之，罕譬曲喩之。似作者無心於«大學»，而毅然以一部«大學»爲作者之指歸；作者無心於«周易»，而隱然以一部«周易»爲作者之印證；使天下後世直視«紅樓夢»爲有功名教之書，有裨學問之書，有關世道人心之書，而不敢以無稽小說薄之。卽起作者於九京而問之，不引爲千古第一知己，吾不信也。”

[11] 未達一閒——«法言»：“顏淵亦潛心於仲尼矣，未達一間耳。”

[12] 郎潛紀聞——清陳康祺著，共二十一卷，包括初筆七卷、二筆八卷、三筆六卷。徐柳泉——陳康祺之師。

[13] 寶釵影高澹人妙玉影姜西溟——高士奇，字澹人，號江村，浙江人，清文人，爲康熙皇帝所寵幸，結黨營私，曾被彈劾，解職回鄉，復又回京做官。«清史稿»卷二百七十一有傳。姜宸英，字西溟，號湛園，清代文學家，曾因科場案牽連被捕，後死於獄中。«清史稿»卷四百八十四«文苑一»有傳。«郎潛紀聞二筆»卷三«姜西溟典試獲咎之冤»：“嗣聞先師徐柳泉先生云：‘小說«紅樓夢»一書，卽記故相明珠家事。金釵十二，皆納蘭侍御所奉爲上客者也。寶釵影高澹人，妙

玉即影西溟先生。妙爲少女，姜亦婦人之美稱。如玉如英，義可通假。妙玉以看經入園，猶先生以借觀藏書，就館相府。以妙玉之孤潔，而横罹盜窟，並被以喪身失節之名。以先生之貞廉，而瘐死圜扉，並加以嗜利受賕之謗，作者蓋深痛之也。'”

[14] 近人乘光舍筆記謂書中女人皆指漢人四句——《乘光舍筆記》作者不詳，書中說：“《紅樓夢》爲政治小説，全書所記皆康、雍年間滿漢之接構，此意近人多能明。按之本書，寶玉所云：‘男人是土做的，女人是水做的’，便可見也。蓋漢字之偏旁爲水，故知書中之女人皆指漢人，而明季及國初人多稱滿人爲達達，……達之起筆爲土，故知書中男人皆指滿人。由此分析，全書皆迎刃而解，如土委地矣。”

[15] 朱者明也漢也——明代爲朱氏王朝，朱氏係漢族人，故云。

[16] 東華錄——清蔣良騏、王先謙等摘抄《清實錄》而成的編年體史料長編。乾隆三十年(公元一七六五年)清政府重開國史館。蔣良騏任纂修，就《清實錄》及其它文獻，摘抄天命、天聰、崇德、順治、康熙、雍正六朝(五帝)史料，成書三十二卷。因國史館在東華門內，故稱《東華錄》。光緒時王先謙續抄乾隆、嘉慶、道光三朝史料二百三十卷，並增補蔣錄，擴至一百九十五卷，於光緒十年(公元一八八四年)成書，稱《九朝東華錄》。後潘頤福輯《咸豐朝東華錄》；王先謙加以增補，凡一百卷，又自輯《同治朝東華錄》一百卷，合稱《十一朝東華錄》。以後朱壽朋又輯錄光緒朝史料，稱《東華續錄》，通稱《光緒朝東華錄》。

[17] 順治十八年六月諭吏部四句——見《九朝東華錄·順治》卷七。

[18] 康熙十五年十月議政王大臣等議准禮部奏十句——見《九朝東華錄·康熙》卷四。八旗子弟，八旗成員的子弟。八旗制度是清代滿族的一種社會組織形式，包括黄、白、紅、藍、鑲黄、鑲白、鑲紅、鑲藍八旗，每旗下轄五參領，每參領轄五佐領，凡滿族成員分隸各佐領，平時生産，戰時從征。八旗制度在建立初期，兼有軍事，行政和生産三方面的職能，入關後滿族統治階級利用它加强對人民的控制，其生産意義日趨縮小。

[19] 余國柱二句——余國柱，湖北大冶人，清順治進士，授兗州府推官，康熙間官至武英殿大學士。因結黨納賄，爲郭琇所劾，奪職。“既出都，於江寧治第宅，營生計，復爲給事中何金蘭所劾，命逐之回籍。卒於家。”《清史稿》卷二百六十九有傳。

[20] 甲申——明崇禎十七年(公元一六四四年)。明愍帝——明思宗崇禎帝朱由檢，一六四四年三月吊死煤山，五月，清兵入京師後被諡爲莊烈愍皇帝。

[21] 敬敷五教——見《書·堯典》。

[22] 金瓶梅以孟玉樓影當時之禮部四句——《張竹坡評金瓶梅·竹坡閒話》:"玉樓來西門家,合婚過禮,以視偷娶、迎奸赴會,何啻天壤,其吉凶氣象,已自不同;其嫁李衙內,則依然合婚行茶過禮,月娘送親,以視老鴇爭論,夜隨來往,王婆領出,不垂別淚,其明晦氣,又自不同。故知作者特特寫此一位眞正美人,爲西門不知風雅定案也。""金蓮與瓶兒進門,皆受辱,獨玉樓自始至終無一褒貶,噫!亦有心人哉。"蔡元培根據《金瓶梅》作者所寫孟玉樓身世比書中其他人物相對地符合"禮"的要求,又從孟玉樓的"孟"聯繫到孟軻,從暗嵌着孟玉樓名字的"玉樓人醉杏花風"的詩句中的"杏"字,聯繫到杏壇,聯繫到孔子,而孔、孟都是宣揚"禮"的聖人,所以得出了"孟玉樓影當時之禮部"的結論,並以此作爲他上面正文中所說的"李紈爲禮部"的證明。玉樓人醉杏花風,"風"當爲"天",《金瓶梅》第八回:"婦人又向他頭上拔下一根簪兒,拿在手裏觀看,却是一根油金簪兒,上面鈒着兩溜字兒:般勤馬嘶芳草地,玉樓人醉杏花天。"

[23] 洪承疇(公元一五九三年——一六六五年)——字彥演,號亨九。福建南安人。萬曆進士。崇禎時除指揮過鎭壓農民起義軍的戰爭外,曾任薊遼總督,抵禦清兵。崇禎十五年(公元一六四二年)被俘降清,隸漢軍鑲黃旗。順治元年(公元一六四四年)從清兵入關,次年至南京總督軍務,鎭壓江南抗清義軍及湖廣、兩廣、滇黔各部農民軍。《清史稿》卷二百三十七有傳。范文程(公元一五九七年——一六六六年)——明清之際瀋陽(今屬遼寧)人,字憲斗。邑諸生。萬曆四十六年(公元一六一八年)叛明投努爾哈赤,參與軍國機密。清軍入關後,曾建議舉行鄉試、會試,以爭取地主階級的支持,均爲攝政王多爾袞所採納。前後歷仕太祖、太宗、世祖、聖祖四朝,官至大學士、太傅兼太子太師。《清史稿》卷二百三十二有傳。

[24] 錢謙益——見本書第三册《答沈大宗伯論詩書》註[11]。

[25] 文天祥(公元一二三六年——一二八三年)——南宋民族英雄、文學家。字履善,一字宋瑞,號文山。

[26] 徐巨源編一劇九句——徐世溥,字巨源,江西新建人。明諸生,爲文才雄氣盛。入清,絕意進取,拒不受大臣之聘。有《榆溪集》。楊恩壽《詞餘叢話》引《檮曝雜記》云:"巨源又撰一劇,演太虛及龔芝麓降賊後,聞大清兵入,急逃而南。至杭州,爲追兵所躡,匿於岳墳鐵鑄秦檜夫人胯下。値夫人方月事,迨兵過而出,兩人頭皆血汙。此劇已演於民間,稍稍聞於太虛。適芝麓以上林苑監謫宦廣東,過南昌,亦聞此事,乃與太虛密召歌伶夜半演而觀之。至兩人出胯

下時，血淋漓滿頭面，不覺相顧大哭，謂：‘名節掃地至此，夫復何言！然爲孺子辱，必殺以瀉忿。’乃使人俟巨源於逆旅而殺之。”又引《檐曝雜記》云：“李太虛，南昌人，吳梅村座師也，明崇禎中爲列卿。國變，不死，降李自成。本朝定鼎後，乃服歸。有舉人徐巨源者，其年家子也，嘗非笑之。一日，視太虛疾，太虛自言病將不起。巨源曰：‘公壽正長，必不死。’詰之，則曰：‘甲申乙酉不死，則更無死期，以是知公之壽未艾也。’太虛怒，然無如何。”龔芝麓(？——公元一六七三年)名鼎孳，字孝升，芝麓是他的號，安徽合肥人。明崇禎七年(公元一六三四年)進士，授兵科給事中。李自成陷都城，以龔鼎孳爲直指使，巡視北城。清兵入關後迎降，以原官起用，屢起屢仆。康熙間官至禮部尚書，卒諡端毅。爲人放曠，頗爲當時人所譏。而洽聞博學，詩古文並工，清初與吳偉業、錢謙益齊名，稱爲江左三大家，有《定山堂集》。《清史稿》卷四百八十四《文苑一》有傳。

[27] 二氏——指佛教、道教。

[28] 說文解字臣字象屈服之形——見《說文解字》卷三上。

[29] 胤礽(？——公元一七二四年)——清聖祖第二子，康熙十四年立爲皇太子，康熙四十七年被廢，康熙四十八年復立，康熙五十一年復廢，禁錮咸安宮，卒於雍正二年。

[30] 建立嫡子胤礽爲皇太子——見《九朝東華錄·康熙》卷十七。

[31] 朕諸子中二句——同上。

[32] 胤礽肆惡虐衆三句——同上。

[33] 胤礽同伊屬下人等七句——同上。

[34] 知胤礽賦性奢侈三句——同上。內務府爲清代特設的專管皇室事務的機構。凡宮內之典禮、倉儲、財務、工程、畜牧、警衞、刑獄各事皆歸內務府的特殊系統負責，不與外廷行政系統相混。其長官稱內務府總管大臣，以王公或滿族大臣兼充，無定員。所屬有廣儲、會計、掌議、都虞、慎刑、營造、慶豐七司，及上駟、奉宸、武備三院等，太監均歸其管轄，此與明代太監立有衙門的制度不同。內務府大臣與御前大臣、軍機大臣、南書房翰林、上書房師傅同爲內廷官員，經常接近皇帝。

[35] 朕歷覽史書六句——見《九朝東華錄·康熙》卷十七。

[36] 中冓之言——《詩·鄘風·牆有茨》：“中冓之言，不可道也。”中冓，內室，指閨門以內。

【説明】

從清代乾隆年間《紅樓夢》問世到五四運動前後，在《紅樓夢》研究史上稱“舊紅學”時期。這一百多年關於《紅樓夢》的評論，儘管可取的見解不多，然而作爲中國古代小説理論批評的組成部分，同樣是不應忽視的。

索隱派是“舊紅學”中一個影響較大的派别。蔡元培的《石頭記索隱》是政治索隱派的代表作。

寫作於一九一六年的《石頭記索隱》，和辛亥革命前那些基本上是反映封建地主階級思想立場的索隱派著作不完全一樣，它一定程度地表現了作者資產階級民主革命的政治思想傾向。例如，作者企圖使《紅樓夢》的研究服從於資產階級民主革命的需要，把小説當作改造社會的一種工具來看待，這種觀點與過去輕視小説的封建統治階級視小説爲消遣品的舊紅學家相比較，無疑要進步一些。同時，作者對從維護封建倫理道德的目的出發去評論《紅樓夢》的王雪香評本的不滿，對以儒家經義解釋《紅樓夢》的太平閑人評本的批評，是他反對封建傳統思想意識的一種表現。又如，作者認爲《紅樓夢》的眞正價值决不是甚麽“談家政而斥風懷，尊婦德而薄文藝”，也不在於“言情”和“言情之中善用曲筆”，這一些僅僅是一層一層的“障幂”，從而主張透過這些表面的東西向該書深處探索其政治意義，這個看法無疑要比過去一般舊紅學家高明得多。

但是，由於唯心主義歷史觀的局限，蔡元培研究《紅樓夢》的方法仍然落入過去的索隱派窠臼，也是離開作品所提供的藝術形象的整體，主觀主義地去“闡證”《紅樓夢》的所謂“本事”，對這部小説作出了一系列與作品的實際內容相去很遠的牽强附會的解釋。他説《紅樓夢》的“作者持民族主義甚摯”，把曹雪芹看成反清復明的先驅，而事實却並非如此，因爲“作者旣是漢軍旗人，似乎不至於代漢人來抱亡國之痛的”（魯迅《中國小說的歷史的變遷》）。他以“紅”字影“朱”字，以“朱”字影“明”字，甚至以爲從“清風明月”的成語裏也可以見出作者隱含有影射“明”、“清”的意思，這已經不僅是望文生義，而且簡直是在搞文字游戲了。至於他以賈政等人影射“六部”，則更是無稽之談。總之，在這種主觀主義的反科學的索隱方法的指導下，《石頭記索隱》不可能從根本上去接觸《紅樓夢》的思想藝術成就，提不出什麽有價值的見解。

沿襲了封建階級紅學家研究方法的《石頭記索隱》，不僅像其它舊紅學著作一樣地使《紅樓夢》遭到嚴重歪曲，而且不能如作者所期望的那樣，去有力地爲資產階級民主革命的政治鬭爭服務。

附　　錄

夢雨樓石頭記總評

陳　蛻

《石頭記》，社會平等書也，然夢雨樓則以男女平等評之。一以其意雖兼涵，言則側注，就所注而涵者自見；一以警幻夢中謂寶玉曰：“吾不忍汝獨爲閨閣爭光”，雖係揭明兼涵之旨，却出自女子口中，感於其言，不欲令悼紅心血遍灑人間。

謂《石頭記》爲政治家言，非高想也。欲附會之，亦無不可，然皆道政治罪惡而已。其眼光思力，皆透過大政治學家，寶玉所謂最初一步也。況夢雨樓評旣不肯奪寶玉於閨閣，倘何肯奪寶玉於社會？

《石頭記》心理學最深。其於寶、黛，無故喜怒，曲盡變幻，事後悔諒，直達隱微，不得作記述看，而黛玉驚夢迷性情事，皆從心理曲達，眞未易也。或謂爲經驗家，近似而倘非。蓋經驗家能肖一二人，不能人人而肖，能盡一二物，不能物物而盡；《石頭記》圓通無礙，直是一片光明，即空即照。

《石頭記》生理學最深。寶玉謂女子是水，男子是泥，一言道破秉受淸濁之殊，足稱大發明家，無論矣。此外如以十二女伶喻臟腑，而藥官死而蕊官來，以蕊代藥，故冷香丸用四種花蕊，又曰埋之梨花院梨花樹下，皆恐讀者不解耳。蕊字從心，謂人生貪嗔愛欲，種種病根，以藥治不如以心治也。至五十八回遣散時，寶官、玉官、齡官皆未進園，謂所存者形骸而已，性靈旣去，雖生猶死。

《石頭記》於聲光化電之學無不知。黛玉病臥，覺園中無聲不有，聲學也。秦可卿爲鏡光，名其弟爲鍾以證之；史湘雲爲水光，恐名之不察於衆，又署其號以枕霞水閣，光學也。英蓮一名，而女伶中藕官爲根，茄官爲莖（《爾雅》"荷芙蕖其莖茄"），葵官爲葉，蕊官爲蕊，芳官爲花，荳官爲實，艾官爲殘，化學也。瀟湘夢怡紅剖心，寶玉即嚷心痛，電學也。此外證多，皆列分評，茲特舉一而已。

《石頭記》善造名詞。太虛幻境、通靈、警幻、國賊、祿蠹、意淫、檻外人等，及其它園名、院宇名、寺廟名、人名，皆精心結撰而出。近世名學家，未或能過。

《石頭記》又精於佛理。最妙是有如三寶通節問答，語語著實，語語凌空。此外隨處停流，四面映射，不勝僂指。

《石頭記》是大文學家，古今殆無可比。夫六經之文樸，周秦之文遁，兩漢之文拙，魏晉之文衍，唐宋以下之文宂，而評者或曰："直是《左》《國》，直是《莊》《列》，直是《史》《漢》"，意以崇之，起作者當曰："爾何曾比予於是？"夢雨平情之論：《莊》《列》《左》馬，偶一片段有其綜密散宕起落穿插之妙，不能具體也。況一百二十回數十萬言作一篇，豈幺麼餘子所能夢到。

一九一四年版《陳蛻盦文集》

紅樓夢發微緒言

弁山樵子

一書之作，必有其所以作是書之原因。欲知其原因所在，勢必於書中人物之事實，研究之而推測之。顧作書者，書中之人物之事實與意中之人物之事實，往往相似而又相歧，若故以眩閱者之目而淆閱者之心者。則生乎作書者之後，第就其書中之人物之事實，以臆斷其意中之人物之事實，縱極研究之力，推測之思，適成爲我意中之人物之事實而已，而於作書者意中之人物之事實，則猶茫然未達，判然未合也。甚矣讀書得間之難，而讀小說之得間爲尤難。

夫小說，一茶餘酒後之消閒品耳，小說之有評論，一文人學士之舞弄文墨，故作狡獪伎倆耳，兩無價値之可言也。然清初有聖歎金氏者，以善評小說著聞，《三國》也，《水滸》也，《西廂》也，《金瓶梅》也，目之爲才子，尊之爲奇書，出其滑稽之眼光之心理，演而爲玩世不恭之評論，能令閱者笑，能令閱者愧，能令閱者怒，能令閱者哀，至今猶膾炙人口不置。予於少日，亦曾好讀其評論矣。初讀之，似訝爲得未曾有。迨讀之再四，覺彼之理想要不出乎書中之理想耳，而於書外之理想無有也；彼之評論，仍不離乎書中之評論耳，而於書外之評論無有也。惜哉聖歎之不及見《紅樓夢》，未得評論其事實也。幸哉聖歎之不及見《紅樓夢》，不至唐突其人物也。

《紅樓夢》一書，自表面觀之，所紀爲一家之事實，所言皆兒女之私情，與《三國》之帝蜀黜魏、表章諸葛，《水滸》之罪宋政不綱，《西廂》之譏微之薄倖，《金瓶梅》之假借西門影射東樓、口誅筆伐爲父復仇之自有其作書之本意流露於字裏行間者異矣。而掃眉才子，慧業文人，枕焉藉焉，手胝口沫，興往情來，於其書不惜嘔盡心血，研究之而推測之，見仁見智，心目中各有所謂《紅樓夢》者，而《紅樓夢》之評論乃競起而爲先後之角勝。

《紅樓夢》評論之見於昔者，如太平閑人之《讀法》，護花主人、明鏡齋主人、大某山民、古今第一有情人、小小百姓、綴秋女史、倩雲女史、織裳女史、夢黛女史之《閒評》，讀花人之《論贊》，葆光主人之《或問》，賞析齋主人之《摘誤》，放鶴後裔之《正訛》，芳草天涯之《抉隱》，紅豆山人之《溫柔鄉談》，振奇不羈人之《石頭記詳考》，其餘單詞隻句之散見於名人口吻、私家著述者，尤指不勝屈。或描寫兒女，推其波而助其瀾；或撮舉事略，攻其隙而蹈其瑕。甚至有以讀經之眼光觀之者，所謂大意闡發《學》《庸》，以《周易》演消長，以《國風》正貞淫，以《春秋》示予奪，《禮經》、《樂記》融會其中者是也。有以讀史之心理斷之者，就廿四史人物支配之，所謂寶玉如無愁天子、模棱宰相，黛玉如楚屈靈均、如賈長沙，晴雯之直言買禍如比干、龍逢，襲人之苟合取容如林甫、欽若，寶釵、熙鳳，其意計之陰鷙，手段之潑辣，又如集操、莽於一身。以如是之理想，評書中之人物，非不各有其見地，而要與作書之原因無涉也。

雖然，評論家中亦有推測其作書之原因者。或指爲明珠家事，納蘭容若之文采風流，寶玉足以當之；雪芹館於其家，故能言之詳悉如此。或以爲述和珅之穢史，孌童孌女，朋淫於家，榮、寧兩府之驕奢淫佚足以當之，冰山之倒，和椒八百斛之籍沒，情事又復略同；雪芹生丁其時，目擊其事，借此以伸其口誅筆伐，或亦事所應有。又有創爲種族之說者，以順治爲寶玉，一人一事，一句一字，必加以種種考證。我鄉有沈茂才者菱湖鎮人，沒已十年，不能舉其名。一生注力於此，撰成《紅樓夢如是我言》一書，蠅頭細楷，不下二百萬言，其友人崔君懷瑾，曾約其切要之言，以入本雜志之第二期。聞其書已爲崔君攜入京師，能否付刊不可得知矣。曾憶去年發行之某小說報中，王君夢阮亦主是說。據云聞之京師故老，是書全爲清世祖與董鄂妃而作，兼及當時諸名王奇女也。百二十回之目錄，大半皆明指眞事，而五臺山之遁跡，證以梅村之清涼山讚佛詩，漁洋之詠鼎湖及茂陵懷古詩，蛛絲馬跡，確有可尋，似亦不得謂之全誣。近日蔡鶴廎君有《索隱》之刊，力主《乘光舍筆記》女人指漢人、男人指滿人之說，斷爲發揮民族主義之政治小說，中有敍事自明亡始。及賈雨村之夫人嬌杏爲范文程、洪承疇之代表，啣玉之寶玉實爲康熙之廢太子允礽等語。信乎文人好奇無微不至，而益見《紅樓夢》一書之包孕無盡也。

予之嗜此書也，予之嗜此書之評也，旣喜評人之所評，尤喜評人之所未評。竊謂太平閑人等之評，人物若何，事實若何，評論於書中者也；若沈若王若蔡，人物外別有人物，事實外別有事實，評論於書外者也。評論於書中者，太平閑人等盡之矣；評論於書外者，沈、王、蔡諸人殊猶不足以盡之矣。自來評小說者，失諸過淺，旣無以得其眞際；失諸過深，益足以滋其迷惑。夫金陵一衣帶水之隔也，清乾、嘉至今不及二百年之遠也，父老之傳聞可溯，倉山之紀載可憑也。悉心審之，比類覈之，當時濟濟之人物之事實，一一符合也。予不敢以人之所是者爲非，又何得以人之所非者爲是？管見所及，有不能已於言者。適承九思齋主人之請而作《發微》，雪芹有知，其以我爲隔靴搔癢否耶？民國五年三月朔日弁山樵子識。

一九一六年《香艷雜誌》第十一期

紅樓夢評論餘論

王國維

自我朝考證之學盛行，而讀小說者，亦以考證之眼讀之。於是評《紅樓夢》者，紛然索此書中之主人公之爲誰，此又甚不可解者也。夫美術之所寫者，非個人之性質，而人類全體之性質也。惟美術之特質，貴具體而不貴抽象。於是舉人類全體之性質，置諸個人之名字之下。譬諸"副墨之子"，"洛誦之孫"，亦隨吾人之所好名之而已。善於觀物者，能就個人之事實，而發見人類全體之性質；今對人類之全體，而必規規焉求個人以實之，人之知力相越，豈不遠哉！故《紅樓夢》之主人公，謂之賈寶玉可，謂之"子虛""烏有"先生可，即謂之納蘭容若可，謂之曹雪芹，亦無不可也。

綜觀評此書者之說，約有二種：一謂述他人之事，一謂作者自寫其生平也。第一說中，大抵以賈寶玉爲即納蘭性德。其說要非無所本。案性德《飲水詩集·別意》六首之三曰：

獨擁餘香冷不勝，殘更數盡思騰騰；今宵便有隨風夢，知在紅樓第幾層？

又《飲水詞》中《於中好》一闋云：

別緒如絲睡不成，那堪孤枕夢邊城。因聽紫塞三更雨，却憶紅樓半夜燈。

又《減字木蘭花》一闋咏新月云：

莫教星替，守取團圓終必遂。此夜紅樓，天上人間一樣愁。

"紅樓"之字凡三見，而云"夢紅樓"者一。又其亡婦忌日作《金縷曲》一闋，其首三句云：

此恨何時已，滴空階寒更雨歇，葬花天氣。

"葬花"二字，始出於此。然則《飲水集》與《紅樓夢》之間，稍有文字之關係，世人以爲寶玉即納蘭侍衛者，殆由於此。然詩人與小說家之用語，其偶合者固不少。苟執此例以求《紅樓夢》之主人公，吾恐其可以傅合者，斷不止容若一人而已。若夫作者之姓名，徧考各書，未見曹雪芹何名。與作書之時日，其爲讀此書者所當知，似更比主人公之姓名爲尤要。顧無一人爲之考證者，此則大不可解者也。

至謂《紅樓夢》一書，爲作者自道其生平者。其說本於此書第一回"竟不如我親見親聞的幾個女子"一語。信此說，則唐且之《天國戲劇》，可謂無獨有偶者矣。然所謂親見親聞者，亦可自旁觀者之口言之，未必躬爲劇中之人物。如謂書中種種境界，種種人物，非局中人不能道，則是《水滸傳》之作者，必爲大盜，《三國演義》之作者，必爲兵家，此又大不然之說也。且此問題，實與美術之淵源之問題相關係。如謂美術上之事，非局中人不能道，則其淵源必全存於經驗而後可。夫美術之源，出於先天，抑由於經驗，此西洋美學上至大之問題也。叔本華之論此問題也，最爲透闢。玆援其說，以結此論；此論本爲繪畫及彫刻發，然可通之於詩歌小說。其言曰：

> 人類之美之產於自然中者，必由下文解釋之：即意志於其客觀化之最高級人類中，由自己之力與種種之情況，而打勝下級自然力之抵抗，以佔領其物力。且意志之發現於高等之階級也，其形式必複雜：即以一樹言之，乃無數之細胞，合而成一系統者也。其階級愈高，其結合愈複。人類之身體，乃最複雜之系統也：各部分各有一特別之生活；其對全體也，則爲隸屬；其互相對也，則爲同僚；互相調和，以爲其全體之說明；不能增也，不能減也。能如此者，則謂之美。此自然中不得多見者也。顧美之於自然中如此，於美術中則何如？或有以美術家爲模仿自然者。然彼苟無美之預想存於經驗之前，則安從取自然中完全之物而模仿之，又以之與不完全者相區別哉？且自然亦安得時時生一人焉，於其各部分皆完全無缺哉？或又謂美術家必先於人之肢體中，觀美麗之各部分，而由之以構成美麗之全體。此又大愚不靈之說也。即令如此，彼又何自知美麗之在此部分而非彼部分哉？故美之知識，斷非自經驗的得之，即非後天的而常爲先天的；即不然，亦必其一部分常爲先天的也。吾人於觀人類之美後，始認其美；但在眞正之美術家，其認識之也，極其明速之度，而其表出之也，勝乎自然之爲。此由吾人之自身即意志，而於此所判斷及發見者，乃意志於最高級之完

全之客觀化也。唯如是，吾人斯得有美之預想。而在眞正之天才，於美之預想外，更伴以非常之巧力。彼於特別之物中，認全體之理想，遂解自然之囁嚅之言語而代言之；即以自然所百計而不能產出之美，現之於繪畫及彫刻中，而若語自然曰："此即汝之所欲言而不得者也。"苟有判斷之能力者，必將應之曰："是。"唯如是，故希臘之天才，能發見人類之美之形式，而永爲萬世彫刻家之模範。唯如是，故吾人對自然於特別之境遇中所偶然成功者，而得認其美。此美之預想，乃自先天中所知者，即理想的也，比其現於美術也，則爲實際的。何則？此與後天中所與之自然物相合故也。如此，美術家先天中有美之預想，而批評家於後天中認識之，此由美術家及批評家，乃自然之自身之一部，而意志於此客觀化者也。哀姆攀獨克爾曰："同者唯同者知之。"故唯自然能知自然，唯自然能言自然，則美術家有自然之美之預想，固自不足怪也。

芝諾芬述蘇格拉底之言曰："希臘人之發見人類之美之理想也，由於經驗。即集合種種美麗之部分，而於此發見一膝，於彼發見一臂。"此大謬之說也。不幸而此說蔓延於詩歌中。即以狹斯丕爾言之，謂其戲曲中所描寫之種種人物，乃其一生之經驗中所觀察者，而極其全力以模寫之者也。然詩人由人性之預想而作戲曲小說，與美術家之由美之預想而作繪畫及彫刻無以異。唯兩者於其創造之途中，必須有經驗以爲之補助。夫然，故其先天中所已知者，得喚起而入於明晰之意識，而後表出之事，乃可得而能也。叔氏《意志及觀念之世界》第一册第二百八十五頁至八十九頁。

由此觀之，則謂《紅樓夢》中所有種種之人物，種種之境遇，必本於作者之經驗，則彫刻與繪畫家之寫人之美也，必此取一膝，彼取一臂而後可。其是與非，不待知者能決矣。讀者苟玩前數章之說，而知《紅樓夢》之精神，與其美學、倫理學上之價值，則此種議論，自可不生。苟知美術之大有造於人生，而《紅樓夢》自足爲我國美術上之唯一大著述，則其作者之姓名，與其著書之年月，固當爲唯一考證之題目。而我國人之所聚訟者，乃不在此而在彼；此足以見吾國人之對此書之興味之所在，自在彼而不在此也。故爲破其惑如此。

商務印書館《海寧王靜安先生遺書·靜庵文集》

致《公言報》並答林琴南君函[1]〔節錄〕

蔡元培

請先察“北京大學是否已盡廢古文而專用白話？”大學預科中，有國文一課，所據爲課本者，曰模範文，曰學術文，皆古文也。其每月中練習之文，皆文言也。本科中國文學史，西洋文學史，中國古代文學，中古文學，近世文學；又本科預科皆有文字學，其編成講義而付印者，皆文言也。于《北京大學月刊》[2]中，亦多文言之作。所可指爲白話體者，惟胡適之[3]君之《中國古代哲學史大綱》，而其中所引古書，多屬原文，非皆白話也。

次考察“白話是否能達古書之義？”大學教員所編之講義，固皆文言矣。而上講壇後，决不能以背誦講義塞責，必有賴於白話之講演；豈講演之語，必皆編爲文言而後可歟？吾輩少時讀《四書集註》、《十三經註疏》[4]，使塾師不以白話講演之，而編爲類似集註類似註疏之文言以相授，吾輩豈能解乎？若謂白話不足以講《說文》[5]，講古籀[6]，講鐘鼎之文[7]，則豈于講壇上當背誦徐氏《說文解字繫傳》、郭氏《汗簡》、薛氏《鐘鼎款識》之文[8]，或編爲類此之文言而後可，必不容以白話講演之歟？

又次考察“大學少數教員所提倡之白話的文字，是否與引車賣漿者所操之語相等？”白話與文言，形式不同而已，內容一也。《天演論》、《法意》、《原富》等[9]，原文皆白話也，而嚴幼陵[10]君譯爲文言。少仲馬、迭更司、哈德[11]等所著小說，皆白話也，而公譯爲文言。公能謂公及嚴君之所譯，高出于原本乎？若內容淺薄，則學校報考時之試卷，普通日刊之論說，盡有不值一讀者，能勝于白話乎？且不特引車賣漿之徒而已，清代目不識丁之宗室，其能說漂亮之京話，與《紅樓夢》中寶玉、黛玉相埒，其言果有價值歟？熟讀《水滸》《紅樓夢》之小說家，能于《續水滸傳》《紅樓復夢》[12]等書以外，爲科學哲學之講演歟？公謂"《水滸》《紅樓》作者，均博極羣書之人，總之非讀破萬卷，不能爲古文，亦并不能爲白話。"誠然，誠然。北京大學敎員中，善作白話文者，爲胡適之、錢玄同、周啓孟[13]諸君。公何以證知爲非博極羣書，非能作古文，而僅以白話文藏拙者？胡君家世從學，其舊作古文，雖不多見，然卽其所作《中國哲學史大綱》言之，其了解古書之眼光，不讓于淸代乾嘉學者[14]。錢君所作之文字學講義，學術文通論，皆古雅之古文。周君所譯之《或外小說》[15]，則文筆之古奧，非淺學者所能解。然則公何寬于《水滸》《紅樓》之作者，而苛于同時之胡、錢、周諸君耶？

《新潮》一卷四號《蔡孑民先生言行錄》

【註釋】

[1] 公言報——公元一九一七年九月創刊的安福系（北洋皖系軍閥的政客集團）的報紙，是五四運動時期維護封建道德、倡導尊孔復古、圍剿新文化運動的反動報紙之一。林琴南——見本册《孝女耐兒傳序》註[2]。

[2] 北京大學月刊——公元一九一九年創刊，一九二二年停刊，共刊行九期。

[3] 胡適之（公元一八九一年——一九六二年）——資產階級學者。名適，字適之。安徽績溪人。早年肄業上海中國公學，一九一〇年赴美國，爲實驗主義哲學家杜威的學生。一九一七年回國，任北京大學敎授，曾提倡文學改良，他的《文學改良芻議》一文對當時新文化運動發生過積極的影響。一九三八年任國民黨政府駐美大使，一九四二年任行政院最高政治顧問，一九四六年任北京大學校長。一九六二年在台灣病死。著作有《中國哲學史大綱》（上卷）《白話文學史》（上卷）和《胡適文存》《胡適論學近著》等。

[4] 四書集註——全稱《四書章句集註》。南宋朱熹編註。包括《大學章句》一卷，《中庸章句》一卷，《論語集註》十卷，《孟子集註》七卷。"四書"之名從此

定。註釋中頗多發揮理學家的論點。明清統治者提倡理學，定爲必讀註本。十三經註疏——十三部儒家經典的註疏。四百十六卷。«周易»用魏王弼、韓康伯註，唐孔穎達等正義。«尚書»用僞孔安國傳，孔穎達等正義。«毛詩»用漢毛公傳、鄭玄箋，孔穎達等正義。«春秋左傳»用晉杜預註，孔穎達等正義。«春秋公羊傳»用漢何休註，唐徐彥疏。«春秋穀梁傳»用晉范寧註，唐楊士勛疏。«論語»用魏何晏註，宋邢昺疏。«孝經»用唐玄宗註，邢昺疏。«爾雅»用晉郭璞註，邢昺疏。«孟子»用漢趙岐註，舊題宋孫奭疏。南宋以後，開始合刻，明嘉靖、萬曆間都曾刊行。清乾隆初有武英殿本。其後阮元據宋本重刊，幷撰«十三經註疏校勘記»，可供參考。

[5] 說文——«說文解字»的簡稱。文字學書。東漢許慎撰。本文四卷，又敍目一卷。今存宋初徐鉉校定本，每卷分上下，共三十卷。收字九千三百五十三，又重文一千一百六十三。按文字形體及偏旁構造，分列五百四十部，首創部首編排法。字體以小篆爲主，有古文、籀文等異體，則列爲重文。每字下的解釋，大抵先說字義，再說形體構造及讀音，依據六書解說文字。是中國首創的系統完整、體例謹嚴的字書。

[6] 古——即古代的文字，廣義指甲骨文、金文、籀文和戰國時通行於六國的文字。一說，從甲骨文至小篆稱爲古文，從隸書至現在通行的文字稱今文。狹義專指戰國時通行於六國的文字，如«說文»和魏代«三體石經»中所收的古文及歷代出土的銅器、兵器、貨幣、印璽、陶器上的文字，字體與通行於秦國的小篆不同，因秦始皇推行統一文字政策而被廢止。蔡元培這裏係就廣義而言。籀——即籀文，也叫籀書、大篆。因著錄於«史籀篇»而得名。字體多重疊。春秋、戰國間通行於秦國。

[7] 鐘鼎之文——金文的舊稱。泛指古代一切銅器上的文字。古代銅器的種類很多，一般分禮器和樂器兩大類。禮器以鼎爲最多，樂器以鐘爲最多。故前人把鐘和鼎作爲一切古銅器的總稱。

[8] 說文解字繫傳——五代、宋初文字學家徐鍇著，凡四十卷，已注意到形聲相生、音義相轉之理。郭氏汗簡——宋郭忠恕所著之文字學書，凡三卷。依«說文»分部，錄存古文字。所徵引古文諸書，今多不存。而所錄古文，同近代出土的«三體石經»多相符合，大體可信。清鄭珍有«汗簡箋正»，可供參考。薛氏鐘鼎款識——宋薛尚功所著之解釋金文的著作，凡二十卷，包括夏器一卷，商器四卷，周器十二卷，秦器一卷，漢器二卷。

[9] 天演論——見本册«天演論序» 註[1]。法意——嚴復對法國孟德斯鳩«l'ES-

prit des lois»一書的譯名。今譯《論法的精神》。原富——原著作者爲英國古典政治經濟學家亞當·斯密，今譯《關於國民財富的本質和原因的研究》，簡稱《國富論》。

[10] 嚴幼陵——見本册《天演論序》註[3]。

[11] 少仲馬（公元一八二四年——一八九五年）——今譯小仲馬，法國劇作家、小說家。小說家大仲馬之子。著有《茶花女》（先寫成小說）、《半上流社會》、《金錢問題》、《私生子》等劇本二十餘部。迭更司——見本册《孝女耐兒傳序》註[1]，哈德（公元一八四〇年——一九二八年）——今譯哈代，英國作家。著有長篇小說《綠蔭下》、《遠離塵囂》、《還鄉》、《卡斯特橋市長》、《林中居民》、《苔絲》、《無名的裘德》等。

[12] 續水滸傳——即《征四寇傳》，又名《水滸後傳》和《蕩平四大寇傳》。凡十卷。卷首有乾隆壬子賞心居士序。紅樓復夢——共一百回，書接高鶚一百二十回後。書首有嘉慶四年《紅樓復夢人少海氏自序》。

[13] 錢玄同（公元一八八七年——一九三九年）——語言文字學家。原名師黄，更名夏，後更名玄同，字德潛，浙江吳興人。早年留學日本，師事章炳麟。歷任北京大學、北京師範大學教授。五四時期參加新文化運動，提倡文字改革，曾創議並參加擬製國語羅馬字拼音方案。著有《文字學音篇》、《重論經今古文學問題》、《古韻二十八部音讀之假定》、《古音無邪細證》等論文。周啓孟（公元一八八五年——一九六七年）——即周作人，魯迅先生二弟，早年留學日本，曾與魯迅合譯《域外小說集》，歸國後任北京大學教授，後墮落爲漢奸文人。

[14] 乾嘉學者——指清乾隆、嘉慶年間（公元一七三六年——一八二〇年）講究訓詁考據的經學派系中的學者。參見本册《論近世文學之變遷》註[54]。

[15] 或外小說——即《域外小說集》。"域"的本字是"或"，"域"爲後起之俗字，見段注《說文》。魯迅一九三二年一月十六日《致增田涉》云："《域外小說集》發行於一九〇七年或一九〇八年，我與周作人還在日本東京。當時中國流行林琴南用古文翻譯的外國小說，文章確實很好，但誤譯很多。我們對此感到不滿，想加以糾正，才幹起來的，……"（《魯迅書信集》下）

【說明】

發表於一九一九年五四運動前夕的《致〈公言報〉並答林琴南君函》，是一篇值得注意的維護當時白話文運動的論文。文章針對安福系反動報紙《公言報》和封建衞道者林紓誹謗白話文的讕言進行了申辯和駁斥，說明北京大學並未"盡廢古文而專用白話"，論證白話文完全"能達古書之義"，指出"白話與文言，形式不同而已，內容一也"，並用北京大學提倡白話文的教員都是"博極羣書"、"能作古文"的事實批判了封建復古主義者們鄙視白話文的偏見。蔡元培的這篇文章在形式上使用的是文言體，在內容上與當時白話文運動中批判封建復古主義的其它論文相比較，顯得比較軟弱，戰鬬性不強，文中甚至還說什麽北京大學沒有"覆孔孟，鏟倫常"，表現出資產階級改良主義的色彩。然而，從它的基本傾向來看，是維護和支持白話文的，加之作者當時身爲北京大學校長，居於學術界領導者的地位，所以這篇文章在當時還是起了較大的積極作用。

五四前夕已經掀起的白話文運動是晚淸以來白話文運動在新的歷史條件下的新發展。繼戊戌變法時期的白話文運動之後，從一九〇五年同盟會成立前後開始，隨着資產階級民主革命運動的逐步高漲，白話文運動也出現了新的高潮。一九〇六年由留日學生創辦的《競業報》發刊辭表明，革命民主派認識到具有種種優點的通俗易懂的白話文體與"政治革命"關係十分密切，這份宣傳民主革命派政治主張的《競業報》在一開始就明確提出"本報著述概用淺近俗語"。爲了跟代表大地主、大資產階級的君主立憲派展開理論鬬爭，在辛亥革命前夕，各地出版了許多宣傳民主革命的白話報刊和書籍，其規模和影響都大大超過了變法維新時期。五四運動是中國民主革命由舊民主主義革命轉變爲新民主主義革命的轉折點。在當時蓬勃發展的革命形勢的影響下，在辛亥革命之後由於革命轉入低潮而一度沉寂下來的白話文運動得到更加迅猛的發展。據不完全統計，一九一九年五月前出版的一百八十多種白話報刊多數是創刊於以反袁護國鬬爭爲起點的革命新形勢的到來之後，而五四運動的那兩年間出版的白話報刊猛增到四百多種，其繁盛的景况爲前所未見。

辛亥革命時期的白話文運動，儘管與以宣傳資產階級改良主義思想爲主要任務的戊戌變法時期的白話文運動有所區別，在內容上主要是宣傳資產階級民主革命思想，但它們同屬舊民主主義範疇。而五四時期的白話文運動，則與前二者有着根本不同的性質，作爲五四新文化運動的一個組成部份，它是屬於新民主主義範疇的。舊民主主義範疇的白話文運動的倡導者們，在宣傳資本主義思想的同時也散布了封建思想。他們不全部否定文言文。他們提倡白話文主要是爲了讓不識字或識字較少的"貧民"(《論白話爲維新之本》)、"里巷鄉間人們"(《競業報發刊辭》)能够識字，從而使他們便於接受資產階級的政治主張。而五四白話文運動與當時所進行的整個文化革命相一致，反對封建主義的鬬爭是徹底的。這個時期，不僅對廣大民衆用白話文，就是一些提倡者本身也帶頭用白話文，廢棄了文言的文體。五四白話文運動除了在政治思想方面的進步意義外，還直接有力地推動了整個的文學革命，使中國的文學創作從此掙脫了僵死的封建文學的語言鎖鍊，爲新文學的發展掃除了一大障礙，其歷史功績和地位是舊民主主義時期的白話文運動所無法比擬的。

五四時期具有初步共產主義思想和激進民主主義思想的白話文倡導者，是五四白話文運動的中堅和代表，是當時與封建復古的反動思潮進行鬬爭的主力軍。倡導和維護白話文的《致〈公言報〉並答林琴南君函》是屬於五四白話文運動進步力量一邊的。另一方面，由於這篇文章存在較爲嚴重的思想局限，表現出辛亥革命時期乃至變法維新時期白話文運動所具有的那種軟弱性和妥協性，所以我們又可以把它看成爲整個舊的民主主義白話文運動的一個終結。

附錄

致蔡鶴卿書(節錄)

林紓

且天下唯有眞學術，眞道德，始足獨樹一幟，使人景從。若盡廢古書，行用土語爲文字，則都下引車賣漿之徒，所操之語，按之皆有文法，不類閩廣人無爲文法之啁啾。據此則凡京津之稗販，均可用爲教授矣。若《水滸》《紅樓》皆白話之聖，并足爲教科之書，不知《水滸》中辭吻多采岳珂之《金陀萃篇》，《紅樓》亦不止爲一人手筆，作者均博極羣書之人。總之非讀破萬卷，不能爲古文，亦並不能爲白話。若化古子之言爲白話演說，亦未嘗不是。按《說文》："演，長流也。"亦有延之廣之之義，法當以短演長，不能以古子之長演爲白話之短。且使人讀古子者，須讀其原書耶，抑憑講師之一二語即算爲古子？若讀原書，則又不能全廢古文矣。矧於古子之外，尙以《說文》講授？《說文》之學，非俗書也，當參以古籀，證以鐘鼎之文，試思用籀篆可化爲白話耶？是以篆籀之文，雜之白話之中，是引漢、唐之環、燕與村婦談心，陳商、周之俎豆爲野老聚飲，類乎不類？弟閩人也，南蠻鴃舌，亦願習中原之語言。脫授我者以中原之語言，仍令我爲鴃舌之閩語，可乎？蓋存國粹而授《說文》可也，以《說文》爲客以白話爲主，不可也。

一九一九年三月十八日《公言報》

“晨鐘”[1]之使命（青春中華之創造）〔節錄〕

李大釗[2]

…………

由來新文明之誕生，必有新文藝爲之先聲，而新文藝之勃興，尤必賴有一二哲人[3]，犯當世之不韙，發揮其理想，振其自我之權威，爲自我覺醒之絕叫，而後當時有衆之沉夢，賴以驚破。歐人促于科學之進步[4]，而爲由耶敎桎梏解放之運動者，起于路德[5]一輩之聲也。法蘭西人冒革命之血潮，認得自我之光明，而開近世自由政治之軌者，起于孟德斯鳩、盧騷、福祿特爾[6]諸子之聲也。他如狄卡爾、培根、秀母、康德[7]之徒，其于當世，亦皆在破壞者、懷疑主義者之列，而清新之哲學、藝術、法制、倫理，莫不胚孕于彼等之思潮。薩蘭德、海爾特爾、冷新乃至改得西爾列爾[8]之流，其于當代，因亦嘗見詆爲異端，而德意志帝國之統一，殆即苞蕾于彼等熱烈之想像力，彼其破丹敗奧，摧法征俄[9]，風靡巴爾干半島與海王國[10]。抗戰不屈之德意志魂，非俾士麥、特賴克、白侖哈的[11]之成績，乃謳歌德意志文化先聲之青年思想家、藝術家所造之基礎也。世嘗嘖嘖稱海聶[12]之名矣，然但知其爲沉哀之詩人，而不知其爲“青年德意志”彈奏之人[13]也。所謂“青年德意志”運動者，以一八四八年之革命爲中心，而德國國民絕叫人文改造□□□也。彼等先俾斯麥、摩爾托克、維廉一世[14]而起，于其國民之精神，與以痛烈之激刺。當是時，海聶、古秋闊、文巴古、門德、洛北[15]諸子，實爲其魁俊，各奮其穎新之筆，掊擊時政，攻排舊制，否認偶像的道德，詛咒形式的信仰，冲决一切陳腐之歷史，破壞一切固有之文明，揚布人生復活、國家再造之聲，而以使德意志民族回春、德意志帝國建于純美青年之手爲理想，此其孕育胚胎之世，距德意志之統一，才二十載，距今亦不過六十餘年，而其民族之聲威，文明之光彩，已足以震耀世界，征服世界，改造世界而有餘。居今窮其因果，雖欲不歸功于青年德意志之運動，青年文藝家、理想家之鼓吹，殆不可得。以視吾之文壇，墮落於男女獸欲之鬼窟，而罔克自拔，柔靡豔麗，驅青年於婦人醇酒之中者，蓋有人禽之殊，天淵之別矣。記者不敏，未擅海涅諸子之文才，竊慕青年德意志之運動，海內青年，其有聞風興起者乎？甚願執鞭以從之矣。

…………

一九一六年八月十五日《晨鐘報》創刊號

【註釋】

［1］“晨鐘”——即《晨鐘報》，一九一六年八月創辦於北京，後改名《晨報》，一九二八年六月停刊。李大釗同志是它的第一任總編輯，共編二十二天。他的著名的警語“鐵肩擔道義，妙手著文章”，便刻在該報第六號的古鐘圖案上。

［2］李大釗（公元一八八九年——一九二七年）——中國最早的馬克思主義者，中國共產黨的創始人之一。字守常，河北樂亭人。一九一三年留學日本，一九一六年回國，歷任北京《晨鐘報》總編輯、北京大學經濟學教授兼圖書館主任和《新青年》雜誌編輯。十月革命後，接受和傳播馬克思主義，創辦《每週評論》，積極領導了五四運動，並和以胡適爲代表的改良主義思潮作堅決鬥爭。一九二〇年在北京組織共產主義小組。中國共產黨成立後，負責北方區黨的工作。一九二七年四月六日被軍閥張作霖逮捕，二十八日在北京英勇就義。遺著編有《李大釗選集》。

［3］哲人——才能識見超越尋常的人。

［4］促于科學之進步——謂受到科學進步的推動。

［5］路德——即馬丁·路德（公元一四八三年——一五四六年），十六世紀德國宗教改革運動的發起者，基督教（新教）路德宗的創始人。他否定教皇權威，認爲

人要得到上帝拯救，不在于遵行教會規條，而在于個人信仰；還提倡在宗教儀式中用民族語言代替拉丁語，並將《聖經》譯成德文。

［6］孟德斯鳩（公元一六八九年——一七五五年）——法國資產階級啓蒙思想家、法學家。他認爲地理條件決定一個民族的道德面貌、法律性質和政體特點，反對封建專制和神權思想，提倡立法、行政、司法三權分立。所著《論法的精神》（張相文譯名《萬法精理》，嚴復譯名《法意》），是奠定近世資產階級法學基礎的巨著。　盧騷——即讓·雅克·盧梭（公元一七一二年——一七七八年），法國啓蒙思想家、哲學家、教育學家、文學家。他的社會觀和教育觀點都強調自然，反對專制，對法國資產階級革命有積極影響。所著《論人類不平等的起源和基礎》，曾被恩格斯認爲有辯證法思想。其文學作品對以後感傷主義和浪漫主義影響極大。代表作有小說《愛彌兒》和自傳性的《懺悔錄》等。福祿特爾——即伏爾泰（公元一六九四年——一七七八年），法國啓蒙思想家、作家、哲學家。他反對當時的封建專制制度，並對天主教會的黑暗和腐朽進行了嚴格的批判，把一部教會史看作是一連串的迫害、搶刼、謀殺和胡作非爲的骯髒的歷史。重要的文學作品有史詩《亨利亞德》、悲劇《查伊爾》等。

［7］狄卡爾——即笛卡兒（公元一五九六年——一六五〇年），法國哲學家、物理學家、數學家、生理學家。解析幾何的創始人。他強調科學的目的在于"造福人羣"，使人成爲自然界的"主人和統治者"，對科學與哲學均反對因襲。他的《方法談》曾經得到恩格斯的高度評價。培根——指弗蘭西斯·培根（公元一五六一年——一六二六年），英國哲學家，"英國唯物主義和整個現代實驗科學的眞正始祖"（馬克思語）。他反對經院哲學和唯心主義，主張打破"偶像"，鏟除各種幻想和偏見。其思想的進步方面反映了英國資產階級在上升時期對發展科學的要求。主要著作有《新工具》、《論科學的價值和發展》等。秀母——即休謨（公元一七一一年——一七七六年），英國唯心主義哲學家、不可知論者、歷史學家、經濟學家。他主張知識來源于經驗，稱贊日漸繁榮的工商業，有代表資產階級利益的傾向。其哲學對康德和孔德都有重大影響。主要著作有《人性論》、《人類理解力研究》等。康德（公元一七二四年——一八〇四年）——德國哲學家，德國古典唯心主義的創始人。他反對封建特權，同情法國革命，強調平民最値得尊敬。他的《自然通史和天體論》，提出關於太陽系起源的星雲假說，有力地打擊了主張宇宙一成不變的形而上學。

［8］薩蘭德——即德利希·封·薩雷特（公元一八一二年——一八四三年），德國十九世紀革命詩人。他的作品反映了無產階級反對資產階級的要求。海爾特

爾——即赫爾德(公元一七四四年——一八〇三年)，十八世紀七十年代德國文藝界狂飈運動的理論指導者，同狄德羅、歌德和萊辛都有交往。他提倡民族文化，重視民間文學，試圖從歷史觀點說明文學的性質。重要著作有«關于近代德國文學的斷片»、«論語言的起源»等。冷新——即萊辛(公元一七二九年——一七八一年)，德國啓蒙運動時期思想家、文藝理論家和劇作家。他爲建立德意志民族的現實主義文學和戲劇，清除宮廷貴族的影響和盲目崇拜法國古典主義的傾向，進行了長期的鬥爭。他的美學論著«拉奥孔，論繪畫與詩的界限»、«漢堡劇評»和悲劇«薩拉·薩姆遜小姐»都有很大影響。改得西爾列爾——疑爲歌德、席勒的異譯而在"得"字下漏一頓號。他們也都是德國文藝界狂飈運動的代表人物。

[9] 破丹敗奥，摧法征俄——前三者指普魯士王國一八六四年的丹麥戰爭，一八六六年的普奥戰爭，一八七〇年的普法戰爭，都是首相俾斯麥爲統一德意志而發動的。征俄，指德意志帝國的軍隊在第一次世界大戰期間攻入俄國本土。

[10] 海王國——指英國。

[11] 俾士麥——即俾斯麥(公元一八一五年——一八九八年)，普魯士王國首相和德意志帝國宰相，容克地主出身的保皇派。他推行鐵血主義統一了德意志，並曾幫助凡爾賽政府鎮壓巴黎公社。後採用結盟政策，確立了德國在歐洲的霸權。特賴克——即特賴奇克(公元一八三四年——一八九六年)，德國資產階級歷史學家和政論家，普魯士史官。他反對社會主義，鼓吹種族主義和沙文主義，力主對外擴張。著有«十九世紀德國史»等。白侖哈的——即貝恩哈迪(公元一八四九年——一九三〇年)，德國軍人和作家。入伍時恰好趕上參加普法戰爭。他和特賴奇克一樣，公開宣揚好戰論調。主要著作是«德國和未來的戰爭»，曾震驚一時。

[12] 海聶——即海涅(公元一七九七年——一八五六年)，德國詩人和政論家。他的散文集«哈爾茨山游記»，控訴封建貴族的專制統治，抨擊資產階級的市儈習氣，顯示卓越的諷刺才能。一八三五年，海涅的一些作品和"青年德意志派"一些作者的作品同時遭到德國反動當局的禁止，過去的文學史家遂把海涅也列入"青年德意志派"。嚴格地説，海涅不屬於這個派别。一八四三年，海涅與馬克思相識，並接受了馬克思的影響。他的長篇政治諷刺詩«德國——一個冬天的神話»，無情鞭撻普魯士王朝的封建統治，號召被壓迫羣衆行動起來，建立自己的人間樂園，表達了作者的愛國思想。

[13] "青年德意志"彈奏之人——指青年德意志派。他們是一八三〇年法國七月革

命後出現的一批德國小資產階級激進派作家，主張用文藝宣傳政治和社會改革思想，反對消極浪漫主義，要求創作要接觸當代社會問題。主要人物有别爾內、古茨科和勞貝等。

[14] 摩爾托克（公元一八〇〇年——一八九一年）——普魯士元帥。維廉一世——即威廉一世（公元一七九七年——一八八八年），普魯士國王、德國皇帝。在位時重用首相卑斯麥，通過王朝戰爭統一德國。

[15] 古秋閣——即古茨科（公元一八一一年——一八七八年），青年德意志派作家。代表作有批判宗教的小說《馬哈·古魯》、以婦女解放爲主題的小説《瓦莉——懷疑女子》等。文巴古——即文巴爾格（公元一八〇二年——一八七二年），他的著名論文集《美學的出征》，獻詞裏寫着"獻給你，青年德意志……"，後來德國文藝界遂以"青年德意志"作爲一個流派的名稱。門德——即莫特（公元一七七七年——一八四三年），他的童話小說《渦堤孩》曾在三十年代譯成中文。洛北——即勞貝（公元一八〇六年——一八八四年），青年德意志派作家，著有小說《青年歐羅巴》。

【説明】

《"晨鐘"之使命》是李大釗同志爲《晨鐘報》所寫的發刊詞，副標題爲"青春中華之創造"，署名守常，刊登于一九一六年八月十五日該報創刊號。其時，正如作者所說："白髮之中華垂亡，青春之中華未孕，舊稘之黃昏已去，新稘之黎明將來……人已汲新泉，嘗新炊，而我猶臥榻横陳，荒娱于白髮中華、殘年風燭之中，沉鼾于睡眠中華、黃粱酣夢之裏也。"作者振此"晨鐘"，目的就是要喚起青年，爲創造一個青春的中華而奮鬬。

本書節錄的這段文字，集中論述了新文藝與新文明的關係。作者認爲，"由來新文明之誕生，必有新文藝爲之先聲，而新文藝之勃興，尤必賴有一二哲人，犯當世之不韙，發揮其理想，振其自我之權威，爲自我覺醒之絕叫，而後當時有衆之沉夢，賴以驚破。"在這裏，作者不僅充分肯定了新文藝在歷史發展中的先聲作用，而且也高度評價了那些敢于發揮理想，犯世不韙，"爲自我覺醒之絕叫”的“哲人”，充分肯定了他們勃興新文藝的歷史功績。這不但同那些否定一切權威的極左思潮毫無共通之處，而且也對五四作家和五四新文藝發出了晨鐘般的召唤。

爲了論證新文藝的先聲作用，作者高度評價了青年德意志派，熱烈贊揚他們“各奮其新穎之筆，掊擊時政，攻排舊制，否認偶像的道德，詛咒形式的信仰，冲决一切陳腐之歷史，破壞一切固有之文明，揚布人生復活、國家再造之聲”，而“德意志帝國之統一，殆即苞蕾于彼等熱烈之想像力，彼其破丹敗奥，摧法征俄，風靡巴爾幹半島與海王國。”這個論證充分肯定了青年德意志派的叛逆性與浪漫主義精神，準確地指出了他們所體現的“德意志魂”及其“使德意志民族回春”的歷史作用，旣爲當時的中國文壇提供了一面鏡子，也爲後來的五四新文藝提供了一個榜樣。這個榜樣曾經得到馬克思和恩格斯的稱贊，乃是十月革命前所能提供的最好的榜樣。在這種情况下，作者號召青年人“聞風而起”，走青年德意志派道路，其歷史的激進性是非常明顯的。

附　錄

文學改良芻議

胡　適

今之談文學改良者衆矣，記者末學不文，何足以言此？然年來頗於此事再四研思，輔以友朋辯論，其結果所得，頗不無討論之價值。因綜括所懷見解，列爲八事，分別言之，以與當世之留意文學改良者一研究之。

吾以爲今日而言文學改良，須從八事入手。八事者何？

一曰，須言之有物。

二曰，不摹倣古人。

三曰，須講求文法。

四曰，不作無病之呻吟。

五曰，務去爛調套語。

六曰，不用典。

七曰，不講對仗。

八曰，不避俗字俗語。

一曰須言之有物

吾國近世文學之大病，在於言之無物。今人徒知"言之無，行之不遠"；而不知言之無物，又何用文爲乎？吾所謂"物"，非古人所謂"文以載道"之說也。吾所謂"物"，約有二事：

(一)情感　詩序曰："情動於中而形諸言。言之不足，故嗟歎之。嗟歎之不足，故詠歌之。詠歌之不足，不知手之舞之，足之蹈之也。"此吾所謂情感也。情感者，文學之靈魂。文學而無情感，如人之無魂，木偶而已，行尸走肉而已。(今人所謂"美感"者，亦情感之一也。)

(二)思想　吾所謂"思想"蓋兼見地，識力，理想，三者而言之。思想不必皆賴文學而傳，而文學以有思想而益貴；思想亦以有文學的價值而益貴也；此莊周之文，淵明老杜之詩，稼軒之詞，施耐菴之小說，所以夐絕千古也。思想之在文學，猶腦筋之在人身。人不能思想，則雖面目姣好，雖能笑啼感覺，亦何足取哉？文學亦猶是耳。

文學無此二物，便如無靈魂無腦筋之美人，雖有穠麗富厚之外觀，抑亦末矣。近世文人沾沾於聲調字句之間，既無高遠之思想，又無眞摯之情感，文學之衰微，此其大因矣。此文勝之害，所謂言之無物者是也。欲救此弊，宜以質救之。質者何？情與思二者而已。

二曰不摹倣古人

文學者，隨時代而變遷者也。一時代有一時代之文學：周秦有周秦之文學，漢魏有漢魏之文學，唐宋元明有唐宋元明之文學。此非吾一人之私言，乃文明進化之公理也。即以文論，有尙書之文，有先秦諸子之文，有司馬遷班固之文，有韓柳歐蘇之文，有語錄之文，有施耐菴曹雪芹之文；此文之進化也。試更以韻文言之；擊壤之歌，五子之歌，一時期也；三百篇之詩，一時期也；屈原荀卿之騷賦，又一時期也；蘇李以下，至於魏晉，又一時期也；江左之詩流爲比，至唐而律詩大成，此又一時期也；老杜香山之“寫實”體諸詩（如杜之石壕吏羌村，白之新樂府），又一時期也；詩至唐而極盛，自此以後，詞曲代興，唐五代及宋初之小令，此詞之一時代也；蘇柳（永）辛姜之詞，又一時代也；至於元之雜劇傳奇，則又一時代矣；凡此諸時代，各因時勢風會而變，各有其特長，吾輩以歷史進化之眼光觀之，決不可謂古人之文學皆勝於今人也。左氏史公之文奇矣，然施耐菴之水滸傳視左傳，史記，何多讓焉？三都兩京之賦富矣，然以視唐詩，宋詞，則糟粕耳。此可見文學因時進化，不能自止。唐人不當作商周之詩，宋人不當作相如子雲之賦，——即令作之，亦必不工。逆天背時，違進化之跡，故不能工也。

旣明文學進化之理，然後可言吾所謂“不摹倣古人”之說。今日之中國，當造今日之文學，不必摹倣唐宋，亦不必摹倣周秦也。前見“國會開幕詞”，有云：“於鑠國會，遵晦時休。”此在今日而欲爲三代以上之文之一證也。更觀今之“文學大家”，文則下規姚曾上師韓歐；更上則取法秦漢魏晉，以爲六朝以下無文學可言，此皆百步與五十步之別而已，而皆爲文學下乘。卽令神似古人，亦不過爲博物院中添幾許“逼眞贗鼎”而已，文學云乎哉！昨見陳伯嚴先生一詩云：

> 濤園鈔杜句，半歲禿千毫。所得都成淚，相過問奏刀。萬靈噤不下，此老仰彌高。胸腹回滋味，徐看薄命騷。

此大足代表今日“第一流詩人”摹倣古人之心理也。其病根所在，在於以“半歲禿千毫”之工夫作古人的鈔胥奴婢，故有“此老仰彌高”之歎。若能洒脫此種奴性，不作古人的詩，而惟作我自己的詩，則決不致如此失敗矣。

吾每謂今日之文學其足與世界“第一流”文學比較而無愧色者，獨有白話小說（我佛山人，南亭亭長，洪都百鍊生，三人而已。）一項。此無他故，以此種小說皆不事摹倣古人，（三人皆得力於儒林外史，水滸，石頭記。然非摹倣之作也。）而惟實寫今日社會之情狀，故能成眞正文學。其他學這個，學那個之詩古文家，皆無文學之價值也。今之有志文學者，宜知所從事矣。

三曰須講文法

今之作文作詩者，每不講求文法之結構。其例至繁，不便舉之，尤以作駢文律詩者爲尤甚。夫不講文法，是謂"不通"。此理至明，無待詳論。

四曰不作無病之呻吟

此殊未易言也。今之少年往往作悲觀，其取別號則曰"寒灰"，"無生"，"死灰"；其作爲詩文，則對落日而思暮年，對秋風而思零落，春來則惟恐其速去，花發又惟懼其早謝；此亡國之哀音也。老年人爲之猶不可，况少年乎？其流弊所至，遂養成一種暮氣，不思奮發有爲，服勞報國，但知發牢騷之音，感喟之文；作者將以促其壽年，讀者將亦短其志氣：此吾所謂無病之呻吟也。國之多患，吾豈不知之？然病國危時，豈痛哭流涕所能收效乎？吾惟願今之文學家作費舒特 (Fichte)，作瑪志尼 (Mazzini)，而不願其爲賈生、王粲、屈原、謝皋羽也。其不能爲賈生，王粲，屈原，謝皋羽，而徒爲婦人醇酒喪氣失意之詩文者，尤卑卑不足道矣！

五曰務去爛調套語

今之學者，胸中記得幾個文學的套語，便稱詩人。其所爲詩文處處是陳言爛調，"蹉跎"，"身世"，"寥落"，"飄零"，"蟲沙"，"寒窗"，"斜陽"，"芳草"，"春閨"，"愁魂"，"歸夢"，"鵑啼"，"孤影"，"雁字"，"玉樓"，"錦字"，"殘更"，……之類，纍纍不絕，最可憎厭。其流弊所至，遂令國中生出許多似是而非，貌似而實非之詩文。今試舉吾友胡先驌先生一詞以證之：

> 熒熒夜燈如豆，映幢幢孤影，凌亂無據。翡翠衾寒，鴛鴦瓦冷，禁得秋宵幾度？么絃漫語，早丁字簾前，繁霜飛舞。裊裊餘音，片時猶繞柱。

此詞驟觀之，覺字字句句皆詞也，其實僅一大堆陳套語耳。"翡翠衾"，"鴛鴦瓦"，用之白香山長恨歌則可，以其所言乃帝王之衾之瓦也。"丁字簾"，"么絃"，皆套語也。此詞在美國所作，其夜燈決不"熒熒如豆"，其居室尤無"柱"可繞也。至於"繁霜飛舞"，則更不成話矣。誰曾見繁霜之"飛舞"

耶？

吾所謂務去爛調套語者，別無他法，惟在人人以其耳目所親見親聞所親身閱歷之事物，一一自己鑄詞以形容描寫之；但求其不失眞，但求能達其狀物寫意之目的，即是工夫。其用爛調套語者，皆嬾惰不肯自己鑄詞狀物者也。

六曰不用典

吾所主張八事之中，惟此一條最受朋友攻擊，蓋以此條最易誤會也。吾友江亢虎君來書曰：

"所謂典者，亦有廣狹二義。餖飣獺祭，古人早懸爲厲禁；若並成語故事而屏之，則非惟文字之品格全失，即文字之作用亦亡。……文字最妙之意味，在用字簡而涵義多。此斷非用典不爲功。不用典不特不可作詩，並不可寫信，且不可演說。來函滿紙'舊雨'，'虛懷'，'治頭治脚'，'舍本逐末'，'洪水猛獸'，'發聾振聵'，'負弩先驅'，'心悅誠服'，'詞壇'，'退避三舍'，'滔天'，'利器'，'鐵證'，……皆典也。試盡抉而去之，代以俚語俚字，將成何說話？其用字之繁簡，猶其細焉。恐一易他詞，雖加倍蓰而涵義仍終不能如是恰到好處，奈何？……"

此論甚中肯要。今依江君之言，分典爲廣狹二義，分論之如下：

一、廣義之典非吾所謂典也。廣義之典約有五種：

(甲)古人所設譬喻，其取譬之事物，含有普通意義，不以時代而失其效用者，今人亦可用之。如古人言"以子之矛，攻子之盾"，今人雖不讀書者，亦知用"自相矛盾"之喻，然不可謂爲用典也。上文所舉例中之"治頭治脚"，"洪水猛獸"，"發聾振聵"，……皆此類也。蓋設譬取喻，貴能切當；若能切當，固無古今之別也。若"負弩先驅""退避三舍"之類，在今日已非通行之事物，在文人相與之間，或可用之，然終以不用爲上。如言"退避"千里亦可，不必定用"三舍"之典也。

(乙)成語　成語者，合字成辭，別爲意義。其習見之句，通行已久，不妨用之。然今日若能另鑄"成語"，亦無不可也。"利器"，"虛懷"，"舍本逐末"，……皆屬此類。此非"典"也，乃日用之字耳。

(丙)引古人作比　此亦非用典也。杜詩云,“未聞殷周衰,中自誅褒妲”,此非用典也。近人詩云,“所以曹孟德,猶以漢相終”,此亦非用典也。

(丁)引古人作比　此亦非用典也。杜詩云,“清新庾開府,俊逸鮑參軍”,此乃以古人比今人,非用典也。又云“伯仲之間見伊吕,指揮若定失蕭曹”,此亦非用典也。

(戊)引古人之語　此亦非用典也。吾嘗有句云,“我聞古人言,艱難惟一死”。又云,“嘗試成功自古無,放翁此語未必是”。此乃引語,非用典也。

以上五種爲廣義之典,其實非吾所謂典也。若此者可用可不用。

二、狹義之典,吾所主張不用者也。吾所謂用“典”者,謂文人詞客不能自己鑄詞造句以寫眼前之景,胸中之意,故借用或不全切,或全不切之故事陳言以代之,以圖含混過去:是謂“用典”。上所述廣義之典,除戊條外,皆爲取譬比方之辭。但以彼喻此,而非以彼代此也。狹義之用典,則全爲以典代言,自己不能直言之,故用典以言之耳。此吾所謂用典與非用典之别也。狹義之典亦有工拙之别,其工者偶一用之,未爲不可,其拙者則當痛絶之。

(子)用典之工者　此江君所謂用字簡而涵義多者也。客中無書不能多舉其例,但雜舉一二,以實吾言:

(1) 東坡所藏“仇池石”,王晉卿以詩借觀,意在於奪。東坡不敢不借,先以詩寄之,有句云,“欲留嗟趙弱,寧許負秦曲。傳觀慎勿許,間道歸應速”。此用藺相如返璧之典,何其工切也!

(2) 東坡又有“章質夫送酒六壺,書至而酒不達”。詩云,“豈意青州六從事,化爲烏有一先生”。此雖工已近於纖巧矣。

(3) 吾十年前嘗有讀十字軍英雄記一詩云:“豈有酖人羊叔子?焉知微服趙主父?十字軍眞兒戲耳,獨此兩人可千古。”以兩典包盡全書,當時頗沾沾自喜,其實此種詩,儘可不作也。

(4) 江亢虎代華僑誄陳英士文有“未懸太白,先壞長城。世無鉏麑,乃戕趙卿”四句,余極喜之。所用趙宣子一典,甚工切也。

(5) 王國維詠史詩,有“虎狼在堂室,徙戎復何補?神州遂陸沉,百年委榛莽。寄語桓元子，莫罪王夷甫。”此亦可謂使事之工者矣。

上述諸例，皆以典代言，其妙處，終在不失設譬比方之原意；惟爲文體所限，故譬喻變而爲稱代耳。用典之弊，在於使人失其所欲譬喻之原意。若反客爲主，使讀者迷於使事用典之繁，而轉忘其所爲設譬之事物，則爲拙矣。古人雖作百韻長詩，其所用典不出一二事而已，（“北征”與白香山“悟眞寺詩”皆不用一典。）今人作長律則非典不能下筆矣。嘗見一詩八十四韻，而用典至百餘事，宜其不能工也。

（丑）用典之拙者　用典之拙者，大抵皆懶惰之人，不知造詞，故以此爲躲懶藏拙之計。惟其不能造詞，故亦不能用典也。總計拙典亦有數類：

（1）比例泛而不切，可作幾種解釋，無確定之根據。今取王漁洋秋柳一章證之：

娟娟涼露欲爲霜，萬縷千條拂玉塘。浦裏青荷中婦鏡，江干黃竹女兒箱。空憐板渚隋堤水，不見瑯琊大道王。若過洛陽風景地，含情重問永豐坊。

此詩中所用諸典無不可作幾樣說法者。

（2）僻典使人不解。夫文學所以達意抒情也。若必求人人能讀五車之書，然後能通其文，則此種文可不作矣。

（3）刻削古典成語，不合文法。“指兄弟以孔懷，稱在位以曾是”，（章太炎語）是其例也。今人言“爲人作嫁”亦不通。

（4）用典而失其原意。如某君寫山高與天接之狀，而曰“西接杞天傾”是也。

（5）古事之實有所指，不可移用者，今往亂用作普通事實。如古人灞橋折柳，以送行者，本是一種特別土風。陽關渭城亦皆實有所指。今之懶人不能狀別離之情，於是雖身在滇越，亦言灞橋；雖不解陽關渭城爲何物，亦皆言“陽關三疊”，“渭城離歌”。又如張翰因秋風起而思故鄉之蓴羹鱸膾，今則雖非吳人，不知蓴鱸爲何味者，亦皆自稱有“蓴鱸之思”。此則不僅懶不可救，直是自欺欺人耳！

凡此種種，皆文人之下下工夫，一受其毒，便不可救。此吾所以有“不用典”之說也。

七曰不講對仗

排偶乃人類言語之一種特性，故雖古代文字，如老子孔子之文，亦間有駢句。如“道可道，非常道；名可名，非常名。無名天地之始，有名萬物之母。故常無，欲以觀其妙；常有欲以觀其徼”。此三排句也。“食無求飽，居無求安”。“貧而無諂，富而無驕”。“爾愛其羊，我愛其禮”。——此皆排句也。然此皆近於語言之自然，而無牽強刻削之迹；尤未有定其字之多寡，聲之平仄，詞之虛實者也。至於後世文學末流，言之無物，乃以文勝；文勝之極，而駢文律詩興焉，而長律興焉。駢文律詩之中非無佳作，然佳作終鮮。所以然者何？豈不以其束縛人之自由過甚之故耶？（長律之中，上下古今，無一首佳作可言也。）今日而言文學改良，當“先立乎其大者”，不當枉廢有用之精力於微細纖巧之末；此吾所以有廢駢廢律之說也。即不能廢此兩者，亦但當視爲文學末技而已，非講求之急務也。

今人猶有鄙夷白話小說爲文學小道者，不知施耐菴、曹雪芹、吳趼人，皆文學正宗，而駢文律詩乃眞小道耳。吾知必有聞此言而却走者矣。

八曰不避俗語俗字

吾惟以施耐菴、曹雪芹、吳趼人，爲文學正宗，故有“不避俗字俗語”之論也。（參看上文第二條下）蓋吾國言文之背馳久矣。自佛書之輸入，譯者以文言不足以達意，故以淺近之文譯之，其體已近白話。其後佛氏講義語錄尤多用白話爲之者，是爲語錄體之原始。及宋人講學以白話爲語錄，此體遂成講學正體。（明人因之。）當是時，白話已久入韻文，觀唐宋人白話之詩詞可見也。及至元時，中國北部已在異族之下，三百餘年矣。（遼金元）此三百年中，中國乃發生一種通俗行遠之文學。文則有水滸、西遊、三國……之類，戲曲則尤不可勝計。（關漢卿諸人，人各著劇數十種之多。吾國文人著作之富，未有過於此時者也。）以今世眼光觀之，則中國文學當以元代爲最盛；可傳世不朽之作，當以元代爲最多；此可無疑也。當是時，中國之文學最近言文合一，白話幾成文學的語言矣。使此趨勢不受阻遏，則中國幾有一“活文學出現”，而但丁路得之偉業，（歐洲中古時，各國皆有俚語，而以拉丁文爲文言，凡著作書籍皆用之，加吾國之以文言著書也。其後意大利有但丁（Dante）諸文豪，始以其國俚語著作。諸國踵興，國語亦代起。路得（Luther）創新教始以德文譯“舊約”“新約”，遂開德文學之先。英法諸國亦復如是。今世通用之英文“新舊約”乃一六一一年譯本，距今才三百年耳。故今日歐洲諸國之文學，在當日皆爲俚語。迨諸文豪興，始以“活文學”代拉丁之死文學；有活文學而後有言文合一之國語也。）幾發生於神州。不意此趨勢驟爲明代所阻，政府既以八股取士，而當時文人如何李七子之徒，又爭以復古爲高，於是此千年難遇言文合一之機會，遂中道夭折矣。然以今世歷史進化的眼光觀之，則白話文學之爲中國文學之正宗，又爲將來文學必用之利器，可斷言也。（此“斷言”乃自作者言之，贊成此說者今日未必甚多也。）以此之故，吾主張今日作文作詩，宜採用俗語俗字。與其用三千年前之死字，（如“鑠國會·遵晦時休”之類）不如用二十世紀之活字；與其作不能行遠不能普及之秦漢六朝文字，不如作家喻戶曉之水滸西遊文字也。

結　　論

上述八事，乃吾年來研思此一大問題之結果。遠在異國，既無讀書之暇晷，又不得就國中先生長者質疑問難，其所主張容有矯枉過正之處。然此八事皆文學上根本問題，一一有研究之價值。故草成此論，以爲海內外留心此問題者作一草案。謂之芻議，猶云未定草也，伏惟國人同志有以匡糾是正之。

上海亞東圖書館《胡適文存》第一集卷一

文學革命論

陳獨秀

今日莊嚴燦爛之歐洲，何自而來乎？曰：革命之賜也。歐語所謂革命者，爲革故更新之義。與中土所謂朝代鼎革，絕不相類。故自文藝復興以來，政治界有革命，宗教界亦有革命，倫理道德亦有革命，文學藝術，亦莫不有革命，莫不因革命而新興而進化。近代歐洲文明史，宜可謂之文明史。故曰：今日莊嚴燦爛之歐洲，乃革命之賜也。

吾苟偷庸懦之國民，畏革命如蛇蝎，故政治界雖經三次革命，而黑暗未嘗稍減。其原因之小部分，則爲三次革命，皆虎頭蛇尾，未能充分以鮮血洗淨舊污。其大部分，則爲盤踞吾人精神界根深蒂固之倫理道德文學藝術諸端，莫不黑幕層張，垢污深積，並此虎頭蛇尾之革命而未有焉。此單獨政治革命所以於吾之社會，不生若何變化，不收若何效果也。推其總因，乃在吾人疾視革命，不知其爲開發文明之利器故。

孔教問題，方喧呶於國中。此倫理道德革命之先聲也。文學革命之氣運，醞釀已非一日。其首舉義旗之急先鋒，則爲吾友胡適。余甘冒全國學究之敵，高張"文學革命軍"大旗，以爲吾友之聲援。旗上大書吾革命軍三大主義。曰推倒雕琢的阿諛的貴族文學，建設平易的抒情的國民文學。曰推倒陳腐的鋪張的古典文學，建設新鮮的立誠的寫實文學。曰推倒迂晦的艱澀的山林文學，建設明了的通俗的社會文學。

國風多里巷猥辭，楚辭盛用土語方物，非不斐然可觀。承其流者兩漢賦家，頌聲大作。雕琢阿諛，詞多而意寡。此貴族之古典之文之始作俑也。魏晋以下之五言，抒情寫事，一變前代板滯堆砌之風。在當時可謂爲文學一大革命，即文學一大進化，然希托高古，言簡意晦，社會現象，非所取材，是猶貴族之風，未足以語通俗的國民文學也。齊梁以來，風尙對偶，演至有唐，遂成律體。無韻之文，亦尙對偶。《尙書》《周易》以來，即是如此。（古人行文，不但風尙對偶，且多韻語。故駢文家頗主張駢體爲中國文章正宗之說。〔亡友王無生即主張此說之一人。〕不知古書傳鈔不易，韻與對偶，以利傳誦而已。後之作者，烏可泥此。）

東晋而後，即細事陳啓，亦尙駢儷。演至有唐，遂成駢體。詩之有律，文之有駢，皆發源於南北朝，大成於唐代。更進而爲排律，爲四六。此等雕琢的阿諛的鋪張的空泛的貴族古典文學，極其長技，不過如塗脂抹粉之泥塑美人。以視八股試帖之價值，未必能高幾何，可謂爲文學之末運矣。韓柳崛起，一洗前人纖巧堆朵之習，風會所趨，乃南北朝貴族古典文學，變而爲宋元國民通俗文學之過渡時代。韓柳元白應運而出，爲之中樞。俗論謂昌黎文章起八代之衰，雖非確論，然變八代之法，開宋元之先，自是文界豪杰之士。吾人今日所不滿於昌黎者二事。一曰文猶師古。雖非典文，然不脫貴族氣派。尋其內容，遠不若唐代諸小說家之豐富，其結果乃造成一新貴族文學。二曰誤於"文以載道"之謬見。文學本非爲載道而設，而自昌黎以訖曾國藩所謂載道之文，不過鈔襲孔孟以來極膚淺極空泛之門面語而已。余嘗謂唐宋八家文所謂"文以載道"，直與八股家之所謂"代聖賢立言"，同一鼻孔出氣。以此二事推之，昌黎之變古，乃時代使然。於文學史上，其自身並無十分特色可觀也。元明劇本，明清小說，乃近代文學之粲然可觀者。惜爲妖魔所厄，未及出胎，竟爾流產。以至今日中國之文學，委瑣陳腐，遠不能與歐洲比肩。此妖魔爲何？即明之前後七子及八家文派之歸、方、劉、姚是也。此十八妖魔輩，尊古蔑今，咬文嚼字，稱霸文壇。反使蓋代文豪若馬東籬，若施耐庵，若曹雪芹諸人之姓名，幾不爲國人所識。若夫七子之詩，刻意模古，直謂之抄襲可也。歸、方、劉、姚之文，或希榮慕譽，或無病而呻，滿紙之乎者也矣焉哉。每有長篇大作，搖頭擺尾，說來說去，不知道說些什麽。此等文學，作者旣非創造才，胸中又無物，其伎倆惟在仿古欺人，直無一字有存在之價值。雖著作等身，與其時之社會文明進化無絲毫關係。

今日吾國文學，悉承前代之敝。所謂桐城派者，八家與八股之混合體也。所謂駢體文者，思綺堂與隨園之四六也。所謂江西派者，山谷之偶像也。求夫目無古人，赤裸裸的抒情寫世，所謂代表時代之文豪者，不獨全國無其人，而且擧世無此想。文學之文，旣不足觀。應用之文，益復怪誕。碑銘墓志，極量稱揚，讀者決不見信，作者必照例爲之。尋常啓事，首尾恆有種種諛詞。居喪者卽華居美食，而哀啓必欺人曰"苫塊昏迷"。贈醫生以匾額，不曰術邁岐黃，卽曰著手成春。窮鄉僻壤極小之豆腐店，其春聯恆作"生意興隆通四海，財源茂盛達三江"。此等國民應用之文學之醜陋，皆阿諛的虛僞的舖張的貴族古典文學階之厲耳。

際茲文學革新之時代，凡屬貴族文學古典文學山林文學，均在排斥之列。以何理由而排斥此三種文學耶？曰，貴族文學，藻飾依他，失獨立自尊之氣象也。古典文學，舖張堆砌，失抒情寫實之旨也。山林文學，深晦艱澀，自以爲名山著述，於其羣之大多數無所裨益也。其形體則陳陳相因，有肉無骨，有形無神，乃裝飾品而非實用品。其內容則目光不離帝王權貴，神仙鬼怪，及其個人之窮通利達。所謂宇宙，所謂人生，所謂社會，擧非其構思所及、此三種文學公同之缺點也。此種文學，蓋與吾阿諛誇張虛僞迂闊之國民性，互爲因果。今欲革新政治，勢不得不革新盤踞於運用此政治者精神界之文學，使吾人不張目以觀世界社會文學之趨勢及時代之精神，日夜埋頭故紙堆中，所目注心營者，不越帝王權貴鬼怪神仙與夫個人之窮通利達，以此而求革新文學革新政治，是縛手足而敵孟賁也。

歐洲文化，受賜於政治科學者固多，受賜於文學者亦不少。予愛盧梭巴士特之法蘭西，予尤愛虞哥左喇之法蘭西。予愛康德赫克爾之德意志，予尤愛桂特郝卜特曼之德意志。予愛培根達爾文之英吉利，予尤愛狄鏗士王爾德之英吉利。吾國文學界豪杰之士，有自負爲中國之虞哥左喇桂特郝卜特曼狄鏗士王爾德者乎。予願拖四十二生的大炮，爲之前驅。

一九一七年二月一日《新青年》第二卷第六號

總目索引

先秦

尙書・堯典(節錄)……………………………………… 一・1

詩經(選錄)……………………………………… 一・7

論語(選錄)……………………………………… 一・16

左傳・襄公二十九年(節錄)……………………………………… 一・4

楚辭(選錄)……………………………………… 一・5

墨子(選錄)……………………………………… 一・26

孟子(選錄)……………………………………… 一・31

商君書(選錄)……………………………………… 一・40

韓非子・外儲說左上(節錄)……………………………………… 一・29

韓非子(選錄)……………………………………… 一・42

莊子(選錄) ……………………………………… 一・44、49

荀子(選錄)……………………………………… 一・51

呂氏春秋(選錄)……………………………………… 一・29

禮記(選錄)……………………………………… 一・22

禮記・樂記(節錄)……………………………………… 一・61

兩漢

毛詩序 ……………………………………… 一・63

劉　安　淮南子・道應(節錄)……………………………………… 一・5

司馬遷　史記・太史公自序(節錄)……………………………………… 一・77

史記・屈原傳(節錄)……………………………………… 一・85

報任安書(節錄)……………………………………… 一・82

揚　雄　法言・吾子(節錄)……………………………………… 一・91

法言・問神(節錄)……………………………………… 一・97

法言・寡見(節錄)……………………………………… 一・98

法言·君子(節錄) …… 一·98
王充 論衡·藝增(節錄) …… 一·99
論衡·語增(節錄) …… 一·104
論衡·儒增(節錄) …… 一·105
論衡·超奇(節錄) …… 一·109
論衡·齊世(節錄) …… 一·120
論衡·須頌(節錄) …… 一·120
論衡·書解(節錄) …… 一·121
論衡·案書(節錄) …… 一·122
論衡·自紀(節錄) …… 一·124
論衡·佚文(節錄) …… 一·136
論衡·對作(節錄) …… 一·137
班固 漢書·藝文志(節錄) …… 一·5
漢書·藝文志〔詩賦略論〕 …… 一·141
漢書·禮樂志(節錄) …… 一·69
漢書·司馬遷傳贊 …… 一·83
漢書·揚雄傳(節錄) …… 一·88
漢書·司馬相如傳贊 …… 一·141
兩都賦序 …… 一·144
離騷序 …… 一·89
離騷贊序 …… 一·89
王逸 楚辭章句序 …… 一·149
離騷經序 …… 一·154
九歌序 …… 一·155
天問序 …… 一·155
九章序 …… 一·155
遠遊序 …… 一·156
鄭玄 詩譜序 …… 一·70
何休 春秋公羊傳·宣公十五年解詁(節錄) …… 一·5

魏晉南北朝

曹　丕　典論·論文……………………………… 一·158

與吳質書……………………………… 一·164

曹　植　與楊德祖書……………………………… 一·165

桓　範　世要論·序作篇……………………………… 一·62

陸　機　文賦……………………………… 一·170

陸　雲　與兄平原書(節錄)……………………………… 一·188

左　思　三都賦序……………………………… 一·105

摯　虞　文章流別論……………………………… 一·190

葛　洪　抱朴子·鈞世……………………………… 一·206

抱朴子·尚博(節錄)……………………………… 一·211

抱朴子·廣譬(節錄)……………………………… 一·213

抱朴子·應嘲(節錄)……………………………… 一·213

抱朴子·文行(節錄)……………………………… 一·214

范　曄　獄中與諸甥姪書(節錄)……………………………… 一·222

陸　厥　與沈約書……………………………… 一·223

沈　約　答陸厥書……………………………… 一·224

宋書·謝靈運傳論……………………………… 一·215

江　淹　雜體詩序……………………………… 一·306

劉　勰　文心雕龍·比興……………………………… 一·71

文心雕龍·夸飾……………………………… 一·106

文心雕龍·辨騷……………………………… 一·156

文心雕龍·才略……………………………… 一·166

文心雕龍·聲律……………………………… 一·224

文心雕龍·神思……………………………… 一·233

文心雕龍·物色……………………………… 一·241

文心雕龍·體性……………………………… 一·243

文心雕龍·養氣……………………………… 一·248

文心雕龍·風骨……………………………… 一·252

文心雕龍·通變……………………………… 一·259

	文心雕龍·情采	一·273
	文心雕龍·鎔裁	一·278
	文心雕龍·附會	一·279
	文心雕龍·時序	一·283
	文心雕龍·知音	一·299
	文心雕龍·總術	一·344
鍾　嶸	詩品序	一·308
	詩品(選錄)	一·321
裴子野	雕蟲論	一·324
蕭子顯	南齊書·文學傳論	一·264
蕭　統	文選序	一·329
	陶淵明集序(節錄)	一·335
蕭　綱	與湘東王書	一·327
蕭　繹	金樓子·立言(節錄)	一·340
顏之推	顏氏家訓·文章篇(節錄)	一·350

隋唐五代

劉善經	四聲論(節錄)	一·225
李　諤	上隋高祖革文華書	二·5
王　通	中說(選錄)	二·1
孔穎達	詩大序正義(節錄)	一·5
魏　徵	隋書·經籍志(節錄)	一·205
	隋書·文學傳序	二·25
	羣書治要序(節錄)	二·6
李百藥	北齊書·文苑傳序(節錄)	二·24
李延壽	北史·文苑傳(節錄)	一·361
令狐德棻	周書·王褒庾信傳論	二·15
元　兢	古今詩人秀句序	一·322
王　勃	上吏部裴侍郎啓(節錄)	二·8
楊　炯	王勃集序(節錄)	二·11
盧照隣	南陽公集序(節錄)	二·14

樂府雜詩序(節錄) …………………………………… 二・14
陳子昂　與東方左史虬修竹篇序………………………… 二・55
盧藏用　右拾遺陳子昂文集序…………………………… 二・57
劉知幾　史通・言語(節錄) ……………………………… 二・27
史通・雜說上(選錄) …………………………… 二・49
史通・雜說中(選錄) …………………………… 二・35
史通・雜說下(選錄) …………………………… 二・36
史通・敍事(節錄) ……………………………… 二・37
史通・載文(節錄) ……………………………… 二・50
王昌齡　詩格(選錄) …………………………………… 二・88
李　白　古風二首…………………………………… 二・58
經亂離後天恩流夜郎憶舊遊書懷贈江夏韋太
守良宰(節錄) …………………………………… 二・59
宣州謝朓樓餞別校書叔雲……………………… 二・59
杜　甫　戲爲六絕句……………………………………… 二・60
偶題……………………………………………… 二・64
解悶五首………………………………………… 二・64
春日憶李白……………………………………… 二・65
同元使君舂陵行並序…………………………… 二・94
元　結　篋中集序………………………………………… 二・91
文編序…………………………………………… 二・93
劉侍御月夜讌會序……………………………… 二・94
繫樂府序………………………………………… 二・94
呂　溫　道州刺史廳壁後記(節錄) …………………… 二・95
殷　璠　河嶽英靈集序…………………………………… 二・67
河嶽英靈集集論………………………………… 二・71
皎　然　詩式(選錄) ………………………………… 二・73、85
詩議(選錄) …………………………………… 二・88
評論(選錄) …………………………………… 二・88
高仲武　中興間氣集序…………………………………… 二・72

權德輿　送靈澈上人廬山迴歸沃洲序…………………………　二・ 89
醉說……………………………………………………　二・170
柳　冕　答衢州鄭使君論文書…………………………………　二・ 6
韓　愈　南陽樊紹述墓誌銘(節錄) ……………………………　二・ 36
答李翊書…………………………………………………　二・115
進學解(節錄) …………………………………………　二・119
答尉遲生書………………………………………………　二・119
答劉正夫書(節錄) ……………………………………　二・120
送孟東野序………………………………………………　二・125
薦士(節錄) ……………………………………………　二・129
荆潭唱和詩序……………………………………………　二・129
調張籍……………………………………………………　二・131
醉贈張秘書(節錄) ……………………………………　二・133
柳宗元　答吳武陵論非國語書…………………………………　二・137
與呂道州溫論非國語書…………………………………　二・140
與友人論爲文書…………………………………………　二・141
讀韓愈所著毛穎傳後題…………………………………　二・141
答韋中立論師道書………………………………………　二・143
楊評事文集後序(節錄) ………………………………　二・148
報袁君陳秀才避師名書…………………………………　二・149
報崔黯秀才論爲文書……………………………………　二・149
柳宗直西漢文類序………………………………………　二・150
裴　度　寄李翺書……………………………………………　二・158
李　翺　答朱載言書…………………………………………　二・164
寄從弟正辭書……………………………………………　二・170
李德裕　文章論………………………………………………　二・162
劉禹錫　唐故柳州刺史柳君集紀………………………………　二・152
答柳子厚書………………………………………………　二・156
唐故尙書主客員外郎盧公集紀(節錄) ………………　二・157
上杜司徒書(節錄) ……………………………………　二・142

董氏武陵集紀(節錄) …………………… 二・89
澈上人文集紀(節錄) …………………… 二・90
竹枝詞序…………………………………… 二・113
元　稹　唐故工部員外郎杜君墓係銘並序………… 二・65
樂府古題序………………………………… 二・110
敍詩寄樂天書……………………………… 二・111
白居易　與元九書…………………………………… 二・96
讀張籍古樂府……………………………… 二・107
寄唐生……………………………………… 二・108
新樂府序…………………………………… 二・108
策林六十八(議文章碑碣詞賦)…………… 二・109
策林六十九(採詩以補察時政)…………… 二・110
李　漢　昌黎先生集序……………………………… 二・121
皇甫湜　韓文公墓誌銘(節錄) …………………… 二・121
諭業………………………………………… 二・134
答李生第一書……………………………… 二・172
答李生第二書……………………………… 二・175
答李生第三書……………………………… 二・176
杜　牧　答莊充書…………………………………… 二・182
上知己文章啓(節錄) …………………… 二・184
獻詩啓(節錄) …………………………… 二・185
唐故平盧軍節度巡官隴西李府軍墓誌銘(節錄) …… 二・185
李賀集序…………………………………… 二・185
李商隱　上崔華州書(節錄) ……………………… 二・187
容州經略使元結文集後序(節錄) ………… 二・189
獻侍郎鉅鹿公啓(節錄) ………………… 二・189
漫成五章(選錄) ………………………… 二・189
孫　樵　與王霖秀才書……………………………… 二・177
與友人論文書……………………………… 二・178
吳　融　禪月集序(節錄) ………………………… 二・190

皮日休	正樂府序(節錄)	二·114
	文藪序	二·191
	桃花賦序	二·194
	七愛詩·白太傅居易	二·194
	論白居易薦徐凝屈張祜(節錄)	二·194
司空圖	與李生論詩書	二·196
	與極浦書	二·201
	詩品	二·203
	與王駕評詩書(節錄)	二·217
	題柳柳州集後序(節錄)	二·217
劉　昫	舊唐書·文苑傳序	二·219
	舊唐書·韓愈張籍孟郊唐衢李翺宇文籍劉禹錫柳宗元韋辭傳(節錄)	二·223
	舊唐書·元稹白居易傳(節錄)	二·224

宋

柳　開	應責	二·225
王禹偁	答張扶書	二·231
	再答張扶書	二·233
楊　億	西崑酬唱集序	二·252
穆　修	唐柳先生集後序	二·229
智　圓	送庶幾序	二·234
趙　湘	本文	二·228
孫　復	答張洞書	二·296
宋　祁	新唐書·文藝傳序	一·296
梅堯臣	答韓三子華韓五持國韓六玉汝見贈述詩	二·237
	傳神悦躬上人	二·240
	讀蟠桃詩寄子美永叔(節錄)	二·240
	答裴送序意	二·241
	寄滁州歐陽永叔(節錄)	二·241
	依韻和晏相公	二·241

	讀邵不疑學士詩卷杜挺之忽來因出示之且伏高致輒書一時之語以奉呈	二·242
石　介	尊韓	二·230
	怪說中	二·246
	上趙先生書	二·249
	上蔡副樞密書(節錄)	二·251
歐陽修	梅聖俞詩集序	二·130
	書梅聖俞稾後	二·242
	六一詩話(選錄)	二·243
	答吳充秀才書	二·255
	送徐无黨南歸序	二·258
	論尹師魯墓誌	二·260
	與杜訢論祁公墓誌書	二·264
李　覯	上宋舍人書(節錄)	一·　43
	原文	二·297
	延平集序	二·297
蘇　洵	上歐陽內翰第一書(節錄)	二·122
	仲兄字文甫說	二·268
邵　雍	伊川擊壤集序	二·275
	論詩吟	二·280
周敦頤	通書·文辭	二·283
司馬光	答孔文仲司戶書(節錄)	一·　22
	答陳充祕校書(節錄)	二·298
曾　鞏	南齊書目錄序	二·288
	寄歐陽舍人書	二·291
王安石	答錢公輔學士書	二·265
	上人書	二·293
	與祖擇之書	二·295
	韓子	二·295
程　頤	語錄(選錄)	二·284

蘇　軾　日喻說…………………………………………………………　一・ 50
江行唱和集序…………………………………………………　二・271
鳧繹先生文集序(節錄) ………………………………………　二・272
書黃子思詩集後………………………………………………　二・300
送參寥師………………………………………………………　二・303
答陳師仲書(節錄) ……………………………………………　二・304
評韓柳詩………………………………………………………　二・304
書摩詰藍田煙雨圖(節錄) ……………………………………　二・305
答謝民師書(節錄) ……………………………………………　二・307
答王庠書(節錄) ………………………………………………　二・309
答張文潛書(節錄) ……………………………………………　二・309
文說……………………………………………………………　二・310
蘇　轍　上樞密韓太尉書…………………………………………　二・311
沈　括　夢溪筆談(選錄) ……………………………………………　一・ 84
二・230
呂南公　與汪祕校論文書…………………………………………　二・327
讀李文饒集……………………………………………………　二・333
楊　時　與陳傳道序………………………………………………　二・285
黃庭堅　答洪駒父書………………………………………………　二・316
贈高子勉(選錄) ………………………………………………　二・320
與王觀復書三首之一(節錄) …………………………………　二・322
與王觀復書三首之二(節錄) …………………………………　二・324
大雅堂記(節錄) ………………………………………………　二・325
晁補之　詞評…………………………………………………………　二・355
張　耒　東山詞序……………………………………………………　二・362
毛　滂　上蘇內翰書(節錄) ………………………………………　二・333
惠　洪　冷齋夜話(選錄) …………………………………………　二・321
葉夢得　石林詩話(選錄) ……………………………………　二・335、340
王直方　王直方詩話(選錄) ………………………………………　二・341
范　溫　潛溪詩眼(選錄) ……………………………………　二・320、342

蔡居厚　詩史(選錄)……………………………………二・341
許　顗　彥周詩話(選錄)……………………………二・342
黃　徹　䂬溪詩話(選錄)……………………………二・343
吳　可　學詩詩…………………………………………二・345
　　　　藏海詩話(選錄)……………………………二・347
韓　駒　贈趙伯魚………………………………………二・348
龔　相　學詩詩…………………………………………二・348
李清照　論詞……………………………………………二・350
胡　寅　題酒邊詞………………………………………二・360
胡　仔　詞評……………………………………………二・355
王　灼　碧鷄漫志(選錄)……………………………二・355、363
朱　松　上趙漕書………………………………………二・408
呂本中　夏均父集序……………………………………二・367
　　　　與曾吉甫論詩第一帖…………………………二・369
　　　　與曾吉甫論詩第二帖…………………………二・369
　　　　童蒙詩訓(選錄)……………………………二・370
張　戒　歲寒堂詩話(選錄)…………………………一・22
　　　　　　　　　　　　　　　　　　　　　　　二・372
周紫芝　竹坡詩話(選錄)……………………………二・343
張表臣　珊瑚鉤詩話(選錄)…………………………二・344
陸　游　曾裘父詩集序(節錄)………………………一・6
　　　　澹齋居士詩序(節錄)………………………一・84
　　　　傅給事外制集序(節錄)……………………一・169
　　　　梅聖俞別集序(節錄)………………………二・244
　　　　跋西崑酬唱集…………………………………二・245
　　　　老學庵筆記(選錄)…………………………二・254
　　　　何君墓表(選錄)……………………………二・325
　　　　東屯高齋記(節錄)…………………………二・326
　　　　跋花間集二首…………………………………二・358
　　　　長短句序………………………………………二・358

跋後山居士長短句(節錄) …………………………… 二·359
跋東坡七夕詞後(節錄) …………………………… 二·364
論詩詩…………………………………………………… 二·384
夜讀岑嘉州詩集………………………………………… 二·389
宋都曹屢寄詩且督和答作此示之……………………… 二·389
上辛給事書(節錄) ………………………………… 二·389
楊萬里 江西宗派詩序……………………………………… 二·391
立春日有懷二首(其二) …………………………… 二·398
和李天麟二首…………………………………………… 二·398
和段季康左藏惠四絕句………………………………… 二·398
讀詩……………………………………………………… 二·399
答徐子材談絕句………………………………………… 二·399
誠齋荆溪集序…………………………………………… 二·399
唐李推官披沙集序……………………………………… 二·400
頤庵詩稿序(節錄) ………………………………… 二·401
詩論(節錄) ………………………………………… 二·402
張 栻 孟子說(節錄) ………………………………………… 一· 35
朱 熹 詩集傳序…………………………………………………… 一· 72
滄州精舍諭學者………………………………………… 二·286
答楊宋卿………………………………………………… 二·406
答鞏仲至(節錄) …………………………………… 二·410
清邃閣論詩(選錄) ………………………………… 二·411
樓 鑰 答綦君更生論文書…………………………………… 二·272
趙 蕃 學詩詩……………………………………………………… 二·348
姜 夔 白石道人詩集自序……………………………………… 二·402
白石道人詩說(選錄) ……………………………… 二·403
陳 亮 書作論法後意與理勝 ……………………………… 二·417
葉 適 書龍川集後(節錄) ………………………………… 二·414
對讀文選杜詩成四絕句………………………………… 二·415
徐道暉墓誌銘(節錄) ……………………………… 二·416

贈薛子長(節錄) …………………………… 二・416
敖陶孫 臞翁詩評………………………… 一・135
眞德秀 文章正宗綱目…………………… 二・418
跋彭忠肅文集…………………………… 二・420
嚴　羽 滄浪詩話・詩辨………………… 二・423
答出繼叔臨安吳景仙書………………… 二・430
魏了翁 攻媿樓宣獻公文集序(節錄) ……… 一・ 36
邵氏擊壤集序…………………………… 二・281
費元甫註陶靖節詩序…………………… 二・281
唐文爲一王法論………………………… 二・421
范　開 稼軒詞序………………………… 二・365
包　恢 答曾子華論詩(節錄) …………… 二・305
王　柏 題碧霞山人王公文集後(節錄) …… 二・287
劉辰翁 辛稼軒詞序……………………… 二・365

金

趙秉文 竹溪先生文集引(節錄) ………… 二・273
答李天英書……………………………… 二・433
王若虛 論詩詩…………………………… 二・441
滹南詩話(選錄) ………………………… 二・444
文辨(選錄) ……………………………… 二・446
趙　衍 重刊李長吉詩集序……………… 二・439
元好問 論詩三十首(選錄) ……………… 二・449
杜詩學引………………………………… 二・462
楊叔能小亨集引………………………… 二・463
陶然集詩序……………………………… 二・464

元

張　炎 詞源(選錄) ……………………… 二・467
郝　經 內遊……………………………… 二・313
戴表元 許長卿詩序(節錄) ……………… 二・305
余景游樂府編序………………………… 二・473

脫　脫　宋史・文苑傳序……………………………………………… 一・297
楊維楨　趙氏詩錄序………………………………………………… 二・475
鍾嗣成　錄鬼簿序…………………………………………………… 二・479
　　　　錄鬼簿(選錄) ……………………………………………… 二・482
燕南芝庵　唱論(選錄) ……………………………………………… 二・483
陶宗儀　輟耕曲錄(選錄) …………………………………………… 二・483

明

宋　濂　元故奉訓大夫江西等處儒學提舉楊君墓
　　　　　誌銘(節錄) ……………………………………………… 二・477
　　　　文原………………………………………………………… 三・　1
　　　　贈梁建中序(節錄) ………………………………………… 三・　8
　　　　曾助教文集序(節錄) ……………………………………… 三・　9
　　　　文說贈王生黼……………………………………………… 三・　9
　　　　答章秀才論詩書…………………………………………… 三・ 22
貝　瓊　唐宋六家文衡序…………………………………………… 三・ 82
王　彝　文妖………………………………………………………… 二・478
高　啓　獨庵集序(節錄) …………………………………………… 三・ 25
高　棅　唐詩品彙總序……………………………………………… 三・ 14
賈仲明　淩波仙弔曲選……………………………………………… 三・173
方孝孺　與舒君書(節錄) …………………………………………… 一・ 23
　　　　張彥輝文集序(節錄) ……………………………………… 一・249
　　　　答王秀才書(節錄) ………………………………………… 三・ 11
李東陽　懷麓堂詩話(選錄) ………………………………………… 三・ 28
　　　　滄洲詩集序(節錄) ………………………………………… 三・ 33
　　　　春雨堂稿序(節錄) ………………………………………… 三・ 34
都　穆　學詩詩……………………………………………………… 二・349
何景明　與李空同論詩書…………………………………………… 三・ 37
李夢陽　駁何氏論文書……………………………………………… 三・ 46
　　　　再與何氏書………………………………………………… 三・ 51
　　　　答周子書…………………………………………………… 三・ 52

	詩集自序	三·55
	與徐氏論文書(節錄)	三·58
謝　榛	四溟詩話(選錄)	三·110
蔣大器	三國志通俗演義序	三·61
張尙德	三國志通俗演義引	三·67
唐順之	董中峯侍郎文集序	三·71
	答茅鹿門知縣二	三·75
茅　坤	唐宋八大家文鈔總序	三·77
何良俊	曲論(選錄)	三·98、162
李開先	市井豔詞序	三·85
	市井豔詞又序(節錄)	三·88
	海岱詩集序(節錄)	三·88
	改定元賢傳奇後序(節錄)	三·88
	西野春遊詞序	三·89
	詞謔·論時調	三·233
徐　渭	葉子肅詩序	三·91
	答許北口	三·93
	與季友	三·93
	奉師季先生書	三·93
	肖甫詩序(節錄)	三·94
	南詞敍錄(選錄)	三·95
王世貞	書謝靈運集後	二·7
	曲藻(選錄)	三·99
	藝苑卮言(選錄)	三·25、101
	宋詩選序	三·109
	書李西涯古樂府後	三·110
張　綖	刊西崑詩集序	二·253
李　贄	詩畫(節錄)	二·306
	童心說	三·117
	雜說	三·120

	忠義水滸傳序	三·124
	出像評點忠義水滸全書發凡	三·127
天都外臣	水滸傳序	三·128
鄧雲霄	重刻空同先生集序	三·59
焦竑	與友人論文	三·131
	雅娛閣集序(節錄)	三·135
	竹浪齋詩集序(節錄)	三·135
	文壇列俎序(節錄)	三·136
屠隆	唐詩品彙選釋斷序	三·26
	文論	三·137
	與友人論詩文	三·144
	沈嘉則先生詩選序(節錄)	三·147
	論詩文(選錄)	三·147
胡應麟	詩藪(選錄)	三·114
朱權	太和正音譜(選錄)	二·484
湯顯祖	答王澹生(節錄)	三·53
	答張夢澤	三·53
	答呂姜山	三·149
	答凌初成	三·151
	牡丹亭記題詞	三·151
	董解元西廂題詞	三·152
	點校虞初志序	三·154
	豔異編序	三·157
沈璟	詞隱先生論曲(選錄)	三·159
臧懋循	元曲選序	三·172
	元曲選序二	三·167
王驥德	曲律(選錄)	三·163、177
呂天成	曲品(選錄)	三·164
沈際飛	牡丹亭題詞	三·152
袁宗道	論文上下	三·196

士先器識而後文藝…………………………… 三・202
袁宏道　敘陳正甫會心集…………………………… 三・121
壽存齋張公七十序…………………………… 三・122
聽朱生說水滸傳…………………………… 三・130
行素園存稿引…………………………… 三・203
雪濤閣集序…………………………… 三・205
與丘長孺(節錄) …………………………… 三・209
與江進之(節錄) …………………………… 三・210
與張幼于(節錄) …………………………… 三・210
序小修詩(節錄) …………………………… 三・211
鍾　惺　東坡文選序…………………………… 三・204
詩歸序…………………………… 三・213
答同年尹孔昭…………………………… 三・216
與高孩之觀察…………………………… 三・216
馮夢龍　曲律序…………………………… 三・193
序山歌…………………………… 三・231
可一居士　醒世恆言序…………………………… 三・223
綠天館主人　古今小說序…………………………… 三・226
無礙居士　警世通言敍…………………………… 三・227
東山釣史　九宮譜定・總論(選錄) …………………………… 三・194
顧曲散人　太霞曲語(選錄) …………………………… 三・195
沈德符　顧曲雜言・時尚小令…………………………… 三・234
凌濛初　譚曲雜劄(選錄) …………………………… 三・100、153
睡鄉居士　二刻拍案驚奇序…………………………… 三・228
笑花主人　今古奇觀序…………………………… 三・229
譚元春　詩歸序…………………………… 三・217
吳應箕　答陳定生書(節錄) …………………………… 三・ 83
陳子龍　詩論…………………………… 三・235
莊周論(節錄) …………………………… 三・238
六子詩序…………………………… 三・239

	彷彿樓詩稿序(節錄)	三・240
	佩月堂詩稿序	三・240
	白雲草自序(節錄)	三・241
李　雯	屬玉堂集序(節錄)	三・242
周立勳	岳起堂稿序	三・242
顏　元	習齋紀餘(節錄)	二・299

清

錢謙益	列朝詩集小傳・李少師東陽(節錄)	三・35
	列朝詩集小傳・何副使景明(節錄)	三・45
	列朝詩集小傳・李副使夢陽(節錄)	三・59
	列朝詩集小傳・鍾提學惺(節錄)	三・219
	劉司空詩集序	三・218
賀貽孫	詩筏(選錄)	三・220
	詩筏(節錄)	三・234
馮　班	嚴氏糾謬(選錄)	二・431
金人瑞	三國志演義序	三・68
	讀第五才子書法(選錄)	三・244
	水滸傳序一(節錄)	三・249
	水滸傳序二	三・250
	水滸傳序三	三・252
陳　忱	水滸後傳原序	三・322
	水滸後傳論略(節錄)	三・326
幔亭過客	西遊記題詞	三・255
李　漁	閒情偶寄(選錄)	三・268
黃周星	製曲枝語(選錄)	三・174
鄒式金	雜劇三集小引	三・175
歸　莊	玉山詩集序(節錄)	三・291
	吳余常詩稿序	三・294
	江位初詩序(節錄)	三・295
	眉照上人詩序	三・296

吳　淇	六朝選詩定論緣起(節錄)	一・36
顧炎武	日知錄・文章繁簡	二・51
	日知錄・文須有益於天下條	三・299
	與人書三	三・297
	與人書十八	三・299
	與人書二十三	三・299
黃宗羲	汪扶晨詩序(節錄)	一・23
	明文案序上(節錄)	一・139
	鄭禹梅刻稿序	一・139
	論文管見(選錄)	二・123
		三・265
	與李杲堂陳介眉書	二・266
	錢退山詩文序	三・26
	樂府廣序序	三・34
	胡子藏院本序	三・174
	縮齋文集序	三・259
	黃孚先詩序	三・263
	謝皋羽年譜遊錄注序(節錄)	三・264
	陳葦庵年伯詩序(節錄)	三・265
	金介山詩序	三・266
	馬雪航詩序	三・267
王夫之	詩繹(選錄)	一・24
	夕堂永日緒論內編(選錄)	三・300
毛先舒	詩辯坻・辯何篇	三・42
	詩辯坻・竟陵詩解駁議序	三・221
尤　侗	西堂雜俎(節錄)	三・289
魏　禧	彭躬庵文集序(節錄)	三・12
	論世堂文集序	三・12
	答施愚山侍讀書(節錄)	三・309
	答蔡生書	三・311

	惲遜菴先生文集序(節錄)	三・311
	甘健齋軸園稿序(節錄)	三・312
	宗子發文集序	三・316
	與諸子世傑論文書(節錄)	三・319
	陸懸圃文序(節錄)	三・320
汪　琬	答陳靄公論文書一(節錄)	三・321
葉　燮	原詩內篇(節錄)	一・265
		三・340
	原詩外篇(選錄)	三・361
姜宸英	五七言詩選序	一・270
朱彝尊	陳緯雲紅鹽詞序(節錄)	三・391
	黑蝶齋詩餘序	三・391
	紫雲詞序(節錄)	三・391
	魚計莊詞序(節錄)	三・392
	水村琴趣序(節錄)	三・392
	詞綜發凡(節錄)	三・392
王士禎	鬲津草堂詩集序	三・363
	芝廛集序	三・368
	帶經堂詩話(選錄)	三・369
	題聊齋文集後	三・338
蒲松齡	聊齋誌異自序	三・331
	拙叟行	三・335
高　珩	聊齋誌異序	三・336
唐夢賚	聊齋誌異序	三・337
孔尚任	桃花扇小識	三・377
	桃花扇小引(節錄)	三・380
	桃花扇凡例(選錄)	三・380
	蘅皋詞序	三・381
	山濤詩集序(節錄)	三・381
	長留集序(節錄)	三・382

顧　彩　桃花扇序……………………………………………………三・383
汪　森　詞綜序…………………………………………………………三・386
方　苞　與程若韓書……………………………………………………二・267
古文約選序附凡例(節錄)……………………………………三・395
又書貨殖傳後……………………………………………………三・402
書韓退之平淮西碑後………………………………………………三・403
與孫以寧書………………………………………………………三・403
張廷玉　明史・文苑傳序…………………………………………一・297
沈德潛　古詩源序……………………………………………………三・411
說詩晬語(選錄)……………………………………………………三・414
厲　鶚　張今涪紅螺詞序(節錄)………………………………三・392
鄭　燮　與江賓谷江禹九書……………………………………三・417
濰縣署中與舍弟第五書…………………………………………三・422
范縣署中寄舍弟墨第五書………………………………………三・423
偶然作………………………………………………………………三・424
與丹翁書(節錄)……………………………………………………三・425
題蘭竹石二十三則(選錄)………………………………………三・425
程廷祚　詩論六刺詩之由…………………………………………一・13
詩論十三再論刺詩(節錄)…………………………………………一・14
詩論十五………………………………………………………………一・74
騷賦論上中下……………………………………………………一・144
復家魚門論古文書附尺牘………………………………………三・426
與家魚門論古文書…………………………………………………三・432
與家魚門……………………………………………………………三・432
劉大櫆　論文偶記(選錄)…………………………………………三・434
張書紳　新說西遊記自序(節錄)………………………………三・258
閑齋老人　儒林外史序……………………………………………三・452
曹雪芹　紅樓夢第一回(節錄)……………………………………三・441
紅樓夢凡例(選錄)…………………………………………………三・446
戚蓼生　石頭記序……………………………………………………三・447

余　集　聊齋誌異序…………………………………………　三・338
蔡元枚　評刻水滸後傳序（節錄）…………………………　三・327
　　　　水滸後傳讀法（節錄）…………………………　三・328
袁　枚　再答李少鶴書（節錄）…………………………　一・　6
　　　　書茅氏八家文選……………………………………　三・　83
　　　　胡稚威駢體文序……………………………………　三・460
　　　　答友人論文第二書（節錄）………………………　三・463
　　　　答沈大宗伯論詩書…………………………………　三・467
　　　　再與沈大宗伯書……………………………………　三・472
　　　　答蕺園論詩書………………………………………　三・473
　　　　與稚存論詩書………………………………………　三・475
　　　　續詩品三十二首……………………………………　三・475
　　　　隨園詩話（選錄）…………………………………　三・480
　　　　與程蕺園書…………………………………………　三・483
　　　　答友人某論文書……………………………………　三・486
　　　　與孫俌之秀才書……………………………………　三・487
　　　　覆家實堂（節錄）…………………………………　三・488
戴　震　與方希原書…………………………………………　三・502
趙　翼　論詩…………………………………………………　三・494
　　　　删改舊詩作…………………………………………　三・496
　　　　論詩（選錄）………………………………………　三・496
　　　　題陳東浦藩伯敦拙堂詩集…………………………　三・497
　　　　讀杜詩………………………………………………　三・497
　　　　題周松靄杜詩雙聲叠韻譜括略……………………　三・498
宋　湘　說詩八首……………………………………………　三・498
錢大昕　與友人書……………………………………………　三・404
　　　　味經窩類稟序………………………………………　三・503
姚　鼐　述庵文鈔序…………………………………………　三・499
　　　　復魯絜非書…………………………………………　三・510
　　　　海愚詩鈔序…………………………………………　三・515

答翁學士書…………………………………… 三·528
翁方綱　坳堂詩集序…………………………………… 三·372
神韻論上…………………………………… 三·372
神韻論中…………………………………… 三·374
神韻論下…………………………………… 三·375
詩法論…………………………………… 三·519
延暉閣集序…………………………………… 三·523
志言集序…………………………………… 三·523
格調論上…………………………………… 三·524
格調論中…………………………………… 三·525
格調論下…………………………………… 三·526
杜詩熟精文選理理字說…………………………………… 三·527
段玉裁　戴東原集序(節錄)…………………………………… 三·504
潛研堂文集序(節錄)…………………………………… 三·505
章學誠　漢志詩賦第十五(節錄)…………………………………… 一·147
詩教上下(節錄)…………………………………… 一·335
文史通義·詩話(節錄)…………………………………… 一·323
文史通義·古文十弊(節錄)…………………………………… 二· 52
文史通義質性(節錄)…………………………………… 三·516
文史通義文德…………………………………… 三·530
文史通義史德(節錄)…………………………………… 三·537
文史通義文理…………………………………… 三·539
皇甫持正文集書後(節錄)…………………………………… 二·179
與汪龍莊書(節錄)…………………………………… 三· 43
上朱大司馬論文…………………………………… 三· 44
信摭(選錄)…………………………………… 三·405
答沈楓墀論學(節錄)…………………………………… 三·506
與朱少白論文…………………………………… 三·508
崔　述　通論詩序(節錄)…………………………………… 一· 73
孫星衍　答袁簡齋前輩書…………………………………… 三·489

惲　敬　與紉之論文書(節錄)……………………………………一· 37
上曹儷笙侍郎書…………………………………………三·550
與舒白香(節錄)…………………………………………三·554
大雲山房文稿二集自序…………………………………三·555
張惠言　詞選序………………………………………………三·557
焦　循　文說三………………………………………………二· 52
與孫淵如觀察論考據著作書……………………………三·491
與王欽萊論文書…………………………………………三·563
花部農譚序………………………………………………三·569
花部農譚(選錄)…………………………………………三·572
佚　名　儒林外史回評(選錄)………………………………三·457
王希廉　紅樓夢批序…………………………………………三·448
涂　瀛　紅樓夢論贊(選錄)…………………………………三·449
邱　登　紅樓夢論贊序………………………………………三·450
何炳麟　紅樓夢論贊跋………………………………………三·450
管　同　與友人論文書………………………………………三·517
周　濟　介存齋論詞雜著(選錄)……………………………三·577
宋四家詞選目錄序論……………………………………三·582
劉　開　讀詩說下……………………………………………一· 24
與阮芸臺宮保論文書……………………………………三·594
潘德輿　養一齋詩話(選錄)…………………………………二·381
三·529
李兆洛　答高雨農(節錄)……………………………………三·406
駢體文鈔序………………………………………………三·464
劉天惠　文筆考………………………………………………一·345
侯　康　文筆考………………………………………………一·348
梁光釗　文筆考………………………………………………一·349
阮　元　書梁昭明太子文選序後……………………………一·338
文言說……………………………………………………三·586
與友人論古文書…………………………………………三·591

文韻說……………………………………………… 三·592

近代

龔自珍 書湯海秋詩集後……………………………… 四· 1
病梅館記……………………………………… 四· 5
送徐鐵孫序(節錄) ……………………………… 四· 9
最錄李白集…………………………………… 四· 11
述思古子議…………………………………… 四· 17
與人箋(節錄) ………………………………… 四· 18
文體箴………………………………………… 四· 18
戒詩五章(選錄) ……………………………… 四· 4
午夢初覺,悵然詩成 ………………………… 四· 4
題紅禪室詩尾………………………………… 四· 4
自春徂秋,偶有所觸,拉雜書之,漫不詮次,得十五
首(選錄) ……………………………………… 四· 4
四· 12
歌筵有乞書扇者……………………………… 四· 5
夜讀番禺集書其尾…………………………… 四· 12
己亥雜詩(選錄) ……………………………… 四· 6
四· 13
程金鳳 己亥雜詩書後…………………………… 四· 6
方東樹 復羅月川太守書(節錄) ……………… 三·314
合刻歸震川圈識史記例意劉海峯論文偶記跋……… 三·548
包世臣 與楊季子論文書(節錄) ……………… 四· 22
再與楊季子書(節錄) ………………………… 四· 26
魏 源 詩比興箋序……………………………… 一· 75
定盦文錄敍…………………………………… 四· 14
張祖廉 定盦先生年譜外紀(節錄) …………… 四· 6
何紹基 使黔草自序…………………………… 四· 30
題馮魯川小像册論詩(節錄) ………………… 四· 33
與汪菊士論詩………………………………… 四· 35

鄭　珍　論詩示諸生時代者將至…………………………　四・40
江　湜　雪亭邀余論詩，即爲韻語答之……………………　四・43
蔣湘南　唐十二家文選序………………………………………　三・465
　　　　與田叔子論古文書……………………………………　四・56
　　　　與田叔子論古文第二書………………………………　三・597
　　　　與田叔子論古文第三書………………………………　四・57
吳敏樹　與篠岑論文派書（附王先謙按語）……………　四・59
馮桂芬　復莊衞生書……………………………………………　四・51
羅汝懷　與曾侍郎論文書………………………………………　三・566
方宗誠　桐城文錄序……………………………………………　三・406
洪秀全　改定詩韻詔……………………………………………　四・50
洪仁玕　戒浮文巧言諭…………………………………………　四・44
　　　　欽定士階條例（節錄）……………………………………　四・49
　　　　欽定軍次實錄（節錄）……………………………………　四・49
劉熙載　藝概文概（選錄）………………………………………　二・123
　　　　　　　　　　　　　　　　　　　　　　　　　　　　　四・55
　　　　藝概詩概（選錄）………………………………………　四・41
　　　　藝概詞曲概（選錄）……………………………………　四・63
　　　　　　　　　　　　　　　　　　　　　　　　　　　　　四・67
劉毓崧　古謠諺序……………………………………………　四・70
郭嵩燾　古微堂詩集序…………………………………………　四・18
靑溪居士　重刊三國志演義序…………………………………　三・69
天目山樵　儒林外史新評（選錄）……………………………　三・459
惺園退士　儒林外史序…………………………………………　三・458
俞　樾　春在堂隨筆（選錄）……………………………………　三・339
　　　　余蓮村勸善雜劇序……………………………………　四・95
　　　　七俠五義序……………………………………………　四・100
余　治　庶幾堂今樂自序………………………………………　四・101
　　　　庶幾堂今樂題辭（選錄）……………………………………　四・102
張裕釗　答吳至甫書（節錄）……………………………………　三・439

王　韜　新說西遊記圖象序…………………………三・257
蘅花館詩錄自序…………………………四・　7
李慈銘　越縵堂日記(選錄)…………………………四・　8
佝　鎔　書典論論文後…………………………一・169
書魏叔子文集後…………………………三・313
謝章鋌　賭棋山莊詞話(選錄)…………………………四・　67
沈祥龍　論詞隨筆(選錄)…………………………三・561
三・580
四・385
譚　獻　復堂詞錄序(節錄)…………………………四・　77
復堂詞話(選錄)…………………………四・　78
四・　82
鄧　繹　日月篇(節錄)…………………………一・188
許印芳　與李生論詩書跋…………………………二・201
王闓運　湘綺樓說詩(選錄)…………………………三・307
論詩示黃鏐…………………………三・307
論詩法(答唐鳳廷問)(節錄)…………………………四・104
詩法一首示黃生…………………………四・107
八代文粹序…………………………四・109
楊恩壽　詞餘叢話(選錄)…………………………三・290
吳汝綸　天演論序…………………………四・144
答嚴幾道…………………………四・150
無名氏　晚清民歌一首…………………………四・　76
黃遵憲　山歌題記…………………………四・　75
日本國志學術志二文學(節錄)…………………………四・117
梅水詩傳序…………………………四・121
與嚴又陵書(節錄)…………………………四・122
人境廬詩草自序…………………………四・127
與丘菽園書(節錄)…………………………四・131
雜感(選錄)…………………………四・131

王鵬運　彊村詞序……………………………………………… 四・83
沈曾植　彊村校詞圖序(節錄) ………………………………… 四・85
與金潛廬太守論詩書………………………………… 四・291
陳廷焯　白雨齋詞話自序………………………………………… 四・88
白雨齋詞話(選錄) ………………………………………… 三・561
四・89
四・93
林　紓　孝女耐兒傳序………………………………………… 四・157
洪罕女郎傳跋(節錄) ………………………………… 四・161
撒克遜劫後英雄略序………………………………… 四・162
冰雪因緣序…………………………………………………… 四・163
塊肉餘生述序………………………………………………… 四・164
賊史序………………………………………………………… 四・165
《畫徵》篇識語……………………………………………… 四・365
致蔡鶴卿書(節錄) ………………………………………… 四・522
嚴　復　譯天演論例言………………………………………… 四・123
古今文鈔序…………………………………………………… 四・124
說詩用琥韻…………………………………………………… 四・152
以漁洋精華錄寄琥唐山春榆侍郎有詩見述率賦
奉答…………………………………………………… 四・155
嚴　復
夏曾佑　國聞報館附印說部緣起…………………………………… 四・196
夏曾佑　小說原理…………………………………………………… 四・241
康有爲　人境廬詩草序……………………………………………… 四・180
日本雜事詩序………………………………………………… 四・186
與菽園論詩兼寄任公孺博曼宣………………………… 四・187
詩集自序……………………………………………………… 四・188
聞菽園居士欲爲政變說部詩以速之……………… 四・190
孔廣德　普天忠憤集自序………………………………………… 四・140
洪興全　中東大戰演義自序………………………………………… 四・231

文廷式　雲起軒詞鈔序(節錄)……………………………… 三·392
劉　鶚　老殘遊記自序………………………………………… 四·300
陳希彭　十字軍英雄記序……………………………………… 四·166
鄭文焯　鶴道人論詞書(節錄)……………………………… 三·393
朱孝臧　夢窗詞集跋(節錄)………………………………… 四· 85
馬其昶　古文辭類纂標注序…………………………………… 三·548
況周頤　蕙風詞話(選錄)…………………………………… 三·394
三·561
三·581
三·584
四·385
陳　洵　海綃說詞(選錄)…………………………………… 三·562
三·585
陳　衍　石遺室詩話(選錄)………………………………… 二·136
瘦盦詩序……………………………………………… 四·286
近代詩鈔序…………………………………………… 四·290
裘廷梁　論白話爲維新之本…………………………………… 四·168
陳榮袞　論報章宜改用淺說…………………………………… 四·177
王　照　官話合聲字母原序…………………………………… 四·177
丘逢甲　論詩次鐵盧韻(選錄)……………………………… 四·132
題滄海遺民臺陽詩話………………………………… 四·143
吳沃堯　說小說(雜說)……………………………………… 四·220
月月小說序(節錄)…………………………………… 四·250
歷史小說總序………………………………………… 四·255
兩晉演義自序………………………………………… 四·256
佚　名　官場現形記序………………………………………… 四·218
觚　菴　觚菴漫筆(選錄)…………………………………… 四·233
王嶽崧　«後南柯»題詞………………………………………… 四·233
洪楝園　«後南柯»又序………………………………………… 四·234
黄　人　小說林發刊詞………………………………………… 四·246

國朝文匯序…………………………………………… 四·273
徐　珂　曲稗(節錄) …………………………………… 三·290
章炳麟　序革命軍………………………………………… 四·293
國故論衡·辨詩………………………………………… 四·110
國故論衡·文學總略…………………………………… 四·302
國故論衡·論式………………………………………… 四·327
湘靈子　軒亭寃敍事(節錄) ………………………… 四·299
陳　蜕　夢雨樓石頭記總評…………………………… 四·509
弁山樵子　紅樓夢發微緒言…………………………… 四·510
蔡元培　石頭記索隱(節錄) ………………………… 四·499
致《公言報》並答林琴南君函(節錄) ……………… 四·516
梁啓超　論桃花扇(選錄) …………………………… 三·384
論中國學術思想變遷之大勢(節錄) ………………… 四· 19
小說叢話(選錄) ……………………………………… 四·125
飲冰室詩話(選錄) …………………………………… 四·134
嘉應黃先生墓誌銘(節錄) …………………………… 四·138
人境廬詩草跋…………………………………………… 四·138
廣詩中八賢歌…………………………………………… 四·156
譯印政治小說序………………………………………… 四·205
論小說與羣治之關係…………………………………… 四·207
告小說家………………………………………………… 四·217
麗韓十家文鈔序………………………………………… 四·224
小說小話(選錄) ……………………………………… 四·257
秋蟪吟館詩鈔序………………………………………… 四·284
黃遵楷　人境廬詩草跋………………………………… 四·133
先兄公度先生事實述略(節錄) ……………………… 四·134
甯調元　南社集序……………………………………… 四·367
狄葆賢　論文學上小說之位置………………………… 四·235
徐念慈　小說林緣起…………………………………… 四·248
陳去病　論戲劇之有益………………………………… 四·346

佚　名　觀戲記…… 四・352
三　愛　論戲曲…… 四・349
佚　名　論戲劇彈詞之有關於地方自治…… 三・574
王鍾麒　中國歷代小説史論…… 四・259
　　　　中國三大小説家論贊(節錄)…… 四・266
佚　名　中國小説大家施耐庵傳…… 四・268
陶曾佑　論小説之勢力及其影響…… 四・221
海上漱石生　繁華雜誌題辭…… 四・301
錢振鍠　詞話(選錄)…… 四・386
王國維　玉谿生詩年譜會箋序(節錄)…… 一・38
　　　　人間詞話(選錄)…… 三・562
　　　　四・371
　　　　文學小言…… 四・378
　　　　屈子文學之精神…… 四・382
　　　　元劇之文章…… 四・389
　　　　紅樓夢評論餘論…… 四・513
樊志厚　人間詞乙稿序…… 四・387
蔣兆蘭　詞說(選錄)…… 四・69
金天翮　紅鶴詞自敍…… 四・86
　　　　心聲…… 四・229
　　　　五言樓詩草序(節錄)…… 四・368
　　　　答樊山老人論詩書…… 四・368
劉師培　論美術與徵實之學不同(節錄)…… 一・107
　　　　魏晉文學之變遷(節錄)…… 一・205
　　　　文說・記事篇第二…… 四・27
　　　　文說・耀采篇第四…… 一・280
　　　　南北文學不同論(節錄)…… 一・362
　　　　廣阮氏文言說…… 三・598
　　　　文章源始…… 四・331
　　　　原戲…… 四・356

論近世文學之變遷……………………………………………… 四·425
論文雜記(選錄) ……………………………………………… 四·436
孫德謙 六朝麗指(節錄) ……………………………………… 一·271
李 詳 論桐城派………………………………………………… 四· 61
鄧 實 謝皐羽晞髮集後序……………………………………… 四·228
胡蘊玉 中國文學史序………………………………………… 四·438
姚 華 曲海一勺………………………………………………… 四·406
吳 梅 顧曲麈談(選錄) ……………………………………… 四·402
魯 迅 摩羅詩力說……………………………………………… 四·445
儗播布美術意見書……………………………………………… 四·495
黃 侃 文心雕龍札記·風骨(節錄) ………………………… 一·257
柳亞子 二十世紀大舞台發刊辭……………………………… 四·337
胡寄塵詩序……………………………………………………… 四·359
妄人謬論詩派,書此折之 …………………………………… 四·364
燕子龕遺詩序…………………………………………………… 四·364
李大釗 "晨鐘"之使命(青春中華之創造)(節錄) ………… 四·523
陳獨秀 文學革命論…………………………………………… 四·536
胡 適 文學改良芻議………………………………………… 四·528